Zum Buch:

Manchmal würde Finola gern mit einer ihrer Schwestern tauschen. Denn weder Ali noch Zennie mussten um viel kämpfen. Und wenn ihre Mutter von den sehnsüchtig erwarteten Enkelkindern spricht, sieht sie als Erstes Finola an. Natürlich. Schließlich ist sie schon lange verheiratet, wohnt im eigenen Haus, ist beruflich erfolgreich und denkt jetzt wirklich an Nachwuchs. Doch bevor sie ihrem Mann während des gemeinsamen Urlaubs davon erzählen kann, lernt sie seine Geliebte kennen.
Und was Finola noch nicht weiß: Ali und Zennie haben es auch nicht leichter. Aber in diesem Sommer ändern alle drei Schwestern ihr Leben und setzen direkten Kurs aufs Glücklichsein.

»Mit viel Herz und Humor erzählt Susan Mallery von drei Schwestern, die es mit der Liebe nicht leicht haben.« *Taschenbuch-Magazin*

Zur Autorin:

Die SPIEGEL-Bestsellerautorin Susan Mallery unterhält ein Millionenpublikum mit ihren herzerwärmenden Frauenromanen, die in 28 Sprachen übersetzt sind. Sie ist dafür bekannt, dass sie ihre Figuren in emotional herausfordernde, lebensnahe Situationen geraten lässt und ihre Leser mit überraschenden Wendungen zum Lachen bringt. Mit ihrem Ehemann, zwei Katzen und einem kleinen Pudel lebt sie in Washington.

Lieferbare Titel:

Inselpfade zum Glück
Das Jahr der Rosenschwestern
Wo sich die Sterne spiegeln
Die Tulpenschwestern
Wer lieben kann, ist klar im Vorteil
Das Weihnachtswunder von Westwood
Wer nicht liebt, der nicht gewinnt
Wo Liebe ist, ist auch ein Weg

Susan Mallery

Die Liebe der Sonnenschwestern

Roman

Aus dem amerikanischen Englisch von
Sabine Schilasky

HarperCollins

Die Originalausgabe erschien 2019 unter dem Titel
California Girls bei MIRA Books, Toronto.

1. Auflage 2021

Published by arrangement with
HARLEQUIN ENTERPRISES II B.V./SARL
Umschlaggestaltung von bürosüd, München
Umschlagabbildung von Antonova Ganna, Voronin76, DM Larson,
Aelita17, Creatsy/shutterstock
Gesetzt aus der Stempel Garamond
von GGP Media GmbH, Pößneck
Druck und Bindung von GGP Media GmbH, Pößneck
Printed in Germany
ISBN 978-3-7499-0131-9
www.harpercollins.de

Klimaneutral
Druckprodukt
ClimatePartner.com/15109-2009-1001

MIX
Papier
FSC FSC® C014496

1. KAPITEL

»Sie braten Bacon!«

Finola Corrado versuchte, nicht über den panischen Blick ihrer Assistentin zu lachen. »Im Rezeptsegment sind fünf Kartoffelsalat-Variationen vorgesehen. Bacon ist der Preis, den wir zahlen müssen, wenn wir unserem Geschäft nachgehen wollen.«

Rochelles Entsetzen mutierte zu blanker Empörung. »Ja, und das vor dem Segment ›Neue Sommerkleider‹. Ich bin durchaus vertraut mit der Planung.« Sie legte ihr Tablet ab, stemmte die Hände in die schmalen Hüften und beugte sich vor, als wolle sie so das Gesagte betonen. Ihre langen dunklen Zöpfe bewegten sich mit. »Finola, wir haben *Models* im Haus. Große, hagere, *hungrige* Models. Die bekommen schon den Bestienblick und gehen aufeinander los. Und das liegt garantiert am Bacon-Geruch. Können die den nicht woanders braten?«

Und da glauben die Leute, Fernsehen sei nur Pomp und Glitzer, dachte Finola, die sich immer noch bemühte, ernst zu bleiben.

»Bring die Models in den Aufenthaltsbereich und sag ihnen, wir haben ein Feuchtigkeitsproblem am Set, weshalb sie mehr Haarspray benutzen müssen. Danach riechen sie den Bacon nicht mehr. Und sag in der Küche Bescheid, dass alles geputzt werden soll, wenn der Bacon fertig angebraten ist, dann ist der Geruch weg.«

»Ah ja, das wird funktionieren.« Rochelle, die kluge, ehrgeizige Absolventin eines Kommunikationsstudiums, entspannte sich. »Darauf hätte ich selbst kommen müssen.«

»Wirst du schon bald.«

Meine dunkelhaarige und dunkeläugige fünfundzwanzigjährige Assistentin ist durchaus imstande, alles allein zu leiten, dachte Finola, als die junge Frau ging. In wenigen Monaten würde Rochelle weiterziehen, einen Job mit mehr Verantwortung annehmen, und sie würde eine neue Assistentin einstellen, um wieder von vorn anzufangen.

Im Fernsehgeschäft einen Fuß in die Tür zu bekommen, war nicht leicht. Es gab jede Menge miserable Jobs, doch nicht bei allen konnte man die richtigen Erfahrungen sammeln. Finola bildete sich einiges auf ihr Talent ein, die Klügsten und die Besten einzustellen. Was ihre Erwartungen anging, war sie sehr klar – sie verlangte mordsmäßige Arbeitsmoral, absolute Loyalität und hundertprozentige Konzentration. Im Gegenzug brachte sie ihnen das Geschäft bei, stellte sie den richtigen Leuten vor und schmiss ihnen eine große Party, wenn sie in aussichtsreichere Gefilde aufbrachen.

Ihre Garderobentür ging erneut auf, eine Produktionsassistentin schaute herein und flüsterte: »Sie ist da! *Sie ist da.* Ich kann es gar nicht fassen. Ich bin total aufgeregt. Bist du nicht aufgeregt?«

Ehe Finola antworten konnte, war die Frau wieder weg, zweifellos, um ihre Freude mit anderen zu teilen.

Finola wollte zynisch sein, doch selbst sie musste zugeben, dass sie sich darauf freute, Treasure kennenzulernen. *AM SoCal* war eine erfolgreiche Show in einem überfüllten Medienmarkt. In Los Angeles zu arbeiten bedeutete, leichteren Zugang zu Stars zu haben als die meisten anderen Shows in ihrer Sparte, aber nicht mal sie hatten erwartet, einen riesigen Country-Popstar wie Treasure bekommen zu können.

Treasure war dreiundzwanzig und ein Musikphänomen. Ihre letzte Single verzeichnete in den ersten sechs Stunden nach Erscheinen eine Million Downloads, und ihre YouTube-Videos hatten alle über eine Milliarde Klicks. Heute Vormittag kam sie für ein zehnminütiges Interview in die Show, gefolgt von einer Live-Performance ihrer neuen Single »That Way«. Danach würde die Modenschau der hungrigen Models und der Teil mit den Kartoffelsalaten folgen.

Abgesehen von Treasures Star-Auftritt war der heutige Ablauf ziemlich durchschnittlich. Sie begrüßte ihr Publikum – alles live im Fernsehen – mit ein bisschen Geplauder und einigen Scherzen, dann lud sie ihren ersten Gast ein. Gegen elf wäre die Sendung vorbei, und um zwölf waren alle schon wieder mit der nächsten Show beschäftigt. Alle außer mir, dachte sie lächelnd. Sie hatte die nächste Woche frei.

»Hawaii, wir kommen«, murmelte sie vor sich hin.

Ihr Mann und sie brauchten die Pause. In letzter Zeit hatten sie beide so viel zu tun gehabt und waren so sehr mit ihrer jeweiligen Karriere beschäftigt gewesen. Die Woche gäbe ihnen die Möglichkeit, sich wieder aufeinander und auf ihre Ehe zu konzentrieren. Vielleicht sogar noch ein klein wenig mehr.

Sie war bereit – endlich – schwanger zu werden. Nigel wollte schon seit ein paar Jahren eine Familie gründen, aber sie hatte gezögert. Doch vierunddreißig zu werden und sich die Klagen ihrer Mutter anzuhören, sie hätte drei erwachsene Töchter und kein Enkelkind, ganz zu schweigen von der Einsicht, dass es den idealen Zeitpunkt nie geben würde, hatten sie überzeugt, es nun anzugehen. Zu Ehren dieser Entscheidung hatte sie ein Geschenk für Nigel eingepackt, das er öffnen sollte, wenn sie in ihrer Suite auf Maui waren. Sie fand, dass Sexspielzeug und Babyschühchen eine recht klare Botschaft sandten. Nigel war auf jeden Fall ein Mann der Tat. Sie würden Spaß haben.

Es klopfte an der Tür, und ein Ruf folgte: »Dreißig Minuten.«

Dreißig Minuten bis Showbeginn. Finola lehnte sich in ihrem Make-up-Stuhl nach hinten und schloss die Augen.

Sie war bereits angezogen und geschminkt, kannte ihre Themen, hatte sich genug von Treasures Musik angehört, um sich für eine Mitgliedschaft in deren Fanclub zu qualifizieren, und sie hatte die Kohlenhydrate beim Frühstück weggelassen, sodass sie Kartoffelsalate probieren durfte, so viel sie wollte.

»Gute Show«, flüsterte sie und verlangsamte ihre Atmung für ihr Entspannungsritual vor der Show.

Ihr blieben fünfzehn Minuten Stille. Eine Viertelstunde, in der keiner anklopfte oder ins Zimmer gestürmt kam. Sie würde sich sammeln und dann zum Set gehen, wo man sie mit einem Mikro ausstatten und ein letztes Mal pudern würde, ehe es losging.

Beim Einatmen zählte sie bis vier, hielt die Luft an, wobei sie bis acht zählte, und atmete wieder aus …

Ihre Tür wurde geöffnet.

»Finola, wir müssen reden.«

Sie schlug die Augen auf. Vor ihr stand Nigel, die Hände auf die Armlehnen ihres Stuhles gestützt, und sah sie an.

»Nigel, was machst du hier? Ich gehe in nicht mal dreißig Minuten live. Was ist los?«

Nigel war Schönheitschirurg in Beverly Hills und empfing freitags keine Patienten. Morgen früh wollten sie abreisen. Was war so wichtig, dass es nicht bis nach der Show warten konnte?

Er blickte ihr in die Augen. »Es tut mir leid.«

Es waren weniger seine Worte als sein Tonfall, der sie aufmerken ließ – und auch seine gequälte Miene. Ihr Magen verkrampfte sich. »Was ist passiert?«

In ihrem Kopf tauchten Bilder von ihren Schwestern und ihrer Mutter auf, die reglos auf der Straße lagen. Vielleicht hatte es einen Brand gegeben. Oder …

»Ich weiß nicht, wie ich es sagen soll«, begann er und verstummte wieder.

Ihr wurde übel. Ihr Herzschlag vertausendfachte sich und es klingelte in ihren Ohren. Jemand war tot – sie wusste es.

»Ich habe eine Affäre.«

Während er sprach, ließ Nigel den Stuhl los und schritt durch den Raum. Er redete noch – sie sah, dass sich seine Lippen bewegten –, doch sie konnte überhaupt nichts hören. Das dröhnende Rauschen war zu laut.

Die Worte hallten durch ihren Kopf, bis sie deren Bedeutung erfasste. Vor Jahren war sie von einer hohen Terrasse auf den

Rasen darunter gestürzt. Sie war auf der Seite gelandet, und ihr war die Luft weggeblieben. Dies hier fühlte sich genauso an. Sie konnte nicht atmen, konnte die Panik nicht drosseln, die sie überkam, ebenso wenig wie das einsetzende Zittern. Der Atemlosigkeit folgte stechender, Brechreiz erregender Schmerz in ihrem Herzen.

Wie konnte er? Wann? Mit wem? Warum? Sie waren *verheiratet*. Sie liebten sich. Er war ihr bester Freund. Sie wollte im Hawaii-Urlaub schwanger werden.

Nein, das musste ein Irrtum sein. Er konnte das nicht gesagt haben. Erst als sie sah, wie er sie beobachtete, begriff sie, dass er nicht log und dass er mit vier simplen Worten sie und ihre Ehe zerstört hatte.

»Du musst verstehen«, sagte er leise, »dass es mir leidtut, dir das jetzt sagen zu müssen. Mir ist klar, dass das Timing nicht optimal ist.«

»Nicht optimal?«, schrie sie und senkte die Stimme sofort wieder. »Nicht *optimal*? Ich gehe gleich live auf Sendung. Es reicht dir nicht, mir das vor die Füße zu knallen, sondern du musst es auch noch ausgerechnet jetzt machen, um mich besonders übel zu verarschen?«

»Ich habe in den letzten Wochen so oft versucht, es dir zu sagen, aber du hattest immer zu viel zu tun, um zuzuhören. Dauernd steht die nächste Show an.«

Sie fühlte, wie sich Wut bei ihr regte, und packte sie mit beiden Händen. Wenigstens verlieh die ihr vorübergehend Kraft.

»Gibst du mir die Schuld?«, fragte sie. »Du spazierst hier herein und verkündest, dass du eine Affäre hast, und es ist *meine* Schuld, dass du bis zu dieser Sekunde gewartet hast, um es mir zu erzählen?«

»So ist das nicht.«

»Ach nein?« Sie wischte sich die Tränen weg. »Wie ist es dann?«

Er drehte sich weg. »Ich dachte, du musst es erfahren.«

Bevor sie entscheiden konnte, ob sie zu sehr zitterte, um aufzustehen, ging er. Einfach so. Sie war allein mit der Übelkeit, dem Schmerz, dem zerbrochenen Leben und der tickenden Uhr, die ihr sagte, dass sie achtzehn Minuten und zwölf Sekunden hatte, bis die Sendung begann.

Nichts hiervon ist real, redete sie sich panisch ein. Konnte es nicht sein. Es geschah nicht, und Nigel hatte ihr nicht eben von einer Affäre erzählt, das konnte er nicht. Nicht ihr Nigel. Nicht der wunderbare, warmherzige, liebende Ehemann, der stets für sie da war. Sie kannte *ihn*, nicht den kalten Fremden, der gerade gegangen war.

Würde doch bloß das Schrillen in meinen Ohren aufhören, dachte sie verzweifelt. Könnte sie doch nur atmen, weinen, schreien oder weglaufen. Eine Affäre. Es gab eine andere Frau in seinem Leben, seinem Herzen und seinem Bett. *Ihrem* gemeinsamen Bett. Nein. Nein! Er hatte mit einer anderen geschlafen, einer anderen zugeflüstert, eine andere berührt, war mit einer anderen zum Orgasmus gekommen.

Ihr Verstand weigerte sich, es zu glauben, wohingegen ihr Herz bereits zu bluten anfing. Verrat, Trauer und Unglaube vermengten sich, bis Finola würgte. Sie musste hier raus. Sie musste nach Hause und …

Ihr Blick verharrte auf der Uhr. Nein, sagte sie sich. Sie konnte nicht weg. In fünfzehn Minuten hatte sie eine Live-Sendung. Sie musste vor die Kamera treten und tun, als wäre alles in Ordnung, als ginge es ihr prima und als wäre die Welt nicht eben aus ihrer Umlaufbahn geworfen und in ein schwarzes Loch geschleudert worden, aus dem es kein Entrinnen gab.

Sie holte Luft, achtete darauf, nicht zu hyperventilieren, und eilte zum Spiegel. Nachdem sie das grelle, gnadenlose Licht eingeschaltet hatte, musterte sie sich für eine Sekunde, bevor sie erst nach einem Papiertuch, dann nach dem Abdeckstift griff. Ihre Augen waren weit aufgerissen und sie wirkte geschockt.

Als hätte sie etwas Entsetzliches gesehen. Oder erlebt. Gütiger Gott, sie konnte das nicht.

»Finola?« Rochelle klopfte einmal, bevor sie hereinkam. »Sie brauchen dich am Set.«

Finola nickte, ohne etwas zu sagen. Sie trug mehr Puder auf, holte abermals Luft und rang sich ein Lächeln ab. »Ich bin bereit.«

Ihre Assistentin runzelte die Stirn. »Was ist passiert?«

»Nichts. Mir geht es gut.«

»Es ist etwas, und das ist nicht gut.«

Finola täuschte ein weiteres Lächeln vor und huschte an ihr vorbei. »Ich habe keine Ahnung, was du meinst.«

Sie ging den Korridor hinunter zum Studio. Dort bahnte sie sich einen Weg um falsche Wände, Kulissen und Kabel. Der Produzent lächelte ihr zu.

»Hast du Treasure schon getroffen? Sie ist umwerfend. Ich habe sie bloß von Weitem gesehen, aber wow!«

Finola sparte sich den Hinweis, dass sie den Star noch nicht getroffen hatte. Sie war zu sehr damit beschäftigt gewesen, ihre Ehe zerbröseln zu sehen. Nicht, dass Treasure um ein vorheriges Treffen gebeten hatte – ihre Bitte war gewesen, dass sie sich vor dem Live-Publikum begegneten, sodass es »spontaner« war. Was eine einfache und erfüllbare Forderung für einen Star war. Nichts im Vergleich zu der Anweisung einer anderen Sängerin, sie bräuchte »sechs schneeweiße Kätzchen, mit denen ich spielen kann, bevor ich singe«.

Gary, der Tontechniker, gab ihr ein kleines Mikrofon. Sie klemmte es an ihr Revers, während er das dünne Kabel über ihre Schulter zog. Er klickte das Batterieteil an ihren Rockbund.

Gewöhnlich scherzte sie, dass er sie unerlaubt anfasste. Ihr freundschaftliches Geplänkel gehörte zum Ritual vor der Show. Doch heute fiel ihr nichts ein, was sie sagen könnte. Und in acht Minuten wäre das ein gewaltiges Problem.

Atme, befahl sie sich. Sie würde atmen und darauf zählen, dass sie wusste, was sie tat. Diese Show machte sie schon seit fast vier Jahren. Sie war gut darin. Sie liebte ihre Arbeit, und sie würde es hinbekommen. Wäre da nur nicht das Echo der Schreie, denen sie nicht nachzugeben wagte.

Gary richtete ihre Jacke, zwinkerte ihr zu und lächelte. »Alles klar, Finola.«

»Danke.« Sie räusperte sich. »Test, Test.«

Das Mikro war bereits getestet worden, aber sie vergewisserte sich immer, dass es funktionierte.

Gary reckte einen Daumen, bevor er ihr den Ohrhörer gab, über den sie mit dem Regieraum verbunden war. Zwar waren sie keine Nachrichtensendung, in der sie brandaktuelle Meldungen bekam, doch sie musste mit der Regie verbunden sein, falls sich eine große Story ergab. Dann könnte sie ihren Zuschauern Bescheid geben, dass New York die Show unterbrechen würde.

Sie steckte den Hörer ein und vernahm die sanfte Stimme von Melody, der Regisseurin. »Guten Morgen, Finola. Noch fünf Minuten. Auf eine gute Show.«

»Eine gute Show«, antwortete sie automatisch. Sie stellte ihr Mikrofon aus, um noch einen Moment für sich allein zu sein, da berührte jemand ihre Schulter.

Finola drehte sich um und fand sich von Angesicht zu Angesicht mit Treasure wieder. Die Country-Popsängerin war ungefähr so groß wie sie und hatte lange, dunkelrote Locken, die ihr über die Schultern fielen. Ihre Augen waren dunkelgrün, und selbst mit dem dicken Fernseh-Make-up war ihre Haut sagenhaft.

Finola blinzelte verwundert. »Hallo. Ich dachte, Sie wollten kein Treffen vor dem Interview.« Sie rang sich ein Lächeln ab und streckte die Hand aus. »Freut mich sehr, Treasure. Ich bin ein großer Fan von Ihnen.«

Die Dreiundzwanzigjährige grinste. »Nein, sind Sie nicht«, erwiderte sie leise. »Oder, falls doch, werden Sie es bald nicht mehr sein.« Sie ignorierte Finolas Hand. »Sie sind älter, als ich dachte. Vierunddreißig, stimmt's? Meine Mom könnten Sie nicht sein, aber auch keine ältere Schwester. Vielleicht eine Tante.«

Finola hatte keinen Schimmer, wovon Treasure redete. »Okay«, sagte sie langsam. »Ich muss raus und das Publikum begrüßen. Alle sind schon ganz aufgeregt, weil Sie hier auftreten.«

Ehe sie sich abwenden konnte, packte Treasure sie am Oberarm. Dabei drückte sie mit den Fingerspitzen gerade so kraftvoll zu, dass es unangenehm war.

»Ich bin es«, sagte sie und neigte sich näher zu Finola. »Ich bin die, mit der er schläft. Ich bin die, die Sachen mit ihm macht, die Sie sich nicht mal vorstellen können. Es ist übrigens nicht nur der Sex. Es ist alles.« Sie verdrehte die Augen. »Er wollte Ihnen nichts von uns erzählen, als könnte er mich verstecken, aber ich habe dafür gesorgt, dass mein Manager mich für Ihre Show bucht, da hatte er keine andere Wahl mehr.«

Treasures Lächeln wurde grausam. »Und jetzt wissen Sie es.«

Finola konnte sie nur anstarren. Ihr Verstand sperrte sich gegen die Worte. Dies hier geschieht nicht, dachte sie panisch. *Es kann nicht sein.* Nichts, was diese Frau ihr sagte, konnte wahr sein. Bevor es ihr möglich war, zu reagieren, ließ Treasure sie los und ging. Finola presste eine Hand auf ihren Bauch und hoffte, die Blutung lange genug zu stoppen, sodass sie nicht auf der Stelle starb.

Ich muss weg. Ich muss hier raus. Ich …

»Finola?«

Melodys Stimme konkurrierte mit dem lauten Surren in ihrem Kopf.

»Finola, du musst aufs Set.«

Die Show. Sie musste die Show machen. Sie war live, also gab es keine zweite Chance. Sie musste da rausgehen und sich den zweihundert Leuten im Publikum stellen, von der guten Million vor den Fernsehern ganz zu schweigen. *AM SoCal* war sehr beliebt. Sie wurde gemocht, und heute hatten sie einen großen Star. Die Einschaltquote wäre astronomisch.

»Finola?«

Sie schaltete ihr Mikro ein. »Ich bin hier.«

Sie atmete tief ein, raffte alles zusammen, was sie an Professionalität und Selbsterhaltungstrieb in ihrem Leben angesammelt hatte. Sechzig Minuten musste sie überleben. Nur sechzig Minuten, dann durfte sie zusammenbrechen. Nur die nächste Stunde. Das war alles.

Sie trat hinaus vor das Publikum, das sofort applaudierte. Lächelnd winkte sie den Leuten zu, konzentrierte sich nur auf die Menschen in den ersten Reihen. Nahe dem Mittelgang saß eine kleine Gruppe, die nach drei Generationen aussah – Großmutter, Tochter und Enkelin; alle klatschten vergnügt. Es waren einige von ihren Stammgästen da, die stets zu den Aufnahmen kamen, der Rest waren alles Teenager.

Die Treasure-Fans, dachte sie verbittert. Wie sollte sie überleben? Sie blickte zum Teleprompter und atmete erleichtert auf. Gott sei Dank.

Guten Morgen allerseits und willkommen zur Show. Wir haben jemanden ganz Besonderes für Sie, und wenn ich mir den Altersschnitt in meinem Publikum anschaue, hat es sich schon herumgesprochen – Pause für Gelächter.

Sie ging auf ihre Position und wartete auf den Countdown für den Sendebeginn. Normalerweise hätte sie jetzt ein wenig mit dem Publikum geplaudert, aber es blieb zum einen keine Zeit mehr, zum anderen konnte sie es nicht. Nicht heute.

»Fünf, vier, drei.« Sie beobachtete die Finger des Aufnahmeleiters, mit denen er lautlos »zwei, eins« anzeigte, und dachte an spielende Welpen und Kätzchen und daran, wie sehr sie sich später betrinken würde. Als das rote Kameralämpchen anging, war sie ziemlich sicher, dass ihr Lächeln beinahe echt wirkte.

»Guten Morgen allerseits und willkommen in unserer Show.«

Finola arbeitete sich durch die Einleitung. Sie fühlte sich in keinem Augenblick ganz wie sie selbst, doch der Schock und der Schmerz verblassten gerade genug, dass sie Luft bekam. Bewusst entspannte sie ihren Körper und konzentrierte sich auf das, was sie tun musste.

»Hier ist sie, und ich gestehe, dass ich selbst ein bisschen hingerissen bin. Treasure!«

Finola wandte sich zu der Stelle, an der die Sängerin auf der Bühne erscheinen würde. Treasure kam in ihrem vertrauten lebhaften Gang hereingeschlendert, bei ihrem unbeschwerten Lächeln sprang das Publikum auf. Es gab reichlich Schreie und Pfiffe. Treasure winkte allen zu, dann sah sie sie an. Für eine Sekunde schien etwas Dunkles, Böses ihre Züge zu einer finsteren Maske zu verzerren, war jedoch gleich wieder fort, sodass Finola sich fragte, ob sie es sich bloß eingebildet hatte oder ob der Superstar tatsächlich die Affäre im Fernsehen ansprechen wollte.

Sie saßen in einem Winkel zueinander. Finola war dankbar, dass ihr überaus effizientes Team Fragen auf den Teleprompter geladen hatte. Sie brauchte nicht zu denken, sie musste lediglich interessiert aussehen und vorformulierte Fragen stellen.

»Ihr neues Album verkauft sich unglaublich gut«, begann sie. »Gratuliere.«

»Danke. Ich bin wirklich froh, wie meine Fans reagieren. Vor allem auf die erste Single.« Sie warf dem Publikum ein Lächeln zu. »›That Way‹.«

»Es ist ein provokativer Song.«

Treasure neigte sich zu ihr und wurde leiser: »Es geht um Sex.«

Das Publikum lachte.

Finola konnte nicht sagen, ob sie rot oder vollkommen bleich wurde. Ihr war schwindlig, und sie hoffte, dass sie nicht auf ihrem Stuhl schwankte. Das Katastrophenpotenzial war enorm, und sollte Treasure etwas sagen …

Doch Treasure seufzte. »Wissen Sie, es gibt Männer, die wissen einfach, wie man eine Frau verwöhnt. Wie sie einen berühren, einen küssen – es ist Magie.«

Mehr Gelächter. Finola gab ihr Bestes, mitzulachen.

»Sie spielen in Ihren Songs von jeher mit unerwarteten Themen. Dieses Album setzt die Tradition fort.«

»Ich weiß.« Treasure zwinkerte. »Ich bin kein netter Mensch. Ich bin nicht gemein, aber wenn ich über etwas reden oder etwas haben will, setze ich es auch durch. Was ist Ihr schönstes Sexerlebnis, Finola?«

Die Frage traf sie wie eine Ohrfeige. Finola gelang es, hinreichend gefasst zu bleiben, um kurz zu lachen und zu antworten: »Treasure, ich bin alt genug, um Ihre Tante zu sein. Niemand möchte dazu etwas von mir hören. Sie gehen in ein paar Monaten auf Tour. Was bedeutet es, eine so große Show wie Ihre auf die Beine zu stellen?«

»Ich muss ausgeruht und glücklich sein. Sie wissen ja, wie das ist. Mit dem richtigen Menschen zusammen sein. Das ist so gut.«

Erzählen Sie uns von dem Mann in Ihrem Leben.

Finola starrte auf den Teleprompter und wusste, dass Gott beschlossen hatte, jemand anderem zu helfen. Ich kann das nicht, dachte sie finster. Sie konnte nicht weiterreden, ertrug es nicht mehr. Gleich würde sie live im Fernsehen zusammenbrechen, und dann würde die Welt alles erfahren. Sie würde zur Witzfigur werden, bemitleidet, ihr Name würde sich wie ein Lauffeuer verbreiten, und das auf die schlimmstmögliche Art. Und letztlich hätte ihr Mann sie immer noch mit Treasure betrogen.

»Das viele Reden über Ihr Album macht mich ganz gespannt darauf, Sie singen zu hören«, sagte sie. Ihr war egal, dass sie den Übergang zwei Minuten zu früh brachte.

»Finola?«

Melodys Frage drang in ihr Ohr, doch Finola deutete nur zur anderen Seite des Sets, wo sie ein Mikrofon vor einem Bildschirm aufgestellt hatten. Treasures Musikvideo würde hinter der Sängerin ablaufen.

»Okay«, murmelte Melody. »Wir ziehen es vor.«

Der Scheinwerfer ging an, und die Musik setzte ein.

Treasure zögerte lange genug, dass sich Finolas Magen verkrampfte. Geh, dachte sie verzweifelt, sing deinen verdammten Song und verschwinde.

Treasure stand auf und schlenderte auf das Mikrofon zu. Finola wusste, dass sie vier Minuten für den Song und danach zwei für die Werbepause hatte. Sechs Minuten, um sich zu überlegen, wie in aller Welt sie den Rest der Show durchstehen sollte.

Sie wartete, bis Treasure zu singen begann, ehe sie aufstand und leise vom Set schlich. Rochelle kam ihr im Korridor entgegen.

»Geht es dir gut?«, fragte ihre Assistentin besorgt.

Finola presste beide Hände an ihre Wangen und bemühte sich, aufrecht zu bleiben.

»Ich glaube, ich habe mir den Magen verdorben«, log sie. »In mir rumort es.« Es war die einzige Ausflucht, die ihr einfiel, und sie hatte den Vorteil, ihr seltsames Verhalten zu erklären.

»Das ist es?«, fragte Melody in ihrem Ohr. »Ich habe mich schon gewundert. Süße, das tut mir leid. Können wir dir irgendwas holen?«

»Nur kaltes Wasser«, antwortete Finola. »Ich halte durch, und danach erhole ich mich.«

Noch eine Lüge. Welches war die größere? *Ach, wen interessiert das?*

Rochelle betrachtete sie mitfühlend. »Ich hole es dir schnell. Und ein bisschen Ginger-Ale. Ich glaube, das gibt es in einem der Automaten. Hoffentlich geht es dir bald besser. Du fliegst doch morgen mit Nigel nach Hawaii, und du willst sicher nicht den Flug absagen müssen.«

Finola nahm die Hände herunter und schwieg. Zum Glück schien Rochelle keine Reaktion zu erwarten. Sie eilte schon los, um kaltes Wasser und Ginger-Ale zu besorgen. Nicht dass etwas davon helfen wird, dachte Finola und strengte sich an, nicht in Tränen auszubrechen. Nichts könnte helfen. Nigel war fremdgegangen, hatte ihre Ehe und eventuell ihr Leben zerstört.

Sie presste die Hände auf ihren Bauch, aus dem Säure aufstieg, und kämpfte gegen den Brechreiz an. Obwohl es die Geschichte von der Magenverstimmung glaubwürdiger machen würde, sollte sie sich übergeben, würde sie es gern so lange wie möglich vermeiden. Sie hatte – ihr Blick fiel auf die Countdown-Uhr – noch dreiundvierzig Minuten vor sich. Nur dreiundvierzig Minuten. Danach wäre sie allein und hätte Zeit herauszufinden, wann genau sie alles verloren hatte.

2. KAPITEL

»Ah, gut, Sie sind noch da.«

Das waren nicht die Worte, die Zennie Schmitt acht Minuten vor Ende ihrer Schicht hören wollte. Sie war bereits seit zehn Stunden auf den Beinen. Der relativ ruhige Tag hatte zwei Angioplastien beinhaltet, die erstaunlich gut verlaufen waren, bedachte man das Alter und die physische Verfassung der Patienten. Sie war auf dem Weg zur Umkleide gewesen, um ihre Sachen zu holen, als sie hörte, wie sie ausgerufen wurde.

Dr. Chen war es, der sich freute, dass sie noch in der Klinik war. »Ich habe eine Bypass-Notoperation. Sind Sie dabei?«

Zennie verstand, was er meinte. Sie hatte schon einen vollen Tag gearbeitet und war entsprechend müde. Sollte sie das Gefühl haben, einer aortokoronaren Bypass-Operation nicht mehr gewachsen zu sein, musste sie es Dr. Chen sagen. Sie war mehr als eine perioperative Schwester – oder OP-Schwester. Zennie gehörte zum Spitzenschwesternteam in einer der angesehensten und meistbeschäftigten Fachkliniken für Herzerkrankungen im ganzen Land. Sie sahen hier einige der kritischsten Fälle überhaupt, und landete jemand auf ihrem Tisch, ging es oft um Leben und Tod. Weniger als tausend Prozent zu geben, kam nicht infrage.

Zennie nahm sich eine Sekunde, um die Augen zu schließen und durchzuatmen. Ja, sie war müde, aber nicht erschöpft. Mit etwas Glück mussten sie nur eine Arterie ersetzen, doch voraussichtlich wäre es damit nicht getan und die drei- bis vierstündige Operation würde sich deutlich länger hinziehen. Dennoch arbeiteten Dr. Chen und sie gut zusammen, und sie hielt eine Menge von Team-Play.

»Ich gehe eben im Café vorbei, dann bin ich da«, sagte sie.

»Hervorragend.«

Dr. Chen legte auf, ohne irgendeine Bemerkung à la »Hey, das ist großartig« oder ein irgendwie erwartetes, indes selten gehörtes »Danke«. Er war ein begabter, ein brillanter Chirurg, der wahre Wunder wirkte und Herzen wieder zum Schlagen brachte, die andere für unrettbar hielten, doch was Zwischenmenschliches betraf … war er weniger gewandt. Auf dem Weg zum Café fragte Zennie sich, ob sie beide jemals eine Unterhaltung geführt hatten, die sich nicht um einen Patienten drehte. Sie ging am Kaffeetresen vorbei und direkt zur Espressomaschine. Zennie wusste genau, wie lange ein doppelter Espresso brauchte, um sie wieder glasklar zu machen. Gegen Ende der OP wäre sie erledigt, doch bis dahin dürfte das Adrenalin fließen, also sollte alles bestens sein. Und morgen würde sie besonders auf ihre Ernährung achten, um wiedergutzumachen, was sie ihrem Körper heute Abend zumutete.

Acht Stunden und vierzig Minuten später – nach einem doppelten Bypass – schaffte Zennie es endlich zu ihrem Wagen. Sie war jenseits der Müdigkeit, und alles tat ihr weh. Die grelle Parkplatzbeleuchtung bildete einen befremdlichen Kontrast zur stillen Dunkelheit um sie herum. Es war weit nach Mitternacht, und die gute Nachricht war, dass sie sich keine Gedanken um den Verkehr auf der Heimfahrt machen musste. Vielmehr brauchte sie für die sonst fünfundzwanzigminütige Fahrt gerade mal zwölf Minuten. Um kurz nach eins schlurfte sie in ihr Schlafzimmer.

Sie zog ihre Kluft aus, wusch sich das Gesicht und putzte die Zähne. Bevor sie in ihr einladend weiches Bett sank, schnappte sie sich ihr Handy und sah nach Nachrichten.

Es gab eine Erinnerung an ihre Verabredung zum Laufen um fünf Uhr morgens. Aus der wird nichts, dachte sie gähnend. Was niemanden wundern dürfte. Freitags sagte sie grundsätzlich nur mit einem entschiedenen *Vielleicht* zu, wohingegen sie am Wochenende verlässlich dabei war, solange sie keinen Bereitschaftsdienst hatte. Um halb elf war sie mit ihrer kleinen Schwester Ali zur Anprobe für ihr Brautjungfernkleid verabredet.

Zennie tat ihr Bestes, bei dem Gedanken an die bevorstehende Hochzeit nicht zu stöhnen. Sie liebte ihre Schwester ohne Frage, aber Hochzeiten waren die Pest, und wenn sie ehrlich sein sollte, war sie kein riesiger Glen-Fan. Er schien Ali nie mit unverhohlener Liebe und Zuneigung anzusehen. Nigel, der Mann ihrer Schwester Finola, war vollkommen anders. Wenn er seine Frau ansah, konnte man die Hitze fühlen.

Apropos Hitze ... Zennie schob sich ihr Heizkissen unter den Rücken. Ihre Muskeln waren von den Stunden im Operationssaal verspannt.

Es war eine Textnachricht von ihrem Dad eingegangen, mit einem Foto von seinem Segelboot, das in einer traumhaften Karibikbucht ankerte, der Text lautete: *Hier hätte ich dich gern dabei.*

Sie lächelte und antwortete: *Ja, wäre ich auch gern. Hab dich lieb, Dad.*

Sie wusste, dass sie die nächsten Stunden nichts von ihm hören würde. Wegen des Zeitunterschiedes und weil ihr Vater und ihre Stiefmutter im gemächlichen »Inselrhythmus« lebten, konnten Textnachrichten schon mal eine ganze Weile unbeantwortet bleiben. Trotzdem war die Vorstellung, dass sie ein paar Wochen mit dem Boot durch solche Gegenden wie auf dem Foto schipperten, recht nett.

Die letzte Nachricht war von ihrer Mutter. Zennie musste lachen, denn ihre Mutter bot an, ein Blind Date für sie mit »einem gutaussehenden jungen Mann, den du anbeten wirst« zu arrangieren, um mit dem üblichen Hinweis zu enden: *Ich werde nicht jünger, und bevor ich sterbe, möchte ich Enkelkinder.*

Kichernd schlummerte Zennie ein.

Obwohl sie sich keinen Wecker gestellt hatte, wachte Zennie früh auf. Sie duschte, trank einen proteinreichen Smoothie, machte ungefähr eine halbe Stunde lang Stretching und brach auf zu ihrem Treffen mit Ali.

Der Brautmodenladen in Sherman Oaks öffnete ausschließlich für Kundinnen mit Termin und war sehr vornehm. Zennie dachte, dass es eventuell ein Fehler war, in Yoga-Hose und T-Shirt zu kommen, sagte sich dann aber, dass es keine Rolle spielte. Sie würde die Sachen ja sowieso ausziehen.

Ali war bereits dort und hüpfte regelrecht vor Aufregung, als Zennie den Laden betrat.

»Hi! Die Kleider sind da, und sie sind so schön! Du wirst fantastisch aussehen. Wahrscheinlich besser als ich. Finola auf jeden Fall. Es ist grausam, wunderschöne Schwestern zu haben.«

Zennie umarmte sie. »Du wirst die Braut sein. Und die Braut ist immer die Schönste.«

Ali verdrehte die Augen, grinste aber. »Ja, ja, wir werden sehen. Ich habe mein Kleid letzte Woche anprobiert. Wie gut, dass ich nicht die kleinere Größe genommen habe. Anscheinend bin ich die einzige Braut in der Geschichte, die sich nicht an ihre Diät gehalten hat.«

Hierauf wusste Zennie nichts zu sagen. Als Ali sich frisch verlobt hatte, war sie zu ihr gekommen und hatte sie nach einem Ernährungs- und Trainingsprogramm gefragt. Zennie hatte sich bemüht, aber letztlich war beides nichts für Ali. Die hatte schon seit der Pubertät zwanzig Pfund zu viel auf den Rippen und behauptete, den ganzen Tag in einem Lager zu arbeiten, sei genug Sport für jeden. Zwar hatte Zennie sie darauf hingewiesen, dass auf den Beinen zu sein nicht dasselbe war wie *Sport*, doch Ali glaubte ihr nicht. Dennoch war sie mit ihrem braunen Haar und den braunen Augen auf eine bodenständige Art schön. Sie war die kleinste der Schwestern und die kurvenreichste. Finola war eine große blonde Schönheit, die sich kameraschlank hielt, indem sie spärlich aß und Kohlenhydrate mied. Zennie hatte ihr erklärt, dass Vielseitigkeit in der Ernährung wichtig war, aber Finola hörte nicht auf sie.

»Bist du bereit, dein Kleid zu sehen?«, fragte Ali. »Finola hatte letzte Woche ihre Anprobe mit mir.«

»Ich bin schon ganz gespannt«, log Zennie und schalt sich sofort im Geiste für ihre mangelnde Begeisterung. Die Hochzeit war eine große Sache – sie sollte sich freuen und gern mitmachen.

Es liegt bloß am Heiraten an sich, sagte sie sich, als Ali voraus in die Umkleide ging. Nein, korrigierte sie sich. Es war mehr als das. Es lag an diesem Mythos von der glückseligen Zweisamkeit. Zennie war in dem Glauben aufgewachsen, dass sie als Erwachsene ihren Gegenpart finden würde, genau wie die Tiere auf Noahs Arche. Sie würde sich verlieben, heiraten und eine Familie gründen. Dazu kam es allerdings nie, und wenn sie ganz ehrlich sein sollte, war sie nicht mal sicher, ob sie es sich wünschte.

»Ta-daa!«, trällerte Ali und öffnete die Umkleidentür.

Ein langes dunkelblaues Kleid hing an einem verschnörkelten Wandhaken. Es hatte Flügelärmel, einen herzförmigen Ausschnitt, war in der Taille eingenommen und fiel von dort sanft und weit zu Boden. Finolas Kleid war in derselben Farbe, aber anders geschnitten. Ali war entschlossen gewesen, ihren jeweiligen Stil zu treffen, was ein sympathischer Zug bei einer künftigen Braut war. Eine von Zennies Freundinnen war in der gleichen Situation zum Brautmonster mutiert und hatte ihre Brautjungfern in gruselige limonengrüne Rüschenungetüme gezwungen.

Ali hatte lediglich darum gebeten, dass sie beide Marineblau trugen, ansonsten jedoch ihnen die Wahl überlassen.

»Es ist wunderschön«, murmelte Zennie. Sie fand es vollkommen in Ordnung, sogar recht nett für ein Brautjungfernkleid.

»Hast du deine Schuhe dabei?«, fragte Ali.

Zennie klopfte auf ihre Umhängetasche. »Sind hier.«

Sie war sicher, dass Finola sich irgendein Designerpaar mit sehr hohen Absätzen ausgesucht hatte. Sie dagegen hatte sich für schlichte Ballerinas entschieden. Auf keinen Fall würde sie Stöckelschuhe tragen, nicht mal für ihre Schwester.

Sie streifte ihre Sportschuhe ab, zog die Yoga-Hose und das T-Shirt aus. Den BH hatte sie sich gespart, damit sie nicht riskierte, dass die Träger zu sehen waren. Nachdem sie den Reißverschluss des Kleides geöffnet hatte, stieg sie vorsichtig hinein. Ali trat hinter sie, um den Reißverschluss wieder hochzuziehen, dann schlüpfte Zennie in ihre Schuhe. Beide betrachteten sie ihr Spiegelbild.

»Perfekt«, flüsterte Ali. »Komm, sehen wir dich im großen Spiegel an. Das Kleid passt super. Ich glaube nicht, dass da noch viel geändert werden muss.«

Die Verkäuferin wartete im Hauptraum vorn auf sie. Zennie musste auf ein Podest vor einem riesigen Spiegel steigen, den sie ziemlich einschüchternd fand. Als sie sich ansah, dachte sie, sie hätte vielleicht doch ein wenig Wimperntusche auflegen und sich das Haar aufbauschen sollen oder so.

Stattdessen wirkte sie wie immer: frisch, kurzes, stachelig abstehendes Haar und kein Funken Make-up. Sie verdrängte ihr schlechtes Gewissen und sagte sich, dass sie sich mehr Mühe gab, wenn sie ein Date hatte, und reichte das nicht?

»Gefällt Ihnen der Look?«, fragte die Verkäuferin Ali, als würde ihre Meinung nicht zählen. »Hatten Sie es sich so vorgestellt?«

»Leider ja.« Ali lachte. »Sehen Sie? Ich habe Ihnen ja gesagt, dass meine Schwestern beide sagenhaft aussehen. Keiner wird mich beachten.«

»Unsinn. Sie sind die Braut.« Die Frau stieg zu Zennie auf das Podest und begann, Stecknadeln aus einem Kissen an ihrem Handgelenk zu ziehen. »Ich nehme es nur ein wenig ein, damit Sie eine bessere Vorstellung bekommen, dann holen wir die Schneiderin, um die Änderungen richtig abzustecken.«

Sie besprachen alles, vom Vertiefen des Ausschnittes – was Zennie ablehnte – bis hin zur Länge des Kleides.

»Sind Sie sicher, dass Sie nicht ein bisschen Absatz tragen wollen?«, fragte die Verkäuferin.

»Ganz sicher.«

Ali seufzte. »Da lässt Zennie nicht mit sich reden. Zum Glück ist ihr Freund nicht viel größer als sie, sonst würden sie komisch aussehen.«

Zennie sah im Spiegel ihre Schwester an. »Freund?«

»Na, Clark!«

Zennie blickte sie verständnislos an.

»*Clark*. Du bist doch schon länger mit ihm zusammen. Er arbeitet im Zoo. Der Primatenexperte oder wie immer das heißt.«

»Primatologe. Und er ist nicht mein Freund. Wir sind bloß dreimal ausgegangen.« Sie kannte ihn kaum und hatte keine Ahnung, ob sie ihn mochte oder nicht. Freund? Von wegen. Sie hatte noch nicht mal ihrer Mutter von Clark erzählt, was die Nachricht mit dem Blind Date erklärte.

»Du hast gesagt, dass du ihn mit zur Hochzeit bringst.«

»Nein, ich habe gesagt, ich bringe ihn *vielleicht* mit.«

»Zennie! Ich habe dich mit Begleitung eingeplant. Du musst jemanden mitbringen.«

Warum? Darüber grübelte Zennie, während Ali von der Frage abgelenkt war, ob die Ärmel gekürzt werden müssten oder nicht. Warum musste sie jemanden mitbringen? War sie ohne Begleitung gesellschaftlich weniger akzeptabel? Eine weniger spritzige Gesprächspartnerin, ihre Liebe weniger willkommen? Sie wusste nicht mehr, wieso sie Clark überhaupt je erwähnt hatte, geschweige denn, ihn als möglichen Begleiter nannte. Sie würde ihn dort gar nicht wollen, ungeachtet ihrer Nicht-Beziehung. Erstens nicht, weil die Leute Fragen stellen würden. Zweitens nicht, weil ihre Mutter völlig ausflippen würde, weil sie vielleicht endlich jemanden gefunden hatte und ihr Enkelkinder schenken würde. Keiner konnte so viel Druck überleben.

Das Zurren und Abstecken war vorbei, und Zennie sah das Kleid an. Ihrer Schwester gegenüber würde sie es niemals zugeben, doch für sie wirkte es genauso wie vorher. Natürlich waren da die vielen Stecknadeln, die das Gegenteil bewiesen.

»Bekommst du den Rest hier ohne mich hin?«, fragte Ali mit Blick auf die Uhr. »Ich muss noch zum Floristen, ehe ich zurück zur Arbeit hetze. Ein Meeting.«

»Alles gut. Ich bleibe hier stehen, bis sie mich freilassen.« Wieder dachte sie an die Art, wie Nigel immer Finola ansah und Glen niemals Ali. »Sollte dein Zukünftiger nicht auch einiges übernehmen?«

»Die Blumen traue ich Glen nicht zu. Er ist der Rote-Rosen-Typ, und das wäre komplett falsch.« Ali kam auf das Podest und küsste sie auf die Wange. »Vielen Dank hierfür. Hab dich lieb.«

»Ich dich auch.«

Ali rannte zur Tür, wo sie sich noch einmal umdrehte. »Bring eine Begleitung mit!«

»Leck mich.«

Lachend verließ Ali das Geschäft.

Zennie betrachtete ihr Spiegelbild und versuchte, nicht an die Hochzeit zu denken. Es waren vier, maximal fünf Stunden ihres Lebens. Ja, sie wären qualvoll, doch für einen guten Zweck. Im Namen der Geschwistersolidarität und so.

Was die Begleitung betraf, nun, die könnte ein Problem werden, denn Clark war eindeutig ein Rohrkrepierer.

Finola umfing das Lenkrad so fest, dass ihre Finger schmerzten, trotzdem wagte sie nicht, den Griff zu lockern. Nicht, ehe sie zu Hause war. Sie fuhr langsam und achtete darauf, das Tempolimit nicht zu überschreiten, als sie in ihr exklusives Viertel Encino kam. Sie näherte sich dem Tor vor ihrer kleinen Wohnanlage und spürte, wie ihre Selbstkontrolle schwand.

Fast da, murmelte sie leise. *Fast da, fast da, fast da.*

Zweimal bog sie nach rechts, dann nach links ab und anschließend in ihre Einfahrt ein, wo sie den Knopf drückte, um das Garagentor zu öffnen. Als sie wieder anfuhr, glitten ihre Hände ab, und der Wagen schwenkte ein wenig nach rechts. Finola stampfte auf die Bremse, um sogleich zu erkennen, dass es nicht nötig war. Wen interessierte, ob sie nur ihre Hälfte der Garage blockierte? Es war ja nicht so, als würde Nigel demnächst kommen und auf der anderen Hälfte parken wollen. Dessen war sie sich sicher.

Sie stellte den Motor aus und nahm ihre Umhängetasche und die Handtasche vom Beifahrersitz. Nachdem sie das Garagentor wieder geschlossen hatte, ging sie ins Haus.

Drinnen empfing sie Totenstille. Nigel und sie hatten nie eine Haushälterin gewollt. Zweimal wöchentlich kamen ein Putzdienst und ein Essenslieferdienst, doch beide waren wegen der Hawaii-Reise abbestellt. Noch vor zwei Stunden war der Plan gewesen, dass sie sich nach der Show mit Nigel zu Hause traf, um fertig zu packen. Gleich morgen früh wollten sie zum Flughafen. Nun würde nichts davon geschehen. Kein Packen, keine Reise, kein Zusammensein, kein Babymachen.

Sie ließ die Taschen auf den Boden fallen und streifte ihre Schuhe ab. Ich brauche einen Plan, sagte sie sich. Also musste sie überlegen, was sie als Erstes tat, als Zweites, als Drittes. Mit jedem ihrer Schritte wurde der Schockeffekt schwächer, zurück blieben Schmerz, Fassungslosigkeit und Erniedrigung. Tränen kamen, danach Geschluchze. Sie stolperte, sank auf die Knie, verbarg das Gesicht in den Händen und schrie all ihren Kummer heraus.

Finola weinte, bis ihr die Brust wehtat und ihr Hals wund war. Sie weinte, bis nichts mehr übrig war als Leere und das Wissen, dass sie nie wieder heilen würde. Ausgestreckt lag sie auf dem kalten, harten Fliesenboden und wünschte, sie könnte irgendwo sein, nur nicht hier. An irgendeinem Ort, der nicht …

»Nein«, sagte sie laut, setzte sich auf und wischte sich das Gesicht ab. »Nicht irgendwo.« Nicht im Fernsehen. Hier zu sein, allein, verwirrt, traurig und wütend, war besser, als in die blöde Kamera zu starren und darauf zu warten, dass sämtliche Zuschauer begriffen, was vor sich ging.

Nigel hat mir das angetan, dachte sie, als sie sich aufrichtete. Der Mistkerl war in *ihre* Garderobe gekommen, um ihr von seiner Affäre zu erzählen.

Nein, es war noch viel schlimmer. Er hatte ihr in dem Wissen von der Affäre erzählt, dass seine Geliebte ihr Sekunden später gegenüberstehen würde. Deshalb hatte er den heutigen Tag gewählt, den Moment unmittelbar vor der Show. Deshalb musste er es ihr sagen. Er hatte sie geschwächt, weil er ahnte, dass Treasure versuchen würde, sie fertigzumachen. Nachdem er sie betrogen hatte, warf er sie Treasure zum Fraß vor.

Er hätte ihr sagen können, wer es war, sie warnen können, ihr eine Sekunde geben, um Luft zu holen. Doch er ließ sie blind in die Falle tappen. Das war nicht nur Fremdgehen, es war Ausliefern. Er hatte sie bloßgestellt. Keinen Moment hatte er an ihren Job, an ihre Karriere gedacht oder was in der Live-Sendung passieren würde. Was, wenn sie zusammengebrochen wäre? Was, wenn Treasure dem Publikum etwas gesagt hätte?

All die Möglichkeiten waberten durch ihren Kopf wie ein Albtraum. *Gott sei Dank bin ich stark. Stark genug, um Nigel zu überleben.*

Sie angelte ihr Handy aus der Handtasche. Keine Nachricht von ihrem Mann. Das ist wohl kaum eine Überraschung, dachte sie, und frische Tränen flossen. Was hatte sie denn geglaubt? Dass er sich entschuldigen oder sie anflehen würde, wieder zu ihr kommen zu dürfen? So idiotisch war nicht mal sie.

Barfuß wanderte sie durch das stille Haus und ging nach oben. Vom großen Schlafzimmer aus führten Glasflügeltüren auf einen Balkon. Finola ignorierte den schönen Raum, den sie bis heute immer geliebt hatte. Sie ignorierte das breite Bett, die

Bettwäsche, die Nigel und sie gemeinsam ausgesucht hatten. Stattdessen kämpfte sie mit dem Gefühl, beschämt worden zu sein, kämpfte gegen Schmerz und Verrat an. Sie musste weiteratmen, sich weiterbewegen. Und sie musste überlegen, was in aller Welt sie jetzt tun sollte. Warten? Wartete sie ab, ob sie von ihm hörte? War er für immer fort? War es bloß eine kurze Episode? Wie lange schlief er bereits mit Treasure? Gab es andere Frauen? Wie lange log er schon, spielte mit ihren Gefühlen, während er mit seiner Geliebten über sie lachte?

Wieder kamen ihr Tränen. Ohne sie zu beachten, ging sie zu Nigels Hälfte des gemeinsamen Ankleidezimmers. Überall klafften große Lücken. Hemden und Anzüge, Jeans und T-Shirts fehlten. Sie griff ins Leere, als wären die Sachen nicht weg, sondern bloß unsichtbar für sie.

Ihre Finger tauchten ins Nichts. Da war nur der Raum, wo die Kleidung ihres Mannes gewesen war. Finola schloss die Augen und sank auf die kleine Bank vor seinen Fächern. Erst gestern Abend waren sie zum Dinner ausgegangen. Erst gestern Abend hatten sie über Hawaii gesprochen. Sie waren in ihrem kleinen Lieblingsbistro auf dem Ventura Boulevard gewesen, hatten an ihrem Lieblingstisch in der Ecke gesessen. Dort hatten sie über frühere Reisen geredet, und Nigel hatte sie zum Lachen gebracht, wie er es stets tat. Er hatte dafür gesorgt, dass sie sich geliebt und besonders fühlte, weil er eben so war. Oder so gewesen war.

Fast hätte sie ihm ihren Plan verraten. Beinahe hätte sie erwähnt, dass sie nicht mehr verhütete und bereit war – nein, unbedingt eine Familie mit ihm gründen wollte. Aber sie hatte gewartet, weil sie ihn überraschen wollte.

Alles war eine Lüge gewesen. Jede Geste, jedes Wort, die Art, wie er sie in den Armen hielt. Sie hatten nicht miteinander geschlafen, doch er hatte sie in den Armen gehalten und ihr gesagt, dass er sie liebte. Und die ganze Zeit hatte er gewusst, was er ihr heute antun würde. Er hatte es geplant.

Finola schlang die Arme um ihren Oberkörper und wiegte sich auf der kleinen Bank vor und zurück. Ihr Schrei war ein hohes Wimmern, das in den leeren Schrankfächern nachhallte. Warum hatte er das getan? Warum hatte er sie verletzt? Warum hatte er …

Ihr Telefon läutete. Das Geräusch erschreckte sie, und sie sprang auf, um sich auf die Suche nach dem Apparat zu machen. Sie entdeckte ihn auf einem Regal und stürzte sich in der festen Überzeugung darauf, dass es Nigel sein musste. Er hatte seinen Fehler eingesehen und bereute aufrichtig.

»Hallo?«

»Du warst heute Morgen nicht so recht bei der Sache. Geht es dir gut?«

Die vertraute Stimme müsste tröstlich sein, war es aber nicht. Auch wenn ihre Mutter sie stets unterstützte, war sie nicht direkt der bemutternde Typ. Erst recht würde sie nicht verstehen, wie es ihrer Ältesten gelungen war, ihren Ehemann an irgendein Country-Popstar-Flittchen zu verlieren. In dem Sekundenbruchteil, bevor Finola antwortete, überlegte sie, mit der Wahrheit herauszuplatzen, wusste aber sofort, dass es dazu nicht kommen würde.

»Ich habe mir den Magen verdorben«, sagte sie, weil es einfacher war, ihr dieselbe Lüge aufzutischen wie Rochelle und Melody. »Da hatte ich gerade gekotzt.«

»Ah, das erklärt, warum du so merkwürdig mit dieser seltsamen Treasure warst. Ich mochte ihren Song übrigens nicht, aber ich bin ja auch nicht ihre Zielgruppe. Geht es dir denn gut genug, um morgen nach Hawaii zu fliegen?«

»Das ist der Plan.« Finola strengte sich an, ihre Stimme zu beherrschen, obwohl ihr Tränen über die Wangen liefen. »Ich fliege mit meinem Mann nach Hawaii.«

»Du solltest mal mit ihm über eine Schwangerschaft reden. Höchste Zeit ist längst vorbei, Finola. Und vor allem will ich Enkel. Alle meine Freundinnen haben welche, die meisten sogar mehrere. Einige von ihnen haben so viele, dass sie schon jammern. Du bist als Einzige verheiratet, also bist du am Zug.«

Diese Worte sollten ihr ein schlechtes Gewissen machen. Finola bezweifelte allerdings, dass ihre Mutter wissen wollte, welchen Schmerz sie hervorriefen. Sie sank zurück auf die Bank und versuchte, ihr blutendes Herz zu beruhigen.

»Ali heiratet.«

Ihre Mutter gab einen abfälligen Kehllaut von sich. »Ach, ich bitte dich! Sie wird mindestens ein Jahr warten, ehe sie schwanger wird. Und ich will jetzt Enkelkinder.«

»Schade, dass du keins bei Amazon bestellen kannst, wo du doch Prime-Mitglied bist. Dann hättest du es am Dienstag.«

»Sehr witzig. Na gut, ich merke schon, dass du mich ignorieren willst wie immer. Wie dem auch sei, ich habe dich lieb, und ich wünsche dir und Nigel eine wunderbare Zeit. Wenn ihr zurück seid, kannst du mir helfen, das Haus für den Verkauf fertig zu machen. Es müssen eine Menge Sachen durchgesehen werden, und ich erwarte, dass ihr Mädchen einen Großteil der Arbeit übernehmt.«

Damit konnte Finola momentan nicht umgehen. »Klar, Mom. Ich rufe dich an, wenn ich zurück bin. Bye.«

Sie legte auf, ehe ihre Mutter mehr sagen konnte, und ließ das Telefon auf den Teppich fallen.

Was nun? Sie hatte keine Ahnung, was sie tun oder wie sie den Schmerz wenigstens erträglich machen könnte. Am liebsten wollte sie sich in eine dunkle Ecke verkriechen wie ein waidwundes Tier. Sie wollte die Zeit zurückdrehen, damit sie die Affäre verhindern konnte.

Wie konnte er ihr das antun? Er sollte sie für immer lieben. Sie waren ein Team, Partner.

Ihr Handy summte, und auf dem Display blitzte eine Textnachricht auf. Finola tippte es an, um die Textnachricht aufzurufen. Ihr Herz pochte, als sie sah, dass Nigel ihr geschrieben hatte.

Wir müssen reden. Ich komme am Sonntag gegen Mittag vorbei. Dann können wir besprechen, wie es weitergeht. Da ist noch die Hawaii-Reise. Du hast alle Unterlagen im Haus. Kannst du sie stornieren?

Ein zweiter Text erschien unter dem ersten.

Es tut mir leid.

»Das ist alles?«, schrie Finola ihr Handy an. »Mehr hast du nicht zu sagen? Nur das? Wo ist eine Erklärung? Warum bringst du das nicht in Ordnung?«

Es kam keine Antwort, kein Laut, nichts außer dem Display, das langsam schwarz wurde.

Finola stand auf. Nigel war fort, und sie wusste nicht, ob er je zurückkommen würde. Er war immer für sie da gewesen, hatte sie geliebt und ihr das Gefühl gegeben, fantastisch zu sein. Das war jetzt vorbei. Einfach weg. Schlimmer noch, sie wusste nicht, wie viel von ihrer Ehe eine Lüge gewesen war.

Sie trat vor ihren Ankleidebereich, zog ihre Sachen aus und eine Jeans und ein Sweatshirt an. Nachdem sie ihr Make-up abgewaschen hatte, setzte sie sich in ihr kleines Arbeitszimmer und fuhr den Laptop hoch. Dem Himmel sei Dank für das Internet, dachte sie verbittert. Es bedurfte nur weniger Klicks und keinerlei Gespräch, um die Reise zu stornieren. Anschließend ging sie ins Gästezimmer, schloss die Jalousien und kroch ins Bett, wo sie sich die Decke über den Kopf zog.

Sie krümmte sich so klein wie möglich zusammen und sagte sich, dass sie weiteratmen musste. Mehr brauchte sie nicht zu tun. Alles andere würde sich von allein ergeben. Nigel war kein Idiot. Er würde sich erinnern, wie sehr er sie liebte und wie gut sie zusammen waren. Treasure war bloß eine flüchtige Affäre. Er würde über sie hinwegkommen und dahin zurückkehren, wo er hingehörte. Sie würden eine Paartherapie machen, bei der ihm klar würde, wie sehr er sie verletzt hatte, und er würde sie um Verzeihung bitten. Anfangs würde sie sich sträuben, aber letztlich würde er sie mit seiner Liebe und Freundlichkeit zurückerobern. Der Bruch in ihrer Ehe wäre gekittet, und sie würden weitermachen, ein wenig ängstlich, doch klüger und verliebter denn je. Sie würden gemeinsam alt werden, genau wie sie es sich vorgestellt hatte. Alles würde gut werden. Das musste es.

3. KAPITEL

»Da ist jemand, der neue Nebellichter und Scheinwerferhalterungen für seinen 67er Mustang braucht. Der Computer sagt, wir haben die Nebelleuchten-Sätze, aber als ich die holen wollte, konnte ich nicht erkennen, was was ist.«

Ali Schmitt wartete, während ihr Drucker die wöchentliche Inventarliste zu Ende druckte. Fragend blickte sie zu Kevin. »Nicht? Was ist denn unklar?«

Der Achtzehnjährige trat verlegen von einem Fuß auf den anderen. »Du weißt schon, äh … welche er braucht. Ray sagt, ich soll aufpassen, weil es einen Unterschied zwischen dem 67er und dem 68er Mustang gibt.«

Kevin war gerade mal seit sechs Wochen bei ihnen. Er war als Sammler eingestellt – als derjenige, der buchstäblich Teile von den Regalen einsammelte und sie hinüber zum Versand brachte, wo sie verpackt und an die Kunden geschickt wurden. Ray, Kevins Chef, ein Mann, der dafür lebte, sämtliche neuen Mitarbeiter zu schikanieren, machte dem Jungen wahrscheinlich aus Spaß das Leben schwer.

Ali warf Kevin einen Blick zu. Sie erinnerte sich, dass sie als Neue genauso verwirrt gewesen war. Bei ihr kam als zusätzlicher Nachteil hinzu, dass sie damals nicht mal sonderlich auf Autos gestanden hatte. Allerdings hatte sie in den letzten acht Jahren sehr viel dazugelernt. Auch wenn ihr bis heute kein Schauer über den Rücken rieselte, sobald sie an einen komplett restaurierten 1958er Thunderbird dachte, konnte sie bei den meisten Autogesprächen gut mithalten. Und sie war so etwas wie eine Motocross-Expertin, zumindest was die Ersatzteile anging. Tatsächlich hatte sie noch nie auf einem Zweirad mit Motor gesessen, und selbst bei denen mit Pedalen waren ihre praktischen Kenntnisse bestenfalls durchschnittlich.

»Welches Jahr?«, fragte sie und stapelte die Inventarlisten auf ihrem alten Schreibtisch. Dann ging sie hinüber zum Computer, um nach verfügbaren Ersatzteilen zu schauen. »Der Mustang. Welches Baujahr?«

»Ähm, 1967?« Es war eher eine Frage als eine Antwort.

»Da musst du dir sicher sein«, sagte sie, tippte einige Tasten an und brachte zwei Bilder nebeneinander auf den Monitor.

Sie deutete darauf. »Der links ist ein 1967er. Siehst du den Kühlergrill? Diese Strebe verläuft hinter den Nebelscheinwerfern und hält die quasi, sodass man keine Fassungen braucht. Scheinwerferfassungen für Nebelleuchten bei einem 67er? So was gibt's nicht.«

Kevin war fast einen Kopf größer als sie, schien jedoch zu schrumpfen, als sie sprach.

»Okay.« Er dehnte das Wort auf mindestens drei Silben. »Dann haben wir ein Problem mit der Bestellung, und ich muss die bestätigen lassen.«

»Stimmt.« Ali lächelte. »Du musst mit Ray reden.«

Kevins Miene wechselte von »verwirrt« zu »verängstigt«. »Muss ich?«

Ali seufzte. »Ja, er ist dein Boss.« Sie zögerte, ehe sie dem Unvermeidlichen nachgab. Irgendwie war sie immer diejenige, die einer Schäferhündin gleich den Neuen durch ihre ersten Schritte in der Firma half und sie in die richtige Richtung lenkte. »Er hat einen Hund. Coco Chanel. Da ist ein Foto von ihr auf seinem Schreibtisch. Mach dich niemals, unter gar keinen Umständen, über sie lustig. Sieh einfach zu dem Bild und sag ihm, dass sie der süßeste Hund aller Zeiten ist. Und dann bittest du ihn, dir zu bestätigen, was der Kunde bestellt hat.«

Kevin schien aufs Neue verwirrt, als er über ihren Rat nachdachte. Ali wusste jedoch, er würde wissen, was sie meinte, hatte er erst mal die Aufnahme von der fünf Pfund schweren Chihuahua-Hündin gesehen, die als Piratin verkleidet war.

»Danke, Ali.« Kevin ging los, drehte sich aber auf einmal zu ihr um. »Hat Ray das nicht gewusst, als er mich losgeschickt hat, damit ich die Scheinwerfer hole?«

»Wahrscheinlich. Er wollte sehen, ob du alleine dahinterkommst.«

»Oh.« Wieder sackten seine Schultern ein. »Aber bin ich nicht.«

»Heute nicht, doch das kommt noch. Wenn du unsicher bist, schlag den Wagentyp nach und vergewissere dich, dass du das richtige Ersatzteil hast.«

»Ein guter Rat. Danke.«

Ach, wieder jung zu sein, dachte Ali lächelnd. Dann nahm sie ihre Inventarlisten auf und blickte zur Wanduhr. Es war nicht so, dass sie ihren Job nicht liebte, aber dieses Wochenende war so vieles zu erledigen. Nur noch sieben Wochen bis zur Hochzeit, und ihre To-do-Liste vervielfachte sich dieser Tage wie von selbst. Heute Abend musste sie die Antwortkarten durchgehen, einige ihrer Küchenschränke ausräumen, den Inhalt in Kartons verpacken und anschließend die Auswahl der Tischdekos am Haupttisch auf zwei reduzieren. Die Blumen hatte sie schon ausgesucht, aber jetzt wollte die Floristin eine Entscheidung bis Montagmorgen, und Ali war wild entschlossen, sich bis dahin für ihre Favoriten entschieden zu haben. Würden die sich bloß nicht dauernd ändern.

Sie machte pünktlich Feierabend, was für einen Freitag ein echtes Highlight war, und fuhr zum Supermarkt. Da sie – mal wieder – auf einer strikten kohlenhydratreduzierten Diät war, kaufte sie Salat und ein Grillhähnchen. Trotz des verlockenden Wisperns der Tortilla-Chips und des Makkaroni-Salats blieb sie bei ihrer Liste, bezahlte an der Selbstbedienungskasse und war ein bisschen stolz auf sich. Sie hatte sich damit abgefunden, dass sie bei ihrer Hochzeit nicht spargeldürr sein würde, aber da sie bereits ihre letzte Anprobe gehabt hatte, durfte sie auch nicht mehr zunehmen. Nicht, dass sie das jemals planen würde, nur gab es Tage, an denen sie einzig ein Keks vorm Wahnsinn bewahrte.

Sie fuhr zu ihrem Apartment und parkte den Wagen. Als sie die Treppe halb hinauf war, sah sie jemanden vor ihrer Tür stehen. Eine große männliche Gestalt mit dunklem Haar.

Sie erkannte ihn an den breiten Schultern und der schmalen Taille. Dann drehte er sich um, und sie sah den vertrauten Dreitagebart auf seinem kantigen Kinn. Eins, was Glen und sie gemeinsam hatten, war, dass keiner von ihnen das attraktivste Kind in der Familie war. Sie musste damit leben, dass Finola und Zennie hübscher waren als sie, und Glen musste mit seinem jüngeren Bruder Daniel leben.

Obwohl Daniel nicht im konventionellen Sinne gut aussehend war, hatte er was. Etwas Dunkles und ein klein wenig Gefährliches. Eine Frau musste ihn nur ansehen und wusste, dass sie ein Risiko einging – der Sex wäre mit Sicherheit fantastisch, doch es bestünde eine fünfzigprozentige Chance, dass er hinterher ihr Auto klaute.

Metaphorisch gemeint natürlich, denn Daniel war kein Dieb, weit gefehlt. Er war ein erfolgreicher Geschäftsmann, der eine Motocross-Anlage betrieb. Und ironischerweise war er ein richtig guter Kunde von ihr. All die Bikes, die er vermietete, mussten gewartet werden, brauchten Ersatzteile, und da kam sie ins Spiel. Rein theoretisch müssten sie also befreundet sein. Was sie irgendwie auch waren. Bloß war da diese Art, wie er sie ansah. Sie konnte unmöglich einschätzen, was er dachte, dennoch war sie ziemlich sicher, dass er sie nicht mochte. Oder sie schlicht langweilig fand. Was beides nicht erklärte, wieso er vor ihrer Wohnungstür stand.

Er beobachtete, wie sie auf ihn zukam. Für eine Sekunde erstarrte er, als wollte er nicht mit ihr reden. Als wäre er lieber sonst wo und nicht hier, um auf sie zu warten. Stolpernd blieb sie stehen und war unsicher, was sie tun oder sagen sollte. Sofort fühlte sie sich in der Defensive und war verärgert – eine gewaltige Überreaktion, bedachte man, dass Daniel noch gar nichts gesagt hatte. Oh Mann, Daniel war Glens Bruder. Nach der Hochzeit wäre er ihr Schwager. Sie sollte wirklich lernen, mit ihm auszukommen.

Nun rang sie sich ein Lächeln ab. »Hey, das ist ja eine Überraschung. Ich muss gleich den Tischschmuck aussuchen. Möchtest du mir helfen? Du kannst stellvertretend für die männlichen Gäste mitentscheiden und sollte sich einer von denen beschweren, kann ich dir die Schuld geben.«

Sie wartete, dass er etwas sagte. Irgendwas. Wieder fühlte sie sich in die Enge getrieben und wurde noch unsicherer. Warum musste er so ein Blödmann sein?

»Ali, ich muss mit dir reden.«

Da war ein merkwürdiger Unterton – eine Dringlichkeit, bei der ihr Herz schneller schlug. Plötzlich begriff sie, dass dies kein Höflichkeitsbesuch war. Etwas stimmte ganz und gar nicht.

»Geht es um Glen? Ist er verletzt? Hatte er einen Autounfall?« Glen war beruflich unterwegs. »Ist sein Flugzeug abgestürzt?«

»Nein, nichts dergleichen. Mit Glen ist alles in Ordnung. Können wir reingehen?«

Ali schaffte es, die Tür aufzuschließen. Sie packte ihre Einkäufe in den Kühlschrank, legte ihre Handtasche auf den Küchentresen und drehte sich um. Daniel stand mitten in ihrem kleinen Wohnzimmer, als hätte er keine Ahnung, was er tun sollte. Ali ignorierte ihren schnellen Herzschlag und ihre zitternden Beine. Was es auch war, solange es Glen gut ging, kam sie damit klar. Es könnte Geschrei oder Tränen oder beides geben, aber sie würde es durchstehen.

»Sag schon«, flüsterte sie. »Jetzt sag, was ist.«

Er zeigte zum Sofa. »Setz dich.«

»Nein, ich bleibe lieber stehen.«

Daniel nahm sie an die Hand und führte sie zum Sofa. Nachdem sie sich hingesetzt hatte, setzte er sich neben sie und blickte ihr in die Augen.

Seine Iris waren dunkelbraun mit goldenen Sprenkeln. Die waren ihr vorher nie aufgefallen, doch sie war ihm auch noch nie so nahe gewesen. Emotionen spiegelten sich in seinen Zügen, und sie hätte schwören können, dass sie echten Schmerz erkannte, was keinen Sinn ergab.

»Daniel, ich habe keinen Schimmer, was los ist, aber in ungefähr dreißig Sekunden werde ich loskreischen, also raus damit. Ist wirklich alles okay mit Glen?«

»Ja. Es ist nicht …« Er wandte sich ab und raunte einen Fluch. »Ali, Glen ist nicht …« Jetzt sah er wieder zu ihr. »Glen löst die Verlobung. Er ist ein zu großes Arschloch, es dir selbst zu sagen, und hat mich beauftragt, es zu machen. Als ich mich weigern wollte, hat er gedroht, die nächsten Wochen einfach so zu tun, als wäre nichts, und dann nicht zur Trauung zu erscheinen. Ich weiß nicht, ob ich ihm das glaube oder nicht, aber ich konnte es nicht drauf ankommen lassen. Es tut mir leid. Du ahnst nicht, wie leid es mir tut.«

Nein. Nein! Dieses Wort hallte durch ihren Kopf, wiederholte sich, brach auseinander und formte sich neu. *Was? Nein.* Glen löste die Verlobung nicht. Das konnte er nicht.

»Du lügst.«

»Es tut mir leid.«

Sie sprang auf und funkelte ihn wütend an. »Warum machst du das? Findest du das witzig? Ich glaube dir nicht. Kann ich nicht.«

Ihr Brustkorb fühlte sich eng an, und auf einmal konnte sie nicht mehr atmen.

Sie eilte zur Tür, wollte sie öffnen, sank jedoch dagegen. Tränen brannten in ihren Augen. Nein, dachte sie panisch. Er durfte sie nicht verlassen. Sie wollten heiraten. Er *liebte* sie. Erst vor zwei Tagen hatte sie die Einladungen rausgeschickt!

Während der Schmerz in ihr tobte und sie spürte, dass ihr Herz in winzige Teile zerbrach, die nie wieder zu einem Ganzen würden, flüsterte eine schwache Stimme in ihrem Kopf, dass sie nicht komplett überrascht sein konnte. Tief im Innern hatte sie geahnt, dass etwas nicht stimmte.

Bevor sie dazu kam, mit der schrecklich grausamen Stimme einen Streit auszufechten, wurde sie von starken Armen eingefangen und herumgedreht. Daniel legte eine Hand an ihren Hinterkopf und drückte ihre Wange an seine Brust.

»Ich wünschte, ich könnte es besser machen, Ali. Leider weiß ich nicht, was ich sonst sagen soll, außer dass es mir leidtut. Falls es dir hilft, ich habe ihn geschlagen. Er hat eine blutige Nase und ein blaues Auge, und er ist der dämlichste Kerl aller Zeiten. Eines Tages wird er bereuen, dich aufgegeben zu haben, und damit für den Rest seines Lebens klarkommen müssen.«

Sie hörte seine Worte, aber sie bedeuteten nichts. Nichts war von Bedeutung. Sie würde zu Staub zerfallen und vom Wind fortgeweht werden. Sie schaffte es nicht, irgendwelche Kraft aufzubringen, und sackte einfach auf ihren Hintern.

Glen hatte Schluss gemacht. Nein, er hatte dafür gesorgt, dass die Erniedrigung und das Entsetzen schlimmer waren, als hätte er es ihr direkt gesagt. Er hatte seinen Bruder geschickt. Überdies war es kein simples Schlussmachen. Hier ging es um ihre *Heirat*.

Daniel hockte sich neben sie, und Ali wischte sich die Tränen ab. »Warum? Hat er gesagt, warum? Wir wollten heiraten. Ich habe ein Kleid und seinen Ring, und wir haben unsere Flitterwochen geplant. Wie kann er …« Sie musste schlucken. »Angeblich liebt er mich. Er hat gesagt, dass er mich liebt. Er hat mich *gesehen*.«

Das Zittern setzte erneut ein, erfasste ihren ganzen Körper und machte das Sprechen unmöglich. Daniel stand auf und verschwand aus ihrem Sichtfeld. Halb rechnete sie damit, die Wohnungstür zu hören, wie sie auf- und dann zuging. Stattdessen kehrte er mit ihrem Handy zurück.

»Wen kann ich anrufen? Du brauchst jemanden hier bei dir. Eine Freundin? Deine Mom?«

»Nein«, brachte sie heraus. »Nicht meine Mutter.« Nicht bloß verstünde die es nicht, sie würde es auch wieder so hindrehen, dass es um sie ging. »Finola.« Ja, ihre Schwester würde … »Nein, warte. Sie und Nigel fliegen morgen in den Urlaub. Ich will nicht, dass sie es erfährt.«

Die beiden konnten so selten mal weg, und Finola wollte ihren Mann mit der frohen Nachricht überraschen, dass sie bereit war, schwanger zu werden. Wenn sie ihr hiervon erzählte, würde sie alles ruinieren.

Ali schniefte und zeigte auf das Telefon. »Zennie. Ich habe sie gerade gesehen. Sie hat heute frei.« Es gab mehr zu sagen, doch sie konnte nicht. Nicht wenn das Schluchzen wiederkam und sie alle Mühe hatte, nicht zu schreien, weil alles so unfair und schmerzlich war. Was war passiert? Warum tat Glen ihr das an? Sie waren gut zusammen. Alles war so angenehm. Sicher, viel Leidenschaft war da nicht, aber eine Menge Leute wollten die gar nicht. Leidenschaft konnte anstrengend sein.

Die flüsternde, schneidende Stimme ertönte wieder und murmelte, dass Glen in letzter Zeit weniger aufmerksam gewesen war und sie, Ali, häufiger überlegt hatte, ob etwas nicht stimmte. Nur hatte sie nicht nachgefragt, weil sie es nicht wissen wollte.

»Du irrst dich«, flüsterte sie. »Glen liebt mich.« Allerdings war sein Verhalten nicht das eines liebenden Mannes. Eher war es das eines kompletten Idioten, der sie nie ernsthaft gemocht hatte.

Sie blickte auf, als Daniel eine Taste an ihrem Handy drückte.

»Zennie ist unterwegs«, sagte er, wobei er gleichzeitig traurig und mitfühlend wirkte, was es für sie noch beschämender machte. »Ich bleibe, bis sie hier ist.«

Anstatt ihm zu sagen, dass er das nicht musste, rappelte sie sich auf und griff nach ihrem Handy. Rasch schrieb sie Glen eine Nachricht.

Ist das wahr?

Sie musste nicht lange warten. Keine zwanzig Sekunden später erschien ein einzelnes Wort.

Ja.

»Mieser, verlogener, hinterhältiger, schwachsinniger Saftsack!«

Sie schmetterte ihr Handy an die Wand und schaute zu, wie es in zig irreparable Teile zerfiel. Natürlich würde sie es morgen ersetzen, dennoch. Und sie sicherte automatisch alles, wenn sie es auflud; außerdem hatte sie eine Handy-Versicherung. Neben der abgesagten Hochzeit und dem Verlust des Mannes, wenn auch nicht ihres Traummannes, aber doch des Typen, den sie heiraten wollte, was spielte es da für eine Rolle?

Wenig später wurde ihr der Fehler in ihrem Plan klar. Sie wandte sich zu Daniel um.

»Ich muss mal telefonieren.«

Der Mann hatte Mut. Trotz dem, was er eben beobachtet hatte, reichte er ihr sein Handy, ohne mit der Wimper zu zucken.

Sie ging in die Küche und zog eine Schublade auf. Nachdem sie durch die Speisekarten der Lieferdienste geblättert hatte, entschied sie sich für den Pizzaservice und wählte.

Sie nannte ihren Namen und die Adresse, dann bestellte sie: »Eine große mit verschiedenen Fleischsorten, extra Käse und Knoblauchbrot, zwei Becher Cherry Garcia. Oh, und den Schoko-Gugelhupf.« Sie hörte zu. »Vierzig Minuten ist super. Ich bezahle bar.«

Nachdem sie Daniel sein Telefon zurückgegeben hatte, holte sie zwei Flaschen aus der Speisekammer und reichte ihm den

Korkenzieher. Während er sich um den Rotwein kümmerte, nahm sie einen Schluck Tequila. Da sie wusste, dass sie Liebeskummer haben würde, konnte sie ebenso gut auch verkatert sein.

Sie wartete, dass der Alkohol in ihrem Magen brannte, und hoffte, es wäre heftiger als der Schmerz in ihrer Brust. Alles tat ihr weh, sie konnte nicht glauben, was geschah. Dass es einfach so vorbei war. Dass einfach so alles anders war. Sie würde nicht Mrs. Glen Demiter sein. Sie würde einfach weiter sie selbst sein, und das war nicht schlimm.

»Du musst nicht bleiben«, sagte sie, als sie sorgsam die Tequilaflasche zuschraubte. »Zennie ist bald hier, und mir geht es gut.«

»Es macht mir nichts aus zu warten.« Er nickte zur Flasche. »Du planst anscheinend eine Party.«

»Ich würde nicht direkt sagen, dass es spaßig wird«, erwiderte sie, Tränen stiegen ihr in die Augen.

»Weiß ich. Tut mir leid. Ich meinte nicht …«

»Ich weiß, was du gemeint hast.« Sie wischte sich die Wangen und versuchte zu lächeln. »Daniel, du bist sehr viel anständiger, als ich erwartet hätte. Danke dafür, aber um ehrlich zu sein, wäre ich gern ein paar Minuten allein, okay?«

Er zögerte, ehe er langsam nickte. »Ich sehe morgen nach dir.«

»Das musst du wirklich nicht.«

»Will ich aber.« Er überraschte sie, indem er näher kam und sanft ihr Gesicht berührte. »Versuch, dich nicht allzu sehr zu betrinken, sonst geht es dir morgen richtig dreckig.«

Ihre Mundwinkel zuckten. »Ganz ehrlich, ich werde so oder so einen beschissenen Morgen haben.«

Sie brachte ihn zur Tür und wartete, bis er den Flur entlang und die Treppe hinunter war. Danach sank sie auf den Boden und lehnte sich an die Wand. Schluchzend kämpfte sie gegen die hässliche Wirklichkeit, dass sie mal wieder allein zurückblieb.

Glen hatte versprochen, sie immer zu lieben, und er stand nicht mal die Verlobungszeit durch. Was war an ihr, das es so leicht machte, sie zu verlassen? Warum mochte sie keiner am liebsten?

Ein Lichtblitz lenkte sie ab, und als sie nach unten schaute, sah sie, dass sie noch ihren Verlobungsring trug. Der bescheidene, aber hübsche Diamant blinkte ihr entgegen, verhöhnte sie und ihren Schmerz. Sie zog den Ring ab und warf ihn in Richtung ihres kaputten Handys. Er sprang einige Male auf, bevor er im Elektroschrott liegen blieb.

Die Einzelteile lagen da wie eine perfekte Illustration ihres Lebens – einst ganz, jetzt bloß noch ein Haufen Müll.

4. KAPITEL

Beim Aufwachen am Samstagmorgen war Alis erster Gedanke die Frage, ob sie sich übergeben müsste oder nicht. Dank des Weins und des Tequilas war ein Großteil der letzten Nacht verschwommen. Zennie war lieb und verständnisvoll gewesen, aber sie war von jeher jemand, der nie mehr als ein Glas Wein trank, was bedeutete, dass die zwei leeren Flaschen hauptsächlich ihr Werk waren.

Ali veränderte ihre Position auf dem Sofa und begutachtete ihre Situation. Sie fühlte sich furchtbar. Ihr Schädel pochte, ihr Bauch tat weh und ihr Herz war kaum mehr als ein zerrissenes, feuchtes Papiertuch, aber sie glaubte nicht, dass sie kotzen musste.

»Klasse«, flüsterte sie und setzte sich hin.

Sie verzog das Gesicht im grellen Sonnenlicht, das ins Wohnzimmer fiel. Ihre Kopfschmerzen zogen merklich an. Warum konnte sie nicht irgendwo wohnen, wo es immerzu regnete wie in Seattle? Regen würde besser zu ihrer Stimmung passen.

Sie lehnte sich auf dem Sofa zurück und versuchte, ein klein wenig Energie aufzubringen, denn sie musste pinkeln und sollte sich wahrscheinlich die Zähne putzen. Danach wäre eine Dusche gut. Sobald sie allen normalen Kram erledigt hatte, müsste sie sich den Trümmern ihres Lebens und ihrer gelösten Verlobung stellen.

Glen war fort. An so viel erinnerte sie sich noch von gestern Abend. Zennie war mitfühlend und fürsorglich gewesen, hatte sie jedoch zu überzeugen versucht, dass alles wieder gut werden würde. Dass Daniel geschickt wurde, damit er die Drecksarbeit für Glen übernahm, sagte wohl alles. Glen war fertig mit ihr. Es gebe kein Zurück, keine Option, dies zu einer witzigen Geschichte für die Enkel umzudichten.

»Ist ja nicht meine erste gescheiterte Beziehung«, erinnerte sie sich und stöhnte über ihre laute Stimme. Oder war es vielleicht nur der Kater? Nein, es war nicht die erste Trennung, aber mit Abstand die schlimmste, denn sie hatte sich eingeredet, dass Glen sie wirklich liebte.

Darüber werde ich nicht nachdenken, sagte sie sich, als sie aufstand und wartete, bis das Zimmer aufhörte, sich zu drehen. Erneut überlegte sie, ob sie sich übergeben musste, und stellte fest, dass sie sich trotz ihres Brummschädels gar nicht mal so schrecklich fühlte. Vielleicht hatten die Pizza, das Eis und der Kuchen die Wirkung des Weins ein wenig abgefedert.

Sie ging ein paar Schritte und stolperte über den offenen Pizzakarton. Als sie das Gleichgewicht wiedergefunden hatte, blickte sie sich um. Überall war schmutziges Geschirr, dazwischen ein zweiter Pizzakarton und die Reste vom Kuchen. Vage erinnerte sie sich, dass ihre Schwester aufräumen wollte, sie aber darauf bestand, weiterzufeiern, nachdem Zennie gegangen war. Ihre Schwester hatte angeboten zu bleiben, doch sie fühlte sich betrunken genug, um es allein auszuhalten.

Wenigstens habe ich die erste Nacht überlebt, dachte sie und kippte beinahe um, als jemand an die Tür klopfte.

»Aufhören!« Sie eilte hin und öffnete. »Hör mit dem …« Sie blinzelte im grellen Licht und gleich noch mal, weil sie sicher war, dass sie halluzinierte.

»Was machst du hier?«

»Ich sehe nach dir«, antwortete Daniel, der an ihr vorbei in die Wohnung trat. »Wie war deine Nacht?«

»Was?« Sie starrte ihn an und bemühte sich zu begreifen, wieso er so viel klarer war als alles andere im Raum.

Offensichtlich hatte er geduscht. Er trug andere Sachen als gestern Nachmittag. Oder vielleicht auch nicht. Jedenfalls sah er frischer aus, als sie sich fühlte, doch sein Bart war verwirrend. Dieser Dreitagewuchs veränderte sich nie. Wie kam das? Und wie konnte er immer so perfekt sein? Jedes Haar hatte exakt die richtige Länge. Nahmen Typen Kurse, in denen sie es lernten, oder verwendeten sie spezielle Rasierer oder eine Schermaschine?

Ali fühlte, dass sie lächelte. Ja, es musste eine Schermaschine sein wie die für Hunde, bei der man genau einstellen konnte, wie lang das Haar bleiben sollte. Nicht dass sie sich Daniel vorstellen konnte, wie er eine Hundeschermaschine benutzte, trotzdem war es ein witziger Gedanke.

»Ich könnte noch etwas betrunken sein«, sagte sie mehr zu sich als zu ihm.

»Würde mich nicht wundern.« Er reichte ihr einen großen Kaffeebecher. »Den hier habe ich für dich gemacht.«

Sie nahm ihn, trank aber nicht. »Was ist das?«

»Ein Smoothie. Kokoswasser, roter Ginseng, Kaktusfeige und Ingwer. Musst du dich übergeben?«

»Jetzt vielleicht schon.« Sie rümpfte die Nase. »Ich weiß nicht mal, was Kaktusfeige ist.«

»Alles darin hilft gegen deinen Kater. Trink das und geh duschen. Hinterher sehen wir mal, ob du etwas essen willst.« Er hielt eine Einkaufstüte in die Höhe. »Ich habe Frühstück mitgebracht.«

»Du musst in kürzeren Sätzen sprechen«, sagte sie und nahm einen Schluck. Der Smoothie war gar nicht übel. Hauptsächlich schmeckte er nach Schokolade und ein bisschen nach Kokosnuss, was logisch war, immerhin enthielt er Kokoswasser. Andererseits schmeckte Kokoswasser eigentlich nicht nach …

»Wo waren wir gerade?«, fragte sie.

Daniel lächelte sie an. *Das* erregte ihre Aufmerksamkeit. Sie war sicher, dass sie ihn noch nie lächeln gesehen hatte, zumindest nicht wegen etwas, das sie gesagt oder getan hatte. Für gewöhnlich blickte er ernst und kritisch drein, als würde sie fies stinken, was sie nicht tat – außer vielleicht heute Morgen, und das war ja wohl nicht ihre Schuld.

»Was sagst du?«, fragte er.

Zu seinem Lächeln? Das war eine ziemlich persönliche Frage. Ach so, nein. »Zu dem Smoothie? Der ist gut.«

»Trink aus, dann geht es dir besser.« Er schaute sich um. »Also war es okay gestern Abend mit deiner Schwester?«

»Ja, das war gut. Ich meine, scheußlich wegen Glen, aber Zennie war sehr süß. Ich habe geweint, mich betrunken und ihn wüst beschimpft, und sie hat angeboten, ihm die Leber zu entfernen.«

Daniel zog die Augenbrauen hoch. »Das ist sehr speziell.«

»Zennie ist OP-Schwester. Ich sage nicht, dass sie es toll hinbekommen würde, doch wir würden ja auch nicht wollen, dass er die OP überlebt, deshalb ist es egal.« Sie trank mehr von ihrem Smoothie, und ihr fiel wieder ein, dass ihr Besucher Glens Bruder war.

»Du weißt, dass das mit seiner Leber ein Scherz ist, oder?«

»Ja, und selbst wenn nicht, unter den gegebenen Umständen darfst du stinksauer sein.«

»Verdammt richtig. Was für ein Blödmann. Es ist nicht fair. Ich habe ihn geliebt, wollte ihn heiraten. Warum kann er nicht mehr wie Nigel sein? Das ist der Mann meiner Schwester Finola. Nigel ist wunderbar. So gutaussehend und erfolgreich. Er ist Schönheitschirurg, nicht irgendein blöder Ingenieur, der Abwasserrohre entwirft. Ich hasse ihn. Glen, nicht Nigel.«

»Ja, das war mir klar.« Daniel legte seine Hände auf ihre Schultern und drehte sie um. »Duschen, dann frühstücken. Danach denken wir uns einen Plan für heute aus.«

»Okey-dokey.«

Sie trank ein bisschen mehr von ihrem Smoothie und ging ins Bad. Drinnen schaltete sie das Licht ein, schloss die Tür und drehte sich um, sodass sie in den Spiegel blickte, und schrie auf.

»Oh mein Gott!«

»Alles okay?«, fragte Daniel durch die Tür.

»Nein! Warum hast du nichts gesagt?«

»Worüber?«

Sie hörte, dass er amüsiert war. »Geh weg.«

»Gehe schon.«

Sein leises Lachen verklang ein wenig. Ali stellte die Lüftung an, um es gar nicht mehr zu hören, und überprüfte den Schaden.

Von »Schlafhaar« zu sprechen, wäre maßlos untertrieben. Die Hälfte ihres Haars stand widerlich zerzaust ab, sie hatte Schokoladenstreifen auf den Wangen, Pizzaflecken auf ihrem Shirt und blutunterlaufene, geschwollene Augen.

Lass mich auf der Stelle sterben, betete sie, wobei sie sich auszog und die Dusche aufdrehte. War zwei Monate vor der Hochzeit abserviert zu werden denn nicht schlimm genug? Musste sie auch noch aussehen, als hätte sie nur knapp eine Wohnheimparty überlebt?

Eine halbe Stunde später war sie bereit, sich der Welt zu stellen. Irgendwie. Sie hoffte, dass Daniel gegangen war, glaubte indes nicht, dass ihr das Glück derart hold wäre. Immerhin hatte sie geduscht, sich die Haare gewaschen und sie geföhnt. Sie hatte ihre Zähne geputzt, sie mit Zahnseide bearbeitet und sich frische Sachen angezogen. Und sie hatte den Smoothie ausgetrunken, der ihr verblüffend guttat. Abgesehen von leichten Kopfschmerzen, fühlte sie sich überhaupt nicht schlecht. Sofern sie die gelöste Verlobung ausklammerte, verstand sich. Die war auch noch da.

Sie ging ins Wohnzimmer und fand es verwandelt vor. Fort waren die Pizzakartons, die leeren Weinflaschen und das schmutzige Geschirr. Ihr Couchtisch war saubergewischt und die Trümmer ihres Handys lagen in einer kleinen Plastiktüte direkt neben ihrem Verlobungsring.

Bei dem Gedanken, dass ihr Apartment genauso übel ausgesehen hatte wie sie selbst, wurde sie rot vor Scham. War nicht irgendwo mal das Limit erreicht, wie sehr ein Mensch beschämt werden konnte?

Daniel stand in der Küche und schnippelte Pilze. Für so einen Macho-Typen wirkte er erstaunlich entspannt. Auf der

Arbeitsfläche warteten ein Eierkarton und eine Packung Bacon. Ali roch Kaffee und lebte förmlich auf.

»Du hättest nicht bleiben müssen«, sagte sie, als sie den Kaffee ansteuerte. »Im Ernst, du hast mehr als genug getan.« Sie schwenkte den leeren Thermobecher. »Das hier hat super gewirkt, vielen Dank. Garantiert hast du heute was vor.«

Und, da sie schon beim Thema waren, sie war nicht sicher, wie lange sie sich noch zusammenreißen könnte. Jetzt ging es ihr gut, aber irgendwann würde der Schmerz wieder zuschlagen. Dann würde sie heulen und jammern wegen eines Mannes, der nicht mal den Mumm hatte, von Angesicht zu Angesicht mit ihr Schluss zu machen.

»Ich habe Pläne«, sagte er und legte das Messer hin. »Als Erstes mache ich dir Frühstück, danach gehen wir dir ein neues Telefon kaufen.«

Sie blickte zu der kleinen Tüte mit den Handy-Scherben. »Ist wahrscheinlich nötig. Meins ist mehr so im Humpty-Dumpty-Zustand, und ich habe weder des Königs Pferde noch seine Mannen.«

Er grinste ihr zu. »Dir geht es besser.«

»Das liegt am Ginseng.«

»Oder an der Kaktusfeige.«

Sie verzog das Gesicht. »Reden wir nicht darüber.«

»Kein Problem. Ich dachte, wenn wir dein neues Handy gekauft haben, denken wir uns eine Strategie aus.«

»Wofür?«

»Wie wir die Hochzeit absagen.«

Ali stand der Mund offen. Ja, Mist! Sie musste die Hochzeit abblasen. Und zwar im Sinne von: Alles rückgängig machen, was bereits geschehen war. Da waren die Räumlichkeiten, das Essen und …

»Ich habe gerade erst die Einladungen rausgeschickt«, sagte sie.

»Ja, meine war am Donnerstag da.«

»Wir haben Geschenke bekommen, seit wir die Save-the-date-Karten verschickt haben. Ich muss es allen sagen. Das wird nett.« Sie schenkte sich Kaffee ein. »Hey, Welt, Glen hat es sich anders überlegt und will mich doch nicht mehr heiraten. Bedaure, es gibt keine Party.«

Daniel schlug das Ei auf, das er in der Hand hielt, wischte sich die Finger an einem Geschirrtuch ab und kam zu ihr. Er legte seine großen, männlichen Hände auf ihre Schultern und blickte ihr in die Augen.

»Mein Bruder ist ein Arschloch und ein Idiot. Er macht einen Fehler, aber ich hoffe, bis er es begreift, bist du völlig über ihn hinweg und kannst darüber lachen, wie erbärmlich er ist. Du bist süß, hübsch, witzig und freundlich, und er hatte dich nie verdient.«

Ihr war bewusst, dass er nur nett war, dennoch. Wow. Diese Worte, dieser intensive Blick, diese Nähe.

»Mann, im Trösten bist du richtig gut«, sagte sie. »Du solltest das vielleicht mal als Halbtagsjob nebenher versuchen. Da könntest du ein Vermögen verdienen.«

Er lächelte. »Ich bin mit meinem gegenwärtigen Job recht zufrieden, aber danke für das Kompliment.«

Nun widmete er sich wieder dem Eieraufschlagen, und ihr blieb die Tatsache, dass sie eine Hochzeit absagen musste. Glen hatte es ja nicht mal fertiggebracht, selbst mit ihr Schluss zu machen, da würde er garantiert nicht helfen.

»Versteh mich nicht falsch, aber ich hasse ihn.«

»Jetzt gerade hasse ich ihn auch.« Daniel sah sie an. »Ich habe einige Artikel runtergeladen, was in welcher Reihenfolge zu erledigen ist. Die habe ich mitgebracht.«

Er zeigte zu einer schlichten Mappe neben ihrer Handtasche auf dem kleinen Tisch bei der Wohnungstür.

Ali dachte an all die Arbeit, die sie in die Hochzeitsvorbereitungen gesteckt hatte, und wie viel mehr auf sie zurollte, wenn sie alles wieder abblies. Und sie dachte daran, wie glücklich sie bis gestern gewesen war und wie unglücklich sie jetzt war. Alles war anders. Nein, korrigierte sie sich. Alles war genau wie vorher. Das war es, was sie verloren hatte, das Versprechen von etwas Besserem mit Glen. Nun hatte sie nur noch, wer und was sie immer gewesen war. So viel zum Thema, was zum Kotzen war.

Sie sah Daniel an und dann das Essen. Und sie dachte an die Hoffnung, die sie gehabt hatte, wie sehr sie sich gewünscht hatte, Teil von etwas zu sein, eine Familie zu gründen. Mit Glen natürlich. Er war der Mittelpunkt ihres …

Ihre Augen fingen an zu brennen, und das nicht wegen Schlafmangels. »Ich kann das nicht«, flüsterte sie.

Daniel drehte sich zu ihr um. »Ali?«

»Ich kann das nicht. Kann nicht die muntere, frisch getrennte Frau sein, die alles gebacken kriegt, und ich kenne dich nicht gut genug, um vor dir zusammenzubrechen. Sei mir bitte nicht böse.«

Er wischte sich die Hände am Geschirrtuch ab. »Bin ich nicht.«

»Ich muss das nur verarbeiten. Ich werde mir ein neues Telefon besorgen und mich damit einige Stunden ablenken. Und ich will einfach nur weiteratmen.« Sie nickte zu dem Ordner. »Ich bin dir wirklich dankbar, dass du mir Informationen bringst, wie ich meine Hochzeit absage, doch das muss ich auf morgen verschieben.« Sie versuchte zu lächeln und scheiterte kläglich. »Du bist echt nett, und ich danke dir, aber ich …«

»Du brauchst Zeit für dich allein, schon kapiert.«

Er kam zu ihr, legte wieder seine Hände auf ihre Schultern und küsste sie sanft auf die Wange. »Das Frühstück geht auf mich. Ich sehe morgen nach dir.«

»Musst du nicht.«

»Will ich aber.«

»Schuldgefühle, oder? Du fühlst dich mies wegen dem, was Glen getan hat.«

»Ja.«

»Damit kann ich leben.«

Sie brachte ihn zur Tür. Als er weg war, schloss sie die Augen und versuchte, sich einen Plan auszudenken. Sie brauchte ein neues Handy. Das kam zuerst. Danach würde sie ins Kino gehen. Es musste irgendwo ein Kinderfilm laufen, der sie ablenkte. Oder ein netter Horrorfilm, der sie so sehr ängstigte, dass sie alle Traurigkeit vergaß. Oder vielleicht beides. Später würde sie sich die Seele aus dem Leib heulen, und morgen würde sie sich wieder einkriegen. Sie hatte die erste Nacht überlebt. Jetzt musste sie nur noch den Rest ihres Lebens durchstehen.

Zennie verbrachte den Samstag mit den üblichen Erledigungen, die dafür sorgten, dass ihr Leben reibungslos verlief. Während sie einzelne Aufgaben auf der Liste in ihrem Kopf abhakte, kam sie jedoch nicht umhin, die dunkle Wolke zu fühlen, die über ihr schwebte. Ihre Schwester tat ihr unsagbar leid – niemand verdiente es, so abserviert zu werden. Glen war ein richtiger Esel, und sie hoffte, dass er ein langsames, schmerzvolles Ende nähme. Nicht, dass es Ali besser ginge, wenn Glen etwas Schlimmes widerführe. Das konnte nur die Zeit erreichen, aber sie hatte das Gefühl, dass es irgendwas zu tun oder zu sagen geben musste. Sie hatte nur keine Ahnung, was. Sie selbst war nicht direkt ein warmherziger Mensch, und unter den Schwestern standen sich Ali und Finola am nächsten. Die zwei verband etwas, das sie nie mit ihnen geteilt hatte. Vielleicht lag es am großen Altersunterschied zwischen der Ältesten und der Jüngsten – sieben Jahre. Finola hatte geholfen, Ali großzuziehen, wohingegen sie, Zennie, ihrem Vater viel näher gewesen war.

Am Samstagmorgen hätte sie Finola beinah eine Nachricht geschrieben, sich dann aber gesagt, dass Ali schon klarkam. Finola und Nigel brauchten die Woche Urlaub. Und selbst wenn es unsensibel anmutete, Ali hatte in ein paar Tagen, wenn Finola wieder da war, auch noch ein gebrochenes Herz.

Nach ihrem Drei-Uhr-Yogakurs kehrte Zennie in ihre Wohnung zurück, um zu duschen. Sie war am Abend mit Clark verabredet – ihre Schuld. Sie hätte absagen sollen. Es war nicht so, dass er kein netter Typ war – war er ohne Frage –, aber er war niemand, mit dem sie sich langfristig sah. Was sie noch nie bei irgendwem getan hatte. Sie war nie ein Mädchen gewesen, das Puppen mochte und Hochzeit spielte. Überhaupt hatte sie kaum mit Puppen gespielt. So war sie einfach nicht. Dieses ganze Zweisamkeitsding mochte für andere super sein, sie interessierte es nicht.

Nun stand sie vor ihrem winzigen Kleiderschrank und dachte sehnsüchtig an einen Abend allein zu Hause, an dem sie die neue Staffel von *The Crown* guckte, aber es wäre unhöflich, so spät noch abzusagen, also musste sie da durch.

Sie wählte ihre schwarze Standard-Caprihose und ein schwarzes Trägershirt, dazu eins von drei weiten Tops, die für die meisten gesellschaftlichen Anlässe geeignet waren. Dann schlüpfte sie in ein Paar flache Sandalen, bevor sie ins Bad zurückkehrte, wo sie sich der lästigen Aufgabe widmete, ihre Wimpern zu tuschen und Lipgloss aufzutragen. Ehrlich, Männer schminkten sich nie, wenn sie weggingen, warum musste sie? Es war barbarisch. Als würde sie sich bereitmachen, auf irgendeinem Konkubinenmarkt verkauft zu werden.

Das übertriebene Bild ließ sie schmunzeln. Zennie nahm ihre kleine Tasche aus dem großen Beutel und ging zur Tür. Das Restaurant, das Clark vorgeschlagen hatte, war nahe genug, dass sie zu Fuß hingelangen konnte. Und da sie nicht mehr fahren musste, würde ein zweites Glas Wein das Date eventuell erträglicher machen.

Zennie erreichte das italienische In-Restaurant pünktlich. Clark war schon dort und sprach mit der Kellnerin, deshalb nahm sie sich eine Sekunde, um ihn anzusehen und zu überlegen, warum er für sie nicht infrage kam.

Er sah recht gut aus. Zwar gab sie von jeher nicht viel auf

Äußerlichkeiten, doch er fiel eindeutig in die »Ja, nett«-Kategorie. Clark war etwas über eins achtzig groß, hatte dunkles lockiges Haar und dunkle Augen. Er trug eine Brille und wirkte stets ein bisschen ernst. Er war intelligent, begeisterte sich für seine Arbeit und konnte gut zuhören. Eigentlich sollte sie sich auf diese Verabredung freuen, anstatt zu hoffen, dass sie bald vorbei war. Und was bedeutete das? Wenn an Clark nichts auszusetzen war, musste sie das Problem sein. Andererseits war immer sie das Problem.

Er drehte sich um und sah sie. Seine Augen leuchteten auf, und er lächelte strahlend. »Zennie, auf die Minute! Wie geht es dir?«

Er nahm ihre Hand und beugte sich vor, um sie zu küssen. Obwohl sie sich ermahnte, es nicht zu tun, wandte sie in letzter Sekunde den Kopf leicht ab, sodass seine Lippen auf ihre Wange trafen.

»Mir geht es gut«, sagte sie. »Danke für die Einladung. Ich freue mich.«

Er richtete sich wieder auf, und sie sah, dass das Leuchten in seinen Augen matter geworden war. Als hätte es seine Gefühle verletzt, dass sie sich nicht auf den Mund küssen ließ. Sie wollte die Augen verdrehen und schreien. Was hatten denn alle? Warum musste sich alles um Liebe, Sex und Zweisamkeit drehen? Jetzt musste sie dafür sorgen, dass er sich besser fühlte, sonst würde der Abend zu einem Desaster. Am besten korrigierte sie das gleich und brachte es hinter sich. Dann könnte sie nach Hause und *The Crown* sehen.

»Entschuldige«, sagte sie, hakte sich bei ihm ein und lehnte sich an ihn. »Es war ein verrückter Tag. Alis Freund hat mit ihr Schluss gemacht. Sie ist am Boden zerstört, und ich weiß nicht, wie ich ihr helfen soll.«

Clarks gesamte Haltung veränderte sich. Er entspannte sich und nahm sie in den Arm.

»Sie waren doch verlobt, nicht?«

Ehe Zennie antworten konnte, kam die Kellnerin, um sie zu ihrem Tisch zu bringen.

Sobald sie in einer ruhigen Ecke saßen, neigte Clark sich zu ihr. »Was ist passiert?«

»Nichts Gutes. Anscheinend hat Glen es ihr nicht mal selbst gesagt, sondern seinen Bruder geschickt. In sieben Wochen sollten sie heiraten, und dann bringt er diese Nummer? Was ist mit dem los? Ali ist noch nie sehr selbstbewusst gewesen, und jetzt das. Ich weiß nicht, wie sie sich davon erholen soll.«

Sie hatte ein schlechtes Gewissen, weil sie die Tragödie ihrer Schwester benutzte, um den Abend zu überstehen, und nahm sich vor, die ganze nächste Woche besonders nett zu sein, um ihr Karma wieder ins Gleichgewicht zu bringen.

»Sie und Finola sind sich so nahe. Leider ist Finola heute verreist, und Ali wollte es ihr nicht direkt vorher erzählen.«

»Finola ist die vom Fernsehen?«

Sie nickte. »Sie und ihr Mann kommen nicht oft weg, deshalb wollte Ali es ihnen nicht verderben. Wenn ich nur wüsste, was ich sagen kann. Vielleicht sollte ich anfangen zu boxen, damit ich ihn zusammenschlagen kann.«

Clark lächelte. »Da würdest du ihn gleich auf mehreren Ebenen erniedrigen. Respekt.«

Der Kellner kam und nahm ihre Getränkebestellung auf. Als er wieder weg war, fragte Clark: »Ist es schwierig, jemanden Berühmtes in der Familie zu haben?«

»Ich sehe Finola eigentlich nie als Berühmtheit. Sie ist nur im Fernsehen. Vermutlich wird sie auf der Straße erkannt, zumindest hier. Manchmal, wenn wir zusammen unterwegs sind, kommt jemand und möchte mit ihr reden, aber nicht sehr oft. Ich schätze, weil wir dann dabei sind. Finola sagt, Leute kommen dauernd auf sie zu.«

»Würde dir das gefallen?«, fragte er.

»Oh Gott, nein! Es würde mich wahnsinnig machen.«

»Mich auch. Ich ziehe kleine Gruppen von Leuten vor, die ich gut kenne, keine großen Mengen Fremder.«

»Geht mir genauso, obwohl die Familie anstrengend sein kann. Meine Mutter hat gerade beschlossen, sich zu verkleinern. Sie wohnt noch in dem Haus, in dem wir alle aufgewachsen sind, also ist ihr letzter Umzug ungefähr dreißig Jahre her. Als meine Eltern sich vor fast zehn Jahren scheiden ließen, hat mein Vater so gut wie nichts mitgenommen. Teils absichtlich, schätze ich, weil er auf einem Boot leben wollte.« Sie lächelte. »Da ist kein Platz für große Elektrowerkzeuge.«

»Schon für einen Schraubenzieher ist es eng«, scherzte er.

»Ja, genau! Jedenfalls will meine Mutter in einen viel kleineren Bungalow am Strand ziehen, und sie erwartet, dass wir alles im Haus durchgehen und uns überlegen, was wir haben wollen, was sie weggeben und was sie behalten soll. Das wird ein Albtraum.«

Der Kellner brachte die Getränke.

»Familie ist etwas Schönes«, sagte Clark. »Selbst wenn sie nervt.«

Zennie wurde bewusst, dass sie die letzten zwanzig Minuten geredet hatte.

»Du sprichst nie von deiner«, sagte sie und hatte wieder ein schlechtes Gewissen. Offenbar war es das Thema des Abends.

»Ich habe keine. Keine so nahe Verwandtschaft.« Er zuckte mit den Schultern. »Meine Eltern habe ich schon als Kind verloren. Danach bin ich bei entfernten Verwandten aufgewachsen, die ihr Bestes getan haben, jedoch nie Kinder wollten. Sie haben sich anständig verhalten, wofür ich dankbar bin, aber ich wusste immer, dass ich störe.«

»Wie furchtbar.« Niemand sollte mit dem Gefühl groß werden, unerwünscht zu sein.

»Ist schon okay. Ich habe es ja überstanden. Und in gewisser Weise hat es mich zu dem gemacht, der ich heute bin. Ich wollte dauernd aus dem Haus, wir haben in der Nähe vom Zoo in Memphis gewohnt. Da war ich fast täglich und fing an, mich für Primaten zu interessieren. Irgendwann habe ich ehrenamtlich da gearbeitet, und dann wusste ich, dass ich sie mein Leben lang studieren will.«

Er trank einen Schluck von seinem Wodka mit Tonic. »Eine klare Orientierung zu haben, hat geholfen. In der Schule passte ich nie richtig rein, und so wurde der Zoo zu meiner Zuflucht. Nach ein paar Jahren beschloss ich, Orang-Utans zu retten. Als ich ans College ging, war ich dank meiner Arbeit im Zoo allen anderen voraus. Ich bin jeden Sommer zurück und habe weiterhin ehrenamtlich dort gearbeitet. Bei meinem Abschluss hatte ich bereits einige Erfahrung, und die half mir, einen Job zu bekommen. Und jetzt sind wir hier.«

Zennie hatte gewusst, dass Clark im Zoo von Los Angeles arbeitete, doch seine Geschichte hörte sie zum ersten Mal. Wahrscheinlich, weil sie nie gefragt hatte. Sie hatte nicht einmal versucht, ihn kennenzulernen, stellte sie fest. Was die Frage aufwarf, wieso sie überhaupt mit ihm ausgegangen war.

»Zennie, dies ist unser viertes Date«, sagte er plötzlich.

Prompt verkrampfte sich ihr Magen. Was sollte das heißen? Was war so magisch am vierten Date? Sie war erst so selten in einer Beziehung gewesen, dass sie über das erste oder zweite Date hinaus kaum Erfahrungen vorweisen konnte.

»Okay«, sagte sie langsam. »Du hast recht, ist es.«

Er blickte von ihr zu seinem Drink und wieder zurück. »Versteh mich nicht falsch, aber ich habe den Eindruck, dass du nicht wirklich auf mich stehst.« Er grinste verhalten. »Vergiss die Filmanspielung.«

Sie wusste ehrlich nicht, was sie sagen sollte. Er war ja nett und alles, doch sie war einfach nicht der Typ, der wegen eines Mannes aus dem Häuschen geriet. Nur, wie drückte sie das aus, ohne dass es klang, als würde sie ihn in die Wüste schicken?

»Ich mag dich sehr«, fuhr er fort. »Ich finde dich super. Klug, interessant und hübsch. Das hier kann allerdings nicht einseitig sein.« Er blickte ihr in die Augen. »Werde bitte nicht sauer, aber ist es möglich, dass du lesbisch bist?«

Sie sank auf ihrem Stuhl zurück und sah ihn wütend an. »Nein, bin ich nicht. Mann, warum fragen Leute mich das? Ist es wegen der kurzen Haare? Das ist ein Klischee, klar? Ich bin nicht homosexuell.«

»Bist du sicher?«

»Ja. Das Problem sind nicht Männer, sondern ich bin es. Ich bin schlicht nicht gut, was Beziehungen angeht. Ich sehe den Reiz nicht. Mein Leben ist prima. Ich habe Freunde, meine Familie und meine Arbeit. Was brauche ich mehr? Warum muss ich Teil eines Paares sein? Das steckt eben nicht in mir. Und was das Lesbische angeht, darüber habe ich nachgedacht, doch Frauen interessieren mich körperlich wirklich nicht. Ich war auf dem College, hätte experimentieren können, habe ich aber nicht. Ich will nicht mit einer Frau zusammen sein.«

»Ich hatte mich das nur gefragt.«

»Jetzt weißt du es.« Sie beugte sich vor. »Nicht jeder muss immerzu einen Partner haben. Ich weiß, dass es biologisch bedingt ist, aber dieser Trieb stammt aus einer Zeit, als keiner dreißig wurde. Heutzutage ist es nicht mehr nötig, trotzdem machen es immer noch alle, und vielleicht will ich das nicht. Ich finde nicht, dass deshalb etwas mit mir nicht stimmt.«

»Ich auch nicht.« Sein Tonfall war ärgerlich sanft. »Hast du schon Sex gehabt?«

Sie wollte ihren Kopf auf den Tisch schlagen. »Ja, ich habe Sex gehabt. Mit einem Mann, ehe du fragst. Im Ernst? Du denkst, ein Penis würde das besser machen?«

»Ich frage ja nur.«

»Es war gut. Nett. Doch eine Menge Dinge sind nett.«

Sie wartete auf die Schlaumeierbemerkung, dass der Typ alles falsch gemacht haben musste und er sie retten oder ändern oder überzeugen könnte.

Stattdessen sagte er: »Es klingt, als wärst du dir sehr klar darüber, was du nicht willst, und ich stehe auf dieser Liste.«

»Was? Nein, Clark. Das habe ich nicht gemeint.«

»Zennie, ich fing mit der Vermutung an, dass du eigentlich nicht auf mich stehst, und nichts von dem, was du gesagt hast, hat mich vom Gegenteil überzeugt. Ich finde dich fantastisch, und ich wünschte, es würde funktionieren. Tut mir echt leid, denn ich werde dich vermissen, aber ich denke nicht, dass du dasselbe von mir behaupten kannst, oder?«

Anstatt auf ihre Antwort zu warten, legte er zwei Zwanziger auf den Tisch. »Für die Rechnung«, sagte er, bevor er aufstand. Er zögerte kurz, dann verließ er das Restaurant.

Zennie saß da und war nicht ganz sicher, was eben geschehen war. Offensichtlich würde sie nicht noch mal von Clark hören. Normalerweise war sie es, die Schluss machte; er war ihr zuvorgekommen. Das war okay für sie. Es war ja nicht so, als wäre sie in ihn verliebt. Sie kannten sich kaum. Nun konnte sie zu ihrem geregelten Leben zurückkehren.

Als sie aufstand und zur Tür ging, wurde ihr bewusst, dass sie beide, ihre Schwester und sie, innerhalb von vierundzwanzig Stunden abserviert worden waren. Nicht dass das, was ihr passiert war, irgendwie mit dem zu vergleichen wäre, was Ali durchmachte. Dennoch waren sie jetzt beide Single. Ihre Mutter würde alles andere als begeistert sein, so viel stand fest. Ihr Traum von Enkelkindern verblasste minütlich. Die arme Finola – nun blieb alles an ihr hängen. Wenigstens konnte man darauf zählen, dass deren Beziehung stark blieb, egal was kam.

5. KAPITEL

Sonntagmorgen war Ali wieder verkatert, diesmal jedoch emotional, nicht von Alkohol. Nachdem sie sich ein neues Handy besorgt und in zwei Kinofilme gegangen war, war sie nach Hause zurückgekehrt und hatte sich der Realität ihrer geplatzten Verlobung gestellt. Den Samstagabend verbrachte sie damit, Fotos von sich und Glen anzusehen, ihre Lieblingssongs zu spielen und zu schluchzen, bis sie keine Tränen mehr hatte. Danach schlief sie wieder auf dem Sofa und träumte, dass sie in einer fremden Kirche stand, umgeben von allen, die sie kannte, und auf einen Bräutigam wartete, der nicht erschien. Sie wachte mit Rückenschmerzen und dem Entschluss auf, erwachsen zu sein, ganz gleich, wie wenig sie es wollte.

Mit den Lebensmitteln, die Daniel dagelassen hatte, machte sie sich Frühstück. Zwar sah ihr Omelett entsetzlich misslungen aus, aber es enthielt alles, was sie brauchte. Sie aß es, schenkte sich einen Becher Kaffee ein und schlug die Mappe auf, die Daniel ihr gestern gebracht hatte.

Da waren ein halbes Dutzend Artikel, was zu tun war, um eine Hochzeit abzusagen. Einer beinhaltete sogar eine Checkliste. Ali las einige Artikel, schloss die Augen und sagte sich, dass es okay war. Sie stand das durch – auch wenn es beängstigend war. Im Grunde war das Absagen einer Hochzeit dasselbe, wie eine zu planen, nur umgekehrt. Sie musste alle Verträge ausdrucken, die Bedingungen durchlesen und dann die Firmen kontaktieren. Einiges müsste so oder so bezahlt werden. Sie war jedoch ziemlich sicher, dass alle Verträge eine Rücktrittsklausel enthielten. Und da es noch sieben Wochen bis zum Termin waren, fielen die Zahlungen vielleicht nicht ganz so grausam aus, aber dennoch.

Weil er so viel mehr verdiente als sie, hatte Glen das meiste bezahlt. Ihre Eltern hatten beide behauptet, arm zu sein, und ihr jeweils tausend Dollar angeboten. Von dem Geld hatte sie ihr Kleid gekauft. Doch nachdem Glen die Beziehung gelöst hatte, bezweifelte sie, dass er für die restlichen Posten freiwillig noch irgendwas herausrücken würde. Trotzdem musste sie sich überlegen, wie sie ihn dazu brachte, zumindest die Hälfte dessen zu zahlen, was sie aufbringen mussten. Sie hatte alle Verträge in gutem Glauben unterschrieben und …

Ali stöhnte. *Sie* hatte die Verträge unterschrieben. Nicht sie und Glen, nur sie. Sie war diejenige gewesen, die alle Anbieter ausgesucht hatte. Glen war ständig auf Reisen gewesen. Falls er also nicht zahlen wollte, könnte sie nichts tun und müsste alles allein begleichen. Kein hübscher Gedanke.

Sie blickte zur To-do-Liste und wünschte, sie hätte ihr erstes Stöhnen des Tages nicht schon vergeudet. Punkt zwei nach dem Informieren sämtlicher Anbieter war, es den Gästen mitzuteilen.

Scham überkam sie. All die Menschen, die sie am liebsten hatte, würden erfahren, dass Glen sie abserviert hatte. All ihre und seine Freunde und jeder, mit dem sie arbeitete. Sie müsste es ihnen sagen.

Sie nahm ihr neues Handy hervor und fing an, ihm zu schreiben.

Was zur Hölle ist passiert?

Nach einer Sekunde löschte sie den Text und versuchte es noch einmal.

Wir müssen reden. Wir haben eine Hochzeit abzusagen.

Sie wollte ihr Handy schon wieder hinlegen, da bemerkte sie, dass er direkt antwortete. Nach einer Minute las sie seine Nachricht und rang nach Luft.

Ich wollte nie heiraten. Das ist deine Sache.

»Nein!« Ali sprang auf und funkelte ihr Handy erbost an. »Kommt nicht infrage, du Mistkerl.« Wütend tippte sie:

Es ist nicht meine Sache. Du hast mir den Antrag gemacht. Bis dahin hatte ich kein Wort von Heirat gesagt. Du hattest den Ring gekauft und mir den Antrag gemacht. Das hier betrifft uns beide. Es gibt eine Menge zu regeln, und du solltest mir helfen. Außerdem erwarte ich, dass du die Hälfte der Kosten übernimmst.

Die drei Punkte erschienen, und sie wartete.

Ich werde nicht helfen, aber ich schicke einen Scheck.

Sie fand, das war immerhin etwas. Für einen Moment zögerte sie, ehe sie tippte:

Verrätst du mir, warum du Schluss gemacht und es mir nicht mal selbst gesagt hast?

Abermals folgten Punkte.

Ich wollte nicht mehr mit dir zusammen sein, und ich wollte mir nicht anhören, wie du bettelst.

»Was? Betteln? Davon träumst du doch, du kranker Bastard!«

Fast hätte sie ihr Telefon wieder weggeschleudert, kam aber rechtzeitig zur Besinnung. Das war gut. Lieber vor der Hochzeit leiden, als ihn zu heiraten, ein paar Kinder zu bekommen und dann zu entdecken, dass er ein Arschloch ist. Betteln. Von wegen!

Tränen brannten ihr in den Augen, die sie rasch wegblinzelte. Sie tippte:

Schick einfach einen Scheck.

Sie warf das Handy aufs Sofa. Nachdem sie einige Minuten auf und ab gegangen war, hatte sie ihre Atmung und ihre Wut unter Kontrolle. Es war eine Menge zu erledigen, und es blieb allein an ihr hängen. Sie würde das Richtige tun und akzeptieren, dass es ihren Charakter formte. Wenn alles geregelt war, würde sie jemanden suchen, der eine Voodoo-Puppe von Glen anfertigte, in die würde sie dann immer wieder mit einer sehr spitzen, sehr langen Nadel hineinstechen.

Ali nahm sich einen Block, druckte ein paar Kopien von der Checkliste aus und setzte sich hin, um zu überlegen, was sie wann tun musste. Verträge, Anbieter, Gäste und noch tausend andere Sachen, dachte sie.

Zwei Stunden später hatte sie eine vage Vorstellung, wie viel Arbeit zu erledigen war. Sie hatte einige der Verträge gelesen und erfahren, dass sie auf jeden Fall Stornogebühren bezahlen musste. Für die Location – ein Haus mit Garten hoch oben in den Bergen auf der Nordseite des Tales – war der volle Betrag fällig, falls die nicht innerhalb von zwei Wochen eine Ersatzbuchung bekamen. Ali hoffte, das ganze Gerede von der Warteliste stimmte. Dasselbe galt für die Barkeeper und den Caterer. Vor Montag würde sie kaum jemanden telefonisch erreichen, also konnte sie nur die Daumen drücken, dass es klappte.

Beim Floristen war der Vertrag weniger heftig. Sie würde fünfundsiebzig Prozent auf den Gesamtbetrag für Blumenschmuck zurückbekommen, was in etwa ihrer Anzahlung entsprach. Jippie. Auf dem Kleid blieb sie sitzen. Es war gekauft, bezahlt und bereits geändert, daher ließ es sich unmöglich zurückgeben.

Obwohl noch mehr zu klären war, beschloss sie, gleich schon mal die Verständigung der Gäste in Angriff zu nehmen. Allerdings wollte sie keinen Haufen Anrufe machen, was bedeutete, dass sie wieder Briefe verschicken müsste. Die Adressen waren in einer Datei auf ihrem Computer gespeichert, folglich musste sie rein theoretisch nur einen Text ausdrucken und ihn rumschicken.

Sie suchte online nach Ideen, wie man so was anstellte, und entschied sich für etwas Schlichtes. Nach wenigen Minuten auf der Vistaprint-Website hatte sie Postkarten bestellt. Sie bezahlte den Aufschlag für die Expresslieferung und notierte sich, dass sie bei der Post vorbeifahren und Briefmarken besorgen musste.

Hinterher war sie bereit, vorerst Schluss zu machen. Jeder Frau ist nur ein begrenztes Maß an Hochzeitsstornierung pro Tag zuzumuten, dachte sie finster. Morgen würde sie weitermachen. Es war ein schöner Sonntag. Sie sollte irgendwas unternehmen, hatte jedoch keine Ahnung, was. Normalerweise hätten Glen und sie etwas vorgehabt. Oder sie hätte sich mit Finola getroffen. Hätte sie gewusst, dass sie einen freien Tag hatte, hätte sie sich mit einer ihrer Freundinnen verabredet. Tja, das oder vielleicht Glen mit dem Auto überfahren.

Bevor sie nachdenken konnte, ob es noch irgendwelche Filme gab, die sie sich ansehen wollte, klopfte es an der Tür. Sie öffnete und versuchte, nicht ganz so überrascht auszusehen, wie sie war.

»Wieder?«, fragte sie unwillkürlich.

Daniel lächelte sie an. »Ich freue mich auch, dich zu sehen.«

Er ging an ihr vorbei, als würde er gewohnheitsmäßig bei ihr reinschauen, und betrat ihr Apartment.

»Wie geht's?«, fragte er, nachdem sie die Tür geschlossen und sich verwundert zu ihm umgedreht hatte.

»Ich habe bisher kein weiteres Handy zerdeppert, aber nur, weil ich rechtzeitig daran dachte, dass es nicht gut ist. Glen benimmt sich wie ein Arsch.«

»Wundert mich nicht. Ich nehme an, er will dir nicht helfen, die Hochzeit zu stornieren.«

Sie schüttelte den Kopf. »Ich habe ihm geschrieben, und er war nicht direkt kooperativ. Er hat gesagt, dass er nichts regeln will, aber er hat angeboten, mir einen Scheck zu schicken.«

»Und wie weit bist du?«

»Ich habe einige Listen gemacht. Im Grunde ist es eine Hochzeitsplanung rückwärts. Und ich habe die Artikel gelesen, die du mitgebracht hattest. Vielen Dank dafür. Die sind wirklich hilfreich. Jetzt muss ich die Verträge durchgehen und ausrechnen, wer was bekommt.«

Es fühlte sich bizarr an, das mit ihm zu besprechen, doch sie schätzte, dass es okay war – sie wären ja beinahe verwandt gewesen.

»Ich muss auch allen Gästen Bescheid geben, dass die Hochzeit abgeblasen ist.« Sie rümpfte die Nase. »Was ich nicht so spaßig finde.«

»Rufst du sie an?«

»Oh Gott, nein! Das würde es noch schlimmer machen. Ich will mir nicht anhören müssen, dass ich ihnen leidtue oder dass sie ›gleich geahnt haben, dass etwas nicht stimmt‹.« Hier malte sie Anführungszeichen in die Luft. »Ich habe Karten bei Vistaprint bestellt und schicke sie raus, sobald sie hier sind. Ich habe eine Datei mit den Adressen.«

Ihr fiel ein, dass sie ihn bitten sollte, sich zu setzen, aber das kam ihr seltsam vor.

»Warum bist du hier?«, platzte sie heraus. »Also nur aus reiner Neugier. Ist es nicht irgendwie, na ja, komisch?«

»Ich mache mir Sorgen um dich. Was Glen getan hat, ist unverzeihlich.«

Und das hieß was? Er sprang hier für ihn ein? Mimte den Ersatz für ihren Verlobten? War der artige Bruder?

»Daniel, du bist wunderbar gewesen. Der Smoothie gestern dürfte dich definitiv zum Anwärter für eine Heiligsprechung gemacht haben, aber ich komme klar. Es ist hart, ich fühle mich traurig, blöd und wütend. Irgendwann wird die Wut abklingen und ich werde anfangen, ihn zu vermissen, auch wenn es noch nicht so weit ist.«

»Wünschst du dir immer noch, dass er tot ist?«

»Weniger tot als verstümmelt.«

»Das verstehe ich.«

Sie sahen einander an. Ali wandte als Erste den Blick ab.

»Also, ähm, hat er zufällig gesagt, warum er mich nicht mehr heiraten will?«, fragte sie und hoffte, dass sie neugierig klang und nicht erbärmlich. »In seinen Textnachrichten war er nicht direkt ausführlich.«

Daniel schob die Hände in seine Jeanstaschen. »Tut mir leid, aber er hat lediglich erklärt, dass es für ihn vorbei ist. Ich wünschte, ich wüsste mehr.«

»Ja, weiß ich. Und, hey, du hast ihn geschlagen, was sehr nett war. Ich bin sicher, wenn sich die Dinge beruhigt haben, können er und ich reden, sodass ich einige Antworten bekomme. Oder nicht.«

»Doch, bestimmt. Und jetzt möchte ich dir helfen, die Hochzeit abzusagen.«

»Danke, aber das ist nicht nötig.«

»Du solltest es nicht selbst tun müssen. Gib mir irgendeine leichte Aufgabe wie zum Beispiel den Vertrag mit dem Fotografen. Den rufe ich morgen an und regle alles. Und wenn ich es gut mache, darfst du mir etwas Schwierigeres zutrauen.« Sein Blick aus dunklen Augen wirkte ernst. »Ehrlich, es ist unfair, dass du alles allein erledigen musst.«

Das klang richtig nett, vor allem von ihm mit seinem Dreitagebart und in dem lässigen Sonntagslook mit Jeans und L. A.-Dodgers-T-Shirt.

»Warum tust du das?«, fragte sie. »Brüderliche Schuldgefühle?«

»Die und weil ich will.«

»Warum solltest du mir helfen wollen, meine Hochzeitsplanung rückgängig zu machen?«

Er sah sie an und lächelte. »Weil ich dich mag.« Dann streckte er eine Hand aus. »Gib mir den Vertrag und keiner kommt zu Schaden.«

Er mochte sie? Er *mochte* sie? Was sollte das heißen? Nichts natürlich, sagte sie sich. Er meinte eine Fast-Schwägerin-Art von Mögen. Daniel war sexy und gefährlich mit seinem Motocross-Geschäft, seinen Tattoos und seinem selbstbewussten Auftreten. Sie war die Art Frau, die von den dämlichen Glens dieser Welt attraktiv gefunden wurde. Außerdem: nein und nein. Er hatte es nur gesagt, um nett zu sein. Er mochte sie, wie Leute Gurken mochten. Sie waren akzeptabel und harmlos. Sie war wie eine Gurke.

Okay, das klang selbst in ihrem Kopf schräg. Ali seufzte. Diese Trennung hat mehr als mein Herz beeinträchtigt, dachte sie traurig. Sie verlor allmählich den Verstand.

»Der Fotografenvertrag. Kommt sofort«, sagte sie.

Daniel blickte auf die Uhr. »Den hole ich mir später. Wir müssen los.«

»Los wohin?«

»Zum Dodgers-Spiel. Es fängt in einer Stunde an, also müssen wir uns beeilen. Auf geht's. Hast du eine Dodgers-Baseball-Mütze? Falls nicht, ist schon okay. Ich habe eine als Ersatz im Truck.« Da war sein Lächeln wieder. »Wir sind auf der guten Seite im Stadion – an der dritten Base-Line. Da haben wir die Sonne im Rücken und müssen nicht blinzeln, um zu sehen, was los ist.«

Ali starrte ihn an. Ein Dodgers-Spiel? Sie war noch nie ein Baseball-Fan gewesen, doch es war allemal besser, als schmollend zu Hause zu hocken.

»Du bist richtig nett zu mir«, sagte sie und griff sich ihre Tasche.

»Ja, weiß ich. Ich bin einer von den Guten.«

Er sagte es halb scherzhaft, dennoch traf es sie mitten ins Herz. Sie hatte angenommen, Glen sei einer von den Guten.

Und das so sehr, dass sie sich erlaubte, sich in ihn zu verlieben und eine gemeinsame Zukunft zu planen. Doch er hatte sie betrogen. Er hatte sie und ihre Zukunft verlassen, ohne es ihr direkt zu sagen, was alles schlimmer machte.

Ali versuchte, diese Gedanken von sich zu weisen. Kein Glen-Elend mehr – wenigstens nicht heute. Ihr war ein Nachmittag bei einem Baseballspiel angeboten worden, was eine unerwartete Ablenkung darstellte. Sie musste sich ins Hier und Jetzt stürzen.

Auf dem Weg zum Truck verbarg sie ihr Grinsen. »Baseball, das ist das mit den Schlägern, was draußen gespielt wird, oder?«

Daniel sah sie an. »Nimmst du mich auf den Arm? Bitte sag, dass es ein Scherz ist und du das Spiel kennst.«

Lächelnd stieg sie auf den Beifahrersitz. »Natürlich ist das ein Scherz. Ich weiß, dass Baseball das Spiel ist, bei dem der Ball getreten wird.«

»Du machst mich fertig, Ali.«

»Dann ist meine Arbeit hier getan.«

Zennie kam einige Minuten zu früh in den Park und nutzte die Zeit, um sich aufzuwärmen und ihre Muskeln zu dehnen. Beim Yoga gestern war sie ein bisschen aggressiv gewesen, hatte sich über das vertretbare Maß gedehnt, dafür bezahlte sie heute Morgen.

Außerdem war sie müde. Sie hatte schlecht geschlafen, vermutlich, weil sie über ihr verkürztes Date mit Clark nachgedacht hatte. Es war weniger so, dass er ihr fehlen würde, als dass ihr der Gedanke zusetzte, dass mit ihr etwas nicht stimmte. Was überhaupt nicht zutraf.

Auf die Minute pünktlich traf Bernie in ihrem Wagen ein. Zennie ging ihr entgegen.

Sie und Bernadette Schmahl hatten sich in ihrem ersten Jahr an der UCLA ein Wohnheimzimmer geteilt. Bernie hatte da schon gewusst, dass sie Lehrerin werden wollte, und Zennie war nicht minder entschlossen gewesen, Krankenschwester zu werden. Sie waren ungefähr gleich groß und von ähnlicher Statur, und beide liebten sie Sport und hielten die Monty Pythons für die Witzigsten aller Zeiten. Es war Mitbewohnerin-Liebe auf den ersten Blick für sie beide gewesen. Der einzige Unterschied zwischen ihnen war ihr Aussehen. Zennie war eine langweilige blauäugige Blondine, Bernie hingegen die »hübsche Freundin« mit den hohen Wangenknochen und der dunkelbraunen Haut.

Sie hatten auch über das College hinaus engen Kontakt gepflegt, und Zennie war bei Bernies Heirat mit Hayes die Trauzeugin gewesen. Jeden Sonntagmorgen liefen sie zusammen – manchmal nur zu zweit, manchmal in einer Gruppe. Das einzige Mal, dass sie eine Pause eingelegt hatten, war vor drei Jahren gewesen, als bei Bernie Gebärmutterkrebs diagnostiziert wurde. Ihre Freundin hatte die Operation und die Chemo durchgestanden und beides überlebt. Jetzt war sie glücklich, gesund und lebte ihr Leben weiter.

»Ich freue mich, dass du gekommen bist«, sagte Bernie grinsend, als sie langsam zu joggen anfingen.

Ihre Route führte sie über die Schleife Woodley Park/Lake Balboa. Es waren nur etwas über fünf Meilen und alles relativ eben. Keine Herausforderung, aber bei diesem Lauf ging es ebenso sehr ums Reden wie ums Sporttreiben. Es war noch kühl und der Himmel wolkenlos. Später würde es wärmer werden, doch jetzt fühlten sich die knapp zwanzig Grad richtig gut an.

»Warum hätte ich nicht kommen sollen?«, fragte Zennie.

»Ich habe den Surf-Bericht gesehen. Du könntest draußen auf den Wellen sein.«

»Lieber bin ich mit dir zusammen.«

»Ach, ist das süß! Danke. Wie geht es dir?«

»Kompliziert«, gestand Zennie. »Glen hat mit Ali Schluss gemacht.«

»Was? Nein. Ist nicht wahr. Die Hochzeit ist doch wann? In zwei Monaten? Hayes und ich haben schon die Einladung.«

»Sie hat es am Freitag erfahren.« Zennie erzählte ihr, was geschehen war. Und während sie sprach, legten sie an Tempo zu.

»Ali ist verzweifelt, und weil Finola verreist ist …« Sie schnitt eine Grimasse. »Ich war am Freitagabend bei ihr. Ich muss sie später mal anrufen und fragen, wie es ihr geht.«

»Sicher wird sie sich freuen. Ich habe Glen nie kennengelernt, aber jetzt hasse ich ihn.«

»Womit wir schon zwei wären. Ich hatte gerade die Anprobe für mein Brautjungfernkleid. Das ist wirklich hübsch. Marineblau und ein schöner Schnitt.«

Bernie grinste. »Ach, kein limonengrüner Rüschentraum?«

»Ganz und gar nicht.« Zennie rümpfte die Nase. »Es ist so furchtbar. Ich schwöre, gäbe es Finolas Ehe mit Nigel und deine mit Hayes nicht, würde ich sagen, dass das ganze Konzept von Liebe und Glück ein Schwindel ist.«

»Oh, oh.«

»Was?«

Bernie schüttelte den Kopf. »Du hattest gestern Abend ein Date. Wenn du behauptest, dass Liebe ein Schwindel ist, lief es nicht gut. Was ist passiert? Ich dachte, du magst Clark. Ich habe geglaubt, dass ihr zwei eine Chance habt. Er hat sich anbetungswürdig angehört. Jeder, der sich der Pflege von Tieren verschreibt, muss ein netter Kerl sein, und du brauchst einen netten Kerl.«

Zennie stöhnte. »Es waren bloß vier Dates. Was soll das Drama?«

»Ich möchte nur, dass du glücklich bist.«

»Bin ich. Ich liebe mein Leben. Nicht jeder muss in einer festen Beziehung sein. Das ist kein Gesetz.«

»Na gut, dann sei ruhig ein Freak. Ich liebe dich trotzdem. Also, wie hast du es beendet? Sag bitte, dass du behutsam warst.

Ich würde es schrecklich finden, wenn du den armen Clark verletzt hast.«

Die Frage ist verstörend, dachte Zennie und wurde noch schneller. Die mittleren drei Meilen liefen sie immer flotter und nutzten die letzte, um langsam abzukühlen.

»Ich habe nicht Schluss gemacht. Er hat gesagt, dass es vorbei ist. Eigentlich hat er gesagt, dass er merkt, wie wenig ich an ihm interessiert bin.« Seine Frage, ob sie lesbisch sei, erwähnte sie nicht, denn die war zu schräg und peinlich.

»Nein! Hast du ihm gesagt, dass er sich irrt?« Bernie sah sie verärgert an. »Hast du nicht, oder? Zennie, also echt! Was hast du denn an ihm auszusetzen?«

»Nichts. Ich habe ihn gemocht. Nur nicht so sehr. Hör mal, können wir über was anderes reden? Was macht die Arbeit? Wie geht es Hayes? Überlegt ihr immer noch, euch eine Katze zuzulegen?«

Bernie lachte. »Wir haben nie überlegt, eine Katze anzuschaffen. Ich bin viel eher ein Hundemensch, und darüber sprechen wir noch. Was die Arbeit betrifft, läuft alles bestens. Diese Woche nehmen wir das Thema Geld durch.«

»Ist sechs nicht ein bisschen jung, um schon in den Kapitalismus einzusteigen?«

Bernie unterrichtete Vorschulkinder an einer prestigeträchtigen Privatschule in Sherman Oaks. Sie war die beliebteste Lehrerin dort, und Eltern setzten ihre Kinder bereits auf die Warteliste für ihre Klasse, ehe die ein halbes Jahr alt waren.

»Wir lernen die unterschiedlichen Geld-Arten. Das gehört zu unserem Matheunterricht. Nächste Woche bringe ich mal einige ausländische Währungen mit, da werden die Kleinen Bauklötze staunen.«

Sie unterhielten sich für den Rest ihrer Runde weiter. Als sie zum Parkplatz kamen, holte Bernie Smoothies aus der Kühlbox auf der Rückbank ihres Wagens und sie gingen zu den Picknickplätzen. Nachdem sie sich gestreckt hatten, setzten sie sich einander gegenüber hin.

Dies war ebenfalls Teil ihres Rituals. Ein proteinreicher Smoothie und ein halbstündiger Plausch, ehe jede in ihr geschäftiges Leben zurückkehrte.

Bernie nahm ihren Smoothie auf und stellte ihn wieder hin. »Vor ein paar Wochen hatte ich meine Nachuntersuchung.«

Sofort verkrampfte sich Zennies Magen vor Furcht und Sorge, ihr brach kalter Schweiß aus. »Und?«

Bernie lächelte strahlend. »Alles klar. Es war in jeder Hinsicht super. Die Ärzte sind überzeugt, dass sie alles rausbekommen haben, und obwohl ich die nächsten Jahre weiter Nachuntersuchungen haben werde, haben sie gesagt, ich soll mir ein schönes Leben machen.«

Vor Erleichterung sackte Zennie ein wenig in sich zusammen. »Du hast mir Angst gemacht. Nächstes Mal komm bitte als Erstes mit der guten Nachricht.«

»Entschuldige, das wollte ich nicht. Mir geht es gut. Ich fühle mich prima. Besser denn je.«

»Hayes sollte dich zur Feier auf eine Kurzreise entführen. Ihr habt es verdient.«

»Witzig, dass du das sagst. Hayes und ich wollen feiern, aber anders. Wir wollen ein Baby.«

Zennie war gleichermaßen erfreut wie mitfühlend. Bernies Krebsbehandlung hatte unter anderem eine Totaloperation nötig gemacht. Es war ausgeschlossen, dass sie selbst ein Kind austrug oder auch nur ihre eigenen Eier nutzte. Und wegen ihrer Krebsdiagnose würden Schwangere auf der Suche nach Adoptiveltern für ihr Kind Bernie und Hayes wohl eher nicht in Betracht ziehen.

»Und wie wollt ihr das machen?«, fragte Zennie bemüht zuversichtlich. »Adoption?«

»Nein, mit einer Leihmutter. Wir würden eine Eizellenspende und Hayes' Sperma nehmen. Wir haben viel recherchiert, im Grunde ist es ein recht simples Prozedere.«

Zennie lächelte. »Also letztlich eine künstliche Befruchtung. Das sollte einfach sein. Ich glaube, die nehmen eine Bratenspritze, um das Sperma zu injizieren.«

Bernie verdrehte die Augen. »Keine Bratenspritze, aber der Vorgang ist ähnlich. Wir suchen uns eine Leihmutter, warten ihren Eisprung ab, und zack ist sie schwanger.«

»Es klingt sehr viel unkomplizierter und schneller als eine Adoption. Und es ist legal, oder? Ihr müsstet euch keine Sorgen machen, dass die Leihmutter es sich anders überlegt?«

»Die Sorge bleibt immer, aber Kalifornien ist anderen Bundesstaaten weit voraus, was Leihmutterschaft angeht.« Bernie umfing ihren Smoothie mit beiden Händen. »Zennie, ich möchte etwas sagen. Hör mir zu und antworte ehrlich. Egal, was, du bist meine beste Freundin und wirst es immer sein. Bitte hab keine Hemmungen, Nein zu sagen.«

Zennie starrte ihre Freundin an. Auch wenn sie bereits ahnte, was kommen würde, erstaunte es sie, als Bernie sagte: »Hayes und ich würden dich gern als unsere Leihmutter und Eispenderin in Betracht ziehen.«

Es leuchtet ein, dachte Zennie. Sie war jung, gesund und stark. Sie hatte keine Beziehung, war gut versichert, und es war ja nicht so, als würde sie ihre Fortpflanzungsorgane anderweitig nutzen. Ein Baby auszutragen, war jedoch eine große Sache. Wenn sie ehrlich war, wusste sie nicht viel über Schwangerschaft, abgesehen von dem, was sie in ihrer Ausbildung auf der Entbindungs- und der Kinderstation gelernt hatte.

»Wir würden für alle Kosten aufkommen«, fuhr Bernie fort. »Für alle medizinischen Zusatzleistungen, deine Umstandskleidung und besondere Ernährung, die du brauchst. Nach der Entbindung hättest du Anspruch auf Mutterschutz, wir würden dir einen weiteren Monat bezahlen, damit du dich richtig erholen kannst.«

Sie verstummte und zuckte mit den Schultern. »Ich möchte

mehr sagen, aber das mache ich jetzt nicht. Wenn du Nein sagen willst, nur zu. Ich würde es wirklich verstehen.«

Zennie griff über den Picknicktisch nach Bernies Hand. »Hör auf. Ich sage nicht gleich Nein. Ich bin überrascht, doch ich habe irgendwie damit gerechnet. Sicher habe ich nie darüber nachgedacht, aber wer sonst? Ich bin deine beste Freundin, Bernie. Ich mag dich und Hayes sehr, und ich möchte, dass ihr glücklich seid. Du wärst eine fantastische Mutter. Es ist nur eine große Sache, und ich muss ein bisschen darüber nachdenken.«

Bernie stiegen Tränen in die Augen. »Natürlich. Nimm dir so viel Bedenkzeit, wie du brauchst. Und wenn es ein Jahr ist. Du musst dir sicher sein und genau wissen, worauf du dich einlässt.«

»Ich werde nachdenken und mich schlaumachen und es wird kein Jahr dauern.«

Bernie wischte sich die Tränen ab. »Danke, dass du es überhaupt in Erwägung ziehst.«

»Ich danke dir, dass du mich fragst. Es ist eine Ehre. Aber jetzt müssen wir los. Du musst nach Hause zu deinem gutaussehenden Mann, und ich muss ein wenig recherchieren.«

Sie standen auf und umarmten sich.

»Ich melde mich«, versprach Zennie.

»Danke.«

Als sie in ihren Wagen stieg, wusste Zennie, dass sie eine Menge zu überlegen hatte. Ihr erster Impuls war gewesen, zuzustimmen und selbstverständlich als Leihmutter einzuspringen. Aber sie war sich auch bewusst, dass es womöglich die größte Entscheidung ihres Lebens war und keine, die man auf die leichte Schulter nehmen durfte. Dennoch ging es hier um Bernie, und Zennie bezweifelte, dass sie ihrer Freundin diese Bitte abschlagen könnte.

6. KAPITEL

Finola hatte Mühe, die Zahlen auf der Digitaluhr neben ihrem Bett zu entziffern. Dabei waren sie groß genug und wurden sogar noch an die Zimmerdecke projiziert. Das Problem war nicht die Größe oder die Helligkeit, sondern dass die Dinger nicht aufhören wollten, sich zu bewegen.

Sie sprangen vor und zurück wie tanzende Flöhe, sodass ihr der Kopf schwirrte. Blöde Zahlen, dachte sie und fragte sich, ob das ausreichend witzig war, ihr ein Lächeln zu entlocken, was nichts anderes bisher gekonnt hatte.

Sie war ziemlich sicher, dass sie betrunken war. Seit irgendwann am Freitagabend hatte sie stetig Wodka getrunken, und heute war Sonntag. Immer noch tat ihr alles weh, war ihr permanent übel, und an der Stelle in ihrer Brust, wo ihr Herz sein sollte, klaffte ein Loch.

Wieder blickte sie zur Uhr und riet, dass sie zwanzig vor zehn anzeigte. Abends, sagte sie sich, sah aber sicherheitshalber zum Fenster.

Jap. Es war dunkel, also nachts. Zwanzig vor zehn am Sonntagabend. Einen Tag hatte sie vollkommen allein verbracht, da Nigel trotz seines Versprechens nicht vorbeigekommen war.

Sie hatte gewusst, dass er nicht kommen würde, würde das jedoch nur vor sich selbst zugeben. Nach dem, was er getan hatte, wollte er ganz gewiss nicht mit ihr reden. Nigel liebte es, auf ihre Fehler hinzuweisen, hörte indes ungern von seinen eigenen. Dennoch konnte er ihr das hier nicht anlasten, ganz gleich, wie sehr er sich bemühte. Deshalb mied er sie. Es war lediglich eine Charakterschwäche.

Das sagte sie sich seit Stunden und hoffte, sie würde es irgendwann glauben. Doch jetzt, als sie in ihrem gemeinsamen Bett in ihrem gemeinsamen Schlafzimmer in ihrem gemeinsamen Haus lag und daran dachte, dass er wahrscheinlich in diesem Moment mit Treasure schlief, fiel es ihr beständig schwerer, zu glauben, dass es nicht mehr war. Ihr schwirrender Kopf und ihr benebelter Verstand reichten nicht aus, sie von der entsetzlichen Wahrheit abzulenken. Nigel war nicht weggeblieben, weil er sich schämte oder mit Sex beschäftigt war. Er war nicht gekommen, weil er nicht hier war.

In L. A., fügte sie in Gedanken an, denn sie dachte keineswegs, dass er tot war.

Sie griff nach ihrem Tablet, legte es hin und stieß einen leisen Fluch aus. Nachdem sie sich aufgesetzt hatte, trank sie mehr Wodka und verzog das Gesicht. Das Eis hatte sich aufgelöst und den Drink verwässert. *Dämliche Gesetze der Physik oder was immer das Schmelzen von Eiswürfeln kontrolliert!* Sie wollte keinen wässrigen Wodka, sondern kalten.

Sie öffnete ihr Tablet und ging direkt auf die TMZ-Homepage. Besonders genau musste sie nicht hinsehen, um die Schlagzeilen zu entziffern: Hat Treasure einen Neuen?

Finolas Sicht verschwamm wieder, da sie erneut zu weinen begann. Wütend wischte sie die lächerlichen, nutzlosen Tränen weg und klickte auf den Link, der sie zu dem Artikel führte. Dort waren mehr Bilder als Text, was ihr recht war. Das Letzte, was sie wollte, war, noch mehr Kopfschmerzen zu bekommen, indem sie viel zu kleine und sich bewegende Schrift las.

Stattdessen studierte sie die Fotos und versuchte, sich nichts daraus zu machen, wie jung Treasure war und wie unglaublich sie in einem sehr winzigen Bikini aussah.

»Sieh sich einer ihren Hintern an!«

Finola dachte an die vielen Stunden, die sie Sport trieb, und dass es mit jedem Jahr ein wenig schwerer wurde, alles hoch, fest und straff zu halten.

Das Leben war vieles, aber fair zählte nicht dazu.

Es gab mehr Bilder, alle von Treasure. Sobald Finola hingenommen hatte, dass die andere Frau einen sagenhaften Körper hatte, achtete sie mehr darauf, wo die Fotos aufgenommen worden waren. Ein Wort sprang ihr entgegen: »Bahamas.« Ihr bereits angegriffener Magen revoltierte.

»Da ist er nicht«, flüsterte sie, obwohl ihr klar war, dass er es sein musste. Wieder sah sie die Bilder an, wobei ihr Augenmerk nun den Leuten im Hintergrund galt. Kein Nigel, kein Nigel, kein …

Sie kehrte zu einer der Aufnahmen zurück, die sie schon gemustert hatte, und sah genauer hin. Dort, im Hintergrund. Das Bild war verschwommen, aber sie erkannte den Mann. Er war bei ihr. Nigel war mit Treasure auf die Bahamas geflogen.

»Schwein!«

Sie griff nach ihrem Drink, da fiel ihr wieder ein, dass er zu wässrig war, und sie sprang aus dem Bett. Das war ein Fehler, denn nun drehte sich das Zimmer um sie und ihr wurde schlecht. Sie hielt sich am Nachttisch fest. Als sie halbwegs sicher war, dass sie nicht umkippen würde, ging sie in den Flur und umklammerte auf dem Weg nach unten in die Küche den Handlauf.

Auf dem Tresen standen zwei leere Wodkaflaschen. Eine dritte war noch ziemlich voll. Finola goss den lauwarmen Inhalt ihres Glases in die Spüle, gab Eis hinein und kippte Wodka drauf. Nach zwei großen Schlucken stellte sie das Glas hin und schloss die Augen.

Nigel war mit seiner dreiundzwanzigjährigen Geliebten verreist. Jetzt gerade waren sie zusammen, hatten Sex oder machten sich über sie lustig – auf fiese, hinterhältige Weise. Er hatte sie einfach so verlassen, ohne jede Vorwarnung. Er hatte sie an dem Wochenende verlassen, an dem sie ihm sagen wollte, dass sie bereit für ein Kind war.

Traurigkeit überwältigte sie. Trauer um das, was sie verloren hatte. Um all ihre Hoffnung, dass es ihm leidtäte und sie das überwinden würden. Allerdings wusste sie ehrlich nicht, ob das ginge. Und bevor sie überhaupt erwog, ihm zu verzeihen, musste Nigel nach Hause kommen, was garantiert nicht geschehen würde.

Frische Tränen kamen, begleitet von Frust, Wut und Schmerz. Sie hasste Nigel, *hasste* ihn. Sie wünschte ihm nicht den Tod, sondern Strafe und Demütigung. Sie wollte ihn nackt in der Öffentlichkeit sehen, wo Leute auf ihn zeigten und über seinen Schwanz lachten. Sie wollte ihn angebunden auf einem öffentlichen Platz sehen, so lange, bis er gezwungen war, sich vollzumachen. Sie wollte, dass ihm die Finger so übel gebrochen wurden, dass sie nie wieder richtig verheilten und er seinen Beruf aufgeben musste. Aber vor allem wollte sie, dass vergangener Donnerstag war, damit sie nichts von der Affäre wusste und nicht so schrecklich litt.

Sie ging zurück nach oben in ihr Schlafzimmer und von dort in seine Ankleide, wo sie sich eine Armladung der Sachen schnappte, die er nicht mitgenommen hatte. Die trug sie hinüber zur Balkontür, öffnete sie und trat hinaus. Keine Sekunde zögerte sie, ehe sie alles kurzerhand über die Balkonbrüstung auf die Terrasse unten warf. Einige Hemden flatterten in den Pool.

Finola ging zurück und wiederholte diesen Vorgang, bis all seine Sachen im Garten waren. Als Letztes nahm sie seinen Wintermantel – ein wunderschönes, kamelhaarfarbenes Kaschmirstück, das er getragen hatte, als sie an die Ostküste gereist waren. Sie schleuderte ihn so schwungvoll von sich, wie sie konnte, damit er ins Chlorwasser fiel. Als sie fertig war, ging sie wieder hinein. Im Bad sank sie auf den Boden und legte den Kopf auf ihre angewinkelten Knie.

Er ist fort, dachte sie. Einfach weg. Er hatte sie und ihre Ehe verlassen, als hätte er sie nie geliebt. Verlassen zu werden, war schlimm genug, aber dass er eine Person des öffentlichen Lebens für sein Fremdgehen auswählen musste, war unverzeihlich. Denn hinter den Qualen, ihren Mann und ihre Ehe verloren zu haben, lauerte eine noch weit hässlichere Wahrheit.

Im Gegensatz zu den meisten anderen Frauen, die so etwas durchmachten, würde ihr Elend sich nicht im Stillen abspielen. Die ganze Welt würde es erfahren. Vielleicht nicht heute oder morgen, doch irgendwann würde ein Fotograf eins und eins zusammenzählen. In ihrer Branche gab es praktisch keine Geheimnisse. Das war ihr bis heute egal gewesen, denn sie hatte so gut wie nichts zu verbergen. All das hatte sich geändert, und nun war es nur noch eine Frage der Zeit, bis sie von einer launischen Öffentlichkeit und einer gierigen, rücksichtslosen Presse angeklagt würde. Nigel zu verlieren hatte sie fast umgebracht. Was bliebe übrig, wenn sie sich selbst verlor?

Ali stand die Arbeit am Montag mit einem Minimum an Drama durch, was vor allem daran lag, dass sie keinem etwas von Glen sagte. Ja, es mochte feige sein, aber das machte ihr nichts aus. Irgendwann würde sie es den anderen erzählen, nur jetzt noch nicht.

Die Quartalsinventur hatte sie bis mittags fertig, danach sprang sie ein, als der Qualitätsprüfer früher gehen musste, um seine Kinder abzuholen. Sie verglich die Maße von Ersatzteilen mit den in den Beschreibungen angegebenen und winkte sie für den Versand durch. Die ganze Zeit ließ sie nur positive Gedanken zu. In der Mittagspause setzte sie sich zum Telefonieren in ihren Wagen und stornierte den Raum für die Hochzeitsfeier und den Caterer. Daniel kümmerte sich um den Fotografen, den sie gebucht hatte.

Nach den Anrufen blieb sie im Wagen sitzen, bis die Pause offiziell vorbei war. Sie lehnte sich im Fahrersitz zurück und wunderte sich über den eigenwilligen Humor, den das Leben bisweilen bewies.

Der Bruder, den sie für verlässlich, normal und anständig gehalten hatte, entpuppte sich als komplettes Arschloch, während der andere, der ein bisschen gefährlich wirkte und sie nervös machte, sich als der netteste Typ aller Zeiten herausstellte.

Beim Dodgers-Spiel war Daniel durchgehend charmant gewesen. Er hatte sie mit witzigen Anekdoten aus der Motocross-Welt abgelenkt, sie mit Hotdogs, Erdnüssen und Bier abgefüllt und sie daran erinnert, Sonnencreme aufzutragen. Bevor sie gingen, hatte er darauf bestanden, ihr ein echtes Dodgers-T-Shirt und eine Baseball-Mütze zu kaufen. Alis Misstrauen war Dankbarkeit gewichen. Und ihr war gleich gewesen, ob sie als seine gute Tat für dieses Jahr herhielt. Daniel war ein netter Mann und entschlossen, ihr zu helfen. Nur eine Idiotin würde das ablehnen.

Könnte sie ihn auch noch bitten, es ihrer Mutter zu erzählen, sodass sie es nicht musste, wäre alles gut. Doch das ging nicht. Es wäre falsch. Er war unglaublich freundlich zu ihr – und sie würde es ihm nicht vergelten, indem sie verlangte, dass er sich ihrer Mutter stellte. Und selbst wenn sie gewillt wäre, so furchtbar zu sein, würde sie damit nichts gewinnen. Ihre Mutter würde trotzdem sämtliche schmutzigen Einzelheiten von ihr hören wollen.

Ali beendete ihre Schicht und fuhr wie die pflichtbewusste Tochter, die sie meist zu sein strebte, von Van Nuys nach Burbank, wobei sie den bekloppt vollen Freeway mied. Sie nahm die Victory nach Osten und überquerte die North Buena Vista zu der Seite von Burbank, auf der ihre Mutter wohnte. Der Verkehr war brutal, aber Ali hatte es nicht eilig, also störte es sie nicht, dass sie an einigen Ampeln länger stehen musste. Schließlich erreichte sie die enge Wohnstraße, in der sie aufgewachsen war. Sie hielt vor dem Haus und wappnete sich für das, was kommen würde. Theoretisch müsste ihre Mutter völlig auf ihrer Seite sein, was jedoch in dieser Familie – sofern es sich nicht um Finola handelte – niemals sicher war.

Das Haus war typisch für dieses Viertel, anderthalbgeschossig mit einer Veranda vorn und einer separaten Garage. Oben war ein zusätzliches Zimmer, das ihre Mutter als Stau- und Handarbeitsraum nutzte. Im Erdgeschoss gab es vier Schlafzimmer, zwei Bäder und ein Familienzimmer, das angebaut wurde, als Ali fünf oder sechs war. Die Schwestern teilten sich kein Schlafzimmer, aber ein Bad, was verblüffend unkompliziert lief. Bis sie mehr Zeit brauchte, um mit ihrem Haar und mit Make-up zu experimentieren, war Finola längst auf dem College gewesen, und Zennie hatte noch nie etwas auf Styling gegeben.

Ihre Mutter bekam bei der Scheidung das Haus. Mary Jo hatte von jeher geklagt, dass es zu groß für sie sei, wollte aber nie umziehen, bis sie vor ein paar Monaten plötzlich verkündete, dass sie das Cottage einer Freundin in Redondo Beach nahe dem Meer kaufen würde. Das Familienzuhause zu verkaufen, bedeutete zunächst, etwas über dreißig Jahre Erinnerungen und Krempel loszuwerden, wobei sie auf die Hilfe ihrer Töchter zählte. Ali vermutete, die Chancen stünden mindestens fünfzig zu fünfzig, dass das Zweite, was ihre Mutter sagte, wenn sie von der gelösten Verlobung erfuhr, wäre, jetzt hätte sie ja Zeit, ihr bei dieser Räumungsaktion zu helfen.

Ali bog in die Einfahrt und parkte neben dem silbernen Civic ihrer Mutter. Eigentlich sollte Mary Jo jemand sein, an den sie sich wenden konnte, wenn sie Trost und Rat brauchte. Wie hieß es noch? Eine Mutter fängt ihre Kinder in jeder Lebenslage auf. *Tja, wer sich das ausgedacht hat, kennt Mary Jo nicht.*

Ali stieg aus. Sie hatte ihrer Mutter geschrieben, dass sie vorbeikommen würde, ohne einen Grund zu nennen. Auf dem Weg zur Haustür straffte sie die Schultern und sammelte all ihre innere Stärke.

Sie klopfte einmal, ehe sie die Tür öffnete. »Hey, Mom, ich bin's.«

»Ich bin in der Küche!«

Ali ging durchs Wohnzimmer in die große Wohnküche, wo ihre Mutter am Tisch saß und an etwas arbeitete, von dem sie annahm, dass es sich um ein Skript handelte. Seit ein paar Jahren gehörte Mary Jo zur örtlichen Theatergruppe. Hauptsächlich schrieb sie Stücke und führte Regie, was irgendwie merkwürdig war, bedachte man, dass sie ihr Leben lang im Einzelhandel gewesen war. Aber wenn es sie glücklich machte, warum nicht?

Ihre Mutter schaute auf, als Ali in die Küche kam. Sie nahm ihre Brille ab und legte sie auf den Tisch. Mary Jo war immer eine Schönheit gewesen. Das war etwas, wozu Ali keinen Bezug hatte. Sie sah eher wie ihr Vater aus, was okay war, doch irgendwie auch frustrierend, wenn sie ehrlich war. Mit einer wunderschönen Mutter und umwerfenden großen Schwestern aufzuwachsen, war nicht leicht gewesen. Selbst Zennie war ein Hingucker, wohingegen sie gerade mal so durchschnittlich aussah.

»Was ist?«, fragte ihre Mutter. »Etwas ist passiert. Das habe ich gleich gewusst, als ich deine Nachricht las.«

»Vielleicht wollte ich dich bloß sehen.«

Ihre Mutter blickte sie an. »Erzähl schon. Bist du gefeuert worden?«

Ali sagte sich, dass sie nicht überrascht sein dürfte. Natürlich nahm ihre Mutter das Schlimmste an und dass es einzig ihre Schuld war. Bedachte man, welche Neuigkeiten sie brachte, lag ihre Mutter allerdings nicht *vollkommen* falsch.

Sie setzte sich an den alten runden Holztisch und stellte ihre Tasche auf den Boden. »Ich bin nicht gefeuert worden. Bei der Arbeit läuft es super. Es ist wegen Glen. Wir, äh … Er hat die Verlobung gelöst.«

»Was? Soll das ein Witz sein? Du heiratest in etwas über sechs Wochen und alle Einladungen sind raus. Was ist passiert? Warum hat er es sich anders überlegt?«

»Keine Ahnung. Er redet nicht mit mir. Er hat seinen Bruder geschickt, damit der es mir sagt, und seitdem haben wir nicht miteinander gesprochen. Die einzige Kommunikation findet über Textnachrichten statt, und in denen geht es eher um Logistik.«

Ali war froh, dass sie ihre kleine Ansprache gehalten hatte, ohne in Tränen auszubrechen. Tatsächlich aber sorgte sie sich weit mehr um die Reaktion ihrer Mutter als um ihren eigenen Schmerz.

»Du musst irgendwas getan haben«, murmelte Mary Jo. »Was hast du zu ihm gesagt, das ihn so wütend gemacht hat?«

Ein merkwürdiges Gefühl regte sich bei ihr, Ali begriff nicht sofort, dass es Empörung war. Sie war so erleichtert, etwas anderes als Schmerz oder Scham zu empfinden, dass sie dem nachgab.

»Warum machst du das dauernd?«, fragte sie, ihre Stimme bebte nicht. »Warum musst du immer davon ausgehen, dass ich was falsch gemacht habe? Vielleicht ist Glen ein Arsch. Er hat es mir nicht mal selbst gesagt, sondern jemand anderen geschickt, damit der die Drecksarbeit für ihn erledigt. Und übrigens weigert er sich, bei der Absage der Hochzeit zu helfen. Das darf ich allein machen. Also könntest du ausnahmsweise vielleicht mal in Betracht ziehen, dass ich es nicht bin, die alles vermurkst hat?«

Ihre Mutter seufzte. »Wie ich sehe, bist du aufgebracht.«

»Ja, ein bisschen. Der Mann, von dem ich gedacht habe, dass ich ihn heiraten und für immer lieben würde, hat mich abserviert. *Aufgebracht* könnte es treffen.«

Ihre Mutter klappte das Skript zu und legte die Hände auf den Tisch. »Es tut mir leid. Du hast recht. Sicher trifft dich keine Schuld. Jeder, der sich so verhält, ist nicht ganz richtig im Kopf. Hast du überlegt, dich zu entschuldigen und ihn zu bitten, dich zurückzunehmen?«

»Mom!«

»Was? Es ist eine vernünftige Frage.«

»Die wieder einmal unterstellt, dass ich etwas falsch gemacht habe. Hast du mal an die Möglichkeit gedacht, dass Glen es sich anders überlegt hat und dann zu feige war, sich den Konsequenzen zu stellen? Das kam völlig unerwartet. Aber selbst wenn es nicht so wäre, nach seinem Verhalten will ich ihn nicht zurück. Ich könnte ihm nie wieder vertrauen.«

Ihre Worte kamen von Herzen und überraschten sie. Stimmte es? Wollte sie Glen nicht zurück? Und falls ja, wann hatte sie das entschieden?

»Es ist ja nur, weil er solch ein netter Mann und ein Ingenieur ist. Er wird immer einen guten Job haben.«

»Mo-om!«

»Na gut. Dann bist du ihn eben los.« Mary Jo presste die Lippen zusammen. »Ich hatte so auf Enkelkinder gehofft. Schließlich werde ich ja nicht jünger.«

»Du bist Anfang fünfzig.«

»Alle meine Freunde haben Enkel.«

Es war die übliche Klage, und heute wollte Ali sie nicht hören. »Tut mir leid, dass die Folgen meiner geplatzten Verlobung deine Wünsche und Bedürfnisse beeinträchtigen.«

»Es ist nicht nötig, das so zu sagen.«

»Mom, ich leide hier, und dir geht es nur um dich.«

»Tut es nicht. Ich sage bloß, wie ich mich fühle. Ist das neuerdings ein Verbrechen? Das mit der Verlobung tut mir leid. Ehrlich. Ich hatte so sehr auf dich und Glen gehofft. Falls du dich ablenken willst, kannst du mir helfen, das Haus durchzusehen. Hier gibt es reichlich zu tun.«

»Auch wenn das fantastisch klingt, habe ich immer noch eine Hochzeit zu stornieren. Es ist eine Menge Arbeit, und auf Glen kann ich nicht zählen.« Daniel half ihr, was sie jetzt nicht erwähnen würde. Ihre Mutter würde sofort glauben, er wäre der Trennungsgrund, was unfassbar lächerlich war. Ali hatte ein paar von Daniels Freundinnen gesehen, und die hatten allesamt Model-Potenzial gehabt. Von wegen!

»Tja, dann kannst du mir helfen, wenn du das mit der Hochzeit geregelt hast«, sagte Mary Jo. »Was willst du mit deiner Wohnung machen? Läuft der Mietvertrag nicht aus?«

Ali fühlte, wie der Raum kippte und schwankte. Das ist kein

Erdbeben, dachte sie. Nichts so Simples und Berechenbares. Nein, ihre Reaktion war purer Schock, weil sie bis jetzt kein einziges Mal an ihr Apartment gedacht hatte.

»Nein«, flüsterte sie. »Oh nein.«

»Ali, du musst wirklich verantwortungsbewusster werden«, bemerkte ihre Mutter.

»Nicht jetzt!«, fiel Ali ihr streng ins Wort und überlegte fieberhaft, was sie tun sollte.

Idiotischerweise war sie davon ausgegangen, dass sie nach der Heirat zu Glen ziehen würde. Er hatte eine hübsche kleine Wohnung in Pasadena, und auch wenn sie von dort einen weiteren Weg zur Arbeit gehabt hätte, hätten sie immerhin zusammengewohnt – hey, sie wären schließlich verheiratet. Deshalb hatte sie ihr Apartment gekündigt und musste ein paar Wochen vor dem Hochzeitstermin ausziehen.

Glen und sie hatten alles geplant gehabt – welche Möbel sie behalten würden und welche nicht. Die meisten von ihren Sachen waren aussortiert worden, was okay war, weil er die schöneren Möbel hatte und sie nicht unbedingt an ihrer Secondhand-Kommode oder dem Couchtisch hing.

»Ich rede mit der Verwalterin.«

»Hoffentlich haben sie noch keinen Nachmieter«, sagte ihre Mutter. »Sonst musst du dir etwas Neues suchen. Und die Mieten steigen im Moment überall.«

»Mom, das ist nicht hilfreich.«

»Ich weise lediglich darauf hin, in welcher Lage du bist.«

»Meine Lage ist mir bewusst.«

»Das scheint mir nicht so.« Ihre Mutter sah sie einen Moment lang an und seufzte. »Ich schätze, du könntest wieder hier einziehen, bei mir. Du könntest in deinem alten Zimmer wohnen und mir helfen, alles zu sortieren.«

Oder auch nicht, dachte Ali und hoffte, ihr Entsetzen war ihr nicht allzu deutlich anzusehen. *Wieder hier einziehen? Ähm, unter keinen Umständen und niemals!* In ihrem Leben mochte es derzeit nicht vorwärtsgehen, aber das war kein Grund, sich rückwärts zu bewegen. Vom Horror, rund um die Uhr mit ihrer Mutter zusammen zu sein, ganz zu schweigen.

»Das ist sehr großzügig von dir«, sagte sie möglichst ruhig. »Danke, Mom. Lass mich noch einige Sachen klären, ehe ich mich entscheide.« Eine höfliche Umschreibung für: Ich glaube nicht, dass sie meine Wohnung schon vermietet haben, also behalte ich die.

»Wie du meinst.«

Ali schaute zur Wanduhr mit dem Hahn. »Ich, ähm, muss los. Ich möchte mit der Verwalterin reden, ehe sie Feierabend macht.«

Ihre Mutter stand auf und umarmte sie. »Das mit Glen tut mir leid. Du findest jemand anderen, Ali. Immerhin arbeitest du ja den ganzen Tag mit Männern. Kommt denn keiner von denen infrage?«

»Es ist kompliziert, Mom.« Hauptsächlich, weil eine Beziehung mit jemandem von der Arbeit schwachsinnig wäre, und auch, weil sie aus Gründen, die ihr schleierhaft waren, für die meisten von ihnen eher ein Kumpel war, kein Babe. Keiner hatte sie jemals zum Essen eingeladen oder mal eine anzügliche Bemerkung gemacht. Letzteres provozierte sie zwar bewusst nicht, aber war ein einziges Mal zu viel verlangt?

Auf dem Weg zur Haustür blieb Ali vor der großen Standuhr im Wohnzimmer stehen. Sie war alt, aufwendig gearbeitet und entsprach so gar nicht dem heutigen Einrichtungsstil, trotzdem hatte sie sie immer gemocht. Ihr Zimmer war dem Wohnzimmer am nächsten gewesen, sodass sie die Schläge die ganze Nacht gehört hatte. Als sie klein war, hatte sie geglaubt, die Uhr würde nur für sie schlagen.

»Mom, nimmst du die Uhr mit, wenn du umziehst?«

»Dieses Monstrum? Nein. Die ist alt und hässlich. Außerdem würde die salzhaltige Luft sie kaputt machen. Warum?«

»Ich hätte sie gern.«

»Sei nicht albern. Du hast nicht mal eine Wohnung, was willst du da mit einer Standuhr?«

Ali ignorierte das Gefühl, stets an letzter Stelle zu kommen. »Zennie wird sie nicht wollen, und Finola hat auch kein Interesse. Warum kann ich sie nicht haben?«

»Müssen wir das wirklich jetzt besprechen? Wir reden später. Nun geh dein Apartment retten.«

Ihre Mutter umarmte sie noch einmal und bugsierte sie aus dem Haus. Ali sagte sich, dass sie es nicht persönlich nehmen sollte – so war ihre Mutter einfach. Dennoch fiel es schwer, sich nicht abgewiesen zu fühlen; zumal sie mit diesem Gefühl aufgewachsen war.

Finola war eindeutig der Liebling ihrer Mutter. Mary Jo hatte jung geheiratet und ihren Mann bei einem Autounfall verloren. Finola war das Ergebnis ihrer unsterblichen Liebe gewesen. Als Mary Jo dann Bill heiratete, hatte jeder gewusst, dass sie einen Kompromiss einging. Sie selbst hatte über zwanzig Jahre gebraucht, um es zu erkennen.

Zennie war ihre Erstgeborene, und Bill hätte gar nicht verliebter in seine Tochter sein können. Ali war nicht sicher, warum die beiden danach noch ein Kind bekommen wollten. Vielleicht hatte Bill insgeheim auf einen Jungen gehofft oder sie war ein Unfall gewesen. So oder so war sie für niemanden ein besonderes Kind. Alle Welt wusste, dass Eltern kein einzelnes Kind vorziehen sollten, aber in ihrer Familie waren die Verhältnisse vollkommen klar gewesen.

»Erst das Apartment, dann Trübsal blasen«, sagte sie sich, als sie in ihren Wagen stieg und nach Hause fuhr.

Sie kam eine gute halbe Stunde vor Büroschluss in North Hollywood an. Elema, die Verwalterin, war in ihrem Büro, als Ali an die offene Tür klopfte.

Die Frau in den Fünfzigern lächelte ihr zu. »Wie laufen die Hochzeitsvorbereitungen? Hier kommen schon Pakete an. Ist das alles aufregend! Ach, und bei Sally hat jemand vorhin einen Umschlag für Sie abgegeben.« Elema holte ihn aus ihrer Schreibtischschublade und reichte ihn ihr.

Ali blickte auf den schlichten weißen Umschlag. Sie erkannte Glens Handschrift und hoffte, dass drinnen ein dicker, fetter Scheck war. Oder zumindest einer, der hoch genug war, um die Hälfte der Kosten zu decken. Sie steckte ihn in ihre Gesäßtasche und holte tief Luft.

»Tja, na ja, deshalb wollte ich mit Ihnen sprechen«, sagte sie und setzte sich auf den Stuhl vor Elemas Schreibtisch. »Glen und ich haben uns getrennt.«

Elemas Lächeln erstarb. »Oh nein, Ali! Was ist passiert? Er schien so ein netter Mann zu sein. Oh, das ist aber traurig. Geht es Ihnen gut?«

»Wird schon. Die Sache ist die, dass ich nun doch nicht umziehe und gerne in meinem Apartment bleiben würde.«

Elema zog die Mundwinkel nach unten. »Tut mir leid, aber wir haben Ihre Wohnung bereits vergeben. Sie wissen ja, wie das ist – das Gebäude ist neuer und in einer ruhigen Straße. Da gibt es eine Warteliste. Ein nettes junges Paar mit hervorragender Bonität zieht in das Apartment.«

Ali hatte die Fassung gewahrt, als sie bei ihrer Mutter war und auch auf der Heimfahrt. Jetzt spürte sie, wie ihre Selbstbeherrschung wegzubrechen drohte.

»Und Sie können gar nichts tun?«

»Wir haben schon einen Vertrag mit ihnen gemacht, den wir nicht brechen können.« Elema sah sie mitfühlend an. »In zwei Monaten hätte ich eine Einzimmerwohnung, die frei wird, falls Sie interessiert sind. Sie ist kleiner als Ihre jetzige, versteht sich, und kostet hundertsechzig Dollar mehr im Monat.« Sie zuckte mit den Schultern. »Die Mieten steigen überall. Die neuen Mieter Ihres Apartments zahlen schon dreihundert Dollar mehr als Sie.«

Wie konnte das sein? Und wenn die Mieten hier stiegen, taten sie es auch im Rest der Stadt. Verfluchter Glen! Er hatte ihr Leben gründlicher vermurkst, als sie für möglich gehalten hätte. Warum hatte sie ihm vertraut und an ihn geglaubt? Sie war bescheuert gewesen, und nun gab es kein Zurück mehr.

»Es tut mir ehrlich leid«, ergänzte Elema. »Wenn Sie wollen, rufe ich mal bei einigen anderen Immobilienverwaltungen an, die ich kenne, und frage, ob die etwas haben.«

»Das ist sehr nett, aber lassen Sie mich erst mal eine Weile überlegen. Falls ich Hilfe brauche, melde ich mich.«

»Ich bin hier. Und das mit Glen ist wirklich traurig. Vielleicht bekommen Sie es ja wieder hin und heiraten doch noch.«

Statt einer Antwort rang Ali sich ein Lächeln ab und machte sich auf den Weg zu ihrem Apartment, damit sie nicht dem Drang nachgab, laut zu schreien. Nachdem sie sich auf ihr Sofa geworfen hatte, drückte sie sich ein Kissen vors Gesicht und ließ alles raus.

»Verflucht, warum passiert mir das?«

Sie trat um sich, rollte sich auf den Rücken und rang nach Luft. Tränen liefen ihr über die Schläfen ins Haar.

Das ist so unfair, dachte sie und presste das Kissen an sich, erst die Hochzeit, jetzt die Wohnung. Blöder, schrecklicher Glen. Möge er in der Hölle verrotten.

Mehrere Minuten lag sie da, abwechselnd weinend und ins Kissen schreiend, dann setzte sie sich auf und wischte sich das Gesicht ab. Sie zog den Umschlag aus ihrer Gesäßtasche. Wenigstens würde der Druck, die stornierte Hochzeit zu bezahlen, ein bisschen gelindert. Sie öffnete den Umschlag und zog den Scheck heraus.

Fünfhundert Dollar. Er hatte ihr einen Scheck über fünfhundert Dollar ausgestellt. Die Stornogebühren für die Hochzeit beliefen sich auf mindestens fünftausend. Vielleicht mehr. Plus das Kleid – das Geld sah sie nie wieder. Nun musste sie eine neue Wohnung finden, einen Monat doppelte Miete zahlen, umziehen *und* für die blöde Hochzeit aufkommen.

Hass wallte in ihr auf, steigerte sich zu Zorn und Ekel. »Wo du auch sein magst, du dreckiger Mistkerl, ich hoffe, du kriegst eine Lebensmittelvergiftung, einen fiesen Ausschlag und eine Glatze! Ich hasse dich. Ich hasse dich!«

Sie schleuderte das Kissen an die Wand. Es war weniger befriedigend als bei dem Handy, aber noch ein neues Handy konnte sie sich nicht leisten. Anschließend rollte sie sich auf dem Sofa zusammen und sagte sich, dass sie sich diese Nacht selbst bemitleiden würde. Morgen wäre sie wieder stark, doch im Moment waren Mitleid und vielleicht einige von den Brownies angesagt, die im Tiefkühler lagerten. Denn jetzt gerade war ihr Leben wirklich und wahrhaftig zum Kotzen.

7. KAPITEL

Zennie gab sich Mühe, nicht auf die Unterhaltung im Büro neben dem Umkleideraum zu achten. Dr. Chen brüllte nicht, hob nicht mal die Stimme, trotzdem waren seine Worte deutlich zu hören. Bei der Kombination aus Frustration, Ärger und Enttäuschung krümmte sie sich innerlich, dabei hatte sie gar nichts falsch gemacht.

Molly hatte Mist gebaut. Ihre Aufgabe war es, für einen reibungslosen Ablauf um die Operation herum zu sorgen. Sie stellte sämtliche Instrumente, Geräte und Materialien bereit und teilte genügend Personal ein, damit auch bei langwierigeren Eingriffen, die oft vorkamen, wenn ein Brustkorb geöffnet wurde, keine Engpässe entstanden.

Heute hatte wesentliches Zubehör gefehlt, und Zennie hatte einige Mühe gehabt, Dr. Chen zu helfen. Carol, eine andere Schwester, war gezwungen gewesen, unsteril in den sterilen Bereich zu kommen, um ihnen zu bringen, was sie brauchten. Das war schon unter normalen Umständen keine ideale Situation, bei einer OP am offenen Herzen jedoch untragbar. Molly würde wahrscheinlich nicht ihren Job verlieren, aber sie flog wohl aus Dr. Chens Team. Er war einer der besten Chirurgen im Land, weshalb er oft die kritischsten Fälle auf den Tisch bekam und die schwierigsten Operationen ausführte. Fehler konnten hier fatal sein.

»Es kommt nicht wieder vor«, hörte sie Mollys von der Wand und vermutlich auch von Tränen gedämpfte Stimme von nebenan. »Bitte, Dr. Chen, werfen Sie mich nicht aus dem Team.«

Zennie streifte sich ein großes T-Shirt über und stopfte eilig ihre schmutzige Kluft in ihre Tasche. Dann zog sie ihre Sportschuhe an, schnürte sie hastig zu und eilte aus dem Umkleideraum.

Auf dem Korridor verschnaufte sie kurz. Sie war erst um fünf mit ihren Freundinnen verabredet, also musste sie noch

Zeit totschlagen. Sie ging in die Cafeteria, da sie nichts mehr von der privaten Unterhaltung hören wollte.

Das Workout am Montagabend war eine feste Verabredung mit ihren Freundinnen. Es sollte ihnen helfen, die Sünden vom Wochenende auszugleichen. Und während sie Kohlenhydrate und Alkohol ausschwitzten, plauderten sie und boten Rat für gerade aktuelle Krisen.

Das Fitnesscenter war nur einen Block entfernt. In der hochmodernen Einrichtung wurde alles von Spinning-Kursen bis Klettern geboten. Der Mitgliedsbeitrag war astronomisch, aber Krankenhauspersonal bekam einen beträchtlichen Rabatt, und ihr war es das Geld wert. Ihr gefiel es, verschiedene Kurse auszuprobieren und in Form zu bleiben. Und angesichts Dr. Chens Vorliebe für Operationen, die vor Tau und Tag anfingen, ging sie gewöhnlich lieber nach ihrer Schicht hin als vorher.

Die montäglichen Workouts waren eher ein nettes Treffen, doch sie fand, es einmal pro Woche locker anzugehen, würde sie nicht umbringen.

In der Cafeteria setzte sie sich an einen der hinteren Tische. Für die meisten Leute war es noch zu früh zum Abendessen, und die Stationsschwestern waren mitten in ihrem Schichtwechsel, also hatte sie hier fast alles für sich. Besser zum Nachdenken, sagte sie sich, was praktisch war, da ihr eine Menge durch den Kopf ging.

Sie verdrängte Mollys Not, an der sie ohnehin nichts ändern konnte, denn sie musste sich um ihr eigenes Leben kümmern. Ihre Freundinnen würden ein Update zu Clark wollen, und ihnen würde nicht gefallen, was sie ihnen erzählte. Und sie würden es alle trauriger finden als sie selbst. Unterdessen würde sie über Bernies Bitte nachdenken. In den letzten vierundzwanzig Stunden hatte sie an kaum etwas anderes gedacht.

Sie hatte beschlossen, vorerst nicht zu recherchieren – nicht gleich. Erst mal wollte sie die Idee einige Tage auf sich wirken lassen, sehen, wie sie sich anfühlte. Ihre instinktive Reaktion war gewesen, Bernie sofort anzurufen, als sie nach Hause kam, und ihr zu sagen, dass sie selbstverständlich ihre Leihmutter sein würde, aber sie hatte sich gebremst. Dies war eine zu große Entscheidung, für die sie vorbereitet und informiert sein musste.

Sie erinnerte sich, welche Angst sie gehabt hatte, als man bei ihrer besten Freundin Krebs diagnostizierte. Wie sehr sie sich gewünscht hatte, helfen zu können, und doch hatte es trotz ihrer medizinischen Ausbildung gar nichts gegeben, was sie tun konnte. Bernie zur Chemo zu fahren, ihren Kühlschrank aufzufüllen und ihr Haus zu putzen, waren unbedeutende Nichtigkeiten gewesen. Sie konnte ihre Freundin nicht heilen, nicht die Kotzerei stoppen, ihr Haar schenken oder ihr ein langes, glückliches Leben versprechen. Das Gefühl der Nutzlosigkeit hatte sie deprimiert, auch wenn sie sich bemühte, es nicht zu zeigen. Jetzt gab es etwas Greifbares, das sie tun konnte. Nein zu sagen, schien keine Option.

Dennoch musste Zennie eine wohlüberlegte Entscheidung treffen. Ein Baby zu bekommen, würde für sie einiges ändern. Schwanger zu sein, wirkte sich auf ihren Körper und auf ihr Leben aus.

Sie nahm ihren Rucksack und begab sich zum Treppenhaus. Dann ging sie hinauf in den sechsten Stock und am Schwesterntresen vorbei ins Säuglingszimmer.

Zehn Babys lagen in rosa oder blaue Decken gehüllt da, die winzigen Köpfe von zarten Mützen bedeckt. Mehrere Besucher standen zusammen, gestikulierten und redeten; einige lachten, andere weinten Freudentränen.

Zennie war nie ein Babymensch gewesen. Das Flehen ihrer Mutter, sie zur Großmutter zu machen, stieß bei ihr auf taube Ohren. Doch nun, als sie die Neugeborenen betrachtete, versuchte sie sich vorzustellen, wie es sein musste, sich sehnsüchtig Kinder zu wünschen und zu wissen, dass man nie welche bekommen konnte. Es ist eine Leere, die nie weggeht, dachte sie traurig.

Sie schloss die Augen und dachte daran, wie schnell Bernie und sie Freundinnen geworden waren, wie sie gemeinsam durchs College gegangen waren. Sie erinnerte sich an Bernies Mom, die Essen für sie ins Wohnheim brachte, und an die sonnigen Nachmittage, die Bernie und sie am Strand verbracht hatten. Sie dachte an das Lachen, ans Büffeln für Prüfungen und an die Abende, die sie bis spätnachts über ihr Leben nach dem College geredet hatten. Sie erinnerte sich, wie ihre Freundin Hayes kennenlernte und wie Bernie in dem Augenblick, in dem er sie anlächelte, gewusst hatte, dass er der Richtige war. Sie erinnerte sich an die Hochzeit der beiden und an die entsetzliche Angst, als Bernie ihr erzählte, dass sie Krebs hatte.

Sie würde recherchieren, schwor Zennie sich, denn es war richtig, das zu tun. Und sofern sie nicht irgendwas total Schreckliches entdeckte, würde sie ihre Freundin auf keinen Fall enttäuschen. Sie liebte Bernie und würde alles für sie tun, vor allem, ihr einen Herzenswunsch erfüllen.

Vistaprint ist top, dachte Ali, als sie das Paket öffnete, das pünktlich und in perfektem Zustand gekommen war. Sie hatte sich die Absagen in die Firma schicken lassen, damit sie gleich anfangen konnte, die nicht so freudige Nachricht zu verbreiten.

Nun betrachtete sie die Postkarten. Die Schrift war hübsch, fand sie, weil sie der schlichten Grafik und den sorgfältig gewählten Worten dringend etwas Positives abgewinnen wollte. Mit keiner Silbe hatte sie Glen ein Arschloch genannt oder seinen dürftigen Schwanz angesprochen. Sie hatte Anstand gewahrt, und eines Tages würde sie froh darüber sein. Eines Tages würde sie stolz darauf sein, wie reif und selbstlos sie gewesen war. Bis es so weit war, würde sie sich auf ihren Hass konzentrieren, denn das war leichter, als sich jede Sekunde des Tages gedemütigt zu fühlen.

Hass ist wirklich interessant, dachte sie, als sie einen Stapel Karten aus dem Karton nahm. Er vertrieb all die guten Gefühle, die sie jemals mit Glen verbunden hatte. Ihr war bewusst, dass sie noch unter Schock stand, aber wenn sie ehrlich sein sollte, vermisste sie ihn weniger, als sie erwartet hätte. Was natürlich mit der Stornierung der Hochzeit zusammenhängen konnte. Es war schwer, sich warm und wohlig zu fühlen, wenn man mit einem erbosten Caterer verhandelte.

Ali stellte den Karton in ihren Spind und nahm nur einen kleinen Kartenstapel mit an ihren Schreibtisch, um ihn bei Feierabend zu verteilen. Dann ging sie zu ihrem Chef. Nach Daniel und ihrer Familie sollte Paul es erfahren. Seine Reaktion würde ihr eine Ahnung vermitteln, was sie erwartete.

Paul Battle war ein mürrischer alter Kerl mit lockigem Haar und einer ständig gerunzelten Stirn. Er war grimmig, fordernd und ziemlich einschüchternd. Fast ein Jahr lang hatte sie anfangs Angst vor ihm gehabt, bis sie eine Vertretung am Kundendienstschalter durchstand. Den Großteil des Geschäftes machten Internetbestellungen aus, doch es gab einige wenige Kunden aus der Gegend, die persönlich vorbeikamen.

Ali war den zweiten Tag als Urlaubsvertretung dort und unsicher gewesen, wie sie eine Rückgabe bearbeiten sollte. Der Kunde schrie sie an, beschimpfte sie als dumm und brüllte nach dem Manager.

Paul hatte interveniert, wobei er sie mürrisch ansah. Ehe Ali die Situation erklären konnte, ging der Kunde auf sie beide los, beschimpfte sie und verlangte, dass sie gefeuert wurde. Paul sah erst sie an, dann den Kunden und sagte dem Mann, dass es seine eigene Schuld war. Er war der Schwachkopf, der das falsche Ersatzteil bestellt hatte. Und falls er sich ungern beschimpfen ließ, sollte er vielleicht aufhören, das mit anderen Leuten zu tun. Sie, Ali, sei gut in ihrem Job und hier sehr kurzfristig und mit minimaler Einarbeitung eingesprungen. Der Kunde solle sich entweder wie ein menschliches Wesen verhalten oder woanders kaufen.

Ali erinnerte sich bis heute, wie verblüfft sie von Pauls Verteidigung gewesen war. Als sie ihm später zu danken versuchte, winkte er ab und brummelte, sie sei gut und er wolle sie in der Firma vorankommen sehen.

Nun ging sie zu seinem Büro und zermarterte sich das Hirn, was sie ihm sagen sollte und wie. Sie hatte immer noch keine Ahnung, als sie an die halb offene Tür klopfte, also trat sie nach seiner Aufforderung ein und gab ihm die Karte.

»Sie sollten es erfahren«, sagte sie, während er zu lesen begann.

Paul überflog den Text, drehte die Karte um und sah zu Ali auf. »Hat er Schluss gemacht?«, wollte er wissen.

Die Frage kam unerwartet, doch sie nickte. »Ich weiß nicht, wieso. Er will nicht mit mir reden.«

»Lassen Sie es. Er ist es nicht wert. Und er hätte Sie nie glücklich gemacht.«

»Warum sagen Sie das?«

Paul zuckte mit den Schultern. »Da ist so etwas an ihm. Ist mit Ihnen alles okay?«

»Ich komme klar.« Sie blickte ihn an. »Es überrascht Sie nicht, stimmt's?«

»Nein, aber es tut mir leid. Sie sollten sich trotzdem die Woche freinehmen wie geplant. Sie wissen schon, um über ihn hinwegzukommen.«

Sie hatte den Urlaub bereits eingetragen, also warum nicht? Hochzeit hin oder her, sie würde umziehen und konnte die Woche gebrauchen, um sich einzurichten.

»Mache ich.« Sie zeigte auf die Karte. »Ich stecke die in die Spinde, bevor ich gehe. Die Fragen nehme ich dann morgen in Angriff.«

»Gute Idee. Es tut mir ehrlich leid, Ali. Glen ist ein Idiot. Eines Tages werden Sie den Richtigen finden.«

Sie lächelte und verließ sein Büro. Als sie wieder an ihrem Schreibtisch saß, versuchte sie, nicht zu viel in sein *eines Tages* hineinzulesen. Glaubte er, dass es möglich, jedoch unwahrscheinlich war?

Der Rest des Nachmittags verging schnell. Sie bekam eine Textnachricht von ihrem Vater, in der stand, dass er es gehört hätte und es ihm leidtue. Eine Textnachricht, dachte sie verbittert, Gott bewahre, dass er zum Telefon greift und anruft! Sie merkte, dass sie gleichermaßen schlecht gelaunt wie gekränkt war, es war nur noch eine Frage der Zeit, bis sie überschnappte.

Auf der Heimfahrt ging sie im Geiste die Liste all der Dinge durch, die sie heute Abend erledigen musste. Daniel hatte gesagt, dass er vorbeikommen und ihr erzählen würde, wie es mit der Kündigung des Fotografen gelaufen war. Ehrlich, wenn er es halbwegs hinbekommen hatte und immer noch helfen wollte, würde sie ihm mehr Aufgaben übertragen. Ihre Arbeitslast hatte sich erheblich gesteigert, da sie nun eine neue Wohnung finden musste.

Sie fuhr in eine Parklücke, und schon bevor sie ihre Tasche und den Karton mit den Karten aufgenommen hatte, öffnete Daniel ihre Wagentür.

»Wie geht's?«, fragte er so fürsorglich wie munter.

Bei seinem Anblick entspannte sie sich. Was für ein Mist auch lief, auf seine Hilfe konnte sie zählen. Er würde nichts Blödes sagen, nicht ihre Gefühle verletzen oder ihr raten, sie solle sich wieder mit Glen versöhnen.

Leider führte die Entspannung dazu, dass ihre eiserne Kontrolle nachließ. Ehe sie begriff, was geschah, war sie aus dem Auto, warf sich in seine Arme und brach in Tränen aus.

»Alles ist *Mist.*« Sie schluchzte und klammerte sich an ihn. »Ich kann das gar nicht glauben. Mein Chef war nicht mal überrascht, mein Vater hat mir eine Textnachricht geschrieben, statt mich anzurufen, und meine Mutter will, dass ich die freie Zeit nutze, um ihr mit ihrem Haus zu helfen. Ich habe mein Apartment verloren, und Glen hat mir einen Scheck über *fünfhundert Dollar* geschickt! Als wäre damit irgendwas geregelt. Dauernd denke ich, ich bin schon ganz unten, aber es wird immer noch schlimmer.«

Daniel hielt sie in den Armen und strich ihr über den Rücken, während sie schluchzte, was schließlich in ein Hicksen überging. Als sie sich ihm entwand, war sie sicher, dass sie genauso schrecklich aussah, wie sie sich fühlte – fleckig, aufgequollen und nass.

Schniefend wischte sie sich mit den Händen das Gesicht und holte ihre Tasche und den Karton aus dem Wagen.

»Normalerweise bin ich nicht so emotional«, sagte sie, ihr war bewusst, dass sie trotzig und verlegen klang. »Du musst wissen, dass ich mich sonst zusammenreißen kann.«

»Ali, spar dir die Erklärung. Ich weiß, dass du sehr stark, klug und liebevoll bist. Dein einziger Fehler war, dich in meinen Bruder zu verlieben.«

»Das kannst du nicht wissen«, erwiderte sie. »Bevor Glen mich abserviert hat, habe ich dich kaum gesehen, und bei Familienfeiern haben wir nicht miteinander geredet.«

»Ja, weiß ich.«

Er nahm ihr den Karton ab und legte einen Arm um sie, als sie zu ihrem Apartment gingen. Drinnen schob er sie in Richtung Bad.

»Geh dir das Gesicht waschen oder unter die Dusche, was immer du willst, damit du dich besser fühlst. Ich hole uns inzwischen ein Abendessen beim Chinesen. Wir essen und planen, und am Ende haben wir alles geregelt.«

Das bezweifelte sie, doch sein Optimismus tat ihr gut.

»Ich weiß, dass du das alles machst, weil du dich wegen Glen mies fühlst, aber ich bin dir ehrlich dankbar, dass du dich um mich kümmerst«, sagte sie. »Du bist der Beste, und das meine ich ernst. Ohne dich hätte ich es nicht mal bis hier geschafft.«

Er schob die Hände in die Taschen seiner Jeans. »Na ja, ganz so schuldig fühle ich mich auch wieder nicht wegen Glens Verhalten. Ich finde, er ist ein Idiot, aber das ist sein Problem. Und ich helfe dir, weil ich es will.«

Für eine Sekunde hätte sie schwören können, dass er mehr sagen wollte, doch es kam nur dieses sexy Lächeln.

»Gibt es irgendwas, das ich auf keinen Fall mitbringen soll?«, fragte er.

»Ich mag all die gängigen Sachen. Oh, für mich bitte Nudeln statt Reis.« Sie grinste. »Die lassen sich am nächsten Tag besser aufwärmen. Der Reis trocknet so schnell aus.«

»Eine Frau mit einem Plan, gefällt mir.«

Zwanzig Minuten später hatte sie geduscht und ihre abgeschnittene Lieblingsjeans und das Dodgers-T-Shirt angezogen, das Daniel ihr geschenkt hatte. Ihr Haar föhnte sie nicht, sondern ließ es lockig trocknen. Bisher hatte sie es immer aufwendig geföhnt, weil Glen es glatt lieber mochte. Vielleicht würde sie sich demnächst sogar ein paar Minuten Zeit nehmen, um etwas Make-up aufzulegen. Sie könnte sich mit schwarzem Eyeliner diese katzenhaften Augen schminken, die sie früher so niedlich fand. Die hatte Glen ebenfalls gehasst.

Und beim Ent-Glenisieren ihres Lebens würden auch all die Blusen rausfliegen, die sie gekauft hatte, weil er sagte, die wären attraktiver als T-Shirts und Pullis, die sie vorzog. Ali hatte stets gefunden, dass Blusen an ihr gruselig aussahen. Sie hatte zu viel Busen, insgesamt zu viele Kurven und ständig bauschten die Dinger sich irgendwo. Und die Slipper, dachte sie, als sie barfuß in die Küche ging. Sie besaß tatsächlich *Slipper* wegen eines Mannes! Sobald sie ihre Finanzen in Ordnung gebracht hatte, würde sie sich die verrücktesten Turnschuhe kaufen, die sie kriegen konnte, und sie voller Stolz tragen.

Sie deckte den Tisch in der Küche. Nachdem sie Teller und Besteck vorbereitet hatte, holte sie ihre große Tasche und die Ordner, die sie ständig mit sich herumtrug. Eine Hochzeit zu planen, erforderte Organisation und einen strikten Zeitplan. Sie zu stornieren, war so ziemlich dasselbe, nur umgekehrt. Sie brauchte einen Übersichtsplan, damit sie nichts vergaß.

Daniel kehrte mit einer Tüte vom China-Imbiss in einer Hand und einem Sixpack Bier in der anderen zurück. Er hielt das Bier in die Höhe.

»Das habe ich einfach mal mitgebracht«, sagte er. »Falls du lieber Wein willst …«

»Nein, zu chinesischem Essen gehört Bier«, antwortete sie lachend. »Das weiß doch jeder.«

Er stellte ihnen zwei Biere hin und packte die restlichen in den Kühlschrank. Ali linste in die Tüte und sah zu ihm auf.

»Das reicht ja für zwanzig Leute.«

»Du hast gesagt, dass du die Reste morgen zum Mittag isst. Ich wollte, dass genug da ist.«

Was glaubte er, wie viel sie an einem Tag aß? Nicht, dass es eine Rolle spielte. Sie grinste. »Davon mache ich dir auch noch ein Mittagessen. Und du wirst sehen, was ich mit den Nudeln meine.«

Sie begann, die Gerichte auszupacken. Er hatte Kung-Pao-Hähnchen, mongolisches Rindfleisch, Honig-Shrimps, eine Nudel- und eine Reispfanne, Krabben-Wantans, Spareribs und gebratene grüne Bohnen gekauft. Als die Tüte leer war, lachte Ali.

»Du bist ein bisschen durchgedreht, was?«

»Ich wollte nur sicher sein, dass etwas dabei ist, das du magst.«

»Ich mag alles.« Sie stellte die Schale mit dem Nudelgericht in den Kühlschrank. »Das können wir morgen essen und die Reispfanne heute Abend.«

Er setzte sich ihr gegenüber hin, und sie fingen an, sich von den Gerichten aufzufüllen. »Wie lief es mit dem Fotografen?«, fragte Ali.

»Du müsstest schon eine E-Mail-Bestätigung der Stornierung haben. Es gibt keine Stornogebühren, und du bekommst die Hälfte deiner Anzahlung zurück.«

Sie merkte, wie ihre Augen sich weiteten. »Ist das dein Ernst?«

»Und wie. Der Typ hat mir gesagt, dass er an dem Abend sowieso mindestens drei Leute auf der Warteliste hat. Es war gar kein großes Ding.«

Für sie schon. Die Anzahlung hatte sich auf tausend Dollar belaufen. Die Hälfte davon würde Glens knausrigen Scheck verdoppeln.

»Du bist fantastisch.«

Daniel zwinkerte ihr zu. »Ah, das höre ich immer wieder gern. Hast du noch irgendwelche Anbieter, die ich anrufen kann?«

»Ja, habe ich. Den Floristen auf jeden Fall. Oh, und den Limo-Service und den DJ.« Sie zog den Kopf ein. »Ist das zu viel?«

»Nein. Du gibst mir später die Kontaktinformationen, und ich kümmere mich gleich morgen früh darum. Und ich möchte, dass du mir die Datei mit allen Adressen mailst. Ich werde die Karten etikettieren und rausschicken.«

»Das kannst du unmöglich alles machen.«

»Na ja, ich mache das ja nicht selbst. Für so etwas habe ich Personal im Büro, das alles erledigt.«

»Okay, mir ist egal, ob du deine Leute ausbeutest, denn du rettest mich echt.«

Während sie miteinander sprachen, sah er sie ununterbrochen an. Er war überhaupt nicht so, wie sie gedacht hatte. Aus irgendeinem Grund hatte sie bei allen vorherigen Begegnungen mit ihm angenommen, dass er sie nicht mochte oder sie sogar ablehnte, doch so war er gar nicht. Er war ein freundlicher, verlässlicher Mann, der wunderbar umarmen konnte und zu viel chinesisches Essen kaufte. So viel zu Wundern.

»Hat Glen dir ernsthaft nur fünfhundert Dollar geschickt?«, fragte er.

Ihre gute Laune verpuffte. »Hat er. Er ist so ein Idiot. Warum habe ich das nicht früher erkannt? Haben es alle außer mir gesehen? War er immer schon fies, oder habe ich das Schlimmste in ihm hervorgekitzelt? Könnte ich doch nur …« Sie verstummte und sah Daniel an. »Entschuldige.«

»Was?«

»Du bist Glens Bruder.«

»Kein Problem. Um deine Frage zu beantworten: Er war immer schon ein Idiot, aber dies hier ist das Übelste, was er je gebracht hat. Dicht gefolgt von seiner Drohung, mich wegen des Testaments unseres Onkels vor Gericht zu zerren.«

»Davon weiß ich gar nichts.« Sie griff nach ihrer Bierflasche. »Erzähl mal.«

»Der ältere Bruder meines Dads, John, war ein Rebell. Er fuhr Motorradrennen und war oft monatelang verschwunden. Keiner wusste, wo er war oder was er machte.« Er sah sie an. »Das war vor meiner Geburt. Offenbar war er legendär in der Familie. Jedenfalls kehrte er eines Tages mit einem Haufen Geld zurück, ein paar Hunderttausend Dollar. In bar.«

»Woher hatte er die?«

»Das weiß keiner. Er kaufte ein Areal in Sunland und legte eine Motocross-Strecke an. Der Sport kam da gerade erst auf. Bis ich sieben war, hatte er noch einige andere Strecken hinzugekauft, mitsamt Imbissständen.«

»Dein Imperium«, scherzte sie.

»Mir gefällt es.« Er nahm sich ein Stück Sparerib. »Mein Vater nahm Glen mit, die Bikes auszuprobieren, als der neun war. Ich erinnere mich noch, dass ich völlig außer mir war, weil meine Mom sagte, ich müsste warten, bis ich so alt bin wie er, ehe ich auf ein Bike darf. Glen war ein paarmal dort, hat es aber gehasst. Ich habe ohne Ende gebettelt, bis meine Mom endlich nachgab, als ich acht war. Meine Onkel hat mich auf ein Bike gesetzt, und ich war sofort süchtig.«

»Als Glen mir zum ersten Mal erzählt hat, wer du bist, habe ich nachgeforscht«, gestand sie. »Du hast eine Menge Meisterschaften gewonnen, warst eine richtig große Nummer.«

Er zog die Mundwinkel herunter. »Ich bilde mir gerne ein, dass ich die noch bin.«

Ali verdrehte die Augen. »Du weißt, was ich meine.«

»Ja, weiß ich. Ich habe hart gearbeitet, und ich hatte einige Durchbrüche.«

Mehr als das, dachte sie. Die Motocross-Strecke war mörderisch, und es gab zwölf Rennen innerhalb von vier Monaten, zu denen die Teilnehmer kreuz und quer durchs Land reisen mussten, wobei sie zwischen einigen Rennen kaum eine Woche hatten. Das war wenig Zeit, um den Körper zu regenerieren und die Ausrüstung zu reparieren.

Die Fahrer mussten nicht nur körperlich fit und versiert genug sein, um an den Rennen teilzunehmen, sie brauchten auch Sponsoren. Die Bikes und sonstige Ausrüstung waren nicht billig, ebenso wenig wie die Startgebühren und der Transport. Daniel stand drei Jahre lang an der Spitze, bevor er als Sieger aufhörte.

»Warum hast du es aufgegeben?«

»Mir waren die Risiken, wenn etwas schiefgeht, bekannt. Ich meinte es ernst, als ich gesagt habe, dass ich Glück hatte. Es gab Massenkarambolagen, denen ich ausweichen konnte, und selbst wenn nicht, schaffte ich es da heil raus. Doch irgendwann hat jeder einen schlimmen Unfall, und ich wollte nicht abwarten, bis es bei mir so weit war. Es ist ein Spiel für junge Männer.«

Sie wollte einen Scherz machen und sagen, dass er noch nicht alt war, aber sie verstand, was er meinte. Jeder Profisportler zahlte einen Preis für seinen Erfolg. Das war beim Motocross nicht anders als in anderen Sportarten.

»Zurück zu meinem Onkel«, sagte er. »Ich war im letzten Jahr meiner Rennkarriere und sprach mit ihm darüber, mich in das Geschäft einzukaufen. Ich hatte vor, zu expandieren, und wir freuten uns beide auf die Zusammenarbeit.« Daniel wurde ernst. »Dann hatte er einen schweren Schlaganfall und starb im

Schlaf. Keiner hatte es kommen sehen, und wir alle waren erschüttert.«

»Vor allem du«, sagte Ali leise. »Es tut mir leid.«

»Danke, mir auch. Ich vermisse ihn immer noch. Er war ein toller Kerl, und er hat von Anfang an an mich geglaubt. Jedenfalls hinterließ er mir praktisch alles. Glen bekam hunderttausend Dollar, mehr nicht. Er war sauer, weil er fand, wir hätten jeder die Hälfte bekommen sollen, und drohte, das Testament anzufechten.«

»Aber er hat nie etwas mit dem Geschäft zu tun gehabt. Du warst schon dabei, seit du acht warst.«

»So hat er es nicht gesehen. Am Ende hat er nichts unternommen. Ich vermute, dass ihm ein paar Anwälte gesagt haben, er hätte keine Chance.«

Sie stöhnte. »Ich fasse nicht, dass ich so unglaublich blöd sein konnte, ihn für einen anständigen Menschen zu halten.« Sie aß mehr Shrimps. »Ich weiß, was es war. Ich hatte das Gefühl, er würde mich richtig sehen, was für dich wahrscheinlich nicht viel Sinn ergibt. Du bist nie unsichtbar gewesen, aber glaub mir, es macht keinen Spaß. Mir ging es schon zu Hause so. Finola war der Liebling meiner Mutter, Zennie der meines Vaters. Womit für mich null Eltern übrig blieben. Ich will kein Mitleid oder so, doch als ich Glen kennenlernte, schien er wirklich an mir interessiert. Ich schätze, da habe ich mich geirrt.«

»Was in eurer Beziehung passiert ist, ist nicht deine Schuld. Das geht auf seine Kappe.«

»Obwohl ich gern glauben würde, dass das stimmt, wissen wir beide, dass in jeder Beziehung immer zwei Schuldige sind.«

»Das ist ziemlich rational, bedenkt man, dass seit der Trennung keine Woche vergangen ist.«

Sie seufzte. »Ja, und im Grunde ist das richtig traurig. Ich meine, wenn ich es so klar sehe, heißt das dann nicht, dass ich bei Weitem nicht so verliebt in ihn war, wie ich gedacht habe?

In gewisser Weise ist das schlimmer. Ich sollte immer noch am Boden zerstört und hysterisch sein, aber das bin ich nicht.«

Er sah sie nachdenklich an. »Ich habe gar nicht gewusst, dass du Locken hast.«

»Oh.« Sie berührte ihre nun trockene Krause. »Normalerweise glätte ich sie.«

»Warum? Die Locken stehen dir hervorragend.«

»Danke. Glen mochte sie nicht.«

Anstatt das zu kommentieren, stand Daniel auf und ging zum Kühlschrank. »Noch ein Bier?«

»Gerne.« Als er sich wieder setzte, sagte sie: »Ich bin froh, dass du mich nicht verurteilst, weil ich so dumm war, was deinen Bruder angeht.«

»Ich kann Glen nicht erklären, aber ich bin sicher, er wird noch bereuen, dass er dich verloren hat.«

»Das will ich doch hoffen«, sagte sie munter. »Also, sehen wir mal … Ich habe über meine Familie, meinen Ex-Verlobten und so ziemlich alles andere gejammert. Ich denke, das war es. Reden wir über Angenehmeres.«

»Du hast erwähnt, dass du umziehen musst. Was ist damit?«

»Kein angenehmes Thema.«

Er wartete.

»Na gut.« Sie gab nach und erklärte die Sache mit dem Mietvertrag. »Jetzt suche ich etwas Neues. Blöd ist nur, dass ich so schnell etwas brauche. Ich ziehe auf keinen Fall bei meiner Mutter ein. Wenn Finola von Hawaii zurück ist, könnte ich sie fragen, ob ich ein paar Wochen bei ihr im Gästezimmer kampieren kann, solange ich alles regle. Keine Sorge, ich bekomme das hin, ganz sicher.«

Daniel betrachtete sie eine Sekunde lang und nickte. »Ja, weiß ich. Was die angenehmeren Themen betrifft, ich habe uns Karten für das nächste Dodgers-Spiel besorgt.«

»Hast du? Yeah! Ich kann es gar nicht erwarten. Das war richtig klasse.«

»Fand ich auch.«

Ihre Blicke trafen sich, und für einen flüchtigen Moment hätte sie schwören können, dass sie etwas fühlte. Nicht direkt Hitze, aber etwas Unerwartetes, wie ein schwaches Kribbeln.

Stopp, befahl sie sich, hör auf! Daniel war der netteste Typ der Welt, obwohl er eigentlich gar nichts tun müsste. Er hatte sie gerettet. Das Letzte, was sie wollte, war, merkwürdig zu werden und sich in ihn zu verlieben. Das wäre vollkommen unangebracht. Für ihn wäre es unangenehm, sie würde gedemütigt, und es wäre eine furchtbare Art, ihm für all das zu danken, was er tat. Nein, sie war eine Freundin, die ihn nicht ausnutzte. Und was dieses Fast-Kribbeln anging, war es zweifellos die Folge von zu viel chinesischem Essen. Morgen war alles wieder gut.

8. KAPITEL

Cheetos-Flecken waren schwer rauszubekommen. Das hatte Finola nicht gewusst, weil sie so selten Kohlenhydrate aß. In den letzten paar Tagen war sie von Alkohol auf Cheetos umgestiegen. Cheetos und Kartoffelchips mit Kräuter-Dip und, sehr peinlich, eine Packung Fertigkartoffelbrei. Sie fühlte sich aufgedunsen und ihr war leicht übel. Vor allem aber stellte sie mit Sorge fest, dass überall im Erdgeschoss orangefarbene Fingerabdrücke waren.

Nachdem Sprühreiniger und Schwamm wenig ausrichten konnten, fand sie einen von diesen weißen Schmutzradierern. Der funktionierte prima auf allem außer auf ihrem Laptop, auf dem sie sich stundenlang lustige Babyvideos angesehen hatte, während sie um das Kind weinte, das Nigel und sie nie haben würden, und Cheetos futterte.

Unter normalen Umständen hätte sie die Flecken dem Reinigungsservice überlassen, der ab nächste Woche wieder kam, aber dies waren keine normalen Umstände.

Nigel hatte ihr in einer Textnachricht geschrieben, dass er von den Bahamas zurück sei und vorbeikommen wolle. Sie hatte sie Dutzende Male gelesen und nach einer versteckten Bedeutung in der kurzen Mitteilung gesucht. Wollte er nur irgendwas holen? Mit ihr reden? Sie anflehen, sich wieder mit ihm zu versöhnen? Sie hatte das Gefühl, dass es nicht Letzteres war, konnte jedoch nicht anders, als auf das Beste zu hoffen.

Deshalb duschte sie, wusch sich die Haare und benutzte ein Duschgel, dessen Duft Nigel mochte. Während sie sich die Haare trocknete, legte sie ein Gel auf, das ihre Tränensäcke abmildern sollte. Danach schminkte sie sich gerade genug, um frisch auszusehen.

Die Frage, was sie anziehen sollte, verlangte ein wenig Nachdenken. Sie wollte sagenhaft aussehen, ohne dass es bemüht wirkte. Letztlich entschied sie sich für eine Jeans, ein Trägertop und einen grobmaschig gestrickten Pullover, der ständig von einer Schulter rutschte. Flache Sandalen rundeten den Look ab. Sie wusste, dass sie gut aussah, zumindest für sich. Im Vergleich mit der blutjungen Treasure war sie sich weniger sicher.

Sie versuchte, sich auf dem Sofa zu entspannen, stand aber wieder auf und wanderte umher. Als sie sich eben in ihr Arbeitszimmer zurückziehen wollte, wo sie wenigstens vorgeben könnte, an ihrem Laptop beschäftigt zu sein, hörte sie Nigel an der Haustür. Er drehte den Türknauf und kam ins Wohnzimmer.

Ihr Herz machte einen Satz, ein fröhlicher Sprung voller Liebe und Hoffnung. Er sah gut aus. Nigel war groß und schlank mit braunem Lockenschopf und haselnussbraunen Augen. Gewöhnlich wirkte er ein bisschen gehetzt und müde, doch heute war er braungebrannt und entspannt. Jedenfalls bis er sie sah.

»Oh, du bist hier.«

Ihr fröhliches Herz schrumpfte in sich zusammen. »Was meinst du? Du hast gesagt, dass du reden willst.«

»Nein, ich habe gesagt, dass ich vorbeikomme.« Er wandte den Blick ab. »Tut mir leid. Ich hätte es klarer ausdrücken müssen.«

Da ist etwas in seinem Tonfall, dachte sie unglücklich. Als wäre sie eine unwillkommene Störung. Störungen waren immer unwillkommen, aber wie konnte er so klingen? Sie war seine Frau!

Finola drehte sich halb weg, zwang sich dann jedoch, ihn niederzustarren. Er trug eine Baumwollhose und ein Hawaiihemd, beides hatte sie noch nie gesehen. Trotz seines offensichtlichen Unbehagens strahlte er eine Grundzufriedenheit aus, die er ohne Frage dem Sex mit Treasure verdankte.

Finola straffte die Schultern. »Dies ist mein Zuhause, Nigel. Wo sollte ich sonst sein? Oh, warte, ich weiß. Auf Hawaii mit meinem Mann. Hmm, was war da nur?«

Nigel hatte noch nie gut mit Schuldgefühlen umgehen können. Sie wartete, dass er von einem Bein aufs andere trat und sich dazu äußerte. Ja, sie rechnete mit einer Entschuldigung und sagte sich, egal was geschah, sie würde warten, ehe sie ihn anflehte, zu ihr zurückzukommen.

»Müssen wir das jetzt besprechen?«, fragte er.

»Oh ja, müssen wir.« Sie ging auf ihn zu. »Ich denke, unsere Ehe ist einige Minuten deiner Zeit wert.«

Er war absichtlich ein Mistkerl, das war ihr klar. Er versuchte, sie wütend zu machen, damit sie auf ihn losging und er das Opfer spielen konnte. Er wollte sie ablenken, sodass er nicht mehr als der Böse dastand. Tja, er konnte es probieren, aber es würde nicht geschehen. Er hatte sie betrogen. *Sie beide* verraten. Er hatte zugelassen, dass sie sich allein seiner Geliebten stellen musste, *live im Fernsehen*. Mit keiner Silbe hatte er sie gewarnt, nicht mal eine Andeutung gemacht, was passieren würde.

»Mir tut leid, was passiert ist«, sagte er.

Bevor sie mit einer Tirade beginnen konnte, die er mehr als verdient hatte, fügte er hinzu: »Ich wollte nur meine Skisachen holen.«

Das passte so wenig zu dem, was Finola dachte, dass sie Mühe hatte, seine Worte zu erfassen.

»Es ist fast Sommer.«

Er seufzte erschöpft. »Ja, Finola, hier ist Sommer, auf der Nordhalbkugel. Auf der Südhalbkugel ist fast Winter, und da kann man gut Skilaufen. Wir fliegen nach Valle Nevado in Tres Valles, Chile.«

Er sah zur Garage, wo seine Skiausrüstung lagerte, dann wieder zu ihr.

»Ich schätze, du hast recht. Wir sollten reden.«

»Reden?«, fragte sie und merkte, wie Zorn in ihr aufwallte. »Nein, Nigel, ich will nicht reden. Ich will, dass du gerädert und gevierteilt wirst. Ich will, dass du auf jede erdenkliche Art leidest. Wie konntest du das tun? Es ist eine Sache, eine Affäre zu haben. Das ist schon an sich eine Sauerei. Aber was du mir letzten Freitag angetan hast, war unmenschlich.«

»Findest du das nicht ein wenig melodramatisch?«

»Nein, finde ich nicht. Du hast mir unmittelbar vor meiner Sendung verkündet, dass du eine Affäre hast. Und als wäre das noch nicht schlimm genug, hattest du nicht mal den Mumm, mir zu verraten, dass deine Geliebte mein erster Gast ist.«

Er riss die Augen weit auf. »Hat sie es dir gesagt?«

»Natürlich hat sie! Was denkst du, weshalb sie überhaupt in die Show wollte? Sicher nicht, damit sie gesehen wird. Sie hat es mir erzählt und mich raten lassen, ob sie es der ganzen Welt in meiner Show mitteilen würde!«

Wenigstens besaß er den Anstand, zerknirscht auszusehen.

»Davon wusste ich nichts. Ich hatte nicht gedacht, dass sie ...«

»Du hast es geahnt. Warum hättest du mir sonst ausgerechnet da deine Affäre gestehen sollen?«

Seine Schultern sanken ein wenig herab, als bekäme er doch ein schlechtes Gewissen.

»Ich fasse nicht, dass du das getan hast. Ich kann nicht glauben, dass du einfach so unsere Ehe aufgibst. Was hast du dir dabei gedacht?«

Er machte sich gerade und sah sie wütend an. »Ich habe gedacht, dass du sie schon längst aufgegeben hast. Dir ging es nur um deine Karriere. Nichts sonst zählte, ganz sicher nicht ich. Seit fünf Jahren schiebst du das Thema Kind auf. Fünf Jahre! Jedes Jahr haben wir darüber gesprochen, und jedes Mal hast du gesagt, der Zeitpunkt sei ungünstig. Tja, ich hatte das Warten satt.«

»Du Ärmster. Glaubst du, Treasure schenkt dir jetzt Kinder? Das denke ich nicht. Es ist typisch für dich, mir die Schuld an dem zu geben, was du getan hast. So war es immer schon. Ich bin nie fremdgegangen, bin nie ausgezogen, aber, hey, klar bin ich die Böse.«

»Ich musste das tun, Finola. Ich hatte keine andere Wahl.«

»Man hat immer eine Wahl.«

Sein Tonfall wurde sanfter. »Nein, hat man nicht. Ich war nicht auf der Suche nach jemandem, und ich habe so etwas nie zuvor getan. Ich war in meiner Praxis, und sie kam mit einer Freundin, bei der eine Nasenkorrektur schiefgegangen war. In dem Moment, in dem ich sie sah, war ich elektrisiert. Ich kann es nicht erklären, aber eben war noch alles normal und im nächsten Augenblick nichts mehr.«

Jedes Wort war wie ein Stich, jeder Stich tiefer, und sie wusste nicht, wie sie sich aufrecht hielt. Da war zu viel Schmerz, zu viel von ihrer Liebe zu ihm, die aus ihr hinausströmte, bis sie wusste, dass sie sterben würde. Sie musste, denn dies hier konnte keiner überleben.

»Also war es das?«, brachte sie mühsam heraus und drückte eine Hand auf ihren Bauch, um sich physisch zusammenzuhalten. »Wir sind durch?«

»Weiß ich nicht. Bei Gott, ich weiß es nicht.« Er sah sie an. »Ich muss mit ihr zusammen sein. Es tut mir leid, dass ich dich verletze, aber ich kann es nicht ändern. Ich hoffe, dass du es verstehst.«

Seine Affäre verstehen? Verstehen, wie magisch sie war? »Ich will es gar nicht verstehen, du Arschloch. Mir ist egal, wie großartig alles ist. Du zerstörst uns. Hiervon können wir uns nie wieder erholen, begreifst du das nicht?«

»Ich begreife, dass ich dich verletzt habe, und das habe ich nie gewollt. Ich wünschte …«

»Was? Oh Gott, wag ja nicht, zu sagen, dass du am liebsten uns beide hättest. Sei nicht solch ein riesiger Mistkerl.«

Sie wollte ihn anschreien, auf ihn einstechen oder einprügeln, und vor allem – was das Schlimmste war – ihn anflehen, Treasure nicht mehr zu wollen.

Sie hasste und liebte ihn und hasste sich für ihre Schwäche. Ihr war bewusst, ganz gleich was geschah, sie durfte ihr nicht nachgeben. Sie durfte die Worte nicht aussprechen, denn wenn sie bettelte, würde sie es nie verwinden.

»Treasure steht in dem Ruf, ihre Liebhaber auszunutzen und wegzuwerfen«, sagte sie stattdessen. »Hast du das bedacht?«

»Habe ich, aber diesmal ist es anders.«

Zum ersten Mal, seit sie es erfahren hatte, war Finolas Lächeln echt. »Denkst du das? Dass du ihre eine wahre Liebe bist und dass ihr für immer zusammen sein werdet? Sie ist wie viel … fünfzehn Jahre jünger als du und eine der berühmtesten Frauen auf der Welt. Sie hat ein Faible für verheiratete Männer. So ungern ich es dir auch sage, aber du bist bloß einer von vielen.«

»Du weißt nicht, wie es mit ihr ist.«

»Kann sein, aber ich kenne Typen wie Treasure. Ich habe dich lange Zeit geliebt, Nigel, doch mach dir nichts vor. Du wirst ihr Herz nicht erobern. Nicht so, wie du denkst.«

Der kurze Moment von Humor und Tapferkeit verging, und ihr Herz blutete aufs Neue. Sie fühlte sich alt, benutzt und müder denn je. Hier gibt es nichts mehr zu tun, dachte sie finster. Es war besser, wenn er einfach verschwand.

»Mach deine Skireise und genieß deine Popsängerin. Wenn es vorbei ist, denk daran, welchen Preis du bezahlt hast. Wenn sie mit dir fertig ist, wirst du nach Hause kommen wollen, nur wird es zu spät sein. Am Ende wirst du alles verloren haben für nichts weiter als einen knackigen Arsch.«

»Nenn sie nicht so.«

Dass er Treasure verteidigte, war eine weitere Ohrfeige. Und als die sie traf, erkannte Finola, dass ihr nichts mehr geblieben war. Keine Möglichkeit, ihn zu überzeugen oder etwas zu tun. Es war, als hätte es die Jahre ihrer Ehe nie gegeben. Nigel war in einem romantischen Rausch, und ehe er nicht wieder runterkam, interessierte er sich nicht für sie beide oder für sie oder für das, was sie gehabt hatten. Ihr gemeinsames Leben war nichts oder vielmehr etwas, dem er entfliehen wollte.

Sie zeigte zur Garage. »Hol deinen Kram und verschwinde.«

Er öffnete den Mund, schloss ihn aber gleich wieder kopfschüttelnd und ging. Sie kehrte in ihr Arbeitszimmer zurück, wo sie online nach einem Schlüsseldienst suchte und dort anrief.

»Ja, ich möchte, dass sämtliche Schlösser ausgetauscht werden, möglichst heute noch. Vier Uhr passt prima. Ja, ich werde zu Hause sein.«

Sie nannte ihre Adresse und legte auf. Eine kleine Geste, doch wenigstens etwas. Sie fühlte sich gebrochen und verwundbar, aber egal, wie sehr sie litt, sie würde nicht sterben. Nicht mal, wenn sie wollte, was bedeutete, dass sie erst einen Schritt gehen musste, dann den nächsten. In ihrem ganzen Leben hatte sie noch nie irgendwas aufgegeben. Und zum Teufel, sie würde auch sich selbst nicht aufgeben.

Zennie parkte vor dem Haus und nahm ihr Handy heraus. Der Text von ihrer Mutter, der an alle drei Schwestern gegangen war, erinnerte sie an den Termin, den sie für Freitagnachmittag vereinbart hatten, um zu besprechen, wie sie helfen konnten, das Haus auszuräumen. Finola war noch auf Hawaii und folglich entschuldigt, aber der Rest von ihnen hatte pünktlich zu erscheinen.

»Der Rest von uns?«, fragte Zennie laut. »Das wären Ali und ich. Du könntest eigentlich unsere Namen benutzen, Mom.«

Diesen Gedanken behielt sie jedoch für sich. Brav schrieb sie zurück, dass sie da sein würde, schaltete den Motor aus und ging zum Haus hinauf. Bernie öffnete bereits, ehe sie anklopfen konnte.

Die beiden Freundinnen sahen einander an, und Bernie sagte: »Ich weiß, das ist merkwürdig, und ich möchte klarstellen, egal wie du dich entscheidest, du wirst immer meine beste Freundin sein. Wenn du Nein sagst, spreche ich es nie wieder an und wir machen weiter wie bisher, versprochen.« Sie trat einen Schritt zurück. »Komm rein. Hayes ist im Wohnzimmer.«

Ihr zweigeschossiges Haus war typisch für dieses Viertel – zweihundertfünfzig Quadratmeter, vier Schlafzimmer, ein Esszimmer und ein großes Wohnzimmer. Vor ungefähr fünfzehn Jahren hatte man hier ein altes Einkaufszentrum abgerissen und diese Häuser gebaut. Die Gehwege waren breit, es gab einen Spielplatz und gute Schulen in der Nähe.

Bernie und Hayes hatten das Haus kurz vor ihrer Hochzeit gekauft und waren so aufgeregt gewesen, als sie hier einzogen. In den letzten Jahren hatten sie einiges verändert und dieses Reißbretthaus zu ihrem eigenen Zuhause gemacht.

Bernie ging voraus ins Wohnzimmer, wo Hayes aufstand, als sie hereinkamen. Er sieht nervös aus, überlegte sie. Das taten sie beide.

Zennie hockte auf der Kante eines Ohrensessels, während Bernie und Hayes nebeneinander auf dem kleinen Sofa saßen. Es war vollkommen still.

Zennie dachte an die wenigen Minuten, die sie online verbracht und sich grob über den Ablauf informiert hatte. Sie schätzte, schwanger wäre eben schwanger, und alles Weitere würde sie dann schon lernen. Sie war gesund, fit und liebte ihre Freundin. Die Entscheidung war ihr leichtgefallen.

Zennie lächelte die beiden an. »Ich möchte es machen. Ich möchte eure Leihmutter sein.«

Bernie griff nach Hayes' Hand. »Aber? Gibt es ein Aber?«

»Kein Aber. Ich habe mit einer Freundin geredet, die in einer Gynäkologenpraxis arbeitet, und sie hat gesagt, das Prozedere ist relativ simpel. Ich habe schon einen Termin bei meiner Gynäkologin, um die Blutwerte prüfen und mich untersuchen zu lassen. Sobald wir wissen, dass alles gut ist, warten wir auf meinen Eisprung. Dann, ähm, liefert Hayes seine Probe, die mir eingeführt wird, und wir warten, ob ich schwanger werde.«

Sie lächelte wieder. »Ich habe bei der Personalbuchhaltung nachgefragt, und sie schicken mir die Information, was meine Versicherung abdeckt. Mir stehen sechs Wochen Mutterschutz zu, die ausreichen sollten.« Sie machte eine kurze Pause. »Ich denke, mehr habe ich vorerst nicht. Also, falls ihr es immer noch wollt, ich bin dabei.«

Bernie und Hayes sahen einander an, dann sprang Bernie auf und zog sie von ihrem Sessel. »Danke«, flüsterte sie und umarmte sie. »Danke, danke, danke!«

Zennie erwiderte die Umarmung und blickte von ihrer Freundin zu Hayes. »Ich mache es gern. Nur über eins solltest du dir im Klaren sein.«

Hayes und Bernie wechselten einen Blick.

»Was?«, fragte Hayes hörbar besorgt.

Zennie stellte sich neben ihn. Sie waren beide blond. Er hatte braune Augen, sie blaue, doch der Teint war gleich.

Zennie zuckte mit den Schultern. »Es muss okay für euch sein, ein weißes Baby zu bekommen. Ich meine, wir könnten auf einen minimal dunkleren Teint hoffen, aber das halte ich für unwahrscheinlich, sieht man sich die Ausgangslage an.«

Bernie prustete los vor Lachen, kam zu ihnen und umarmte sie beide. »Ich habe einen weißen Mann und eine weiße beste Freundin. Mit einem weißen Baby werde ich fertig.«

Hayes zog sie an sich und küsste sie. »Gut zu wissen. Wenn wir in ein nobleres Viertel ziehen, werden alle denken, ich schlafe mit der Nanny. Irgendwie sexy.«

Zennie war froh, dass sie das Gespräch unbeschwert hielten, aber sie musste es ansprechen. Bernie würde ihrem Kind nicht ähnlich sehen, und das musste okay für sie sein.

Sie und Bernie setzten sich aufs Sofa, und Hayes verließ das Zimmer.

»Bist du dir sicher?«, fragte Bernie.

Zennie nahm ihre Hand. »Sieh mir in die Augen, wenn ich es sage. Ich möchte eure Leihmutter sein. Nichts könnte mich glücklicher machen. Sobald wir anfangen, musst du mir versprechen, mich das nie wieder zu fragen. Verstanden?«

»Versprochen.«

Hayes kehrte mit einem Ordner zurück. »Wir haben einen Vertrag entworfen. Den solltest du dir durchlesen und mit einem Anwalt durchgehen. Im Grunde steht da, dass wir sämtliche Kosten decken. Alles von Selbstbeteiligungen bis hin zu Vitaminen für Schwangere.«

»Die musst du jetzt schon anfangen zu nehmen«, sagte Bernie lächelnd.

»Wir zahlen dein Gehalt, falls du nach der Entbindung längere Zeit brauchst, um dich zu erholen«, fuhr Hayes fort. »Außerdem schließen wir eine Versicherung für dich ab. Falls irgendwas passiert und du nicht wieder in deinen Job zurückkannst, bekommst du zwei Millionen Dollar.«

»Das scheint mir übertrieben«, murmelte Zennie, die etwas überwältigt vom Geschehen war. Sie erinnerte sich daran, dass sie erst seit wenigen Tagen hierüber nachdachte, wohingegen die beiden seit Monaten geplant hatten.

»Nur für alle Fälle«, sagte Hayes. »Wir haben auch alles arrangiert, damit das Baby zur Adoption freigegeben wird, sollten wir während deiner Schwangerschaft sterben. Wir haben uns verschiedene Agenturen angesehen und die ausgesucht, die wir für die beste halten.«

»Wir sterben nicht«, versicherte Bernie ihr. »Doch falls das Schlimmste eintritt, hast du nichts zu befürchten.«

An die Möglichkeit, dass ihnen etwas zustoßen könnte und sie dann mit dem Baby zurückbliebe, hatte Zennie nicht gedacht.

»Da ist eine Menge zu bedenken«, gestand sie.

»Es ist überwältigend«, bestätigte Bernie. »Deshalb haben wir alles aufgeschrieben und möchten, dass du es dir durchliest, ehe du dich endgültig entscheidest. Noch kannst du einen Rückzieher machen. Es wäre vollkommen okay.«

»Ich mache keinen Rückzieher. Ich sehe mir das an, wie du gesagt hast, und dann nehmen wir die Schwangerschaft in Angriff.« Zennie hatte sich entschieden. Sie war sich sicher. Die

Details waren Furcht einflößend, doch hatten sie erst diesen Teil geklärt, wurde alles einfacher.

»Also tun wir es?«, fragte Bernie.

»Tun wir. Jetzt lasst uns zur Feier essen gehen.«

Hayes sah seine Frau an. »Ich habe in diesem veganen Restaurant reserviert, das du so magst.« Er wandte sich an sie: »Das Essen ist super, und da du nun für zwei essen musst, zählt jeder Bissen.«

Ah, spitze, dachte Zennie grinsend, veganes Abendessen. Und da sie eben zugesagt hatte, schwanger zu werden, durfte sie es nicht mal mit Wein herunterspülen.

9. KAPITEL

Am Freitag hielt Finola es nicht mehr allein mit sich aus. Die katastrophale Unterhaltung mit Nigel hatte eine schlaflose Nacht nach sich gezogen. Sie war müde, emotional gebeutelt und mental erschöpft. Sie musste unter Menschen, die sie liebten, brauchte Mitgefühl und Umarmungen.

Dank der SMS-Gruppe mit ihrer Mutter und ihren Schwestern wusste sie, dass heute nach der Arbeit alle bei ihrer Mutter wären, um die Hausräumung zu planen. Erinnerungsstücke und Krempel mussten sortiert werden, die sich über Jahrzehnte angesammelt hatten, bevor das Haus verkauft wurde.

Ich will mich nicht schrecklich fühlen, dachte Finola auf der Fahrt von Sherman Oaks nach Burbank. Sie wollte nicht leiden oder sich der Demütigung stellen. Sie wollte ihr altes Leben zurück, mit ihrem tollen Ehemann und ihrem Plan, schwanger zu werden. Warum konnte sie das nicht haben?

»Ich kann es nicht haben, weil mein Idiot von Mann seinen Schwanz nicht in der Hose behalten kann«, brüllte sie, als sie an einer roten Ampel wartete. »Zur Hölle mit dir, Nigel!«

Sie zeterte auf der gesamten Strecke, bis sie das Haus erreichte, in dem sie den Großteil ihrer Kindheit verbracht hatte. Zennies und Alis Wagen standen bereits in der Einfahrt. Die ganze Gang war da.

Finola zögerte, bevor sie ausstieg. Sie musste stark sein, sich zusammenreißen. Es war eine Sache, ein wenig Mitgefühl zu bekommen; ihre Familie mit ihrer geballten Trauer und Wut zu ängstigen, war eine gänzlich andere. Sie konnte es schaffen, aber nur, wenn sie nicht durchdrehte.

Sie ging hinein und lauschte den Stimmen aus der Küche. Offenbar besprachen sie erst alles Organisatorische, ehe sie sich an die Arbeit machten. Nachdem sie ihre Tasche auf den kleinen Tisch neben der Tür gelegt hatte, rief sie: »Hallo, ich bin's!«

»Was?«, antwortete Mary Jo. »Finola, Schatz, bist du das wirklich?«

Alle drei kamen durchs Wohnzimmer geeilt. Ali war als Erste bei ihr und umarmte sie.

»Was machst du hier?«, fragte sie. »Ich dachte, du kommst erst morgen Abend zurück. Habe ich was verwechselt? Ich bin so froh, dich zu sehen! Du hast hoffentlich einen fantastischen Urlaub gehabt.«

Ihre Mutter drängte Ali zur Seite und griff nach ihr. »Du bist überhaupt nicht braun. Gut gemacht. Du hast Sonnenschutz benutzt. Seit wann bist du wieder da?«

Zennie winkte nur. »Hey.«

»Selber hey.«

Finola sah ihre drei Familienmitglieder an. Ihnen konnte sie ihr gebrochenes Herz anvertrauen; sie wären für sie da und würden sich um sie kümmern. Sie ließ ein wenig locker, und prompt stiegen ihr die ersten Tränen in die Augen.

»Nigel hat mich verlassen.«

»Was? Nein!«

»Das ist ausgeschlossen. Er betet dich an.«

»Wie geht es dir? Was ist passiert?«

Die Fragen prasselten auf sie ein. Finola schlug die Hände vors Gesicht und begann zu schluchzen. Sie wurde durchs Haus in die Küche und zu einem Stuhl geführt. Eine Schachtel mit Papiertaschentüchern erschien vor ihr. Mary Jo und Ali setzten sich neben sie, während Zennie Teewasser anstellte.

Ihre Mutter rieb ihr über den Rücken. »Erzähl uns, was passiert ist«, sagte sie sanft. »Wenn wir wissen, was nicht stimmt, können wir helfen, es wieder in Ordnung zu bringen.«

»Nichts kann in Ordnung gebracht werden.« Finola nahm sich eine Handvoll Papiertücher, wischte sich das Gesicht ab und putzte sich die Nase. »Ihr dürft es keinem erzählen. Niemand darf es erfahren. Das meine ich ernst. Ihr dürft es keinem sagen, unter keinen Umständen. Wenn das rauskommt, bin ich ruiniert.«

Es wird rauskommen, dachte sie verbittert. Es war bloß eine Frage der Zeit.

»Natürlich sagen wir nichts«, versicherte Ali ihr. »Aber, Finola, Nigel kann dich nicht verlassen haben. Er liebt dich. Das erkennt jeder allein an der Art, wie er dich ansieht.«

»Ich wünschte, es wäre so, ist es aber nicht. Er hat eine Affäre.«

»Mit wem?«, fragte ihre Mutter. »Welche Schlampe hat das getan? War es jemand aus seiner Praxis? Es ist immer die junge Frau am Empfang.«

»Mom, nicht«, sagte Zennie vom Herd aus.

»Du kannst nicht wissen, ob sie es nicht ist.«

»Du weißt nicht, ob sie es ist.«

Finola ergriff Alis Hand, und sie verschränkten ihre Finger. Sie und ihre Schwester waren sich immer nahe gewesen. Ali würde ihr Kraft geben.

»Er hat es mir letzten Freitag gesagt, direkt vor der Show.«

»Hab ich's doch gewusst!«, rief ihre Mutter. »Du hast behauptet, es sei eine Lebensmittelvergiftung, aber ich hab gewusst, dass du nicht deshalb so seltsam warst.«

Finola erzählte ihnen, was geschehen war. Sie begann mit Nigels unverblümter Mitteilung, er würde sie verlassen, und endete mit seinem Besuch am Tag zuvor.

»Sie sind nach Chile zum Skifahren«, sagte sie weinend. »Ich glaube nicht, dass er zurückkommt. Ich denke, es ist vorbei.«

»Ist es nicht«, erwiderte Ali beruhigend. »Ich kann nicht glauben, dass er das tut. Vielleicht hat er sich den Kopf angeschlagen oder so, denn wir alle wissen, dass er dich liebt.«

»Ich werde nie Enkelkinder haben«, jammerte Mary Jo.

»Mom!«, schalten Ali und Zennie sie im Chor.

»Das ist nicht hilfreich«, ergänzte Zennie und stellte ihr einen Becher Tee hin.

»Hätte er sich doch den Kopf angeschlagen, aber das hat er nicht.« Finola ließ Ali los, um den Becher mit beiden Händen zu umklammern. »Er behauptet, ich bin schuld, dass er fremdgegangen ist.«

»Was? Nein.« Zennie setzte sich ihr gegenüber hin. »Das ist Irrsinn. Du bist viel zu gut zu ihm. Ja, du verwöhnst ihn.«

»Es ist wichtig, einen Mann zu verwöhnen«, sagte ihre Mutter, wobei sie Zennie streng ansah. »Was du wüsstest, wärst du mal länger als eine Viertelstunde in einer Beziehung.«

Finola schniefte. »Was ist passiert?«

»Nichts«, sagte Zennie, die ihre Mutter mit einem vernichtenden Blick bedachte. »Clark und ich haben es beendet, aber wir waren ja auch gar nicht richtig zusammen. Keine große Sache.«

Mary Jo seufzte. »Was für eine entsetzliche Woche! Erst Zennie, dann Finola, dann ...« Sie zuckte zusammen, als hätte jemand sie getreten.

»Nicht jetzt«, zischte Ali schnell ihrer Mutter zu. »Das ist nicht wichtig.«

Finola merkte, dass etwas nicht stimmte, musste sich jedoch eingestehen, dass ihr außer ihrem eigenen Schmerz momentan alles egal war.

»Das hast du nicht verdient«, fuhr Ali fort, die sich wieder ihr zuwandte. »Du bist immer so vorsichtig. Du hast gewusst, dass du eine Karriere willst, und nie mit Jungen herumgemacht. Am College bist du kaum ausgegangen, weil du keine Ablenkung wolltest. Und dann hast du dich für Nigel entschieden. Weiß er nicht, was er an dir hat? Du bist perfekt.«

Finola genoss dieses Lob, obwohl sie wusste, dass ihre Schwester nicht ganz recht hatte. Zumindest nicht, was das Perfekte anging. Sie *war* am College vorsichtig gewesen und wollte unabhängig bleiben. Es war leichter, gar nicht erst mit jemandem auszugehen, als zu riskieren, dass sie sich verliebte. Als sie Nigel begegnete, hatte sie gleich gewusst, dass er der Richtige war, und ihm war es mit ihr genauso gegangen. Mit ihm war alles so einfach, dachte sie, während sie gegen neue Tränen ankämpfte. So wunderbar. Sie waren gut füreinander gewesen.

Sie hatte ihn vorgewarnt, wie schwierig ihre Mutter sein konnte, also war Nigel bei seinem ersten Besuch sehr charmant und aufmerksam zu Mary Jo gewesen und hatte sie im Sturm erobert, was noch kein anderer jemals geschafft hatte. Er war süß zu Ali und zu Zennie gewesen, hatte sich an alle Geburtstage erinnert und ihr geholfen, Geschenke auszusuchen. Wie konnte er sich so verändert haben?

»Ich weiß nicht, was ich tun soll«, flüsterte sie. »Es wird rauskommen. Hätte er irgendeine Neue, würde es niemanden besonders kümmern, doch es ist Treasure. Die Presse verfolgt sie auf Schritt und Tritt. Sie wissen, dass sie eine Vorliebe für verheiratete Männer hat, und immer jagen sie dann die verlassene Frau. Die meisten Leute können eine Affäre privat durchstehen, aber nicht, wenn Treasure im Spiel ist.«

Sie dachte an ihre Show, an ihre Zuschauer und wie alle über sie herfallen würden. Irgendwann müsste sie es ihren Produzenten und Rochelle sagen. Bei dem Gedanken, wie erniedrigend es sein würde und wie sehr man sie bemitleiden würde, schauderte sie.

»Du kannst hierbleiben, wenn du willst«, bot ihre Mutter an. »In deinem alten Zimmer. Das ist noch da.« Mary Jo legte einen Arm um sie. »Hier findet dich keiner. Du wärst in Sicherheit.«

»Danke, Mom. Vielleicht nehme ich das Angebot an.«

Nicht jetzt gleich, aber falls nötig, hätte sie eine Zuflucht.

Ali wollte etwas sagen, tat es jedoch nicht. Sie tätschelte ihr den Arm. »Wir sind alle für dich da, egal, was wird. Ich kenne sogar jemanden, der wahrscheinlich jemanden kennt, der Nigel zusammenschlagen könnte.«

Mary Jo sah sie an. »Wen sollst du denn kennen?«

»Daniel, Glens Bruder. Ich vermute, dass er einige interessante Freunde hat. Oder es vielleicht sogar selbst machen würde.«

Zwar wollte Finola, dass Nigel blutete und Schmerzen hatte, aber sie hielt diese Variante für keinen klugen Schachzug. Heute jedenfalls nicht. »Danke, ich denke drüber nach.«

»Es tut mir ehrlich leid«, sagte Zennie. »Er ist solch ein Arsch.«

»Wem sagst du das?«

»Ich weiß, was uns auf andere Gedanken bringt«, verkündete Mary Jo munter. »Fangen wir mit dem Abstellraum oben an. Wir übernehmen jeder eine Seite, dann sind wir im Nu fertig.«

»Zennie und ich nehmen uns die Abseite vor«, sagte Ali. »Was meinst du, Finola? Fühlst du dich dem gewachsen?«

»Natürlich. Ablenkung wird mir guttun.« Alles war besser, als allein zu Hause zu sitzen, wo sie abwechselnd überlegte, wie sie Nigel zurückgewinnen könnte oder wie sie Anthrax auftrieb, um es ihm per Post zu schicken.

Sie gingen auf den Dachboden. Er war lang und schmal mit einem spitzen Giebel und hatte nur ein kleines Fenster an der Stirnwand. Regale reihten sich an den Wänden, und unter dem Fenster stand ein Arbeitstisch. Gleich neben der Treppe befand sich eine große begehbare Abseite mit mehr Regalen.

Finola betrachtete all die Kartons und Kästen, die Unmengen Stoff- und Plastikbeutel gefüllt mit wer weiß was und wusste, dass sie unmöglich all die Sachen durchsehen konnten.

Eine Ablenkung, sagte sie sich. Nur deshalb war sie hier. Stupides Sortieren würde helfen.

Ihre Mutter und sie fingen mit den Regalen an, Zennie und Ali nahmen sich die Abseite vor. Finola griff nach ein paar kleinen Kästen und stellte sie auf den Boden. Sie öffnete den ersten und sah hinein.

»Stofffetzen?«

»Von meinen Quilt-Arbeiten«, erklärte Mary Jo. »Mir fehlte die Inspiration. Vielleicht wäre die gekommen, hätte ich Enkelkinder.«

»Mom!«, riefen Ali und Zennie.

»Das ist nicht hilfreich«, ergänzte Zennie.

»Was kann ich denn dafür?«, jammerte Mary Jo. »Mindestens eine von euch hätte inzwischen schon mal ein Baby bekommen können. Und wo wir gerade bei Beziehungen sind und wann eure Mutter das Einzige bekommt, das sie sich je gewünscht hat, Zennie, ich habe ein Blind Date für dich arrangiert. Die Einzelheiten schicke ich dir.«

Finola drehte sich zum Wandschrank um. »Brauchst du nicht Zeit, um über die Trennung hinwegzukommen?«

»Wir waren nur einige Male aus. Das ist keine Trennung.«

»Für mich schon«, murmelte ihre Mutter. »Finola, sei ein Schatz und hol ein paar Kartons aus der Garage. In einen packen wir alles, was ich verschenke, in den anderen alles, was wegmuss. Die Sachen, die ich mitnehme, können auf den Regalen bleiben.«

Finola tat, wie ihr befohlen. Als sie wieder zurückkam, sah sie, dass Zennie und Ali das Weihnachtsdorf der Familie gefunden hatten. Der Anblick erinnerte sie an so viele Vorweihnachtswochen, als jedes der Mädchen etwas zum Dorf hinzufügen durfte. Es gab nie einen festen Plan, und sie alle mochten unterschiedliche Stile, weshalb ihr Dorf ein wilder Mix aus Viktorianischem und Modernem, Keramik und Holz war. Es gab drei Zoohandlungen und mindestens fünf Kirchen, jede Menge Bäume und Straßenlaternen, und da war auch das große Karussell, das Finola sich für ihr sechstes Weihnachten ausgesucht hatte.

Sie berührte die schönen, geschnitzten Pferde und dachte daran, wie sehr sie dieses Karussell geliebt hatte. Man konnte es aufziehen, sodass es sich drehte und Musik spielte. Seit der Scheidung hatte Mary Jo sich die Mühe gespart, zu Weihnachten ausgiebig zu schmücken, sich jedoch gleichzeitig geweigert, ihren Töchtern irgendetwas von der Dekoration zu überlassen. Sie bewahrte alles auf für die Zeit, wenn sie Enkel hatte, behauptete sie. Nun sah sie die Deko-Sammlung an und schüttelte den Kopf.

»Nehmt euch, was ihr wollt. In meinem neuen Haus habe ich für nichts dafür Platz. Das ist zu klein.«

»Ali, magst du nicht die viktorianische Kirche am liebsten?«, fragte Zennie.

»Meinst du die kaputte?« Mary Jo seufzte. »Nimm sie ruhig, Ali. Die will sonst sowieso keiner.«

»Wir haben gespielt«, sagte Finola schroff. »Es war nicht ihre Schuld.« Sie trat näher zu Ali und lächelte. »Weißt du noch, wie wir Straßen aus Wattebäuschchen gelegt haben, damit sie verschneit aussahen?«

Ali erwiderte ihr Lächeln. »Ja, und dann haben wir alles mit Glitzer bestreut. Das war eine Riesensauerei.«

»Kann sein, aber es war schön. Also, wer nimmt was?«

Zennie nahm eine der Zoohandlungen und eine Kirche. »Außer denen hier brauche ich nichts. Okay, und den Spielzeugladen, falls den keine von euch will.«

»Nur zu«, sagte Ali und berührte das Karussell. »Das hier musst du nehmen, Finola. Es war immer dein Lieblingsstück.«

Finola nickte nur, denn ihre Kehle war wie zugeschnürt, sodass sie nicht sprechen konnte. Sie erinnerte sich, wie sie Stunden mit diesem Karussell verbracht hatte, es immer wieder aufgezogen, der Musik gelauscht und den Pferden zugeschaut hatte. Dabei träumte sie früher, wohin sie reiten würde, wären die Pferde real. Ihre Ziele waren stets sehr weit weg gewesen, wo sie interessante Leute traf und Dinge lernte, von denen niemand anders wusste. Jahre später hatte sie sich vorgestellt, wie sie das Karussell in ihrem eigenen Haus aufstellte.

Doch war es nie dazu gekommen. Nigel und sie hatten einen Service beauftragt gehabt, der pünktlich kam, um ihr Haus mit sorgfältig platzierten Bäumen und Girlanden zu schmücken. Ihr Zuhause war in der Weihnachtszeit ein Ausstellungsstück gewesen, kein Ort, an den das Karussell gehörte.

Nun bewunderte sie es, streichelte eins der Pferde und wünschte, es würde lebendig, um sie weit weg von hier zu bringen. So weit, dass ihr Herz nicht mehr gebrochen wäre und sie über die Zukunft nachdenken könnte, ohne entsetzliche Angst zu bekommen.

Am Samstagvormittag, nachdem das nette Paar gegangen war, das ihre Schlafzimmermöbel gekauft hatte, wischte Ali die Fußleisten und saugte den Teppich ab. Als das erledigt war, holte sie die Umzugskartons herein, die sie irgendwann befüllen müsste. Vielleicht, wenn sie eine Wohnung hatte, in die sie ziehen konnte.

Sie wurde das Gefühl nicht los, dass Unheil drohte, und wusste, dass es nichts mit ihrer Situation zu tun hatte. Nach wie vor versuchte sie zu verdauen, was Finola widerfahren war. Wie konnte Nigel sie mit Treasure betrügen? Ali war genauso ein Fan der Country-Popsängerin wie jeder andere auch, aber im Ernst, so etwas tat man nicht, wenn man verheiratet war. Erst recht nicht, wenn man mit Finola verheiratet war.

Sie grübelte immer noch, als Daniel kam. Sie öffnete ihm die Tür und sagte: »Du darfst es keinem erzählen. Du musst mir echt schwören, dass du kein Wort sagst. Bitte, ich muss darüber reden, und sonst kann ich keinem vertrauen, deshalb sag mir bitte, dass du nichts weitererzählst.«

Während sie redete, stellte er seinen Rucksack auf den Boden, schloss die Tür hinter sich und nahm sie in die Arme.

»Ali, was ist los? Ich sage nichts, Ehrenwort. Erzähl es mir einfach.«

Er fühlt sich so gut an, als sie sich an ihn klammerte und seine Wärme und Kraft auf sich wirken ließ. Ihr war gleich, ob er dachte, dass sie bedürftig oder schräg war; ob er das Gefühl hatte, total gut zu verstehen, wieso Glen sie abserviert hatte. Jetzt gerade brauchte sie ihn.

Sie nahm ihn an die Hand und führte ihn zum Sofa. Als sie beide saßen, blickte sie in seine dunklen Augen und sagte: »Nigel hat Finola wegen einer anderen Frau verlassen. Er hat eine Affäre. Ich weiß nicht, ob es ernst ist oder er einfach nur herumalbert, aber er hat sie verlassen!«

Daniels Miene wechselte von besorgt zu verwirrt. »Tut mir leid, das zu hören. Sie wird sicher verletzt sein.«

»Nein, du verstehst das nicht. Wir reden hier über *Finola!*

Sie und Nigel lieben sich. Sie haben eine tolle Ehe. Sie gehören zusammen. Man musste sie nur ein paar Minuten erleben, dann wusste man, dass sie für immer zusammen sein würden. Und er betrügt sie! Wenn Finola diesen Nigel nicht halten kann, gibt es für keine von uns mehr Hoffnung.«

»Jetzt mal langsam, Ali. Du misst der Geschichte mehr Allgemeingültigkeit bei, als sie verdient. Ich verstehe, dass es dich erschüttert. Immerhin ist sie deine Schwester, und du liebst sie. Außerdem machst du selbst gerade deinen eigenen Mist durch, also ist das besonders hart. Aber Finolas Ehe wirkt sich nicht auf die Beziehungen von allen anderen aus.«

Wahrscheinlich ergaben seine Worte einen Sinn, doch sie war nicht in der Stimmung, ihm zuzuhören. »Was stimmt mit euch Männern nicht? Halle Berrys Mann hat sie betrogen. Und Beyoncés. Warum betrügt irgendwer Beyoncé? Männer sind blöd. Tut mir leid, dass ich dir das sage, aber so ist es.«

Daniel überraschte sie, indem er grinste. »Wir *sind* blöd. Das mit Finola tut mir ehrlich leid, und ich werde es niemandem sagen. Darauf hast du mein Wort.«

»Es ist nur, weil sie im Fernsehen ist. Da könnte die Presse lauern.« Das würde sie, wenn diese ganze Treasure-Geschichte herauskam. Aber auch wenn sie bereit war, einige Geheimnisse preiszugeben, alle konnte sie denn doch nicht lüften – nicht einmal gegenüber Daniel.

Immer noch hielten sie sich bei den Händen. Sie war nicht sicher, wie es dazu gekommen war, aber seine Hand war in ihrer und umgekehrt. Er streichelte ihre Finger wie zum Trost. Zumindest glaubte sie, das war es. So oder so, seine Berührung war nett. Genauso wie er.

»Du bist so nett zu mir«, sagte sie leise. »Bei alle dem. Dafür bin ich dir ehrlich dankbar. Ich hätte das ohne dich nicht durchgestanden.«

»Mir tun die Umstände leid, aber ich bin froh, dass ich hier bin. Und das meine ich ernst, Ali.«

Sie lächelte. »Ich glaube dir, auch wenn es schräg ist. Bevor Glen mir den Laufpass gegeben hat, warst du immer so streng, und es kam mir vor, als wolltest du nicht im selben Raum mit mir sein. Weißt du noch, wie wir uns zum ersten Mal begegnet sind? Das war bei einem Mittagessen.«

»In der Cheesecake Factory im Einkaufszentrum von Sherman Oaks. Ich erinnere mich. Es war an einem Sonntag im letzten November. Ein paar Wochen vor Thanksgiving.«

Sie starrte ihn an. »Das ist entweder eindrucksvoll oder beängstigend. Wie kannst du dich daran erinnern? Ich wusste noch, dass es letztes Jahr war, aber mehr auch nicht.« Sie lachte. »Als Nächstes wirst du mir erzählen, dass ich ein blaues Kleid anhatte.«

»Du hattest eine Jeans und einen weißen Pullover an.«

»Okay«, sagte sie langsam. »Jetzt machst du mir Angst.«

Er setzte an, etwas zu sagen, ließ aber ihre Hand los und stand auf. »Ali, was ist in deinem Schlafzimmer los?«

Sie drehte sich um und folgte seinem Blick. »Was? Die leeren Kartons? Ich muss ernsthaft anfangen zu packen.«

»Und wo sind die Möbel?«

»Ah das.« Sie holte tief Luft. »Die habe ich verkauft.« Sie hielt eine Hand in die Höhe, bevor er mehr sagen konnte. »Schon vor einigen Wochen. Die Käufer hatten zugestimmt, die Sachen erst heute abzuholen. Das hatte ich irgendwie vergessen, bis sie mir gestern eine Textnachricht schickten, um den Abholtermin zu bestätigen.«

»Warum hast du sie die Sachen abholen lassen?«

»Sie hatten sich schon einen Transporter gemietet und die Hälfte angezahlt. Da konnte ich schlecht ablehnen.«

Sie wusste, dass es dumm war, aber der Gedanke, noch jemandem zu erzählen, dass die Hochzeit abgeblasen war, war zu deprimierend gewesen. Ihr reichten schon die mitfühlenden Worte bei der Arbeit und die, ihrem Eindruck nach, viel zu vielen wissenden Blicke, als hätte die ganze Welt geahnt, dass Glen sie nicht heiraten würde.

»Es war leichter, sie das Bett mitnehmen zu lassen. Und ich schlafe ja sowieso nicht da«, ergänzte sie. »Ich schlafe auf der Couch.«

»Verschwinden in den nächsten Tagen noch mehr Möbel?«

»Ähm, da waren noch ein paar andere Sachen, aber ich habe den Leuten schon geschrieben, dass sie nicht mehr zu verkaufen sind.« Mit Ausnahme der Frau, die ihren Küchentisch und die Stühle haben wollte. Von ihr hatte sie keine Telefonnummer, und vielleicht kam sie gar nicht.

»Okay.« Er holte seinen Rucksack, setzte sich wieder zu ihr und zog einige Mappen heraus. »Kommen wir zum aktuellen Stand mit den Verträgen.«

Er ging alles durch, was er getan hatte. Wie erwartet, hatte Daniel weit bessere Bedingungen ausgehandelt, als sie es hätte. Zwar müsste sie immer noch mehr Geld aufbringen, als sie besaß, doch wenigstens war es nicht mehr ganz so schrecklich.

»Was hast du mit dem Ring vor?«, fragte er. »Du könntest ihn verkaufen.«

»Muss ich den nicht zurückgeben?«

»Nicht nach dem, was er getan hat. Die Gesetze sind in jedem Bundesstaat anders, aber in Kalifornien wird der Ring nur zurückgegeben, wenn die Verlobung in beiderseitigem Einvernehmen gelöst wird. Wenn sich der Bräutigam wie ein Blödmann benimmt, darfst du den Ring behalten.«

Sie grinste. »Gut zu wissen.« Dann wurde sie wieder ernst. »Noch bin ich nicht bereit, ihn zu verkaufen, doch es ist ein gutes Gefühl, dass ich es jederzeit kann.«

»Ich könnte hingehen und das Geld aus ihm rausschütteln, das er dir noch schuldet.«

»Nein, Daniel, nicht. Wir haben das schon besprochen. Ich bin dir sehr dankbar für alles, was du für mich tust. Du ahnst nicht, wie sehr. Aber verprügle deinen Bruder bitte nicht. Er ist trotz allem Teil deiner Familie, und die ist wichtig. Ich denke mir etwas aus. Sobald sich alles beruhigt hat, kann ich darüber nachdenken, was ich tun will. Ich habe ein bisschen über Bagatellverfahren recherchiert. Vielleicht versuche ich es auf dem Weg.«

»Wie du dich auch entscheidest, ich bin für dich da.«

»Weiß ich.« Sie sank auf dem Sofa nach hinten und seufzte. »Du bist so viel anständiger als er. Warum haben wir uns nicht verliebt?«

Bevor er reagieren konnte, legte sie eine Hand auf seinen Arm. »War nur ein Scherz, keine Panik.«

»Ich bin nicht panisch. Ich schätze, es hat sich einfach so ergeben.«

»Hat es. Na gut, ich befreie dich nun von den Hochzeitsstornierungsaufgaben. Ich muss Wäsche waschen, und danach werde ich mich deprimieren, indem ich mir Apartments ansehe, die ich bezahlen kann.«

»Unterschreibe nichts, ehe wir geredet haben«, sagte er und stand auf. »Ich möchte mir vorher die Gegend anschauen.«

Vermutlich würde manch eine Frau diese Ansage ärgerlich finden, aber für Ali war sie himmlisch. Ihr gefiel der Gedanke, dass er für sie da war. Nach allem, was sie durchgemacht hatte, war es schön, ein wenig umsorgt zu werden.

»Ich werde nicht mal eine Anzahlung leisten«, versprach sie. »Wenn ich etwas Vielversprechendes finde, erfährst du es als Erster.«

»Gut.« Er zog sie an sich und küsste sie auf die Wange, wo seine Bartstoppeln kitzelten. »Ruf mich an, wenn du was entdeckst. Ich bin bei der Arbeit und zu erreichen.«

»Abgemacht.«

Sie brachte ihn zur Tür. Als er gegangen war, dachte sie abermals, dass alles sehr viel besser gelaufen wäre, hätte sie sich in Daniel statt in Glen verliebt. Das Schicksal hatte einen fiesen Sinn für Humor.

10. KAPITEL

Am Montagmorgen war Finola besonders früh im Studio. Sie hatte eine Besprechung für die kommenden Shows und brauchte Zeit, zurück in ihren Alltag zu finden. In ihrer Urlaubswoche hatte der Sender Wiederholungen gezeigt; jetzt würden sie wieder live senden.

Während des Wochenendes hatte sie sich bereit gemacht, Normalität vorzutäuschen. Sie hatte sich künstlich gebräunt und war bei einer Kosmetikerin gewesen. Es gab kein Trostessen mehr, und am Samstag hatte sie sich mit Wasser und Gemüsesaft entgiftet. Am Sonntag war sie auf eine Proteindiät umgestiegen, bei der sie bleiben würde, bis sie wieder beinahe furchterregend dünn war. Vorher wäre sie mit ihrem Aussehen nicht zufrieden. Es war schlimm genug, dass sie ein Dutzend Jahre älter war als Treasure – sie wollte nicht auch noch die altbackene Ehefrau sein.

Sie parkte auf ihrem üblichen Platz, begrüßte den Wachmann und machte sich auf den Weg ins Studio. Sie trug ihre Lieblingsjeans, ein lässiges T-Shirt und eine Sonnenbrille; ihr Haar hatte sie nach hinten gebunden. So war sie immer gekleidet, wenn sie ihren Tag begann. In ihrer großen Garderobe waren lauter »Fernsehsachen« – jede Menge Kleider und Einzelteile, die sie unterschiedlich kombinierte, je nach Staffel. Ihr Vertrag sah ein großzügiges Kleidungsbudget vor, wofür Finola dankbar war. Außerhalb des Studios zog sie nie ihre Fernsehkleidung an, und wenn eine Staffel vorbei war und neue Kleidung gekauft wurde, durfte sich ihre Assistentin ein Outfit für sich aussuchen. Der Rest der kaum getragenen Sachen wurde an Dress for Success und an ein örtliches Obdachlosenheim für Frauen gespendet.

»Willkommen, Finola«, rief jemand von der Crew. »Du siehst klasse aus. Hawaii bekommt dir.«

Sie winkte lächelnd, ging jedoch weiter, denn sie wollte mit niemandem über ihre Reise reden. Heute war Arbeit angesagt, sonst nichts. Sie war gewillt zu lügen, aber sie wollte sich nicht durch einen Wust erfundener Lügen schwitzen. Nicht, da die Wahrheit irgendwann sowieso ans Licht kam.

In ihrer Garderobe wartete Rochelle schon auf sie. Rochelle sah unfassbar jung und elegant aus und bügelte das Kleid, das sie für heute ausgesucht hatte.

»Guten Morgen«, begrüßte ihre Assistentin sie. »Wie war dein Urlaub?«

»Es war viel los. Wie war dein Besuch zu Hause?«

Rochelle war nach North Carolina geflogen, um ihre Familie zu besuchen. Wie Finola war auch sie eine von drei Schwestern. Ihr Vater war Pfarrer, ihre Mutter Buchhalterin. Rochelle war die erste Tochter in drei Generationen, die nicht auf die Howard University, sondern auf die UCLA gegangen war. Ihre konservativen Eltern waren unglücklich darüber, dass Rochelle in Los Angeles geblieben war, anstatt nach Hause zurückzukehren, sich einen guten Job zu suchen und zu heiraten.

Finola hatte die beiden einmal kurz kennengelernt, nachdem sie Rochelle eingestellt hatte. Sie hatte sich nach Kräften bemüht, deren Bedenken zu entkräften, was die Sicherheit ihrer Tochter in der amoralischen Wildnis der Unterhaltungsindustrie betraf.

Rochelle seufzte. »Ich habe dort mit keinem mehr etwas gemein. Meine Schwestern sind beide schwanger – mal wieder. Meine Mutter hat mir täglich Vorträge über mein Verhältnis zu Gott gehalten, und mein Vater guckt die ganze Zeit enttäuscht.«

»Das klingt furchtbar.«

»Eigentlich war es wie immer. Eltern können so sein. Ich weiß, dass sie mich lieben und mich nur nicht verstehen. Aber ich tue, was ich tun muss.« Sie grinste. »Wenn ich meinen ersten Emmy gewinne, werden sie sich für mich freuen.«

Finola lachte. »Vergiss ja nicht, mich in deiner Dankesrede zu erwähnen.«

»Du wirst gleich als Erste genannt.«

»Ich nehme dich beim Wort.« Finola genoss den Moment Normalität noch ein paar Sekunden, dann schloss sie die Tür. »Wir müssen reden.«

Rochelle schaltete sofort das Bügeleisen aus. »Erzähl.«

Finola wies zum Sofa und nahm sich einen Stuhl. Und los geht's, dachte sie traurig. Das Erzählen begann. Es würde Lügen und Verschleierungsversuche geben, zumindest so lange, wie sie konnte. In dieser Branche würde sie deswegen nicht kritisiert, sollte die Wahrheit ans Licht kommen. Jeder, mit dem sie zusammenarbeitete, würde es verstehen. Die weiter oben in der Nahrungskette wären nicht amüsiert, aber sie konnte ihnen unmöglich sagen, was geschehen war. Letztendlich würde ihr die Geschichte um die Ohren fliegen, und wenn es so weit war, würde sie damit umgehen können.

Bei Rochelle war es etwas anderes. Finola brauchte jemanden auf ihrer Seite, der auf sie aufpasste und notfalls einschritt.

»Ich war nicht auf Hawaii«, sagte sie so ruhig, wie sie konnte. »Nigel hat eine Affäre und ist ausgezogen.«

Rochelle riss die Augen weit auf. »Nein. Nein! Aber ... er war doch erst am Freitag hier. Ich habe ihn gesehen. Ihr wolltet in den Urlaub fahren.« Sie senkte die Stimme. »Du wolltest schwanger werden.«

Finola ignoriere die Demütigung, die sie durchfuhr. »Planänderung«, murmelte sie. »Bei allem. Und was seinen Besuch angeht, da hat er es mir gesagt.«

»Ich glaub es nicht. Deshalb warst du so anders.« Sie wollte aufstehen, sank aber gleich zurück auf die Couch. »Heißt das, dein Mann ist hier keine dreißig Minuten vor deiner Live-Sendung aufgeschlagen, um dir seine Affäre zu gestehen?«

Finola nickte. Ihrer Assistentin war die Empörung deutlich anzuhören, das tat gut.

»Das ist noch nicht alles«, sagte sie. Den Rest musste sie schnell hinter sich bringen. »Und es wird noch schlimmer.«

Sie berichtete, dass die fragliche andere die derzeit beliebteste Country-Popsängerin war, und wie Treasure sie unmittelbar vor dem Interview damit konfrontiert hatte.

Rochelle presste eine Hand an ihre Brust. »Das tut mir so leid, Finola. Ich fasse nicht, wie sagenhaft du bist. Du warst so professionell! Ich hätte der Schlampe ein paar geknallt und sie hinterher angezündet. Du musstest sie *interviewen!* Und die ganze Zeit hast du gewusst, was Nigel dir angetan hat.« Nun stand Rochelle doch auf und nahm sie in die Arme. »Es tut mir leid. Ich hasse sie. Mein Vater würde sagen, man darf Menschen nicht hassen, aber ich hasse sie wirklich!«

Die Umarmung und Rochelles Unterstützung taten gut. Finola lehnte sich an sie. »Danke. Es war eine harte Woche.«

Rochelle setzte sich wieder. »Wie kann ich dir helfen?«

»Indem du weitermachst wie bisher. Bitte halte mir hier den Rücken frei und sag mir Bescheid, wenn du Gerüchte hörst. Ich möchte so lange wie möglich den Deckel draufhalten.«

Rochelle verzog das Gesicht. »Denn wenn es rauskommt, wird es schlimm. Hast du mit einem Anwalt gesprochen?«

Finola verstand die Frage nicht. Warum sollte sie …

»Meinst du wegen einer Scheidung? So weit sind wir noch nicht.« Scheidung? Nein. Nigel würde zu ihr zurückkommen. Es würde ihm leidtun, er würde sie um Verzeihung bitten und es nie wieder tun. Sie waren *verheiratet*. Sie hatten ein gemeinsames Leben. Ein gutes Leben, das ihnen beiden wichtig war … zumindest gewesen war.

»Meinst du, ich sollte?«

Rochelle hob die Hände. »Das kann ich dir nicht sagen. Du musst tun, was für dich richtig ist.«

»Was würdest du machen?«

»Nach dem, was er dir zugemutet hat? Falls es ihm nicht leidtut und er dich nicht in dem Augenblick um Vergebung angefleht hat, in dem er erwischt wurde, gehört er in den Graben getreten. Er muss dich respektieren, und davon ist momentan nichts zu merken.« Sie schlug einen sanfteren Ton an. »Sicher weißt du, was du tust, Finola. Hör nicht auf mich.«

»Es kommt alles so plötzlich und ist so verwirrend. Ich hätte nie gedacht, dass er mir das antut. Ich dachte, dass wir glücklich sind.«

In dem Punkt hatte sie sich gewaltig geirrt, das machte sie traurig. Was hatte sie sonst noch nicht gewusst? Was hatte er ihr sonst noch verheimlicht?

Sie schloss die Augen und wünschte, es würde alles verschwinden, doch als sie wieder hinsah, war die Welt genauso wie vorher.

Ihr Handy trillerte. Rochelle reichte es ihr, ohne aufs Display zu sehen. Finola las die Benachrichtigung, zuckte zusammen und reichte den Apparat ihrer Assistentin.

»Ich lasse mich benachrichtigen, wenn Treasure twittert«, erklärte sie. »Damit ich weiß, was kommt. Bisher war da noch nichts über Nigel.«

Rochelle las den Tweet laut vor: »Es ist traurig, wenn Leute alt werden und sie niemand lieben will.«

»Nicht sehr subtil«, murmelte Finola.

»Denkst du, sie meint dich? Kann sie nicht. Du bist nicht alt.«

»Verglichen mit ihr bin ich steinalt.«

»Bist du nicht, und du wirst geliebt. Sie ist einfach nur eine fiese Kuh. Wir werden sie ignorieren. Na komm, die Leute stehen seit zwei Stunden Schlange, um deine Show zu sehen. Es wird Zeit, dass du dich bereit machst, sie vom Hocker zu reißen.«

Finola ersparte sich den Hinweis, dass sie eigentlich nicht in der Verfassung war, irgendjemanden vom Hocker zu reißen. Zum einen würde Rochelle es nicht hören wollen, und zum anderen spielte es überhaupt keine Rolle, wie sie sich fühlte. Sie hatte eine Verantwortung der Show und vielleicht auch sich selbst gegenüber. Wenn sie nicht stark sein konnte, konnte sie es zumindest vortäuschen. Fürs Erste würde das reichen.

Ali kehrte zwei Minuten zu früh aus ihrer Mittagspause zurück. Sie ging ins Lager und gab ihr Bestes, äußerlich stark und zuversichtlich zu erscheinen. Tatsächlich hatte sie eben das hässlichste Apartment aller Zeiten besichtigt. Es hatte nicht nur Aussicht auf die Müllcontainer, sondern war auch noch klein, dunkel und sehr renovierungsbedürftig. Doch das Übelste war der merkwürdige, modrige Gestank – wie eine Mischung aus Schimmel und Feuchtigkeit.

Inzwischen hatte sie sich vier Wohnungen angesehen und sie alle gehasst. Notfalls müsste sie ihr Mietbudget um hundert Dollar im Monat erhöhen. Angesichts der Kosten für die abgesagte Hochzeit und den Umzug wusste sie jedoch nicht, wie sie das bewerkstelligen sollte. Ja, sie könnte eine höhere Miete und Geld für alle anderen Kosten wie Essen und so weiter aufbringen, aber dann bliebe nichts mehr zum Sparen übrig. Und sie hatte stets eine Notfallreserve. Die hatte nun die Hochzeit verschlungen, und jetzt sah ihre finanzielle Lage ziemlich düster aus. Wenn es so weiterging, müsste sie sich entscheiden, ob sie bei ihrer Mutter oder in ihrem Auto wohnen wollte.

Ray und Kevin warteten an ihrem Schreibtisch auf sie. Ray wirkte so grimmig und bärenhaft wie immer, wohingegen Kevin regelrecht verängstigt aussah. Sie wollte schon fragen, was los war, da bemerkte sie, dass Ray die Karte in der Hand hielt, die sie ihm in seinen Spind gesteckt hatte.

Er legte sie auf ihren Schreibtisch. »Das mit Glen tut mir leid«, sagte er. »Es tut uns allen leid.« Er holte tief Luft und schien sich für etwas zu wappnen. »Möchtest du für das Wochenende Coco Chanel ausleihen?«

Schlagartig verpuffte ihre miese Stimmung ob seines süßen Angebots. Nichts und niemanden liebte Ray mehr als seinen lächerlich kleinen Hund und dass er ihr Coco Chanel anbot, war ein Akt purer Freundlichkeit.

Sie merkte, dass ihr die Tränen kamen, allerdings nicht vor Schmerz oder Frust, sondern vor Rührung, weil sie Unterstützung an einem Ort erlebte, an dem sie niemals mit ihr gerechnet hätte.

Sie lächelte Ray an. »Das ist das Fantastischste, was mir je jemand angeboten hat. Vielen, vielen Dank. Ich wünschte, ich könnte sie nehmen, doch mit der Stornierung der Hochzeit und allem hätte ich Angst, dass ich mich nicht angemessen um sie kümmern könnte.«

Ray entspannte sich sichtlich. »Das verstehe ich. Sie ist schon eine kleine Diva, also eine Menge Arbeit, aber falls du mal ein bisschen Zeit mit ihr verbringen willst, darfst du es gern.«

»Ich danke dir.«

Ray sah erbost zu Kevin und ging. Der Junge schüttelte den Kopf.

»Oh Mann, der muss dich echt mögen. Ich hätte nicht gedacht, dass er seinen Hund irgendwem anvertrauen würde. Das mit der Hochzeit tut mir leid. Ich habe Glen nicht gekannt, aber nach allem, was die anderen sagen, war er kein so toller Typ. Sie finden alle, dass du zu gut für ihn warst.«

Ihr gefiel nicht, dass in der Firma über sie getratscht wurde, so natürlich es auch sein mochte.

»Danke. Es ist eine Menge zu erledigen.«

»Ray sagt, dass es keinen richtig überrascht hat. Ich weiß nicht, ob es hilft oder nicht, aber ich habe gedacht, dass du es vielleicht wissen willst.«

Sie sagte sich, dass Kevin noch sehr jung und nicht absichtlich gemein war. Und sie nahm sich vor, wenn sie am Abend allein zu Hause war, Brownies zu backen und alle aufzuessen.

»Okay«, murmelte sie. »Ich muss wieder an die Arbeit und du auch.«

Kevin nickte und verschwand. Ali sank auf ihren Stuhl und sagte sich, dass es irgendwann vorbeigehen würde. In einigen Wochen würde sie sich kaum noch erinnern, je verlobt gewesen zu sein. Glen wer?

Ihr Handy bimmelte. Sie holte es aus ihrer Jeanstasche und sah aufs Display. Die Nummer erkannte sie nicht und fragte sich, ob es einer ihrer Anbieter für die Hochzeit war.

»Hallo?«

»Ali? Hi, hier ist Selena. Ich wollte nur fragen, ob das mit heute Abend noch steht.«

Ali hatte keinen Schimmer, was gemeint war. »Heute Abend?«

»Da hole ich den Tisch und die Stühle ab, schon vergessen? Ich freue mich schon so. Unsere Gutschrift ist eingegangen, und am Wochenende konnte ich endlich mit meinen Töchtern in unser Apartment einziehen.«

Selena klang sehr emotional.

»Ich weiß, dass es albern ist, aber wir sind so lange von einer Notunterkunft zur nächsten gezogen. Eine eigene Wohnung ist für uns wie ein Wunder. Ihr Tisch und die Stühle sollen in unsere Küche. Da können meine Mädchen ihre Hausaufgaben machen, wie in einer richtigen Familie.«

Ali wusste, dass online haufenweise Esszimmergarnituren umsonst oder fast umsonst angeboten wurden. Würde sie sagen, dass ihre nicht mehr zu haben war, könnte Selena in ungefähr fünf Minuten eine andere finden. Das sagte ihr ihr Verstand, doch ihr Herz schmolz dahin.

»Ich bin um fünf zu Hause«, erklärte sie. »Passt Ihnen das?«

»Ja. Mein Chef leiht mir seinen Truck für ein paar Stunden. Sie hatten ja gesagt, dass der Tisch nicht schwer ist, da können er und ich alles alleine transportieren. Bis dann!«

Ali versuchte, sich nicht blöd vorzukommen. Sie tat etwas Gutes für jemanden, der in größerer Not war als sie. Es war ja nicht so, als hätte sie ein Apartment für ihre Möbel. Also, was spielte es für eine Rolle?

Das Problem war, dass sie das Gefühl hatte, bei ihren Handlungen ginge es eher darum, sich selbst fertigzumachen, als selbstlos zu sein. Sie war in einer emotionalen Todesspirale gefangen und wusste nicht, wie sie die aufhalten konnte. Vielleicht sollte sie ein paar Tage damit verbringen, sehr viel Theater um Coco Chanel zu machen.

Wieder klingelte ihr Telefon.

»Ali Schmitt?«

»Ja.«

»Hier ist Veronica vom Brautmodenladen. Ihr Kleid ist vom Änderungsschneider zurück, und Sie können es jederzeit abholen.«

Klar war es das. Ali legte ihren Kopf auf die Schreibtischplatte. »Super. Ich komme es in ein paar Tagen holen.«

Und dann müsste sie sich überlegen, was sie mit dem Ding anstellte. Eventuell würde eine rituelle Verbrennung helfen, ihr spirituelles Ich zu reinigen. Dafür bräuchte sie selbstverständlich Salbei und möglicherweise eine Erlaubnis.

Sie richtete sich auf. Brownies, versprach sie sich. Später gäbe es Brownies. Und Wein. Danach konnte sie überlegen, was in aller Welt sie mit dem Rest ihres Lebens anfing.

Finola kam fünf Minuten zu früh zu ihrer Dinner-Verabredung mit Zennie. Als sie das bistroartige Restaurant betrat, versuchte sie sich zu erinnern, wann sie sich zuletzt ohne Ali mit ihrer Schwester getroffen hatte. Sie glaubte nicht, dass es tatsächlich schon mal vorgekommen war. Normalerweise trafen sie sich entweder zu dritt oder nur Ali und sie.

Ihre Schwester saß bereits an einem Tisch, und Finola bahnte sich ihren Weg zu ihr.

»Danke für den Vorschlag«, sagte sie, als sie sich setzte. »Ich bin froh, dass du mich unterstützt. Es ist alles so schrecklich in letzter Zeit. Ich warte ständig darauf, dass alles rauskommt.«

Genauer wurde sie nicht – man konnte nie wissen, wer in der Nähe saß. Sie nahm die Karte auf. »Was kannst du hier empfehlen? Ich will auf jeden Fall einen Cocktail. Was ist mit dir?«

»Ich trinke heute keinen Alkohol, aber lass dich davon nicht abhalten. Was das Essen betrifft, ist hier alles gut.«

Da war etwas an Zennies Tonfall. Finola betrachtete das kurze Haar und das faltenfreie Gesicht ihrer Schwester. Zennie hatte nie großen Wert auf Make-up oder Styling gelegt. Sie kleidete sich praktisch, und für sie bestand Spaß haben in einem Fünf-Meilen-Lauf oder einer Surf-Session um sechs Uhr morgens. Sie dagegen war überhaupt keine Sportlerin, obwohl sie reichlich trainierte – hauptsächlich, um kameraschlank zu sein.

Als die Bedienung kam, bestellte sie Wodka mit Soda, um bei ihrem kohlenhydratreduzierten Programm zu bleiben, und überflog die zahlreichen Gerichte. Es gab gegrillten Thunfisch, den sie nehmen würde, dazu einen Salat und Brokkoli als Beilage. Sie hatte gleich einen zweiten Drink in ihren Kalorienplan für heute eingerechnet, also sollte alles gut sein. Bisher hatte sie einiges an Wassergewicht verloren und ihr Krafttraining erhöht. In einer Woche würden ihre Sachen lose sitzen, und in zweien wäre die Gewichtsabnahme zu sehen. Sie freute sich schon auf die Komplimente.

Zennie bestellte einen Kräuter-Eistee mit Extrazitrone. Als die Bedienung gegangen war, beugte Finola sich zu ihr. »Ist alles in Ordnung? Du wirkst … anders.«

»Was meinst du?«

»Ich bin mir nicht sicher. Erzähl du es mir. Ist bei der Arbeit alles okay?«

»Ja.«

»Gut.« Finola seufzte. »Ich bin immerzu erschöpft. Ich weiß, dass es der Stress ist, aber trotzdem. Und ich warte dauernd darauf, von, äh, du weißt schon wem zu hören.« Wieder blickte sie sich um, doch keiner der anderen Gäste schien an ihnen interessiert. »Bisher sind die Shows gut gelaufen. Wir haben nette Studiogäste gehabt, und es gab keine Überraschungen.« Sie wollte sagen, dass sich das Haus leer anfühlte, ermahnte sich jedoch abermals, dass jemand zuhören könnte. Verdammt! Sie hätte vorschlagen sollen, dass sie sich etwas holten und bei ihr aßen.

Zennie sah sie an. »Finola, ich habe dich nicht hergebeten, um über dich zu reden. Ich wollte dir erzählen, was mit Ali ist. Eigentlich dachte ich, dass sie was sagen würde, doch es ist offensichtlich, dass sie es nicht wird. Sie denkt wohl, dass das, was du durchmachst, wichtiger ist, aber da irrt sie. Es ist eine große Sache.«

»Ich habe keine Ahnung, wovon du redest.«

»Ja, weiß ich. Glen hat Schluss gemacht. Die Hochzeit ist geplatzt.«

Finola starrte sie an. Die Bedienung brachte ihre Drinks, und Finola nahm einen ordentlichen Schluck, während sie zu begreifen versuchte, was sie eben gehört hatte.

»Es ist vorbei? Nein, das kann nicht sein. Sie hat keinen Mucks gesagt.« Kein Wort. Als sie Ali zuletzt gesehen hatte, war ihre Schwester wie immer gewesen. Da musste ein Irrtum vorliegen. »Wann ist das passiert?«

»Am selben Tag, an dem Nigel …«

Finola funkelte sie an. »Nicht hier!«

»Meinetwegen. An demselben Freitag. Sie hatte mich angerufen, weil sie gedacht hat, dass du nach Hawaii fliegst und sie dir den Urlaub nicht verderben wollte. Als du bei Mom aufgekreuzt bist, mussten wir ihr schwören, nichts zu sagen, damit wir uns ganz um dich kümmern konnten.«

Es war deutlich herauszuhören, dass sie Ali für idiotisch hielt.

»Wie gesagt, ich habe gewartet, dass sie etwas sagt, und als mir klar geworden ist, dass sie es nicht tut, habe ich gedacht, dass du es erfahren willst. Oder nicht.«

»Was soll das heißen?«

»Du sorgst dich anscheinend mehr, dass jemand deine Neuigkeiten belauschen könnte, als um deine Schwester, die wenige Wochen vor der Hochzeit abserviert worden ist.«

»Das ist nicht fair. Ich stehe unter Schock. Du hast es mir gerade eben erzählt, und ich muss es erst begreifen. Du hast schon ein paar Wochen gehabt, um es zu verarbeiten. Fall mich nicht gleich an.« Sie trank noch einen Schluck. »Hat er gesagt, warum? Sind wir sicher, dass es vorbei ist?«

»Scheint so. Ali hat die Hochzeit storniert.«

Die Hochzeit. »Es muss ihr das Herz gebrochen haben. Hast du mit ihr gesprochen? Natürlich hast du. Wie geht es ihr?«

»Sie kommt zurecht. Es wäre nett, wenn *du* mit ihr redest. Ihr beide wart euch immer so nahe. Es ist falsch, dass sie es ganz allein durchmacht, um deine Gefühle zu schonen.«

»Tja, so ist Ali.«

»Ja, und so bist du.«

Erneut sah Finola sie wütend an. »Wie meinst du das?«

Zennie zuckte mit den Schultern. »Dein Leben dreht sich ausschließlich um dich. Ich weiß, dass du es eben erst erfahren hast, was ihre Schuld ist, aber egal, was passiert, es geht immer um dich. Ali müsste mal dran sein, ein wenig Zuwendung und Trost zu bekommen. Sie hat Glen verloren, muss eine Hochzeit stornieren und hat ihr Apartment gekündigt, um zu ihm zu ziehen, was bedeutet, dass sie jetzt nicht mal mehr eine Wohnung hat. Vielleicht kann sie für einige Wochen bei dir unterkommen.«

Finola begriff nach wie vor nicht ganz, was vor sich ging. Erst Nigel, dann Glen. Ali, die ihre Hochzeit absagte und einen Platz zum Wohnen brauchte.

»Ich sollte zu ihr fahren.«

»Ja, solltest du.«

Wieder war da etwas in Zennies Ton. »Meinst du jetzt gleich?«

Ihre Schwester lächelte. »Du darfst erst noch austrinken.«

11. KAPITEL

Eine halbe Stunde später stand Finola vor Alis Wohnungstür. Sie hatte Essen für sie beide aus dem Restaurant mitgebracht und hoffte inständig, dass ihre Schwester Wodka, Soda und Eis im Haus hatte. Es fiel ihr schwer, Zennies vorwurfsvolle Haltung bei ihrem unerwartet kurzen Treffen abzuschütteln.

Es war nicht ihre Schuld, dass sie nichts von der geplatzten Hochzeit gewusst hatte. Wie hätte sie darauf kommen sollen, wenn keiner ein Wort sagte? Sie war keine Hellseherin, und da war nicht der kleinste Hinweis gewesen. Ali und sie schrieben sich fast täglich, und ihre Schwester hatte keinen Pieps gesagt.

Sie klopfte laut an die Tür. Zugleich wurde ihr bewusst, dass sie sich nicht vergewissert hatte, ob Ali zu Hause war. Bevor sie überlegen konnte, was sie tat, falls sie nicht da war, ging die Tür auf. Ali stand mit einem Holzlöffel voller Schokoteig vor ihr.

»Finola! Habe ich gewusst, dass du vorbeikommst?« Ali trat zurück, um sie in die Wohnung zu lassen. »Ich mache gerade Brownies und wollte mir dann irgendein Essen holen.«

Finola hielt die Tüten in die Höhe. »Habe ich mitgebracht. Thunfisch. Angeblich soll er köstlich sein.«

Ali sah verwirrt, aber froh aus. »Okay, das ist echt nett. Danke.« Sie blickte sich zur Küche um. »Wir, ähm, müssen am Couchtisch essen. Ich bin momentan knapp an Tischen und Stühlen.«

»Was?«

»Ist eine lange Geschichte. Lass mich die Brownies in den Ofen schieben, dann können wir essen und reden.«

Finola folgte ihrer Schwester in die kleine Küche und stellte fest, dass der Platz vorm Fenster in der Ecke tatsächlich leer war. Sie wusste nicht mehr, wann sie zuletzt auf dem Boden hockend gegessen hatte, aber solange es Wodka und später Uber gab …

»Hast du was zu trinken?«, fragte sie Ali, die dicken Teig in eine eckige Form füllte.

»Wasser oder Soda, oder meinst du was anderes?«

»Was anderes.«

Ali grinste. »Im Tiefkühler ist Wodka, und im Kühlschrank sind verschiedene Sachen zum Mischen. Limonen sind in der Schale auf dem Tresen.«

Fünf Minuten später waren die Brownies im Ofen und das schmutzige Geschirr weichte ein. Finola hatte ihnen die Drinks gemacht. Als sie Ali ihr Glas reichte, fragte sie: »Süße, warum hast du mir nichts gesagt?«

Eine Sekunde lang sah ihre Schwester verwirrt aus, dann rümpfte sie die Nase. »Mom oder Zennie?«

»Zennie. Du hättest etwas sagen müssen. Ich will wissen, wenn Sachen passieren, vor allem wenn sich dein Verlobter als komplettes Arschloch entpuppt. Du hast so viel durchgemacht. Warum wolltest du nicht, dass ich davon erfahre?«

»Ach, Finn, so war das nicht. Deine Geschichte ist viel größer. Ich meine, du und Nigel? Das war magisch. Ihr seid so lange zusammen gewesen, und ich habe gewusst, dass du schwanger werden wolltest. Das konnte ich nicht verderben, deshalb habe ich dich nicht gleich angerufen. Außerdem habe ich gedacht, dass du verreist bist. Und als ich erfahren habe, was passiert war, kamen mir meine Neuigkeiten unwichtig vor.«

Finola stellte ihren Drink ab und nahm ihre Schwester in die Arme. »Sie sind nicht unwichtig. Ganz im Gegenteil. Und ich möchte für dich da sein.«

Ali erwiderte die Umarmung. »Danke. Es war ein Schock, wobei nach dem, was einige Leute sagen, wohl nur für mich.«

»Was meinst du?«

Ali lehnte sich an den Tresen. »Ein paar Leute bei der Arbeit haben erwähnt, dass sie eigentlich nicht überrascht waren. Und von einigen unserer Freunde habe ich gehört, dass sie auch nicht geschockt sind. Ich schätze, jeder wusste, dass Glen mich nicht liebt, mit Ausnahme von mir.«

Tränen stiegen ihr in die Augen. Finola kannte dieses Gefühl der Hoffnungslosigkeit und wusste, dass es nicht half.

»Ich habe es nicht gewusst«, sagte sie rasch. »Zennie auch nicht. Wir lieben dich und finden, dass du perfekt bist. Wenn Glen zu blöd ist, das zu erkennen, dann sei froh, dass du ihn los bist. Wie kommst du mit der Stornierung der Hochzeit voran?«

»Das läuft ziemlich gut. Daniel hilft mir, das ist eine enorme Erleichterung.«

»Daniel?« Finola konnte den Namen nicht zuordnen. »Wer ist das?«

»Glens Bruder. Er hat es mir übrigens mitgeteilt. Glen wollte nichts sagen. Er hat Daniel erzählt, dass er einfach nicht zur Trauung kommen würde. Also hat Daniel es mir gesagt. Er ist fantastisch.«

Finola sah sie prüfend an. »Oh Gott, du verliebst dich doch nicht in ihn, oder?«

Ali wurde rot. »Was? Nein! So ist das nicht. Er hilft mir, die ganzen Verträge zu kündigen und so. Er ist ein netter Kerl. Bitte rede mir das jetzt nicht schlecht, Finola. Im Ernst, damit könnte ich nicht umgehen.« Sie wandte sich ab. »Es ist nicht das, was du durchmachst, aber für mich ist es immer noch riesig, okay? Viel mehr verkrafte ich nicht.«

»Entschuldige. Ich will bloß auf dich aufpassen. Ein Typ zur Überbrückung ist eine Sache, Glens Bruder könnte allerdings ein großer Fehler sein.«

»Als würde das jemals geschehen.«

Für einen Moment herrschte betretenes Schweigen. Finola überlegte, was sie sagen könnte. »Wie sieht es finanziell bei dir aus? Soll ich dir Geld leihen, damit du alles bezahlen kannst?«

Wut blitzte in Alis Augen auf, doch sie antwortete betont ruhig: »Ich komme zurecht.«

»Was ist mit dem Apartment? Wolltest du nicht ausziehen? Kannst du den Mietvertrag verlängern oder musst du raus?«

»Ich ziehe aus, aber das ist in Ordnung.«

Finola dachte, dass sie vielleicht ein bisschen zu weit gegangen war, deshalb lächelte sie und sagte: »Du kannst jederzeit bei mir einziehen. Da ist reichlich Platz, vor allem jetzt.«

Natürlich wäre ihre Schwester ein Problem, falls Nigel zur Vernunft käme und zurückwollte. Sie vermutete, wenn das passierte, könnte sie Ali ein Hotelzimmer buchen oder so. Es wäre leichter, wenn Ali ablehnte, aber sie musste es ihr anbieten und sah keine Möglichkeit, hier wieder rauszukommen.

»Ich denke, das wäre zu kompliziert«, sagte Ali leise. »Wegen Nigel und allem. Keine Sorge, ich habe alles geregelt.«

Finola wollte schon fragen, wie, da wurde ihr bewusst, dass sie es gar nicht wissen wollte. Denn sollte Ali es nicht geregelt haben, müsste sie das Problem lösen, und dazu war sie gegenwärtig einfach nicht in der Lage. Sicher könnte sie Rochelle um Hilfe bitten. Ihre Assistentin sprudelte über vor Ideen und Energie.

Bevor sie Rochelle ins Spiel bringen konnte, sagte Ali: »Arme Mom. Wie es aussieht, muss sie noch ein bisschen länger auf Enkelkinder warten.«

Finola grinste. »Ganz sicher, es sei denn, Zennie kreuzt plötzlich schwanger auf.«

Beide lachten sie über diese Vorstellung.

Ali nahm ihren Drink und stemmte sich vom Tresen ab. »Na gut, lass uns essen. Du hast Thunfisch mitgebracht?«

»Ja, und Salat und Brokkoli.«

Ali schnitt eine Grimasse. »Ernsthaft? So isst du?«

»Ich muss fürs Fernsehen schlank bleiben, wie du weißt.«

»Trotzdem. Hast du wenigstens Brötchen dabei?«

»Ich esse im Moment keine Kohlenhydrate.«

Ali seufzte. »Also Fisch, Salat und Gemüse, welche Freude.«

Finola hob ihr Glas an. »Und Wodka, meine Liebe. Da wäre immer noch der Wodka.«

Zennie war noch nie ein Fan von Restaurantessen gewesen, weshalb sich zwei auswärtige Mahlzeiten innerhalb von zwei Tagen überhaupt nicht mit ihrer Auffassung von Spaß vertrugen. Obwohl sie gestern Abend rein technisch nur eine halbe Stunde mit Finola in dem Restaurant verbracht und dort nichts gegessen hatte. Dieser Gedanke sollte sie trösten, tat es aber nicht, weil ihr Unbehagen einen anderen Grund hatte: Sie war bei einem Blind Date. Mal wieder. Schlimmer noch, bei einem Blind Date, das ihre Mutter arrangiert hatte.

Zennie wusste genau, wie es dazu gekommen war. Sie hatte sich um ihren eigenen Kram gekümmert, hatte den Leihmuttervertrag gelesen, den Hayes ihr gegeben hatte, als ihre Mutter ihr die Einzelheiten des Dates textete. Sie bekam ein schlechtes Gewissen, ahnte sie doch, wie erschüttert ihre Mutter sein würde, dass eine ihrer Töchter endlich schwanger wurde, das Baby aber nicht behielt. Und so hatte sie ihrer eigenen emotionalen Erpressung – die übelste Sorte – nachgegeben.

Nun war sie hier und wartete auf jemanden, von dem sie so gut wie nichts wusste. Die Beschreibung ihrer Mutter war sehr knapp gewesen. »C. J. macht in Immobilien, ich denke, ihr werdet eine Menge gemein haben.«

Zennie saß auf dem Parkplatz und sagte sich, dass es schon nicht allzu schlimm werden würde. Was machte ein Blind Date mehr oder weniger? Sie nahm ihr Handy auf und schrieb ihrer Mutter.

Ich habe gar nicht gefragt, wie er aussieht. Woran erkenne ich ihn?

Die Antwort kam sehr prompt: *Ich habe ein Foto von dir gezeigt. C. J. erkennt dich. Viel Spaß.*

Nicht unbedingt beruhigend, dachte Zennie, stieg aus und verriegelte den Wagen. Clark kennenzulernen, war viel leichter gewesen. Kein Blind Date, keine Erwartungen. Sie war zu einem Fun Run im Zoo gewesen, und er hatte ehrenamtlich mitgearbeitet. Nach ihrem Lauf hatte sie eine Führung mitgemacht, um mehr über die Tiere zu erfahren, und Clark hatte die Führung geleitet. Er war witzig und interessant gewesen. Am Ende hatten sie sich noch unterhalten, als alle anderen schon fort waren. Bevor sie ging, hatte er sie um ihre Nummer gebeten und sie später kontaktiert.

Sie hatte Clark gemocht, gestand sie sich zerknirscht ein. Er war ein guter Typ, und ihr tat ein bisschen leid, wie es ausgegangen war. Hätte er mir vielleicht mehr Zeit gegeben, dachte sie und schüttelte sofort den Kopf. Nein. Es war besser, dass sie es beendet hatten. Sie war nicht die Richtige für ihn und überzeugter denn je, dass es den Richtigen für sie nicht gab.

Sie betrat das Restaurant und blieb unsicher im Foyer stehen. Was nun? Bat sie um einen Tisch? Wartete sie?

»Zennie?«

Sie drehte sich um und sah eine große, schlanke Südamerikanerin auf sich zukommen. Sie war hübsch mit langen braunen Locken und großen braunen Augen. Die Frau trug ein enges, dunkeloranges Kleid, das jede ihrer eindrucksvollen Kurven betonte. In ihrer schwarzen Caprihose und dem weiten Top kam Zennie sich umgehend wie ein Glas Club-Soda neben einer Piña colada vor.

Die Frau lächelte. »Hi, ich bin C.J.«

Zennie musste gestehen, dass sie hiermit nicht gerechnet hatte. Ihre Mutter wollte sie mit einer Frau verkuppeln, und nicht mit irgendeiner Frau. Wäre sie gewillt, im Frauenteam zu spielen, wäre sie zweifellos versucht. Doch so hatte sie keinen Schimmer, was sie sagen sollte.

»Ähm, hi.«

C.J. sah sie eine Sekunde lang an und begann zu lachen. »Oh Gott, du bist nicht andersrum.«

»Ich habe eben noch andersrum gestanden, aber ansonsten, nein.«

C.J. lachte. »Schlagfertig, das gefällt mir. Hey, ist das schräg. Warum hat deine Mutter das getan?«

»Ich habe keine Ahnung. Woher kennst du sie?«

»Aus ihrem Laden.«

Zennie betrachtete das traumhafte Kleid, das förmlich Edeldesigner schrie. Die Boutique ihrer Mutter im Einkaufszentrum von Sherman Oaks führte eher stilvolle, aber bezahlbare Arbeitskleidung – dunkle Hosenanzüge, schlichte Kleider und so. »Glaub ich nicht.«

»Beruflich habe ich mit Immobilien zu tun«, erklärte C.J. »Ich trage eine Menge schwarze Hosen und Blazer. Wenn ich nicht arbeite, drehe ich gerne ein bisschen auf. Und nachdem ich dein Foto gesehen hatte, wollte ich Eindruck schinden.«

»Ich bin beeindruckt, und ich wünschte wirklich, ich wäre andersrum.«

C.J. grinste. »Weißt du was? Ich mag dich. Lass uns trotzdem zusammen essen. Ich lade dich sogar ein.«

»Ist gut, aber ich bezahle selbst für mein Essen. So bin ich einfach.«

»Perfekt.«

Sie gingen zur Empfangskellnerin und saßen schon bald an einem Tisch. C.J. bestellte eine Margarita mit einem Tequila dazu, während Zennie Kräuter-Eistee nahm.

Als die Bedienung gegangen war, beugte C.J. sich vor und lehnte die Ellbogen auf den Tisch. »Warum glaubt deine Mutter, dass du andersrum bist?«

»Aus tausend Gründen. Es gibt keinen Mann in meinem Leben, ich weigere mich, zu heiraten und eine Familie zu gründen.« Zennie schmunzelte. »Und an der Highschool war ich Athletin.«

C.J. warf die Arme in die Höhe. »Natürlich! Ich meine, jeder weiß, dass männliche Sportler die Hengste vor dem Herrn sind, während weibliche lesbisch sein müssen. Sind wir hier in den Siebzigern?«

»Du hast gefragt.«

»Habe ich. Also kein Typ?«

»Wow, wir kommen direkt zur Sache, hm?« Zennie überlegte kurz und entschied, dass es ihr nichts ausmachte, auf die Frage zu antworten. »Ich bin nicht der Zweisamkeitstyp. Das brauche ich nicht. Ich bin nicht auf der Suche nach einem Mann, mit dem ich eine Familie gründen kann. Mein Leben ist super, und ich habe großartige Freunde. Was den Sex angeht, der sicher der nächste Punkt wäre …«

C.J.s Augen weiteten sich. »Unbedingt. Ich meine, an diesem Punkt müssen wir über Sex reden.«

Zennie lachte. »Ich mag ihn nicht. Ist einfach so. Er ist nett und, ja, ich habe schon Orgasmen gehabt. Ist kein großes Ding für mich. Ich bin zu dem Schluss gekommen, dass ich anders gepolt bin als die meisten Leute. Mit mir ist nichts verkehrt. Ich lebe schlicht mein eigenes Leben.«

»Gut für dich.« C.J. rutschte auf ihrem Stuhl hin und her. »Ich bin eine von vier Töchtern aus einem sehr katholischen Haushalt. Das ganze traditionell südamerikanische Ding. Katholische Schule, Uniformen.«

»Du hast in deiner sicher niedlich ausgesehen.«

C.J. grinste. »Ja, stimmt. Und der Plan war, dass ich bis zu meiner Hochzeitsnacht keinen nackten Jungen sehe.«

»Wie alt warst du, als du den ersten nackten Jungen gesehen hast?«

»Sechzehn. Es war eklig. Er war süß und hat versucht, alles richtig zu machen, aber er war erst siebzehn, und alles war in circa sechs Sekunden vorbei. Ich ertrug den Gedanken nicht, das noch mal zu tun. Ich redete mir ein, es würde daran liegen, dass ich mein Leben in den Dienst Gottes stellen wollte, aber in Wahrheit war ich total verliebt in die Cheerleaderin an der Highschool. Sie war viel mehr mein Typ.«

»Und wann ist es dir klar geworden?«

»In meinem ersten Jahr am College. Da lernte ich ein älteres Mädchen kennen.«

Zennie neigte sich vor. »Und wie alt war sie? Zwanzig?«

»Neunzehn und sehr abgeklärt. Sie war in Frankreich gewesen.«

»Oh, là, là.«

»Ich weiß. Es war fantastisch. Das erste Mal, dass sie mich geküsst hat, wusste ich es einfach. Als wir uns liebten, war es perfekt. Sie brach mir das Herz und ich war verzweifelt, aber wenigstens wusste ich, wo ich hingehöre.«

»Weiß deine Familie es?«

»Ja, und obwohl sie nicht froh sind, unterstützen sie mich, falls das einen Sinn ergibt.«

Die Bedienung brachte die Getränke. Sie stießen miteinander an. C.J. trank ihren Tequila und griff dann nach ihrer Margarita.

»Deine Mutter sagt, du bist Krankenschwester.«

»Bin ich. Ich arbeite im OP, meistens mit Kardiologen. Es ist anstrengend, aber ich liebe es. Kein Tag ist wie der andere. Wir retten Leben – da geht nichts drüber.«

C.J. sah gekränkt aus. »Du hast recht. Ich meine, alles, was ich tue, ist, Immobilien zu verkaufen.« Sie stellte ihr Glas hin. »Was rede ich denn? Ich finde ein Zuhause für Leute. Das ist auch wichtig. Okay, du bleibst die Besondere, aber ich bin gleich eine Stufe darunter.«

»Eine halbe«, korrigierte Zennie. »In welcher Gegend makelst du?«

»Meistens im East Valley. Ich versuche es auch immer mal in Burbank, doch da ist der Markt sehr speziell, wie du weißt. Gehört dir deine Wohnung?«

»Schön wär's, aber nein. Ich habe eine kleine Einzimmerwohnung in der Nähe der Klinik.«

»Du solltest etwas kaufen. Es ist gut, sich Vermögen aufzubauen. Überall sonst im Land geht der Immobilienmarkt mal rauf, mal runter, doch dies hier ist L. A. Wir werden immer weiterwachsen.« Sie zog eine Augenbraue hoch. »Es sei denn, du wartest insgeheim auf einen Mann, der dir sagt, dass es okay ist.«

»Autsch, nein!« Zennie stockte. »Okay, kann sein, aber nur, weil ich nicht aufgepasst habe. Und, wow, ist das dämlich. Worauf warte ich?«

»Ich habe keine Ahnung. Vielleicht magst du deine Wohnung.«

Zennie dachte an ihr kleines Apartment. Sie wohnte dort, es war allerdings nicht direkt das, was sie sich vorgestellt hatte. Zuerst hatte ihr die praktische Lage gefallen, aber vermutlich hatte sie doch immer angenommen, sie würde …

»Ich warte auf einen Mann.« Sie schockierte sich selbst mit der Wahrheit. »Und es war mir gar nicht bewusst. Der gesellschaftliche Druck hat mir eine Gehirnwäsche verpasst.«

»Passiert uns allen. Bewusstsein ist nicht so leicht. Also, welche Träume hast du sonst noch auf die lange Bank geschoben?«

»Verurteilst du mich?«

C. J. hob beide Hände. »Ich doch nicht, Schwester. Karrieretechnisch bin ich der Knaller, aber in meinem Privatleben springe ich viel zu schnell von einer Beziehung zur nächsten. Wenn jemand um ein zweites Date bittet, plane ich schon unser gemeinsames Leben. Es ist furchtbar. Ich hasse es, allein zu sein. Es ist wie eine Todesstrafe. Folglich bin ich völlig verkorkst.« Sie grinste. »Aber ich sehe gut aus.«

»Das tust du. Okay, andere aufgeschobene Träume. Ich möchte Italienisch lernen und nach Italien reisen. Nicht nur für eine Woche, sondern eher ungefähr für einen Monat. Ich möchte den Lebensrhythmus dort erleben.«

»Ein hervorragendes Ziel. Dann fang heute an. Besorg dir

eine dieser Sprachen-Apps und lern Italienisch. Bis zum Herbst könntest du bereit sein.«

Zennie schüttelte den Kopf. »Nicht diesen Herbst.«

»Gibst du der Angst nach?«

»Nein, ich hoffe, dann schwanger zu sein.«

C.J.s braune Augen wurden größer. Sie trank einen Schluck von ihrer Margarita und winkte der Bedienung. »Ich brauche unbedingt noch so einen, und dann will ich die Geschichte hören. Du willst ein Baby bekommen?«

»Nicht für mich. Für eine Freundin.«

»Das ist sehr viel mehr, als eine Katze zu hüten.«

Zennie lachte und erzählte ihr von Bernie und der Leihmutterschaft. »Ich habe es meiner Mutter noch nicht gesagt, also verrate ihr bitte nichts.«

»Werde ich nicht, und übrigens habe ich keinen engen Kontakt zu ihr. Sie ist nett, aber ich habe meine eigene Mutter, die mir Schuldgefühle einredet. Ein Baby! Ich weiß nicht, ob ich das für eine Freundin tun würde. Du haust mich um.«

»Danke. Mir ist klar, dass es eine große Sache ist, doch Bernie hat so viel durchgemacht, und ich weiß, dass sie eine tolle Mutter sein wird. Sie ist Vorschullehrerin, also gut vorbereitet.«

»Erstaunlich.« C.J. sah sie an. »Na gut, ich sage, lass uns befreundet sein.«

»Gerne.«

»Gut. Ich verschwinde mal kurz. Und wenn ich zurück bin, bestellen wir das Essen und ziehen über unsere Ex her. Wie ist das?«

»Klingt perfekt.«

C.J. stand auf und ging in den hinteren Teil des Restaurants. Unterdessen holte Zennie ihr Handy hervor und schrieb ihrer Mutter.

Keine Lesbe, Mom. Ich dachte, das hätten wir schon gehabt.

War nur ein Versuch. Du hättest es dir anders überlegen können.

Habe ich nicht, obwohl C.J. nett ist. Wir werden befreundet sein, aber die Chancen auf Enkelkinder mit ihr sehen finster aus.

Du bringst mich um, Zennie. Jetzt liege ich tot hier.

Gute Nacht, Mom.

Tote können nicht texten.

Zennie kicherte noch, als sie das Handy wieder einsteckte.

12. KAPITEL

Bei ihrer Rückkehr vom Studio stellte Finola fest, dass Nigels ausgeblichene und ruinierte Sachen aus dem Pool geangelt und ordentlich zusammengelegt worden waren. Sie hatte keine Ahnung, was der Pooljunge gedacht haben mochte, als er sie sah, bezweifelte jedoch, dass er mehr als einmal geblinzelt hatte. Schließlich war dies hier Los Angeles, und hier geschahen verrückte Dinge, sogar im Valley.

Sie ging in die Küche und machte einen Plan für den Abend. Zunächst würde sie heiß duschen, danach ihr Makeup erneuern, sich umziehen und losfahren. Der Verkehr wäre entsetzlich, aber wenn sie früh dort war, wäre es umso günstiger.

Sie war noch unten auf der Treppe, als ihr Handy klingelte. Auf dem Display sah sie, dass es ihr Stiefvater war. Sie nahm das Gespräch an und hockte sich auf eine Treppenstufe.

»Hey, Dad.«

»Selber hey. Deine Mutter hat mir erzählt, was passiert ist. Ich wollte hören, wie es dir geht.«

Finola seufzte. Sie war bereit für ein wenig elterlichen Trost. »Es ist schrecklich, wie du dir vorstellen kannst. Was hat Nigel sich dabei gedacht? Ich meine, fremdgehen ist eine Sache, aber mit ihr? Und es mir so mitzuteilen. Ich kann gar nicht beschreiben, wie heftig das war.«

Sie fühlte, dass ihr die Tränen kamen. »Oh Dad, er war gemein, und sie war eine fiese Kuh, und jeder wird es erfahren. Dann ist alles ruiniert.«

Sie holte Luft und wartete, dass er etwas sagte, doch da war nur Stille.

»Dad? Willst du nichts sagen?«

»Mir tut leid, dass es dir schlecht geht.«

Das war alles? »Ich habe auf mehr Mitgefühl gehofft.«

»Sicher hast du das, aber du hast reichlich Leute, die dir das geben. Ich möchte mich vergewissern, dass du die richtigen Fragen stellst.«

»Was meinst du?«

»Warum.«

»Warum was?«

»Warum es geschehen ist, Finola.« Er sprach langsam, wie mit einem Kleinkind.

»Was soll das heißen, warum es geschehen ist? Warum Nigel fremdgegangen ist? Ich habe keine Ahnung. Warum er sich diese blutjunge Schlampe ausgesucht hat? Weil er es konnte. Weil sie jung und schön ist. Hat er überhaupt mal an mich gedacht? Hat er an uns oder unsere Ehe gedacht oder daran, was los ist, wenn das Ganze auffliegt? Wohl kaum. Ich habe nichts mit dem zu tun, was passiert ist. Ich bin seine Frau. Ich habe ihn geliebt und mich um ihn gekümmert.« Sie verlagerte das Handy an ihr anderes Ohr. »Ich wollte, dass wir schwanger werden, wenn wir auf Hawaii sind. Jetzt wird es nie dazu kommen.«

Ihr Stiefvater seufzte. »Du musst nach dem Warum fragen. Warum hat er das getan? Warum jetzt? Warum mit ihr? Und wie viel davon ist deine Schuld?«

»Was?« Sie funkelte das Telefon erbost an. »Meine Schuld? Meine? Bist du wahnsinnig? Es ist nicht meine Schuld. Ich habe nichts falsch gemacht. Ich war hier, habe unser Leben gelebt, während er unterwegs war und sonst wen gevögelt hat. Er hat es mir direkt vor der Show gesagt. Hat Mom das erwähnt? Er hat es mir gesagt, als ich noch fünf verdammte Minuten hatte, um mich seiner Geliebten im Live-Fernsehen zu stellen. Mir ist egal, warum er es getan hat. Ich will nur, dass er bestraft wird.«

Und zurückkommt, wisperte eine Stimme in ihrem Kopf. Trotz allem wollte sie ihn zurück.

»Keine Trennung ist nur von einer Person verschuldet«, sagte Bill ruhig. »Bei sehr wenigen ist das Verhältnis achtzig zu zwanzig. Es gibt immer eine gemeinsame Schuld.«

Sie merkte, dass sie wütend wurde. »Wie nett. Wann ist dir diese Erkenntnis gekommen? Was ist deine Schuld an deiner gescheiterten Ehe?«

»Ich habe von Anfang an gewusst, dass Mary Jo mich nicht so liebte wie ich sie. Ich wusste, dass sie dachte, sie würde ihre Träume gegen Sicherheit eintauschen. Ich hätte sie nie wahrmachen können, aber ich habe sie trotzdem geheiratet. Die echten Probleme fingen an, als ich aufhörte, es zu versuchen. Es war zu mühsam, und ich hatte mich schon lange vor der Trennung emotional verabschiedet. Das geht auf meine Kappe.«

Finola hatte nicht mit so viel Ehrlichkeit von ihrem Stiefvater gerechnet. »Mom macht es anderen nicht immer leicht.«

»Nein, tut sie nicht, ich aber auch nicht. Ich bereue nicht, sie geheiratet zu haben, und ich sage nicht, wir hätten zusammenbleiben sollen. Doch ich akzeptiere meinen Teil der Verantwortung.«

»Keiner von euch war fremdgegangen. Du weißt nicht, wie das ist.«

»Du hast recht, weiß ich nicht. Ich weiß jedoch, dass Fremdgehen nur ein Teil ist. Die große Frage bleibt die nach dem Warum, und ehe du darauf keine Antwort hast, kannst du nicht nach vorn blicken.« Er hustete. »Mir tut leid, dass du das durchmachst, ehrlich. Aber wie ich mich fühle, ist unerheblich. Auf deine Gefühle kommt es an. Solange du das Opfer bist, verlierst du.«

»Das ist nicht fair.«

»Vielleicht nicht, Finola, trotzdem ist es wahr. Denk über das nach, was ich gesagt habe. Ich melde mich in ein paar Wochen wieder.«

Bevor sie zustimmen, schreien oder ihm sagen konnte, dass er sich irrte, hatte er aufgelegt.

Mit dem Handy in der Hand stand sie auf. »Du weißt nicht, wovon du redest«, schrie sie in den leeren Raum. »Du irrst dich in allem.«

Sie rannte in den ersten Stock. Ihre Wut verlieh ihr Energie. Anstatt zu duschen, schrubbte sie sich nur das Studio-Make-up herunter und legte normales auf. Dann plusterte sie ihr Haar auf und fixierte es mit Haarspray. Anschließend ging sie in ihre Ankleide, wo sie ein kobaltblaues Kostüm und ein gemustertes Seidentop wählte. Bei den Schuhen zögerte sie, ehe sie sich für ein hohes Paar in Nude entschied. Eine Killer-Handtasche und schlichten Schmuck später war sie bereit zum Aufbruch.

Auf der Fahrt nach Pacoima gab Finola ihr Bestes, nicht an ihren Stiefvater zu denken. Zum Teufel mit ihm, dachte sie verbittert. Es war leicht, Rat zu geben, wenn man nicht wusste, wovon man redete. Und er hatte sie sowieso nie gemocht. Ihm war immer nur Zennie wichtig gewesen. Die war sein Liebling. Der Wildfang, der den Sohn ersetzte, den er nie hatte. Zennie, Zennie, Zennie.

Finola fuhr in nordöstlicher Richtung durchs Valley. Um diese Zeit war es sinnlos, es auch nur auf dem Freeway zu versuchen. Außerdem war die Strecke über die Nebenstraßen ohnehin direkter.

Die monatlichen Treffen wurden im Freizeitzentrum abgehalten, und die Gruppe half vierzehn- bis achtzehnjährigen Mädchen, sich auf ihre Träume zu konzentrieren. Finola war schon mehrfach ein Posten im Vorstand angeboten worden, aber sie hatte immer abgelehnt, weil sie keine zusätzlichen Verpflichtungen wollte. Stattdessen besuchte sie die Gruppe mehrmals im Jahr und verbrachte einige Zeit mit den Mädchen. Sie redete mit ihnen über ihre Branche und wie man dort Erfolg hatte. Und sie gab ihnen praktische Hinweise, wie man sich in einem Bewerbungsgespräch verhielt, sei es für einen Job oder ein Praktikum. Sie sprach darüber, wie wichtig Kommunikationsfertigkeiten waren und dass man Leuten in die Augen sehen musste, wenn man redete.

Finola bog auf den Parkplatz des Freizeitzentrums. Sie war ein bisschen früh dran, wusste jedoch, dass einige der Mädchen schon hier sein würden. Sie lechzten nach Informationen, wollten sich verbessern. Und sie sahen zu ihr auf, betrachteten sie als Rollenmodell. Im letzten Juni hatte sie einen Beitrag über die Organisation in ihrer Show gebracht und gezeigt, wie sie jungen Mädchen aus der Region halfen.

Finola stellte den Motor ab und atmete einige Male tief ein. Mir geht es gut, sagte sie sich. Sie würde da reingehen und ihr Wissen teilen. Sie würde hilfsbereit und witzig sein und den Mädchen zeigen, dass jemand an sie glaubte.

Nicht genug, um in den Vorstand zu wollen, höhnte eine böse Stimme in ihrem Kopf. *Uuuh, du hast mehrere Vorträge zu deiner Show gehalten? Ist ja fantastisch! Du bist so toll, gibst ordentlich was zurück. Sei lieber vorsichtig, dass du dich nicht übernimmst.*

»Nein«, flüsterte Finola. »So ist das nicht. Ich bin ein guter Mensch. Bin ich wirklich.«

Bin ich, wiederholte sie stumm und fragte sich, ob es stimmte. Oder war der Rest ihres Lebens genauso wie ihre Ehe – ein totaler, riesiger Betrug.

Ali saß auf dem Sofa – dem einen Möbelstück, das sie auf jeden Fall behalten würde – und dachte über ihre drängendsten Probleme nach. Das größte dürfte wohl sein, dass sie keine Wohnung mehr hatte, und da sie noch etliches für die Hochzeit bezahlen musste, bekam sie es auch mit einer beträchtlichen Kreditkartenschuld zu tun. Obendrein war ihr seltsam unwohl, was ihre Schwester anging.

Finola war neulich Abend verblüffend schwierig gewesen. Ali versuchte sich einzureden, es läge an deren eigenem Schmerz wegen Nigel, der Affäre und allem, aber, bei Gott, musste Finola ihr unterstellen, dass sie sich in Daniel verliebte? Das war lächerlich. Der Mann war ein Heiliger, und sie war dankbar, mehr nicht.

Das verstand ihre Schwester jedoch nicht, und jetzt hatte Ali ein merkwürdiges Gefühl wegen etwas, das sie nicht getan hatte, was richtig blöd war, da Daniel in ungefähr fünf Sekunden hier wäre.

Pünktlich klopfte es an der Tür. Sie ließ ihn herein und lächelte, als er ihr den allgegenwärtigen Ordner reichte.

»Erledigt und erledigt«, sagte er. »Du bist aus allen Verträgen raus. Glen wird den Rest seines Lebens als Idiot leben, und du wirst von jetzt ab zurückblicken und froh sein.«

Allein ihn zu sehen, bewirkte schon, dass es ihr besser ging. »Du hast ja so recht«, sagte sie. »Ich bin auch durch. Die Geschenke sind alle zurückgeschickt, und meine To-do-Liste ist vollständig abgehakt.«

Sie traten in ihr kleines Wohnzimmer. Daniel setzte sich auf das Sofa, während sie den Sessel wählte.

»Ist alles okay?«, fragte er und musterte sie prüfend.

»Mir geht es gut. Ich schlafe mehr und trinke weniger.« Sie aß nach wie vor für zwanzig, fand aber, dass sie sich noch eine Woche geben durfte, bevor sie sich zügeln musste. »Das Schlimmste habe ich überstanden. Vielen Dank für all deine Hilfe.«

Er sieht gut aus, dachte sie vage, mit dem Dreitagebart, der Jeans, dem langärmligen Hemd und den Motorradstiefeln. Wären die Umstände andere, hätte sie es ziemlich aufregend gefunden, solch einen gefährlich gutaussehenden Mann in ihrem Wohnzimmer zu haben, aber dies waren keine anderen Umstände. Und sie würde nicht blöd sein – und an etwas denken, auf das sie ohne Finola niemals gekommen wäre. Schwestern!

»Woran denkst du?«, fragte er.

Sie wurde rot. Da sie es ihm unmöglich sagen konnte, suchte sie fieberhaft nach einer überzeugenden Lüge. »Dass, ähm, ich dein Verhandlungsgeschick bewundere. Meins ist erbärmlich. Bei der Arbeit geht es, aber ich wünschte, ich wäre auf dem College gewesen und hätte einen richtigen Abschluss gemacht. Außerdem glaube ich nicht wirklich an mich, und nach dieser ganzen Sache mit Glen fühle ich mich sogar noch unwürdiger.« Sie zuckte mit den Schultern. »Wie die Uhr.«

»Welche Uhr?«

»Meine Mutter hat diese Standuhr. Ich weiß, dass sie altmodisch und riesig ist, aber ich mag sie sehr. Nun will meine Mutter Kram loswerden, weil sie in einen kleinen Bungalow zieht, also sollen wir uns aussuchen, was wir behalten wollen. Ich habe um die Uhr gebeten, und sie hat abgelehnt. Keiner sonst will sie, und sie wird das Ding auf die eine oder andere Art loswerden. Aber mal im Ernst, sie würde die lieber verschenken, als sie mir zu geben?«

»Hast du ihr das so gesagt?«

Ali verdrehte die Augen. »Ich denke, die Antwort darauf kennen wir beide.«

»Erklärt diese Haltung auch, wieso der Küchentisch und die Stühle weg sind?«

»Nein!« Sie stand auf und sah ihn entrüstet an. »Das ist so unfair! Du sitzt mit dem Rücken zur Küche. Das habe ich mit Absicht so arrangiert. Woher weißt du überhaupt davon?«

»Ich habe es gesehen, als ich reingekommen bin.«

»Und du hast nichts gesagt? Du hast einfach nur abgewartet und gehst jetzt auf mich los?«

»Ich gehe nicht auf dich los.«

»So fühlt es sich aber an.« Sie sank zurück in ihren Sessel. »Gut, ja, die sind weg. Ich konnte die Frau nicht erreichen, die sie kaufen wollte, und als sie mich angerufen hat, hat sie so begeistert geklungen. Sie und ihre Kinder sind obdachlos gewesen, und nun haben sie eine Wohnung. Sie hat erzählt, dass ihre Kinder jetzt an dem Tisch ihre Hausaufgaben machen würden. Ich konnte nicht Nein sagen.«

Sie fühlte sich trotzig und dumm zugleich. Daniel stand auf.

»Nimm deine Tasche und die Schlüssel. Du kommst mit mir.«

»Wohin wollen wir?«

»Das ist eine Überraschung.«

Sie machte sich keine Sorgen, dass er sie an einen fiesen Ort bringen könnte, und es war erst fünf Uhr nachmittags, also nicht einmal spät. Vielleicht zum Abendessen, dachte sie. Und ganz gleich, was Daniel ausgesucht hatte, wäre es sicher besser als das Essen vom Lieferservice, das sie geplant hatte. Irgendwann müsste sie anfangen, wieder selbst zu kochen. Sobald sie alles geregelt hatte, würde sie sonntags für die Woche vorkochen, wie sie es früher getan hatte. Okay, *getan* hatte sie es nicht so direkt, allerdings darüber nachgedacht. Manchmal.

Sie stiegen in seinen Truck und fuhren nach Osten. Als sie die Außenbezirke von Burbank erreichten, sah sie zu ihm.

»Sag mir bitte, dass wir nicht meine Mutter besuchen. Nicht, dass ich sie nicht liebe und so, aber ich sehe sie am Wochenende, wenn wir wieder im Haus sortieren müssen.«

Er lächelte. »Wir besuchen deine Mutter nicht. Wir fahren zu mir.«

»Oh.«

Das war unerwartet. Zu ihm. Da war sie noch nie gewesen. Sie versuchte, sich an das zu erinnern, was Glen ihr erzählt hatte. Ihr war bekannt, dass Daniels Geschäft sehr erfolgreich lief und er sich bei Rennen früher gut geschlagen hatte. Vielleicht hatte er ein Haus oben in den Hügeln.

Tatsächlich hatten sie Minuten später das Flachland hinter sich gelassen und fuhren hinauf in die Hügel. Hier wichen Wohnblocks kleineren Einzelhäusern. Kleine Einzelhäuser wurden von größeren abgelöst. Die Straße verengte und schlängelte sich, bis sie in einem sehr exklusiven Viertel ankamen.

»Wow, das ist schick«, murmelte sie, als er in die Einfahrt zu einem weitläufigen zweigeschossigen Haus mit einer Garage für vier Wagen einbog. Er drückte eine Fernbedienung und eins der Garagentore ging auf.

Als Erstes fielen ihr die Motorräder auf. Vier Stück nahmen zwei Stellplätze ein.

»Du nimmst das mit dem Motocross echt ernst«, sagte sie, als sie aus dem Truck stiegen.

Daniel schüttelte den Kopf. »Das sind Straßen-Bikes.«

»Hab ich gewusst.«

Er sah sie an.

Sie grinste. »Habe ich nicht, aber jetzt weiß ich es.«

Er zeigte zum leeren vierten Stellplatz. »Hier ist genug Platz für all deine Sachen, Kartons, Möbel und so. Vorausgesetzt, du gibst nicht alles weg.«

Sie begriff, was er meinte und warum er mit ihr hergefahren war. Wie gut, dass sie nichts von einem gemeinsamen Dinner gesagt hatte.

»Du gehst davon aus, dass ich zu jemandem ziehe, was logisch ist«, sagte sie. »Das ist so nett. Du ersparst mir die Lagerkosten. Danke. Das ist sehr freundlich.«

»Ali, ich biete dir nicht nur einen Platz für deine Sachen an. Ich biete dir einen Platz zum Wohnen an.«

»Wie bitte?«

»Komm mit.«

Wohnen? Wie … wohnen? Bei ihm? In seinem Haus? Mit ihm?

»Ich verstehe nicht ganz.«

Er ging weiter, sodass sie hinter ihm herlaufen musste. Sie betraten das Haus durch einen Wirtschaftsraum. Links kam man in eine Waschküche, und vor ihnen befand sich eine umwerfende Küche.

Sie hatte breite Fenster, dunkle Schrankfronten und eine Kochinsel so groß wie ihr früheres Bett, dazu blitzende Geräte, von denen Ali einige nicht einmal erkannte.

»Ich koche nicht viel, aber hier könnte sogar ich glänzen«, sagte sie. »Die ist riesig. Das ganze Haus ist riesig. Wie lange wohnst du schon hier?«

»Ein paar Jahre. Es ist schwer, ein kleines Haus mit einer Vierergarage zu finden. Außerdem dachte ich, dass ich eines Tages eine Familie haben würde.«

Die glückliche Frau, schoss es ihr durch den Kopf, als sie

weitergingen. Gleich hinter der Küche war ein großer Ess- und Wohnbereich.

Doch Daniel führte sie zur anderen Seite und durch einen schmalen Korridor, an dessen Ende er eine Tür öffnete.

»Die Schwiegermutter-Suite«, sagte er und bedeutete ihr hineinzugehen.

In dem kleinen Wohnzimmer gab es ein Sofa und einen Fernseher auf einer Anrichte. Dahinter war ein Schlafzimmer mit einem französischen Bett, einer Kommode, noch einem Fernseher und einem Schreibtisch am Fenster. Der Wandschrank war riesig, ebenso wie das Bad.

»Sie gehört dir, solange du willst«, sagte Daniel. »Mein Schlafzimmer ist oben und am anderen Ende des Hauses, also wirst du mich nicht hören. Du kannst die Küche, das Wohnzimmer und die Waschküche benutzen, was immer du willst. Und du kannst kommen und gehen, wie es dir beliebt.«

Sie blickte zum hübschen lavendelblauen Bettüberwurf, der Kommode mit den großen Schubladen und dem Bad mit den zwei Waschbecken und der Jumbo-Dusche.

»Du willst mir das hier vermieten?«, fragte sie. »Im Ernst?«

»Nicht vermieten, Ali. Du kannst hier wohnen. Ich möchte, dass du als mein Gast hier bist, so lange, wie du willst.« Er schob die Hände in die Hosentaschen. »Ohne Verpflichtungen. Ich gebe dir mein Wort.«

»Verpflichtungen?«

»Du sollst nicht denken, dass ich dich anbaggere.«

Sie lachte. »Glaub mir, das würde ich nie denken. Aber das kann nicht dein Ernst sein. Ich kann doch nicht einfach hier wohnen.«

»Warum nicht? Ich habe Platz, und du brauchst eine Wohnung. Wir verstehen uns. Ich möchte dies hier tun, weil ich sicher sein will, dass du gut aufgehoben bist.«

Er ist der netteste Mann aller Zeiten, dachte sie, und kämpfte gegen das Brennen in ihren Augen an. Glen war so furchtbar gewesen, und Daniel war das genaue Gegenteil von ihm.

»Komm, sieh dir den Rest des Erdgeschosses an.«

Sie warf noch einen letzten Blick in das wunderschöne Zimmer, sagte sich, dass es wirklich nicht ging, und folgte ihm zurück durch die Küche. Er führte sie in ein riesiges Wohnzimmer mit einem Fernseher über dem Kamin.

»Oben ist ein Medienraum«, sagte er.

Sie lächelte. »Ja, natürlich.«

Sie sah ein kleines, förmliches Wohnzimmer und ein sehr viel größeres Esszimmer, beide leer.

»Ja, das passt zu dir. Keine Möbel in deinem Esszimmer, aber einen Medienraum.«

Er grinste ihr zu. »Man hat seine Prioritäten.«

Sie gelangten in ein Arbeitszimmer mit einem Schreibtisch, ein paar Ledersesseln, eingebauten Vitrinen und Bücherregalen. Auf den Regalen standen Dutzende Trophäen und andere Pokale. An der gegenüberliegenden Wand hingen Bilder von Daniel bei Rennen zusammen mit Fotos von ihm im Kreis der Sieger, müde, schmutzig und triumphierend. Ali trat näher heran.

»Sieh sich einer die alle an«, sagte sie und las einige der Beschriftungen. »Du bist richtig berühmt.«

»Ist eine Weile her.«

Sie blickte über die Schulter zu ihm. »Mach deine Erfolge bitte nicht klein. Ich bin beeindruckt. Hätte ich das doch nur vorher gewusst. Mir kommt es vor, als hätte ich dich gar nicht gekannt, solange Glen und ich zusammen waren.« Sie beschloss, ihm die Wahrheit zu sagen. »Genau genommen dachte ich, dass du mich nicht magst.«

Er wandte den Blick keine Sekunde von ihr ab. »Wie bist du auf die Idee gekommen?«

»Weiß ich nicht. Ich schätze, ich war einfach unsicher in deiner Gegenwart. Bin ich jetzt offensichtlich nicht mehr. Nein, heute kann ich dich bestaunen, wie es sich für einen weiblichen Fan gehört.«

»Nicht unbedingt. Ali, ich meine ernst, was ich sage. Komm und wohne einige Monate bei mir, bis du dir überlegt hat, was du tun willst. Ich bin kaum hier, also hättest du jede Menge Raum und Privatsphäre.«

»Stört es deine Frauen nicht?« Bei jemandem wie Daniel gab es immer Frauen.

»Ich habe derzeit keine Beziehung.«

»Jetzt nicht, aber das kann sich schnell ändern.« Es war nichts, worüber sie länger nachdenken wollte, die Wirklichkeit zu verdrängen, war jedoch sinnlos. Daniel war der Typ Mann, in dessen Leben es ständig schöne Frauen gab. Nicht wie bei einem Spieler – für den hielt sie ihn nicht. Aber man musste ihn sich doch nur ansehen.

Zurück zum konkreten Problem, ermahnte sie sich. Hier wohnen. Wenn sie ehrlich sein sollte, waren ihre Optionen begrenzt. Sie wollte wirklich nicht in eine schäbige Wohnung ziehen, weil sie sich nur die leisten konnte. Hätte sie Zeit, ihre Kreditkartenschulden zu bezahlen und ein wenig Geld anzusparen, würde sie definitiv ruhiger schlafen. Zu ihrer Mutter zu ziehen, kam ebenfalls nicht infrage. Finolas Situation war … vage, und Zennies Wohnung war noch kleiner als Alis jetzige.

»Wenn du dir sicher bist«, begann sie.

»Bin ich. Sagen wir, du kannst ein Jahr hierbleiben, mietfrei. Danach werfe ich dich raus.«

»Ein Jahr? Das ist zu lange.«

»Dann geh, wann immer du willst. Doch was mich betrifft, hast du ein Jahr.«

»Das ist zu großzügig. Ich muss irgendwas bezahlen.«

»Nein, musst du wirklich nicht.«

»Wenigstens die Verbrauchskosten. Ich würde ja anbieten zu kochen, aber darauf wollen wir uns beide nicht verlassen.«

Er zögerte kurz. »Na gut, die Hälfte der Verbrauchskosten«, stimmte er zu. »Ich schicke dir eine Rechnung per E-Mail.«

Sie biss sich auf die Unterlippe. Es war die perfekte Lösung, zumindest für sie.

»Okay«, sagte sie. »Danke. Ich bin dir sehr dankbar.«

»Ich freue mich, dich hier zu haben. Also, du hast gesagt, dass du dieses Wochenende etwas bei deiner Mutter machen sollst. Dann ziehst du am besten nächsten Samstag ein. Ich kenne ein paar Jungs, die helfen können. Wir packen deine Sachen zusammen, bringen alles her, und du hast den Sonntag zum Auspacken und Einrichten.«

»Großartig. Ich muss nur noch überlegen, was ich behalte und was ich einlagere.«

Viel würde sie hier nicht brauchen, was praktisch war, da nicht mehr viel übrig war.

»Dann ist es abgemacht?«, fragte er.

»Ist es. Vielen Dank, Daniel.«

»Kein Problem, aber tu mir einen Gefallen. Versuch nicht, noch mehr von deinen Möbeln zu verkaufen.«

Sie stöhnte. »Das war nicht meine Schuld.«

Fragend sah er sie an.

»Na schön, ein bisschen war es meine Schuld, aber, ja, ich höre auf.« Sie lächelte. »Vielleicht inspiriert mich deine Küche ja so sehr, dass ich einen Kochkurs mache.«

»Was immer dich glücklich macht.«

Du machst mich glücklich.

Dieser Gedanke kam so unerwartet, dass sie fürchtete, vor Schreck umzukippen. Nein, nein und noch mal nein. Sie interessierte sich nicht für Daniel. Auf keinen Fall. Sie mochte ihre Fehler haben, aber sie war keine Idiotin. Nicht bloß gab es tausend Gründe, sich nicht mit dem Bruder ihres Ex-Verlobten einzulassen, es wäre auch eine entsetzliche Art, auf seine pure Freundlichkeit zu reagieren. Er war nur nett. Supernett. Nein, sie stand nicht auf ihn. Kein bisschen. Wirklich nicht.

13. KAPITEL

»Ihre Blutwerte sind exzellent«, sagte Dr. McQueen zu Zennie. »Sie verhüten nicht, und alle Tests auf Geschlechtskrankheiten sind negativ. Aus medizinischer Sicht spricht nichts dagegen, dass Sie ein gesundes Kind austragen.«

»Aber?«, fragte Zennie ihre Gynäkologin. »Ich ahne ein Aber.«

Dr. McQueen war eine vernünftig wirkende Frau Anfang vierzig. Seit fünf Jahren war sie ihre Ärztin, und Zennie kam brav einmal im Jahr zur Untersuchung, lehnte das Angebot der Pille oder einer Spirale ab und verschwand wieder. Die nächste Mammografie war erst in Jahren dran. Sie hatte nie irgendwelche »Frauenprobleme« gehabt und bis vor ein paar Wochen keinen Gedanken an eine Schwangerschaft verschwendet.

»Eine Schwangerschaft ist natürlich, und die meisten Frauen durchlaufen sie weitestgehend beschwerdefrei. Dennoch bedeutet sie Stress für den Körper. Sie bringt große physische und hormonelle Veränderungen mit sich, die Unterstützung und eine Umstellung des Lebenswandels erfordern. Nach der Entbindung dauert es wenige Monate, bis Sie sich wieder wie Sie selbst fühlen, doch Ihr Körper braucht ein volles Jahr, um sich zu erholen. Überdies gibt es bei einer Schwangerschaft Risiken – in Ihrem Fall vermutlich minimale, aber sie sind da. Und am Ende werden Sie all das durchgestanden haben, um Ihr Baby jemand anderem zu geben, während es biologisch *Ihr* Kind ist.«

Die Ärztin lächelte, um ihre Worte abzumildern. »Zennie, was Sie Ihrer Freundin anbieten, ist fantastisch, aber Sie müssen sich sicher sein.«

»Danke für Ihre Ehrlichkeit«, antwortete Zennie. »Ich weiß sie wirklich zu schätzen, und Sie haben recht – mein Körper wird eine Menge durchmachen. Aber ich liebe Bernie, und ich möchte dies für sie und Hayes tun. Ich bin jung, gesund und habe nicht vor, selbst Kinder zu bekommen, zumindest vorerst nicht. Folglich wird es mir nicht schwerfallen, das Baby wegzugeben. Ich will das machen.«

Sie hatte die Papiere unterschrieben und sie Bernie gebracht. Jetzt brauchte sie nur noch eine Bescheinigung, dass sie rundum gesund war, und es könnte losgehen.

Dr. McQueen lächelte. »Wie es sich anhört, haben Sie sich entschieden. In Ordnung. Ich habe Ihnen meinen ›Sind Sie sicher‹-Vortrag gehalten, also machen wir mal weiter. Wir sehen uns im Untersuchungszimmer. Und sobald wir uns vergewissert haben, dass physisch alles gut ist, rechnen wir nach, wann Ihr nächster Eisprung zu erwarten ist. Es gibt ein paar Optionen, die wir besprechen können. Wie hört sich das an?«

»Perfekt.«

Zwanzig Minuten später war Dr. McQueen mit der Untersuchung fertig und sah nicht froh aus.

»Was ist?«, fragte Zennie. Sie hatte erst vor vier Monaten ihre reguläre Untersuchung gehabt. Da war der Abstrich ohne Befund gewesen. Was könnte sich in der kurzen Zeit geändert haben?

»Nichts«, antwortete die Ärztin. »Es ist nur …« Sie lächelte wieder. »Zennie, ich würde sagen, dass Sie genau jetzt einen Eisprung haben. Ich will Sie nicht hetzen, aber das Labor ist hier. Wir könnten kurz einen Ultraschall machen, um sicherzugehen, und den Mann Ihrer Freundin kommen lassen, damit er seinen Teil liefert, sozusagen. Und wenn das Labor so weit ist, könnten wir es gleich versuchen.« Ihre Stimme wurde sanfter. »Oder wir warten einen Monat, falls Sie Zeit brauchen, alles zu verarbeiten. Ich weiß, dass es sehr schnell wäre.«

Die Nachricht war ein wenig verstörend, aber wenn sie es durchziehen wollte, warum einen Monat warten?

»Finden wir heraus, ob ich einen Eisprung habe«, sagte sie. »Danach entscheide ich.«

Etwas warmes Gel und eine Weile mit dem Zauberstab, dann

hatte sie die Antwort. Zennies Herz pochte. Sie war aufgeregt und ängstlich zugleich.

»Ich will das machen«, sagte sie entschlossen. »Ich rufe Hayes an und bestelle ihn her.«

Dr. McQueen grinste. »Ich lasse Sie mal allein zum Telefonieren.« Sie kicherte.

Zennie nahm ihr Handy und wählte. Hayes' Assistentin stellte sie direkt durch.

»Hey, Zennie, was gibt's?«

Zennie holte tief Luft. »Hayes, ich weiß, dass es sehr schnell ist, aber ich bin gerade bei der Gynäkologin. Sie hat bescheinigt, dass ich kerngesund bin, und wie sich herausstellt, habe ich momentan einen Eisprung. Wenn du also heute anfangen willst, musst du sofort herkommen.«

Für einen Moment herrschte Stille. Hayes räusperte sich. »Das heißt, ich würde, äh, jetzt mein Muster abgeben?«

Zennie seufzte. Männer waren so empfindlich. »Sicher haben sie hier einen Raum, in dem du ungestört wärst. Kein Druck.«

»Oh, da ist Druck. Jetzt gleich? Okay. Ich sage meine Termine ab und komme.«

Sie nannte ihm die Adresse, legte auf und gab Dr. McQueens Arzthelferin Bescheid, dass Hayes unterwegs war.

Dann schaute sie zur Uhr. Bernie war noch in der Schule, deshalb schrieb Zennie ihr alles per Textnachricht, bevor sie sich bereit machte zu warten.

Keine drei Stunden später lag sie flach auf dem Rücken, ihre Beine leicht erhöht, und Bernie hielt ihre Hand.

»Ich kann kaum glauben, dass es passiert«, sagte ihre Freundin. »Zennie, ich bin dir unendlich dankbar.«

»Dir ist klar, dass ein paar Versuche nötig sein könnten, oder? Es ist unwahrscheinlich, dass ich gleich beim ersten Mal schwanger werde.«

»Ich weiß, aber trotzdem. Du hast es getan, und du hast nicht mal gezögert.«

»Ich habe doch schon gesagt, dass ich es machen will. Warum sollte ich warten?« Sie blickte zur Tür. »Kommt Hayes nicht zu uns?«

Bernie grinste. »Er ist nach Hause gefahren. Ich glaube nicht, dass er dir jetzt unter die Augen treten will.«

»Es war ein bisschen schräg. Ich habe mich bemüht, nicht daran zu denken, wie es passiert ist.«

Beide kicherten sie.

»Wie fühlst du dich?«, fragte Bernie. »Ich habe gehört, dass es nach einer künstlichen Befruchtung zu Krämpfen kommen kann.«

»Da ist kaum was. Ein leichter Druck, der schon nachlässt.« Sie sah Bernie in die Augen. »Wir machen es. Wir machen euch zu einer Familie.«

»Ich weiß, auch wenn ich es noch nicht recht glauben kann.«

Dr. McQueen klopfte einmal, ehe sie hereinkam. »In Ordnung, Zennie, Sie dürfen nun gehen. Ich habe Ihrer Apotheke ein Rezept für Schwangerschaftsvitamine geschickt. Fangen Sie gleich an, die zu nehmen.« Sie legte mehrere Papiere auf den Tresen. »Hier steht, was Sie essen dürfen und was nicht. Außerdem ist da eine Liste von dem, was Sie meiden müssen. Kein Alkohol oder Koffein. In zwei bis drei Wochen können Sie zu Hause einen Schwangerschaftstest machen. Kommen Sie dann wieder her, egal, wie das Ergebnis ist. Falls Sie schwanger sind, sollten wir uns unterhalten, und falls nicht, müssen wir Ihren Zyklus überwachen. Einverstanden?«

»Wir haben einen Plan«, antwortete Zennie.

Dr. McQueen lächelte Bernie zu. »Viel Glück. Ich hoffe, dass ich Sie oft bei den Untersuchungen sehe.«

»Ich auch.«

Die Ärztin ging, und Bernie trat einen Schritt zurück. »Dann lasse ich dich mal allein, damit du dich anziehen kannst. Und wenn wir hier raus sind, sprechen wir nicht mehr darüber, bis du den Schwangerschaftstest gemacht hast. Du sollst nicht das

Gefühl bekommen, ich würde dich zu sehr überwachen. Ich werde überhaupt nicht mehr daran denken.«

»Ich auch nicht.« Zennie setzte sich auf. »Obwohl das von uns beiden gelogen ist.«

Bernie lachte. »Und wie! Aber wir täuschen Normalität vor. Wie ist das?«

»Ein sehr guter Plan.«

Am Samstagmorgen wollte Ali nichts lieber als auszuschlafen und zu faulenzen, doch das ging nicht. Sie hatte ihrer Mutter versprochen, den Dachboden weiter mit aufzuräumen. Mary Jo wäre bei der Arbeit, sodass die Schwestern unter sich wären. Wenn sie sich beeilten, könnten sie in wenigen Stunden fertig sein – hoffte Ali zumindest.

Sie parkte neben Zennies Wagen und ging den Weg hinauf zur Tür, blieb allerdings stehen, als ihr Handy einen Texteingang meldete.

Zennie kam zu ihr auf die Veranda und ließ sie ins Haus. »Hast du auch eine Nachricht von Finola?«, fragte sie. »Sie versetzt uns.«

»Kann nicht sein.« Ali holte ihr Handy hervor. Und tatsächlich, da war sie.

Muss leider passen. Ich ertrage heute nicht noch mehr Erinnerungen. Ich mache es wieder gut.

Ali rang mit ihren widersprüchlichen Gefühlen. Einerseits verstand sie, dass ihre Schwester einiges durchmachte. Andererseits war hier sehr viel zu tun, und Finola war schließlich nicht die Einzige, die gerade ein emotionales Chaos durchlebte.

»Na los«, sagte Zennie, als sie die Treppe hinaufgingen. »Erklär mir, warum ich sie keine egoistische Kuh nennen soll.« Es klang eher heiter als vorwurfsvoll. »Du verteidigst sie doch immer.«

»Nicht immer. Nur manchmal. Und was heute betrifft, verstehe ich zwar, was sie gerade durchmacht, aber sie hätte uns wenigstens einen Lakaien schicken können, der ihre Arbeit hier übernimmt.«

Zennie lachte. »Wie recht du hast!«

Sie erreichten den Dachboden und betrachteten die halb offenen Kartons, die größtenteils leere Abseite und die Schränke und Schubladen, die noch blieben.

»Mann«, sagte Zennie, »das nervt echt. Weißt du was? Wir arbeiten bis mittags, dann machen wir Schluss und gehen zu Bob's Big Boy zum Essen.«

Ali grinste. »Ein genialer Plan. Du nimmst wahrscheinlich nur einen Salat, aber ich schwöre, dass ich mir einen Burger und einen Milchshake gönne.«

Zennie rümpfte die Nase. »Salat? Du verwechselst mich mit Finola. Ich bin eine Burger-Frau durch und durch.«

»Das sagst du jetzt, aber Finola isst so, damit sie mager bleibt. Du isst gesund, weil du sportlich bist und deinen Körper als Tempel oder so siehst. Das ist ernsthaft deprimierend.«

Zennie sah sie seltsam an, doch ehe Ali etwas fragen konnte, wandte sie sich ab und zeigte zum Schrank.

»Willst du den in Angriff nehmen oder erst die Abseite fertig machen?«

»Lass uns die Abseite zu Ende ausräumen. Dann haben wir Stauraum für die Sachen, die Mom behalten soll. Den Sperrmüll und die Spendenhaufen lassen wir hier draußen.«

Sie trugen Kisten und Kartons hinaus. Auf einem Ständer hingen mehrere Kostüme.

»Die lassen wir lieber hier«, sagte Zennie. »Ich habe keinen Schimmer, ob Mom die behalten will, aber egal, was wir entscheiden, es wird falsch sein.«

Ali stimmte ihr zu. Sobald die Abseite bis auf die Kostüme leer war, räumten sie alle »Bleibt«-Kartons hinein. Anschließend hockten sie sich auf den Boden, um durchzugehen, was noch übrig war.

Ali öffnete einen Kasten mit alten Halloweenkostümen. Manche waren richtig gut gearbeitet, andere von der billigen Sorte, die man im Laden kaufen konnte. Sie warf die fertig gekauften raus und bewahrte jene auf, die ihre Mutter geschneidert hatte. Dann hielt sie ein Meerjungfrauenkostüm in die Höhe.

»Das habe ich nie getragen. Du?«

Zennie schüttelte den Kopf. »Es ist Finolas. Alle guten sind ihre. Ich wollte nie Prinzessin oder irgendwas Mädchenhaftes sein. Dad hat mir geholfen, mich als Pirat oder so zu verkleiden.«

Ali erinnerte sich an die Diskussionen vor Halloween. Zennie hatte recht – sie und ihr Dad gingen in die Garage und fertigten ein Kostüm für sie. Da hatte Finola schon kein Interesse mehr gehabt, Süßigkeiten sammeln zu gehen, also war Ali mit ihrer Mom zum Supermarkt gegangen und hatte dort ein Kostüm ausgesucht.

Nun strich sie über das handgenähte Kostüm mit den aufgestickten Perlen und dem fransigen Fischschwanz. Irgendwann hätte es ihr gepasst – aber es wurde ihr nie angeboten, und weil sie nichts von ihm wusste, hatte sie nicht gefragt.

Für einen Moment dachte sie daran, wie oft sie das überzählige Kind gewesen war. Ihre Mutter war völlig um Finola gekreist, und für ihren Vater hatte sich alles um Zennie gedreht. Es war kein dritter Elternteil da, um ihre Partei zu ergreifen.

»Wie kommst du mit den Stornierungen für die Hochzeit voran?«, fragte Zennie. »Brauchst du Hilfe bei der Rückgabe der Geschenke oder so?«

»Danke, aber es ist alles erledigt.« Sie rümpfte die Nase. »Ich weiß ehrlich nicht, was ich mit dem Brautkleid anfange. Mir ist nicht wohl dabei, es zu verkaufen oder zu spenden. Ich würde es ja gerne verschenken, wenn ich wüsste, dass es wirklich gebraucht wird, aber ich möchte es nicht irgendwo in eine

Spendenbox geben, damit es in irgendeinem Schaufenster auftaucht und mit fünf Dollar ausgezeichnet ist.« Sie sah Zennie an. »Das meine ich nicht negativ.«

»Nein, ich verstehe, was du meinst. Es ist etwas Besonderes für dich, und du willst, dass es das bleibt.«

»In gewisser Weise ja. Vielleicht könnte ich online nach einer Gruppe suchen, die Brautkleider für arme Frauen auftreibt oder so.«

»Ich habe eine Freundin, die in der Onkologie bei uns arbeitet«, sagte Zennie. »Da ist eine Patientin, die überlegt, zwischen zwei Chemozyklen zu heiraten. Soll ich mal fragen, ob sie ein Kleid braucht?«

Ali lächelte. »Das wäre klasse. Du musst nur gleich dazusagen, dass sie es wahrscheinlich ändern lassen muss.« Sie nahm ihr Handy hervor. »Ich glaube, ich habe noch Fotos davon. Die schicke ich dir, und du kannst sie an deine Freundin weiterleiten.«

Das Kleid einer Frau zu schenken, die es wirklich brauchte, gab ihr ein besseres Gefühl, denn loswerden wollte sie es auf jeden Fall.

Sie fand ein Bild von sich in dem Kleid und betrachtete es eine Sekunde lang. Wie glücklich sie gewesen war, als sie endlich das richtige Outfit für ihre Hochzeit gefunden hatte. Und während sie sich freute, hatte Glen vermutlich schon geplant, dass er sie nicht heiraten würde. Sie fragte sich, wann er seine Meinung geändert hatte. Unmöglich konnte sie glauben, dass er sie von Anfang an getäuscht hatte. Nicht mal Glen könnte so schrecklich sein, und falls doch, wollte sie es nicht wissen. Sie hatte ein Stadium erreicht, in dem sie zwar traurig war, sich aber von der gelösten Verlobung erholte, und das schneller, als sie erwartet hatte, was einiges über ihre Beziehung aussagen dürfte.

Sie sahen noch mehr Kartons durch, fanden Stapel von Kinderbüchern und legten sie auf den Spendenhaufen. Zennie holte ihre Baseballjacke aus der Highschool hervor.

»Die behalte ich«, sagte sie und hielt sie hoch. »Ich frage mich, ob man die reinigen lassen kann oder so. Sie ist garantiert eingestaubt.«

»Von verschwitzt ganz zu schweigen«, scherzte Ali. »Du warst so stolz auf das Teil, dass du es dauernd getragen hast.« Und da es hier nicht mal im Winter kälter als einundzwanzig Grad wurde, waren dicke Lederjacken eigentlich nie passend.

»Ich habe hart für die gearbeitet.« Zennie legte die Jacke sorgfältig zusammen und deponierte sie an der Tür. »Dad und ich waren beide total entsetzt, als ich ins Team kam und sie gesagt haben, ich könne aber nur einen Pullover haben. Im Ernst, das war ja nicht in den 1880ern. Warum sollten nur die Jungs die Jacke bekommen und die Mädchen bloß einen Pulli? Dämliche Schulverwaltung. Wir sind jedenfalls hartnäckig geblieben.«

»Dad hat dich immer sehr unterstützt«, sagte Ali. Sie war nicht verbittert – Fakten blieben Fakten.

»Ja, hat er.«

Sie nahmen sich die nächsten Kartons vor. Ali öffnete den ersten und stöhnte. »Ich glaube, dies hier müssen wir behalten. Du weißt ja, wie Mom ist.«

Sie zog mehrere Babysachen heraus. Kleine Kleider und Strampler, alle oft getragen, jedoch sauber. Da war ein schönes weißes Kleid. Ali erinnerte sich natürlich nicht, es jemals angehabt zu haben, aber sie wusste, dass es das Taufkleid von allen drei Mädchen gewesen war.

Sie schwenkte es. »Schwer vorstellbar, dass wir mal so klein waren. Mom hält ihren Traum von Enkelkindern am Leben, so viel steht fest. Und wir enttäuschen sie am laufenden Band.«

Zennie blickte zu dem Kleid und wieder weg. Sie setzte an, etwas zu sagen, presste jedoch die Lippen zusammen und räusperte sich.

»Was?«, fragte Ali. »Du bist komisch.« Sie überlegte, warum. »Bist du wieder mit Clark zusammen? Oh mein Gott, hast du dich in ihn verliebt und willst ihn heiraten?«

»Was? Nein! Wie kommst du darauf? Clark und ich sind nicht zusammen, und ich bin nicht verliebt. Mein bestes erstes Date seit Monaten war mit einer Lesbe.«

Ali ermahnte sich, keinen Scherz zu machen. »Und was ist los?«

Sie rechnete schon damit, dass ihre Schwester leugnen würde, irgendwas sei merkwürdig, doch Zennie sagte: »Du musst mir schwören, es keinem zu erzählen. Ich meine es ernst. Schwöre es.«

»Ich schwöre.« Möglichkeiten huschten ihr durch den Kopf. Sie bezweifelte, dass Zennie krank war, und wenn es keinen Mann gab, was dann? Zog sie weg aus Kalifornien? Schaffte sie sich eine Katze an? Nein, kein Haustier. Das würde nicht nach einem Schwur verlangen. Vielleicht wollte sie wieder studieren oder so.

»Weißt du noch, dass Bernie Krebs hatte?«

Ali wurde flau. »Oh nein, sag nicht, er ist wieder da.«

»Ist er nicht. Ihr geht es glänzend. Doch wegen der Operation und so kann sie keine Kinder bekommen. Sie, Hayes und ich haben uns unterhalten und … nun ja, ich werde ihre Leihmutter.«

Ali musste die Information erst mal sacken lassen. »Ich weiß nicht genau, was das heißt. Setzt man dir ein befruchtetes Ei ein oder spendest du eins, damit sie ein Baby haben können?«

»Ich spende das Ei.« Zennies Augen leuchteten. »Ich hatte gestern die Behandlung.«

»Was?« Alis Blick fiel auf den beschämend flachen Bauch ihrer Schwester. »Soll das heißen, dass du in diesem Moment schwanger sein könntest?«

»Wäre möglich.«

Es waren erstaunliche Neuigkeiten. »Das ist unglaublich, Zennie. Was für ein fantastisches Geschenk an deine beste Freundin. Oder an überhaupt jemanden. Ein Baby. Du bist so selbstlos. Ich weiß nicht, ob ich das tun könnte. Aber du kannst es. Bist du aufgeregt? Hast du Angst? Oder beides?«

Zennie lachte. »Irgendwie beides. Es ist noch nicht real. Ich meine, ich war in der Praxis, und sie haben mich mit dem Sperma befruchtet, doch es fühlt sich nicht real an. In ein paar Wochen mache ich einen Schwangerschaftstest, dann weiß ich, ob es geklappt hat.«

»Schön für dich. Gratuliere. Sag mir Bescheid, wenn ich dir helfen kann.«

»Du hast schon genug um die Ohren, aber danke.«

Ali winkte ab. »Mir geht es prima. Die Hochzeit ist abgesagt, ich könnte eine Lösung für das Kleiderproblem haben, und ich, ähm, habe eine Unterkunft, bis ich die Wohnungssache geklärt habe.«

Irgendwann müsste sie gestehen, dass sie bei Daniel einzog, aber nicht heute. Finolas Worte taten immer noch weh.

»Der Punkt ist«, fuhr sie fort, »dass ich reichlich Zeit habe, dir zu helfen.« Sie runzelte die Stirn. »Obwohl ich nicht ganz sicher bin, was ich tun könnte. Tja, ich kann zumindest moralische Unterstützung anbieten und dir Sheabutter zur Vorbeugung vor Dehnungsstreifen besorgen.«

»Brauche ich Sheabutter?«

»Keine Ahnung. Schlag das lieber mal nach.«

Zennie griff über den Karton und drückte ihre Hand. »Danke, dass du es verstehst.«

»Natürlich. Übrigens wird Mom dich umbringen.«

»Weiß ich. Deshalb musst du ja schwören, nichts zu sagen. Ich warte, bis ich sicher bin, ehe ich etwas erzähle. Und ich fürchte, sie wird es nicht verstehen.«

Ali grinste. »Kein bisschen. Nach Jahren, die sie uns nervt, dass wir ihr Enkelkinder schenken sollen, bekommt sie endlich eins, und du gibst es weg. Dazu wird sie garantiert ein bis zwei Sätze sagen wollen.«

Zennie stöhnte. »Ja, keine Frage. Aber vorerst weißt nur du es. Na ja, du und Bernie und Hayes.«

»Apropos Hayes, wie hast du sein Sperma bekommen?«

Zennies Mundwinkel zuckten. »Im Ernst, Ali? Du bist doch schon mit einem Mann zusammen gewesen.«

»Ihr habt keinen Sex gehabt.« Sie überlegte kurz. »Oh nein, du machst Witze. Er musste *das* in einer Arztpraxis tun?«

»Jap. In einem separaten Raum. Ich habe versucht, nicht daran zu denken, als es passierte.«

Ali kicherte. »Sicher war er dir dankbar dafür. Klar ist es richtig großartig, dass du das für sie tun kannst, und wenn sie ein Baby bekommen, werden sie überglücklich sein. Aber manchmal ist Wissenschaft schon bizarr.«

»Wem sagst du das?«

14. KAPITEL

Am Sonntagmorgen traf Zennie sich mit ihren Freundinnen zum Laufen im Griffith Park. Der Himmel war klar, die Luft kühl. Bernie hatte geschrieben, dass sie ausschlafen wollte und nicht mitkam, und Zennie war ein klein wenig erleichtert. Sie wusste, dass ihre Freundin nervös wäre und gewiss nach irgendwelchen Anzeichen Ausschau halten würde. Da die Befruchtung erst achtundvierzig Stunden her war, konnte niemand sicher sein, dass sie überhaupt schwanger war, geschweige denn irgendetwas sehen.

Zennie sagte sich, dass es nicht fair war. Natürlich wollte Bernie wissen, was geschah. Das wollten sie alle. Es war schließlich eine große Sache. Aber sie konnten nichts anderes tun, als abzuwarten. Sie nahm sich fest vor, die Schwangerschaft möglichst zu verdrängen und ihr Leben weiterzuleben. In zwei bis drei Wochen würde sie den Test machen, dann wüssten sie Bescheid – es sei denn, sie bekam vorher ihre Periode. So oder so würde sie nicht unentwegt darüber grübeln, dass sie »guter Hoffnung« sein könnte.

Zwei Wagen bogen auf den größtenteils leeren Parkplatz ein. Sie und ihre Freundinnen würden hinauf in die Hügel nahe der Sternwarte laufen. Die Wege waren steil und anstrengend, aber sie hatten sie schon früher bewältigt. Zennie genoss die Abwechslung und den Umstand, dass sie mehr aufs Laufen als aufs Reden konzentriert wären. Die meiste Zeit würden sie hintereinanderlaufen.

Cassie, eine kleine, pummelige Blondine, und DeeDee, eine gertenschlanke Koreanerin mit lila Strähnen in ihrem langen Haar, kamen zusammen. Gina, eine große, durchtrainierte Brünette, stieg aus dem zweiten Wagen und winkte.

»Wie geht es allen?«

Cassie setzte sich eine Baseball-Mütze auf und blinzelte in die Sonne. »Verkatert. Puh, ich war zu lange aus.«

Gina grinste. »Hattest du nicht ein Date mit diesem neuen Typen? Wie war es?«

»Die Teile, an die ich mich erinnere, waren super.« Cassie seufzte. »Er ist echt süß. Er hat eine Poolreinigungsfirma und ist seit zwei Jahren geschieden. Keine Kinder.«

»Uuuh, ich erahne ein drittes Date«, flötete DeeDee. »Und wir alle wissen, was das heißt.«

Cassie und Gina klatschten sich ab. »Sex!«, riefen sie im Chor. »Juhu!«

»Ihr seid ja mal alle drauf«, scherzte Zennie und dachte an ihren Abend mit Yoga, Filmen und Kräutertee, der so ganz anders ausgesehen hatte als der ihrer Freundinnen.

»Eine von uns bekommt endlich welchen«, sagte Gina. »Hey, du hattest doch schon drei Dates mit Clark, ehe es vorbei war. Habt ihr es gemacht?«

»Ich führe nicht Buch.«

DeeDee stemmte die Hände in die Hüften. »Zennie ist nicht wie wir. Sie lässt sich nicht von ihrer primitiven Ader beherrschen. Wir sollten sie bewundern und ihr nacheifern.«

»Ich lasse mich lieber flachlegen«, gestand Gina. »Bei meiner gegenwärtigen Durststrecke sind meine Akkus bald leer.«

Alle lachten und liefen zum Wanderweg.

Die erste Meile war relativ eben, sodass sie nebeneinander laufen und sich unterhalten konnten. Das Gespräch drehte sich hauptsächlich darum, wer in einer Beziehung war und wer in einer sein wollte. Cassie beglückte sie mit allen Einzelheiten ihres gestrigen Dates, einschließlich des heftigen Pettings, bevor sie nach Hause ging.

»Was ist mit dir, Zennie?«, fragte Gina. »Was gibt es bei dir Neues?«

Zennie dachte flüchtig an ihren Freitagnachmittag in der Arztpraxis, aber es war zu früh, das anzusprechen. »Ich war gestern den ganzen Vormittag bei meiner Mutter«, erzählte sie stattdessen. »Sie macht ihr Haus für den Verkauf fertig, damit sie in ein kleines am Strand ziehen kann. Bei ihr hat sich Kram aus dreißig Jahren angesammelt. Ali und ich haben den Dachboden durchsortiert, also ist das wenigstens erledigt. Aber es bleiben noch alle übrigen Zimmer.«

»Tja, jetzt fängt diese Lebensphase an«, sagte DeeDee. »Erst verkleinern sie sich, dann werden sie krank.«

»Was für ein heiterer Gedanke«, murmelte Cassie.

»Aber es ist wahr. Bald sind wir die Sandwich-Generation, die eine eigene Familie großzieht und sich gleichzeitig um die alternden Eltern kümmert. So läuft es eben.«

»Hör bloß auf«, sagte Gina. »Ich bin ein Einzelkind. Da gibt es niemanden außer mir.«

Zennie hatte nicht an die nächsten Jahre gedacht, doch nun wurde ihr klar, dass ihre Schwestern und sie für ihre Eltern sorgen müssten, sollte ihnen etwas passieren.

Sie erreichten den nächsten Teil des Wanderweges, wo er schmal und steil wurde. Gina lief wie immer voraus. Sie war Röntgenassistentin und hatte am College Hürdenlauf gemacht. Ein paar Mal im Jahr trat sie bei Triathlons an, und oft redete sie davon, dass sie sich mehr hätte bemühen sollen, um es ins Olympia-Team zu schaffen, als sie noch jünger war.

Gina gab ein anstrengendes, aber machbares Tempo vor. Zennie war direkt hinter ihr, gefolgt von Cassie und DeeDee.

Der Weg war gut ausgeschildert und viel benutzt. Es gab breitere Bereiche, wo Gruppen aneinander vorbeigehen konnten, und das Unterholz wurde regelmäßig gestutzt, wofür Zennie dankbar war. Sie mochte als Kind ein Wildfang gewesen sein, aber sie hatte bis heute Angst vor Schlangen. Im Vorgebirge um Los Angeles herum lebten Klapperschlangen, und sie war fest überzeugt, dass sie unter denen als erstrebenswerte Trophäe galt.

Sie gelangten zu einem flachen Abschnitt, wo sie stehen blieben, um Wasser zu trinken und zu verschnaufen. Die Aussicht auf die Hügel und die Stadt darunter war sagenhaft. Es war noch früh genug, dass sie den Wanderweg für sich hatten, und die einzigen Geräusche waren ihre Atmung und ihre Unterhaltung.

DeeDee reichte ihr ihre Wasserflasche. »Halte die bitte mal kurz.« DeeDee stellte einen Fuß auf einen Findling und dehnte das Bein. »Dauernd verspannt sich der blöde Oberschenkelmuskel.«

Sie richtete sich auf und wollte ihre Flasche zurücknehmen, daher ging Zennie ihr entgegen.

Sie war nicht sicher, was als Nächstes geschah. Sie wusste, dass sie auf einen Stein trat und das Gleichgewicht verlor. Die Felskante gab ein wenig unter ihrem Gewicht nach, und im nächsten Augenblick rutschte und fiel sie schreiend. Sie purzelte den Hang hinunter, ehe sie gut sechs Meter unterhalb des Weges liegen blieb.

Zuerst war sie so benommen, dass sie sich nicht rühren konnte. Sie hörte, wie ihre Freundinnen ihren Namen brüllten. Gina kletterte als Erste nach unten, wobei sie sich an Gestrüpp und an Grasbüscheln festhielt. Bis sie bei ihr war, hatte Zennie sich bereits aufgesetzt und versuchte, ihre Verletzungen einzuschätzen.

Sie fühlte sich zittrig und desorientiert. Ihr Oberschenkel brannte. Als sie ihn sich anschaute, sah sie, dass sie eine üble Abschürfung von der Hüfte bis zum Knie hatte. Sie ignorierte das sickernde Blut, den Schmutz und die Steinchen in der Wunde. Die war oberflächlich und ließ sich gut versorgen. Ihre Sorge galt eher ernsten Verletzungen.

»Leg dich wieder hin«, wies Gina sie an.

»Und einen Schlangenbiss ins Gesicht riskieren? Nein danke.«

Gina winkte den anderen beiden zu. »Sie ist bei Bewusstsein und hat immer noch Angst vor Schlangen. Ich würde sagen, das ist ein gutes Zeichen.«

»Nicht irgendwelchen Schlangen«, murmelte Zennie. »Klapperschlangen. Da gibt es einen Unterschied.«

Gina hockte sich neben sie. »Hast du dir den Kopf angeschlagen?«

»Nein.«

»Gut. Fangen wir unten an und arbeiten uns nach oben.«

Gina ließ sie ihre Zehen, ihre Füße, ihre Knöchel und so fort bewegen. Rasch stellten sie fest, dass nichts gebrochen war, obwohl Zennie zahlreiche Abschürfungen hatte, in denen reichlich Schmutz steckte.

»Es wird wehtun, die zu reinigen«, sagte Gina, während sie ihr aufhalf.

»Ich bemühe mich, nicht daran zu denken«, gestand Zennie. Sie wartete, ob sich Schwindelgefühl oder akuter Schmerz einstellte, aber da war nur das dumpfe Brennen von den Abschürfungen. Sie war angeschlagen, zitterte ein bisschen, sonst nichts.

Gina und sie krabbelten hinauf zum Wanderweg. DeeDee stürmte ihr entgegen.

»Das ist alles meine Schuld!«

»Sei nicht albern. Ich bin ausgerutscht. Es war meine Schuld, nicht deine.«

»Du hättest sterben können.«

Zennie umarmte ihre Freundin. »Du bist ja verrückt.«

Cassie, die als Krankenschwester in der Pädiatrie arbeitete, sah sich ihr Bein an und verzog das Gesicht. »Du musst in eine Notfallambulanz. Ein Krankenhaus wäre besser, aber da wirst du sicher streiken.«

»Es gibt eine gleich unten«, sagte Gina. »Ich fahre mit ihr hin, und ihr zwei könnt weiterlaufen.«

Cassie schnaubte. »Von wegen! Wir laufen nicht ohne euch. Wir fahren alle mit und vergewissern uns, dass Zennie anständig versorgt wird.«

Zennie wollte widersprechen, wusste jedoch, dass sie die Wunden nicht selbst reinigen konnte. Nicht bloß würde sie teilweise gar nicht sehen können, was sie tat, sondern es würde auch höllisch wehtun. Wenigstens konnten sie ihr in einer Ambulanz ein wenig Betäubungsspray auftragen, um die schlimmsten Schmerzen zu verhindern.

Eine halbe Stunde später war sie in einem Behandlungszimmer. Ein gutaussehender Arzt in einem Rollstuhl kam herein, ihr Krankenblatt auf seinem Schoß. Er war Ende dreißig, hatte zu langes Haar und trug eine Brille. Er lächelte sie gelassen an.

»Ach ja? Sie konnten am Sonntagmorgen nicht einfach ausschlafen?«

»Bedaure, ich bin keine Langschläferin.«

»Nein, offenbar sorgen Sie lieber dafür, dass ich mir meine Brötchen sauer verdiene. Ich bin übrigens Dr. Rowell, aber Sie dürfen Harry sagen. Das tut hier jeder.« Er hielt vor ihr an und betrachtete ihr Bein. »Das ist hässlich. Okay. Ich werde zunächst mal sicherstellen, dass Sie lediglich angeschlagen sind, nicht ernsthaft verletzt, und danach machen wir Sie mal sauber.« Er nahm ihr Krankenblatt auf. »Irgendwelche Medikamentenallergien oder Sonstiges, wovon ich wissen sollte?«

»Nein, ich …« Sie wollte sagen, dass keinerlei Bedenken vorlägen, aber was, wenn doch?

Zennie klammerte sich an die Untersuchungsliege und starrte den Arzt an. Blanker Horror befiel sie, und ihr wurde übel. Gleichzeitig kamen ihr die Tränen.

»Was ist?«, fragte Harry sanft. »Zennie, was ist los?«

»Ich könnte schwanger sein. Am Freitag bin ich künstlich befruchtet worden. Keiner weiß davon. Ich versuche, ein Baby für meine beste Freundin zu bekommen, und nun bin ich gestürzt.« Die Tränen liefen über. »Was ist, wenn ich das Baby umgebracht habe?«

»Haben Sie nicht«, entgegnete er. »Na, kommen Sie, selbst wenn Sie schwanger sind, sind das jetzt ungefähr vier Zellen.« Er drückte ihre Hand. »Okay, mal im Ernst. In diesem frühen Stadium wäre der Embryo sicher verpackt in Ihrem Uterus, umgeben von all Ihren Frauenteilen und Ihren inneren Organen. Fabergé-Eier sind weniger geschützt, wenn sie rund um den Globus verschickt werden.«

Sie wischte sich die Wangen und brachte ein Lächeln zustande. »Frauenteile? Sind Sie sicher, dass Sie Medizin studiert haben?«

Er grinste. »An dem Tag muss ich krank gewesen sein, aber ich war ein echter Star in Wundreinigung.« Wieder drückte er ihre Hand. »Zennie, künstliche Befruchtung ist ein simpler Vorgang, der nicht immer Erfolg hat. Falls Sie nicht schwanger sind, hat es nichts mit Ihrem Sturz zu tun, mein Ehrenwort. Glauben Sie mir?«

Sie nickte. »Ich weiß nicht, ob ich es später auch noch tue, aber danke für die Information.« Sie wusste, dass er in allem recht hatte, nur befand sie sich gerade in keiner sehr rationalen Phase. »Ich will ihr doch bloß ein gesundes Baby schenken.«

»Und das werden Sie gewiss auch.« Er ließ ihre Hand los und sah zu ihrem Bein. »Jap, das ist hässlich. Okay, untersuchen wir Sie kurz, um zu sehen, was los ist, dann fangen wir mit der Tortur an.«

Sie lachte. »Das klingt nach einem Plan. Und sind Sie Single?«

Er zog die Augenbrauen hoch. »Sie sind fix.«

»Nicht für mich. Aber ich glaube, Sie würden meine Freundin DeeDee mögen. Sie haben denselben Humor.«

»Ich habe Ihre Freundinnen gesehen, und ich wäre für jede von ihnen offen. Sobald wir Sie zusammengeflickt haben, dürfen Sie mich vorstellen.«

»Abgemacht.«

Finola war bewusst, dass sie sich zusammenreißen musste. Sich in ihrem Haus zu verstecken, deprimierte sie nur noch mehr. Sie zog sich von allem zurück, was nicht mit ihrer Arbeit zusammenhing, und das war nicht gesund für sie.

Nach wie vor war sie wütend wegen der Bemerkungen ihres Stiefvaters. Sie wusste, dass sie nicht verantwortlich für Nigels Affäre war, und etwas anderes zu unterstellen, war schlichtweg grausam. Trotzdem wurde sie den Gedanken nicht los. Ebenso wenig konnte sie die Schuldgefühle abschütteln, weil sie ihren Schwestern nicht geholfen hatte, die Sachen ihrer Mom zu sortieren. Sie hatte eine unruhige Nacht verbracht und war den Vormittag durchs Haus getigert, in dem sie sich wie gefangen fühlte. Gegen Mittag war ihr klar, dass sie etwas tun musste.

Sie fuhr zum Supermarkt und deckte sich mit Lebensmitteln für die nächste Woche ein. Dann prüfte sie auf der Website ihres bevorzugten Fitnesscenters, was sie dort an Kursen anboten. In einer Stunde begann ein Ballettkurs. Da würde sie hingehen, ihren Frust ausschwitzen und anschließend zu Hause einen Plan für die nächsten Tage schmieden. Ganz oben würde ein Wiedergutmachungsessen mit ihren Schwestern stehen.

Das Fitnesscenter in Encino war gleichermaßen nobel wie versnobt. Dort gingen die Frauen hin, um sich gegenseitig durchzuhecheln. Kein Wabbeln blieb unbemerkt, kein schlaffer Oberschenkel wurde übersehen. Finola behagte die Atmosphäre hier nicht sonderlich, aber die Kurse waren hervorragend, und viele wichtige Leute trainierten da. Im Leben drehte sich nun mal alles darum, wen man kannte.

Sie hatte kaum mit den Dehnübungen angefangen, als sie eine vertraute Stimme hörte.

»Ist hier noch frei?«

Sie lächelte ihrer Assistentin zu. »Hey, Rochelle. Du bist jung und schön, wieso treibst du dich nicht mit irgendeinem tollen Hengst am Strand herum?«

»Sonntagnachmittag bin ich immer hier, weil man die interessantesten Leute trifft.«

»Gut.« Aus genau diesem Grund hatte Finola ihr die Mitgliedschaft zu Weihnachten geschenkt. Die junge Frau würde in nicht allzu ferner Zukunft jemand sein, an dem keiner vorbeikam.

Finola entspannte sich etwas. Rochelle im Kurs zu haben, bedeutete eine Pufferzone für sie. Ein unerwarteter Pluspunkt, dachte sie dankbar. Zwar hatte ihre strikte Diät die eine Woche mit Kohlenhydraten und wenig bis null Bewegung wieder wettgemacht, aber sie war immer noch unglaublich verwundbar. Es bräuchte nicht viel, damit sie zersplitterte wie eine fallende Kristallvase.

Die nächsten fünfzig Minuten konnte Finola an nichts anderes denken als daran, mitzuhalten. Sie ging ins »Plié«, reckte sich, hielt die Position und atmete, bis sie zitterte, während ihr der Schweiß über den Rücken rann. Als sie sich auf den Matten entspannten, stellte sie erfreut fest, dass sich ihr Verstand beruhigt hatte. Ich bin stark, sagte sie sich. Sie würde die kommende Woche nutzen, um sich richtig am Riemen zu reißen. Sie würde sich nicht mehr verstecken, sondern hocherhobenen Hauptes durchs Leben spazieren.

Der Kurs endete, und sie standen auf. Rochelle war genauso atemlos und verschwitzt wie sie.

»Das bringt mich jedes Mal um«, gestand ihre Assistentin.

»Soll es auch.«

Eine der Frauen aus dem Kurs sah aus dem Fenster. »Ey, auf dem Parkplatz ist was los! Ich frage mich, ob Jennifer Lawrence wieder Privattraining gebucht hat. Meine Tochter liebt sie!«

Finola wurde flau. *Nein*, sagte sie sich. Sie würde sich nicht in Vermutungen hineinsteigern. Sie durfte nicht vergessen, dass sie stark war.

Mehrere Frauen traten ans Fenster. Ohne irgendwas zu sagen, gesellte Rochelle sich zu ihnen und kehrte direkt zu ihr zurück.

»Sechs Fotografen warten an der Tür. Ich sehe keinen Ü-Wagen, das heißt, das sind Freiberufler. Jennifer Lawrence könnte tatsächlich eine Privatstunde haben.«

Der Schweiß, der Finola auf dem Rücken ausbrach, hatte nichts mit dem Workout zu tun. »Glaubst du das wirklich?«

Rochelle sah sie an. »Nein. Wie willst du das handhaben?«

Finola presste sich eine Hand auf den Bauch. Sie musste hier raus und zu ihrem Wagen. Sobald sie dort war, könnte sie fliehen. Es bestand die Chance, dass dies hier nichts mit ihr zu tun hatte, nur durfte sie sich nicht darauf verlassen.

Das Problem war nicht die Entfernung zu ihrem Auto, sondern es waren die Bilder. Die würden für immer bleiben. Wieso bloß hatte sie solch ein hässliches Kleid über ihre Sportsachen angezogen?

»Was hattest du auf dem Weg hierher an?«, fragte sie ihre Assistentin.

Rochelle lächelte. »Einen Lederrock und eine Jeansjacke. Unpraktisch, ich weiß, aber, ähm, ich bin nicht von zu Hause gekommen.«

Trotz ihrer Angst und Übelkeit musste Finola grinsen. »Aha, also *ist* da ein toller Hengst!«

»Könnte sein. Ziehen wir uns um.«

Es gab eine kleine Umkleide hinten, und da der vorherige Kurs schon durch war und der neue ins Studio ging, hatten sie den Raum für sich.

Rochelle öffnete ihren Spind, holte ihre Straßenkleidung heraus und hielt ihr den Rock und die Jacke hin. Zum Glück waren beide schwarz, so wie ihre Leggings.

Sie zog den Rock über, bevor sie in die Sandalen schlüpfte, die sie auf dem Weg her getragen hatte. Sie und Rochelle hatten dieselbe Kleidergröße, aber sehr unterschiedliche Schuhgrößen. Dann nahm sie den Kamm aus ihrer Tasche und kramte nach einem Haarband. Rochelle platzierte sie vor einen Spiegel, kämmte ihr Haar nach hinten und band es zu einem hohen Pferdeschwanz. Finola schminkte sich den Mund mit Lipgloss und setzte ihre große Sonnenbrille auf. Rochelle zog sich ihr Kleid über.

»Tut mir leid, dass es so hässlich ist«, sagte Finola.

»Ist schon gut. Keiner achtet auf mich. Falls die Fotografen sind, was wir denken, bist du die Story. Jetzt häng dir die Jeansjacke über die Schultern.«

Finola legte sie sich um und blickte in den Spiegel.

Sie sah gut aus. Fit und schick. Die Sonnenbrille würde ihren panischen Blick verbergen. Sie setzte eine neutrale Miene auf, die keinerlei Emotionen zeigte. Das war ihr Ziel. Neutral bleiben. Hübsch, selbstbewusst und kein bisschen verstört von dem, was geschah. Als nichts mehr zu tun war, machten sie sich auf den Weg zum Ausgang.

»Soll ich mich nach einer Hintertür erkundigen?«, fragte Rochelle. »Ich könnte meinen Wagen holen und dich dort aufsammeln.«

Finola brachte ein echtes Lächeln zustande. »Denkst du, die haben die Rückseite des Gebäudes nicht im Blick?«

»Oh, stimmt. Bist du so weit?«

Finola nickte, weil ihr letztlich keine Wahl blieb. »Ich gehe direkt zu meinem Wagen, du zu deinem. Wenn ich losfahre, bieg hinter mir ein. Ich bezweifle, dass sie mich verfolgen werden, doch für alle Fälle könntest du die Ausfahrt ein paar Sekunden blockieren, um mir etwas Vorsprung zu verschaffen.«

»Ist alles in Ordnung?«

Finola hob eine Schulter. »Ich stehe das durch.«

Sie war so darauf konzentriert, weg von hier zu kommen, dass sie keine Zeit hatte, etwas anderes zu denken oder zu fühlen. Wahrscheinlich ist es das Beste so, sagte sie sich. Sie durfte nicht vergessen, dass sie zwar Fragen ignorieren konnte, Bilder hingegen blieben. Nachdem sie tief Luft geholt hatte, öffnete sie die Tür und ging zu ihrem Wagen.

Die Fotografen stürzten sich auf sie. Das Surren und Klicken der Kameras war beinahe so laut wie ihre Fragen.

»Finola, seit wann wissen Sie von der Affäre?«

»Sind Sie zu alt, um Kinder zu kriegen? Macht Ihr Mann das deshalb?«

»Haben Sie einen Dreier mit Treasure gehabt?«

»Stört es Sie, dass sie so viel jünger ist?«

»Wann hat Ihr Mann aufgehört, Sie zu lieben?«

Die Fragen trafen sie wie Giftpfeile, jede schmerzlicher als die vorherige. Sie ging hocherhobenen Hauptes und sicheren Schrittes weiter. Ihr Wagen war direkt vor ihr. Neutrales Gesicht, betete sie sich im Stillen vor. Ein neutraler Gesichtsausdruck, damit keiner merkte, wie fies dies hier war. Sie würde es durchstehen, weil ihr nichts anderes übrig blieb.

Sie erreichte ihr Auto. Als sie den Türgriff berührte, entriegelte es sich. Finola schwang sich hinters Steuer und verriegelte die Türen von innen, bevor sie den Motor anließ. Die Fotografen kamen näher, aber sie bedrängten sie nicht, und keiner von ihnen lief zu seinem Wagen. Gott sei Dank hatte sie recht gehabt – so interessant war sie auch wieder nicht. Nur gerade interessant genug für diesen Zirkus hier. Wegen Treasure. Nigel hätte mit so gut wie jeder anderen schlafen können, und nichts hiervon wäre geschehen.

Mit Rochelle hinter sich bog sie vom Parkplatz und fädelte sich in den dichten Verkehr auf dem Ventura Boulevard ein. Sie fuhr einen großen Umweg nach Hause und bog immer wieder unvermittelt ab, sodass andere Fahrer sie anhupten. In einem ruhigen Wohnviertel hielt sie sogar für drei Minuten vor einem Haus. Es waren keine anderen Wagen in der Straße unterwegs, und endlich erlaubte Finola sich durchzuatmen.

Sie rief Rochelle an. »Ich glaube nicht, dass mir jemand gefolgt ist.«

»Nein, ich konnte niemanden hinter dir sehen. Finola, das alles tut mir so leid.«

»Mir auch.«

»Bis heute Abend wird es überall herum sein. Du wirst bei der Arbeit damit umgehen müssen.«

Daran wollte sie nicht einmal denken. »Weiß ich.«

»Wie kann ich dir helfen?«

»Kann ich nicht sagen, aber ich melde mich.«

»Soll ich dir ein Hotelzimmer besorgen?«

Finola fluchte leise. Natürlich – denn wahrscheinlich konnte sie nicht in ihrem Haus bleiben. Nicht mehr.

»Ich überlege mir, was ich als Nächstes tue, und melde mich«, sagte sie. »Und, Rochelle? Vielen Dank.«

»Selbstverständlich. Du weißt doch, dass ich auf deiner Seite bin.«

Finola erlaubte sich eine Sekunde, sich zu gratulieren. Bei ihrer Assistentin hatte sie eine kluge Wahl getroffen. Bei ihrem Ehemann – keine so geniale.

Sie fuhr wieder los. Zwanzig Minuten später war ihr Wagen in der Garage, und sie saß an ihrem Laptop. Sie loggte sich auf die TMZ-Website ein und fluchte, als sie die Schlagzeilen sah. Überall Artikel über Treasures neuen Liebhaber nebst Fotos von der Sängerin mit Nigel. Noch schlimmer war, dass sie Clips aus dem Interview in der *AM SoCal*-Show ins Netz gestellt hatten, die eine sehr geschockte Finola zeigten. Zu der Zeit hatten die Leute angenommen, dass sie schlicht keinen guten Tag hatte. Im Nachhinein würde jeder erkennen, dass sie gerade von der Affäre erfahren hatte und live im Fernsehen mit der Nachricht fertigwerden musste.

Scham und Wut überfluteten sie. Verdammter Nigel. Warum hatte er ihr das angetan? Sie hatte nichts verbrochen, womit sie diese Erniedrigung verdiente. Er war ein Arschloch, doch es war ihr Leben, das zerstört wurde. Niemanden scherte, ob der Schönheitschirurg eine Affäre mit einer Sängerin hatte. Bei ihr hingegen drehte sich alles um das Zuhause und die Familie. Sie stand für Eleganz und Spaß, ohne irgendwelche Ecken und Kanten. Ihre Zuschauer würden sich jetzt – genau wie ihr Stiefvater – fragen, inwieweit es ihre Schuld war.

Ihr Handy meldete den Eingang von Textnachrichten, dann

klingelte es. Sie blickte auf das Display. Da sie die Nummer nicht kannte, nahm sie das Gespräch nicht an. Sie stellte den Lautlosmodus ein und beobachtete, wie es vibrierte, als würde es unter Strom gesetzt.

Sie brauchte einen Plan. Es war nur eine Frage von Stunden, bis die Presse herausgefunden hatte, wo sie wohnte. Das Haus lief auf ihren und Nigels Namen, war also nicht sicher. Eigentlich wollte sie nicht in einem Hotel wohnen. Es wäre zu deprimierend, und an solch einem öffentlichen Ort würde sie sich zu verwundbar fühlen. Jeder könnte an die Tür klopfen.

Ihre Schwestern kamen nicht infrage. Ali hatte mit ihrer eigenen Lebenssituation zu kämpfen, und Zennies Wohnung war nicht größer als eine Briefmarke. Und weil sie Rochelle sehr mochte, würde sie ihre Beziehung nicht belasten, indem sie sich ihr aufdrängte.

Das Haus ihrer Mutter wäre eine Möglichkeit. Finola hatte den Nachnamen ihres verstorbenen Vaters behalten, nachdem ihre Mutter Bill geheiratet hatte. Den benutzte sie beruflich und privat. Ihre Mutter hieß anders, was es schwierig machte, sie dort aufzuspüren.

Sie drückte auf »ignorieren«, als ihr Handy erneut vibrierte, und rief ihre Mutter an.

»Finola, Schatz, wie geht es dir? Wie schade, dass du gestern nicht kommen konntest, aber deine Schwestern haben so viel geschafft. Der Dachboden ist fertig sortiert.«

»Das ist klasse, Mom. Hör mal, ich habe ein Problem.« Sie erklärte kurz, was passiert war. »Kann ich für ein paar Tage bei dir wohnen?«

»Natürlich. Dein Zimmer ist immer für dich bereit, Finola. Was für ein Schlamassel. Ich bin sehr böse auf Nigel. Von ihm hätte ich so etwas nicht erwartet. Pack alles ein, was du brauchst, und komm her. Ich bin da.«

»Danke, Mom. Ich kann dir gar nicht sagen, wie dankbar ich bin.«

»Ist überhaupt kein Problem.«

Finola eilte ins Schlafzimmer. Sie müsste genug für mindestens eine Woche einpacken. Ihre Arbeitskleidung war im Studio, trotzdem musste sie davon ausgehen, dass sie jederzeit fotografiert werden könnte, wenn sie unterwegs war.

Sie brauchte über eine Stunde, bis sie alles beisammenhatte. Bevor sie losfuhr, rief sie Rochelle an und bat sie, ihr ein Wegwerfhandy zu besorgen. Nach dem Gespräch schaltete sie ihr Handy aus und fragte sich, ob es jemals wieder sicher wäre, das Ding einzuschalten.

15. KAPITEL

Beinahe hätte Zennie ihr Blind Date am Sonntagabend abgesagt. Sie war ganz und gar nicht in der Stimmung, denn ihr tat wegen des blöden Sturzes den Hang hinunter noch alles weh. Cassie hatte jedoch darauf bestanden, es für sie zu arrangieren, und behauptete, es würde sie von ihren Blessuren ablenken. Leider war Zennie auf die Schnelle kein Gegenargument eingefallen. Also trug sie artig Wimperntusche auf, bauschte ihr Haar ein wenig und zog ihr Ausgeh-Outfit an.

Wenigstens ist die abgeschnittene Hose aus weichem Stoff und scheuert nicht an der Wunde, dachte sie, als sie die kurze Strecke zu der Trend-Bar in Toluca Lake fuhr. Viel wichtiger war, dass sich bisher keine schlimmen Folgen ihres Sturzes bemerkbar gemacht hatten. Keine Krämpfe, keine Anzeichen von Blutungen. Falls sie schwanger war, schien das winzige Leben in ihr alles problemlos überstanden zu haben.

Die Bar war klein mit Bistrotischen, die zu dicht zusammenstanden. Der Stil war der Mitte des letzten Jahrhunderts nachempfunden, mit Schwerpunkt auf den Fernsehserien der 1950er. Zennie fand die alten Poster und Andenken ein bisschen überzogen.

Sie schaute sich nach »einem Typen, so groß wie ein Basketballer« in einem schwarzen Shirt um und entdeckte einen braunhaarigen Mann, auf den die Beschreibung passte. Er blickte auf, sah sie und lächelte, dann stand er auf und kam ihr entgegen.

»Zennie? Ich bin Jake.«

»Freut mich, Jake.«

Sie schüttelten sich die Hände und gingen zurück zu dem Tisch, den er ihnen gesichert hatte. Die Stühle kamen ihr hart vor, obwohl das vielleicht an ihrem leicht angeschlagenen Zustand lag. Trotzdem wäre ein wenig Polsterung nett, dachte sie, als sie eine halbwegs bequeme Stellung zu finden versuchte.

»Danke, dass du dich mit mir triffst«, sagte Jake, der ihr gegenübersaß.

Der Tisch war so klein, und seine Beine waren so lang, dass sich ihre Knie fast berührten. Zennie rang mit dem Impuls, auf Abstand zu rücken, um mehr persönlichen Freiraum zu gewinnen.

»Cassie hat erzählt, dass du OP-Schwester bist.«

»Bin ich. Die meisten Ärzte, mit denen ich arbeite, sind Herzchirurgen, was die Arbeit sehr befriedigend macht. Wie Cassie mir erzählt hat, bist du mit ihrem Bruder befreundet und Basketball-Coach in einer Highschool.«

Er grinste. »Stimmt. Und ich bin frisch geschieden.« Sein Lächeln schwand. »Sie hat mich verlassen, um zu sich selbst zu finden.« Er malte Anführungszeichen in die Luft. »Ich habe es hinter mir gelassen und bin wieder bereit, mich zu verabreden.«

Oh, super.

»Was machst du gern in deiner Freizeit?«, fragte er. »Cassie sagt, dass du ziemlich sportlich bist.«

»Ich laufe und klettere. Außerdem mag ich Surfen und Yoga. Macht dir die Arbeit als Coach Spaß?«

Das linkische und fantasielose Kennenlerngeplauder dauerte noch mehrere Minuten lang an. Zennie bemühte sich, interessiert zu bleiben. Jake war ganz nett und attraktiv, aber wenn sie ehrlich war, fühlte sie nichts. Ihr Date mit C.J. war sehr viel witziger gewesen. Zumindest hatte bei ihnen gleich die Chemie gestimmt.

Eine Bedienung tauchte an ihrem Tisch auf. »Was kann ich euch bringen?«, fragte die hübsche Blondine. »Unsere Old-Fashioneds sind sehr beliebt.«

»Dann nehme ich einen«, antwortete Jake. »Und du, Zennie?«

Mist. Doppelter Mist. Sie konnte nichts trinken, was sie hätte bedenken müssen, ehe sie zustimmte, jemanden in einer Bar zu treffen. »Ich nehme ein Mineralwasser.«

Sowohl Jake als auch die Bedienung starrten sie für eine Sekunde an, dann zuckte die Kellnerin mit den Schultern und ging.

»Trinkst du nicht?«, fragte Jake. »Davon hat Cassie nichts gesagt.« Sein Missfallen war ihm deutlich anzuhören.

»Nein, so ist das nicht«, begann sie, war indes unsicher, wie genau sie es erklären sollte. »Ich trinke nur jetzt gerade nicht.«

Er musterte sie von oben bis unten. »Machst du eine Diät?«, fragte er skeptisch.

»Nicht richtig.« Sie lächelte. »Okay, du musst mir versprechen, Cassie nichts zu sagen, weil ich ihr noch nichts gesagt habe, und es überschreitet ganz klar die ZVI-Grenze für ein erstes Date, doch es ist wirklich aufregend.«

Jake wirkte eher misstrauisch als interessiert. »In Ordnung.«

Sie erzählte ihm kurz von Bernie und der künstlichen Befruchtung. »Es ist erst einige Tage her, aber ich will kein Risiko eingehen und jetzt etwas trinken.«

Jake sah sie entgeistert an. »Heißt das, du bist schwanger?«

Seine Stimme wurde mit jedem Wort lauter, sodass sich andere Gäste zu ihnen umdrehten.

»Nein, es heißt, ich könnte es sein. Ich …«

Er stand auf. »Tja, das ist nichts für mich. Ich habe keine Ahnung, was Cassie sich dabei gedacht hat. Also echt!«

Bevor Zennie ihn daran erinnern konnte, dass Cassie von nichts wusste, war er fort. Sekunden später kam die Kellnerin mit ihren Getränken.

Zennie dankte ihr, während ihr klar wurde, dass Jack gegangen war, ohne seinen Drink zu bezahlen. Und er hatte auch keine Erklärung von ihr gewollt. Was erste Dates anging, rangierte dies hier definitiv nicht unter den Top Ten.

Sie übernahm die Rechnung und ging ebenfalls. Auf der Rückfahrt spielte sie die desaströsen Minuten in Gedanken durch und fand die Situation eher witzig als enttäuschend. Ihre Laune verbesserte sich noch mehr, als ihr bewusst wurde, dass sie den perfekten Vorwand hatte, keine Dates mehr abzumachen: Sie könnte schwanger sein.

»Ich könnte schwanger sein«, flüsterte sie probeweise vor sich hin. Könnte sie wirklich, und falls ja, fielen Dates aus. Keiner würde es verstehen – wie Jake soeben bewiesen hatte. Und was bedeutete das für sie?

Allein zu sein, folgerte sie, als sie auf ihren Parkplatz einbog. Glücklich und herrlich allein. Sie musste sich nicht mehr verabreden, bis sie wusste, ob sie ein Baby erwartete, und wenn es so war, hey, dann war sie über Monate aus dem Schneider.

Sie eilte nach drinnen, richtig schwindlig vor Freude über ihre Freiheit. Kein Smalltalk mehr, kein Grübeln, was sie anziehen oder ob sie ihre Beine rasieren sollte. Sie konnte tun, was sie wollte; zum Teufel mit einem Mann. Sie könnte Italienisch lernen, mehr Zeit mit ihren Freundinnen verbringen oder sich überlegen, was sie von ihrem Leben erwartete. Sie war frei!

Als Zennie in ihrem Apartment stand, wollte sie im Kreis herumwirbeln oder juchzen oder beides. Stattdessen blickte sie sich in der kleinen Wohnung um und fragte sich, ob sie über den Kauf einer Eigentumswohnung nachdenken sollte. Nur für sie allein. Sie könnte sich genau das aussuchen, was sie wollte, und nicht mehr auf irgendeinen Typen warten, der ihr Leben verwandelte. Wenn sie eine Veränderung brauchte, konnte sie die bei Gott selbst in die Wege leiten!

Die Nachricht von Nigels Affäre schien sich langsamer herumzusprechen, als Finola gedacht hatte. Offenbar klebten nicht alle immerzu auf der TMZ-Website. Aber natürlich hatte auch nicht jede Frau einen Mann, der mit Treasure schlief, was ein Grund sein könnte.

Am Montag stand sie die Show durch, ohne dass jemand eine Bemerkung machte. Hinterher hatte sie eine unangenehme Besprechung mit ihren Produzenten, bei der sie gezwungen war, zu erzählen, was passiert war. Sie sagten all die richtigen Dinge, boten ihr Unterstützung an und versprachen, mit ihr zu reden, sollte sich etwas ändern. Auf mehr durfte sie nicht hoffen.

Rochelle recherchierte zu privaten Bodyguards. Auch wenn Finola eigentlich nichts davon wissen wollte, musste sie Personenschutz in Betracht ziehen, sollte die Presse außer Kontrolle geraten. Sie nahm die Informationen und versicherte ihrer Assistentin, eine der Firmen anzurufen, sowie sie sich bedroht fühlte. Rochelle beharrte darauf, dass sie schon früher Schutz bräuchte, aber zu dieser Entscheidung war Finola noch nicht bereit.

Um drei Uhr verließ sie das Studio in Burbank und fuhr in südwestlicher Richtung nach Beverly Hills. Sie hatte sich eine Sekunde genommen, um sich in Nigels Arbeitscomputer einzuloggen und seinen OP-Plan einzusehen. Sie wusste nicht, ob er schon von seiner Skireise nach Südamerika zurück war oder noch gar nicht los, aber das war ihr egal. Wichtig war bloß, dass der Mistkerl in der Stadt war und sie ihn zur Rede stellen konnte.

Sie übergab ihren Wagen dem Parkservice am Ärztehaus und nahm den Aufzug nach oben zu Nigels edlem Büro. Zum Glück waren hier keine Fotografen. Anscheinend lohnte Nigel das Stalken nicht.

Sie hatte nachgesehen, was für eine Operation Nigel heute hatte, und wusste, wann sie vorbei wäre. Das Erste, was er immer nach einer OP tat, war, in sein Büro zu gehen und seine Notizen zu diktieren. Er mochte ein beschissener Ehemann sein, aber er war ein guter Arzt – was sie kein bisschen tröstete.

Sie rauschte in den Wartebereich und winkte der Empfangsdame zu, ohne stehen zu bleiben. Zwar war sie sicher, dass alle hier von der Affäre wussten, doch sie war immer noch seine Frau und würde sich von ihnen nicht aufhalten lassen. Jedenfalls nicht gleich. Und bis sich die Mitarbeiter überlegt hatten, wie sie sie nach draußen schafften, wäre sie längst wieder weg.

Sie hörte, wie die Empfangssekretärin von ihrem Platz aufstand, ignorierte es aber und steuerte geradewegs Nigels Eckbüro an. Dort stieß sie die angelehnte Tür auf und sah ihren Mann, der am Schreibtisch saß und in sein Diktiergerät sprach. Als er sie bemerkte, schaltete er das Gerät ab. Sie schloss die Tür und ließ ihre Wut alle vernünftigeren Emotionen übertönen. Stärke ist gefragt, sagte sie sich. Die nächsten Minuten wären schwierig, aber sie würde sie überleben.

»Finola, was machst du hier?«, fragte Nigel, während er aufstand. »Ich arbeite.«

Bei seiner Betonung des letzten Wortes musste sie lächeln.

»Ach wirklich, Nigel? Du arbeitest? Machst du hier deine Arbeit und ich störe dabei?« Sie schwenkte eine Hand. »Ein hübsches Büro übrigens. Die Farbwahl und die geschmackvolle Kunst gefallen mir. Hmm, wer hat das hier für dich eingerichtet? Deine Frau?«

»Lass es«, knurrte er. »Was machst du hier? Du kannst hier nicht einfach so reingeschneit kommen.«

»Die Zeiten, in denen du mir sagen konntest, was ich kann und was nicht, sind längst vorbei. Zumindest war ich so höflich, zu warten, bis du mit deiner Operation für heute durch bist. Ich hätte früher auftauchen können – direkt bevor du etwas Wichtiges tun musstest, aber so ein Arsch bin ich nicht. Das bist nur du.«

»Du vergleichst eine Fernsehshow mit einer OP?«

»Ich vergleiche Arbeit und was jedem von uns wichtig ist, rücksichtsvoll zu sein und der Person zu vertrauen, mit der wir verheiratet sind. Dinge, die du vergessen hast.« Ihre Wut nahm zu, die Energie tat ihr gut. Sie machte einen Schritt auf ihn zu. »Die Klatschpresse weiß es. Gestern haben mir Fotografen aufgelauert. Es ist raus, und es wird sich herumsprechen. Erst überrumpelst du mich bei meiner Show und jetzt das. Du bist ein Monster!«

Sie rechnete damit, dass er konterte, doch er überraschte sie, indem er sich wieder hinsetzte und ihr bedeutete, ihm gegenüber Platz zu nehmen. Sie zögerte zunächst, tat es aber.

»Wir müssen vernünftig hierüber reden«, sagte er merklich um Beherrschung bemüht. »Wir stehen eben da, wo wir stehen.«

»Das kannst du leicht sagen. Wir stehen an dem Punkt, an den du uns gebracht hast. Du wirst nicht von Fotografen gejagt.«

»Oh bitte. Solange es den Einschaltquoten deiner Show hilft, was kümmert es dich?«

Tränen brannten in ihren Augen, doch sie weigerte sich, Schwäche zu zeigen. »Denkst du das? Dass es ein Spiel für mich ist? Du irrst dich. Es geht um mein Leben. Unser Leben. Du bist der Einzige, der Spielchen spielt, Nigel. Du bist derjenige, der alles zerstört, was wir haben.«

Sein Blick war ruhig. »Ich mag derjenige sein, der fremdgegangen ist, aber ich war es nicht, der alles zerstört hat. Die Rolle fiel dir zu.«

»Ich schlafe nicht mit Treasure.«

»Ich war nicht auf der Suche«, brüllte er und senkte die Stimme gleich wieder. »Ich habe nicht nach einer Affäre gesucht. Ja, ich war unglücklich, doch damit habe ich gelebt. Sie ist auf mich zugekommen, und um ehrlich zu sein, war es schön, ein wenig Aufmerksamkeit zu bekommen.«

»Schön, Aufmerksamkeit zu bekommen?«, kreischte sie. Ihr war egal, wer sie hörte. »Damit redest du dich raus?«

»Ich rede mich nicht raus, und ich entschuldige mich nicht. Ich erzähle dir, was geschehen ist. Du kannst denken, was du willst. Tust du ja immer. Treasure war interessiert. Sie hat mich umworben. Und es erinnerte mich an das Gefühl, jung, vital und von der Frau in meinem Leben begehrt zu sein.«

»Gibst du mir die Schuld? Soll das heißen, ich habe nicht alles so gemacht, wie du wolltest? Du hast nie gesagt, dass du unglücklich bist. Du hast nie darum gebeten, dass etwas anders wird. Was genau habe ich denn falsch gemacht? Nicht deine Gedanken gelesen? Wir hatten eine gute Ehe. Wir haben uns geliebt. Wir haben Pläne gehabt.« Sie waren kurz davor gewesen, ein Kind zu bekommen, auch wenn er das nicht wusste.

»Hier geht es nicht um mich«, sagte sie.

Er lehnte sich auf seinem Stuhl zurück. »Demnach bin ich der Böse? Dich trifft keinerlei Schuld? Du übernimmst nicht mal einen kleinen Teil?«

»Warum sollte ich?«

»Das ist eine interessante Frage.« Er holte sein Handy aus der Schublade und warf es auf den Schreibtisch. »Weißt du noch, wie wir mal versehentlich unsere Kalender synchronisiert haben?«

»Was hat das mit irgendwas zu tun?«

»Du hast meinen gleich wieder gesperrt, aber ich blieb mit deinem verbunden. Ich habe den Code entschlüsselt, Finola. Ich habe das kleine Icon gesehen, dass du benutzt hast, um dich erinnern zu lassen, mit mir zu schlafen.«

Sie spürte, dass sie rot wurde, als sie ihn anstarrte. »Ich habe keinen Schimmer, wovon du redest«, log sie. *Mist. Mist. Mist!*

Er schüttelte den Kopf. »Tu nicht so. Ich kann dir den Kalender sofort zeigen, wenn du willst.«

»Ich habe gedacht, unser Sex war etwas Gutes.«

»Wäre er gewesen, hättest du ihn wirklich gewollt. Aber das hast du nicht. Du hast ihn auf Termin gesetzt, wie den Abholtag für die Reinigung. Keiner möchte eine Pflicht sein.«

Sie erinnerte sich an die Worte ihres Vaters, dass ein Teil der Trennung ihre Schuld war. Sie hatte ihm gesagt, dass er sich irrt, doch nun, da sie Nigel zuhörte, ging ihr auf, dass er vielleicht, nur vielleicht ein wenig recht hatte.

»So war es nicht«, flüsterte sie. »So ist es nie gewesen.« Leider war es *genau so* gewesen.

»Ich war nicht auf der Suche nach Treasure«, wiederholte er. »Sie hat nach mir gesucht. Ich fühlte mich geschmeichelt, war einsam. Eventuell werde ich es irgendwann bereuen, aber jetzt gerade ist sie das Beste, was mir je passiert ist. Ich kann nicht erklären, wie ich mich in ihrer Nähe fühle, doch es ist wie eine Droge.« Er stand auf. »Ich wollte dich nicht verletzen, und das mit der Klatschpresse tut mir leid, trotzdem kann ich nichts daran ändern.«

Und er wollte es auch nicht. Oder würde es nicht wollen, wenn er dafür Treasure aufgeben müsste. Er musste es nicht aussprechen. Sie kannte ihn gut genug, um zu erraten, was er dachte.

Sie sah ihn an. »Es wird nicht halten, und was dann? Erwartest du von mir, dich zurückzunehmen?« Die Frage setzte voraus, dass er überhaupt wieder zu ihr wollte.

»Ich schätze, wir müssen abwarten, wo es hinführt.«

»Einfach so?« Sie stand auf. »Du bist bereit, alles zu riskieren?«

»Für sie? Ja, bin ich.«

Ali hatte Mühe, alles für ihren Umzug am Samstag fertig zu packen. Bei der Arbeit hatte es am Donnerstag und Freitag eine unvorhergesehene Krise in der Qualitätskontrolle gegeben. Den ersten Anruf von einem verärgerten Kunden hatte sie am Donnerstagmorgen bekommen. Es hatte sie beinahe den ganzen Vormittag gekostet herauszufinden, was schiefgelaufen war. Am Freitag hatten jede Menge Besprechungen mit reichlich Gebrüll stattgefunden. Da sie keine Schuld an den Fehlern traf, hatte sie lediglich zugehört, doch das Problem machte jede Hoffnung zunichte, zeitig nach Hause zu kommen und den Umzug vorzubereiten.

Am Freitag war sie lange aufgeblieben und hatte so viel wie möglich erledigt. Als sie Daniel schrieb, antwortete er, sie solle sich keine Gedanken machen – die Jungs würden ihr beim

Packen helfen. Sie brauchte nichts weiter zu tun, als ihre Sachen in zwei Stapel zu teilen: die, die in seiner Garage eingelagert werden sollten, und die, von denen sie wusste, dass sie sie im nächsten Jahr bei sich haben wollte.

Um kurz nach zwölf hatte sie sich schlafen gelegt. Am Samstagmorgen stand sie früh auf, um nochmals ihre Entscheidungen zu überprüfen und wach genug zu werden, um munter zu sein, wenn sie mit den anderen ihr Schlafzimmer fertig packte. Gewöhnlich fiel ihr das nicht besonders schwer, doch aus irgendeinem Grund und trotz zwei Tassen Kaffee konnte sie nicht umhin, ein wenig … traurig zu sein.

Das Warum war offensichtlich. Sie verließ ihr Apartment, in dem sie drei Jahre gelebt hatte. Obwohl immer ein Umzug geplant gewesen war, sollte er wegen ihrer Heirat mit Glen stattfinden, der nächste Schritt in ihrer Beziehung sein. Stattdessen wurde sie aus ihrem Zuhause gezwungen und in eine Wohnsituation, die zwar schön war, jedoch nicht von ihr gewählt. Okay, klar, rein theoretisch hatte sie entschieden, bei Daniel einzuziehen, aber nur, weil sie sich nichts Anständiges leisten konnte. Sie akzeptierte, dass die Beziehung mit Glen vorbei war, wünschte sich allerdings, nicht täglich daran erinnert zu werden, dass alles zum Kotzen war.

Das Hochzeitsdatum rückte erbarmungslos näher. Während sie die verschlossenen Kartons und die Sachen betrachtete, die noch eingepackt werden mussten, fragte sie sich, wie es ihr an dem Tag gehen würde. Wäre sie traurig, wütend, deprimiert, entschlossen oder irgendeine Kombination aus tausend anderen Emotionen, die sie nicht vorhersehen konnte? Und wo sie schon mal beim Thema war: Was empfand Glen? Vermisste er sie überhaupt? Fehlte ihm ihre Beziehung? Wollte sie, dass sie ihm fehlte? Sie war so mit der Logistik beschäftigt gewesen, dass sie kaum Zeit auf ihre eigenen Gefühle verwandt hatte. Oder hatte sie sich vor ihnen versteckt? So oder so müsste sie sich irgendwann mit ihnen auseinandersetzen, und zwar nicht nur mit dem Verlust, sondern auch mit dem Mangel an Verlustgefühl. Die Wahrheit war, dass sie Glen nicht sehr vermisste.

So ungern sie es zugab, welche Wahl hatte sie? Anfangs war sie traurig und gedemütigt gewesen, denn, im Ernst, wer wäre es nicht? Aber sie war nicht verzweifelt. Sie war nicht am Boden zerstört oder glaubte, nie wieder glücklich sein zu können. Was bedeutete das? Sie wollte sich einreden, dass sie unter Schock stand, war indes nicht sicher, dass sie es tat. Und falls nicht – falls sie wirklich so leicht über ihn hinweggekommen war –, was sagte es über sie und über sie beide aus? Wenn sie nicht in ihn verliebt gewesen war, warum in aller Welt hatte sie dann zugestimmt, ihn zu heiraten?

Lauter schwierige Fragen, über die sie nicht nachdenken wollte, doch bis Daniel und seine Jungs kamen, hatte sie kaum Ablenkung. Sie wanderte durch ihr halb gepacktes, halb leeres Apartment, als könnte sie irgendwo in einem Schrank oder einer Schublade Antworten finden. Da waren Teile ihres Lebens mit Glen, Gegenstände aus dem Leben, das sie gemeinsam führen wollten, doch kein echter Schmerz, kein Liebeskummer. Sie war sich so sicher gewesen, dass er der Richtige war … und er war es nicht.

Bevor sie sich fragen konnte, was sie falsch gemacht hatte, klopfte es an der Tür. Sie öffnete Daniel, der von zwei massigen Kerlen flankiert war. Da er gut über eins achtzig groß sein musste, dürften die anderen rund einen Meter neunzig messen. Beide hatten kahlrasierte Köpfe und sehr viele Tattoos. Ali starrte die schön verwirbelten Muster an und überlegte, ob sie sich auch ein Tattoo zulegen sollte. Ein Zeichen, dass ihr Leben eine neue Richtung einschlug oder …

»Guten Morgen.« Daniel reichte ihr einen Kaffeebecher. »Alles bereit für uns?«

»Nicht so, wie ich es eigentlich wollte. Es hat eine Krise bei der Arbeit gegeben. Aber wenigstens habe ich alles sortiert.«

Daniel nickte den Männern neben ihm zu. »Sam und Jerome helfen uns heute. Das ist Ali.«

»Ma'am«, sagten sie im Chor.

»Machen wir gern«, ergänzte Sam. »Zeigen Sie uns nur, was zu tun ist.«

Sie trat zurück und führte sie durch ihr schlagartig winziges Apartment. Im Schlaf- und im Wohnzimmer war alles verpackt, doch es waren noch einige Sachen in den Küchenschränken. Jerome ging nach unten, Kartons und Klebeband holen, während Sam sich bei den Möbeln ans Werk machte. Er schob Sofa und Couchtisch in die Zimmermitte.

»Ich sollte irgendwas tun«, sagte Ali zu Daniel.

»Trink deinen Kaffee.«

»Okay, ich sollte mehr tun.«

»Die haben alles im Griff.«

Das hatten die beiden Männer tatsächlich. Sam begab sich in die Küche. Fachmännisch packte er Geschirr und Gläser ein, wobei er alles Zerbrechliche sorgsam in reichlich Papier einwickelte. Kartons wurden zugeklebt, beschriftet und im Wohnzimmer aufgestapelt. Derweil hüllte Jerome das Sofa in Plastikfolie. Er nahm den Couchtisch auseinander und wickelte auch die Teile ein, ehe er mit den Lampen genauso verfuhr. Um zehn Uhr war alles, was sie besaß, ordentlich gestapelt oder in Kartons verpackt. Die Jungs fingen an, alles in den Transporter zu verladen, den Daniel gemietet hatte.

Als die Räume leer waren, staubsaugte Ali den Teppichboden. Den Kühlschrank und den Tiefkühler hatte sie bereits abgeseift und einige Tage zuvor schon das Bad gründlich geschrubbt. Es dauerte nicht lange, bis alles erledigt war. Dann stand sie in ihrem bisherigen Zuhause und fragte sich, wann alles schiefgegangen war.

»Ma'am«, sagte Jerome von der offenen Wohnungstür. »Wir haben alles eingeladen.«

Sie lächelte. »Sie dürfen wirklich Ali zu mir sagen.«

»Ja, Ma'am. Wenn Sie dann so weit sind.«

Sie schaute sich um. »Ich war unsicher, ob es schwierig wird, hier auszuziehen, oder nicht.«

»Ist es schwierig?«

Sie holte tief Luft. »Eher traurig, glaube ich. Neu anzufangen ist nicht leicht, selbst wenn es das Richtige ist.«

»Das stimmt, aber wenn Sie nicht neu anfangen, hängen Sie da fest, wo Sie sind. Manchmal ist das schlimmer.«

Sie fragte sich, von wo aus Jerome neu anfing. Nicht dass sie es ihn direkt fragen würde. Seine harte Arbeit mit Neugier zu vergelten, schien ihr unhöflich.

»Vielen Dank für Ihre große Hilfe, Jerome.«

»Gern geschehen, Ma'am.«

Sie stemmte die Hände in die Hüften. »Im Ernst? Sie wollen meinen Namen nicht aussprechen?«

Anstatt zu antworten, zwinkerte er ihr zu und ging weg. Ali sah sich noch ein letztes Mal um, ehe sie auf den Flur trat und die Tür hinter sich abschloss. Sie ging zum Verwaltungsbüro, wo sie den Schlüssel abgab, und anschließend zu ihrem Wagen, um zu Daniel zu fahren. Und – was einzig ein Optimist behaupten würde – zum Rest ihres Lebens.

16. KAPITEL

Das Ausladen bei Daniel war schnell getan. Die Möbel und Kartons zum Einlagern wurden auf den letzten Stellplatz in der Garage verfrachtet, wo danach noch reichlich Raum blieb. Jerome und Sam trugen die anderen Kartons in die Räume, die Ali nutzen würde. Sie und Daniel brachten die Kleidung hinein, die sie auf den Bügeln gelassen hatte. Es war noch nicht mal Mittag, als der Umzug erledigt war.

»Lass mich den Transporter und die Jungs bezahlen«, sagte sie, als sie fertig waren.

Daniel schüttelte den Kopf. »Alles schon geregelt. Sam und Jerome arbeiten für mich, also werden sie von der Firma bezahlt, und den Transporter habe ich von einem Freund geliehen. Für den bezahlen wir nichts.«

Sie bestand darauf, jedem der Jungs vierzig Dollar zu geben. Daniel holte Sandwiches, während sie anfing, sich in dem großen Schlafzimmer und dem Bad einzurichten. Als er zurückkam, stellte er das Essen auf ihre Kommode und verschwand.

Das Auspacken ging schneller, als sie erwartet hatte. Sie hatte hier mehr Schrank- und Schubladenplatz als je zuvor, was es supereinfach machte, ihre Sachen einzuräumen. Das Bad bot haufenweise Stauraum, und alles andere – ihr Laptop, der Rechnungsordner und das Scheckbuch – kam in den Schreibtisch. Sie hatte sogar einen kleinen Wäscheschrank mit reichlich Bettwäsche und Handtüchern. Nachdem sie ihr Bett bezogen und eine hübsch gemusterte Decke am Fußende drapiert hatte, klappte sie ihren Laptop auf und sah in ihre E-Mails.

Nichts außer einigen Werbe-Mails. Ihr Handy war ebenfalls stumm. Keine Textnachricht von irgendwem. Sie schickte Finola und Zennie jeweils einen »Ich denk an euch«-Text, dann stand sie in ihrem neuen Wohnzimmer und überlegte, was sie nun tun sollte. Und die nächsten fünfzig Jahre.

Es war eine ziemlich beängstigende Frage. Was sollte sie machen? Natürlich musste sie sich eine eigene Wohnung suchen, aber was stellte sie mit dem Rest an? Es gab keinen Glen mehr, keine Hochzeit, keine noch zu zeugenden Kinder. Wollte sie wieder anfangen, sich zu verabreden? Den Job wechseln? Aufs College gehen und einen Abschluss machen? Sport treiben?

Sie sagte sich, dass ihre Mini-Lebenskrise dem Aufruhr der letzten Wochen zu verdanken war. Nun würde sie sich ein bisschen Zeit lassen, zur Ruhe zu kommen, und sich einen Plan überlegen.

Sie schlenderte in die Küche, nahm sich ein Glas Wasser und beschloss, das Erdgeschoss zu erkunden. Das dürfte erlaubt sein. Es überraschte sie, Daniel lesend im Wohnzimmer anzutreffen. Und nicht auf einem Tablet; der Mann hielt ein Buch in den Händen.

Er blickte auf, als er sie bemerkte. »Alles ausgepackt?«

»Ja, das war leicht. Da ist jede Menge Stauraum. Von einer kleinen Wohnung in eine größere umzuziehen, ist wesentlich einfacher als andersherum. Vielen Dank noch mal, dass du mich hier wohnen lässt. Ich bin sehr froh, eine Übergangslösung zu haben.«

Er legte sein Buch hin und bedeutete ihr, sich zu setzen. »Es wird ein wenig dauern, bis du dich hier eingewöhnt hast«, sagte er.

»Ich glaube, das gilt für uns beide.« Sie lächelte. »Du kommst mir nicht wie der klassische WG-Typ vor.«

Bei seinem Lächeln vollführte ihr Magen alle erdenklichen Purzelbäume.

»Ich habe da so meine Erfahrungen.«

»Und ich rede von Mitbewohnern, nicht von festen Freundinnen.«

»Weiß ich.« Er wurde ernst. »Ali, ich habe ernst gemeint, was ich sagte. Ich möchte, dass du dir Zeit lässt, eine Wohnung zu finden. Hier bist du so lange willkommen, wie du brauchst.«

»Das ist sehr nett. Ich werde ein paar Wochen warten und mir dann einen Plan überlegen. Aber ich will nicht, dass du mich leid wirst.«

Etwas blitzte in seinen Augen auf, das sie nicht definieren konnte, von dem sie jedoch auch nicht glaubte, dass es schlecht war.

»Das Risiko ist gleich null«, sagte er. »Du bist stark. Du wirst schon lange vorher entschieden haben, was du willst.«

»Du hältst mich für stark? So siehst du mich?«

»Natürlich. Sieh dir an, was du die letzten Wochen durchgemacht hast. Du hattest ein paar üble Tage, als du das von Glen erfahren hast, und dann hast du alles in den Griff bekommen.«

»Eigentlich bin ich komplett zusammengebrochen und habe einen Wildfremden um Hilfe gebeten.«

Sein Lächeln wurde milder. »Du hast dich an Freunde gewandt, was das Gesündeste ist.«

»Du stellst mich viel besser dar, als ich bin.«

»Ist das schlimm?«

»Nein, es ist nett. Ich bin nur …« Sie wandte den Blick kurz ab. »Ich werde etwas sagen, und ich möchte, dass du mir zuhörst, aber nicht urteilst.«

»Ich denke nicht, dass ich je über dich geurteilt habe.«

Sie zögerte. »Ich bin nicht sicher, ob ich Glen richtig geliebt habe.«

Daniel sagte nichts und seine Miene verriet nicht, was in ihm vorging.

»Als er mich fallen ließ, war ich so wütend, so verletzt und beschämt, und ich musste eine Hochzeit absagen.« Sie rang die Hände. »Seitdem bin ich nur mit der Arbeit, der Wohnungssuche und der Hilfe bei meiner Mom und so beschäftigt. Ich bin immer noch stinksauer auf ihn, halte ihn für einen Idioten und kann nicht fassen, dass ich so blöd war, mich in ihn zu verlieben. Aber ich sehne mich nicht nach ihm oder denke an das, was wir hätten haben können, hätte er mich nicht abserviert.«

»Ist das schlecht?«

»Nein, aber ich begreife es nicht. Meine Schwester ist verzweifelt wegen dem, was in ihrer Ehe passiert ist. Sollte ich mich nicht mindestens ein bisschen so fühlen? Und wenn ich es nicht tue, warum wollte ich ihn dann überhaupt heiraten?«

»Du warst in einer Beziehung, und die hatte sich weiterentwickelt. Das ist recht natürlich.«

»Ja, vielleicht. Was ich nicht begreife, ist, wo alles entgleist ist.«

Sein Blick wurde strenger. »Du weißt, was auch immer schiefgegangen ist, ist seine Schuld. Du hast überhaupt nichts getan. Glen ist derjenige, der weggegangen ist.«

»Offensichtlich hat er mich nicht geliebt, und obwohl es wehtut, das zu sagen, zerbricht es mich nicht. Ich fühle im Grunde gar nicht viel. Also, was ist passiert? Habe ich mir etwas vorgemacht? Habe ich mich für den Weg des geringsten Widerstandes entschieden? Ich möchte kein oberflächlicher Mensch sein.«

»Bist du nicht. Ali, du hast ihm geglaubt, ihm vertraut, und er hat dich betrogen. Vielleicht warst du nicht so verliebt in ihn, wie du gedacht hast, aber das macht dich meiner Meinung nach nicht zu einem oberflächlichen Menschen. Manchmal wächst Liebe mit der Zeit und manchmal verblasst sie. Vielleicht ist deine Liebe verblasst.«

»Du drehst das sehr nett hin, bedenkt man, dass ich ihn heiraten wollte«, sagte sie, streifte ihre Schuhe ab und winkelte die Beine an. »Ich denke, am Anfang war ich beeindruckt von Glen. Nicht verrückt nach ihm, aber ich mochte ihn, und dann, als die Beziehung ihren Lauf nahm, bin ich eben dabeigeblieben. Ich dachte, dass er ein netter Kerl ist, der mich mag, das war verlockend.« Wieder zögerte sie. »Ich bin kein sehr sichtbarer Mensch.«

»Was soll das heißen?«

»Als Kind wurde ich oft übersehen. Meine Mutter war ganz auf Finola fixiert, und Zennie war der Liebling meines Vaters. Für mich war keiner mehr übrig.« Sie seufzte. »Das klingt so dramatisch, aber es ist wahr. Ich hatte Freunde und so, doch …« Sie sah ihn an. »Zu erbärmlich?«

»Überhaupt nicht. Wir alle sind das Produkt unserer Erziehung. Wären deine Eltern anders gewesen, wärst du anders.«

»Ich hatte schon früher feste Freunde, allerdings nichts richtig Ernstes. Glen hat mich bei einer Spendenveranstaltung meiner Schwester bemerkt. Er war direkt auf mich zugekommen und hat mit mir gesprochen. So etwas war mir noch nie passiert. Er war witzig und hatte einen guten Job.«

Sie rümpfte die Nase. »Das ist nicht sehr romantisch, oder? Müsste ich nicht sagen, dass er mich umgehauen hat? Dass ich mir ein Leben ohne ihn nicht vorstellen konnte? Wollte ich mit ihm zusammen sein, weil wir einfach in dem Stadium waren? Ich meine, er hat mit mir Schluss gemacht, warum hatte er mir da vorher überhaupt einen Antrag gemacht?« Sie sah Daniel an. »Ich habe mal einen Comedian im Fernsehen gesehen, der meinte, die Leute würden heiraten, wenn sie eine Phase in ihrer Beziehung erreichen, in der sie sich nichts mehr zu sagen haben. Also sagt einer von beiden, lass uns heiraten, und schon haben sie jede Menge Gesprächsstoff. Ich will nicht, dass es das war.«

»War es nicht.«

»Wie kannst du dir da sicher sein?«

»Weil ich dich kenne. Du hast gewollt, was sich die meisten Leute wünschen – eine Beziehung. Einen Partner, der deine Liebe erwidert und da ist, wenn du ihn brauchst. Du wolltest Teil von etwas sein, lieben und geliebt werden. Du wolltest Kinder.«

Sie lächelte. »Offensichtlich hat Glen mehr über mich geredet, als ich dachte. Du hast recht. Ich habe mir all das gewünscht. Ich wollte wie alle anderen sein. Nicht berühmt oder irgendwas Aufregendes. Ich wollte einfach nur dazugehören.«

Sie fühlte, dass Tränen in ihren Augen brannten. »Weißt du was? Es fehlt mir. Ich vermisse Glen nicht, aber mir fehlt es, eine Hälfte von einem Paar zu sein. Ist das irre?«

»Ich denke, es ist normal.«

Sie lachte gequält. »Du bist wirklich gut zu mir, Daniel. Danke.«

»Gerne.« Er sah sie an. »Du hast nichts falsch gemacht – das weiß ich. Ich war schon mal verheiratet. Wir sind die Beziehung mit den besten Absichten eingegangen, und dann lief alles schief. Ich kann nicht behaupten, dass sie eine Bitch war, weil es nicht stimmt, und ich bin nicht fremdgegangen, habe keine Drogen genommen oder auch nur zu viel mit meinen Freunden abgehangen. Wir waren schlicht nicht glücklich miteinander.«

»Wir beide wissen, dass Glen nicht glücklich mit mir war.«

»Wir beide wissen, dass Glen ein Arsch ist.«

Sie grinste. »Ja, das auch. Okay, reden wir über etwas anderes. Arbeiten Jerome und Sam wirklich für dich?«

»Klar. Warum?«

»Ich weiß nicht. Sie waren sehr höflich, aber sie kamen mir nicht wie die typischen Motocross-Typen vor, ich weiß nicht genau, warum.«

Er überraschte sie, indem er den Blick abwandte. »Ich, ähm, habe einige Mitarbeiter, die, äh …«

Sie nahm die Füße vom Sessel und rückte auf die Kante vor. »Was? Sind sie Undercover-Polizisten oder so?«

»Nein, sie sind in einem staatlichen Programm zur Wiedereingliederung von Ex-Häftlingen. Ich stelle regelmäßig ein paar von den Jungs aus dem Lockerungsvollzug ein.«

Sie merkte, dass ihr der Mund offen stand, und schloss ihn. »Wirklich?«

»Du bist nicht in Gefahr gewesen.«

»Den Eindruck hatte ich auch gar nicht. Das ist echt cool. Also hilfst du ihnen.«

»Ja.«

»Warum?«

Er hob und senkte eine Schulter. »Ich habe eine Menge Chancen bekommen, da scheint es vernünftig, etwas zurückzugeben.«

»Einfach so?«

Er nickte.

»Wow. Glen wollte nie mehr als zwölf Prozent Trinkgeld geben, was mich immer genervt hat. Manchmal habe ich mich zurückgeschlichen und mehr hingelegt. Wie kommt es, dass ihr beide so verschieden seid?«

»Ich habe keine Ahnung.«

»Versteh mich nicht falsch, aber ich bin ziemlich sicher, dass ich dich lieber mag.«

Das sexy Grinsen war wieder da.

»Ich mag dich auch lieber als Glen.«

Ali lachte. Ein Resozialisierungsprogramm. Daniel war wirklich ein cooler Typ.

»Mir haben ihre Tattoos gefallen. Ich dachte, dass ich mir vielleicht auch eins zulegen sollte. Der einzige Haken ist, dass die mit Nadeln gemacht werden, oder?« Sie erschauderte. »Ich habe schon Probleme, mich gegen Grippe impfen zu lassen.«

»Dann solltest du die Tattoo-Sache lieber vergessen.«

»Du hast einige.« Glen hatte es erwähnt – abfällig.

»Ein paar.«

Er trug ein T-Shirt und eine Jeans, und soweit sie es sehen konnte, war keine Tinte auf seinen Armen.

»Wo? Oh nein, sag mir bitte nicht auf deinem Hintern! Das würde alles ändern.«

»Nicht auf meinem Hintern. Und vielleicht ein anderes Mal.«

Was hieß das? Dass sie an Stellen waren, die man gewöhnlich nicht in der Öffentlichkeit zeigte? Die Vorstellung, Daniels Körper zu erkunden, nach den Tattoos zu suchen, war zweifellos reizvoll. Seine Haut wäre warm, seine Muskeln straff. Was würde passieren, wenn sie aufstünde und sich neben ihn setzte, um dann ihre Hände …

Schluss, befahl sie sich streng. Sie musste aufhören. Es wäre gruselig, ihm seine Großzügigkeit so zu vergelten. Wenn sie ihn anbaggerte, würde es ihre Dynamik komplett verändern. Schlimmer noch, er hätte Mitleid mit ihr, das könnte sie nicht ertragen.

»Das geplante Hochzeitsdatum naht.«

Diese Bemerkung war ganz und gar nicht, woran sie gerade dachte, und Ali brauchte einen Moment, um zu begreifen.

»Ja, tut es.«

»Wir sollten uns für den Tag was vornehmen. Vielleicht irgendwas, das du noch nie gemacht hast.«

»Wie Fallschirmspringen?«

»Ich hatte an etwas Bodenständigeres gedacht, aber ja.«

»Den Termin morgen bei der Kosmetik und dem Friseur habe ich behalten, weil ich dachte, dass ich mich vielleicht verwöhnen lassen will. Doch danach habe ich Zeit. Was schwebt dir vor?«

»Eine Unterrichtsstunde in Geländefahren und ein Dinner.«

Nett, ja, wirklich nett, dachte sie. Wäre sie gewillt, sich auch nur ein bisschen dumm zu verhalten, würde sie sich ihm so was von an den Hals werfen. Es war absolut unwiderstehlich, dass er anbot, ihren Beinahe-Hochzeitstag mit ihr zu verbringen.

»Geländefahren und Dinner klingen perfekt«, sagte sie. »Vielen Dank. Aber danach musst du wieder in dein richtiges Leben zurückkehren und aufhören, dich um mich zu sorgen. Mir geht es gut.«

Seine dunklen Augen waren auf ihr Gesicht gerichtet. »Ali, dir ist bewusst, dass ich gern Zeit mit dir verbringe, oder?«

»Ähm, klar. Aber du musst dich nicht, na ja, um mich kümmern oder so.«

Lag es an ihr oder wurde die Atmosphäre merkwürdig?

»Also haben wir einen Plan für deinen Hochzeitstag«, bestätigte er.

»Haben wir. Ich werde wie eine Prinzessin aussehen, wenn ich von meinem Kosmetiktermin komme, und dann kannst du mich schmutzig machen.« Sie verzog das Gesicht. »Ähm, du weißt, was ich meine.«

Er zog einen Mundwinkel nach oben. »Ja, weiß ich.«

»Super.« Sie zeigte zum hinteren Ende des Hauses. »Ich werde jetzt würdevoll von der Bildfläche verschwinden, solange ich noch kann.«

Er lachte. »Ist wohl eine gute Idee.«

Finola wurde ihre Müdigkeit nicht los. Ihre Tage waren nicht länger als sonst, und der Weg zur Arbeit war sogar kürzer, dennoch schien ihre allgegenwärtige Erschöpfung eher schlimmer zu werden.

Sie wusste, dass es eine Kombination aus Stress und emotionalem Schmerz war. Die Nachrichten über Nigel und Treasure waren in sämtlichen Klatschblättern, und sie wurde praktisch belagert. Das Studio hatte mehr Security-Kräfte eingestellt, um die Fotografen auf Abstand zu halten, und sie wurde mit Interview-Anfragen bombardiert. Ihre Produzenten wollten eine Besprechung, und ihre Agentin war sauer, weil sie nicht früher davon erfahren hatte. Und sie hatte ja recht. Finolas einzige Ausrede war, dass sie sich gewünscht hatte, alles würde verschwinden.

Sie fuhr zu ihrer Mutter und parkte in der Garage. Mary Jo arbeitete heute länger in der Boutique, deshalb hatte sie das Haus für sich. Sie ging durch die Küchentür hinein und blieb stehen, um den vertrauten Duft einzuatmen. Anscheinend hatte jedes Haus seinen eigenen Geruch. Dieser war eine Mischung aus vielen Jahren Limonen-Politur und einem Hauch vom Parfüm ihrer Mutter.

Finola erinnerte sich nicht genau, wie alt sie gewesen war, als ihre Mutter und sie hier einzogen. Es war sicher nach der Heirat von Mary Jo und Bill, also war sie damals ungefähr sechs oder sieben. Sie hatte das Haus geliebt – ein eigenes Zimmer zu haben und einen großen Garten mit einer Schaukel, die von den Vorbesitzern stammte. Sie war ziemlich sicher, dass ihre Mutter zu jener Zeit schwanger gewesen war. Sie hatte sich darauf gefreut, dass noch ein Kind im Haus wäre. Als Einzelkind war man einsam.

Finola ging durch die Küche ins Wohnzimmer. Das Haus war so normal, so durchschnittlich. Es war für eine Familie erbaut worden. Sie hatte hier gewohnt, war hier aufgewachsen und von hier ans College gegangen. Es machte ihr nichts aus, dass ihre Mutter es nun verkaufte, nur war deren Umzug eine weitere Veränderung, mit der sie umgehen musste.

Sie blickte zum abgewetzten Sofa und dem kleinen Zweisitzer, den zum Couchtisch passenden Beistelltischen. Dieser Stil war überhaupt nicht ihrer, doch er war vertraut und gemütlich.

Nigel wollte nicht mehr mit ihr zusammen sein. Dieser Wahrheit konnte sie nicht ewig ausweichen. Sie konnte um sie herumtänzeln, schreien, weglaufen, sich sogar verstecken, aber sie konnte sie nicht ändern. Es würde kein Baby geben, kein Glücklich-bis-ans-Ende-aller-Tage. Mit seiner Affäre hatte er ihre Zukunft weggeworfen, und soweit sie es beurteilen konnte, hatte er keinen Gedanken an die Folgen verschwendet.

Sie wollte sagen, dass Treasure ihn verhext hatte, dass er unter irgendwelchen Sex-Drogen stand und eines Tages wieder zu sich käme. Sie wollte glauben, dass Beratung, Therapie und vielleicht irgendein Entzugsprogramm ihren alten Ehemann zurückbringen könnten. Das einzige Problem war, dass sie tief im Innern wusste, er würde es nicht wollen. Nigel mochte, wer er bei Treasure war, und mit so jemandem könnte sie nicht zusammen sein.

Sie hatte versucht, seinen Vorwurf wegen ihrer Beischlaf-Kalendereinträge nicht an sich heranzulassen. Doch warum waren die so schrecklich? Wieso machten sie diese Einträge zu einem schlechten Menschen? Sie waren sehr beschäftigt gewesen. Ja, sie liebten sich, aber nach so vielen Jahren Ehe war es schlicht schwierig, immer die Zeit zu finden. Also hatte sie dafür gesorgt, dass sie das Liebemachen nicht vergaßen. War sie deswegen eine schlechte Ehefrau?

In Nigels Augen hatte sie ein unverzeihliches Verbrechen begangen, und dann kreuzte Treasure auf … Finola war unsicher, ob er sich rächen wollte, keinen Grund sah, der Versuchung zu widerstehen, oder beides.

Ihr Zimmer mit dem großen Erkerfenster und dem begehbaren Kleiderschrank ging nach vorn raus. Ihr breites Bett, die Kommode und der Schreibtisch standen am selben Platz wie immer. Es hingen Poster an den Wänden, doch bei ihr waren es nie welche von Filmstars oder Rockbands gewesen. Stattdessen waren es Bilder von Jane Pauley, Andrea Mitchell, Diane Sawyer und Elizabeth Vargas. All ihre Heldinnen. Während ihre Freundinnen vor E! klebten, hatte sie die Nachrichten geschaut.

Auf den Regalen drängten sich ihre Auszeichnungen von der Highschool und dem College. Sie hatte hart gearbeitet, um eine gute Journalistin zu werden. Als sie ihren ersten Job als Fernsehreporterin in Bakersfield ergatterte, hatte sie gewusst, dass sie es weit bringen würde. Das Angebot von einem Sender in L. A. war sogar noch aufregender gewesen. Die Moderation von *AM SoCal* hatte sie in eine andere Richtung geführt, aber sie war eine Herausforderung. Alles war großartig gewesen, und dann geriet ihre ganze Welt aus den Fugen.

Sie ging hinüber zum Schreibtisch, wo bereits ihr Laptop stand. Daneben war die Post, die sie vom Haus abgeholt hatte. Sie sah die Handvoll Rechnungen und die Werbesendungen durch und entdeckte einen dicken Umschlag. Sie riss ihn auf und stöhnte, als sie die Einladung sah.

Die Spendengala zugunsten krebskranker Kinder war eine

große Sache. Der hiesige Sender war einer der Sponsoren. Es war ausgeschlossen, nicht hinzugehen, und sie könnte unmöglich mit Nigel gehen.

Sie sank auf den Stuhl und bedeckte ihr Gesicht mit den Händen. Was war aus ihren Hoffnungen und Träumen geworden? Wie konnte sie ohne Vorwarnung alles verlieren? Und warum wünschte sie sich so verzweifelt ihren Mann zurück, obwohl sie wusste, dass es vorbei war?

»Ich kann das«, murmelte Zennie vor sich hin. Seit der künstlichen Befruchtung waren zwei Wochen und ein Tag vergangen. Sie hatte ein großes Glas Wasser getrunken, drei unterschiedliche Schwangerschaftstests in ihrem Bad ausgelegt und wartete darauf, dass sie pinkeln musste.

Sie fühlte sich gut. Nicht schwanger oder irgendwie anders, nur gut. Sie hatte sich an die Ernährungsvorgaben in der Broschüre gehalten, viel Wasser getrunken und ihre Vitamine genommen, auch wenn es sich eher wie gespielt anfühlte als zu einem bestimmten Zweck. Sie fragte sich, ob sich »richtige« Mütter anders fühlten, wenn sie darauf warteten, die gute Neuigkeit herauszufinden.

Während sie in ihrem Apartment umherwanderte, versuchte sie, nicht daran zu denken, dass sie irgendwann ins Bad müsste. Nach einigen Minuten, in denen sie sich durch die Fernsehkanäle schaltete, blieb sie bei einer »Love It or List It«-Folge auf HGTV hängen. Eine halbe Stunde später stand sie in der Werbepause auf und ging ins Bad. Erst als sie die säuberlich aufgereihten Stäbchen sah, wurde ihr bewusst, dass sie die Tests für eine Weile erfolgreich verdrängt hatte.

»Das ist lächerlich«, murmelte sie, lachte und machte sich bereit.

Sie folgte den Anweisungen, und als sie fertig war, legte sie die Stäbchen auf ein Papiertuch und wartete. Es dauerte nicht lange, bis sie sich veränderten. Jeder Test hatte eine andere

Anzeige, aber die Ergebnisse waren identisch. Den Stäbchen zufolge war sie schwanger.

Zennie stand in ihrem kleinen Bad und war unsicher, was sie denken sollte. Sie betrachtete ihr Spiegelbild und stellte fest, dass ihre Augen weit aufgerissen waren und sie ziemlich verängstigt aussah. In ihr wuchs ein Baby heran. Heiliger Kuhmist!

Sie holte ihr Telefon, machte ein Foto von den Stäbchen und schickte es mit einer Textnachricht an Bernie. Fast sofort klingelte ihr Handy.

»Ich wusste, dass du es heute machst«, sagte ihre Freundin, deren Stimme belegt vor Rührung war. »Ich habe es einfach gespürt. Wirklich? Ist es wahr?«

»Ich kann nur sagen, was die Stäbchen anzeigen.«

»Oh mein Gott!«, rief Bernie. »Wir bekommen ein Baby!«

Zennie grinste. »Scheint so.«

»Ich komme gleich vorbei.«

»Ich bin zu Hause. Soll ich die Stäbchen aufbewahren, oder kann ich …«

»Wag es ja nicht, die wegzuwerfen! Ich will sie für immer behalten.«

»Dir ist klar, dass ich da raufgepinkelt habe, oder?«

»Ja, weiß ich, und ich bin so glücklich. Gib mir fünfzehn Minuten. Vielleicht zwanzig.«

Zennie grinste noch, als sie auflegte.

Sie steckte die Stäbchen in einen Klarsichtbeutel und überlegte, was sie tun könnte, solange sie wartete. Bevor sie sich entschieden hatte, war Bernie schon vor der Tür.

Ihre Freundin stellte ihre Tasche und eine Einkaufstüte auf den Boden und umarmte sie.

»Danke«, sagte Bernie und drückte sie so fest, dass sie keine Luft bekam. »Danke, danke, danke. Ich würde dich sowieso immer lieben, aber jetzt liebe ich dich noch mehr.«

Lachend erwiderte Zennie die Umarmung. »Ich freue mich auch, ehrlich.«

»Yippie!« Bernie trat einen Schritt zurück. »Ich habe dir ein paar Geschenke mitgebracht.« Sie nahm die Einkaufstüte auf und zog ein Glas eingelegte Gurken heraus.

Zennie schmunzelte. »Ein Klischee, aber sehr gut.«

Außerdem hatte ihre Freundin noch einen großen Becher Chocolat-Chip-Eis und zwei Exemplare eines dicken Buches dabei.

»Das lesen wir zusammen«, sagte Bernie und reichte ihr ein Exemplar. »Jeder sagt, man muss es gelesen haben. Es behandelt die Schwangerschaftsmonate einzeln. Ich stelle einen Plan auf, damit wir gleichzeitig lesen. Das wird klasse.«

Zennie nahm das Buch und blätterte hinein. Wie Bernie gesagt hatte, gab es zu jedem Monat ein Kapitel mit einer Illustration, wie groß das Baby war, sowie jeder Menge Fragen und Antworten. Das Wort *Hämorrhoiden* fiel ihr ins Auge, rasch klappte sie das Buch zu.

»Danke. Ich fange noch heute an zu lesen.«

»Ich auch. Hayes ist superaufgeregt. Ich habe ihn von unterwegs angerufen. Wir möchten dich heute Abend zum Essen einladen. Es gibt ein tolles neues vegetarisches Restaurant, in dem kein Alkohol ausgeschenkt wird, also hast du nicht das Gefühl, irgendwas zu verpassen. Achte nur darauf, dass du reichlich Proteine zu Mittag isst; die müssen für den Tag reichen. In dem Restaurant haben sie großartige Käsegerichte, sprich: Für Kalzium ist gesorgt.« Abermals umarmte Bernie sie. »Das wird so klasse!«

»Mhm.«

Zennie sagte sich, dass es das würde. Dass es keinen Grund gab, sich überwältigt, verwirrt oder nur ein kleines bisschen skeptisch zu fühlen. Natürlich war Bernie aufgeregt, und sie selbst musste erfahren, was mit ihrem Körper geschah. Mehr Informationen waren immer besser als weniger.

»Dann Abendessen heute?«, fragte Bernie.

»Unbedingt. Ich freue mich darauf.«

»Kein heißes Date?«

»Weißt du doch. Kein Typ will etwas mit einer Schwangeren, und mir geht es gut so.« Zennie lachte. »Das beste erste Date seit Monaten hatte ich mit einer Frau. Was verrät das über mich?«

»Dass diese Schwangerschaft sein sollte. Wärst du bei Clark geblieben, wäre er gekränkt und würde dir wegen dem hier Vorwürfe machen.«

Diese Bemerkung überraschte Zennie. »Nein, das glaube ich nicht. Ich meine, wir hatten uns ja gerade erst kennengelernt, doch so ist Clark nicht. Er hätte mich eher unterstützt.«

»Entschuldige.« Bernie berührte sie am Arm. »Ich wollte auch nichts unterstellen. Ich meine nur, dass es jetzt kein Problem mehr ist.«

Zennie zog es tatsächlich vor, allein und nicht in einer Beziehung zu sein, aber sie war nicht sicher, ob ihr gefiel, dass Bernie dachte, eine Beziehung würde ein Hindernis für ihre Leihmutterschaft darstellen.

»Demnach ist es besser, dass ich allein bin, damit ich mich konzentrieren kann?«

Bernies Unterlippe bebte. »Es tut mir leid, Zennie. Ich drücke alles ganz falsch aus.«

Zennie schüttelte den Kopf und nahm ihre Freundin in die Arme. »Nein, tust du nicht. Ich mache das, entschuldige. Ich weiß nicht, was ich rede.« Sie begann zu lachen. »Müssen die Hormone sein.«

»Im Ernst?«

»Bin ich etwa nicht deine vernünftigste Freundin?«

»Bist du.« Bernie drückte sie. »Du bekommst wirklich unser Baby.«

»Ja, tue ich wirklich.« Sie öffnete die Wohnungstür. »Und jetzt geh mit deinem Mann feiern. Ich sehe euch beide später.«

»Ich schreibe dir noch die Zeit. Du bist die Beste! Bis dann.«

Zennie schloss die Tür hinter ihrer Freundin und setzte sich aufs Sofa. Schwanger. Sie war richtig ernsthaft schwanger und hatte keine Ahnung, was sie mit der Information anfangen sollte. Es gab so viele Leute, denen sie es erzählen musste. Unter anderem ihren Eltern. Bei der Arbeit würde sie es so lange wie möglich für sich behalten. Ali wusste von der Befruchtung, aber nicht vom Ergebnis.

Zennie nahm ihr Handy und schrieb ihrer Schwester eine Textnachricht. Anschließend saß sie da und versuchte, alles zu begreifen. Schwanger.

Ich freue mich riesig für dich, antwortete Ali. Gratuliere.

Zennie lächelte. Sie scrollte durch die Kontaktliste und stockte, als Clarks Name auftauchte. Ausgeschlossen, sagte sie sich. Sie wollte es ihm nicht erzählen. Außerdem wäre es ein bisschen zu schräg, würde sie ihm schreiben, dass sie schwanger war. Mann, was für eine wahnwitzige Idee! Warum in aller Welt sollte sie glauben …

Sie sank auf dem Sofa nach hinten und grinste. Oh ja, sie war schwanger, und es würde ein irres Abenteuer.

17. KAPITEL

Die kurzen Unterhaltungen mit den Fans nach der Show hatten Tradition. Wer sie persönlich kennenlernen wollte, blieb hinterher noch zu einem kleinen Empfang im Studio. Normalerweise genoss Finola die Zeit mit ihren Zuschauern, seit die Nachricht draußen war, widerstrebten ihr allerdings diese direkten Gespräche. Sogar das Lächeln und Händeschütteln schien riskant, und sie behielt Rochelle in der Nähe, damit die sie notfalls schnell wegbringen konnte. Doch es war über eine Woche vergangen, und niemand hatte etwas gesagt, weshalb Finola sich entspannter durch die Reihe von Fans arbeitete und Rochelle sich in die Garderobe zurückgezogen hatte.

»Danke, dass Sie gekommen sind«, sagte sie und schüttelte einem älteren Ehepaar die Hände. »Es freut mich sehr. Sind Sie von hier?«

»Ja, wir wohnen in Huntington Beach«, antwortete der grauhaarige Mann. »Da haben wir vor fast vierzig Jahren unser erstes Haus gekauft.«

Finola lachte. »Und heute ist es wesentlich mehr wert.«

»Ist es.« Er zwinkerte ihr zu. »Sie sind wirklich hübsch. In natura genauso wie im Fernsehen.«

»Oh Martin, du bist unverbesserlich.« Martins Frau verdrehte die Augen. »Als würde sie sich für einen alten Schmeichler wie dich interessieren.« Ihr Tonfall war scherzhaft und ihr Lächeln freundlich.

»Wie charmant Sie sind, Martin«, sagte Finola und lachte, bevor sie sich den nächsten Gästen zuwandte. »Hallo, vielen Dank, dass Sie zur Show gekommen sind.«

Die nächsten beiden waren dem Aussehen nach Mutter und Tochter, die Mutter Mitte vierzig und die Tochter im College-Alter.

Letztere lächelte. »Sie sind immer toll angezogen. Ich versuche, meine Mom zu überreden, dass sie sich besser kleidet, aber sie hört nicht auf mich. Machen Sie Ihr Haar selbst, oder lassen Sie es machen?«

Ehe Finola antworten konnte, verengte die Mutter ihre Augen. »Ich verstehe nicht, warum Sie Ihre dreckige Wäsche so in der Öffentlichkeit waschen müssen. Was springt für Sie dabei raus? Sind Sie süchtig nach Aufmerksamkeit? Ist Nigel deshalb weg?«

Finola empfand es wie einen Schlag, der sie bis in die Seele traf. Sie wollte weglaufen, aber es gab kein Entkommen und niemanden, der sie schützte. Sie blickte sich um. Die meisten von der Crew und die anderen Gäste waren fort. Diese beiden Frauen waren die Letzten.

»Es war nicht meine Entscheidung«, erwiderte Finola, ohne nachzudenken. Sie wusste, dass es sinnlos war, dass sie ihnen einfach fürs Kommen danken und weggehen sollte, doch sie konnte sich nicht rühren. »Weder die Affäre noch die Publicity. Fotografen stalken mich. Sie haben herausgefunden, wo ich wohne, verfolgen mich in ihren Wagen, sodass ich mich unsicher fühle und Angst habe. Es ist ein erniedrigender Albtraum.«

Sie sagte zu viel, schien sich jedoch nicht bremsen zu können. Diese Frau sollte wissen, dass alles allein Nigels Schuld war. Seine und die dieser Hure Treasure. Sie war die Unschuldige. Sie hatte nichts falsch gemacht.

Genau das wollte Finola sagen, doch sie schüttelte den Kopf. Sie war idiotisch. Was diese Frau von ihr hielt, war deren Sache.

Finola rang sich ein freundliches Lächeln ab und sah die beiden an. »Vielen Dank, dass Sie gekommen sind. Ich hoffe, Sie haben die Show genossen.«

Dann drehte sie sich um und ging zum Korridor, wo Leute waren, die verhindern würden, dass ihr die furchtbare Frau folgte.

Im Weggehen hörte sie die Tochter sagen: »Mo-om, was sollte das denn? Das war richtig unverschämt.«

»Die hält sich für sonst was, weil sie im Fernsehen ist.«

»Sie macht ihren Job!«

»Und sie hat sich den ausgesucht.«

Finola ging um die Ecke und hörte nichts mehr. Sie eilte direkt in die Garderobe. Drinnen schloss sie die Tür und lehnte sich dagegen, als ließen sich so alle anderen aussperren.

Rochelle blickte von ihrem Laptop auf. »Alles okay?«

»Ja, natürlich. Es sind nur die Fans. Du weißt ja, wie die sein können.«

Rochelle musterte sie. »Hat jemand was gesagt?«

Finola winkte ab, als könnte sie die Frage wegschlagen. »Haben wir die Segmente für die Shows nächste Woche?«

»Tja, das klingt für mich wie ein Ja.«

»Es spielt keine Rolle. Wir können diese Dinge nicht verhindern. Jeder hat eine Meinung, auch wenn ihnen Nigel und ich, sogar Treasure, im Grunde egal sind. Wir sind im Moment interessant. Nächste Woche werden sie sich alle einen Clip von einem surfenden Hund ansehen.«

»Weißt du, wie viele Zuschauer du gehabt hast?«, fragte Rochelle leise. »Bei dem Clip mit Treasure?«

»Na, sag schon.«

»Über zwei Millionen.«

Finola sank auf das Sofa. »Wir sind schlicht nicht so interessant. Wie kann das irgendwen kümmern?«

Sie erwartete keine Antwort, und Rochelle sagte nichts. Finola schloss die Augen. »Reicht es nicht, dass wir Meetings hatten zum Thema, welche Segmente wir in der Show haben können und welche nicht? Meine Agentin hat mich zusammengeschrien, als sie es erfuhr. Sie hat mich daran erinnert, dass ich sie als Erste anzurufen habe, wenn so etwas passiert. Die Produzenten stecken die Köpfe zusammen und verstummen, wenn ich vorbeigehe.« Sie sah ihre Assistentin an. »Ich bin nicht die Böse.«

»Ich weiß, tut mir leid. Ich hole dir einen Tee.«

Noch durfte Finola nicht nach Hause. Sie hatte Anprobe für die Garderobe des nächsten Quartals, danach musste sie zwei Stunden zum Workout, damit sie dünn genug fürs Fernsehen blieb und attraktiv genug, sodass die Leute nicht auf den Gedanken kamen, Nigel hätte sie betrogen, weil sie eine alte Schabracke war.

»Danke«, sagte sie. »Ich schwöre, ich bekomme das hin und höre mit dem Gejammer auf.«

»Du jammerst nicht«, entgegnete Rochelle, als sie aufstand. »Finola, du machst eine Menge durch. Aber du nimmst das in Angriff, und es ist verdammt beeindruckend.«

»Danke.«

Finola sagte sich, dass sie sich an die freundlichen, bestärkenden Worte klammern würde. Sie würde stark bleiben und dies hier durchstehen, koste es, was es wolle. Und wenn alles geklärt war, würde sie …

Wenn sie ehrlich war, hatte sie keine Ahnung, was sie tun würde, aber sie war entschlossen, in Zukunft stärker zu sein. Im Feuer geschmiedet, oder wie immer das hieß. Jedenfalls war sie es gründlich leid, sich gebrochen zu fühlen.

Am Vormittag beendete Ali die halbjährliche Inventur der Mustang-Teile. Die Ablaufkontrollen, die sie vor wenigen Monaten vorgeschlagen hatte, machten sich deutlich bemerkbar. Sie hatte noch andere Ideen, die sie mit Paul besprechen wollte, sobald sie ihre Gedanken zu Papier gebracht hatte. Während sie sich einige Notizen machte, die sie später durchgehen würde, dachte sie über die Möglichkeit nach, aufs College zu gehen.

Sie war nie auf dem College gewesen, denn nachdem Finola und Zennie dort waren, hatten ihre Eltern ihr erklärt, es sei kein Geld mehr da. Sie war nicht vor Ehrgeiz übergesprudelt, etwas Bestimmtes zu tun, deshalb machte es ihr nicht allzu viel aus. Jetzt fand sie, sie hätte energischer widersprechen müssen.

Ihre beiden Schwestern hatten einen College-Abschluss und sie hatte nichts. Die beiden hatten gut bezahlte Jobs, und sie arbeitete in einem Versand für Autoersatzteile. Ja, sie hatte sich vom Lager über den Versand zur Inventarkontrolle hochgearbeitet, aber wollte sie dies hier für den Rest ihres Lebens machen? Wollte sie nicht weiterkommen, herausgefordert sein und vielleicht mehr ausrichten, als nur für genügend Scheinwerfer zu sorgen? Nicht, dass sie nicht stolz auf ihre Arbeit war, doch sah sie sich in zwanzig Jahren auch noch hier?

Ihr war bewusst, dass ihre Rastlosigkeit ebenso sehr der Trennung wie ihrem Job geschuldet war. Sie befand sich in einer Übergangsphase, was nie leicht war. Selbst gute Veränderungen stressten. Also schön, wenn sie nicht wusste, wohin es für sie gehen sollte, würde sie es eben herausfinden. Bis dahin könnte sie das Community College besuchen und mit den Grundkursen anfangen. Wenigstens würde sie sich dann vorwärtsbewegen, anstatt im Stillstand zu verharren.

Sie gab ihre Inventurergebnisse in den Computer ein und ging zum Drucker, um sich die Unterlagen zu holen. Dabei sah sie Ray, der nicht wie üblich in Jeans und T-Shirt war, sondern eine schwarze Hose, ein Oberhemd und ein Sportsakko trug.

»Ray, was ist los? Heißes Date heute Mittag?«

Er verdrehte die Augen. »Ja, Ali, ich habe ein Date.« Er zerrte an seinem Kragen. »Mann, ich hasse solche Klamotten, aber wenn es die Sache will, nicht?«

»Müsste ich wissen, was du meinst?«

Ray runzelte die Stirn. »Hast du es nicht gehört? Paul hat seine Kündigung eingereicht. Er geht endlich in den Ruhestand. Ich bewerbe mich für seine Stelle. Der Besitzer hat mich darum gebeten. Wünsch mir Glück.«

»Viel Glück«, sagte Ali automatisch. »Sag mir Bescheid, wie es gelaufen ist.«

»Klar doch.«

Ali stand wie versteinert da. Keiner hatte *sie* gebeten, sich zu bewerben. Niemand hatte ein Wort gesagt. Momentan arbeitete sie allein, aber in ihren früheren Positionen hatte sie Leute gehabt, die ihr zuarbeiteten. Wenn Paul im Urlaub war, übernahm sie für ihn, schon seit zwei Jahren. War sie nicht die offensichtlichere Nachfolgerin? Ray war mürrisch und launisch und er machte Leuten Angst. Keine tollen Management-Qualifikationen. Also warum nicht sie? War es, weil sie keinen College-Abschluss hatte? Sie war nicht sicher, wie es bei Ray aussah, aber sie glaubte, dass er einige Jahre am College gewesen sein könnte. Oder war es etwas anderes? Ihr Alter? Die Tatsache, dass sie eine Frau war? Oder war es, weil sie nie mit jemandem darüber gesprochen hatte, dass sie gern weiterkommen würde? Sie hatte nie den Wunsch nach mehr Verantwortung geäußert.

Hierauf hatte sie keine Antwort, und sie war auch nicht sicher, wo sie eine bekommen könnte. Alles, was sie wusste, war, dass sie endlich ein wenig Frieden gefunden hatte, und nun wurde alles wieder beschissen.

Am Samstagmorgen riskierte Finola einen Ausflug zum Supermarkt. Sie vermutete, den geschäftigen Kunden dort wäre egal, dass auch sie Brot und Cantaloupe kaufte – sie hatten ihre Termine einzuhalten und ihr Leben. Ihre Mutter war zur Arbeit gefahren, denn am Wochenende war allgemein viel los im Einkaufszentrum und ganz besonders in der Boutique. Junge Frauen auf der Suche nach Kleidung, die ihnen ein Gefühl von Macht gab, wären auf der Suche, und Mary Jos erfolgreicher Laden war eine feste Adresse.

Um sich abzulenken und tunlichst nicht den Tag allein und schmollend zu verbringen, schrieb Finola ihren Schwestern und lud sie zum Mittagessen ein. Zwischen ihren Antworten verging gerade genug Zeit, dass sie sich fragte, ob die zwei sich erst untereinander verständigt hatten. Sie sagte sich, dass sie paranoid war, da antworteten beide gleichzeitig und auch noch beinahe gleichlautend.

Unbedingt. Ich möchte dich sehen.

Freue mich. Ich möchte dich sehen.

Sie wusste nicht, was das sollte, aber es war mehr, als sie im Augenblick vertragen konnte, weshalb sie es ignorierte. Das war ihr neues Mantra: Ignorier es einfach. Vielleicht war es spirituell nicht ganz so heilsam, wie das Gute in der Welt zu finden oder Freundlichkeit einzuladen, doch vorerst funktionierte es, und das reichte ihr.

Sie hatte mit der Aussicht auf Besuch eingekauft und alle Zutaten für Sandwiches mit Curry-Hühnchen, grünen Salat und ihr berühmtes Basilikum-Creme-Dressing.

Sie bereitete alles vor und unternahm dann einen Spaziergang durch das Viertel. Ihr Haar hatte sie zu einem Pferdeschwanz gebunden, sie setzte eine Baseball-Mütze und eine dunkle Sonnenbrille auf und nahm an, so wäre sie nicht auf Anhieb zu erkennen. Nach drei Meilen war sie ein wenig außer Atem und fühlte sich schon viel besser. Sie duschte, zog sich an und sah nach dem Essen. Als sie eben den Tisch gedeckt hatte, traf Ali ein.

»Hey du«, sagte ihre kleine Schwester und umarmte sie fest. »Wie hältst du dich?«

»Ging mir schon besser.«

»Ja, das wette ich. Ich hasse Nigel immer noch sehr, und ich höre in meinem ganzen Leben keinen Treasure-Song mehr. Sie hasse ich auch.« Ali rieb ihr die Arme, als sie in die Küche gingen und sich an den Tisch setzten. »Ist es okay, wieder hier zu wohnen? Mom würde mich in den Wahnsinn treiben, aber ihr zwei versteht euch ja.«

»Es ist nicht ganz das, was ich mir für mich vorgestellt hatte, doch es hilft. Wie sich herausstellt, sind unsere unterschiedlichen Nachnamen gut.«

»Solange du in Sicherheit bist«, sagte Ali. Sie wirkte besorgt.

»Bin ich. Irgendwann musste es ja herauskommen. Treasure ist ein Paparazzi-Magnet, und dasselbe gilt für jeden in ihrem unmittelbaren Umfeld.« Finola kämpfte gegen Tränen an. »Ich verstehe nur nicht, warum er das getan hat. Eine Affäre ist eine Sache, aber eine Affäre mit ihr? Musste das sein? Es ist so öffentlich. Alle reden und urteilen über mich. Ich hasse es.«

Ali umarmte sie. »Ja, selbstverständlich. Es tut mir so leid. Könnte ich doch irgendwie helfen.«

»Dich heute hier zu haben, ist schon schön.«

»Gut. Das freut mich.«

Zennie kam. Sie rauschte ins Haus und wirkte so groß und fit wie immer. Sie strahlte ein Selbstvertrauen aus, das Finola stets das Gefühl gab, sie müsste härter arbeiten. Es war keine Konkurrenz, eher eine Herausforderung. Zennie könnte umwerfend sein, schien es aber nie zu wollen. Sie interessierte sich nicht für Make-up oder Kleidung, wollte nicht auffallen.

»Wie geht's?«, fragte Zennie und umarmte sie beide. Dann sah sie Ali an. »Wie verwindest du es?«

»Ich komme klar. Es wird mit jedem Tag leichter.«

In diesem Augenblick wurde Finola bewusst, dass sie Ali nicht gefragt hatte, wie es ihr ging. In gewisser Weise waren sie beide in der gleichen Situation, obwohl eine gescheiterte Ehe um einiges heftiger war als bloß eine geplatzte Verlobung. Dennoch war Ali ihre Schwester, und sie hatte sich nicht mal nach ihr erkundigt. Wie war es dazu gekommen?

»Hast du irgendwas von Glen gehört?«, fragte sie, als hätte sie sich die ganze Zeit um sie gesorgt.

»Nichts. Er hat mir den Scheck geschickt, und das war es.«

»Mistkerl«, knurrte Zennie, stellte ihre Tasche ab und setzte sich mit ihnen an den Tisch. »Er ist ein Albtraum. Und er müsste definitiv mindestens die Hälfte der Kosten übernehmen, wenn nicht alle. Er war es, der dir den Antrag gemacht und dich dann sitzen gelassen hat.«

Finola hatte nicht gewusst, dass Glen sich nicht an den Kosten für die Stornierungen beteiligt hatte. »Willst du mit einem Anwalt reden? Ich könnte dir jemanden empfehlen.«

»Nein, das ist erledigt. Ich habe mich selbst um alles gekümmert. Ich, ähm, konnte mit den meisten einen vernünftigen Deal aushandeln. Jetzt muss ich nur noch meine Kreditkartenschulden abbezahlen, ein bisschen Geld sparen und alles ist gut.« Sie zuckte mit den Schultern. »Ehrlich, ich möchte nicht darüber reden.« Sie lächelte Finola an. »Danke für die Einladung. Ich habe das Gefühl, dass wir schon länger nicht mehr alle zusammen waren.« Sie rollte mit den Augen. »Und Moms Haus auszuräumen, das zählt nicht.«

Zennie seufzte. »Das wird noch ewig dauern.« Sie sah Finola an. »Du könntest jeden Abend ein bisschen was machen. Ich meine, du bist ja hier.«

»Nein danke. Ich finde, das sollte eine Gruppenarbeit bleiben.« Finola ignorierte den Umstand, dass sie sich das letzte Mal gedrückt hatte, als sie die Sachen auf dem Dachboden sortieren wollten. »Wenn ich es allein mache, wird Mom wollen, dass ich alles nehme, und dazu wird es nicht kommen.« Sie neigte sich zu Ali. »Sie versucht, mir diese hässliche alte Uhr anzudrehen. Ich sage ihr immer wieder, dass du die Einzige bist, die sie will.«

»Sie verschenkt meine Uhr? Nein! Warum tut sie das? Ich muss mit ihr reden. Die Uhr sollte meine sein. Echt, am Ende muss ich sie noch klauen.« Ali sah zu Zennie. »Und, was gibt es bei dir Neues?«

Hätte Finola ihre Schwestern nicht angesehen, sie hätte nichts bemerkt, aber da war etwas zwischen ihnen. Während Ali sprach, zuckten Zennies Mundwinkel, als würde sie zur Rede gestellt. Zennie zögerte.

»Was?«, fragte Finola und sah beide abwechselnd an. »Ihr wisst etwas, das ich nicht weiß.«

Zennie lächelte. »Tja, witzige Sache. Ich bin schwanger.«

Diese Information kam so unerwartet, dass Finola es gar nicht recht begriff. »Du bist was?«

»Schwanger.«

»Aber du hast nicht mal eine Beziehung.«

»Ja, das stimmt. Ich kann es erklären.«

Schwanger? Zennie bekam ein Baby? Finola dachte an das Geschenk, das sie für Nigel gehabt hatte – die Sexspielzeuge und die Babyschühchen. Sie hätten gemeinsam nach Hawaii reisen sollen. Sie hätte jetzt schwanger sein müssen. Sie hätten für immer glücklich verheiratet bleiben sollen.

»Erinnerst du dich an meine Freundin Bernie?«, begann Zennie.

»Was hat sie denn damit zu tun?«

Zennie erzählte von Bernie, dem Krebs und der künstlichen Befruchtung. »Ich bin ihre Leihmutter. Ich trage das Baby aus, und wenn es geboren ist, übernehmen sie. Oh, Mom weiß nichts. Ich werde es ihr erzählen, aber ich wäre dir dankbar, wenn du nichts sagst.«

Finola konnte es nicht glauben. »Bist du wahnsinnig? Wer macht so was? Mein Gott, das kann ein juristischer Albtraum werden! Was ist, wenn sie sich trennen? Was ist, wenn einer von ihnen stirbt? Was ist, wenn mit dem Baby etwas nicht stimmt? Wer bleibt dann damit sitzen? Hast du dir das richtig überlegt? Ich weiß, dass sie deine Freundin ist, aber du machst einen Riesenfehler. Bist du sicher, dass du schwanger bist? Musst du es behalten?«

Finola verstummte, als sie bemerkte, dass beide Schwestern sie verwirrt und angeekelt ansahen.

Ali sprach als Erste: »Es ist großartig. Sie macht jemandem, den sie liebt, ein wundervolles Geschenk. Ich finde es fantastisch von Zennie, das auf sich zu nehmen.«

»Dann bist du genauso bekloppt wie sie.«

Ali zuckte zusammen, und prompt bekam Finola ein schlechtes Gewissen.

»Tut mir leid, das kam ein bisschen zu scharf heraus. Alles. Ich bin bloß überrascht. Es ist ein gewaltiger Schritt, und man muss die rechtlichen Konsequenzen bedenken.«

»Ja, muss man«, sagte Zennie kühl. »Hayes ist Anwalt. Wir sind alle Eventualitäten durchgegangen, und sie sind abgedeckt. Ich mag nicht so berechnend und egozentrisch wie du sein, aber ich bin nicht dumm. Ich weiß, dass die Möglichkeit besteht, dass etwas schiefgeht, genauso könnte auch alles gut gehen. Ich liebe Bernie und möchte ihr und Hayes helfen, ein Baby zu bekommen. Es ist vollkommen legitim, meiner Entscheidung nicht zuzustimmen, doch ich wäre dir dankbar, könntest du sie wenigstens respektieren und nicht so negativ sein.«

Beide betrachteten sie so vorwurfsvoll, dass Finola sich angegriffen fühlte.

»Natürlich. Ich wollte dich nicht beleidigen. Es ist eben ein Schock.« Sie räusperte sich. »Gratuliere. Du musst sehr aufgeregt sein.«

»Noch muss ich mich an den Gedanken gewöhnen«, gestand Zennie, die sich ein wenig entspannte. »Es ist eine Menge zu verarbeiten. Bernie hat mir ein Buch besorgt, das ich lesen soll.«

»Schwangerschaft und Geburt – Alles, was Sie wissen müssen?«, fragte Finola, die dringend die Stimmung ändern und nicht mehr die Böse sein wollte. »Davon reden alle immer, wenn wir ein Schwangerschaftssegment in der Show haben. Es soll genial sein.«

»Ja, das. Alles wird Monat für Monat beschrieben, was das Lesen einfacher macht. Bisher habe ich noch Angst, damit anzufangen, aber das sollte ich eigentlich.«

Ali lächelte. »Ich finde es so sagenhaft, dass du das machst. Es ist das Selbstloseste schlechthin, direkt auf einer Stufe mit einer Nierenspende.«

Zennie wurde rot. »Nein, so ist es auch wieder nicht.«

»Irgendwie schon.«

Finola wollte schreien, dass sie gleichfalls beeindruckt war, und Ali hatte sie immer am liebsten gemocht. Früher war Ali ihr Schatten. Ali war die, die sie bewunderte und ihr sagte, dass sie mal eine berühmte Journalistin würde, dass sie an gefährliche Orte reisen, unglaubliche Storys recherchieren und schreiben würde. Was auch Finolas Traum gewesen war. Als sie den Job beim Sender in L. A. bekam, hatte sie gehofft, tief in komplizierte Storys eintauchen zu können, die das Leben von Menschen veränderten. Stattdessen war sie die Wochenend-Moderatorin gewesen und hatte dann den Job bei *AM SoCal* bekommen. Inzwischen war es einige Zeit her, dass sie über irgendwas berichtet hatte.

»Ich hoffe für dich, dass alles gut geht«, sagte Finola und rang mit einem säuerlichen Geschmack im Mund.

Zennie lächelte. »Wird es sicher. Also, was gibt es zum Mittag?«

Sie aßen Sandwiches und redeten über alles, von der Arbeit bis hin zum Entschluss ihrer Mutter, in ein Cottage am Strand zu ziehen.

»Die Pendelei zur Boutique und zurück wird furchtbar«, sagte Ali. »Jetzt muss sie nur von Burbank nach Sherman Oaks, aber vom Strand aus ins Valley zu kommen, wird ein Albtraum.«

Finola stimmte ihr zu. Diese Legende vom »gegen den Strom fahren« war Unsinn – jedenfalls in L. A.

»Vielleicht gibt sie ihren Job auf und macht etwas anderes«, mutmaßte Finola. »Sie wollte sowieso nie im Einzelhandel arbeiten. Die Boutique zu führen, war nie ihr Traum gewesen.«

Ali wirkte skeptisch. »Denkst du, sie will sich ganz aufs Schauspielen verlegen?«

Mary Jo hatte immer von ihrer kurzen Schauspielkarriere geschwärmt. Als junge Frau war sie wie so viele nach Hollywood gezogen und hatte auf den großen Durchbruch gehofft. Stattdessen hatte sie Statistenrollen und hier und da mal einen

Satz in einem Film gehabt. Doch bei einem dieser Kurzauftritte hatte sie einen gutaussehenden jungen Schauspieler namens Leo kennengelernt, und sie hatten sich Hals über Kopf verliebt. Bald heirateten sie, und Finola kam zur Welt. Leos Karriere hob ab, und ihre Mutter war glücklich damit, sich um ihre Tochter zu kümmern und mit Leo an die Drehorte zu reisen. Als er unerwartet starb, war Mary Jo am Boden zerstört.

Finola wusste all das aus zweiter Hand. Zwar war sie schon auf der Welt gewesen, doch sie erinnerte sich nicht an ihren leiblichen Vater. Da waren keine Bildfetzen oder Ähnliches. Sie hatte die Fotos gesehen, die ihre Mutter aufbewahrte, die Geschichten gehört und seine Filme angeschaut, aber für sie war Leo nichts als eine Geschichte ihrer Mutter und ein Schauspieler in alten Filmen.

»Sie redet nicht mit mir«, sagte Zennie munter. »Vielleicht könnte sie einen Job als Geschäftsführerin in einer Boutique am Strand bekommen. Dort sind eine Menge Läden. Sie hat ihre Theatergruppe, mit der sie viel macht. Die könnte ihr vielleicht helfen, etwas näher bei ihrem neuen Haus zu finden.«

»Das dürft ihr besprechen«, sagte Ali grinsend. »Mir fehlt der Mumm, solch eine Unterhaltung mit Mom zu führen.«

»Ich bin auch raus«, stimmte Zennie ein und zeigte mit ihrer Gabel auf sie. »Das wäre dein Job, Finola. Ihr zwei steht euch so nahe.«

»Ganz richtig.« Ali zuckte mit den Schultern. »Du und Mom, Zennie und Dad und ich für mich.«

Zennie stieß mit ihrer Schulter gegen Alis. »Wir alle lieben dich, kleine Ali.«

Etwas blitzte in Alis Augen auf und verschwand gleich wieder. »Ja, habe ich auch gehört. So oder so, planen wir nicht ihr Leben für sie. Ich bin dafür, dass wir sie selbst herausfinden lassen, was sie will.«

»Gute Idee«, sagte Finola leise. Wie entfremdet sie sich von ihrer Familie fühlte. Als hätte sie alle nur aus der Ferne gekannt.

Nachdem ihre Schwestern sich verabschiedet hatten, räumte sie die Küche auf und ging in ihr Zimmer. Es war das reinste Chaos, der Computer offen auf dem Tisch, überall verteilte Kleidung. Ihr war klar, dass sie Ordnung schaffen sollte, aber stattdessen sank sie aufs Bett und rollte sich auf den Rücken. Sie drückte einen alten, zerschlissenen Teddybären an die Brust, schlang die Arme um ihn und weinte, sodass Tränen in ihr Haar rannen.

Ich bin kein schlechter Mensch, sagte sie sich. *Bin ich nicht*. Sie war klug, witzig und freundlich. Das Problem war, dass so viel los war und sie partout nicht verstand, wie sich alles verändert hatte. Natürlich mit Nigel, aber auch mit ihren Schwestern. Sie fasste nicht, dass Zennie als Leihmutter für eine ihrer Freundinnen einsprang. Es war eine wahnsinnige Entscheidung, die so viel Potenzial für Katastrophen barg. Ernsthaft, was hatte sie sich dabei gedacht? Andererseits wirkte Zennie vollkommen im Reinen mit diesem Entschluss, und Ali benahm sich, als könnte Zennie neuerdings übers Wasser gehen. Es war verstörend, unangenehm und befremdlich.

Finola sagte sich, dass es okay war, wenn Ali nun Zennie deshalb bewunderte, und dass es kein merkwürdiges Licht auf sie warf. Ihr war bewusst, dass sie niemals so selbstlos sein könnte. Es ginge einfach nicht. Wenn sie ein Baby bekam, würde sie es für sich behalten.

Unwillkürlich fielen ihr die Worte ihres Stiefvaters ein, dass, ganz gleich, was geschehen war, sie eine Mitschuld am Scheitern ihrer Ehe trug. Sie wollte es nicht glauben, schien es aber auch nicht durchweg von der Hand weisen zu können. So dämlich diese Unterstellung sein mochte, holte sie sie doch immer wieder ein, als lauerte sie darauf, dass sie irgendeine Schuld eingestand. Selbst wenn sie zugab, dass die Idee an sich nicht gänzlich absurd war, blieb die Frage, was sie getan haben könnte, dass Nigel sie so betrog.

Sie setzte sich auf und schwang die Füße auf den Boden. Was

wäre, wenn ... Dieser Gedanke widerstrebte ihr, ließ sich aber nicht abwimmeln. Was wäre, wenn Nigel mit einer normalen Frau fremdgegangen wäre? Wie anders wäre dann alles? Oder wenn er gar nicht fremdgegangen wäre? Was wäre, wenn er sie einfach verlassen hätte?

Schmerz durchfuhr sie, doch sie achtete nicht auf dieses brennende Reißen in ihrem Herzen, als sie zu ergründen versuchte, wie sie sich unter solchen Umständen gefühlt hätte. Was wäre, wenn Nigel ihr gesagt hätte, dass er unglücklich in der Ehe war und rauswollte? In dem Fall würde die Situation sich nicht um ihn oder Treasure oder um Untreue drehen. Es ginge um sie.

Es wäre ihre Schuld.

Sie drückte den Teddybären fester an sich. Nein, sagte sie sich. Wäre es nicht. Er war immer noch der, der ... Er war es. Er ganz allein. So musste es sein. Sie war nur ...

Sie dachte an das, was er über die festen Termine für den Sex gesagt hatte, und merkte, dass sie rot wurde. Was seine Beschwerden anging, dass sie zu beschäftigt und zu sehr auf ihre Karriere fixiert war, konnte man dasselbe von ihm behaupten. Seine Arbeit ging ihm über alles. Sie waren erfolgreiche, ehrgeizige Menschen.

Aber Nigel war unglücklich. Sie wollte nicht darüber nachdenken, dennoch weigerten sich die Worte, zu verschwinden, sie konnte deren Echo in ihrem Kopf nicht stoppen. Und wenn sie die These nachvollzog, dass ohne Treasure und das Fremdgehen alles ihre Schuld war, was bedeutete das für ihre Ehe? Ließen sich noch Scherben zusammenkleben oder waren sie über den Punkt des Reparablen hinaus? Waren sie diese lange Strecke gemeinsam gegangen, um vor dem Nichts zu enden?

Nigel war der einzige Mann, den sie je geliebt hatte – sie konnte ihn nicht verloren haben. Und dennoch schien es ganz so.

18. KAPITEL

Ali saß im Dunkeln. Es war nicht mal elf Uhr, fühlte sich jedoch später an. Oder es lag an ihrer Stimmung. Sie wusste, dass sie aufstehen und zu Bett gehen sollte. Oder Eis essen.

Nein, korrigierte sie, ohne sich vom Sofa in Daniels riesigem Wohnzimmer zu rühren. Sie *sollte nicht* Eis essen, würde es aber wahrscheinlich. Vielleicht würde ein Zuckerrausch sie vom Hamsterrad ablenken, das sich in ihrem Kopf drehte. Ihr würde es nicht mal etwas ausmachen, dass sich ihre Gedanken in rasender Geschwindigkeit im Kreis bewegten, wäre es etwas Nettes, über das sie nachdachte. Doch das war es nicht. Bei ihr waren es Worte wie *Versagerin*, *blöd* und *unbedeutend*, die durcheinanderwirbelten.

Sie zog die Knie an ihre Brust und sagte sich, dass es ihr gut ging. Oder gut gehen würde. Dass diese Gefühle vorübergingen und es ihr …

Im Flur ging das Licht an. Sekunden später kam Daniel herein.

Seine Silhouette wurde von hinten angestrahlt, sodass sie nicht viel mehr als seine Umrisse ausmachen konnte. Er sah groß und stark aus, wie jemand, der leicht mit allem fertigwurde, was das Leben ihm hinwarf, weil er in sich gefestigt war. Er hatte ein sehr schönes Zuhause, ein großartiges Unternehmen und blickte in eine wunderbare Zukunft. Sie hingegen war obdachlos, hing beruflich in einer Sackgasse bei einem Arbeitgeber fest, der ihr keine Führungsqualitäten zutraute. Und wenn sie weiter Eis futterte, wäre sie bald noch übergewichtiger als so schon.

»Möchtest du darüber reden?«, fragte er und setzte sich in einen der Sessel der Couch gegenüber.

Er schaltete die Tischleuchte neben sich ein, sah sie an und wartete.

»Ich bin in Jaulstimmung«, gestand Ali. »Glaub mir, das willst du nicht hören.«

Er lächelte. »Na, dann leg dich mal richtig ins Zeug. Ich kann es verkraften.«

Sie wollte wirklich nicht vor ihm zu einem Häufchen Elend werden. Das war bereits zu oft passiert. Irgendwie torpedierten seine Worte jedoch die brüchige Selbstbeherrschung, die sie noch aufbrachte, und sie platzte heraus mit: »Es ist furchtbar. Du kannst es dir gar nicht vorstellen. Ich habe gedacht, dass Glen mich abserviert, wäre das Schlimmste, ist es aber nicht. Oder vielleicht war es bloß der Anfang einer Pechsträhne.«

Sie nahm die Beine vom Sofa und legte die Hände in den Schoß. »Hast du gewusst, dass mein Vater und ich uns seit sechs Monaten nicht mehr gesprochen haben? Wir reden nie miteinander. Hin und wieder schreiben wir uns Textnachrichten. Als er das mit Glen erfuhr, hat er mir eine geschickt. Da war kein Anruf, um mir beizustehen. Nur ein Text. Meine Mutter war ein bisschen besser, die Latte hing allerdings auch nicht hoch. Sie und ich hatten ein Gespräch, in dem sie mich gefragt hat, was ich falsch gemacht habe, dass ich Glen verlieren konnte.«

Sie stockte und wartete, dass er etwas sagte, aber Daniel sah sie nur an, als ginge er davon aus, dass sie mehr erzählte. Sie holte tief Luft.

»Ich habe gedacht, dass es bei der Arbeit gut läuft. Ich habe gedacht, dass ich einen guten Job mache. Ich bin für die Bestandskontrolle zuständig und habe eine Menge Veränderungen eingeführt, die sich bewährt haben. Vorher habe ich schon andere Abteilungen geleitet, habe Leute unter mir gehabt. Wenn der Lagermanager im Urlaub oder krank ist, übernehme ich für ihn.«

Nun wurde sie wütend. »Und weißt du was? Er geht in den Ruhestand, und sie haben Ray für seine Stelle zum Bewerbungsgespräch gebeten, nicht mich. Warum nicht mich? Ich weiß mehr über das Lager. Ich bin die bessere Managerin. Ray wurde zum Gespräch eingeladen, und ich habe nichts gehört. Nada. Es ist, als würden sie mich nicht wahrnehmen. Zennie bekommt ein Baby für ihre beste Freundin. Sie schenkt Bernie und Hayes ein Baby. Ein Baby! Das ist fantastisch. Sie ist fantastisch, ich bin es nicht. Ich möchte auch fantastisch sein.«

Daniel veränderte seine Sitzposition leicht. Sie dachte, er würde etwas sagen, doch das tat er nicht, also fuhr sie fort.

»Und als wäre das alles nicht schlimm genug – und wahrscheinlich ergibt es für dich keinen Sinn, ist mir aber sehr wichtig«, sagte sie und bemühte sich nach Kräften, nicht zu weinerlich zu klingen, »ist da diese Standuhr, von der ich dir erzählt habe, dass ich sie schon mag, seit ich ein Kind war. Sicher ist es albern, und wer braucht eine Standuhr, doch mir bedeutet sie etwas, und weißt du was? Die Frau verkleinert sich, fleht uns an, Sachen zu nehmen, und will die Uhr nicht, aber ich soll sie auch nicht bekommen. Lieber spendet sie die, als sie mir zu geben.«

Sie presste die Lippen zusammen. »Ich komme mir klein, unsichtbar und nutzlos vor. Gerade als ich gedacht habe, ich kriege mein Leben neu auf die Reihe, wird mir klar, dass alles auseinanderbricht und ich nicht weiß, was ich tun soll.« Sie schniefte. »Falls du mir also energisch gut zureden willst, wäre dies ein passender Moment.«

Er zog einen Mundwinkel hoch. »Brauchst du das denn?«

»Ich brauche *etwas*. Irgendwas, das mir nicht das Gefühl gibt, die ganze Zeit bescheuert gewesen zu sein. Was mache ich falsch? Warum bringe ich nichts auf die Reihe?«

»Alles ist mehr auf der Reihe, als du denkst.«

Sie seufzte. »Daniel, ich bin dir ehrlich dankbar für deine Worte, sei aber bitte knallhart mit mir. Ich schwöre, dass ich es verkrafte. Bitte.«

Sie wusste nicht recht, warum sie sicher war, dass sein Rat der richtige wäre, doch sie hatte das Gefühl, dass er sie besser einschätzen konnte als die meisten anderen Leute.

»Okay«, sagte er und hielt ihren Blick. »Ich weiß nicht, was ich wegen deines Vaters sagen soll. Er klingt wie ein Blödmann, und mir tut leid, dass er nicht für dich da ist. Brauchst du seine Unterstützung, oder wünschst du sie dir nur?«

»Ah, das ist eine gute Frage. Darüber habe ich nie nachgedacht.« Sie überlegte kurz. »Ich bin bisher ohne ihn ausgekommen. Vermutlich habe ich gedacht, dass er mich wegen der abgeblasenen Hochzeit anruft. Ich habe ein paarmal bei ihm angerufen, er dagegen hat sich nicht gemeldet. Ja, ich schätze, ich wünsche mir seinen Beistand, aber ich brauche ihn nicht.«

»Du könntest ihn zur Rede stellen.«

»Könnte ich, wobei ich nicht sicher bin, was ich sagen sollte. ›Hi, Dad, es wäre nett, wenn du wenigstens vortäuschen könntest, mich zu lieben‹.« Wieder kamen ihr Tränen. »Blöde Gefühle.«

Abermals veränderte Daniel seine Position, als wolle er aufs Sofa kommen – vielleicht Trost anbieten, sie in den Armen halten. Eine Sekunde lang war sie ganz von der Vorstellung gefangen, dass er sie in die Arme nahm und …

Hör sofort auf, ermahnte sie sich. Daniel war ihr Freund, und es würde kein In-den-Arm-Nehmen geben, nicht von ihm und nicht von ihr. Sie war nicht so blöd.

Also konzentrierte sie sich wieder auf das Thema. »Okay, mein Vater ist ein Idiot, und wenn ich endlich mal den Mumm aufbringe, sage ich ihm das.«

Daniel neigte den Kopf zur Seite. »Das tust du oft – dich selbst so kleinmachen. Warum musst du irgendwelchen Mumm aufbringen? Du bist nicht schwach, Ali. In den letzten Wochen hast du eine Menge durchgemacht, und du hast dich richtig am Riemen gerissen. Vielleicht wirst du, wenn du dich von all diesem Mist erholt hast, bereit sein, dich mit deinem Vater zu befassen.«

»Oh.« Sie lächelte. »Das ist auch gut.«

»Nun zu deinem Job.«

Sie stöhnte. »Ja?«

»Du arbeitest in einer Männerdomäne. Die Autos, das Lager, alles ist von Männern dominiert. Wenn du vorankommen willst, musst du nach ihren Regeln spielen.«

»Das hasse ich. Es ist ja nicht so, als würden sie einem die Regeln mailen oder so. Woher weiß ich, wie die Regeln sind?«

»Die sind ganz simpel. Sei sichtbar. Wenn du eine Beförderung willst, sag es ihnen. Wenn sie dich fragen, warum du die Beförderung bekommen solltest, sei darauf vorbereitet, ihnen von deinen Durchbrüchen zu erzählen. Und geh ins Detail. Erzähl ihnen, wie du der Firma Geld, Zeit oder was auch immer erspart hast. Sprich in Meetings. Du musst nicht unhöflich sein, aber man muss dich bemerken. Lass sie dich nicht für selbstverständlich nehmen. Wenn du etwas richtig machst, rede darüber. Wenn du etwas falsch machst, korrigiere es.«

Sie kippte auf das Sofa, sodass ihr Kopf und ihr Körper auf den Polstern landeten. »Nein«, stöhnte sie. »Lass mich nicht über meine Erfolge reden und total angeberisch werden! So bin ich nicht.«

»Dann wirst du auch nicht befördert, sondern alt und verbittert in der Inventarkontrolle.«

Sie setzte sich auf. »Das war brutal.«

»Es ist aber wahr. Ali, du bist mehr als qualifiziert, doch du musst auch so auftreten. Dein Chef könnte durchaus wissen, dass du die Beste für den Job wärst, hat aber keine Ahnung, dass du interessiert bist. Du hast nie eine Beförderung oder wenigstens einen Fünfjahresplan angesprochen.«

»Woher weißt du das?«

»Du hast keinen Fünfjahresplan.«

Er hatte natürlich recht, aber musste er es so unverblümt aussprechen? Knallhart, jedoch herzlich, erinnerte sie sich. Sie hatte es doch so gewollt.

»Na schön«, murmelte sie. »Ich denke mir einen Plan aus, stelle eine Liste meiner Erfolge zusammen und rede mit meinem Chef.«

»Bist du sicher, dass du die Stelle überhaupt willst? Sie bedeutet sehr viel mehr Arbeit und Verantwortung.«

»Selbstverständlich will ich sie. Ich wäre gut und es wäre interessant. Außerdem arbeite ich nicht für den Rest meines Lebens im Lager, egal, was du sagst. Die Beförderung würde sich gut in meinem Lebenslauf machen.«

Sein Lächeln kehrte zurück. »Geh mit dieser Einstellung ins Gespräch, dann läuft es bestens.«

»Du hast recht. Danke. Manchmal vergesse ich, dass ich wie sie sein muss, wenn ich eigentlich nur wie ich sein will.«

»Verändere dich nicht zu sehr. Ich mag dich, wie du jetzt bist.«

»Eine Katastrophe?«

»Süß, witzig, freundlich, interessant. Verlier das nicht.«

»So siehst du mich?«, fragte sie, ehe sie sich bremsen konnte. »Denn das sind nicht die Worte, die ich benutzen würde.«

»Solltest du. Du musst aufhören, dich kleinzumachen.« Sein Blick wurde ernster. »Warum fällt es dir so schwer, Komplimente anzunehmen?«

Sie blinzelte. »Tja, was für eine faszinierende Frage. Und sieh mal, wie spät es ist. Wahrscheinlich willst du zu Bett.«

Sie wartete, doch Daniel rührte sich nicht, und so seufzte sie.

»Ja, es stimmt, Komplimente machen mich nervös und ich weiß nicht, warum.«

»Also würde ich sagen, dass ich dich schön finde …«

Wieder warf sie sich aufs Sofa und bedeckte ihr Gesicht mit beiden Händen. »Würde ich wissen, dass du lügst. Ich bin total durchschnittlich. An einem guten Tag gehe ich vielleicht als hübsch durch, aber ansonsten, nein. Einfach nein.«

Er lachte. »Wie ich sehe, haben wir noch einige Arbeit vor uns.«

»Da gibt es kein ›Wir‹ bei dieser Arbeit. Die liegt allein bei mir.« Sie setzte sich auf. »Du bist so ein netter Kerl, danke. Und übrigens war deine Ex-Frau schön blöd, dich gehen zu lassen.«

»Dasselbe könnte ich über Glen sagen.«

Sie winkte ab. »Nein, er war vollkommen falsch für mich, wie ich jetzt erkenne. Es ist vorbei, und ich bin froh.«

»Dito.«

»Glaubst du, dass du wieder heiratest?«

Er nickte. »Ich will immer noch ein traditionelles Leben. Eine Frau, Kinder, einen Hund.«

»Und eine kleine Katze?«

Er grinste. »Ja, Ali, und eine kleine Katze.«

Er stand auf. Für einen Moment dachte sie, er würde zu ihr kommen, sie vielleicht nach oben ziehen und … Okay, sie hatte keinen Schimmer, was als Nächstes käme, aber was es auch war, sie wäre dabei.

Doch anstatt sie besinnungslos oder überhaupt zu küssen, sah er sie bloß an.

»Es ist spät. Wir sehen uns morgen.«

Sie gab ihr Bestes, sich die Enttäuschung nicht anmerken zu lassen. »Werden wir«, antwortete sie munter. »Danke fürs Mutmachen. Ich habe eine Menge zu überlegen. Am Wochenende mache ich mir einige Notizen, und am Montag rede ich mit meinem Chef.«

»Das ist mein Mädchen. Gute Nacht.«

Sie blickte ihm nach. Sein Mädchen. Schön wär's, dachte sie seufzend, denn Daniels Mädchen zu sein, wäre wirklich nett.

Zennie hatte erwogen, ihre Mutter in einem Restaurant zu treffen, aber das schien ihr ihnen beiden gegenüber unfair. Also schrieb sie ihr eine Nachricht und fragte, ob sie nach der Arbeit vorbeikommen könne. Als sie auf die Haustür zuschritt, sagte sie sich, dass, ganz gleich, was geschah, es ihr gut gehen würde. Sie tat genau das, was sie wollte, aus den richtigen Gründen. Falls ihre Mutter es nicht verstand, war es deren Problem.

»Huhu, Mom«, rief sie, als sie das Haus betrat.

»Ich bin in der Küche und schenke Wein ein.«

Zennie wappnete sich und ging in die altmodische Küche. »Hi, Mom.«

Mary Jo lächelte ihr zu und schenkte ein zweites Glas Chardonnay ein. »Kommst du direkt von der Arbeit? Du musst müde sein. Ich weiß, wie sich meine Füße nach einem Arbeitstag anfühlen.« Sie wies zum Tisch. »Setz dich. Hast du Hunger? Ich kann dir etwas machen.«

»Alles gut, aber danke.«

Ihre Mutter setzte sich ihr gegenüber hin und nahm ihr Glas auf. »Das mit dem Blind Date tut mir leid. Ich wollte nur helfen.«

Zennie entspannte sich. »Du musst dich nicht entschuldigen. C.J. und ich hatten einen lustigen Abend.« Sie hielt eine Hand in die Höhe, bevor ihre Mutter etwas sagen konnte. »Nein, ich bin nicht lesbisch, aber ich glaube, wir werden befreundet sein, was okay für mich ist.«

»Hast du seitdem jemanden kennengelernt?«

»Mom, bitte. Du musst aufhören, mich verkuppeln zu wollen.«

»Warum? Ich möchte, dass du glücklich bist und dass es jemanden in deinem Leben gibt. Jetzt bist du jung, aber die Zeit vergeht schnell, und ehe du dich's versiehst, ist dein Leben schon halb vorbei. Was dann? Willst du eine Familie? Willst du Teil von etwas sein? Sicher gibt es einen gutaussehenden Arzt in der Klinik, der dich hinreißen kann. Wenn du nichts unternimmst, wirst du einsam sterben.«

»Ich bin nicht einsam. Ich habe viele Freunde.«

»Du hast keinen *Mann*.« Ihre Mutter beugte sich über den Tisch und legte ihre Hände auf Zennies. »Ich wünsche mir, dass du glücklich bist.«

»Ich bin glücklich, Mom, das musst du mir glauben.«

»Wenn ich es doch nur könnte.« Mary Jo setzte sich wieder gerade hin und trank von ihrem Wein. »Na gut, jetzt bin ich still. Also, was gibt es Neues?«

Zennie sagte sich, dass alles gut würde. Es war eine Lüge, dennoch wiederholte sie es in ihrem Kopf. »Einiges. Erinnerst du dich an meine Freundin Bernie?«

»Selbstverständlich. Ein reizendes Mädchen. Und der Mann ist Anwalt. Du könntest es schlechter treffen.«

»Danke, Mom. Tja, wegen ihrer Krebserkrankung kann Bernie keine Kinder bekommen, aber sie und Hayes wünschen sich eine Familie, und deshalb bin ich ihre Leihmutter.«

Ihre Mutter starrte sie an. »Was? Du bist was?«

»Ich bin ihre Leihmutter. Ich liefere das Ei, Hayes den Samen, dann trage ich ihr Baby aus und …«

»Bist du wahnsinnig?«, kreischte Mary Jo. »Hast du den Verstand verloren? Du willst schwanger werden und das Baby von jemand *anderem* bekommen? Nein. Nein! Das darfst du nicht. Es ist grotesk. Mein Gott, Zennie, du hast ja schon immer seltsame Ideen gehabt, aber diese ist lächerlich. Ich erlaube es nicht. Hast du mal darüber nachgedacht? Das ist ein Jahr deines Lebens! Du hast keine Vorstellung, wie anstrengend eine Schwangerschaft sein kann. Die verläuft nicht so wie in den Filmen. Sie bedeutet Rückenschmerzen, Hämorrhoiden, Dehnungsstreifen und … mein Gott, nein. Schlicht nein. Du könntest bei der Geburt sterben. Das kommt vor. Nein. Die ganze Idee ist Wahnsinn. Sie kann anders ein Baby bekommen.«

Zennie blickte sehnsüchtig auf das Weinglas. Wenn es je einen Moment gegeben hatte, in dem ein Drink angebracht wäre …

»Mom, ich bin bereits schwanger.«

Ihre Mutter brach in Tränen aus. »Schwanger? Wie konntest du? Du hast nicht mal vorher mit mir geredet. Du bekommst ein Baby und gibst es einfach weg? Wer macht denn so was? Du weißt, dass ich mir Enkelkinder wünsche. Wie kannst du so grausam sein? Du warst schon immer die Selbstsüchtige, Zennie. Immer.«

»Mom, ich …«

Ihre Mutter sah sie wütend an. »Nein, du kannst nichts sagen, was das richtig machen würde. Ich fasse nicht, dass du das tust.« Ihre Mutter stand auf. »Geh. Ich will dich jetzt nicht sehen. Du enttäuschst mich mehr, als du dir vorstellen kannst. Mehr, als ich ausdrücken kann. Früher war ich stolz auf dich, aber das bin ich nicht mehr. Ich kann das nicht glauben. Geh. Geh einfach.«

Zennie war nicht sicher, ob sie schockierter gewesen wäre, hätte ihre Mutter sie geohrfeigt.

»Wir reden nicht darüber?«

»Es gibt nichts zu sagen, oder? Du hast getan, was du wolltest, wie du es schon gemacht hast, als du noch ein kleines Mädchen warst. Meine Meinung zählte früher nicht, und sie zählt heute nicht.«

Sie hatte gewusst, dass ihre Mutter nicht froh sein würde, doch dies hatte sie nicht erwartet. Zennie stand auf, nahm ihre Tasche und verließ das Haus. Auf der Heimfahrt sagte sie sich, dass alles gut werden würde. Ihre Mutter würde sich wieder einkriegen. Es könnte eine Weile dauern, aber sie waren eine Familie.

Bis sie zu Hause war, hatte sie sich beinahe davon überzeugt. Sie aß ein gesundes Abendessen und hatte gerade ihr Video mit Schwangeren-Yoga eingeschaltet, da summte ihr Handy. Auf dem Display erschien eine Textnachricht von ihrem Vater.

Ist es wahr?

Obwohl sie seit über zehn Jahren geschieden waren, hatten ihre Eltern anscheinend kein Problem, miteinander zu kommunizieren, stellte sie grimmig fest.

Falls du fragst, ob ich als Leihmutter für meine beste Freundin fungiere, dann ja.

Was für ein kompletter Schwachsinn. Du bekommst ein Baby für eine Freundin? Hast du darüber nachgedacht, was das bedeutet? Herrgott, Zennie, was ist mit dir los? Wie kannst du so impulsiv sein?

Das gesunde Abendessen in ihrem Magen fühlte sich plötzlich gar nicht mehr so gesund an.

Ich will meiner besten Freundin helfen, Dad. Ich kann ihr das schenken.

Schenk ihr einen verdammten Gutschein, kein Baby. Du zerstörst dein Leben, und wofür? Sie ist nur eine Freundin. Ist es zu spät für eine Abtreibung?

Zennie ließ ihr Handy fallen, denn seine Worte trafen sie wie ein Schlag ins Gesicht. Dann hob sie es wieder auf.

Dad, nein. Sei nicht so. Auch wenn du es nicht verstehst, musst du meine Entscheidung akzeptieren. Du hast immer gesagt, dass ich klug und vernünftig bin. Tja, ich habe alles gründlich überlegt, und ich mache es.

Ich sehe nur, dass meine wunderschöne Tochter ihr Leben ruiniert. Du warst mal so vernünftig. Ich war mal stolz auf dich. Was ist passiert?

Auch ihre Mutter hatte erwähnt, stolz auf sie gewesen zu sein. Von ihr hatte Zennie solch eine Reaktion erwartet, nicht jedoch von ihrem Vater.

Du warst mal jemand, auf dessen Unterstützung ich immer zählen konnte. Was ist passiert?

Minutenlang tat sich nichts, dann erschienen drei Punkte auf ihrem Display, als er schrieb.

Du wirst es bereuen, und wenn du es tust, komm nicht zu mir angelaufen.

Zennie schleuderte ihr Handy weg, ohne zu antworten. So viel zu elterlicher Unterstützung, dachte sie und versuchte, nicht die Fassung zu verlieren. Ihre Mutter hatte überzogen, aber nicht unerwartet reagiert, ihr Vater allerdings … Sie hätte nie gedacht, dass er es nicht verstehen würde.

Sie legte eine Hand auf ihren noch flachen Bauch. »Ich kümmere mich um dich«, flüsterte sie. »Mir ist gleich, was irgendwer sagt. Wir schaffen das gemeinsam.«

Es war ja nicht so, als wäre sie allein. Sie hatte Bernie und Hayes – und Ali. Sie war stark und gesund, und sie wusste tief im Innern, dass sie die richtige Entscheidung getroffen hatte. Was ihren Vater betraf, vermutete sie, dass jede Tochter mal erlebte, wie ihr der Vater das Herz brach. Sie hätte bloß nicht gedacht, dass es so schmerzhaft und traurig wäre.

19. KAPITEL

Finola bog auf die Tankstelle auf dem Ventura Boulevard ein. Wenn sie ehrlich sein sollte, war das Tanken eher eine Verzögerungstaktik, nicht zwingend nötig. Zennie hatte ihr eine Warnung geschickt, dass ihre Mutter von der Schwangerschaft wusste und die Neuigkeit nicht gut aufgenommen hatte.

Überrascht mich nicht, dachte sie und steckte ihre Kreditkarte in das Lesegerät. Was hatte Zennie sich dabei gedacht?

Finola schob den Zapfhahn in die Tanköffnung und drückte den Hebel. Erst jetzt bemerkte sie die beiden Teenager auf der anderen Seite der Zapfsäule. Sie flüsterten miteinander und zeigten auf sie.

Am liebsten wäre sie in ihren Wagen gesprungen und weggefahren. Doch sie ignorierte den Drang und sagte sich, dass sie sich schon Dinge einbildete. Unmöglich konnten die zwei wissen, wer sie war …

»Das sind Sie, oder?«, fragte die Kleinere, deren blonder Pferdeschwanz beim Sprechen wippte. »Sie hatten Treasure in Ihrer Show.«

Beide waren in Schuluniformen, zweifellos von einer der teuren Privatschulen in der Gegend.

Finola beobachtete, wie die Zapfsäule die Gallonen zählte, und wünschte, das Benzin würde schneller fließen. Da sie nicht fliehen konnte, rang sie sich ein Lächeln ab. »Ja, hatte ich. Seid ihr Fans?«

Die Mädchen sahen einander an, dann wieder sie, und das größere verdrehte die Augen. »Klar sind wir. Sie ist fantastisch. So talentiert und schön. Sie könnte jeden haben. Schläft sie echt mit Ihrem Mann? Ist der nicht total alt?«

Die Blonde knuffte ihre Freundin. »Lass das.«

»Was? Ich frage ja nur. Ich fände es total mies, wenn mein Freund mich betrügt, aber bei Treasure ist das wohl irgendwie logisch.« Sie grinste. »Meine Mom sagt, Sie haben was operieren lassen, aber nicht genug, um ihn glücklich zu machen. Ich denke, ich will größere Möpse, aber ich kann mich nicht entscheiden.«

Die Blonde schüttelte den Kopf. »Lass es. Warte mit den Operationen, bis du in ihrem Alter bist. Du siehst klasse aus, wie du bist.« Sie wandte sich wieder zu Finola. »Und stört es Sie, dass er mit Treasure schläft? Ich meine, ist es einem egal, wenn man alt wird, oder tun solche Sachen immer noch weh? Sie wissen schon – verlassen und ausgelacht werden und so.«

Finola sagte sich, dass die beiden nicht absichtlich grausam waren, lediglich jung und gedankenlos. Jedenfalls hoffte sie es, denn andernfalls wäre die nächste Generation eine Enttäuschung.

Ohne darauf zu achten, dass ihr Tank noch nicht voll war, riss sie den Zapfhahn heraus, hängte ihn an der Säule ein und schraubte den Tankdeckel zu.

Als sie zur Fahrertür ging, rief eins der Mädchen: »Sie wollen nichts sagen, was? Mann, Sie sind eine totale Bitch. Sie haben das verdient, ja, das haben Sie!«

Finola ließ den Motor an und fuhr weg. Sie blickte sich um, ehe sie auf die Straße einbog. Erst als sie ein Stück von der Tankstelle entfernt war, setzte das Zittern ein – eine Nachwirkung des Traumas, dachte sie verbittert.

Es gab kein Entrinnen. Sie konnte nirgends hin, ohne erkannt und erniedrigt zu werden. Jeder hatte seine Meinung zu ihrer Ehe, der Affäre, ihrem Aussehen. Sich einzureden, dass es sie nicht scherte, half nicht, denn es scherte sie sehr wohl. Sie wollte gemocht werden. Vor allem *musste* sie gemocht werden, um in ihrem Job erfolgreich zu sein. Es war so verdammt unfair. Vor sechs Wochen war alles bestens und jetzt war alles Mist.

Sie fuhr zurück zum Haus ihrer Mutter in Burbank und dachte sehnsüchtig an ihr eigenes schönes Heim. Von wegen, sagte sie sich, als sie hineinging, und rief: »Hey, Mom. Ich bin wieder da.«

»In der Küche.«

Finola stellte ihre Taschen auf den Dielentisch und streifte ihre Schuhe ab. Als sie die Küche betrat, sah sie mindestens ein halbes Dutzend Kartons, die neben der Hintertür aufgestapelt waren. Ihre Mutter wischte sich eine Haarsträhne aus dem Gesicht.

»Nachdem Zennie weg war, war ich so außer mir, dass ich etwas tun musste. Da habe ich diese Kartons aus der Garage geholt. Es war entweder das oder herumsitzen und trinken.« Mary Jo seufzte. »Später gibt es zwar noch Wein, aber wenigstens mache ich erst mal etwas Konstruktives. Hast du es gewusst?«

Die Frage war direkt genug, dass Finola es für sinnlos hielt vorzugeben, dass sie glaubte, der Wein sei gemeint.

»Zennie hat es mir vor ein paar Tagen erzählt.«

»Und du hast mir nichts gesagt?«

»Sie wollte es dir selbst sagen.« Finola ging zum Tisch und betrachtete das dort verteilte Sammelsurium. Da waren ein Fotoalbum, einige alte Kostümfetzen und mehrere Bücher. Sie sah ihre Mutter an.

»Ich halte sie für eine Idiotin«, sagte Finola matt. »Sie steckt in dieser romantischen Vision fest, ihrer besten Freundin ein Baby zu schenken. Aber was, wenn etwas schiefgeht?«

»Das habe ich auch gesagt. Es ist so viel enormer, als sie denkt. Sie wird ein Kind austragen, wird merken, wie es in ihr wächst, und anfangen, es zu lieben. Ich weiß noch, wie ich mich gefühlt habe, als ich herausfand, dass ich mit dir schwanger war.« Mary Jos Züge wurden weicher und sie lächelte. »Dein Vater und ich waren so glücklich. Es war ein Traum, der wahr wurde.«

Finola konnte sich nicht vorstellen, dass sie der Inbegriff eines Traumes für jemanden war, aber es tat gut, das zu hören.

»Was für ein Schlamassel«, sagte ihre Mutter. »Nigel betrügt dich mit dieser albernen Sängerin, Glen gibt Ali den Laufpass, und jetzt bekommt Zennie ein Baby für jemand anderen. Ehrlich, ich muss die schlechteste Mutter auf dem Planeten sein.«

»Ich gebe dir gern die Schuld an allem«, antwortete Finola unbedacht.

Ihre Mutter starrte sie eine Sekunde lang an, dann prustete sie los vor Lachen. »Es ist immer die Mutter, nicht?« Mary Jo zeigte zu dem Kram auf dem Tisch. »Räumen wir das weg. Wir gehen die anderen Kartons durch, dann trinken wir den Wein, den ich aufgemacht hatte.«

Die ersten beiden Kartons waren rasch erledigt. Die Kostüme sortierten sie danach, welche wegmussten und welche gespendet werden konnten. Die Bücher ordneten sie ebenfalls, und die Fotoalben stapelten sie auf, um sie später durchzuschauen.

Im zweiten Karton war ungefähr das Gleiche, bis auf mehrere bunt angemalte Holzlöffel.

»Die sind hässlich«, sagte Mary Jo, die nach den Löffeln griff. »Die kommen weg.«

»Auf keinen Fall.« Finola schnappte sie sich und schwenkte einen durch die Luft. »Das sind unsere Kampflöffel.«

Ihre Mutter sah sie verständnislos an.

»Mit denen haben wir Schwertkämpfe gemacht«, erklärte Finola. »Oben. Wir drei im Gefecht.« Sie lächelte bei der Erinnerung an die Zeit mit ihren Schwestern. Sie war älter und nicht mehr so interessiert an Spielen gewesen, aber sie konnten sie immer wieder überreden, mit ihnen mit den Löffeln zu fechten. »Glaub mir, Zennie und Ali wollen die garantiert behalten.« Sie zog zwei dunkelgrüne hervor. »Dies sind meine.«

»Wenn du es sagst.«

In einem Karton waren alte Sommerkleider von den Mädchen und eine sehr staubige und leicht mottenzerfressene Pelzstola. Mary Jo schüttelte sie aus, bevor sie sich die Stola umlegte.

»Die hatte dein Vater mir geschenkt.« Sie lächelte traurig. »Dein leiblicher Vater, meine ich. Wir waren so arm, aber so glücklich. Wir waren zu einer schicken Party eingeladen, und damals trug man Pelz.« Sie schürzte die Lippen. »Es war nicht wie heute, wo jeder Pelz stigmatisiert ist. Damals war alles gut. Dein Vater hatte sie bei einem Pfandleiher gefunden.« Seufzend ging sie in der Küche auf und ab, die Stola passte denkbar schlecht zu ihrem T-Shirt und der Yogahose. »Ich fühlte mich verwöhnt und so wunderschön.« Ihr Lächeln wurde wehmütig. »Dein Vater hatte eine eigene Art, solche Dinge zu tun. Er konnte jeden Anlass zu etwas Besonderem machen.«

»Fehlt er dir noch?«

»Weniger als früher natürlich. Er war ein wunderbarer Mann. Sicher hätten wir mit der Zeit unsere Höhen und Tiefen gehabt, doch er starb, als alles noch perfekt war.« Sie sah Finola an. »Und danach gab es nur noch dich und mich.«

Sie drapierte die Stola über einem Küchenstuhl. »Ich weiß, dass es albern ist, aber ich denke, ich behalte sie. Vielleicht kann ich sie reinigen lassen. So schlimm sieht sie nicht aus.«

Erinnerungen sind mächtig, dachte Finola und fragte sich, was sie aus ihrer Ehe behalten würde, wenn …

Nein, sagte sie sich streng. Ihre Ehe endete nicht. Sie und Nigel würden diese Geschichte durchstehen und gestärkt aus ihr hervorgehen. Das mussten sie.

Sie stellte den nächsten Karton auf den Tisch und öffnete ihn. Ihre Mutter streichelte noch die Stola und merkte nichts, bis Finola eine große, grün gestreifte Hutschachtel herausnahm.

»Die ist hübsch«, sagte sie. »Aber ich erinnere mich nicht an sie.«

Mary Jo blickte auf. »Oh, da ist sie«, murmelte sie vor sich hin. »Ich hatte mich schon gefragt … Du solltest sie nicht aufmachen.«

»Ach nein?« Finola lachte. »Hast du Geheimnisse?«

Zu ihrer Verwunderung strich ihre Mutter mit einer Hand über die Schachtel.

»Ich schätze, es spielt keine Rolle mehr. Das ist so lange her. Nur zu. Ich hole den Wein.«

»Jetzt bin ich neugierig.«

Hastig räumte Finola den Tisch frei und stellte die Hutschachtel in die Mitte. Dann setzte sie sich und hob vorsichtig den Deckel ab. Drinnen war ein Durcheinander von Grußkarten, Schmuckschatullen, Mappen und mehreren Skripten.

Ihre Mutter kehrte mit einer geöffneten Flasche Pinot grigio und zwei Gläsern an den Tisch zurück. »Na los. Sieh dir alles an, dann kannst du Fragen stellen.«

Finola klappte eins der blauen Kästchen mit dem Aufdruck *Tiffany & Co* auf. Darin steckte eine schöne diamantenbesetzte Seesternbrosche.

»Ach du Schande, sind die echt?«

Mary Jo schenkte Wein ein. »Sind sie.«

»So etwas Wertvolles darfst du nicht in der Garage aufbewahren, Mom. Das musst du versichern und in einem Bankschließfach lagern.«

»Mag sein.« Sie nahm die Brosche und hielt sie in der Hand. »Sie ist hübsch, passt aber nicht zu mir. Trotzdem bestand Parker darauf, sie zu kaufen.«

»Parker?« Finola nahm eine der Mappen heraus und schlug sie auf. Sie enthielt Porträtaufnahmen von Parker Crane.

Auf den Bildern war der Schauspieler jung, sehr gutaussehend, mit einem sexy Lächeln und einem Blitzen in den Augen. Parker Crane war für seine Frauengeschichten genauso berühmt wie für seine Filme. Finola überlegte, was sie sonst von ihm wusste. Doch das war lange vor ihrer Zeit gewesen. Heute war er ein erfolgreicher Charakterdarsteller im Fernsehen, der immer noch etwas Verwegenes an sich hatte.

»Du hast Parker Crane gekannt?« Sie blickte von den Fotos

zu ihrer Mutter auf. »Nein, du hattest ein Verhältnis mit ihm. Wann?«

»Nachdem dein Vater gestorben war. Monatelang war ich zu gelähmt vor Trauer, um mehr zu tun, als für dich zu sorgen. Von dem Geld, das wir hatten, konnten wir nicht ewig leben, also musste ich etwas unternehmen. Als ich anfing, nach einem Job zu suchen, bestanden einige Freunde darauf, dass ich erst mal mit ihnen zu einer großen Party in Hollywood gehe. Um mich aufzuheitern. Dort war Parker. Er hat mich bezaubert. Wir beide sind bei ihm eingezogen, mit ihm herumgereist. Es war sehr romantisch.«

»Ich erinnere mich an nichts davon.«

»Nein, du warst ja noch ein Baby, vielleicht ein Jahr alt.«

»Du hast einen Mann auf einer Party getroffen und bist mit ihm losgezogen?«

Ihre Mutter lächelte. »Sicher ließ ich ihn ein wenig schwerer arbeiten, aber grundsätzlich, ja. Ich war so dankbar, nicht mehr traurig zu sein. Ich wusste, dass es nirgends hinführen würde. Parker war ein Playboy durch und durch, und es war ja nicht so, als hätte ich ihn wirklich geliebt. Mein Herz gehörte deinem Vater. Doch es war spaßig, solange es ging.«

Finola trank einen Schluck Wein. »Wie hat es geendet?«

»Ich wachte in einem Hotelzimmer in Rom auf und er war fort. Die Rechnung war bezahlt, und er hatte zwei Tickets für unseren Heimflug dagelassen. Ich weiß noch, dass ich im Bett lag und dachte, jetzt müsste ich anfangen, ein reales Leben zu führen. Dass es vorbei war mit Hollywood und dem schönen Schein.«

Sie nahm ein kleines Ringkästchen aus der Hutschachtel und öffnete es. Beim Anblick des großen, von Diamanten gerahmten Rubins schnappte Finola nach Luft.

»Du hättest den Schmuck verkaufen und jahrelang von dem Erlös leben können.«

»Oh, das hatte ich vor, falls es nötig gewesen wäre.« Nun lächelte sie wieder. »Ich war nicht so dumm zu glauben, dass ich Parkers Geschenke in Ehren halten musste. Aber ich wollte erst sehen, ob ich mich selbst finanzieren könnte. Ich habe ein Paar Ohrringe verkauft, um die Sekretärinnenschule zu bezahlen, und dann bekam ich eine Stelle als Empfangssekretärin bei den ABC-Studios. Dort bin ich Bill begegnet.«

Finola dachte an ihren gutaussehenden Filmstar-Vater und an Parker, der aus derselben Welt stammte. »Hast du Bill geheiratet, weil er ein ganz normaler Mann war?«

»Ich glaubte, es wäre besser, wenn ich einsehe, dass ich nichts Besonderes bin. Und für eine Weile war es in Ordnung. Wir hatten gute Jahre.« Sie trank mehr Wein. »Aber ich konnte ihm nie geben, was er brauchte.«

Und umgekehrt, dachte Finola. Sie schätzte, dass Bill in Mary Jo eine exotische Blume sah. Vermutlich hatte er sie bewundert, allerdings nie recht gewusst, was er mit ihr anfangen sollte.

»Letztlich konnte ich ihn nicht glücklich machen«, sagte ihre Mutter. »Und nach einiger Zeit hörte ich auf, es zu versuchen.«

»Dasselbe hat er gesagt. Dad hatte mich angerufen, als er das mit Nigel erfuhr. Er wollte mir sagen, dass es zwar Nigel war, der fremdgegangen ist, dass ich aber Mitschuld am Scheitern der Ehe trage.«

Ihre Mutter betrachtete sie mitfühlend. »Es war gewiss nicht das, was du hören wolltest.«

»Natürlich nicht. Nigel hat mich gedemütigt. Er ist nicht bloß fremdgegangen, sondern hat es öffentlich gemacht.«

»Hat er, und es ist schrecklich von ihm, aber Bill hat nicht unrecht.«

»Mo-om, soll das heißen, es ist meine Schuld?« Es kümmerte sie nicht, dass sie wie eine Siebenjährige klang. »Ich bin hier die Geschädigte.«

»Bist du, wenn du denkst, dass du es bist.« Mary Jo legte sich wieder die Pelzstola um und steckte den Ring an ihre rechte Hand. »Aber sich als die Verletzte zu sehen, kann eine Falle sein. Wenn du dir zu sehr leidtust, handelst du nicht.« Ihre Mutter sah sie an. »Ich war beinahe fünfzig, bis ich das erkannt habe. Vielleicht möchtest du deine Lektion ein bisschen früher lernen.«

Zennie und Gina standen neben dem Barbereich und suchten nach einem freien Tisch. Es war beinahe fünf und die Cheesecake Factory im Einkaufszentrum Sherman Oaks füllte sich allmählich.

»Da«, sagte Gina und zeigte nach vorn.

Tatsächlich war da eine leere Nische weit hinten. Sie eilten hin und setzten sich auf die Bänke.

»Die hier belagere ich für mich und meine Freundinnen«, verkündete Gina lachend.

»Eine interessante Wahl für uns.« Eigentlich zog die Gruppe kleine Bars dem Einkaufszentrum vor.

»Seit zwei Tagen redet DeeDee von Avocado-Frühlingsrollen«, gestand Gina. »Und nach einer Weile bin ich eingeknickt. Ich meine, wer kann denen widerstehen?«

»Ich bin dabei.« Zennie trank dieser Tage nichts, aber sie aß. Und nachdem sie tagelang ihrem Ernährungsplan für Schwangere gefolgt war, fand sie, dass sie sich etwas Frittiertes verdient hatte.

Cassie und DeeDee kamen zu ihnen, und DeeDee rutschte neben Zennie auf die Bank.

»Sei froh, dass du heute nicht mit im OP warst«, sagte sie seufzend. »Dr. Chen war richtig in Form. Rita war schon in Tränen aufgelöst, ehe wir den Patienten aufgemacht hatten. Du hast echt als Puffer gefehlt.« Sie grinste Gina und Cassie zu. »Zennie ist sein Liebling.«

»Oh, das wissen wir«, antwortete Gina. »Er macht das sehr deutlich.«

»Warum warst du nicht da?«, fragte Cassie.

»Es gab einen Notfall-Bypass heute Morgen gegen fünf und ich hatte Bereitschaft.« Ihr Handy hatte um vier geklingelt, und sie war um fünf im OP gewesen. Sechs Stunden später war der Patient im Aufwachraum und es ging ihm besser.

Die Bedienung kam, um ihre Bestellungen aufzunehmen. Jeder bestellte Cocktails, DeeDee noch zwei Teller Avocado-Röllchen, und dann war sie dran.

»Mineralwasser«, sagte sie und machte sich bereit.

»Was?«

»Trinkst du nichts?«

»Wir nehmen ein Uber nach Hause. Komm schon, Zennie, vergiss mal, dass es ein Wochentag ist.«

Sie lächelte der Bedienung zu. »Mineralwasser«, wiederholte sie.

Als die Kellnerin weg war, sah Gina sie an. »Was ist los? Geht es dir nicht gut?«

»Ich, äh, hatte eine kurze Nacht.«

Keine der anderen wirkte überzeugt, was Zennie wenig wunderte. Vier Uhr war so früh auch wieder nicht, wenn man gewöhnlich um fünf aufstand. Sie holte tief Luft und erklärte die Geschichte mit Bernie, der Leihmutterschaft und dass sie schwanger war.

Alle drei Freundinnen starrten sie an. DeeDee fing sich als Erste und grinste. »Das ist ja wohl das Allercoolste. Gratuliere. Ich kann nicht glauben, dass du etwas so Wundervolles für eine Freundin tust. Ich meine, ich habe ja gewusst, dass du fantastisch bist, aber das ist …«

»Zu blöd, um es in Worte zu fassen«, sagte Gina matt. »Was denkst du dir dabei, ein Baby zu bekommen, das du nicht behältst? Was ist, wenn was schiefgeht? Was ist, wenn sie es sich anders überlegen?«

Die Fragen schmerzten. »Du klingst wie meine Mutter.«

»Vielleicht, weil deine Mutter recht hat.«

Zennie war geschockt von der Attacke.

DeeDee sprang ihr bei: »Hör auf, Gina. Was Zennie macht, ist sagenhaft.«

»Nein, ist es nicht.« Gina war sehr ernst. Sie schüttelte den Kopf. »Wie lange noch, bis Dr. Chen dich vom OP-Plan nehmen muss? Du magst sein Liebling sein, aber schwanger wird er dich nicht im OP haben wollen. Was ist, wenn dir schlecht wird und du umkippst oder so?«

Daran hatte Zennie nicht gedacht. »Das darf er nicht. Es wäre ungesetzlich.«

»Er wird einen Weg finden«, sagte Cassie sanft. »Zennie, was du tust, ist wirklich wunderbar für Bernie, doch hast du bedacht, wie es dein Leben vermurksen kann?«

»Ich bekomme ein Baby, keine tödliche Krankheit.«

»Eine Schwangerschaft ist anstrengend«, fuhr Cassie fort. »Ich habe es bei meinen Schwestern miterlebt, und das ist wirklich zum Kotzen. Du hast keinen Schimmer, worauf du dich eingelassen hast. Ich hoffe, es lohnt sich.«

DeeDee sah die beiden erbost an. »Hör nicht auf die Miesepeter. Du bist meine Heldin. Gut gemacht, Zennie. Dr. Chen wird nicht ausflippen, weil du schwanger bist. Er ist ein Süßer.«

Alle drei blickten sie entgeistert an und sie wurde rot. »Okay, vielleicht kein Süßer, aber so schrecklich ist er auch wieder nicht.«

»Du hast gesagt, dass Rita in Tränen aufgelöst war«, murmelte Gina. »Und Rita war ein Marine.«

Zennie tat ihr Bestes, die Reaktionen ihrer Freundinnen zu verarbeiten. Dass ihre Eltern dagegen waren, war eine Sache, aber von ihnen hatte sie eigentlich mehr Unterstützung erwartet. Und was war, wenn sie bezüglich Dr. Chen recht hatten? Was war, wenn er sie aus dem Team warf?

»Und weißt du, was das Schlimmste ist?«, fragte Gina. »Du könntest jetzt dem Richtigen begegnen. Wie willst du dem erklären, dass du schwanger bist?«

»Ich suche nicht nach einem Mann.«

»Und gerade dann findet man einen«, entgegnete Cassie. »Oh Zennie, ich wünschte, du hättest das nicht getan!«

Zennie sah die beiden verärgert an. »Und ich wünschte, ich hätte Freundinnen, die sich für mich freuen und mich unterstützen.« Sie wandte sich an DeeDee. »Ich muss gehen.«

DeeDee rutschte aus der Nische. Zennie folgte ihr und drehte sich zum Tisch um.

»Ich kann euch gar nicht sagen, wie enttäuscht ich bin«, sagte sie, bevor sie DeeDee umarmte. »Nicht von dir.«

»Danke. Du musst nicht gehen.«

»Doch, muss ich.«

Sie warf zwanzig Dollar für ihr Getränk und ihren Anteil am Essen auf den Tisch und ging.

Als sie bei ihrem Wagen war, wurde ihr übel. Sie wusste nicht, ob es falsch getimte Morgenübelkeit war oder der Umstand, dass sie erschüttert war. So oder so atmete sie einige Male tief ein, bis das Gefühl abklang, und fuhr nach Hause.

In ihrem Apartment warf sie sich aufs Sofa und beschloss, dass sie eine kleine Selbstmitleidsparty abhalten durfte – zumindest für ein paar Stunden. Dass ihre Eltern sie für wahnsinnig erklärten, war eins – auch wenn sie immer noch wütend auf ihren Vater war. Doch mit den Vorwürfen von Gina und Cassie wurde sie schwerer fertig. Bisher hatte sie einzig Ali und DeeDee auf ihrer Seite. Sie hatte gehofft, der Beistand fiele etwas stärker aus.

Nachdem sie einige Atemübungen gemacht hatte, versuchte sie, sich für ein selbst gemachtes Abendessen zu begeistern. Ihr war bewusst, dass sie essen musste. Vielleicht würde sie sich besser fühlen, wenn sie mit einer Freundin textete. Aber mit wem? DeeDee war noch mit Gina und Cassie aus, und sie konnte das Problem nicht mit Bernie besprechen, weil es die erschrecken würde.

Sie fing an, Ali zu schreiben, bremste sich jedoch wieder. So schwach war sie nicht, dass sie irgendjemanden belästigen musste. Sie wünschte nur, sie würde sich nicht so allein fühlen.

Vielleicht brauche ich ein Haustier, dachte sie. Keinen Hund – für den war sie zu selten zu Hause. Wie wäre es mit einer Katze? Katzen schnurrten, das wäre nett. Sie könnte zum Tierheim gehen und eine nette ausgewachsene Katze adoptieren, die für sie da war. Eine Katze würde …

Sie fluchte leise. Hatte sie nicht etwas über Katzen und Schwangerschaft gelesen? Irgendwas mit einem Parasiten oder so? Sie beäugte das Schwangerschaftsbuch auf ihrem Couchtisch, in dem sie gewiss die Antwort fände, aber die wollte sie nicht nachschlagen.

Klasse. Sie durfte kein Sushi essen, keinen Kaffee oder Wein trinken, nicht in die Sauna gehen, und jetzt durfte sie sich nicht mal eine Katze anschaffen. Sie war nicht gewillt, ihre Bedenken zuzugeben, doch schwanger zu sein, brachte weit mehr Einschränkungen mit sich, als sie für möglich gehalten hätte.

20. KAPITEL

»Du brauchst ein Date.«

Rochelle klang bestimmt, als erwartete ihre Assistentin ernsthaft, dass sie auf sie hörte. Finola sah sie über ihren Kaffeebecher hinweg an. »Machst du Witze? Ein Date? Echt jetzt? Weil ich noch ein Problem brauche?«

»Dann wirst du dich besser fühlen, versprochen. Nichts Ernstes. Nur ein nettes, angenehmes Rache-Date mit einem gutaussehenden jüngeren Typen, der irre verknallt in dich ist.«

Finola dachte daran, dass sie nach wie vor schlecht schlief und dass sie den Einsatz des Abdeckstiftes, um frischer zu wirken, inzwischen zur Kunstform erhoben hatte.

»Und wo soll ich so einen fantastischen Kerl finden? Bei Amazon?«

Sie saßen einander am kleinen Tisch in Finolas Garderobe gegenüber.

»Du hast Dutzende Angebote«, antwortete Rochelle.

»Das denkst du dir aus.«

»Tue ich nicht. Du vergisst, dass ich dein Handy habe. Du hast das Prepaid-Ding, ich dagegen sehe täglich deine Nachrichten.«

Und löschst sie, dachte Finola. Rochelle löschte alle grausamen Kommentare, die Interview-Anfragen und den ganzen anderen Mist, der einzig geschrieben wurde, damit sie sich noch schlechter als ohnehin schon fühlte.

Rochelle grinste breit. »Glaub mir, es gibt reichlich Männer, die dir helfen wollen, über Nigel hinwegzukommen, und einige der Angebote sind ziemlich verlockend.«

»Dann geh du doch mit denen aus.«

»An mir sind sie nicht interessiert.«

»Wären sie, würden sie dich sehen.« Rochelle war jung und schön – steckte voller Möglichkeiten. Sie hingegen war schlicht verbraucht und müde.

»Ich bin noch nicht bereit für ein Rache-Date.«

»Wartest du, dass Nigel zurückkommt?«

»Selbstverständlich nicht. Anfangs habe ich es. Ich hatte keine Ahnung, was vor sich ging, und war verzweifelt.« War sie immer noch, was sie jedoch nur sich selbst eingestand. »Ich wollte, dass alles wieder so wird, wie es war.« Sie umklammerte ihren Kaffeebecher, als sie eine Wahrheit erkannte, die sie bisher nicht ausgesprochen hatte. »Ich glaube nur nicht, dass das geht.«

Ihre Stimme klang so kleinlaut. So schwach. Nigel hatte sie nicht nur betrogen, er hatte ihr geraubt, was sie im Innersten ausmachte. Er hatte sie in Fetzen gerissen und nichts als Wunden übrig gelassen. Abgesehen von der öffentlichen Aufmerksamkeit war ihre Situation alles andere als einzigartig. Sie war nicht die erste Frau, die betrogen wurde, und würde nicht die letzte sein. Dieses Wissen minderte jedoch weder den Schmerz noch das Verlustgefühl. Sie war wahrhaft gebrochen, und sie glaubte nicht, dass sie jemals wieder heilen würde.

»Es kann nicht genauso werden«, sagte Rochelle. »Aber vielleicht wird es besser.«

Finola sah ihre Assistentin an. »Glaubst du das wirklich?«

»Was ich glaube, spielt keine Rolle. Es geht um dich.«

»Was ist der Sinn eines Rache-Dates?«

»Ich würde sagen, der Name verrät es irgendwie schon.«

»Ja, aber das setzt voraus, dass es Nigel kümmern würde. Täte es nicht. Und wo ist dann die Rache?«

»Es geht nicht um ihn. Es geht darum, dass du dich erinnerst, wer du bist. Du musst erkennen, dass da draußen Männer sind, die dich schön und klug finden, und dass Nigel schlicht ein blöder Kerl ist, der noch bereuen wird, was er getan hat.«

Reue wäre nett, dachte sie wehmütig. Reue, Bedauern und vielleicht ein schmerzhafter, eiternder Ausschlag.

»Ich habe eine Liste mit Typen, von denen ich glaube, dass du sie mögen wirst.«

Finola staunte. »Du hast eine Liste?« Sie konnte nicht umhin zu lachen. »Ja, natürlich! Lass mich raten – es ist eine Tabelle, auf der alle nach Alter, Aussehen, Eignung und was noch sortiert sind?«

Rochelle grinste. »Einkommen und für wie gut sie sich im Bett halten. Letzteres ist subjektiv, aber ich fand es wichtig.« Ihr Lächeln erstarb. »Finola, dir steht die Gala bevor. Würdest du da nicht lieber mit Begleitung aufschlagen?«

»Kann ich nicht. Es gäbe zu viel Tratsch.« Sie hatte noch nicht entschieden, was sie tun würde. »Ist schon in Ordnung, wenn ich da allein hingehe.«

»Ist es nicht. Ich würde ja anbieten, mit dir zu kommen, aber jeder weiß, dass ich deine Assistentin bin, und das wäre einfach schräg.«

Dem musste Finola zustimmen.

Rochelles Handy summte. Sie sah aufs Display und dann zu ihr. »Da muss ich rangehen.« Sie verließ die Garderobe.

Finola überlegte, wer eine sichere Begleitung für die Gala wäre. Irgendwie fiel ihr Zennie ein, die in einem Abendkleid umwerfend aussehen würde. Jeder würde sich fragen, wer sie war.

Eine Schwester ist sicher, dachte sie. Eine Schwester sorgte für positive Presse.

Sie nahm schon ihr Handy auf, als ihr bewusst wurde, dass sie bei ihrer letzten Unterhaltung mit Zennie wegen der Leihmutterschaft komplett ausgeflippt war. Deshalb zögerte sie kurz, ehe sie zu schreiben anfing.

Tut mir leid, dass ich neulich so eine Bitch war. Deine Neuigkeit hatte mich eiskalt erwischt, und in meiner gegenwärtigen Verfassung scheine ich zur dunklen Seite von allem zu tendieren. Was du tust, ist wirklich fantastisch. Und Bernie und ihr Mann werden überglücklich sein.

Sie drückte auf »senden« und wusste, dass sie später von Zennie hören würde. Zweifellos war ihre Schwester im OP. Denn das war es, was Zennie tat, sie rettete Leben und war schwanger mit dem Baby für ihre beste Freundin, wohingegen sie eine lachhafte Fernsehshow moderierte und sich sorgte, weil die Presse sie fotografierte und Gerüchte verbreitete.

»Ich bin ein vollkommen oberflächlicher Mensch«, flüsterte Finola. Sie wollte nicht, dass es stimmte, aber die Wahrheit ließ sich schwer umschiffen. Sie war oberflächlich und egozentrisch, ihre Schwestern waren beide nettere Menschen als sie. Sie hatte sich einzig bei ihrer Schwester entschuldigt, weil die mit ihr zur Gala kommen sollte, nicht, weil sie glaubte, dass sie sich geirrt hatte.

Diese Einsicht war unangenehm. Ihr wurde ein bisschen übel, und ihre Haut fühlte sich seltsam an – als wäre sie auf einmal zu eng. Ihre Wangen waren heiß, und dieses Gefühl, minderwertig gegenüber allen anderen zu sein, kehrte zurück. Da sie nicht sicher war, wohin mit all den unerwünschten Emotionen, schaltete sie den Fernseher ein.

The Today Show erschien mit einer gut gekleideten Frau, die sich mit einer der Moderatorinnen unterhielt. »Ja, ich finde, dass grundsätzlich beide Seiten schuld sind.«

»Selbst dann, wenn ein Partner fremdgeht?«

Finola erstarrte. Das darf nicht wirklich passieren, dachte sie und griff nach der Fernbedienung, doch ehe sie stumm schalten konnte, hörte sie: »Ja, selbst dann. Obgleich es immer mal wieder Partner gibt, die zur Untreue neigen, gibt es in den meisten Beziehungen einen unterschwelligen Grund, den man ansprechen muss.«

Finola schaltete den Fernseher aus, und der Bildschirm wurde schwarz. Es war jedoch zu spät. Falls das Universum versuchte, ihre Aufmerksamkeit zu erregen, hatte es geklappt, und es gefiel ihr kein bisschen.

Ali verbrachte zwei Tage in Folge damit, die Männer zu beobachten, mit denen sie zusammenarbeitete. Sie waren durchaus witzig, wenn sie sich dauernd gegenseitig beleidigten. Alles war für sie ein Wettbewerb, und der jeweilige Gewinner schlachtete seinen Triumph gnadenlos aus. Vor allem war ihr Kommunikationsstil ein völlig anderer als ihrer.

Sie dachte an ihre Anfänge in der Firma zurück – als sie die einzige Frau war und nichts von Autos verstand. Sie wurde übersehen, weggewinkt und umgangen. Es war harte Arbeit gewesen, alles über die Lagerbestände zu lernen und sich dem Team zu beweisen, aber sie hatte es geschafft. Jetzt kamen die Neuen mit ihren Fragen immer zu ihr, und wenn etwas schiefgelaufen war, war sie diejenige, die es wieder richten sollte. Sie wurde respektiert und gewürdigt, bezweifelte jedoch, dass man sie je als ehrgeizig betrachtete.

Sie redete nicht über ihre Erfolge oder was sie an diesem oder jenem Tag richtig gemacht hatte. Sie prahlte nicht oder setzte irgendjemanden herab. Sie spielte auch nicht mit beim Basketball in der Mittagspause. Sie war keiner von den Jungs, aber Teil des Teams.

Was nicht dasselbe war, wie sie wusste, und ihr Gefühl sagte ihr, dass ihr Problem nicht war, keiner von den Jungs zu sein. Es war vielmehr ihre natürliche Zurückhaltung. Sie machte einen guten Job und erwartete, dass das genügte. Doch angesichts dessen, was Ray geboten wurde, genügte es offensichtlich nicht. Sie müsste darüber reden, was sie täglich für die Firma tat. Und sie musste schnell einen Plan entwerfen, weil sie sonst niemals für eine Beförderung in Betracht gezogen werden würde, und das wäre richtig blöd.

Sie nutzte ihre Mittagspause, um aufzuschreiben, was sie alles im letzten Jahr geschafft hatte, Aufgaben, die wahrlich jenseits ihrer Stellenbeschreibung gewesen waren. Dann ging sie durchs Lager und machte sich Notizen darüber, was anders gemacht werden könnte. Später würde sie ihre Ideen mit konkreten Zahlen untermauern. Sie hatte Zeit – der Besitzer war im Urlaub, und mit den Besetzungsgesprächen ging es erst weiter, wenn er zurück war.

Sie war eben an ihren Schreibtisch zurückgekehrt, als ihr Telefon klingelte. Die Nummer erkannte sie nicht, aber sie war von hier. »Ali am Apparat.«

»Hi, hier ist Betty von All Occasion Bakery. Ihre Torte ist zur Abholung bereit. Nur zur Erinnerung, es sind mehrere Kartons, die Sie nicht übereinanderstapeln sollten. Sie wollen ja nicht, dass Ihrer schönen Torte vor dem großen Tag etwas passiert.«

Ali schloss die Augen und stöhnte. Die Torte hatte sie vollkommen vergessen. Entsprechend hatte sie die Bestellung nicht storniert und müsste sie nun bezahlen. Und was dann? Sie hatte eine Torte für über hundert Leute. Ihre abgesagte Hochzeit hätte dieses Wochenende stattfinden sollen – eine Tatsache, die sie nach Kräften verdrängt hatte.

»Okay, danke.« Sie seufzte. »Ich hole sie später ab.«

»Wir haben bis sechs Uhr geöffnet.«

Ali legte auf und erwog, ihren Kopf auf den Schreibtisch zu knallen, aber ihr war klar, dass es nichts bringen würde. Stattdessen dachte sie an die riesige Torte, auf die Glen bestanden hatte. Eine kleinere hätte es auch getan, doch ihm gefiel die fünfstöckige, also hatten sie die bestellt.

Fünf Schichten, überlegte sie verdrossen. Die würden niemals in ihren Wagen passen.

Sie nahm ihr Telefon wieder auf und wählte Daniels Nummer.

»Hey«, meldete er sich. »Was gibt's?«

»Kann ich eventuell deinen Truck leihen?«

»Sicher. Wozu?«

»Ich hatte völlig vergessen, die Torte zu stornieren. Sie ist riesig, und ich fürchte, sie passt nicht in mein Auto.«

»Kein Problem. Wir treffen uns nach der Arbeit zu Hause. Was hast du mit der Torte vor?«

»Keine Ahnung. Ich schätze, ich spende sie. Du kennst nicht

zufällig jemanden, der heiratet und vergessen hat, eine Torte zu bestellen, oder?«

»Nein, aber ich kenne eine gute Suppenküche. Bringen wir sie da hin.«

»Abgemacht«, antwortete sie entschlossen. »Wenigstens kommt sie dann jemandem zugute.«

»Bis heute Abend.«

»Bis dann.«

Sie legte auf und wünschte, sie könnte ausnahmsweise mal nicht so unfähig gegenüber Daniel wirken. War es denn zu viel verlangt, dass sie nur ein einziges Mal gefasst, selbstsicher und klug vor ihm auftrat? Obwohl sie die Antwort kannte, konnte sie nicht umhin, auf ein Wunder zu hoffen.

Daniel wartete wie versprochen auf sie, als sie von der Arbeit kam. Sie fuhr in die Garage und stieg in seinen Truck um.

»Danke, dass du das machst«, sagte sie. »Ich weiß es wirklich zu schätzen.«

»Ich helfe gern. Und es gibt Torte, also was will man mehr?«

Sie lachte. »Stimmt. Und wie läuft es in der Welt des Motocross?«

»Gut. Es gibt eine Menge junge Typen, die sehr ehrgeizig sind. Mal sehen, ob es einer von denen schafft.«

»Nur Jungs?«

Er sah sie an. »Manchmal auch Mädchen, allerdings nicht viele. Es ist körperlich anstrengend und …« Er sah wieder zur Straße. »Ich höre lieber auf zu reden, bevor ich mich in Schwierigkeiten bringe.«

»Ja, ist wohl besser. Sicher ist der Sport physisch brutal, aber du solltest trotzdem auch Mädchen unterstützen.«

»Ich gebe mein Bestes.«

Sie glaubte ihm, denn für sie war er ja auch da. »Ich habe die Jungs bei der Arbeit beobachtet, um ihren Kommunikationsstil zu verstehen.«

»Und?«

»Sie reden viel über sich. Das ist interessant. Jetzt begreife ich, warum es so leicht ist, mich zu übersehen. Nicht absichtlich, sondern weil ich dazu neige, mich im Hintergrund zu halten.«

»Was willst du daran ändern?«

»Ich habe schon einen Termin mit meinem Chef, wenn ich nach meiner freien Woche wieder da bin und er aus dem Urlaub zurück ist. Bis dahin arbeite ich an meinen Plänen und liste alles auf, was ich im letzten Jahr erreicht habe.« Sie hob eine Hand. »Damit meine ich, dass ich ausrechne, wie viel Geld die Firma durch mich gespart hat und welche neuen Kunden ich gewonnen habe, nicht bloß, dass ich eine gute Arbeitsbiene bin.«

»Hervorragend. Falls du es mir mal vortragen willst, spiele ich gerne das Probepublikum.«

»Meinst du ein Übungsgespräch?«

»Wenn man so will. Ich stelle ja auch Leute ein – und feure sie.«

Sie verzog das Gesicht. »Leute zu entlassen ist sicher nicht witzig.«

»Nein, ist es nicht. Jemandem das Leben zu versauen, ist das Schlimmste, dennoch muss es manchmal sein.«

Sie erreichten die Konditorei. Ali wappnete sich für den Anschlag auf ihre Kreditkarte und ging hinein. Betty, eine Frau mittleren Alters in einer leuchtend gelben Schürze, lächelte sie an.

»Was kann ich für Sie tun?«

»Ich bin Ali Schmitt und komme wegen der Torte.«

»Ja, natürlich. Sie ist sehr schön geworden.« Betty sah zu Daniel und zwinkerte. »Ich sehe schon, dass Sie eine Menge wunderhübsche Babys bekommen werden.«

Ali wurde rot und wusste nicht recht, was sie sagen sollte. Zu erklären, wer Daniel war, schien zu kompliziert, aber er sollte auch nicht denken, dass sie … Tja, sie hatte keine Ahnung, was sie nicht wollte, dass er es dachte, jedenfalls nichts Schlimmes.

Ehe sie sich eine Antwort ausdenken konnte, lachte er und sagte: »Das hoffe ich! Dann lassen Sie uns mal die Torte sehen.«

Betty hatte die fünf Kartons bereits auf einem Wagen. Der größte musste einen Durchmesser von beinahe anderthalb Metern haben und war über einen halben Meter hoch. Heiliger Bimbam, das war eine Menge Torte!

Während Daniel die Kartons in seinen Truck lud, reichte Ali der Konditorin ihre Kreditkarte und versuchte, nicht zusammenzufahren, als sie die Summe sah.

Anschließend ging sie hinaus. »Weißt du, was noch fieser ist, als diese Torte allein bezahlen zu müssen? Die ist mit Gewürzkuchenteig. Ich hasse Gewürzkuchen, doch Glen wollte den, und da habe ich selbstverständlich zugestimmt.«

Er lud den letzten Karton ein und schloss die Heckklappe. »Du wolltest nett zu ihm sein.«

»Ja, sicher, aber warum wollte er nicht nett zu mir sein?« Sie stampfte mit dem Fuß auf. »Ich hasse das. Alles. Die Hochzeit abzuwickeln, das viele Geld, das ich ausgebe, an welchem Punkt mein Leben ist. Ich brauche eine Wohnung, die sauber ist und mich nicht in den Bankrott treibt, eine Beförderung und einen sehr viel besseren Verlobten, so viel steht fest. Ich muss für mich selbst eintreten, und ich bin nicht sicher, ob ich das kann, aber ich hasse es, mich so zu fühlen, und ich weiß nicht, was …«

Bevor sie den Satz beenden konnte, legte Daniel seine großen starken Hände an ihre Wangen und küsste sie. Einfach so – auf dem Parkplatz der Konditorei, im strahlenden Sonnenschein.

Zunächst war es ein zarter, sanfter Kuss, der ihr das Gefühl gab, wertgeschätzt zu werden. Sie gewöhnte sich eben an seinen Mund auf ihrem und an das Streicheln seiner weichen Bartstoppeln, da veränderte sich alles. Er presste ein wenig stärker und bewegte seine Lippen an ihren. Unwillkürlich legte sie die

Arme um ihn und rückte irgendwie näher an ihn heran. Oder vielleicht tat er es auch – sie wusste es nicht genau, und es war eigentlich egal.

Seine Hände sanken auf ihre Schultern und glitten auf ihren Rücken, sodass er sie genauso festhielt wie sie ihn. Er neigte den Kopf leicht und streichelte ihre Unterlippe mit seiner Zunge.

Hitze explodierte. Flüssige, sexy Nimm-mich-jetzt-Hitze, bei der ihre Brüste plötzlich aufmerkten und ihre Mädchenpartien signalisierten, dass ihnen dieser neue Typ sehr gut gefiel. Sie genoss es, seine Zunge an ihrer zu spüren. Daniel küsste sie, als meinte er es ernst, mit jeder Menge Kitzel und Versprechen und gerade fordernd genug, dass sie dahinschmolz.

Glen zu küssen, war vollkommen in Ordnung gewesen, doch mit Daniel war es, als würde man in einer Rakete gen Mars abheben. Vielleicht war es geschmacklos, die beiden Brüder zu vergleichen, aber das kümmerte sie nicht, denn, hey, Mars!

Er ließ seine Hände auf ihren Po gleiten und drückte ihn sanft, ehe er langsam, anscheinend widerwillig zurücktrat.

Sie blickte in seine dunklen Augen auf und platzte heraus: »Wenn ich so viel für eine Torte bekomme, frage ich mich, was du getan hättest, hätte ich das Catering nicht stornieren können.«

Er lachte und küsste sie wieder, bis sie beide außer Atem waren. Dann wich er zurück.

»Ich bin verwirrt«, flüsterte sie.

»Ich auch.«

»Wir sollten wahrscheinlich so tun, als wäre das nie passiert.«

»Wenn du willst.«

Wollte sie? Sie war so desorientiert. Wie viel hiervon war real und wie viel ihrer Trennung geschuldet?

»War irgendwas davon ein Mitleidskuss?«

Sein Blick war ruhig. »Hat es sich wie einer angefühlt?«

»Das ist keine Antwort.«

»Es war kein Mitleidskuss.«

Was war es dann? Sie fragte nicht laut, weil sie es wirklich nicht wissen wollte.

»Es ist wohl das Beste, wenn wir so tun, als wäre es nicht passiert«, wiederholte sie, weil es die vernünftige Entscheidung war. Doch insgeheim hoffte sie, dass er darauf bestand, direkt in sein Schlafzimmer zu gehen und die Sache zu Ende zu bringen.

Was jedoch nicht Daniels Stil war. Er berührte sachte ihre Wange und sagte: »Klug und schön. Das gefällt mir bei einer Frau.«

Das hörte sich super an, machte aber leider ihre etwas erhitzten Mädchenpartien verzweifelt unzufrieden.

Später, als sie die Torte in der Suppenküche abgeliefert hatten und nach Hause gefahren waren, fragte sie sich, ob sie bezüglich Daniel vernünftig oder feige war. Während er sie offensichtlich hinreichend mochte, um sie zu küssen, und so süß und nett zu ihr war, hallte ihr Finolas Warnung durch den Kopf. Sich mit dem Bruder ihres Ex-Verlobten einzulassen, war dumm; es so schnell zu tun, war dumm, und nicht zu wissen, was sie für ihn und er für sie empfand, war dumm. Folglich traf sie die richtige Entscheidung, oder nicht?

Gegen zehn Uhr ging sie in die Küche, um sich einen Snack zu holen. Dort fand sie eine rosa Kuchenschachtel auf dem Tresen, auf der ihr Name stand. Als sie den Deckel hochhob, sah sie einen Schokoladenkuchen aus zwei Schichten mit Schokoglasur.

Natürlich, dachte sie, und kämpfte gegen tausend Gefühle an, die sie nicht mal benennen konnte. Das Einzige, was sie mit Sicherheit wusste, wenn es um Daniel und Glen ging, war, dass sie definitiv den falschen Bruder gewählt hatte.

Zennie und Bernie saßen Dr. McQueen gegenüber. Die Ärztin blickte auf ihr Tablet, dann zu ihnen auf und lächelte.

»Na gut«, sagte sie. »Ich gebe es zu. Dies ist eine Premiere für mich. Ich habe schon heterosexuelle und lesbische Paare behandelt, aber noch nie hatte ich hier eine Leihmutter und ihre Freundin vor mir. Daran muss ich mich erst mal gewöhnen.«

Bernie ergriff Zennies Hand und drückte sie. »Ich bin nur so lange hier, wie sie sich damit wohlfühlt. In dem Moment, in dem Zennie möchte, dass ich gehe, bin ich weg.«

Diese Einstellung gefiel Zennie zwar, war aber auch ein wenig seltsam. Warum sollte sie Bernie nicht dabeihaben wollen? Schließlich bekam sie deren Baby.

»Ihre Blutwerte sehen glänzend aus, und es ist kein Zucker in Ihrem Urin, also ist alles gut. Nehmen Sie Ihre Vitamine?«

»Jeden Tag, und ich trinke extra viel Wasser und esse nach der Liste. Ich habe keinen Alkohol und keinen Kaffee getrunken.«

Die Ärztin grinste. »Diesen sehnsüchtigen Unterton kenne ich. Ich würde Ihnen ja gerne sagen, dass es leichter wird, aber leider kann ich Sie nur damit trösten, dass Sie in einigen Monaten wieder alles essen und trinken dürfen, was Sie möchten.«

Bernie ließ ihre Hand los und wandte sich an die Ärztin: »Hayes und ich haben über einen Lieferservice nachgedacht, Food for Two. Kennen Sie die?«

»Ich nicht«, sagte Zennie. »Was ist das?«

»Ein Lieferservice, der sich auf Gerichte für Schwangere spezialisiert hat«, antwortete Dr. McQueen. »Mehrere meiner Patientinnen finden die recht praktisch. Es sind perfekt ausgewogene Mahlzeiten, die alle paar Tage geliefert werden. Sie müssen Sie nur noch aufwärmen.«

Bernie lächelte ihr zu. »Wir möchten es dir leichter machen. Bitte, lass uns das für dich buchen.«

»Ich kann mir selbst etwas kochen. Das ist keine große Sache.«

»Nein, aber das Einkaufen und Zubereiten kann es sein. Du bist bei der Arbeit sehr eingespannt, und auf diese Weise musst du nicht darüber nachdenken, was du essen willst. Uns schwebt das volle Paket vor, also drei Mahlzeiten und zwei Snacks pro Tag.«

Zennie begeisterte die Vorstellung wenig, dass jemand anders entschied, was sie aß, doch sie wollte Bernie nicht enttäuschen.

»Lass uns später darüber reden«, sagte sie vorsichtig.

»Klar.«

Dr. McQueen nickte. »Na gut, sprechen wir über Sport. Zennie, soweit ich weiß, sind Sie Läuferin und surfen. Was machen Sie sonst noch?«

»Hin und wieder Yoga. Ich hebe natürlich Gewichte. Und ich klettere. Ich unternehme kleine Bergtouren mit Freundinnen im Griffith Park. Und ich fahre Snowboard, aber es geht auf den Sommer zu, also ist das kein Thema.«

»Beeindruckend«, sagte sie Ärztin. »Sie wissen ja schon, dass Sie Saunas und Whirlpools meiden sollten. Auch Hot Yoga sollten Sie auslassen. Vorerst möchte ich, dass Sie sich beim Laufen auf drei Meilen beschränken. Sie werden es irgendwann ganz lassen müssen, aber bis dahin ist es noch eine Weile. Surfen ist ebenfalls ein Risiko. Da gibt es einfach zu viele Möglichkeiten, sich den Unterleib zu verletzen, und Luft anhalten unter Wasser ist ein Problem. Wandern ist vorerst okay. Sobald Sie runder werden, werden Sie Gleichgewichtsprobleme bekommen. Vielleicht können Sie auf Walken und den Crosstrainer umschwenken. Und halten Sie sich von Kletterwänden fern. Sie sollten keinen Sturz riskieren.«

Zennie fiel ein, was auf der Wandertour passiert war und welche Angst sie gehabt hatte. »Das Klettern kann ich ohne Weiteres drangeben bis nach der Geburt.« Was den Rest betraf, gab sie sich Mühe, zufrieden auszusehen und nicht so, als würde ihr die Ärztin alles verbieten, was Spaß machte.

»Sie sollten bei der Arbeit Stützstrümpfe tragen«, fuhr Dr. McQueen fort. »Mit denen fühlen sich Ihre Beine weniger müde an, und sie beugen künftigen Problemen mit Krampfadern vor. Ruhen Sie sich viel aus. Legen Sie die Beine hoch, wann immer Sie können. Momentan ist das noch nicht nötig, aber es ist sinnvoll, dass Sie es sich jetzt schon angewöhnen.«

Es folgten weitere Einschränkungen und Warnungen. Zennie erinnerte sich, dass es normal war, sich überwältigt zu fühlen, und dass alles ja nur vorübergehend war. In wenigen Monaten – also acht – bekäme sie ihr Leben zurück.

Acht Monate! Sie blinzelte. Noch acht Monate lang würde sie schwanger sein.

Als der Termin vorbei war, ging sie mit Bernie zusammen aus der Praxis.

»Das war so aufregend«, sagte ihre Freundin. »Und es gibt noch so viel zu lernen.« Sie hakte sich bei ihr ein. »Ich bin sehr froh, dass du mit dem Lieferservice einverstanden bist. Ich schicke dir den Link, dann kannst du deine Vorlieben angeben. Sie liefern das Essen direkt zu dir nach Hause. Oh, und sag Bescheid, wenn du die Stützstrümpfe kaufen gehst. Hayes und ich bezahlen die selbstverständlich.«

»Das müsst ihr nicht«, widersprach Zennie und fragte sich, wann genau sie dem Lieferservice zugestimmt hatte.

»Die sind teuer«, sagte Bernie. »Und du wirst einige Paare brauchen, weil sie von Hand gewaschen werden müssen und Zeit zum Trocknen benötigen.«

»Oh, das habe ich nicht gewusst.«

Bernie lächelte. »Ich habe mich gründlich in deine Schwangerschaft eingelesen. Du kannst mich alles fragen.«

Zennie verbannte das Bild von ihrem kleinen Bad voller Altfrauenstrümpfe aus ihrem Kopf und sagte sich, auch das würde vergehen. Sie bekam ein Baby, da mussten Kompromisse sein. Acht Monate waren nicht so lange, und am Ende, wenn sie ihnen ihr glückliches, gesundes Baby überreichte, würde sie wissen, dass sie etwas Gutes getan hatte. Bis dahin würde sie die Zähne zusammenbeißen und ihr Gemüse essen. Und, wie es aussah, Stützstrümpfe tragen.

21. KAPITEL

Finola fand es zunehmend schmerzlicher, nach dem Haus zu sehen. Jedes Mal, wenn sie durch die vertrauten Straßen fuhr, musste sie zugeben, dass sie allein war, aus ihrem Heim verscheucht wurde und nun bei ihrer Mutter wohnte. Das entsprach kaum der Beschreibung einer Frau auf dem Gipfel ihres Erfolgs. Sie lebte in ständiger Furcht, erkannt zu werden, ausgelacht und bloßgestellt. Es wurde beständig schwerer, zur Arbeit zu gehen, und sie schlief nachts nicht.

Sie hatte genug Sendungen über psychische Probleme gemacht, um zu erkennen, dass sie Depressionen hatte. Darüber hatte sie gelesen, war jedoch nicht auf dieses Schweregefühl vorbereitet gewesen, das auf jeden Bereich ihres Lebens drückte – als wäre auf einmal mehr Schwerkraft da. Sie fühlte sich träge, hässlich und war fast durchgängig traurig. Und hoffnungslos, dachte sie, als sie in die Garage fuhr und sorgsam das Tor hinter sich schloss.

Sie trat ins Haus und blieb in der Stille stehen. Alles sah aus wie bei ihrem letzten Besuch hier – und beim vorletzten. Auf dem Dielentisch war die Post ordentlich aufgestapelt. Der Reinigungsservice hielt alles sauber, den Essenslieferdienst hatte sie gekündigt. Der Gärtner und der Poolservice sorgten dafür, dass es draußen gepflegt aussah. Das Einzige, was in diesem Leben fehlte, waren sie und Nigel, und was hatte es für einen Sinn ohne ihn?

Sie blätterte die Post durch. Die meisten Rechnungen kamen per E-Mail, also musste sie sich deshalb keine Gedanken machen. Nigel hatte ihr gemeinsames Bankkonto nicht geplündert, und sie besaß ein eigenes Konto, mithin wäre Geld kein Problem. Jedenfalls kurzfristig nicht. Obwohl sogar ihre Mutter wollte, dass sie mit einem Anwalt sprach, konnte Finola es sich nicht vorstellen. Was sollte sie sagen? Ein Anwalt würde sie fragen, was sie wollte, und sie hatte keine Ahnung.

Sie ging durch die Küche und das Wohnzimmer zum Flur. Die Bilder hingen nach wie vor an den üblichen Stellen. Die Risse vom letzten Erdbeben der Stärke 5,0 waren unverändert. Sie berührte die Wände und wünschte, das Haus könnte sie berühren und ihr sagen, dass alles gut werden würde. Nur konnte es das nicht, und selbst wenn es sprechen könnte, bezweifelte sie, dass es sie anlügen würde.

Sie ging die Treppe hinauf in den ersten Stock und vorbei an ihrem Schlafzimmer zu dem Raum, von dem sie immer gesagt hatten, es würde ihr Kinderzimmer werden. Die Wände waren blassgelb gestrichen, die Holzverkleidung weiß. Es gab eine gepolsterte Fensterbank und einen recht geräumigen Wandschrank.

Wie oft hatten sie davon gesprochen, ein Baby zu bekommen? Wie oft hatte Nigel gesagt, er wäre bereit und wollte nicht siebzig sein, wenn sein Kind den Highschool-Abschluss machte? Und wie oft hatte sie ihn hingehalten? Bald, hatte sie versprochen. Nächstes Jahr gewiss. Doch ein Jahr war ins nächste übergegangen, bis Nigel aufhörte zu fragen.

Sie blickte in den Garten. Er hat aufgehört zu fragen, wiederholte sie im Geiste. Wann war das? Vor sechs Monaten? Vor acht? Warum war es ihr nicht aufgefallen? Sein Schweigen war ein Zeichen gewesen, und sie hatte es ignoriert. Nein, nicht ignoriert, das würde implizieren, dass sie es bemerkt und willentlich nicht beachtet hatte. Sie hatte es überhaupt nicht wahrgenommen. Was hatte sie noch verpasst?

Sie ging zurück nach unten und in ihr Arbeitszimmer. Ihr eleganter Schreibtisch war aufgeräumt wie immer. Hier drinnen mochte sie keine Unordnung. Der Raum mit seinen blassrosa Wänden und einem wunderschönen Teppich mit Blumenmuster, den sie selbst ausgesucht hatte, gehörte ganz ihr. Der einzige Besucherstuhl war absichtlich unbequem. Sie wollte nicht, dass sich jemand anders länger hier aufhielt. Wenn sie von zu Hause arbeitete, war ihr wichtig, Ablenkung zu vermeiden.

Sie blickte zu den Fotografien und den Auszeichnungen an den Wänden. Da waren jeweils Dutzende. Fotos von ihr mit diversen Würdenträgern und Berühmtheiten sowie einige gerahmte Zeitschriftentitel. Es gab keine Fotos von ihr und Nigel oder nur von ihm. Weder an der Wand noch auf dem Schreibtisch. Sie hatte sich immer gesagt, sie wolle ihre Karriere von ihrem Privatleben getrennt halten. Deshalb hatte sie nach der Heirat ihren Mädchennamen behalten. Nigel hatte gemeint, es sei ihm gleich. Natürlich benutzte sie seinen Nachnamen, wenn es sich um private Anlässe handelte, aber nie für irgendetwas Offizielles oder Wichtiges.

Sie ging quer über den Flur in sein Arbeitszimmer. Hier waren die Farben dunkler und alles maskuliner. Auf seinem Schreibtisch stapelten sich Papiere, und gegenüber stand ein großes schwarzes Ledersofa. Es lud ein, sich in eine Ecke zu kuscheln und zu lesen, oder sich kurz hinzulegen. Sie hatten häufiger Sex auf diesem Sofa gehabt, daher wusste Finola, wie sich das Leder an ihrer nackten Haut anfühlte. Auf diesem Sofa hatten sie geredet, gelacht und gestritten.

Er hatte Kunst an den Wänden. Seine Abschlüsse und Auszeichnungen hingen in seinem Praxis-Büro. Hinter seinem Schreibtisch prangte ein großes gerahmtes Foto von ihrer Hochzeit. Mehrere Bilder von ihr standen auf dem Schreibtisch verteilt.

Ohne zu wissen, warum, dachte sie an das Spa, in dem sie letztes Jahr gewesen war. Sie hatte sich eine Woche freigenommen und war allein hingefahren, um auszuspannen. Sie hatte gelesen, geschlafen und sich massieren lassen. Es war eine himmlische Zeit, in der sie Nigel eigentlich nicht vermisste. Nicht genug, um ihn einzuladen, zu ihr zu kommen.

Was musste er gedacht haben, dass sie ohne ihn verreiste? Sie sorgte sich nicht, dass er denken würde, sie hätte eine Affäre, aber sie war einfach weggefahren und hatte ihn zurückgelassen. Sie waren nie siamesische Zwillinge gewesen, und er fuhr zu medizinischen Konferenzen und Symposien, doch irgendwie war der Wellnessurlaub anders. Nicht, dass sie nichts allein unternehmen konnte oder sollte, aber es war mehr als das, und sie begriff nicht ganz, inwiefern.

Sie ging wieder auf den Flur und in die Küche, wo sie nachsah, ob nirgends Wasser tropfte und der Kühlschrank funktionierte – lauter Dinge, die der Reinigungsservice im Blick hatte. Sie war rastlos, wagte nicht zu bleiben, wollte jedoch auch noch nicht gehen. Ihr Vater würde sagen, dass sie Schuldgefühle hatte. Dass sie zugeben müsste, die Affäre sei zwar einzig Nigels Schuld, aber es war zumindest teils ihre, wenn Nigel zuvor unglücklich gewesen war. Allmählich fragte sie sich, ob sie zu vieles für selbstverständlich genommen hatte. Ob sie zu sehr mit sich selbst und zu wenig mit ihrer Ehe beschäftigt gewesen war.

Ali hatte gesagt, es sei schwer, mit ihr zusammenzuleben. Zennie, so fehlgeleitet sie auch sein mochte, war bereit, beinahe ein ganzes Jahr ihres Lebens herzugeben, um für eine Freundin ein Baby zu bekommen. Sogar ihre Mutter nutzte ihre Freizeit, um für diese alberne Theatergruppe am Strand zu arbeiten. Was tat sie neben ihrer Arbeit? Sie hatte keine richtigen Freunde. Sie hatte Rochelle, doch so loyal ihre Assistentin auch war, würde sie eines Tages ein besseres Jobangebot erhalten und weggehen. Ihre ehrenamtliche Arbeit zählte nicht, weil sie nichts leistete. Sie zeigte sich – war das Gesicht –, beteiligte sich jedoch nicht.

Sie hatte geglaubt, dass sie Nigel immer haben würde. Dass sie zusammen glücklich wären. Sie hatte gedacht, sie würden einander lieben, bis sie alt und grau waren und auf den Tod warteten. Aber nichts davon würde geschehen.

Sie kehrte zu ihrem Wagen zurück. Ohne die Fernbedienung für das Garagentor zu betätigen, saß sie im Dunkeln und fragte sich, ob sie dies alles tatsächlich selbst herbeigeführt hatte. War sie die Ursache ihres Unglücks? War sie wirklich dieses furchtbare menschliche Wesen?

Voller Angst, dass die Antwort Ja lautete, öffnete sie das

Garagentor, ließ den Motor an und drehte das Radio so laut auf, dass sie unmöglich denken konnte.

Zennie tat alles weh. Sie hatte Hunger, ihre Füße und ihr Rücken schmerzten und sie hatte entsetzlichen Durst. Die zehnstündige Operation war von Anfang bis Ende stressig gewesen. Letztlich hatte der Patient es gut durchgestanden, doch ihm blühte eine höllische Genesungszeit.

Ihr letztes bisschen Kraft hatte sie darauf verwandt, sich ihre Straßenkleidung anzuziehen. Sie wünschte sich jemanden, der sie zu ihrem Wagen trug und ihr unterwegs ein stärkendes Elixier anbot nebst einem riesigen Pastrami-Sandwich. Stattdessen würde sie schlichtes Wasser trinken, nach Hause fahren und essen, was immer ihr an widerlichem Protein- und Grünkohlgericht heute blühte.

»Das ist ja mal ein Gesicht.«

Zennie drehte sich um und sah Gina auf sich zukommen. Sie hatte ihre Freundin seit dem katastrophalen Abend nicht mehr gesehen. Cassie hatte eine Textnachricht geschickt und sich entschuldigt, aber von Gina hatte sie nichts gehört.

Sie merkte, wie sie sich versteifte und sich ihre Nackenhaare aufrichteten, als sie sich auf weitere Kritik gefasst machte.

»Ich denke nur gerade an das gesunde Essen, das mich zu Hause erwartet«, sagte sie ruhig. »Bernie, die Kindsmutter, hat einen Lieferservice engagiert, der sich auf Gerichte für Schwangere spezialisiert hat.«

Gina lehnte sich an einen der Spinde und lächelte verhalten. »Also keine Vollkornkekse mit Schokolade zum Tequila.«

Zennies Mundwinkel zuckten. »Wahrscheinlich nicht. Aber ich esse viel grünes Gemüse.«

»Frittiert?«

»Leider nein.«

Für einen Moment schwiegen beide, und Zennie schöpfte Hoffnung.

Ihre Freundin atmete tief durch. »Tut mir leid, dass ich dich gekränkt habe.«

»Das ist nicht dasselbe wie eine Entschuldigung für das, was du gesagt hast.«

»Nein, ist es nicht.« Gina nagte an ihrer Unterlippe. »Zennie, ich weiß, dass du denkst, du tust das Richtige, doch ich denke es nicht. Ich finde, dass du ein enormes Risiko eingehst. Du bist meine Freundin und ich mag dich sehr, aber ich glaube auch, dass du dich irrst.«

Es war nicht direkt ein Schlag in die Magengrube, kam dem allerdings nahe. »Dann müssen wir uns wohl darauf einigen, dass wir uns nicht einig sind«, sagte sie, öffnete ihren Spind und nahm ihren Rucksack heraus. »Ich bin mir nicht ganz sicher, was das für unsere Freundschaft bedeutet.«

Gina verzog unglücklich das Gesicht. »Kannst du meine Meinung nicht akzeptieren?«

»Nicht, wenn du sie nicht für dich behalten kannst. Du hast recht, es könnte etwas schiefgehen, aber weißt du was? Alles könnte prima ausgehen. Nächstes Jahr um diese Zeit könnten sie ein zufriedenes, gesundes Baby haben, und ich bin wieder in mein Leben zurückgekehrt, nachdem ich meiner Freundin das unglaublichste Geschenk gemacht habe. Selbst wenn die Chance besteht, dass es eine Katastrophe gibt, will ich es versuchen. Ich möchte das tun, und wenn du das nicht hinnehmen kannst, kann ich nicht mit dir zusammen sein.«

Sie hatte nicht vorgehabt, all das zu sagen, doch irgendwie waren ihr die Worte herausgeplatzt.

»Es ist hart«, gestand sie. »Sehr viel härter, als ich gedacht habe, und nach allem, was ich gelesen habe, wird es schlimmer. Ich muss Bernie und ihrem Mann gegenüber gute Miene machen, deshalb brauche ich wirklich andere Freunde, die mir hier durchhelfen.« Sie öffnete ihren Rucksack und holte ein T-Shirt heraus, das sie in einer Tüte vor ihrer Wohnungstür gefunden hatte, um es in die Höhe zu halten.

»Siehst du das?« Sie zeigte auf den albernen Comic-Storch, der ihr befahl, zu strahlen und zu wachsen. »Meine egozentrische große Schwester hat mir das irgendwann nachts gebracht. Ich bitte dich nicht, zweimal die Woche zu kommen und mir die Füße zu massieren, aber ich brauche das Gefühl, dass du meine Entscheidung respektierst. Du hast gesagt, dass du dagegen bist, und das ist in Ordnung, doch wenn du es nicht gut sein lassen kannst, kann ich dich jetzt gerade nicht in meinem Leben haben.«

Noch schlimmer als ihr verbaler Durchfall waren die Tränen, die ihr plötzlich in den Augen brannten.

»Das ist lächerlich«, murmelte sie und wischte sie weg. »Ich schwöre, dass ich jetzt keine hormonbedingte Heulattacke kriege.«

Gina starrte sie mit offenem Mund an. »So hast du noch nie mit mir geredet.«

»So habe ich bisher noch mit niemandem geredet. Tut mir leid. Ich will dir sagen, dass ich dich so oder so sehr mag, aber anscheinend ist meine Zuneigung an Bedingungen geknüpft.«

»Okay«, sagte Gina. »Verstehe. Ich bin momentan nicht bereit, diese Entscheidung zu treffen. Ich schätze, wir sehen uns.«

Ihre Freundin … möglicherweise ihre *frühere* Freundin … drehte sich um und ging weg. Zennie fühlte, dass sich mehr Tränen ankündigten, doch die ignorierte sie. Sie musste einfach nur nach Hause. Sie würde essen, Wasser trinken und dann zu Bett gehen und schlafen. Morgen früh wäre alles besser. Sie versuchte sich einzureden, wenn Gina sie nicht unterstützen konnte, wäre sie ohne sie besser dran, was sehr stark und tapfer klang. In Wahrheit jedoch fühlte sie sich vollkommen verloren, einsam und verängstigt. Das war noch eine Sache, die sich änderte, da sie nun ein Baby bekam.

Ali wachte früh am Morgen ihres nicht stattfindenden Hochzeitstages auf. Sie hängte sich eine Wolldecke über und schlich leise auf die Terrasse vor ihrem Zimmer, um den Sonnenaufgang zu beobachten. Sie hatte keinen Schimmer, wie sie sich fühlte, was ihre Umstände oder irgendwas anderes betraf, aber in einem Punkt war sie sich sicher: Sie bedauerte nicht, Glen nicht zu heiraten.

Sie hatte einen frühen Friseurtermin, gefolgt von einer Maniküre und einer Pediküre. Danach hatte Daniel ihr einen spaßigen Tag versprochen. Sie wusste, dass er mit ihr zur Motocross-Strecke fahren wollte, damit sie es ausprobieren konnte. Alles, um sie davon abzulenken, was heute eigentlich sein sollte. Sie mochte froh sein, dass sie Glen nicht heiratete, trotzdem war dieser Tag ein bisschen bedrückend.

Zwei Stunden später hatte sie Strähnchen, einen neuen Bob, der ihrem Gesicht schmeichelte, und frisch lackierte Nägel. Für ihre Zehen hatte sie leuchtendes Blau gewählt und blassrosa für ihre Finger. Nun fühlte sie sich schick, sexy und ziemlich abenteuerlustig.

»Ich bin bereit für meine Motocross-Stunde«, verkündete sie, als sie das Haus betrat.

Daniel stand in der Küche und starrte sie über die Kochinsel hinweg mit großen Augen an.

»Was ist?«, fragte sie, da fiel ihr ihr Haarschnitt wieder ein. Ihre gute Laune bekam einen Dämpfer. Sah es schlimm aus? Hatte sie einen Fehler gemacht? Nein! Sie mochte die neue Frisur, und wenn sie ihm nicht gefiel, war er dumm.

»Du siehst unglaublich aus.« Er stellte den Kaffeebecher ab. »Deine Augen wirken größer, und dein Gesicht ist …« Vage zeigte er in ihre Richtung. »Du siehst großartig aus.«

»Danke. Ich fühle mich gut. Jetzt lass uns einige Motorräder erobern.«

Daniel brachte seinen Kaffeebecher zur Spüle und wies auf ihre Flipflops. »Du brauchst geschlossene Schuhe und ein langärmliges Shirt. Die Jeans ist in Ordnung.«

Sie holte sich Turnschuhe, Socken und einen Pulli und traf Daniel draußen an seinem Truck.

»Meine Pediküre wird getrocknet sein, bis wir da sind«, erklärte sie. »Dann ziehe ich mir Socken und Schuhe an.«

»Schönheit vor Sicherheit.«

Sie wackelte mit den Zehen. »Klar!«

Grinsend hielt er ihr die Beifahrertür auf.

Auf dem Weg zur Rennstrecke sprach er mit ihr über die Unterrichtsstunde, die sie bekommen würde. »Sie ist für Anfänger, also mach dich dort auf Kinder gefasst.«

»Wie kleine Kinder?«

»Sieben oder acht Jahre alt.«

Sie stöhnte. »Super. Da werde ich mich richtig plump und ungelenk fühlen. Das ist perfekt.«

Er grinste ihr zu. »Du wirst das gut machen. Der Trainer geht die Sicherheitsvorkehrungen mit dir durch, und dann bekommst du deine Schutzausrüstung. Du brauchst einen Schutzanzug, eine Brille und einen Helm.«

»Einen Schutzanzug? Im Ernst?«

»Wir kleiden uns für den Crash, nicht für die Fahrt.«

»Oh, das klingt ja heiter! Notiz an mich – vermeide den Crash.«

Sie fuhren auf die I-5 und in nördliche Richtung zum Sun Valley. Ali war ein paarmal mit Glen bei Daniels Anlage gewesen. Sie wusste, dass es dort drei verschiedene Strecken, eine Tribüne, eine Motorradwerkstatt sowie mehrere Gebäude gab, die für alles Mögliche benutzt wurden – von Kursen über Umkleiden bis hin zu Büros. Soweit sie es sich bisher zusammenreimte, war alles sehr viel kleiner gewesen, als er die Anlage erbte. Daniel hatte eine Menge Arbeit investiert, um das Unternehmen zu einem Erfolg zu machen.

Sie war beeindruckt davon, dass er etwas Gutes nehmen und es besser machen konnte – auch wenn es sie wenig überraschte. Sie blickte aus dem Augenwinkel zu ihm und dachte an den Kuss. Nach wie vor war sie unsicher, was er bedeutete, doch er war ziemlich fantastisch gewesen. Und sie gab bereitwillig zu, dass da etwas zwischen ihnen war. Gegenwärtig hatte sie keine Ahnung, was, aber was es auch sein mochte, es gefiel ihr.

Zwei Stunden später hatte sie eine Dreiviertelstunde Sicherheitseinweisung hinter sich, war komplett ausgerüstet und hatte die ersten beiden Streckenetappen überlebt. Sie hielt vor ihrem Lehrer an und zog ihren Helm ab. Der achtjährige Brandon fuhr neben sie und klatschte sie ab.

»Du warst richtig gut, Ali«, sagte er grinsend.

»Danke. Du warst besser. Du bist so schnell gefahren.«

Er plusterte sich ein wenig auf. »Ich werde mal der Beste sein, wirst schon sehen. Und wenn ich berühmt bin, können wir mal ausgehen, wenn du willst.«

Sie tat ihr Bestes, nicht zu schmunzeln. »Das wäre richtig cool.«

Daniel kam zu ihnen. »Hey, mein Bester«, sagte er zu Brandon. »Macht's Spaß?«

»Und wie! Meine Mom meldet mich für den Sommerkurs an. Ich freue mich schon tierisch.«

»Wie schön, dass ich dich dann wiedersehe.«

Brandon klappte sein Visier runter und brauste zu einer weiteren Runde los. Daniel beugte sich näher zu ihr.

»Anscheinend habe ich Konkurrenz.«

Sie lachte. »Wenn er berühmt ist, wollen wir mal ausgehen, also, ja, würde ich auch sagen.«

»Wie hat es dir gefallen?«

Sie dachte an das Tempo, die Sandstrecke, die Art, wie sich das Bike in die Kurven legte. »Ich habe Angst gehabt und es geliebt. Ich möchte das unbedingt noch mal machen und mehr lernen.«

Sie stand auf und merkte, wie ihre Beine sich sträubten. Ihre Muskeln waren nicht an diese Art von Sport gewöhnt, was sich zweifellos später rächen würde.

»Da bin ich froh.« Daniel nahm ihr das Bike ab und schob es zum Gebäude mit den Mietmaschinen. »Motocross ist anstrengend. Man muss sich sehr konzentrieren, was bedeutet, dass es ideal ist, um den Kopf frei zu kriegen. Wenn man draußen auf der Strecke ist, kann man an nichts anderes denken.«

Er gab das Bike zurück, während Ali ihre Schutzkleidung auszog. Ihre Sachen waren voller Staub, und sie fühlte sich insgesamt ein bisschen sandig.

»Ich brauche eine Dusche«, sagte sie.

»Das ist bei diesem Sport dabei. Fahren wir zum Haus. Da kannst du duschen und danach eine Tasche packen.«

Sie sah ihn an. »Wofür?«

Sein Blick begegnete ihrem. »Wir waren uns einig, dass wir den Tag füllen wollen.«

Für einen Moment hatte sie keine Ahnung, wovon er sprach. Geländemotorradfahren zu lernen und sich über die sandige Strecke zu kämpfen, hatte ihre gesamte Konzentration beansprucht. Da war kein Raum mehr gewesen für irgendwas anderes, einschließlich der Erinnerung, dass sie heute hätte heiraten sollen, oder der Tatsache, dass Daniel ihr ein Dinner versprochen hatte.

»Waren wir«, stimmte sie zu.

»Ich dachte, dass wir das Wochenende rauf nach Santa Barbara fahren. Ich habe uns zwei Zimmer in einem tollen Hotel gebucht. Wir bummeln durch die Stadt, essen nett zu Abend, trinken ein bisschen zu viel Wein und bedenken Glen mit einer breiten Auswahl an Schimpfwörtern.«

Sie war irgendwie bei »zwei Zimmer« hängengeblieben und sagte sich sogleich, dass sie nicht gierig sein durfte. Daniel war auf so vielfache Weise fantastisch zu ihr, dass sie gar nicht mitzählen konnte. Und er war ein Gentleman – natürlich gab es zwei Hotelzimmer.

»Du musst das nicht machen«, sagte sie. »Ich meine es ernst. Dieser Vormittag war schon unbeschreiblich schön. Und du hast wahrscheinlich zig andere Sachen, die du lieber tun würdest, als den Tag mit mir zu verbringen.«

»Keine einzige«, erwiderte er lässig.

Ihre natürliche Neigung verlangte, dass sie widersprach, nur war sie nicht mehr diese Frau. Er hatte es angeboten, sie hatte ihm den Rückzug ermöglicht, und er wollte den nicht. Nun würde sie ihn beim Wort nehmen und mit ihm nach Santa Barbara fahren. Sie würden eine wunderbare Zeit zusammen haben, weil sie die immer hatten.

»Klingt wundervoll. Ich brauche nicht lange zum Packen, dann können wir los.«

Das Wetter war L. A.-filmreif perfekt mit Strandtemperaturen nur wenig über zwanzig Grad und einem Himmel von schierem Kalifornien-Blau. Sie fuhren die Küste hinauf Richtung Norden durch Ventura und Carpinteria nach Santa Barbara.

Unterwegs hielten sie an einem kleinen Taco-Imbiss zu einem späten Mittagessen und bestellten ein halbes Dutzend Pulled-Pork-Tacos mit Extra-Avocado. Die Tortillas waren frisch zubereitet wie auch die Salsa. Die viele Soße tropfte ihnen vom Kinn auf den Teller, doch es war so köstlich, dass es die Schweinerei lohnte. Sie nahmen ihr Bier mit nach unten auf die Strandterrasse, wo sie im Schatten saßen und auf das Meer blickten.

»Das ist herrlich.« Ali lehnte die Füße auf die Terrassenbrüstung und schloss die Augen.

»Dem stimme ich zu.«

»Wie spät ist es?«

»Drei.«

»Mal sehen. Jetzt würde ich mich bereit und die Visagistin ihr Ding machen. Ich wäre nervös, aber nicht verängstigt. Meine Mom und meine Schwestern wären bei mir.« Sie öffnete die Augen und sah ihn an. »Ist es merkwürdig, dass ich das sage?«

»Nein. Ich bin sicher, dass es hilft, über die Hochzeit zu reden.«

»Die ganze Situation fühlt sich richtig surreal an. Als wären die Verlobung und die Trennung jemand anderem passiert.« Sie trank einen Schluck von ihrem Bier. »Daniel, ich kann dir gar nicht genug für alles danken, was du für mich getan hast. Von der Sekunde an, als du mir das von Glen erzählt hast, bis jetzt bist du einfach erstaunlich. Ich weiß nicht, ob ich all das ohne dich durchgestanden hätte.«

»Ich helfe gerne.«

Sie betrachtete ihn, seine strengen Züge, seine breiten Schultern. »Verrate mir, wieso du das tust. Den ersten Teil verstehe ich – dass Glen dich in die gruselige Position gebracht hat und du einfach ein großartiger Mensch bist. Aber warum bleibst du dabei, mich zu retten?«

»Ich rette dich nicht. Ich bin ein Freund.« Sein Blick war fest. »Ich mag dich, Ali. Ich dachte, das hätte ich deutlich gemacht.«

Was hieß das? Er mochte sie wie in: Sie war niedlich wie ein Welpe, und sie hatten Spaß zusammen? Oder *mochte* er sie so, wie ein Mann eine Frau mochte?

Er zog eine Augenbraue hoch, als ahnte er, was sie dachte. Sie wartete, hoffte, dass er mehr herausrückte, aber er blieb stumm.

»Du willst, dass ich frage, oder?«

»Du warst diejenige, die klagte, Gewürzkuchen zugestimmt zu haben, obwohl du ihn nicht wolltest. Vielleicht ist es an der Zeit, dass du ein bisschen Schokolade verlangst.«

Ihr wurde erst heiß, dann kalt. Verlegenheit rang mit Frust. Er irrt sich nicht, dachte sie, als sich Resignation zu ihrem inneren Gefühlseintopf gesellte. Sie bat nie um das, was sie wollte – sie nahm, was angeboten wurde, und war oft enttäuscht, sei es bei der Arbeit oder bei ihrer Mutter wegen der blöden Uhr oder in ihrem Privatleben. So war es immer gewesen.

»Was ist, wenn ich unsichtbar bin, weil ich es sein will?«, platzte sie heraus. »Was ist, wenn ich das wähle? Wenn es nicht die Leute sind, die mich übersehen, sondern ich es bin, die nicht gesehen werden will?«

Sie konnte wirklich nicht sagen, ob das stimmte, nur, dass sich der *Gedanke* richtig anfühlte. Beinahe bestärkend. Sie musste das Kommando übernehmen. Wenn sie etwas wollte, sollte sie es sich nehmen. Sie sollte sich selbst achten und Achtung von anderen verlangen.

»Ich möchte die Uhr klauen.«

»Gut. Wenn wir wieder zu Hause sind, denken wir uns einen Plan aus. Sonst noch was?«

Er beobachtete sie aufmerksam, als hoffte er auf etwas anderes. Auf mehr. Sie dachte an seine Ursprungsfrage, raffte ihren Mut zusammen und holte tief Luft, ehe sie fragte: »Was meinst du damit, wenn du sagst, dass du mich magst?«

Daniel wirkte entspannt, saß zurückgelehnt auf seinem Stuhl und hatte diese »Ich bin der Mann«-Haltung auf eine sexy Art.

»Ich genieße deine Gesellschaft. Ich verbringe gerne Zeit mit dir. Ich freue mich darauf, dich zu sehen. Ich mag es, wie du aussiehst, wie du dich bewegst und wie du redest. Ich mag den Klang deines Lachens, und ich küsse dich gern.«

»Oh.«

Sie öffnete den Mund, um mehr zu sagen, nur fiel ihr kein Wort ein. Ihr Gehirn war zu sehr damit befasst, seine Worte hin und her zu drehen, nach einer Bedeutung jenseits der offensichtlichen zu suchen, die da wäre, dass er sie *so* mochte. Auf eine Junge-Mädchen-Art. Wie in: Es würde mehr Küsse geben.

Sie fühlte sich gleichzeitig bestärkt und unglaublich schüchtern, weshalb sie den Kopf einzog und ihn ansah. »Ich mag dich auch«, flüsterte sie.

»Wir hätten das wahrscheinlich längst klären sollen, bevor wir zu einem gemeinsamen Wochenende aufbrechen«, scherzte er. »Aber wenigstens wissen wir es jetzt.«

Sie lachte. »Ja, wissen wir.«

Er warf seine Flasche in die Recycling-Tonne, nahm ihre und schleuderte sie hinterher. Dann zog er sie von ihrem Stuhl hoch, nahm sie in die Arme und küsste sie leicht.

»Bereit, weiterzufahren?«

Sie nickte. Vor Vorfreude kribbelte es in ihrem Bauch. Sie hatte keine Ahnung, was geschehen würde, aber was es auch war, sie war sicher, dass es gut würde.

22. KAPITEL

Das Four Seasons Biltmore, eine alte Hotelanlage im Kolonialstil, musste ungefähr um die vorletzte Jahrhundertwende erbaut worden sein. Es war immer noch elegant mit altertümlichem Flair und galt als Vorzeigestück von Santa Barbara.

Nachdem sie den Wagen dem Parkservice übergeben hatten, gingen Ali und Daniel hinein. Ein Page führte sie zu ihren Zimmern, es handelte sich um einen Bungalow mit zwei Schlafzimmern, der mit reichlich Perserteppichen und Blumendrucken ausgestattet war. Im Wohnraum gab es ein großes Sofa und einen Couchtisch, und es war sogar eine Essecke mit sechs Sitzplätzen da. Draußen auf der Terrasse standen bequeme Möbel, eine Feuerschale und dahinter sah man das Meer.

Es gab einen kurzen Streit um das Hauptschlafzimmer und das kleinere zweite. Ali fand, Daniel sollte das größere nehmen und wollte, dass er es bekam. Er blieb beharrlich, und sie lenkte ein, weil sie unsinnigerweise hoffte, sie würden sich das große Schlafzimmer am Ende sowieso teilen.

Sobald sie ausgepackt hatten, fuhren sie in die Stadt, um zu bummeln. Sie schlenderten durch die State Street und gingen in zig Geschäfte.

Daniel bestand darauf, dass sie einen Drachen kauften, den sie am Strand steigen lassen könnten, und danach verbrachten sie einige Zeit in einer Buchhandlung. Er überraschte sie, indem er ein paar Biografien von Bürgerkriegsgenerälen kaufte, sie dagegen entschied sich für ein Sachbuch, das ihr helfen sollte, ihr nächstes Karrierestadium zu wählen.

Sie kehrten zum Hotel und in ihre Zimmer zurück. Ali entdeckte einen Kühler mit Eiswürfeln und einer Flasche Champagner neben einem Tablett voller köstlicher kleiner Appetithäppchen.

»Ich dachte, wir essen hier«, sagte Daniel. »Ist das in Ordnung?«

Sie blickte vom Champagner zu ihm. Mutig sein, ermahnte sie sich. Das würde ihr neues Mantra werden. »Willst du mich verführen?«

»Ja.«

Sie lächelte. »Ah, okay. Gut zu wissen. Dann ziehe ich mir mal etwas Verführungswürdiges an.«

Sie wechselte in ihr Kleid, frischte ihr Make-up auf, glättete ihren neuen Bob und hoffte, dass Daniel Kondome mitgebracht hatte. Die Vorfreude machte sie kribbelig und löste ein Flattern in ihrem Bauch aus. Sie war ängstlich und aufgeregt, und sie fragte sich, ob dies alles hier wirklich geschah.

Im Wohnzimmer hatte Daniel Musik angestellt und den Champagner geöffnet. Er reichte ihr ein Glas, und sie gingen auf die Terrasse.

Dort zog Daniel zwei Stühle näher zusammen. Zwischen ihnen stand ein kleiner Tisch. Sie setzten sich nebeneinander und beobachteten, wie die Wellen auf den Strand rauschten.

Daniel brach das Schweigen: »Ich habe immer gewusst, dass ich mal heiraten will«, sagte er mit einem kleinen Achselzucken. »Bei meinem Beruf hältst du mich wahrscheinlich für einen Spieler, aber das war nie mein Stil. Ich bin sehr konventionell. Es hat Frauen gegeben, allerdings stets nur eine zurzeit. Ein krachender Lebensstil war mir nie wichtig.« Er lächelte ihr zu. »Ich schätze, dass ich meine Rastlosigkeit auf der Strecke ausgetobt habe und so in allen anderen Bereichen gesetzt sein konnte.«

»Gut zu wissen.«

»Ich habe ernst gemeint, was ich über meine erste Ehe gesagt habe. Da gab es keine große Liebe. Wir hatten uns verliebt, und dann liebten wir uns nicht mehr. Ich denke, uns ging es mehr darum, die nächste Phase unseres Lebens in Angriff zu nehmen, als zu überlegen, ob wir tatsächlich den Rest unserer Tage gemeinsam verbringen können. Sie ist ein netter Mensch, und bei der Scheidung haben wir uns nicht gefetzt. Ich vermisse sie nicht, aber ich möchte die Richtige finden. Mir geht es nicht ums Herumspielen.«

Das sind eine Menge Informationen, dachte Ali und war nicht sicher, was sie damit anfangen sollte.

»Du kennst meine traurige Geschichte mit Glen«, sagte sie und hoffte, dass ihre Stimme unbeschwert klang, nicht verblüfft. »Vor ihm hatte ich wenige Beziehungen, aber keine längeren. Ich würde gerne behaupten, dass sie erkannt haben, wer ich bin, doch meine jüngste Erkenntnis sagt mir, dass ich womöglich versucht habe, unsichtbar zu sein, und Angst davor hatte, mehr zu wollen, als ich habe. Vielleicht habe ich mich immer so abgeschirmt, dass keiner richtig zu mir durchdringen konnte.«

»Bis Glen kam.«

»Ja, bis Glen kam. Ich weiß nicht genau, warum ich mich bei ihm wohler fühlte.« Sie sah ihn an. »Ehrlich, ich frage mich, ob es daran lag, dass zwischen uns keine echte Leidenschaft war. Mit ihm war es angenehm, aber nicht aufregend. Kann sein, dass ich mich vor dem Aufregenden gefürchtet habe.«

»Tust du das noch?«

Sie lächelte. »Ich bin bereit, ein Risiko einzugehen.«

»Gut.«

Sie konnte nicht glauben, dass sie so redeten – alle Karten auf den Tisch legten. Und sie fühlte sich verwundbar, aber auch stark. Sie vertraute Daniel. Ihr Gefühl sagte ihr, dass, selbst wenn es schiefging, er kein Idiot sein würde. Er würde niemals seinen Bruder schicken, um seine Verlobte abzuservieren.

Die Hintergrundmusik – ruhige Jazz-Versionen alter Klassiker – verstummte für eine Sekunde, ehe »I'll Be Seeing You« erklang.

Daniel stand auf und hielt ihr die Hand hin. »Tanz mit mir.«

Sie erhob sich, und er führte sie hinein, wo er sie nahe an sich zog. Gemeinsam wiegten sie sich zur Musik.

»Das erste Mal, dass ich dich sah, war an einem Sonntagvormittag«, sagte er.

»Ich erinnere mich. Brunch mit deinen Eltern. Du hast kaum mit mir geredet. Ich habe gedacht, du kannst mich nicht leiden.«

Er wich weit genug zurück, dass er ihr in die Augen sehen konnte. »Du hattest eine Jeans und einen weißen Pullover mit V-Ausschnitt an. Dein Haar war zu einem Zopf geflochten, und dein Parfüm duftete nach Vanille. Der Augenblick, in dem ich dich sah, war wie ein Tritt in den Bauch. Ich konnte nicht denken, nicht atmen. Und sprechen konnte ich erst recht nicht. Nicht, ohne etwas Unangemessenes zu sagen.«

Sie hatten aufgehört zu tanzen, und Ali hatte Mühe zu erfassen, was er ihr erzählte.

»Da hast du mich gemocht?«

»Ich wollte mit dir durchbrennen. Vorher habe ich nie einen Blitzschlag gespürt, aber bei dir tat ich es. Ich wollte dich irgendwohin bringen, damit wir stundenlang reden konnten, dich über meine Schulter werfen und einen stillen Winkel suchen, um mit dir zu schlafen. Ich wollte Glen zu einem Kampf um dich auffordern, bis einer von uns tot war. Stattdessen aß ich Quiche.«

Ihre Brust wurde eng und ihre Beine zitterten. Nichts von dem, was er sagte, ergab einen Sinn, und dennoch verriet ihr die Intensität seines Blicks, dass es die Wahrheit war.

»Ich?«, fragte sie, es klang wie ein Quieken.

»Du. Als Glen mir erzählte, dass er die Hochzeit absagt, war es der beste und der schlimmste Tag meines Lebens. Endlich warst du frei von ihm, doch vorher musste ich dir das Herz brechen. Ich habe ihn für das gehasst, was er dir angetan hat, und gleichzeitig war ich froh, dass du wieder ungebunden wärst.«

Sie konnte die Punkte noch nicht vollständig verbinden. Daniel hatte sie die ganze Zeit gemocht? Sie kennenzulernen war für ihn wie ein Blitzschlag gewesen?

»Du hast nie irgendwas gesagt.«

»Was hätte ich denn sagen sollen?« Er strich sich durchs

Haar. »Übrigens, Ali, ich bin verrückt nach dir. Vergiss meinen nutzlosen Bruder und brenn mit mir durch.«

Sie hörte die Frustration und den Schmerz, die in seinem Tonfall mitschwangen. Da sie keine Ahnung hatte, was sie darauf antworten sollte, handelte sie. Sie legte die Hände an seine Wangen und küsste ihn. Er reagierte sofort, presste gierig seinen Mund auf ihren. Dann waren sie ein Wirrwarr aus sich umschlingenden Armen und streichelnden Zungen. Verlangen und Lust flammten auf, Ali schmolz dahin.

Sie trat zurück und sah ihn an. »Sag mir bitte, dass du Kondome dabeihast.«

Bei seinem trägen, sexy Grinsen erschauerte sie.

»Habe ich.«

Es dauerte nur Sekunden, bis sie in Daniels Zimmer waren, wo sie sich auszogen, wobei sie sich küssten und sich berührten. Als sie nackt waren, erforschte Daniel alles an ihr, erst mit den Händen, dann mit dem Mund. Er küsste ihre empfindsamste Stelle, liebte sie, bis sie auf dem Höhepunkt aufschrie. Dann drang er in sie ein, und sie kam erneut, bog sich ihm entgegen, als er einen Orgasmus in ihr hatte.

Hinterher lagen sie auf den zerwühlten Laken, und Ali stützte sich auf einen Ellbogen auf.

»Ich hatte keinen Schimmer, wie du für mich empfunden hast.«

»Nein, ich wollte nicht, dass du es weißt.«

»Du hast es so gut verborgen. Du warst …« Sie zögerte und entschied sich, das L-Wort zu meiden. *Er* hatte es nicht benutzt, und sie wollte nichts unterstellen. »Du warst verrückt nach mir und hast nie eine Andeutung gemacht. Ich komme mir blöd vor.«

»Tu das nicht.« Er streichelte ihren nackten Arm und verlagerte die Hand ein wenig, um ihre Brustspitzen zu necken. »Ich wollte nicht, dass du dich in meiner Gegenwart unwohl fühlst. Lieber ein Freund sein, als abgewiesen zu werden.«

Er hatte Angst gehabt, dass sie ihn abweisen würde? Im Ernst? Sie hockte sich rittlings auf ihn.

»Sorgst du dich immer noch, dass du abgewiesen werden könntest?«

Er lächelte. »Es geht mir nicht mehr ganz so oft durch den Kopf.« Er drückte ihren Po, bevor er nach einem neuen Kondom griff. »Ist es okay für dich, oben zu sein?«

»Ja. Oder auf der Seite, wie du willst.« Zu wissen, wie er für sie empfand, gab ihr das Gefühl, sicher, frei und sexy zu sein.

»Interessant. Ich hätte dich nicht für abenteuerlustig gehalten.«

»Bin ich nicht. Ich meine, war ich nicht.« Sie schüttelte den Kopf. »Okay, wir werden jetzt nicht ins Detail gehen, was mein Liebesleben betrifft. Das ist zu schräg. Ich sage nur, dass es mit dir anders ist. Ich möchte spielen.«

Er sah ihr lächelnd in die Augen. »Ich auch.«

Finola war nicht sicher, ob eine noble Bar in Beverly Hills interessanter war als eine im Valley, aber hier in L. A. zählte die Adresse eine Menge. Deshalb kämpfte sie sich durch den Samstagabendverkehr und lenkte ihren Wagen auf den Parkservice-Mitarbeiter zu. Nachdem sie ihre Quittung bekommen hatte, straffte sie die Schultern und ging hinein.

Aus Gründen, die ihr nach wie vor nicht klar waren, hatte sie zugestimmt, einen Mann auf einen Drink zu treffen. Rochelles Hartnäckigkeit und ihr eigenes Elend hatten sie davon überzeugt, dass sie etwas tun musste. Vielleicht wären ein oder zwei Stunden mit einem Mann, der sie bewunderte, genau das, was sie brauchte. Das Problem war, dass sie es schon in dem Moment bereute, in dem sie zugesagt hatte, doch nun gab es kein Zurück mehr.

Chip Knipstein war Sportreporter beim örtlichen Nachrichtensender. Er war Anfang dreißig, unglaublich gutaussehend und ehrgeizig. Der Markt in L. A. war nicht groß genug für ihn, und es war allgemein bekannt, dass er den Sprung zu einer überregionalen Sendung auf ESPN schaffen wollte. Finola hatte Gerüchte gehört, dass es klappen würde.

Rochelle zufolge hatte Chip mehrere Nachrichten auf ihrem Handy hinterlassen und sie zu einem Dinner, Drinks oder einem Wochenende auf Maui eingeladen – was immer sie wollte. Finola war ihm nur wenige Male begegnet, doch er wirkte recht harmlos und war fotogen, deshalb stimmte sie Drinks zu.

Sie entdeckte ihn an einem kleinen Ecktisch. Er richtete sich zu seiner vollen Größe von rund eins neunzig auf und lächelte, als sie auf ihn zuging.

»Finola«, sagte er und küsste sie auf die Wange. »Du bist heute Abend noch schöner als sonst schon. Das hätte ich nicht für möglich gehalten. Danke, dass du dich mit mir triffst.«

Er deutete auf den Stuhl ihm gegenüber. Dort wartete ein Glas Weißwein.

»Ich war so frei, für dich zu bestellen«, sagte er. »Du scheinst mir der Weißwein-Typ zu sein.«

Sie war weniger an dem Getränk interessiert als daran, den Abend hinter sich zu bringen. Warum hatte sie dies für eine gute Idee gehalten? Fast hätte sie gesagt, dass Weißwein gut sei, doch sie erinnerte sich rechtzeitig, dass sie nichts trinken sollte, das bereits auf dem Tisch stand, dass Chip ihr eine Droge hineingemischt haben könnte.

Sobald ihr der Gedanke kam, wies sie ihn als lächerlich ab. Ernsthaft? Der Sportreporter Chip setzte sie unter Drogen? Sie konnte den Gedanken jedoch nicht abschütteln, was den Drang verstärkte, auf der Stelle zu fliehen.

Sie sagte sich, dass sie sich zusammenreißen und sich normal benehmen sollte. Ein paar Stunden würde sie schon durchstehen. Frauen gingen dauernd auf Dates – auch wenn dies hier ihr erstes seit über acht Jahren war und sie damals mehr auf ihre Karriere fixiert gewesen war als darauf, »den Richtigen« zu finden. Entsprechend war sie nicht der Typ für diesen ganzen Flirt-Zirkus und beherrschte das Spiel »Ruf mich an, wir können uns ja mal verabreden« nicht. Sie war erbärmlich unvorbereitet, und jetzt musste sie auch noch mit der Frage klarkommen, ob sie dem Getränk vor ihr traute oder nicht. Mist! Wann war das Leben so kompliziert geworden?

Eine Frage, auf die sie die Antwort kannte, doch sie zu stellen, half ihr nicht.

»Von Weißwein bekomme ich Kopfschmerzen«, log sie mit einem bedauernden Ausdruck.

Chip winkte sofort nach einem Kellner. »Kein Problem. Dann weiß ich es beim nächsten Mal.«

Sie rang sich ein Lächeln ab und dachte, sie würde lieber eine Darmspiegelung vornehmen lassen, als auf ein weiteres Date zu gehen.

Chip gab den Weißwein zurück, bestellte roten und lehnte sich näher zu ihr. »Hast du gehört, dass Steve und seine Frau Zwillinge erwarten? Das muss großartig für sie sein – und ein bisschen Furcht einflößend.«

Steve war der Wettermann. »Nein, das hatte ich noch nicht gehört. Danke, dass du es mir erzählst. Ich werde ihnen ein Geschenk schicken.«

Wenigstens eine Ehe, die funktioniert, dachte sie und bemühte sich, nicht verbittert zu sein.

»Alles okay?«, fragte Chip.

Sie verkniff sich ein Seufzen. »Entschuldige, ich kämpfe hier nur ein wenig, und ich komme mir so linkisch vor.«

Er sah sie vollkommen ernst an. »Liegt es daran, dass ich so gut aussehe?«

Die Frage überraschte sie und sie lachte los. »Nein, das ist es nicht.«

»Hey, du hättest zumindest einen Moment darüber nachdenken können«, scherzte er. »Jetzt bin ich erschüttert.«

»Du kommst drüber weg.«

»Nicht ohne jahrelange Therapie.« Er drückte eine Hand an seine Brust. »Mein Herz ist zersplittert.«

»Das glaubt dir keiner.«

Er lächelte. »Okay, also, die Sache ist die, ich weiß, dass du einiges durchmachst. Es braucht eine Weile, wieder da rauszugehen. Umso froher bin ich, dass du dich mit mir triffst, und ich werde dich den ganzen Abend im Geiste abklatschen, aber mehr auch nicht. Die nächsten zehn Minuten werde ich über mich reden, damit du überlegen kannst, wie unwohl dir ist und ob du bleiben oder weglaufen willst. Danach sehen wir weiter.«

Der Kellner erschien mit ihrem Wein. Finola nahm das Glas und sah Chip an.

»Ich denke nicht, dass du schon mal verheiratet warst«, sagte sie bedächtig. »Folglich musst du diese unglaubliche Einsicht in die Psyche einer getrennt lebenden Frau einiger Übung verdanken.«

»Jahrelanger.«

»Du magst Frauen, die frisch getrennt oder geschieden sind.«

»Schuldig«, antwortete er munter. »Es liegt am Sex. Rachesex ist sehr unmittelbar, und ich bin gerne bereit, ihn zu ermöglichen. Also, falls du dich an Nigel rächen willst, stelle ich gleich klar, dass ich zur Verfügung stehe.« Er neigte sich näher zu ihr. »Und ich meine das im weitesten Sinne des Wortes, Finola, solange du willst.«

Sie versuchte, nicht zu lachen. »Ich weiß nicht, ob ich beeindruckt oder entsetzt sein soll.«

»Ich würde sagen beeindruckt, doch das entscheide ich nicht. Ach, und übrigens, ich fahre nicht mehrgleisig. Für mich gibt es immer nur eine Frau zurzeit. Nichts Ernstes, versteht sich, aber ich bin monogam.«

»Beide Minuten lang?«, fragte sie trocken.

Er verzog das Gesicht. »Ich bin eher ein Zwanzig-Minuten-Typ.«

»Das sagen sie alle.« Sie trank von ihrem Wein. »Jetzt erzähl mir von dir.«

Chip sprach über seine Kindheit in San Bernadino und erzählte, dass er sich schon immer für Sport interessiert hatte. Sie nickte an den, wie sie hoffte, passenden Stellen, während ihre Gedanken abschweiften.

Chip war ein recht netter Kerl. Er war witziger, als sie gedacht hätte, und sehr gutaussehend; dennoch wollte sie nicht hier sein. Nichts an diesem Treffen fühlte sich richtig an. Im Herzen wollte sie bei Nigel sein, und sie kam sich vor, als würde sie fremdgehen. Ihr Verstand, der zu glauben begann, dass ihre Ehe ausblutete, war kein bisschen von Chip beeindruckt.

Lieber wäre sie zu Hause und würde fernsehen, lesen oder irgendwas tun, nur nicht mit einem Mann etwas trinken. Sie war noch nicht bereit. Und sie war nicht interessiert.

Mitten im Satz unterbrach sie ihn. »Tut mir leid, Chip, aber ich kann das nicht.«

»Verstehe. Falls du es dir anders überlegst, du weißt, wie du mich erreichst.«

Wusste sie nicht, jedoch Rochelle, was genügte. Sie nickte.

Beide standen sie auf. Chip warf einige Geldscheine auf den Tisch und begleitete sie nach draußen. Dort gab er dem Mann vom Parkservice ihre Quittung und kehrte zu ihr zurück. Er legte eine Hand unten an ihren Rücken und beugte sich zu ihr.

»Sag Bescheid, wenn du bereit für Rachesex bist«, murmelte er. »Keine Verpflichtungen. Nur ich, der dich glücklich macht, während du den Mistkerl bestrafst, der dich betrogen hat. Es wird dir gefallen, Finola, versprochen.«

Sie stieg in ihren Wagen, winkte und fädelte sich in den Verkehr ein. An der ersten Ampel auf dem Heimweg spürte sie Tränen auf ihren Wangen.

Sicher hatte er seine Worte sexy oder gar verlockend gemeint, doch für sie waren sie wie eine Ohrfeige. Schlimmer noch, sie beschämten sie, weil ihr Leben hierzu geworden war.

Der Zauber ihres Wochenendes mit Daniel hielt bis zur Rückkehr in sein Haus an. Daniel stellte ihre Taschen im Wohnzimmer ab und sah sie an, als wolle er fragen, wie es weiterginge.

Sie hatten eine fantastische Zeit in dem Hotel gehabt, hatten sich das Dinner aufs Zimmer bestellt, Champagner getrunken und in flauschige Bademäntel gehüllt ihr Essen genossen. Später hatten sie sich wieder geliebt, diesmal im großen Bett, in dem sie auch die Nacht gemeinsam verbrachten. Jedes Mal, wenn Ali aufwachte, hatte sie Daniel an ihren Körper gepresst gefühlt, einen Arm um ihre Taille gelegt.

Am Sonntagmorgen schliefen sie lange und unternahmen danach eine gemütliche Radtour, ehe sie zum Brunch ausgingen und anschließend nach Hause fuhren. Ali hatte jede Sekunde mit ihm geliebt, auch wenn sie immer noch Mühe hatte, alles zu begreifen. Vor sechs Wochen hatte sie geglaubt, er würde sie nicht besonders mögen. Jetzt hatten sie etwas miteinander, und er hatte ihr erklärt, dass er von Anfang an in sie verknallt gewesen war. Sie brauchte einen Moment, um zu Atem zu kommen.

»Du entscheidest«, sagte er, als sie nach Hause kamen. »Wir hatten ein großartiges Wochenende, aber das muss nicht zu etwas anderem führen. Wir können so weitermachen wie vorher. Ich weiß, dass du eine Menge durchgemacht hast, und ich werde dich zu nichts drängen.«

»Danke. Es passiert nur alles so schnell.«

Emotionen verdunkelten seine Augen, waren jedoch so rasch wieder verschwunden, dass Ali nicht genau wusste, was sie gesehen hatte. Vielleicht Enttäuschung, vielleicht etwas anderes.

Er begann, die Treppe zu seinem Zimmer im ersten Stock hinaufzugehen. Mit jedem Schritt bewegte er sich weiter von ihr weg.

»Warte!«, rief sie. Er blieb stehen und drehte sich zu ihr um.

Sie dachte an all das, was sie hinter sich hatte. All die Zeiten, in denen sie nicht um das gebeten hatte, was sie wollte, nichts riskiert hatte. Sie dachte daran, wie Glen sie behandelt hatte, wie sie sich um alles kümmern musste, während er einfach verschwand. Einzig Daniel hatte ihr beigestanden, ihre Last mitgeschultert. Und er hatte sie in sein Haus eingeladen, für ihre Sicherheit gesorgt – und sie die ganze Nacht in den Armen gehalten. Sie dachte an die Hochzeitstorte, die sie bezahlt hatte, mit Gewürzkuchenboden anstelle von Schokoladenteig, weil sie immer Angst gehabt hatte, um das zu bitten, was sie wollte. Nein, nicht bitten – es zu verlangen. Denn manchmal brauchte es eine Forderung, damit die Welt zuhörte.

Sie ging hinauf zu Daniel. »Ich möchte, dass wir zusammen sind. Ich möchte, dass wir eine Beziehung anfangen, und ich wünsche mir, dass sie exklusiv ist. Ich möchte, dass wir ein Paar sind, und ich möchte richtig Motorradfahren lernen.«

Sein Blick war ruhig, allerdings bog sich einer seiner Mundwinkel nach oben.

»Das ist sehr direkt.«

»Ist es.«

»Und detailliert.«

»Ich will, was ich will.« Einiges von ihrer Courage schwand. »Was willst du?«

Er legte die Hände an ihre Wangen. »Dich, Ali. Ich habe dich immer gewollt.« Er streifte ihren Mund mit seinem. »Möchtest du deine Sachen nach oben bringen?«

Sie schlang die Arme um seinen Nacken und lächelte. »Bald. Zuerst sollten wir Sex haben, finde ich.«

Er grinste. »Ach, findest du?«

»Ja, jetzt gleich.« Sie blickte sich um. »Auf dem Küchentisch.«

Daniel lachte. »Das wird kalt.«

»Ich vertraue darauf, dass du mich wärmst.«

Sie vertraute bei einem ganzen Haufen mehr Dingen auf ihn, doch sie zu wärmen war schon mal ein guter Anfang.

23. KAPITEL

Zennie gefiel es nicht, schwanger zu sein. Da – sie hatte es gesagt. Okay, nicht laut ausgesprochen, es jedoch gedacht. Eigentlich war die Schwangerschaft in Ordnung, aber die Hormone schafften sie.

Sie fühlte sich *fragil*, und das war noch nie in ihrem Leben vorgekommen. Sie kam sich wie ein Glas unter Druck vor mit ständig lauernden Tränen und einem Herzen, das sich gebrochen anfühlte. Am Tag zuvor hatte sie geweint. Zwei Mal! Wer machte denn so was? Gina und sie redeten nach wie vor nicht miteinander, was hart war, aber das passte zu allem anderen in ihrem Leben. Die Entscheidung, welches T-Shirt sie anziehen sollte, um ihrer Mutter am Sonntagnachmittag zu helfen, schien sie komplett zu überfordern. Werbespots machten sie weinerlich. Sie wollte kleine Kätzchen streicheln, Wale retten und jemanden Großes und Starkes haben, der sie in den Armen hielt und ihr versprach, dass alles gut werden würde.

Worüber ich lieber nicht nachdenke, sagte sie sich, als sie zu ihrer Mutter fuhr, um mal wieder beim Sortieren des Hausstandes zu helfen. Zennie hoffte, dass sie nichts emotional Bedeutsames fand, denn dann würde sie vor den anderen in Tränen ausbrechen. Es war schon übel genug, zu Hause rumzuschluchzen.

Als sie ankam, war ihre Mutter unterwegs und nur Finola da.

»Mom ist mit ihren Theaterfreunden los, und Ali kommt nicht«, begrüßte Finola sie. »Sie ist übers Wochenende nach Santa Barbara gefahren. Ist wahrscheinlich besser so. Wegzukommen wird es einfacher machen.«

»Was einfacher machen?«, fragte Zennie.

Finola überraschte sie, indem sie grinste.

»Danke, dass du dich nicht erinnerst! Ich fühle mich schon, als würde ich mich in letzter Zeit von einer Bitch in eine Ober-Bitch verwandeln. Gut zu wissen, dass du auch gedankenlos sein kannst.«

Ein normaler Schwesternkommentar, der in jeder anderen Phase ihres Lebens okay gewesen wäre, aber jetzt kamen ihr die Tränen. »Wann war ich denn gedankenlos?«, fragte sie mit zittriger Stimme.

Finola starrte sie an. »Was ist mit dir? Weinst du? Du weinst nie.«

»Es sind die Hormone«, antwortete Zennie und wischte sich die Wangen. »Ich bin völlig hinüber. In den letzten drei Tagen habe ich mehr Taschentücher verbraucht als in meinem ganzen bisherigen Leben. Ich hasse es.«

Finola überraschte sie aufs Neue, denn sie nahm sie in die Arme.

»Stimmt, du bist hinüber. Irgendwie gefällt mir das.«

Die Umarmung tat gut. Zennie hielt sie länger durch als sonst, und Finola ließ erst los, als sie so weit war. Als sie sich wieder voneinander lösten, schwor Zennie sich, dass sie es durchstehen würde.

»Die Hormonumstellung soll in wenigen Wochen vorbei sein«, sagte sie. »Die ist es auch, die Morgenübelkeit verursacht. Es sind solche Schübe und irgendwelcher Mist. Bisher ist mein Magen noch stabil, aber ich weine x-mal am Tag. Das ist peinlich.« Sie versuchte, es abzuschütteln. »Also, was habe ich vergessen?«

»Gestern war Alis Hochzeitstag.«

Zennie sank aufs Sofa und verbarg ihr Gesicht in den Händen. »Ich bin die schlimmste Schwester aller Zeiten.«

»Womit wir schon zwei wären. Nur Mom wusste es noch. Ich habe überlegt, Blumen zu schicken, aber mal ehrlich, was soll man denn auf die Karte schreiben? Tut mir leid, dass du abserviert wurdest und heute hättest heiraten sollen? Vielleicht lade ich sie einfach die Woche mal zum Essen ein.«

Zennie nickte. »Arme Ali. Sie muss sich furchtbar fühlen. Sie ist ganz allein und leidet, weil Glen sie sitzen gelassen hat. Ich kann nicht glauben, dass ich ihren Hochzeitstag vergessen habe.«

Finola sah sie an. »Ja, das war furchtbar. Und jetzt lass es gut sein.«

»Wie soll ich?«

»Ich mag dich entschieden lieber, wenn du hochnäsig und scheinheilig bist, muss ich sagen.« Finola bedeutete ihr aufzustehen. »Wirst du bei der Gala auch so sein? Es wäre ein bisschen unangenehm, wenn du alle fünf Sekunden losschluchzt. Die Leute würden reden.«

Zennie folgte ihrer Schwester ins Esszimmer. Den Tisch und die Stühle wurde man leicht los, aber die gewaltige Anrichte war ein Problem. Die oberen Fächer waren voller Geschirr, Gläser und Servierschüsseln, während die Schubladen und Schränke unten überquollen von Kram aus ihrem Leben.

»Bei der Gala werde ich nicht weinen«, sagte Zennie. »Da nehme ich was ein.«

Finola sah sie verdutzt an. »Es gibt Mittel dagegen?«

Zennie verdrehte die Augen. »Natürlich nicht. Ich bin schwanger und darf überhaupt nichts einnehmen. Ich kann kaum Mandelmilch trinken, ohne mich zu sorgen, dass ich dem Fötus schade. Es ist die Hölle. Wäre es mein Baby, könnte ich vielleicht entspannter sein, aber es ist nicht meins, und dennoch bin ich allein verantwortlich. Bei jeder Entscheidung, die ich fälle, muss ich an das Baby denken.«

Finola grinste. »Du bereust die Schwangerschaft.«

»Nein, tue ich nicht, und sei nicht so schadenfroh. Es ist lediglich ein bisschen härter, als ich dachte. Das Geheule, die schmerzenden Brüste und Bernie, die alles überwacht, was ich esse oder einatme. Wir haben geniales Surfwetter, und ich kann nicht raus. Es ist fies. Aber sobald ich aufhöre zu flennen, wird alles gut.«

»Du brauchst Kaffee.«

Zennie stöhnte. »Ja, und ein Glas Wein, und dabei trinke ich sonst gar nicht gerne. Aber, ja, Wein und Sushi. Ich möchte in eine Sauna gehen. Ich will laufen, bis ich vor Erschöpfung kotze. Ich will nicht vorsichtig sein.« Sie sah Finola an. »Es sind erst einige Wochen. Ich habe noch Monate vor mir.«

»Es wird leichter.«

»Woher weißt du das?«

»Weil der Mensch enorm belastbar ist. Dies wird deine neue Normalität, und du wirst nach vorn blicken. Sieh mich an. Ich kann mich nach wie vor nicht entscheiden, ob ich eine Niere hergeben würde, um Nigel zurückzubekommen, oder ob ich ihm den Tod wünsche. Und gestern Abend habe ich einen Mann auf einen Drink getroffen.«

»Hast du nicht!« Zennie betrachtete sie entgeistert. »Wie war es?«

»Furchtbar. Er hat angeboten, mit mir zu schlafen, entweder aus Rache oder um alle Rohrleitungen zu putzen. Er war für beides ziemlich offen.«

Zennie schüttelte sich. »Sex klingt für mich jetzt gerade schrecklich.«

»Für mich leider auch. Und ich bin nicht schwanger.« Finola berührte sie am Arm. »Ich weiß, dass ich anfangs dagegen war, doch ich halte die Chance inzwischen für recht hoch, dass du das Richtige tust.«

»Du klingst verwundert.«

»Bin ich irgendwie auch. Eigentlich will ich nur nett sein, aber mir wird bewusst, dass ich es ernst meine. Du bist ein guter Mensch, Zennie. Mir tut leid, dass es dir schlecht geht. Und jetzt fangen wir mit den Schubladen an.«

Zennie grinste. »Darf ich das Kompliment noch eine Sekunde lang genießen?«

»Oh nein.«

Jede zog eine Schublade heraus und hob sie auf den Esstisch. Zennie sah halbbenutzte Schreibblöcke durch und ein paar Dutzend Stifte. Da waren Büroklammern, alte Rundschreiben, Spielkarten, einige Batterien und eine Haarspange in Form eines Schmetterlings. Sie fand alte Zeugnisse und sortierte sie in drei Stapel. Dann hielt sie eine Rolle Pennys in die Höhe.

»Wir sind reich«, sagte sie und schwenkte die Münzrolle.

»Gut zu wissen. Oh, sieh mal.« Finola reichte ihr einen Umschlag.

Zennie öffnete ihn und entdeckte Kartenabschnitte zu einem Kelly-Clarkson-Konzert, zusammen mit Backstage-Ausweisen. Sie drehte die Karten um. Ali und sie wollten damals unbedingt hingehen, und sie hatte wie verrückt gebettelt. Am Ende gab ihr Vater nach. Sie drei hatten in der fünften Reihe genau in der Mitte gesessen. Nach dem Konzert waren sie backstage gegangen, wo sie Kelly kennenlernten. Sie war sehr nett, posierte für Fotos und gab ihnen Autogramme, bevor sie ihnen Cupcakes anbot.

»Fang nicht an zu weinen«, befahl Finola.

»Zu spät.« Sie hielt die Karten hoch. »Das war mein erstes Konzert. Alis auch. Wir haben Kelly und die Band kennengelernt.« Sie brachte ein ersticktes Lachen zustande. »Ich erinnere mich, dass ich meinen Backstage-Ausweis noch eine Woche lang an einem Schlüsselband um den Hals getragen habe, bis meine Lehrerin sagte, dass ich ihn zu Hause lassen soll. Ich hielt mich für sehr cool und für besonders.«

»Du warst auch beides.«

Zennie schniefte. »Sei nicht nett zu mir. Das ist gefährlich.«

»Entschuldige. Du warst eine verwöhnte kleine Göre, die keinen Backstage-Ausweis verdient hatte.«

Zennie nickte. »Das ist besser. Danke.«

Nun lachte Finola. »Wow, Hormone können wirklich was ausrichten. Das habe ich gar nicht gewusst. Ich habe jetzt sehr viel mehr Respekt vor Mutter Natur, das kann ich dir sagen.«

»Ich auch.«

Als sie mit den Schubladen fertig waren, ging Finola in die Küche, um ihnen einen Snack zu machen, während Zennie am Tisch saß und die Karten in der Hand hielt.

Sie vermisste ihren Vater. Hatte Ali das gemeint, als sie sagte, ihr Vater sei nicht für sie da? Zennie musste zugeben, dass es zum Kotzen war.

Sie holte ihr Handy hervor, fotografierte die Karten und die Ausweise und schickte ihm das Foto.

Erinnerst du dich? Was für ein toller Abend und was für eine großartige Erinnerung. Dad, es ist falsch von dir, nicht zu unterstützen, was ich tue. Ich kann einer Freundin nur auf diese Weise helfen, weil du mich so erzogen hast, also trifft dich genauso viel Schuld. Nicht mit mir zu reden, ist lächerlich. Ich bin dein Liebling, wie wir beide wissen. Hör auf, dich so zu verhalten. Ich bin schwanger, und ich brauche meinen Dad.

Es vergingen einige Sekunden, bis sie an den drei Punkten erkannte, dass er eine Antwort schrieb.

Imogene spricht nicht mit mir. Sie ist angefressen, und lass dir gesagt sein, dass es schwer ist, mit jemandem zu streiten, wenn man auf einem Boot lebt. Hier gibt es keine Winkel, in die man sich zurückziehen kann. Zwar werde ich nicht zugeben, dass du mein Liebling bist, aber du bist eine wunderbare Tochter. Ich hasse es bloß, dass du solch ein Risiko eingehst. Was ist, wenn etwas schiefgeht?

Sie überlegte eine Sekunde, ehe sie antwortete: *Was ist, wenn nicht?*

Du hast recht. Ich liebe dich, Zennie, und ich vermisse dich. Ja, ich sollte für dich da sein. Aber im Ernst? Ein Baby?

Sie schniefte. *Ja, Dad. Ein Baby. Lass es gut sein.*

Schon geschehen. Ich habe dich lieb, Kleines. Wir reden bald.

Sie lächelte. Es flossen mehr Tränen – natürlich –, jedoch glückliche. Noch gab es eine Vielzahl an Problemen – Gina, ihre Mutter, die Arbeit, es den Kollegen erzählen, tatsächlich weitere acht Monate schwanger sein, ein Kind gebären, sich erholen, Grünkohl essen –, aber die waren zu bewältigen. Alles würde gut werden.

Ali verbrachte den ersten Teil ihrer Urlaubswoche mit der Arbeit an ihren Notizen für das Gespräch mit ihrem Chef am nächsten Montag, wenn sie wieder in die Firma ging. Sie wollte alle Fakten und Zahlen griffbereit haben. Als das erledigt war, traf sie sich mit Finola zum Mittagessen, half ihrer Mutter, einige Schränke zu leeren, und verbrachte ihre Abende und Nächte mit Daniel. Der Mann war ein Gott im Bett, und ihr war gleich, wer es wusste.

Oder, nein, war es nicht, weshalb sie die jüngste Entwicklung in ihrer Beziehung niemandem gegenüber erwähnte. Aber sie wusste es, und das genügte. Ihre gemeinsame Zeit war fantastisch. Daniel war witzig und freundlich. Immerzu wollte er wissen, was sie dachte. Er wollte sie bei sich haben, und ihm gefiel, dass sie bei ihm schlief.

Glen wollte nie die Nacht in ihrem Apartment verbringen und auch nicht, dass sie bei ihm übernachtete. Das war ihr erst kürzlich bewusst geworden. Gewöhnlich hatten sie bei ihr Sex gehabt und danach war er gegangen. Als sie die einzelnen Puzzleteile zusammenfügte, war ihr schleierhaft, wie sie den Übergang zu einer echten Ehe hätten vollziehen sollen. Hatte Glen sich getrennte Schlafzimmer vorgestellt? Nicht, dass es sie interessierte – wichtig war allein, dass es ein weiterer Haken auf der Liste der Gründe war, wieso es nie funktioniert hätte.

Am Donnerstagmorgen fuhr sie zum Motocross. Am Nachmittag hatte sie eine Unterrichtsstunde, sie wollte aber den Vormittag dort sein, um sich mit Daniels Geschäft vertraut zu machen. Sie waren zum Mittagessen verabredet, und vorher gab es viel zu erkunden.

Die Strecken selbst waren an sieben Tagen die Woche geöffnet, ebenso wie die zusätzlichen Geländepfade. In den Wintermonaten konnte man die Bikes nur am Wochenende ausleihen, dann machten auch die Imbissstände auf. Noch wenige Wochen, dann hätten sie den Sommer über täglich geöffnet.

Ali schlenderte in den riesigen Werkstattbereich. Hier konnten Bike-Besitzer Plätze mieten, um ihre Maschinen zu reparieren oder sie, natürlich gegen Entgelt, von einem der Mechaniker vor Ort reparieren zu lassen. Es standen jede Menge Werkzeuge und Ratschläge zur Verfügung.

Sie ging durch eine Doppelschwingtür in den hinteren Raum, wo die Ersatzteile lagerten. Dies ist meine Welt, dachte sie lächelnd. Lange Reihen von Metallregalen voller Teile für die Mietmaschinen oder für Leute, die ihre Bikes hier warteten. Beim Umherschlendern stellte sie fest, dass alles bestenfalls desorganisiert war. Mehrteilige Komponenten lagerten nicht zusammen und aufgearbeitete Teile lagen zwischen neuen. Einige der Regale weiter vorn waren staubig, weil die Ersatzteile nur selten gebraucht wurden, während die, die praktisch täglich verwandt wurden, hinten lagerten. Mit anderen Worten: Daniels Lager war ein einziges Chaos.

Ali ging an einen der Computer in der Nähe und entdeckte, dass er nicht passwortgeschützt war. Sie klickte sich ins Lagersystem ein und druckte sich rasch eine Übersicht aus. Danach spielte sie ein wenig herum und stellte fest, dass sie leicht die Inventarnummern ändern könnte. Folglich wäre Diebstahl hier ein Kinderspiel.

»Oh Daniel«, murmelte sie. »Wir müssen uns dringend unterhalten.«

Sie machte Fotos, nahm Maß und studierte den Ausdruck. Als Daniel mit Sandwiches und Wasser kam, hatte Ali hinten einen Schreibtisch übernommen und Papiere um sich herum verteilt.

»Hausaufgaben?«, fragte er im Scherz.

Sie blickte auf. »Ist schon Mittag? Ich habe gearbeitet.«

»Das sehe ich. Willst du mir von dem Projekt erzählen?«

»Gib mir einen Moment, dann komme ich in dein Büro.«

Sie ging sich die Hände waschen, raffte ihre Notizen zusammen und eilte in sein Büro.

»Du siehst ernst aus«, sagte er eher fasziniert als misstrauisch.

»Du hast ein großes Inventarproblem.« Sie setzte sich hin und steckte einen Strohhalm in ihr Mineralwasser. »Kein Wunder, dass du mich immer so hetzen musst wegen Teilen. Deine Computer sind nicht passwortgeschützt, jeder kann in deine Inventarkontrolle. Hier könnten jeden Monat Hunderte Ersatzteile einfach rausspazieren. Es gibt kein System, wie die Teile gelagert werden. Wüsste ich es nicht besser, würde ich sagen, ihr werft sie schlicht auf das nächstbeste Regal.«

Er rutschte auf seinem Stuhl hin und her. »So war es früher, aber ich habe einige Verbesserungen eingeführt.«

»Nein, Daniel, *ich* habe einige Verbesserungen vorgenommen.« Sie rückte ihren Stuhl auf seine Seite des Schreibtisches und zeigte ihm, woran sie gearbeitet hatte.

»Zunächst habe ich deine Ersatzteile nach Verkaufsvolumen sortiert. Wie bei jedem Unternehmen machen auch bei dir zwanzig Prozent des Inventars achtzig Prozent deines Geschäfts aus. Du musst diese Teile vorn lagern, wo sie leicht gefunden und verteilt werden können.«

Sie gingen ihre Notizen durch. Ali redete mit ihm über Stichproben und über Listen, in denen die Leute entnommene Teile eintragen mussten.

»Da sind einige sehr wertvolle Ersatzteile, die unter Verschluss gehören.«

»Ich vertraue meinen Jungs«, entgegnete er.

Sie blickte in seine dunklen Augen. »Ja, aber da hinten sind nicht nur deine Jungs unterwegs. Es kann jeder rein, der will. Ich weiß, dass du Geld durch Diebstahl verlierst. Du musst herausfinden, wie viel.«

Er reichte ihr ein Sandwich. »Klug und schön. Habe ich ein Glück. Was würdest du hier sonst noch verändern?«

Sie nahm sich eine Sekunde, um das Kompliment zu genießen. Daniel war stets sehr großzügig mit Komplimenten, und sie fing tatsächlich an zu glauben, dass er ernst meinen könnte, was er sagte.

»Die Imbissstände müssen renoviert werden. Sie sehen alt und baufällig aus. Ein bisschen Farbe würde helfen, vielleicht auch einige neue Schilder. Nichts Ausgefallenes. Außerdem hast du tonnenweise Land hier draußen, und nicht alles wird von den Strecken aufgefressen.«

»Aufgefressen?«

»Du weißt, was ich meine. Du hast natürliche Wildnis, und dies ist L. A. Wir lieben es, draußen zu sein.«

»Du nicht.«

Sie grinste. »Ich verkrafte es. Der Punkt ist, dass du mit dem ungenutzten Land kein Geld verdienst.«

»Was schlägst du vor?«

»Investiere ein paar Tausend Dollar, um einen Bereich abzutrennen, zäune ihn günstig ein und vermiete ihn.«

Verwirrt zog er die Augenbrauen zusammen. »Wozu?«

»Hochzeiten, Partys, Firmenveranstaltungen.« Sie riss die Augen auf. »Oh wow! Du könntest Teambildungskurse anbieten. Das wäre eine super Art, dein Angebot zu erweitern. Firmen sind dauernd auf der Suche nach solchen Sachen für ihre Leitungsteams. Es ist viel spannender, ein Motorrad zu fahren, als irgendwelche Vertrauensübungen zu machen. Und du hast bereits Unterrichtsräume und anständige Waschräume. Die könnten sich einen tollen Tag machen.«

Er sah sie an. »Du hast richtig gründlich drüber nachgedacht.«

»Eigentlich nicht. Es ist eher ein Brainstorming. Jedenfalls ist deine Inventarkontrolle Mist und kostet dich eine Menge Geld. Korrigier das. Danach können wir noch mal besprechen, wie du dein Unternehmen vergrößerst. Ich denke, du könntest hier oben sogar Hochzeitsfeiern anbieten.«

»Die Bikes sind laut.«

»Aber sie fahren nur bis sechs Uhr abends. Dann würden die Feiern eben um sieben losgehen. Kein Problem.«

»Ali, du hast mir innerhalb von zehn Minuten ein halbes Dutzend Ideen geliefert. Du bist richtig gut.«

»Danke.« Sie schwenkte ihr Sandwich. »Oh, wie wäre es mit einem Weihnachtsmarkt? Du weißt schon, putzige Stände, Rentiere und ein Weihnachtsmann.«

»Kein Weihnachtsmarkt!«

Sie setzte sich auf seinen Schoß und schlang die Arme um ihn. »Das sagst du jetzt, aber ich wette, dass ich dich noch überreden kann.«

»Wahrscheinlich ja.« Er küsste sie. »Dieses Selbstbewusstsein ist sehr sexy, weißt du das?«

Selbstbewusstsein? Sie? Beinahe hätte sie losgelacht, doch ihr wurde klar, dass sie sich tatsächlich sicher fühlte. Inventar war ihr Ding, also überraschte das nicht weiter, aber der Rest war ihr einfach so eingefallen.

»Du tust mir gut«, sagte er, bevor er erneut ihren Mund einnahm.

Als sie seinen Kuss erwiderte, stellte sie fest, dass er ihr auch guttat.

Finola sagte sich, dass sie nicht ohnmächtig werden würde. Vor ein paar Stunden hatte sie einen Protein-Drink getrunken und später würde es eine richtige Mahlzeit geben. Aber sie musste vorsichtig sein. Nach fünf Tagen ohne feste Nahrung wollte sie nicht, dass ihr schlecht wurde. Es würde sich so gar nicht mit dem Image vertragen, das sie der Welt präsentierte.

Sie war gestylt, frisch mit Spraybräune behandelt und hatte eine Gesichtsmaske hinter sich, von der ihr die Haut glühte.

Nun musste sie sich nur noch schminken und ihr Abendkleid anziehen.

Ihre Mutter erschien in der offenen Tür ihres Zimmers. »Ich habe ganz vergessen, wie es ist, sich schick zu machen«, sagte sie und seufzte. »So viel Arbeit, aber sie lohnt sich.« Sie trat vor die Kommode und betrachtete sich im Spiegel. »Nicht, dass ich wieder so aussehen könnte wie früher.«

Finola legte die Hände auf die Schultern ihrer Mutter und küsste sie auf die Wange. »Du siehst klasse aus.« Sie stockte. »Mom, hast du ein Date?«

Mary Jo sah sie im Spiegel an. »Du meine Güte, nein. Ein Date in meinem Alter.«

»Du bist in den Fünfzigern und könntest über neunzig werden. Bist du sicher, dass du so lange allein bleiben willst?«

»Ich bin nicht allein. Ich habe meine Mädchen und meine Freunde.« Wieder seufzte sie. »Außerdem ist Liebe kompliziert.«

Finola lächelte. »Ist sie, aber Sex kann leicht sein.«

»Finola Louise!«

»Komm schon. Erzähl mir nicht, dass er dir nicht fehlt. Such dir einen netten Mann und probiere ihn aus. Du weißt doch, wie es heißt: Was man nicht benutzt, verkümmert.«

Sie lachten noch, als Zennie kam. Finola sah, dass ihre Schwester sogar Wimperntusche aufgelegt und irgendwas in ihr Haar getan hatte, um den kurzen Schnitt ein wenig stoppelig zu machen. Sie hatte ein Kleid in einer großen Hülle dabei.

Zennie und Mary Jo sahen einander eine Sekunde lang an, und Finola spürte die wachsende Spannung im Raum.

»Mom.«

Finola wünschte inständig, ihre Mutter könnte einlenken.

»Wie geht es dir?«, fragte Mary Jo. »Ich hatte nie Morgenübelkeit, als ich schwanger war, aber ich war ein emotionales Wrack. Man brauchte mir bloß eine kleine Katze zu zeigen, und ich habe stundenlang geflennt.«

Zennie lachte. »Ja, damit kämpfe ich auch. Alles ist dramatisch und zu viel für mich.«

»Warte ab, bis deine Brüste anfangen wehzutun. Das geht nach wenigen Wochen weg, aber bis dahin fühlt es sich an wie Messerstiche.«

»Danke für die Warnung.«

Sie lächelten einander an, und Finola entspannte sich. Während die beiden sich unterhielten, zwängte sie sich in figurformende Unterwäsche und schlüpfte in das schwarz-silberne Paillettenkleid von Rachel Gilbert. Das Ding wog mehrere Pfund, aber das kümmerte sie nicht. Es sah fantastisch aus und stand ihr. Sie wollte einen perfekten Auftritt hinlegen und auf den Fotos gut aussehen – alles andere war unerheblich.

»Du siehst umwerfend aus«, sagte Zennie, die ihre Sachen auszog und in das Brautjungfernkleid stieg, das sie für Alis Hochzeit gekauft hatte.

Natürlich wirkte das schlichte, günstige Kleid atemberaubend an ihr. Ach, so groß zu sein, so durchtrainiert und insgesamt beschenkt von der Natur, dachte Finola mit nur einem Hauch von Groll.

Mary Jo schloss den Reißverschluss an Zennies Kleid, und Finola gab ihrer Schwester eine kleine blaue Abendtasche. Sie schlüpften eben in ihre Schuhe, da klingelte es.

Mary Jo ging den Fahrer begrüßen, und Finola überprüfte, ob sie alles hatte, ehe sie mit Zennie in die Limousine stieg.

»Danke, dass du das machst«, sagte sie, als sie losfuhren. »Der Sender ist ein großer Sponsor dieser Organisation, deshalb konnte ich nicht kneifen, und ich möchte mich den Horden ehrlich nicht allein stellen.«

»Ich helfe gern«, antwortete Zennie. »Es ist zwar nicht meine Vorstellung von Spaß, doch in letzter Zeit bin ich innerlich unruhig und ein bisschen neben der Spur, da ist Ablenkung gut.«

Finola betrachtete sie prüfend. »Keine Reue?«

»Hin und wieder Überraschungen, aber keine Reue.«

Spontan drückte sie die Hand ihrer Schwester. »Das freut mich.«

Die Fahrt zum Beverly Hills Hotel dauerte nicht lange. Sie warteten in einer Reihe von Limousinen, ehe sie den roten Teppich erreichten. Zennie schaute zu der Menge an Fotografen draußen.

»Hiermit habe ich nicht gerechnet. Was soll ich machen?«

»Lächeln und hineingehen. Ich bin direkt neben dir.«

»Was ist, wenn ich stolpere?«

»Dann kommt es in den Nachrichten.«

Zennie grinste. »Gut zu wissen.«

Sie schafften es ohne Zwischenfall nach drinnen. Finola ging voraus zum Anmeldebereich, wo sie ihre beiden Namen angab. Es war eine traditionelle Veranstaltung mit Cocktails und einer stillen Auktion, gefolgt von einem Dinner und einer Live-Auktion. Sie saß an einem der drei Tische des Senders, wo sie von Leuten umgeben wäre, die sie kannte und denen sie vertraute. Zennie würde auf der einen Seite neben ihr sitzen, und sie hatte arrangiert, dass Rochelle an ihrer anderen Seite saß. Doch zunächst musste sie die Cocktailparty überstehen.

Finola hakte sich bei ihrer Schwester ein. »Bereit?«, fragte sie.

»Ich weiß zwar nicht, wofür, aber okay. Packen wir es an.«

Sie gingen in den riesigen Ballsaal. Dort waren Dutzende Fotografien von Kindern paarweise an den Wänden angeordnet. Eine Aufnahme zeigte ein krankes, trauriges Kind, die andere dasselbe Kind, jedoch gesund und fröhlich. Überall hingen Banner mit der Aufschrift: *Du kannst Wunder wirken.*

Auf dem Weg zur Bar kamen sie an zu vielen Leuten vorbei, die sie kannte. Frauen hielten sie mit besorgter Miene an.

»Wie *geht* es dir?«, fragte eine große Rothaarige. »Ehrlich Finola, wie geht es dir?«

Finola lächelte. »Sehr gut, Maddie. Und dir?«

»Ich fühle mich so *furchtbar*. Alles ist so *öffentlich*. Hast du wirklich *nichts* gewusst?«

Finola trat zurück. »Wir sind wie ausgetrocknet. Lass uns später reden, ja? Jetzt ruft ein Wodka-Martini nach mir.«

Maddie nickte betrübt.

»Sie scheint nett zu sein«, bemerkte Zennie.

»Sie ist eine herzlose Schlampe und kann mich nicht ausstehen.«

»Das verbirgt sie aber gut.«

Sie erreichten die Bar, wo Zennie sich ein Mineralwasser bestellte und Finola es ihr gleichtat.

»Was ist mit dem Wodka-Martini?«, fragte Zennie verwirrt.

»Ich habe seit fünf Tagen nichts gegessen. Da würde mir übel. Zum Dinner werde ich etwas Wein trinken.«

»Fünf Tage?« Ihre Schwester starrte sie entsetzt an. »Damit du hier gut aussiehst?«

»Ja sicher. Jeder will wissen, wie es mir geht, und sollte ich irgendein Anzeichen von Schwäche zeigen, würde ich geächtet – und das wäre noch das bestmögliche Szenario.«

Zennie schaute sich zu all den eleganten Leuten im Ballsaal um. »Und warum machst du das hier dann?«

»Weil ich meinen Job liebe und er es wert ist, dies hier durchzustehen, damit ich am Montag antreten und meinen Job wieder lieben kann.«

Sie schlenderten durch die stille Auktion. Zennie wollte für Kampfsportstunden bei einem Startrainer bieten, stellte indes fest, dass das Mindestgebot bei fünftausend Dollar lag. Sie klemmte sich ihre Abendtasche unter den Arm.

»Ich gucke nur«, sagte sie geschockt.

»Du bist schwanger, Schwesterherz. Für dich kommt in absehbarer Zeit sowieso kein Kampfsport infrage.«

»Stimmt, daran hatte ich nicht gedacht.«

Es kamen noch mehr Frauen, die Finola mit mitfühlenden Halbumarmungen und Luftküssen bedachten. Der Ehemann einer Bekannten kam vorbei und hielt kurz inne, um ihr wortlos eine Visitenkarte zu geben. Als er weg war, drehte sie die

Karte um. Auf der Rückseite stand: Ruf mich an, dazu eine Telefonnummer.

Zennie spähte ihr über die Schulter. »Bilde ich mir das ein, oder bietet er dir Sex an?«

»Ich glaube, er bietet mir Sex an.«

»Wow, ich hatte keine Ahnung, dass deine Welt so ist. Nimm's mir nicht übel, aber ich bin nicht sicher, ob ich das mag.«

»Es war leichter, als ich Nigel hatte.«

»Ich könnte dir einen richtig großen Stock besorgen. Eventuell hilft der.«

Finola lachte. »Danke, dass du mitgekommen bist.«

»Gerne. Kennst du zufällig schon das Menü? Ich sterbe für eine Mahlzeit ohne Grünkohl oder Joghurt.«

»Geht dir das gesunde Essen auf die Nerven?«

»Und wie.«

Finola deutete auf ein Auktionsangebot. »Das da wäre eine vierteljährliche Brownie- und Kekslieferung. Die ersteigere ich dir, egal, was sie kostet.«

Anstatt dass Zennie lachte, glänzten Tränen in ihren Augen. »Das ist so süß.« Finola bekam eine Umarmung. »Du bist die beste Schwester aller Zeiten!«

»Und du bist leicht zufriedenzustellen«, murmelte Finola. »Komm, holen wir dir noch ein Wasser. Später darfst du über die Stränge schlagen und ein Ginger-Ale trinken.«

Sie gingen an die Bar. Auf dem Weg durch die Menge stellte Finola fest, dass sie zwar einige Minuten über Nigel gesprochen hatte, ihn aber nicht vermisste, nicht mal als Puffer. Anscheinend gewöhnte sie sich daran, ohne ihn zu sein – was sie noch vor einem Monat für unmöglich gehalten hätte. Sie wusste indes nicht, ob es gut oder schlecht war, emotional voranzukommen. Oder ob es schlicht unvermeidlich war.

24. KAPITEL

Obwohl sie flache Schuhe auf der Spendengala angehabt hatte, taten ihr die Füße am Sonntagmorgen immer noch weh. Zennie war es gewohnt, den ganzen Tag zu stehen, jedoch nicht in Ballerinas, die ihre Zehen einquetschten. Hätte sie Absätze getragen, dessen war sie sicher, wäre sie über Tage lädiert. Sie dachte an Finolas Zwölf-Zentimeter-Absätze und fragte sich, wie ihre Schwester das durchhielt.

Und mehr als nur die Schuhe, überlegte sie bei ihren Yoga-Dehnübungen. Den ganzen Abend. Die schönen Menschen waren tatsächlich anders als der Rest der Welt. Einige von Finolas vermeintlichen Freunden hatten sich verständnisvoll gezeigt, aber sehr viele waren deutlich auf der Suche nach einer offenen Wunde gewesen, in die sie Salz streuen konnten. Unter Spaß verstand Zennie wahrlich etwas anderes.

Sie war gerade mit dem Yoga-Video durch, als ihr Handy summte. Zu ihrem Erstaunen war es eine Textnachricht von C.J.

Es ist ein schöner Tag. Lass uns was unternehmen.

Zennie überlegte. Sie würde gern Zeit mit C.J. verbringen, denn sie hatten sich so gut verstanden, und seit Gina nicht mehr mit ihr sprach, fühlte sie sich in puncto Freundschaften ein bisschen unterversorgt. Andererseits ertrug sie nicht noch jemanden, der ihr Vorwürfe machte. Und auch wenn es das Sinnvollste wäre, C.J. gar nichts von ihren »anderen Umständen« zu sagen, tippte sie:

Als Erstes solltest du wohl wissen, dass ich schwanger bin.

C.J. antwortete ein paar Minuten nicht. Dann kam:

Ich dachte eigentlich, wir hängen nur ein bisschen rum, sei dabei meinetwegen ruhig schwanger.

Das brachte Zennie zum Lachen.

Lass mich nur schnell duschen und mich anziehen. Treffen in einer Stunde?

Klingt super.

C.J. schlug ein Restaurant vor, in dem Brunch angeboten wurde. Zennie kam dort gleichzeitig mit ihrer Freundin an. Sie umarmten sich und setzten sich an einen Tisch.

C.J. wartete, bis Zennie sich die Speisekarte angesehen hatte, und fragte: »Schwanger? Dann hat die Behandlung geklappt? Ich bin gleichermaßen beeindruckt wie platt. Das würde ich niemals für jemanden tun. Wie nimmt die Welt es auf?«

»Mein Chef weiß es noch nicht. Meine Mutter ist stinksauer, beruhigt sich aber langsam. Mein Vater war auch sauer, doch ich habe ihn dazu gebracht, mich wieder lieb zu haben. Und ich habe ein paar Freundinnen verloren.« Zennie merkte, dass sie erneut den Tränen nahe war. »Ehrlich, dieses Emotionale ist das Schlimmste. Ich bin kein emotionaler Mensch.«

C.J. lächelte. »Aber alles weist auf das Gegenteil hin?«

»Genau.«

»Ich weiß eine Lösung. Machen wir ein paar Besichtigungen. Es kommen gerade ein paar niedliche Wohnungen auf den Markt. Als ich die Beschreibungen las, habe ich sofort an dich gedacht.«

»Meinst du Wohnungen zum Kaufen?«

»Mhm.«

Zennie starrte sie an. »Ich bin noch nicht so weit, mir etwas zu kaufen. Nur für mich? Ich kann unmöglich …« Sie verstummte. Natürlich konnte sie. Und sie sollte es!

Sie grinste. »Ja, ich sehe mir Wohnungen mit dir an. Das wird lustig. Versprich mir aber, dass wir nicht über das Baby reden.«

»Das Baby ist das Letzte, worüber ich reden will. Wir werden über den Verkehr schimpfen und uns entsetzt über die schlechte Auslegeware äußern. Denn in mindestens einer Wohnung ist der Teppichboden immer übel.«

Zennie grinste, doch zugleich kam ihr der merkwürdige Gedanke, dass Clark es genießen würde, mit C.J. und ihr Wohnungen zu besichtigen. Rasch nahm sie die Speisekarte wieder auf, um sich abzulenken. Es gab überhaupt keinen Grund für sie, an Clark zu denken. Das mit ihnen war aus. Lange. Und sollte sie sich in jemanden verlieben, wäre es nicht er. Sicher, er war nett und interessant gewesen, jedoch nichts für sie. Clark, von wegen!

»Was?«, fragte C.J.

»Ich kann es nicht erwarten, dass meine Hormone sich wieder einkriegen. Meine Mutter schwört, dass es bald vorbei ist, dann schmeiße ich eine Party.«

Ali gab es unumwunden zu, sie fühlte sich gut. Mehr als gut. Sie hatte die Tage genutzt, die sie für ihre Flitterwochen freigenommen hatte, und anstatt sich deprimiert und dumm zu fühlen, hatte sie die Zeit damit verbracht, sich über ihre berufliche Zukunft Gedanken zu machen und mit Daniel zusammen zu sein. Sie hatte mit ihm gelacht, geredet, Liebe gemacht und in seinen Armen geschlafen. Nicht minder erstaunlich war, dass sie vor lauter anderweitiger Beschäftigung weniger gegessen hatte. In den letzten paar Wochen bemerkte sie, dass ihre Kleidung ein bisschen lockerer saß. Ein Schritt auf die Waage zeigte, dass sie zehn Pfund abgenommen hatte.

An ihrem ersten Arbeitstag trug sie eine schicke dunkle Jeans, in die sie seit ungefähr acht Monaten nicht mehr gepasst hatte, und einen weiten Häkelpulli über einem Trägertop, das sie schon beinahe vergessen hatte. Einer der Vorteile ihres Umzugs – abgesehen von ihrem verführerischen Mitbewohner – war, dass sie all ihre Sachen durchgesehen und mal wieder einen Überblick gewonnen hatte, was sie besaß. Das sollte ich häufiger tun, sagte sie sich, als sie zur Arbeit fuhr.

Der Gewichtsverlust hatte sie sogar angespornt, morgens früher aufzustehen und eine halbe Stunde in den Hügeln um Daniels Haus auf und ab zu wandern. Heute hatte sie sich ein Mittagessen mit zur Arbeit genommen, anstatt etwas vom Taco-Imbiss zu holen. Nicht, dass sie Tacos für immer aufgeben würde, doch ein wenig Proteine auf einem Salat alle paar Tage würden sie nicht umbringen und vielleicht bewirken, dass sie weiter abnahm.

»Ich fühle mich gut«, flüsterte sie, als sie ihren Wagen einparkte, und nahm sich fest vor, dieses Gefühl zu bewahren. Um halb zehn war die Besprechung mit ihrem Chef, danach würde sie sich auf ihren Job konzentrieren.

Sie war ein paar Minuten zu früh an ihrem Schreibtisch und sah ihre E-Mails durch. Nachdem sie die wöchentlichen Umsatzberichte ausgedruckt hatte, ließ sie ihr Inventarprogramm laufen und holte die Ausdrucke, bevor sie zu Paul ging.

Um Punkt halb zehn klopfte sie an seine offene Bürotür. Er sah sie an und zog beide Augenbrauen hoch.

»Urlaub bekommt Ihnen«, sagte er und bedeutete ihr, hereinzukommen und sich zu setzen.

Ali schloss die Tür hinter sich, ehe sie sich auf den Stuhl setzte und einen Aktenordner auf seinen Schreibtisch legte. »Ich habe meinen Urlaub genossen«, gestand sie. »Ich hatte befürchtet, dass ich wegen Glen traurig sein würde, aber ich habe kaum an ihn gedacht.«

»Das freut mich. Er war nie gut genug für Sie. Also, was kann ich für Sie tun?«

Ali spürte ein Aufflackern von Unsicherheit und wies sich im Geiste streng zurecht. Sie hatte all ihre Informationen und Argumente vorbereitet. Falls Paul dachte, sie sei noch nicht so weit, seinen Posten zu übernehmen, war es immerhin ein brauchbarer Hinweis, mit dem sie entsprechend planen könnte. So oder so würde sie für sich eintreten.

»Wie ich gehört habe, gehen Sie in den Ruhestand«, begann sie und blickte ihn direkt an. »Gratuliere.«

»Danke. Es hat lange gedauert, aber jetzt bin ich bereit. Meine Frau und ich kaufen uns ein Haus in Arizona und verstecken uns da vor den Kindern.«

Sie schmunzelte. »Zufällig weiß ich, dass Sie Ihre Kinder anbeten und Ihre Enkel noch mehr, also stimmt das wohl nicht.« Sie räusperte sich. »Sie suchen schon eine Weile nach einem Nachfolger, deshalb frage ich mich, ob der Job schwieriger ist, als man von außen denkt. Das könnte ein Grund sein. Jedenfalls war ich enttäuscht, dass ich nicht gefragt worden bin, ob ich mich bewerben möchte. Ich bringe die nötigen Kenntnisse mit, kenne die Lagerverwaltung und kann mit Leuten umgehen. Wenn Sie im Urlaub sind, übernehme ich doch schon länger Ihre Vertretung.«

Paul wirkte verwundert. »Ich hätte nie gedacht, dass Sie interessiert sind, Ali. Sie reden nie über eine Beförderung. Die letzten sechs Monate hat sich für Sie alles um Ihre Hochzeit gedreht, da nahm ich an, eine Beförderung würde Ihnen zu viel zusätzliche Arbeit bringen.«

Seine Worte waren ein Schlag unter die Gürtellinie. Sich selbst aus der Warte eines anderen zu sehen, war lehrreich, aber schmerzhaft.

Sie wollte behaupten, dass es nicht stimmte, dass sie nicht ausschließlich an ihre Heirat gedacht hatte, doch er sagte die Wahrheit. Kaum hatte Glen ihr den Antrag gemacht, war sie durchs Leben geschwebt, hatte fortwährend geplant, geträumt und ihren neuen Nachnamen auf alle möglichen Zettel gekritzelt.

»Ich möchte nicht für den Rest meines Lebens das Inventar verwalten«, sagte sie und achtete darauf, ruhig zu sprechen.

»Es wäre schön, für die Stelle in Betracht gezogen zu werden. Ich habe mal zusammengestellt, was ich getan habe, um Diebstahl vorzubeugen und Versandkosten zu reduzieren, sowie die neuen Kontrollen, die ich eingerichtet habe.« Sie schob ihm den Ordner hin.

»Ali, ich weiß, was Sie für die Firma getan haben.«

»Vermutlich nicht alles«, erwiderte sie betont heiter.

»Gut möglich. Danke.« Er sah sie freundlich an. »Ich habe ehrlich nicht geahnt, dass Sie Interesse haben. Aber ich werde einen Termin für ein Bewerbungsgespräch mit dem Inhaber abmachen. Wir möchten lieber intern befördern, und ich halte Sie für eine ausgezeichnete Kandidatin.«

»Danke.«

Sie blieb ruhig, obwohl sie innerlich jauchzte. Sie unterhielten sich noch einige Minuten, dann kehrte sie an ihren Schreibtisch zurück, wo sie sich zwang, sich vollkommen normal zu verhalten. Wildes Herumgetanze wäre allzu erklärungsbedürftig.

Mittags eilte sie zu dem Postfach, das sie vor dem Auszug aus ihrem Apartment angemietet hatte. Dort warteten ein paar Werbesendungen und ihre VISA-Rechnung auf sie. Letztere öffnete sie erst im Auto. Sie starrte auf die fünfstellige Zahl und merkte, wie ihr sämtliches Blut aus dem Kopf rauschte. Wie konnte die seit dem letzten Mal *derart* in die Höhe geschnellt sein?

Ihre Hände zitterten, als sie die Umsätze kontrollierte. Es gab nur zwei Bewegungen, und eine von ihnen war gigantisch. Die Torte, dachte sie grimmig. Die war der Hammer gewesen, und die Zinsen, weil sie nur den Mindestbetrag begleichen konnte. Selbst wenn sie die gesparten Mietkosten zum Abtragen der Schulden nutzte, hätte sie frühestens in einem Jahr alles wieder ausgeglichen. Verdammt, es war nicht ihre Schuld, dass die Hochzeit storniert werden musste, und sie sollte nicht allein dafür aufkommen müssen.

Ohne zu bedenken, was passieren könnte, fuhr sie geradewegs zu Glens Büro. Sie hatte keine Ahnung, ob er in der Stadt war, aber sie würde es probieren. Falls er an seinem blöden Schreibtisch saß und so blöd wie eh und je war, würde sie diese Geschichte ein für alle Mal mit ihm klären.

Sie stürmte in das Gebäude und fuhr in den zweiten Stock. Glens Assistentin, eine mausgraue Frau in den Fünfzigern, riss die Augen weit auf, als sie sie sah.

Ali zeigte zur halb offenen Tür. »Ist er da?«

Die Assistentin nickte und versuchte nicht, sie aufzuhalten.

»Gut. Es dauert nicht lange.« Ali stieß die Tür auf.

In dem Augenblick, in dem sie von Angesicht zu Angesicht mit ihrem Ex-Verlobten war, wurde ihr klar, dass sie ihn zuletzt gesehen hatte, bevor er ihr den Laufpass gab. Seither hatten sie einzig über Textnachrichten oder per Telefon kommuniziert. Flüchtig war sie in Sorge, dass es wehtun könnte, ihm nach all der Zeit nahe zu sein, dass ihr bewusst werden könnte, wie sehr sie ihn vermisste und wie traurig sie wegen des Verlustes war. Nur geschah das nicht.

Sie sah in seine hellbraunen Augen und erkannte, dass er eine erheblich kleinere Version seines Bruders war, und das nicht bloß physisch. Hatte es sie früher nicht gekümmert, dass er kleiner, dünner und blasser war, empfand sie nun einen Funken hämische Freude, weil sie mit dem sehr viel besseren Bruder schlief. Doch weit wichtiger als das Aussehen waren Temperament und Charakter. Während Glen anspruchsvoll war, war Daniel lässig. Glen war reizbar, Daniel geduldig. Glen war kritisch, sein Bruder ein süßer, witziger, freundlicher Mann, der sie wie eine Prinzessin behandelte.

»Ali!« Vor Schreck weiteten sich Glens Augen und er rückte seine Brille höher. »Was machst du hier?«

»Dich zur Rede stellen.«

Er griff nach dem Telefon auf seinem Schreibtisch. »Falls du gewalttätig wirst, rufe ich die Security.«

Ali verdrehte die Augen. »Ernsthaft? Gewalttätig? Wann ist das je vorgekommen?«

»Du bist eine verschmähte Frau.«

Fast hätte sie gelacht, doch ihr fiel ihre Kreditkartenabrechnung wieder ein. Sie ging auf seinen Schreibtisch zu und wedelte mit dem Umschlag.

»Nein, ich bin die Frau, die wegen der stornierten Hochzeit einen Haufen Schulden hat. Du hast mir einen Antrag gemacht, Glen. Du hast die Feier mit geplant, und dann bist du einfach weg und hast dich jeder Verantwortung entzogen. Ich bin bereit, die Hälfte zu bezahlen, mehr nicht. Also bleibe ich hier stehen, bis du mir einen Scheck über zwölftausend Dollar ausgestellt hast.«

Er wurde blass. »Das werde ich nicht, und du kannst mich nicht dazu zwingen.«

Sein Tonfall war der eines trotzigen Kindes. Während sie ihn beobachtete, fragte Ali sich, was sie jemals in ihm gesehen hatte. War sie wirklich so einsam und verzweifelt gewesen, dass sie den Rest ihres Lebens mit ihm verbringen wollte? Die Antwort war so offensichtlich wie beschämend. Dem Himmel sei Dank, dass er sie abserviert hatte. Was, wenn nicht? Sie hätte ihn womöglich geheiratet.

»Glen, sei ein menschliches Wesen und gib mir das Geld. Du weißt, dass es das Richtige ist.«

Sie wartete.

Nach einer Weile murmelte er: »Ich, äh, habe mein Scheckheft nicht bei mir.«

Sie seufzte. »Du hast es immer in deiner Aktentasche, Glen. Lass die Spielchen.«

Er schnitt eine Grimasse, dann griff er unter den Schreibtisch und nach seiner Aktentasche. Eine Minute später hatte er den Scheck ausgeschrieben und ihn ihr gegeben.

»Was ist mit dem Ring?«, fragte er, als sie den Scheck in ihre Gesäßtasche steckte. »Den will ich zurück.«

Sie lächelte. »Wie witzig, dass du ihn erwähnst. Weißt du was? Im Staat Kalifornien gilt der Ring als Geschenk unter Vorbehalt. Hätte ich die Verlobung gelöst, wäre es dein gutes Recht, ihn zurückzuverlangen. Aber da *du* sie gelöst hast, darf ich ihn behalten. Und solltest du versuchen, etwas anderes zu behaupten, vergiss nicht, dass du nicht mal die Eier hattest, selbst mit mir Schluss zu machen. Du hast deinen Bruder genötigt, es zu tun, also gibt es einen Zeugen.«

Er stand auf und sah sie wütend an. »Du bist verändert. Ich glaube, das gefällt mir nicht.«

»Glen, was dir gefällt und was nicht, ist nicht mehr mein Problem.« Sie grinste spöttisch. »Danke für den Scheck. Schönen Tag noch.«

Ohne ein weiteres Wort ging sie hinaus. Erleichtert und zitternd zugleich setzte sie sich in ihren Wagen. Diese Kombination war beunruhigend, aber sie würde damit leben.

Sie öffnete ihre Bank-App und trug den Scheck ein. War er erst gutgeschrieben, könnte sie einen großen Batzen ihrer Kreditkartenschulden begleichen und nach vorn blicken. Noch besser war, dass sie in nicht einmal fünf Stunden Feierabend hatte. Dann würde sie nach Hause zu Daniel fahren und mit ihm zur Feier ihres neuentdeckten Rückgrats heißen Sex haben.

Als ihre Mutter sagte, dass ihre Brüste schmerzen würden, hatte Zennie nicht begriffen, was es bedeutete. Sie taten nicht bloß weh, sondern drückten und brannten, was schlimm genug war, dass sie wimmern wollte.

»Ich dachte, wir haben einen Deal.« Sie sprach auf dem Weg von der Umkleide zu ihrem Auto mit sich selbst. »Ich habe mich immer um dich gekümmert, mich anständig ernährt und Sport gemacht. Ich bin nur schwanger, also kannst du nicht ein bisschen kooperativer sein?«

Ehe ihr Körper antworten konnte – oder nicht –, war sie nahe genug bei ihrem Wagen, dass sie den Zettel bemerkte, der unter einem der Scheibenwischer klemmte. Zwar betete sie, es wäre nur Werbung für eine neue Autowaschanlage oder die Nachricht, jemand hätte versehentlich eine Beule in ihr Auto gefahren, aber sie ahnte, dass es das Glück nicht so gut mit ihr meinte. Nicht mehr.

Sie faltete den Zettel auseinander und stöhnte beim Anblick von Bernies Handschrift.

Nur eine zarte Erinnerung, dass du täglich dein Kalzium nehmen musst. Oh, und ich habe einen Gutschein für eine Paarmassage. Ich dachte, ich kann vielleicht einen Termin für uns beide machen. Ich könnte für dich eine Schwangerschaftsmassage bestellen. Wäre das nicht klasse? Hab dich lieb!

Zennie stieg in den Wagen, warf ihren Rucksack auf den Beifahrersitz und legte die Stirn ans Lenkrad.

»Ich halte das nicht aus«, sagte sie laut. Es scherte sie nicht, dass ihre Selbstgespräche zur Gewohnheit wurden. »Ich halte es wirklich nicht aus.«

Die Veränderungen ihres Körpers waren schon hart genug, aber, bei Gott, Bernie ging ihr gehörig auf die Nerven.

Es waren nicht nur der Lieferservice oder die sehr hässlichen und engen Stützstrumpfhosen, die sie vorbeigebracht hatte. Es waren die E-Mail-Erinnerungen an ihren nächsten Arzttermin, die kleinen Nachrichten wie die heute, die Textnachrichten über das, was Bernie gerade in den Schwangerschaftsbüchern gelesen hatte, und das verständliche Interesse, das einem netteren Menschen zweifellos gefallen hätte, das ihr hingegen zu viel und zu übergriffig war.

Sie ermahnte sich, dass Bernie ihre beste Freundin war und sich natürlich für das Wohl des Babys interessierte, aber Zennie brauchte dringend eine Pause. Und eine Umarmung. Und jemanden, dem sie etwas vorweinen konnte. Und Wein.

Sie ignorierte die unvermeidlichen Tränen, die mittlerweile

alltäglich geworden waren, und ließ den Motor an. Sie müsste nur nach Hause fahren, und alles wäre gut. Sie war immer froh, nach einem langen Tag im OP in ihre Wohnung zu kommen und zu entspannen. Doch auf einmal freute sie sich nicht mehr so sehr auf … nun ja, alles.

Es ist bloß die Nachricht, sagte sie sich seufzend, und dieses dämliche Essen, das auf mich wartet. Zu jedem Abendessen gehörte ein gesunder Salat mit dunkelgrünem Gemüse und massenweise harten rohen Sachen und Bohnen, dazu ein Dressing, das wie Teer schmeckte. Zennie hatte die Nase voll von schlichtem hellem Fisch oder schlichten Hähnchenbrüsten, den zwei Gemüsebeilagen und dem ungesüßten Joghurt, weil sie Milchprodukte brauchte – und sie selbstverständlich auf keinen Fall ein wenig Brie oder gar Eisbecher mit heißer Schoko-Karamellsauce haben durfte.

»Das nervt höllisch.« Sie war erst am Ende des zweiten Monats und hatte noch über sieben vor sich. Das würde sie nicht schaffen. Sie würde durchdrehen, zu Target toben und dort durch die Gänge wüten, Kekspackungen aufreißen oder sich Sprühsahne direkt in den Mund spritzen, während sie jemanden anflehte, ihr Kaffee mit einem Schuss Wodka zu geben.

Tatsache war – und sie gestand es sich höchst ungern ein –, dass sie sich zu impulsiv für diese Schwangerschaft entschieden hatte, und auch wenn sie es nicht bereute, war sie alles andere als glücklich.

Ihr Handy klingelte. Sie nahm das Gespräch an, ohne aufs Display zu sehen, und erschauderte, als ihr einfiel, dass es Bernie sein könnte.

»Hallo?«

»Hi, Zennie, hier ist Clark.«

Sie blinzelte. »Clark, wow, das ist ja seltsam. Ich habe neulich erst an dich gedacht. Wie geht es dir? Wie läuft es bei der Arbeit?«

Ihr entging nicht, dass sie recht euphorisch klang, und sie staunte, als ihr bewusst wurde, dass sie sich wirklich freute, von ihm zu hören. Er war ein netter Kerl, und sie hatte das Gefühl, dass sie vielleicht ein bisschen zu negativ eingestellt gewesen war, als sie mit ihm ausging.

»Alles gut. Ich, äh … Ich rufe an, weil ich dich immer noch vermisse. Ich weiß, dass es vorbei ist, das hast du ja deutlich gesagt, aber anscheinend kann ich dich nicht vergessen, und das wollte ich dich wissen lassen.«

Sie blickte aus dem Fenster und verarbeitete seine Worte. Er vermisste sie? Anstatt verärgert zu sein, fand sie es irgendwie nett, das zu hören. Genau genommen könnte sie, falls sie lange genug darüber nachdachte, zum dritten Mal heute zu heulen anfangen.

»Du warst ja recht deutlich«, fuhr er fort. »Aber ich habe mich gefragt, ob wir eventuell einfach befreundet sein können.«

Befreundet? Was sollte das heißen? Sie hatte noch nie viele männliche Freunde gehabt – nicht als Erwachsene. Und sie war sich nicht mal sicher, welche Grundregeln dafür galten. Dann ertappte sie sich bei dem Gedanken, dass es keine Rolle spielte. Sie wollte Clark sehen.

»Das nehme ich als Nein«, sagte er leise.

»Nein, ist es nicht, entschuldige. Du hast mich bloß überrascht. Ich finde dein Angebot interessant, nur solltest du vorher etwas wissen.«

»Du bist mit jemandem zusammen.«

»Was? Nein, oh Gott, nein. Ich bin schwanger.«

Sie hatte nicht vorgehabt, so damit herauszuplatzen, aber es war passiert.

Am anderen Ende holte Clark tief Luft. Er klang verletzt, als er sagte: »Das ging schnell. Hör mal, ich will dich nicht länger …«

»Warte. Leg nicht auf. Es ist nicht so, wie du denkst … oder wie du es dir vorstellst.«

»Weil du nicht mit irgendeinem Typen ins Bett gegangen bist?«

»Eben. Weil ich nicht mit irgendwem ins Bett gegangen bin.« Hastig erzählte sie ihm von Bernie, Hayes und der Bratenspritze.

»Du bekommst ein Baby für eine Freundin? Du bist neun Monate lang schwanger und gibst das Kind dann weg?«

»Das ist der Plan, ja.« Sie schloss die Augen und hoffte, er würde es verstehen, denn sie hielt nicht noch einen gemeinen Menschen in ihrem Leben aus.

»Das ist fantastisch, Zennie. Ich weiß gar nicht, was ich sagen soll. Du bist unglaublich.«

Ihr kamen die Tränen. »Bin ich nicht. Ich bin total im Eimer. Meine Hormone bewirken, dass ich alle fünfzehn Sekunden heule, meine Brüste tun weh, und wenn ich noch einen einzigen Salat essen muss, brülle ich die Stadt zusammen. Schwanger zu sein ist zum Kotzen.«

»Klingt ganz so. Hör mal, wie wäre es, wenn ich mit chinesischem Essen bei dir vorbeikomme und wir reden? Wäre das okay?«

Sie dachte an das widerliche Abendessen, das in ihrem Kühlschrank auf sie wartete. Das würde sie morgen zum Mittag essen, schwor sie. Bernie hatte darauf bestanden, ihr alle drei Mahlzeiten pro Tag zu bestellen, aber Zennie hatte sie auf Frühstück und Abendessen heruntergehandelt.

»Das wäre großartig«, sagte sie. »Weißt du noch, wo ich wohne?«

»Sicher doch. Gibt es irgendwas, das du nicht essen darfst?«

Sie zählte ihm eine kleine Liste auf, und sie verabredeten, dass er in vierzig Minuten bei ihr sein würde. Als sie das Handy weglegte, lächelte sie.

Fünfunddreißig Minuten später hatte sie geduscht und sich umgezogen. Sie deckte den Tisch und stellte Musik an. Das Flattern in ihrem Bauch war unerwartet, genauso wie ihre Vorfreude. Sie vermutete, dass sie zwar nicht mehr im romantischen Sinne an Clark interessiert war, aber froh, jemanden zu sehen, der ihr nicht vorschrieb, was sie tun sollte, oder wütend auf sie war. Außerdem brachte der Mann chinesisches Essen mit – was könnte besser sein?

Als er an die Tür klopfte, rannte sie hin, um ihm zu öffnen, und starrte ihn dann erst mal verwundert an. Er war größer, als sie ihn in Erinnerung hatte, und sah auch besser aus. Sie lächelte.

»Hi.« Sie trat zur Seite, um ihn reinzulassen. »Es ist schön, dich zu sehen.«

»Es ist schön, gesehen zu werden.«

Sie lachten und Zennie ging voraus in die Küche.

Es dauerte einige Minuten, alle Gerichte auszupacken. Zennie bot ihm ein Bier an, aber er lehnte ab.

»Nur, weil ich nicht trinken darf, musst du nicht leiden«, sagte sie.

Er hob sein Wasserglas an. »Doch, aus Solidarität.«

Sie saßen einander am Tisch gegenüber. Zennie atmete die köstlichen Düfte ein und versuchte, nicht zu stöhnen.

»Das ist so schlecht«, murmelte sie. »All das Natrium und die Gewürze, aber ist mir egal. Es ist nur ein Abend, und danach esse ich wieder brav mein vorgeschriebenes Essen.«

Er gab ihr einen Servierlöffel. »Greif zu.«

Sie füllte sich auf und nahm einen Happen Kung Pao. Die Aromen explodierten auf ihrer Zunge.

»Ich kann dir gar nicht genug hierfür danken«, sagte sie, als sie geschluckt hatte. »Du hast mich gerettet. Vorhin im Wagen, als du anriefst, hatte ich einen kleinen Nervenzusammenbruch. Ich dachte, ich schaffe es nicht.«

»Dich gesund zu ernähren?«

»Das Baby zu kriegen.« Sie schwenkte ihre Gabel. »Entschuldige, das habe ich eigentlich nicht gemeint. Sicher wird alles gut, es ist nur im Moment schwer. Ich gewöhne mich erst an die Situation, und ich bin die ganze Zeit hyperemotional.

Bernie ist so aufmerksam, und ich weiß, dass sie es gut meint, aber sie treibt mich in den Wahnsinn, und ich kann nichts sagen. Dazu diese lange Liste, was ich darf und was nicht. Ich trinke normalerweise nicht viel, und ich war noch nie versessen auf Brie, doch jetzt würde ich für beides morden. Oder für Kaffee. Oder Sushi. Ich kann mich nicht mal erinnern, wann ich zuletzt in einem Whirlpool war, aber jetzt, da ich in keinen darf, träume ich von den Dingern. Es ist lächerlich. Ich kann nicht surfen gehen, kein Hot Yoga machen. Ich bin ein starker, motivierter Mensch und will das hier für meine Freundin tun, also was stimmt nicht mit mir?«

Er griff nach einer Frühlingsrolle. »Es ging alles ziemlich schnell, Zennie. Nicht, dass du Ja gesagt hast, denn damit hätte ich gerechnet, aber dass du tatsächlich schwanger wirst. Die meisten Leute haben ein bisschen Zeit, sich mit dem Gedanken anzufreunden. Du bist praktisch sofort schwanger geworden.«

»Woher weißt du das?«

Er lächelte. »Ich weiß, wie lange es her ist, seit ich dich zuletzt gesehen habe, und ich beherrsche einfache Mathematik.«

»Oh, klar. Ja, es war schnell.« Sie erzählte ihm von dem Termin und dass sie da gerade einen Eisprung hatte. »Hayes ist gekommen, hat seinen Beitrag geleistet und jetzt ist es so weit.«

Clark sah verlegen aus. »Ich weiß nicht, ob ich den Druck verkraftet hätte, dass draußen diverse Leute auf die, ähm, Probe warten.«

Sie kicherte. »Dasselbe dachte ich auch, aber ich schätze, er war sehr motiviert.«

Sie sprachen über Clarks Arbeit, über die Verbesserungen, die für das Orang-Utan-Gehege geplant waren, und die Gelder, die seine Abteilung erhalten hatte. Zennie erzählte ihm von ihrer Familie und brachte ihn auf den neuesten Stand, was Finola und Ali anging.

»Wie sich herausstellte, wurden wir alle am selben Wochenende abserviert«, sagte sie, während sie sich mehr gebratenen

Reis nahm. Sobald sie es ausgesprochen hatte, stöhnte sie. »Tut mir leid, so sollte es sich nicht anhören.«

»Wenn du nicht gekränkt bist, bin ich es auch nicht.«

Sie sah ihn an und hatte keinen Schimmer, was er dachte. »Da war kein anderer«, sagte sie.

»Weiß ich. Und du hast geschworen, dass du nicht lesbisch bist.«

»Bin ich nicht. Übrigens hat meine Mutter mich zu einem Blind Date mit einer lesbischen Frau geschickt, C.J. Sie ist toll. Wäre ich auch nur ansatzweise für Funken aus der Richtung empfänglich, dann hätten sie bei ihr gesprüht, aber nein. Vielleicht ist es mir schlicht bestimmt, allein zu sein.«

Diese Worte hatte sie bereits gedacht, doch nun, da sie sie laut aussprach, kamen sie ihr traurig vor. Wollte sie wirklich den Rest ihrer Tage allein sein, ohne jemanden, auf den sie sich verlassen konnte? Vielleicht machte die Schwangerschaft sie besonders verletzlich, aber ausnahmsweise wollte sie nicht, dass ihre Zukunft so leer war.

»Dir ist nicht bestimmt, allein zu sein«, widersprach Clark. »Du bewegst dich lediglich in einem anderen Tempo als andere Leute. Mit dir ist nichts verkehrt.« Er zögerte. »Ich habe ernst gemeint, was ich vorhin gesagt habe. Ich wäre gern mit dir befreundet, falls du interessiert bist.«

Ein bisschen schüchtern lächelte sie. »Ja, das gefällt mir, aber diese Schwangerschaftssache muss okay für dich sein. Es könnte lästig werden.«

Er grinste. »Ich denke, damit komme ich klar.«

»Auch, wenn ich launisch werde?«

»Ganz besonders, wenn du launisch wirst.«

»Dann bin ich dabei. Möchtest du noch bleiben und einen Film sehen?«

»Nichts täte ich lieber.«

Simple Worte, dachte sie, und dennoch exakt die, die sie hören wollte.

25. KAPITEL

»Bist du sicher?«, vergewisserte Daniel sich.

»Ja.« Ali hoffte, dass sie zuversichtlicher klang, als sie war. »Es ist das Richtige. Okay, nicht das *Richtige*, aber das Korrekte.« Sie stockte, weil sie sich fragte, ob es da einen Unterschied gab. »Du weißt, was ich meine.«

»Ja, weiß ich. Ich will mich nur vergewissern, dass du dem gewachsen bist.« Er setzte seinen Truck rückwärts in die Auffahrt ihrer Mutter und stellte den Motor aus. »Du könntest sie noch mal fragen.«

Ali schüttelte den Kopf. »Ich habe sie buchstäblich fünfmal gefragt, und jedes Mal hat sie abgelehnt. Anscheinend bin ich nicht reif genug oder was auch immer. Sie würde die Uhr lieber spenden, als sie mir zu überlassen. Und allmählich reicht es. Keiner außer mir will sie haben, und wir nehmen sie jetzt mit.«

Klauen sie, um genau zu sein. Daniel und sie kamen an einem Samstag her, weil ihre Mutter in der Boutique war, und wollten die Uhr holen. Ali hatte Finola geschrieben, was sie vorhatte, damit ihre Schwester aus dem Haus war und nicht mit hineingezogen wurde. Und Finola hatte die Haustür nicht verriegelt, sodass Ali hineinkonnte.

Bewaffnet mit Werkzeugen und Anweisungen aus dem Internet, wie man solch eine Uhr auseinandernahm, gingen sie hinein. Daniel blieb im Wohnzimmer stehen und schaute sich um. Ali sah zu ihm.

»Bedenken?«, fragte sie.

»Nein, ich bekomme nur gerade eine Vorstellung davon, wie es in deiner Kindheit war. Du bist hier aufgewachsen.«

Sie versuchte, das Wohnzimmer mit seinen Augen zu sehen: die abgewetzten Möbel, die sehr vielen kleinen Tische und Lampen. Es war ein gemütliches Haus in einer passablen Gegend, dennoch hatte Ali nie das Gefühl gehabt, hierhin zu gehören. Das war der Nachteil, wenn man das dritte Kind von

Eltern war, die jeder schon einen Liebling hatten, bevor man zur Welt kam.

Es war ihr nicht neu, doch zum ersten Mal verstand sie es besser und war weniger verbittert. Seit der einen erbärmlichen Textnachricht hatte sie nichts von ihrem Vater gehört und würde es auch nicht – es sei denn, sie meldete sich bei ihm. Ihre Mutter war freundlich, aber eigentlich hatte Mary Jo nie eine Rolle in ihrem Leben gespielt. Ali hatte ihre Schwestern und einige Freunde gehabt, sich jedoch nie jemandem wirklich verbunden gefühlt. Nicht so wie andere Leute.

Deshalb wollte ich Glen heiraten, ging ihr auf einmal auf. Weil sie bei ihm die Wichtigste, die Erste, die am meisten Geliebte wäre. Sie war so in die Vorstellung verknallt gewesen, endlich wie jeder andere zu sein, dass sie einige auffallend rote Warnsignale übersah, einschließlich der Tatsache, dass er sie nie wirklich geliebt hatte. Sie war verzweifelt gewesen und hatte es teuer bezahlt.

Daniel kam zu ihr und legte eine Hand an ihre Wange. »Was ist?«, fragte er sanft.

»Mir ist nur gerade etwas aufgegangen. Ich weiß, wieso ich mich mit Glen verlobt habe, obwohl ich nicht in ihn verliebt war. Ich wollte für jemanden ein besonderer Mensch sein.«

Er küsste sie. »Du bist besonders.«

Für ihn, dachte sie und ließ sich von seiner Zuneigung wärmen. »Jetzt«, sagte sie halb im Scherz. »Vorher nicht so.«

»Du warst schon immer etwas Besonderes.« Abermals küsste er sie. »Komm, begehen wir unseren Diebstahl.«

Lachend folgte sie ihm hinüber zur Standuhr. Sie war riesig und altmodisch mit einem reich verzierten Zifferblatt, und seit Jahren hatte sie niemand mehr aufgezogen. Das Holzgehäuse war stumpf, und gewiss bräuchte die ganze Uhr mal eine Grundüberholung – wie immer das bei Uhren heißen mochte –, damit sie wieder richtig ging.

»Ich weiß, was du denkst«, sagte sie.

»Das bezweifle ich.«

»Doch, du denkst, dass sie hässlich ist und nicht direkt das, was die meisten Leute bei sich zu Hause haben möchten. Es ist nur einfach so, dass ich diese Uhr liebe.«

Er runzelte die Stirn. »Ali, du begreifst es wirklich nicht, oder? Wenn du diese Uhr liebst, möchte ich, dass du sie bekommst. Mein Haus ist riesig. Da ist reichlich Platz. Ich denke, wir könnten sie ins Esszimmer stellen.«

Dasselbe hatte sie auch gedacht. »An die schmale Wand neben dem Durchgang zur Küche?«

»Genau da.«

»Das ist ideal. Sie muss an einer Innenwand stehen, damit sie keinen plötzlichen Temperaturschwankungen ausgesetzt ist, und sie darf nicht nahe an einer Lüftung sein, und …« Sie presste die Lippen zusammen. »Entschuldige, ich gerate ins Schwärmen.«

»Stimmt. Legen wir los.«

Sie breiteten die Anleitungen auf dem Couchtisch aus. Daniel begann, die Uhr oben auseinanderzunehmen, während sie die Angeln der Glastür vorn losschraubte.

Zwischendurch machte er Fotos, die ihnen später helfen sollten, die Uhr wieder zusammenzubauen, und sortierte die kleinen Teile in Plastikbeutel. Ali holte die Sackkarre. Gemeinsam brachten sie die Teile hinaus und legten sie auf die Rückbank des Trucks, dann gingen sie hinein, um das Hauptgehäuse zu holen. Das Holzgehäuse war schwer, aber sie bekamen es auf die Ladefläche, wo Daniel es festband.

Langsam fuhren sie zurück zu ihm, wo sie das Ganze umgekehrt wiederholten und die Teile hineinbrachten. Es dauerte ein paar Stunden, die Uhr im Esszimmer zusammenzubauen. Als sie fertig waren, zog Ali sie vorsichtig auf und stellte die Zeiger richtig ein. Sie wartete gespannt, ob das Pendel in Bewegung blieb. Stumm standen sie beide da, bis zur Viertelstunde der vertraute Schlag ertönte.

»Perfekt!« Ali klatschte in die Hände, dann umarmte sie Daniel. »Ich treibe jemanden auf, der ihr eine schöne Uhr-Wellnesskur verpassen kann, damit sie weiter richtig geht. Danke, dass du mir geholfen hast.«

»War mir ein Vergnügen. Dieses Verbrecherding ist irgendwie lustig.«

Sie lachte. »Vielleicht können wir noch was Böses tun.«

Nun sah er sie vielsagend an. »Ich bin dabei.« Sein Handy summte.

Ali trat einen Schritt zurück. »Hoffentlich ist das nicht die Polizei«, sagte sie grinsend.

»Deine Mutter kommt doch erst heute Abend von der Arbeit«, erinnerte er sie, sah aufs Display und las die Nachricht. Prompt wirkte er verlegen. »Ali, wir müssen über etwas reden.«

Ihre gute Laune verpuffte, und ihr Magen verkrampfte sich. »Was? Etwas Übles, oder?« War etwas passiert? Machte er Schluss mit ihr? Wollte er, dass sie auszog und …

»Das war meine Mutter. Ich habe ihr von uns erzählt.«

Er hatte was? Sie hatte es keinem erzählt. Nicht, weil sie sich schämte oder so, aber es war durchaus schräg, dass sie mit dem Bruder ihres Ex-Verlobten zusammen war. Gesellschaftlich war das ein No-Go.

»Sie hasst mich.« Ali stöhnte. »Das muss sie. Oder sie hält mich für eine Schlampe. Ich habe deine Eltern gemocht, als ich sie kennenlernte, und ich dachte, dass sie mich mögen.«

»Tun sie auch. Und sie wissen, dass alles Glens Schuld war.« Er zögerte. »Meine Mutter ahnte schon eine Weile, wie ich für dich empfinde. Sie hat nie viel gesagt, aber sie hat es gewusst. Und sie freut sich, dass ich glücklich bin.«

Alis Panik milderte sich ein klein wenig ab. »Bist du sicher?«

»Ja. Sie möchten, dass wir mal zum Abendessen kommen. Ich dachte, wir machen was in den nächsten paar Wochen ab.«

Dinner mit den Eltern? War das nicht verfrüht? Sie waren ihr zwar nicht fremd, aber trotzdem. »Das wird merkwürdig.«

»Ja, wird es.«

»Wie kannst du das sagen?« Ali kreischte fast. »Du sollst mir Mut machen.«

»Es wird merkwürdig, und dann wird es gut.«

»Du hättest mit dem netten Teil anfangen und danach zum merkwürdigen kommen können.«

Er lächelte. »Ich merke es mir fürs nächste Mal.«

»Glen wird nicht da sein, oder? Denn das wäre ein Merkwürdig-Niveau, mit dem ich nicht umgehen kann.«

»Kein Glen. Obwohl er irgendwann ...«

Sie hob eine Hand. »Daniel, du bist super, und ich kann dir gar nicht sagen, wie dankbar ich dir für die Hilfe mit der Uhr und für alles bin, was du für mich getan hast, aber ich bin noch nicht bereit, mit deinem Bruder abzuhängen. Und das muss okay für dich sein.«

Einer seiner Mundwinkel bog sich nach oben. »Es ist sehr okay für mich.«

»Schwörst du es?«

Er legte eine Hand auf sein Herz. »Ich schwöre. Also, Dinner mit meinen Eltern?«

»Mhm.« Sie seufzte. »Und ich werde es meiner Mutter und meinen Schwestern erzählen. Ich hasse es, erwachsen zu sein.«

»Kann sein, aber es steht dir gut.«

Die emotionale Widerstandsfähigkeit der menschlichen Wesen ist verblüffend, dachte Finola, als sie nach einem länger geplanten Meeting in ihre Garderobe ging. Ihr Team und sie setzten sich jedes Quartal zusammen, um über die bevorstehenden Feiertage, die nächsten Kinostarts und die gesellschaftlichen Anlässe zu sprechen, damit sie entsprechende Segmente für die Show vorbereiten konnte. Und die Zurück-in-die-Schule-Modenschauen machten sich ja nicht von selbst.

Sie hatte das Meeting problemlos überstanden, Vorschläge gemacht und sich notiert, wann wer aus dem Team im Urlaub sein würde. Sie konnte ihren Job machen, lachen, sogar an diese Zurück-in-die-Schule-Sache denken, ohne sie irgendwie auf Nigel zu beziehen. Natürlich war er immer da, lauerte in ihrem Hinterkopf, aber sie kam klar.

Es half, dass sich die Presse nicht mehr für sie und ihr Leben interessierte. Treasure war verblüffend zugeknöpft, was ihre gegenwärtige Affäre anging, und ohne einen neuen Skandal war sie, Finola, langweilig geworden. Sie hatte die Ruhe genutzt, um in ihr eigenes Haus zurückzuziehen, und sie benutzte sogar wieder ihr richtiges Handy.

Irgendwann würde seine Affäre mit Treasure enden, und Nigel wäre frei, zu ihr zurückzukehren. Die Frage war, wollte sie ihn noch? Vor zwei Monaten hätte sie ihre Seele verkauft, um ihn zurückzubekommen. Jetzt war sie sich nicht mehr so sicher. Und das nicht bloß wegen der Art, wie er sie betrogen hatte, sondern auch, weil sie gründlich überlegt hatte, was sie in eine Ehe zu investieren bereit war, und, wenn sie ehrlich war, war es nicht viel. Sie war sich unsicher, ob es bei ihrem mangelnden Engagement um ihn, um sie oder um sie beide gegangen war, aber man durfte es nicht außer Acht lassen. Wenn ihre Ehe vorher schon nicht intakt gewesen war, lohnte es sich dann, sie zu retten?

Nicht weniger wichtig waren die Fragen zu ihr selbst. Warum hatte sie sich nicht mehr auf ihren Ehemann eingelassen? Vielleicht war sie nicht mehr so verliebt in ihn gewesen, oder sie war zu selbstsüchtig, um jemand anderen wahrhaft zu lieben. Letzteres wollte sie nicht sein, aber sie hatte kürzlich entdeckt, dass sie nicht die warmherzige, liebevolle, noble Heilige war, für die sie sich immer gehalten hatte.

Ihr war die Idiotie bewusst, für eine Zukunft zu planen, ohne auch nur annähernd genügend Informationen zu haben, aber es hielt sie nicht davon ab, nach Eheberatern in der Gegend zu suchen – und nach Scheidungsanwälten. Bisher hatte sie weder noch angerufen.

Rochelle platzte mit weit aufgerissenen Augen in ihr Büro. »Hast du es gesehen? Es ist online.«

»Ob ich was gesehen habe?«

»Das musst du dir angucken.«

Rochelle schnappte sich ihren Laptop und tippte eine Internetadresse ein. Sekunden später erschien ein Video von Nigel, der von einem Reporter interviewt wurde, den Finola nicht kannte.

Er sieht dünner aus, dachte sie gedankenverloren. Als würde er nicht genug essen. Und müde. Er wirkte sehr müde. Sie wartete auf ein Gefühl von hämischer Schadenfreude oder überhaupt Freude, weil er offenbar auch litt, aber die stellte sich nicht ein. Nur Sorge um ihn und Traurigkeit. Eine Menge Traurigkeit.

Rochelle drehte die Lautstärke auf. Er sprach darüber, unerwartet im Rampenlicht gelandet zu sein.

»Sie und Treasure sind ein interessantes Paar«, sagte der Reporter. »Zwischen Ihnen ging es sehr schnell.«

Nigel rückte verlegen auf seinem Stuhl hin und her. »Ja, ging es.«

»Zu der Zeit waren Sie verheiratet?«

Seine Züge verhärteten sich. »Bin ich noch.«

»Wie steht Ihre Frau zu der Affäre?«

Seine Augen verengten sich. »Ich glaube, das können Sie sich denken.«

»Lieben Sie Ihre Frau noch?«

Die Frage kam sichtlich aus heiterem Himmel für Nigel – Finola erkannte es daran, wie er sich verkrampfte und den Blick abwandte. Sie war nicht minder erschrocken. Unwillkürlich trat sie einen Schritt zurück, als könnte sie sich so schützen. Rochelle packte sie am Arm.

»Keine Angst. Er hat eine gute Antwort.«

Nigel blickte direkt in die Kamera und nickte. »Ja, ich liebe meine Frau. Sehr sogar.«

»War es das wert?«, fragte der Reporter.

Finola presste beide Hände auf ihren Bauch und drehte sich weg. »Mach das aus! Ich will nichts mehr hören.«

»Alles okay? Ich dachte, du würdest dich freuen. Nigel liebt dich. Garantiert hat er das Drama mit Treasure satt und will zurück nach Hause. Klar war er ein Arsch und muss einiges tun, um sich dein Vertrauen zurückzuholen …« Ihre Assistentin senkte die Stimme. »Entschuldige! Ich dachte, du würdest dich freuen.«

»Meistens weiß ich gar nicht, was ich denken soll«, gestand Finola. »Seit Wochen hat er sich nicht gemeldet. Ich weiß nicht mal, wo er ist. Und ich war mit dem allen ohne ihn konfrontiert.«

Es gab nach wie vor Wunden, nur waren einige weniger frisch und hatten aufgehört zu bluten. Sie wälzte die Worte in ihrem Kopf. Nigel hatte gesagt, dass er sie immer noch liebte. Er hatte es in der Öffentlichkeit gesagt, als wollte er, dass sie es erfuhr.

»Treasure wird nicht froh sein«, sagte sie.

»Weiß ich. Ist das nicht großartig?«

Finola war sich nicht so sicher, dass es ein großartiger Moment war. Vor zwei Monaten wäre sie kribbelig vor Freude gewesen. Jetzt war sie nur verwirrt.

Sie blickte Rochelle an, ihre Assistentin wirkte schuldbewusst und resigniert. Als hätte sie auf eine andere Reaktion gehofft. Sofort war sie alarmiert. Irgendwas war hier los – das spürte sie. Rochelle und sie arbeiteten sehr eng zusammen, an fast sieben Tagen die Woche. Ihre Beziehung setzte Vertrauen voraus. Sie waren immer ehrlich zueinander gewesen. Die Regeln waren simpel – sei ganz da, wenn du für mich arbeitest, und im Gegenzug bringe ich dir alles über das Geschäft bei, stelle dich den richtigen Leuten vor, und wenn die Zeit gekommen ist …

Der Tritt in den Bauch war fies. Finola packte die Rückenlehne des Stuhls vor ihr, um nicht umzukippen. Es geschieht, dachte sie, obwohl sie schreien wollte, dass sie noch nicht bereit war. Normalerweise wäre es ihr gleich, wann ihre Assistentin sie verließ, aber nun war die Situation eine andere. Sie fühlte sich gegenwärtig so verwundbar, so erschöpft von der Gefühlsachterbahn, in der sie saß. Das bewältigte sie nicht allein, und jemanden Neues einzustellen war immer so viel Arbeit. Wobei es weniger das Einarbeiten war, das ihre Kräfte auffraß; es war das Ergründen, ob sie der Person vertrauen konnte. Das brauchte Zeit.

Sie sah ihre wunderschöne Assistentin an. Rochelle war pfiffig, klug und ehrgeizig. Sie hatten einen Deal, und Finola wusste, dass sie sich an den halten musste, ganz gleich, wie schmerzlich es war.

Sie setzte sich auf den Stuhl, an dem sie sich festgehalten hatte, und bedeutete Rochelle, sich ebenfalls zu setzen. »Und, wie sieht das Job-Angebot aus?«, fragte sie.

Rochelles dunkelbraune Augen wurden größer. »Ich weiß nicht, wovon du …«

Finola zog die Brauen hoch. »Fang jetzt nicht an, mich zu belügen. Du weißt, dass mich jemand anrufen und um eine Beurteilung bitten wird.«

Rochelle zog den Kopf ein. »Aufnahmeleiterin von *Late Night L. A.*«

»Beeindruckend. Das ist ein großer Job.«

Late Night L. A. war eine schnell getaktete Sendung über das Leben in der Stadt nach Einbruch der Dunkelheit. Die Segmente waren mal den Hotspots und angesagten Restaurants, mal den sozialen Problemen in der Stadt gewidmet, sodass investigativer Journalismus ins Spiel kam. Die Quoten waren glänzend, vor allem bei den achtzehn- bis vierunddreißigjährigen Zuschauern, der Sender behielt diese Sendung im Auge. Wenn alles gut ging, würde Rochelle sich in der Nahrungskette sehr schnell nach oben bewegen.

»Wie lange brütest du das schon aus?«, fragte sie.

Rochelle holte tief Luft. »Einige Wochen. Ich wollte dich nicht verlassen, als alles so auf dich eingekracht ist. Du hast mich gebraucht, und du hast mir so viel gegeben. Ich wollte für dich da sein.«

Finola lächelte. »Dafür bin ich dir dankbar. Ich hätte das ohne dich nicht durchgestanden, doch jetzt wird es Zeit für dich zu gehen. Nimm den Job an.«

»Aber, wenn du und Nigel nicht wieder zusammenkommt …«

»Nimm den Job an.«

Natürlich wollte sie, dass Rochelle blieb, sie würde jedoch nicht zulassen, dass jemand wegen ihres gebrochenen Herzens eine großartige Chance verpasste. Es wäre zu bescheuert.

»Hast du Namen für mich?«, fragte sie, denn Teil von Rochelles Job war es, Ersatz für sie zu finden.

»Drei«, antwortete Rochelle zögerlich. »Aber wir müssen nicht …«

»Ruf sie an. Wir beginnen morgen mit den Bewerbungsgesprächen. Bis morgen Abend haben wir die Liste auf zwei gekürzt. Danach möchte ich, dass du mit meinem Anwalt sprichst, damit er deren Hintergrund überprüft.«

Rochelle starrte sie an. »Hast du das bei mir auch gemacht?«

»Ja, natürlich, und eines Tages wirst du dasselbe machen, wenn du einer Assistentin dein Leben anvertrauen musst.«

»Ein Hintergrundcheck. Das habe ich nicht gewusst.«

Es gibt eine Menge, was sie nicht weiß, dachte Finola neidisch. Sie hatte noch so viel Leben vor sich. So vieles zu lernen und zu erleben.

Spontan ergriff sie Rochelles Hand. »Hör mir zu. Es ist eine heftige Branche. Sei stark, klug und entschlossen. Und pass auf dich auf. Andere müssen sich dein Vertrauen verdienen, aber sei keine Kuh. Und egal was passiert, vergiss nie, ein anständiger Mensch zu sein.«

Tränen kullerten über Rochelles Wangen. »Ich kann das nicht. Ich kann nicht weggehen. Ich bleibe.«

»Nein, tust du nicht. Es ist Zeit. Höchste Zeit. Ich hätte es merken müssen. Das ist meine Schuld, nur habe ich bei allem, was los war, unseren Deal vergessen. Tut mir leid.« Sie ließ Rochelles Hand los. »Sag denen bei deinem Bewerbungsgespräch, sie können mich anrufen, wenn sie wollen. Ich gebe ihnen gern Auskunft über dich.«

Rochelle stand auf und nickte. An der Tür drehte sie sich noch einmal um. »Das kann ich dir nie danken.«

»Weiß ich, und du musst es auch nicht. Gib es einfach weiter. Tu für jemand anderen, was ich für dich tue. Und wenn du unglaublich berühmt bist und ich nur eine Frau, die du früher mal kanntest, nimm meinen Anruf an.«

Noch mehr Tränen flossen. »Ich werde deinen Anruf immer annehmen.« Rochelle ging.

Finola tat ihr Bestes, die Angst zu ignorieren, die sie durchfuhr. Eine neue Assistentin einzuarbeiten war enorm anstrengend, aber sie hatte keine Wahl. Sie hatte fast alles in ihrem Leben versaut, doch sie würde weder ihre Karriere noch ihren Deal mit Rochelle vermurksen.

Ihr Blick ging zu ihrem Computer, und sie überlegte, das Video erneut abzuspielen. Nigel liebte sie noch. Sie war ziemlich sicher, dass sie ihn ebenfalls noch liebte. Und obgleich das genügen sollte, wusste sie tief im Herzen, dass es nicht reichte. Nicht mehr.

26. KAPITEL

Ali genoss es, das Bike zu fühlen, mit dem sie über die Geländestrecke raste. Die ersten paar Runden war sie langsam gefahren, weil sie ein Gespür dafür bekommen wollte, was geschah. Doch als sie sicherer wurde, hatte sie das Tempo erhöht.

Selbst mit Ohrschutz und Helm hörte sie das Dröhnen der Maschine. Staub wirbelte um sie herum auf, als erfahrenere Biker sie überholten. Sie wollte beschleunigen, um mitzuhalten, ermahnte sich jedoch, dass dies eine Trainingsstunde war, kein Rennen. Und sie wusste immer noch nicht genau, was sie tat.

Sie beendete eine weitere Runde und beschloss, dass sie ein bisschen schneller werden durfte. In einer Biegung dachte sie an die Anweisung ihres Trainers, sich eher in die Kurve zu lehnen, als das Bike hineinzulenken. Sie probierte es, indem sie ihr Gewicht verlagerte, und war überrascht, als die Maschine weich die Rundung nahm.

Begeisterung gesellte sich zum Adrenalin. Kein Wunder, dass Daniel seinen Job liebte – das war aufregend.

Auf der Geraden gab sie noch mehr Gas. Sie wollte einen langsameren Fahrer überholen, da sah sie, wie weiter vorn ein Bike die Kurve zu schnell nahm. Die Maschine verkantete sich, der Fahrer stürzte und rollte auf die Fahrbahn.

Sofort drosselte Ali das Tempo und befahl sich, die Kontrolle zu behalten. Alles ging gut, bis ein anderer Fahrer in sie hineinfuhr, sodass sie direkt auf die Bande an der Innenseite der Strecke zugestoßen wurde. Sie trat zu fest auf die Bremse und krachte in die Absperrung. Eben noch nahm sie den Aufprall wahr, im nächsten Sekundenbruchteil flog sie über die Barriere. Sie landete mit einem dumpfen Schlag auf dem harten Boden, bei dem ihr die Luft wegblieb. Schmerz explodierte an so vielen Stellen, dass sie nicht wusste, auf welche sie sich zuerst konzentrieren sollte. Der Himmel wirbelte und verschob sich über ihr, dann wurde alles dunkel.

Das ist übel, dachte sie benommen, richtig …

»Ali? Ali! Kannst du mich hören? Ali?«

Sie öffnete die Augen und sah, dass Daniel über sie gebeugt war. Er sah blass und panisch aus, als er sie abzutasten begann.

»Ali?«

»Ich bin gestürzt«, murmelte sie und wünschte, der Schmerz würde sich auf eine oder zwei Stellen beschränken, damit sie einschätzen konnte, was sie sich getan hatte.

»Habe ich gesehen. Es war nicht deine Schuld. Dieser Blödmann ist in dich reingerast.«

»Der Blödmann ist acht Jahre alt, Daniel. Es ist nicht seine Schuld.«

Sie bewegte sich vorsichtig. Okay, ihre Beine funktionierten, und ihr Rücken war nicht allzu schlimm. Sie glaubte nicht, dass sie so hart mit dem Kopf aufgeschlagen war, also war sie vielleicht …

»Mist!«

Ihren linken Arm zu bewegen, war ein Fehler gewesen, stellte sie fest und blickte nach unten. Wegen all der Schutzkleidung erkannte sie nicht, was nicht stimmte, aber es tat fies weh.

Sie bewegte ihre Finger, und die waren in Ordnung. Dann hob sie den rechten Arm. Der Schmerz ging gerade noch. Vorsichtig nahm sie den linken Arm hoch und legte ihn auf ihren Bauch. Der Schmerz nahm zu. Doch in dieser Haltung konnte sie sich aufsetzen.

Sie sah Daniel an. »Ich glaube, ich habe mir was gebrochen.«

Er fluchte. »Das habe ich befürchtet. Außerdem könntest du eine Gehirnerschütterung haben.«

»Mir geht es gut.«

»Du bist bewusstlos gewesen.«

»Eine Sekunde lang.«

»Mehr ist nicht nötig.« Immer noch starrte er sie an. »Sieh mich an. Ich möchte sehen, ob deine Pupillen geweitet sind.«

Sie wollte widersprechen, glaubte allerdings, dass er einige Erste-Hilfe-Kurse gemacht hatte und wahrscheinlich wusste, was er tat. Deshalb gehorchte sie und beantwortete ihm einige Fragen – welcher Tag heute war, wo sie war und so weiter.

»Ich sollte einen Krankenwagen rufen«, sagte er und holte sein Handy hervor.

»Wag es ja nicht.« Sie kniete sich hin. »Alles okay. Es ist bloß mein Arm. Hilf mir auf, dann kannst du mich ins Krankenhaus fahren.«

Als er sich nicht rührte, ergänzte sie: »Ich stehe so oder so auf, ob du mir hilfst oder nicht.«

»Du bist so verdammt stur.«

»Dann bin ich ja ganz wie du.«

Er half ihr hoch. Sie brauchte einen Moment, um das Gleichgewicht zu finden, war aber froh, dass die Welt blieb, wo sie war. Daniel nahm ihr den Helm und die Handschuhe ab. Ihre restlichen Sachen ließen sie zurück.

Auf dem Weg zu den Gebäuden bemerkte sie, dass alle anderen die Karambolage unbeschadet überstanden hatten. Einer der Jungs aus der Werkstatt holte ihr Bike und schob es zur Halle. Die nächsten Runden gingen bereits los.

»Passiert so was dauernd?«, fragte sie.

»Jedes Spiel hat seinen Preis.«

»Das klingt so machomäßig.«

»Es ist ein Macho-Sport.«

Sie wollte weiter mit ihm scherzen, aber ihr Arm tat zu sehr weh. Sie wartete, bis er ihre Handtasche geholt hatte, dann gingen sie zu seinem Truck. Dort half er ihr auf den Beifahrersitz, schnallte sie an und fuhr sie zur Klinik.

Neunzig Minuten später zeigte ihnen der Arzt eine Röntgenaufnahme, die Alis Vermutung bestätigte. Sie hatte sich den Arm gebrochen. Es war kein schlimmer Bruch, aber er würde einige Wochen brauchen, um zu verheilen, und sie bräuchte einen Gips vom Handgelenk bis zum Ellbogen.

Bei der Nachricht wurde Daniel kreidebleich, und einen Moment lang fürchtete Ali, er würde ohnmächtig werden.

»Es ist nur ein kleiner Haarriss«, sagte sie, als der Arzt gegangen war. »Ich habe eine Gehirnerschütterung, und der Bruch ist sauber und harmlos. Mir geht es gut.«

Daniel kam zu ihr und nahm sie in die Arme. »Verdammt, Ali, ich liebe dich und sollte auf dich aufpassen, nicht dafür sorgen, dass du dir die Knochen brichst.«

Er liebte sie? Er liebte sie? Sie starrte zu ihm auf. »Was hast du eben gesagt?«

Sein Blick begegnete ihrem. »Ich liebe dich. Das ist meine Schuld.«

Pures Glück erfüllte sie. Glück und ein schwindelerregendes Gefühl, als würde sie schweben, das ließ den Schmerz in ihrem Arm verschwinden. Daniel liebte sie. Und nach dem, was er früher schon gesagt hatte, bereits seit einer Weile. Die ganze Zeit, die sie mit Glen zusammen gewesen war, im Begriff, den größten Fehler ihres Lebens zu begehen, hatte Daniel sie geliebt.

Sie dachte daran, wie viel sie gemeinsam durchgemacht hatten, und obwohl sie herausplatzen wollte, dass sie ihn auch liebte, sagte sie es nicht. Sie brauchte ein wenig Zeit, um alles gründlich zu überdenken. Daniel und sie waren noch nicht lange zusammen, zumindest nicht aus ihrer Warte, und sie wollte sich sicher sein.

»Es ist nicht deine Schuld«, begann sie und wollte ihm sagen, dass sie ihn sehr mochte – und definitiv dabei war, sich wie wahnsinnig in ihn zu verlieben, aber alles ging so schnell und …

»Ali?«

Sie drehte sich um und sah ihre Mutter in der Tür stehen. Ihre Mutter?

»Mom? Was machst du hier?«

Mary Jo war für die Arbeit angezogen, weil Samstag war und sie samstags immer in der Boutique war. Nun kam sie zu ihr geeilt. Ihre Mutter, die sie am Telefon volle zwanzig Minuten lang wegen der blöden Uhr angeschrien hatte.

Mary Jo betrachtete ihren geschwollenen Arm und berührte ihr Gesicht. »Du bist im Krankenhaus. Wo sollte ich sonst sein?«

»Aber woher weißt du, dass ich hier bin?« Ali sah Daniel an. »Hast du meine Mutter angerufen?«

»Nein«, antwortete er. »Dein Handy klingelte, als du beim Röntgen warst. Ich habe gesehen, dass sie es war, und bin rangegangen.«

»Ja, ja«, sagte ihre Mutter. »Das ist ja alles ganz interessant, doch was ist passiert? Wie hast du dir den Arm gebrochen?«

»Ich bin Geländemotorrad gefahren, und ein Junge hat mich gerammt. Da bin ich gestürzt. Es ist nicht schlimm, Mom. Ich bekomme für einige Wochen einen Gips, dann ist alles wieder gut.«

»Du bist Motorrad gefahren?«

»Ein Dirt Bike, um genau zu sein, ja.«

Mary Jo blickte Daniel an. »Ich kenne Sie. Woher kenne ich Sie?«

»Ich, ähm, bin Daniel Demiter.« Er zögerte. »Glens Bruder.«

»Glen? Der frühere Verlobte Glen?«

Ali erkannte den Fehler, ihrer Mutter wenig von ihrem Leben zu erzählen. »Ja, das ist eine witzige Geschichte. Als Glen die Verlobung gelöst hat, war er zu feige, es mir selbst zu sagen, und hat Daniel geschickt. Daniel hat mir geholfen, alles zu stornieren, und wir, ähm, haben uns angefreundet. Ich wollte mal was Neues ausprobieren. Und er ist Motocross-Profi, deshalb war ich auf einem Dirt Bike.«

Der Blick ihrer Mutter wechselte zwischen ihnen beiden hin und her, ehe er bei ihr verharrte. »Wie nett, dass du mich für alt und verwirrt hältst, aber ein blindes Eichhörnchen könnte erkennen, dass ihr miteinander schlaft. Im Ernst, Ali? Der Bruder des Verlobten?«

Ali unterdrückte ein Wimmern. »Mom, lass es. Lass es einfach. Daniel ist ein großartiger Mann. Auch wenn du mir nicht glaubst, ich habe mir gerade einen Knochen gebrochen und verdiene Mitgefühl.«

»Mrs. Schmitt«, begann Daniel, »ich versichere Ihnen, dass ich Ali nie in Gefahr bringen würde.«

»Sämtliche Beweise sprechen dagegen«, erwiderte Mary Jo. »Ich verstehe das nicht. Eben wolltest du noch Glen heiraten, und im nächsten Moment brichst du dir Knochen, schläfst mit seinem Bruder und stiehlst Standuhren. Ali, was ist in dich gefahren? Ich erkenne dich gar nicht wieder.«

»Mom, so ist das nicht.«

»Doch, es ist genau so. Du wirst zu jemand anderem, und das gefällt mir nicht. Wer ist dieser Daniel?«

»Er steht direkt neben dir«, antwortete Ali panisch. »Können wir bitte später darüber reden?«

»Nein, ich will jetzt darüber reden. Er hat seinem Bruder die Frau ausgespannt, Ali. Was sagt das über seinen Charakter?«

Daniel ging zur Tür. »Ich warte draußen.«

»Geh nicht.«

»Schon okay, Ali. Sie ist deine Mutter.«

Ali hatte keine Ahnung, was er meinte, aber sie wusste, dass das nicht gut war. Nichts hiervon. Sie lehnte sich in die Kissen zurück und fragte sich, wieso Mary Jo sich ausgerechnet jetzt auf einmal an ihrem Leben interessiert zeigte.

»Sie *schläft* mit ihm«, sagte Mary Jo zum vierzehnten Mal, seit Finola am Sonntagmorgen zu ihr gekommen war. »Es ist ein Albtraum.«

»Mom, hör auf. Ali ist eine erwachsene Frau, die weiß, was sie tut«, entgegnete Finola. Sie versuchte alles zu verarbeiten, was ihre Mutter erzählte, ohne sich von der Tatsache ablenken zu lassen, dass ihre Schwester anscheinend zu einem Kerl gezogen war, in den sie sich verliebt hatte, ohne ein Wort davon zu sagen. Obwohl ihr erster Impuls war, wütend auf Ali zu sein, hatte sie das Gefühl, das eigentliche Problem läge eher bei ihr.

In Wahrheit hatte sie die letzten Wochen kaum Kontakt zu Ali gehabt. Sie waren sich einst so nahe gewesen, doch irgendwie war das verloren gegangen.

Finola nahm an, dass sie beide Schuld daran trugen. Jede von ihnen hatte mit solch einem Aufruhr zu tun gehabt, und es war wenig Zeit für anderes geblieben. Dennoch hätte sie sich mehr anstrengen müssen.

Oh nein, dachte sie, als ihr einfiel, wie Ali erwähnte, dass Daniel ihr bei der Absage der Hochzeit half. Ihre Schwester hatte in den höchsten Tönen von ihm gesprochen, und sie hatte sie gewarnt, sich nicht lächerlich zu machen. Kein Wunder, dass sie nichts von Ali gehört hatte.

»Du hörst mir nicht zu«, jammerte ihre Mutter, die das Geschirr in der großen Anrichte durchging.

Die Haushaltsauflösung rückte rasant näher, und es mussten noch Schränke und Abseiten durchgesehen werden. Finola hatte versprochen, dass sie heute das Esszimmer fertig bekämen.

»Ich höre zu, Mom, aber ich denke auch nach. Ich denke, Ali war mit einem Mann zusammen, der sie nicht so geliebt hat, wie er es sollte, und wir sollten froh sein, dass sie jetzt einen netten Kerl gefunden hat.«

»Aber wir wissen nicht, ob er ein netter Kerl ist. Was, wenn er schlimmer ist?«

Finola dachte an das, was Ali ihr über Daniel gesagt hatte. »Er war von dem Moment an für sie da, als Glen mit ihr Schluss gemacht hat. Er ist eingesprungen und hat sich gekümmert. Er ist ein netter Kerl.« Was ihre Schwester ihr zu erklären versucht hatte, doch sie hatte nicht hingehört. »Ali weiß, was sie tut. Wir sollten ihr ein bisschen mehr vertrauen.«

»Sie weiß, was sie tut?« Mary Jos Stimme stieg zwei Oktaven. »Sie wurde praktisch vorm Altar stehen gelassen.«

»Ja, und meine Ehe ist in Trümmern und ich lasse mich scheiden, also werfen wir nicht mit Steinen.«

Ihre Mutter sah sie wütend an. »Was bist du plötzlich großherzig.«

»Sagen wir, ich bemühe mich, früheres Verhalten wiedergutzumachen.«

»Na schön.« Mary Jo schnaubte verächtlich. »Nimm ruhig das Beste an. Es wird alles in die Brüche gehen. Ich verstehe nicht, was ich bei meinen Töchtern falsch gemacht habe.«

Finola beschloss, sich nicht auf diese Diskussion einzulassen. Sie wechselte das Thema und sprach darüber, wie sie für den Hausflohmarkt werben wollten. Es gelang ihr, den Rest des Vormittags durchzustehen. Als sie gegen Mittag ging, schrieb sie ihrer Schwester von ihrem Wagen aus.

Mom hat mir von deinem Arm erzählt. Sag Bescheid, wie ich helfen kann. Sie zögerte, ehe sie ergänzte: *Ich habe auch von Daniel gehört. Es war falsch, was ich gesagt habe. Mich freut, dass ihr zusammen seid, und ich hoffe, dass er dich glücklich macht. Hab dich lieb.*

Sie hatte kaum auf »Senden« getippt, als eine Textnachricht einging. Wie konnte Ali so schnell antworten? Aber das war nicht Ali. Es war eine Nachricht von Nigel.

Können wir reden? Ich würde gerne vorbeikommen. Hast du heute Zeit?

Ihr wurde erst heiß, dann kalt. Alles in ihr verkrampfte sich, und sie wusste nicht, ob sie weinen oder sich übergeben sollte.

Ich bin bei meiner Mutter. Gib mir eine Stunde, dann sehen wir uns im Haus.

Bis dann.

Finola rang nach Luft. Sie wusste nicht, was sie denken sollte. Zunächst fuhr sie aus der Einfahrt ihrer Mutter und machte sich auf den Weg nach Hause. Sie überlegte, sich umzuziehen, Make-up aufzulegen oder so, entschied aber, dass sie vor allem atmen musste. Der Rest würde sich ergeben.

Nigel traf fünfzig Minuten später ein. Sie hörte, wie das Garagentor aufging. Das Wohnzimmer schien ihr zu förmlich, deshalb schenkte sie sich einen Kaffee ein und setzte sich an den Küchentisch.

Es vergingen wenige Sekunden, bis er hereinkam. Er sah aus wie in dem Interview – älter und dünner. Müde. Ein Teil von ihr wollte aufstehen und ihn in die Arme nehmen. Ein anderer Teil wollte fliehen. Was sich nicht regte, war Selbstzufriedenheit oder Freude, weil es mit ihm und Treasure offensichtlich nicht gut lief. Sie wollte ihn nicht bestrafen – nicht mehr. Und sie wollte nicht traurig sein.

Er nahm sich einen Kaffee und setzte sich ihr gegenüber hin. Einige Minuten lang sahen sie sich an, ehe er sprach.

»Was für ein verfluchter Mist.«

»Ich habe das Interview gesehen«, sagte sie. »Ich vermute, es ist vorbei oder wird es bald sein. Treasure kommt mir nicht wie der Typ Frau vor, der solche Informationen gut aufnimmt.«

»Es ist vorbei.« Er senkte den Blick auf seinen Becher. »Ich war ein Narr. Die älteste Geschichte der Welt. Ich habe geglaubt, dass ich etwas Besseres bekomme, das hält, und in beiden Punkten lag ich falsch.«

Endlich, dachte sie, und wartete auf ein Gefühl der Erleichterung oder Bestätigung. Nun konnten sie die Scherben ihrer Ehe aufsammeln und von vorne anfangen. Sie könnten zu einer Beratung gehen und einander vergeben. Sie könnte sogar schwanger werden.

Aber da war nicht viel. Es war, als hätte sie die letzten Wochen und Monate so viel empfunden, dass nichts mehr übrig war.

»Ich weiß nicht, wie viel du wissen willst«, begann Nigel.

»Ich will gar nichts wissen. Es spielt keine Rolle.«

Nun sah er sie an. »Was ich getan habe, ist unverzeihlich. Die Dinge, die ich zu dir gesagt habe.« Er schüttelte den Kopf. »Wie ich dich getäuscht habe. Wie ich mich wegen der Skireise benommen habe – alles. Ich schäme mich, Finola, und ich bin gebrochen. Es tut mir leid. Das kann ich gar nicht genug sagen. Wir waren so gut zusammen, und ich habe es versaut. Ich habe alles zerstört, was wundervoll und kostbar war. Ich habe unser beider Leben kaputt gemacht, und wofür? Eine Affäre? Es ist erbärmlich.«

Er zitterte tatsächlich, und sie stellte fest, dass er ihr leidtat; zugleich fühlte sie sich distanziert, als wäre sie nicht wirklich hier.

»Ich weiß, dass es Probleme in der Ehe gab«, fuhr er fort. »Aber die sind keine Entschuldigung. Ich hätte mit dir reden sollen. Ich hätte dir sagen müssen, wie ich empfand. Ich habe einiges über Untreue gelesen. Und wie sich herausstellt, bin ich ein ziemlich klassischer Fall.«

Er schlang die Hände um seinen Becher und blickte sie an. »Bitte sag was. Sag mir, dass wir es versuchen können oder dass ich zur Hölle fahren soll. Was immer du willst. Schrei mich an, wirf etwas. Sag mir, dass ich ein Schwein bin und du mir niemals vergeben wirst. Ich verdiene das alles.«

»Einfach so«, sagte sie eher neugierig als wütend. »Vor einem Monat war sie eine Droge, und jetzt willst du zurück?«

Er nickte. »Ja.«

»Nigel, es war falsch von dir. Nicht nur die Affäre, sondern auch, wie du mich ins offene Messer geschickt hast. Du hast mich bloßgestellt und unsere Ehe öffentlich lächerlich gemacht.«

»Habe ich. Das stimmt.«

»Wie soll ich darauf vertrauen, dass du nicht der nächsten Frau hinterherläufst, die dir das Blaue vom Himmel verspricht? Wie kann ich je wieder glauben, dass ich eine Rolle spiele?«

»Vertrauen muss verdient werden. Wir holen uns Hilfe. Finola, ich möchte es wiedergutmachen.«

Sie wollte ihm glauben. Sie wollte sicher sein, dass sich die Scherben zusammenflicken ließen. Dass die zerbrochenen Teile nicht irreparabel waren, sondern heilen würden wie Narben, und sie am Ende zwar gezeichnet, jedoch immer noch zusammen wären und gestärkt durch das, was sie ertragen hatten.

Aber selbst wenn sie über das Geschehene hinwegkäme, was war mit dem Rest?

»Weißt du, was in meinem Arbeitszimmer ist?«, fragte sie und überraschte sich selbst damit. »Bilder von mir mit Politikern und Stars. Auszeichnungen und Urkunden. Weißt du, dass ich nie interessiert war, einen Vorstandssitz in einer wohltätigen Organisation zu übernehmen? Ich erscheine bei den Veranstaltungen, ich unterschreibe einen Scheck, doch Gott bewahre, dass ich mich zu einer tatsächlichen, regelmäßigen Arbeit verpflichte. Für mich steht meine Karriere an erster Stelle, Nigel. Sie war mir wichtiger als unsere Ehe. Du hättest mir sagen müssen, dass du unglücklich warst, aber ich hätte es auch sehen müssen. Ich hätte erkennen müssen, dass es Probleme gab.«

»Meine Praxis hat gelitten«, erzählte er. »Meine Partner sind sauer auf mich, und ich werde arbeiten müssen, um ihr Vertrauen zurückzugewinnen. Sie geben mir eine Chance, Finola. Kannst du mir nicht auch eine geben? Ich werde arbeiten. Ich werde die nötigen Schritte machen und für dich da sein.«

»Hast du mir zugehört?«, fragte sie sanft. »Ich sage, dass einiges hiervon meine Schuld ist.«

»Nein, es ist meine. Ganz allein meine. Das ist mir jetzt klar.« Er streckte ihr die Hände entgegen. »Wir sind ein Team, Finola. Wir sind so gut zusammen. Gib mir eine Chance, bitte.«

Sie legte ihre Hände in seine, fühlte die vertraute Wärme seiner Haut. Sie dachte an alles, was sie durchgemacht hatte, wie ihre Welt aus den Fugen geraten war. Und sie dachte an ihr

Verhalten und wer sie geworden war. Es gab nur eine Handvoll Beziehungen, auf die sie stolz sein durfte. Rochelle gegenüber hatte sie sich richtig verhalten, und sie war eine anständige Tochter. Sie würde sich als Schwester bessern. Was Nigel betraf …

»Du hast einen Fehler gemacht«, sagte sie und ließ seine Hände los. »Aber seien wir ehrlich. Treasure ist ein Symptom, doch sie ist nicht das eigentliche Problem. Das wissen wir beide.«

Tränen stiegen in seine Augen. »Nicht. Sag nicht, dass wir es nicht schaffen können. Sag nicht, dass es vorbei ist.«

Das hatte sie nicht vor. Sie hatte es nie vorgehabt. Sie wollte, dass sie wieder zusammen waren. Es verband sie so viel gemeinsame Geschichte, und es gab Potenzial. Seit dem Moment, in dem er ihr von der Affäre erzählte, hatte sie sich gewünscht, dass sie wieder zusammenkämen. Und jetzt wollte sie es nicht.

Die Wahrheit kam sanft und unerwartet, wehte wie eine kühle Brise durch ihren Kopf. Finola hatte keine Ahnung, was sie wollte, aber ihre Ehe war es nicht. Vielleicht hatte es mal eine Zeit gegeben, in der sich der Schaden noch richten ließ, doch die war vorbei. Sie hatten sich in entgegengesetzte Richtungen bewegt.

»Du hast dich schon entschieden«, sagte er und wischte sich das Gesicht ab. »Ich habe alles ruiniert.«

»Nein, Nigel. Wir haben es zusammen ruiniert. Wir beide. Wir haben es entgleiten lassen, und jetzt ist es fort. Tut mir leid.«

Er nickte.

Sie stand auf und ging um den Tisch herum zu ihm. Nigel erhob sich ebenfalls, und sie umarmten sich. Finola ließ die Tränen fließen, und so standen sie da, weinten um das, was sie einmal hatten und was verloren war.

Es dauerte einige Minuten, bis sie sich wieder fingen. Dann setzten sie sich erneut einander gegenüber hin.

»Tun wir das wirklich?«, fragte er.

Sie nickte. »Wo wohnst du?«

»In einem Hotel.«

»Das ist teuer. Warum ziehst du nicht hier ein? Ich kann zu meiner Mutter gehen. Wir machen das Haus für den Verkauf bereit.«

Es würde nicht lange dauern. Der Markt in dieser Gegend war heiß umkämpft, ihr Haus war wunderschön und in perfektem Zustand. Es wird mir fehlen, dachte sie traurig. Eine Menge Dinge würden ihr fehlen.

»Danke«, sagte er. »Sag mir Bescheid, wenn du so weit bist, dann checke ich aus dem Hotel aus.«

»Ich kann morgen raus sein. Ich muss nur meine Mutter informieren und ein paar Sachen packen. Den Rest können wir später klären.«

Wie ruhig sie sprach. Ihr Mangel an Emotionen erstaunte sie. Wahrscheinlich war sie wie betäubt. Der Schock und der Schmerz würden noch kommen, doch vorerst war sie völlig in diesem Moment, sah ihre Ehe enden und wünschte für sie beide, es wäre anders.

»Ich werde bei der Scheidung kein Arschloch sein«, sagte er. »Wir teilen alles, was wir haben, und gehen.«

»Einverstanden.«

Und das war es, dachte sie resigniert. Das Ende.

Sie gingen nach oben. Finola packte die Koffer, die sie erst kürzlich ausgepackt hatte. Nigel schlenderte umher. Er kam aus der Ankleide und hielt das verpackte Geschenk in der Hand, das Finola beinahe vergessen hatte. Zum ersten Mal, seit sie redeten, fühlte sie einen Stich in ihrem Bauch.

»Was ist das?«, fragte er.

Sie schüttelte den Kopf. »Nicht. Ich habe es gekauft, als ich dachte, wir würden nach Hawaii fliegen. Mach es nicht auf, Nigel. Du willst nicht sehen …«

Er hörte nicht auf sie, zog die Schleife auf und zerriss das

Papier. Dann hob er den Deckel von der Schachtel. Drinnen lagen gelbe Babyschühchen, ein kleiner Tiegel parfümiertes Körperpuder und ein alberner, neonfarbener Vibrator. Nigel sah sie an.

»Ich verstehe nicht.«

Finola spürte, wie die Einzelteile ihres gebrochenen Herzens zu Staub wurden. »Es war für unsere Woche auf Hawaii. Ich dachte, wir könnten daran arbeiten, dass ich schwanger werde.«

Er hockte sich auf die Bettkante und brach in Tränen aus. Sanft legte Finola eine Hand auf seine Schulter. So vieles war verloren gegangen. Sie hätten alles haben können, und jetzt hatten sie nichts, woran jeder von ihnen Schuld trug.

Bedauern traf nicht annähernd das, was Zennie fühlte. Sie hatte noch Monate vor sich, und ihr Körper verwandelte sich bereits in etwas, das sie nicht wiedererkannte. Ihre Brüste pochten nicht bloß, sie wuchsen. Ihre Emotionen simmerten direkt unter der Oberfläche. Am Morgen im OP-Saal war sie so von der schönen Choreografie der Herzchirurgie bezaubert gewesen, dass sie fast losgeweint hätte. Sie war ein Wrack und stinksauer auf sich, weil sie zugestimmt hatte, Bernies Baby zu bekommen.

Wer machte denn so was? Wer tat es, ohne die Konsequenzen zu bedenken? Sie schon mal. Sie hatte unbekümmert einer riesigen Sache zugestimmt, ohne eine Sekunde nachzudenken, und nun bezahlte sie dafür. Sie saß mit einem Baby in ihrem Bauch da und konnte rein gar nichts dagegen tun.

Dr. Chen beobachtete, wie das neue Teammitglied Dr. Kanji sorgfältig die Wunde nähte. Zennie sammelte die schmutzigen Instrumente und Materialien ein. Als sie an Dr. Chen vorbeiging, sagte er: »Zennie, würden Sie mich bitte in zehn Minuten in Sprechzimmer drei treffen?«

Erschrocken drehte sie sich um und starrte ihn über ihre OP-Maske hinweg an. Dann nickte sie und eilte nach draußen.

Zehn Minuten später lagen ihre Nerven blank. Was war, wenn er sie feuerte? Wenn er sie anbrüllte? Dr. Chen konnte Veränderungen, Inkompetenz oder irgendwelche Unruhe in seinem OP nicht ausstehen. Er war ein anspruchsvoller Perfektionist, und obwohl sie sich rühmte, ihm auf ihre Weise ebenbürtig zu sein, kamen ihr Zweifel.

Sie kehrte zurück, um den Patienten in den Aufwachraum zu bringen und Dr. Chens Anweisungen weiterzugeben. Er würde mehrmals nach ihm sehen, bevor der Mann auf die Herzstation gebracht wurde. Zennie verließ den Aufwachraum und ging direkt zum Sprechzimmer, wo Dr. Chen wartete.

Sie bemühte sich nach Kräften, nicht misstrauisch oder defensiv zu wirken, als sie die Tür hinter sich schloss. Dr. Chen wies auf den Stuhl vor dem kleinen Schreibtisch.

Die Sprechzimmer wurden gewöhnlich für Besprechungen mit Angehörigen vor Operationen genutzt – normalerweise in einem Notfall. Sie boten Privatsphäre, obwohl sie alles andere als schallgeschützt waren. Zennie war froh, dass Dr. Chen nie laut wurde, und ermahnte sich, nicht zu weinen, als hätte eine strenge Ermahnung irgendwelchen Einfluss auf ihre unberechenbaren Hormone.

»Etwas ist los, Zennie«, sagte Dr. Chen ruhig. »Ich bin kein großer Menschenkenner, doch selbst ich habe es mitbekommen. Bisher beeinträchtigt es Ihre Arbeit nicht, worüber ich froh bin, aber ich würde gern wissen, was das Problem ist. Vielleicht kann ich helfen.«

Das unerwartete Angebot entlockte ihr ein Lächeln. Dr. Chen, der ihr während ihrer Schwangerschaft half. *Ähm, nein.*

»Mir geht es gut«, antwortete sie.

Er zog die Augenbrauen hoch. »Ich habe stets auf Ihre Integrität vertraut. Lassen Sie mich die jetzt nicht anzweifeln.«

Autsch. »Mir geht es gut«, wiederholte sie. »Aber es hat eine Veränderung in meinem Leben gegeben.« Sie zögerte und fragte sich, ob sie dieses Gespräch noch einige Monate aufschieben könnte. Das war ihr Plan gewesen, doch nun saß sie fest.

»Ich bin schwanger«, sagte sie und sah ihn direkt an. Sie erzählte ihm von der künstlichen Befruchtung, von Bernie und wie weit sie war.

»Ich bin gesund und habe exzellente medizinische Betreuung. Es besteht kein Grund zu der Annahme, dass ich nicht noch einige Monate im OP arbeiten kann.«

Sie hatte vor, es dabei zu belassen. Mehr musste der Mann nicht wissen. Doch irgendwie redete sie trotzdem weiter: »Es ist nur so viel schwerer, als ich gedacht hätte«, gestand sie. »Ich bin immerzu emotional. Die Gerüche machen mir nichts aus, was gut ist, und ich habe keine Morgenübelkeit, aber mein Körper verändert sich, und die Gerichte, die ich essen soll, sind widerlich. Ich fand, dass ich mich vorher schon ziemlich gesund ernährt habe, und ich bin es gründlich leid, vorgeschrieben zu bekommen, wie viele Milchprodukte ich täglich zu mir nehmen soll. Ich muss mein Laufen reduzieren und mir fehlen Kaffee und Wein. Ich weiß, dass es etwas Gutes ist, und ich liebe meine Freundin, aber manchmal fühle ich mich allein und ängstlich, und dann fange ich an zu weinen.«

Wie aufs Stichwort kamen ihr die Tränen. »Sehen Sie? Es ist ein Albtraum. Und jetzt habe ich Angst, dass Sie mich vom OP-Plan nehmen.«

Dr. Chen öffnete eine Schublade, nahm eine Schachtel Papiertücher heraus und reichte sie ihr. Zennie nahm eins und tupfte sich die Augen.

»Tragen Sie Stützstrümpfe?«, fragte er.

»Wie bitte?«

»Stützstrümpfe. Es besteht das Risiko, dass Sie Krampfadern bekommen, Stützstrümpfe mindern es.«

»Ja, die trage ich.« Und sie waren eine weitere Beleidigung. »Ich dachte, ich wäre ein besserer Mensch. Ich habe gedacht, ich werde schwanger und bin die ganze Zeit glücklich, aber das bin ich nicht. Ich will keine Abtreibung oder so. Es ist nur schwieriger, als ich erwartet habe. Meine Mutter ist nicht sehr verständnisvoll, und einige meiner Freundinnen waren furchtbar. Clark ist wieder in meinem Leben, was seltsam, aber nett ist. Er ist ein netter Mann. Wir sind jetzt nur befreundet, und das gefällt mir.«

»Ich habe keine Ahnung, wer Clark ist.«

»Ich weiß, Entschuldigung. Ich höre jetzt auf zu reden.« Sie presste die Lippen zusammen, um ihren Redeschwall zu stoppen.

»Zennie, Sie sind die beste Schwester in meinem Team. Ich will Sie nicht verlieren, und ich bin froh, dass Sie mir erzählt haben, was los ist.« Er beugte sich zu ihr. »Sie tun etwas Großartiges. Natürlich haben Sie Zweifel – Sie sind menschlich, und es ist eine gewaltige Sache, die Sie auf sich nehmen. Aber Sie werden es durchstehen. Was die Arbeit angeht, vertraue ich darauf, dass Sie mir sagen, wenn es Ihnen mit den vielen Stunden auf den Beinen nicht mehr gut geht. Da Sie jung und fit sind, schätze ich, dass Sie noch einige Monate weitermachen können, doch irgendwann müssen Sie in eine andere Abteilung wechseln.«

Weitere Tränen flossen. »Das will ich nicht.«

Er lächelte. »Ich auch nicht, daher wird es nur vorübergehend sein. Glauben Sie mir, ich werde die Tage zählen, bis Sie wiederkommen.«

»Versprochen?«

Sein Lächeln wurde breiter. »Ja. Jetzt halten Sie durch, und arbeiten Sie an Ihrer Bauch- und Rückenmuskulatur. Das hilft Ihnen beim Stehen. Lassen Sie sich von Clark zwanzig Minuten pro Tag die Füße massieren. Studien haben erwiesen, dass es gut für die Durchblutung der Unterschenkel ist.« Er zwinkerte. »Und ich habe gehört, dass es sich nett anfühlt.«

Zennie kamen wilde Gedanken von Dr. Chen, der genau das mit Mrs. Chen machte. Der Mann hatte ungeahnte Tiefen. Wer hätte das gedacht?

»Kinder sind ein Segen«, fuhr er fort. »Nicht viele Menschen können tun, was Sie tun. Vergessen Sie das nicht. Sie sind eine erstaunliche Frau.«

»Meistens bin ich schlecht gelaunt.«

»Auch das ist okay. Sonst noch etwas?«

»Nein. Ich glaube, ein großes Geheimnis zurzeit genügt, und ich habe meins schon.«

»Ich bin stolz auf Sie, Zennie. Sie sollten auch stolz auf sich sein.«

Seine Worte rührten sie. »Danke. Ich werde es versuchen.« Und wenn das nicht half, gab es immer noch die Fußmassagen.

Ali schloss die Augen, als Finola den Eyeliner auftrug. »Das hätte ich auch selbst machen können«, sagte sie. »Mein linker Arm ist gebrochen, nicht mein rechter.«

Sie beklagte sich jedoch nicht. Es war schön, sich von ihrer Schwester umsorgen zu lassen wie früher, als sie Kinder waren.

Finola hatte ihr und Zennie getextet, um über den Motorradunfall zu reden. Dieser Austausch hatte zu einer Dreierunterhaltung über ihren gebrochenen Arm und das Auftauchen ihrer Mutter in der Ambulanz geführt. Ihre Beziehung mit Daniel war ans Licht gekommen. Während Ali erwartet hatte, von allen gescholten zu werden, standen ihre Schwestern zu ihr. Als Finola vom Dinner mit Daniels Eltern hörte, bestand sie darauf, vorbeizukommen und ihr zu helfen, sich fertig zu machen.

»Ich möchte hier sein.« Finola trug mehr Lidschatten auf. »Mir tut leid, was ich gesagt habe. Wegen Daniel.«

Unwillkürlich öffnete Ali die Augen. »Schon okay.«

»Nein, ist es nicht. Ich kann anführen, dass ich da gerade nicht gut drauf war, aber das reicht nicht. Ich hätte dich mehr unterstützen müssen.« Sie lächelte. »Offensichtlich lag ich falsch, was seine Gefühle für dich betrifft.«

Ali merkte, dass sie rot wurde. »Er, ähm, nimmt das ziemlich ernst.«

»Dann hat er Glück.« Finolas Lächeln war freundlich. »Du bist glücklich, richtig glücklich. Das sehe ich dir an. Versteh mich nicht falsch, doch so warst du nicht bei Glen.«

»Weiß ich. Die Trennung war furchtbar, aber ehrlich gesagt war das Stornieren der Hochzeit schlimmer, als ihn zu verlieren.«

»Wir alle machen Fehler. Du hast aus deinen gelernt und nimmst dein Leben in die Hand.«

Ali grinste. »Ich habe Glen die Hälfte meiner VISA-Rechnung bezahlen lassen. Ich bin in sein Büro marschiert und habe ihn niedergestarrt. Als er mich nach dem Ring gefragt hat, habe ich das kalifornische Gesetz zitiert – ich darf ihn behalten.«

»Gut für dich.«

»Werde ich aber nicht. Ich warte noch ein bisschen, dann gebe ich ihn zurück. Ich will nichts von ihm haben.« Außerdem wäre die Rückgabe des Ringes für sie ein Beweis, dass sie alles hinter sich gelassen hatte. Es geht aufwärts, dachte sie glücklich. Finola hatte sich entschuldigt, und sogar ihre Mutter hatte eine halbe Entschuldigung für ihr Benehmen in der Ambulanz gesimst.

»Sieh dich an«, sagte Finola, als sie nach der Mascara griff. »Richtig erwachsen und froh mit deinem neuen Leben.«

Da ist noch mehr, dachte Ali ein bisschen stolz. Daniel hatte gesagt, dass er sie liebte. Sie war noch nicht bereit, es der Welt mitzuteilen, erst, wenn sie sicher war, dass ihre Gefühle wahre Liebe waren und nicht bloß eine Kombination von heißem Sex und Dankbarkeit. Außerdem war sie in ihrem Bewerbungsgespräch spitze gewesen und fing in zwei Wochen offiziell als neue Lagerleiterin an. Obendrein hatte sie beschlossen, einen College-Abschluss zu machen. Ab September würde sie zweimal die Woche Abendkurse am Community College besuchen. Sie würde einen Abschluss in Business Management machen und danach die Welt erobern – mit Daniel an ihrer Seite.

»Wie geht es dir?«, fragte Ali.

Finola trug die Wimperntusche fertig auf und schnappte sich den Augenbrauenpinsel. »Ich komme klar.«

»Mom hat gesagt, dass du wieder bei ihr wohnst.«

»Ja, Nigel wohnt im Haus.«

Ali setzte sich auf. »Ist mit Treasure Schluss?«

»Scheint so.«

»Seid ihr zwei …«

Finola rümpfte die Nase. »Wir kommen nicht wieder zusammen.« Sie hielt eine Hand in die Höhe. »Reden wir jetzt nicht darüber. Du hast ein Dinner vor dir, und ich will nicht, dass du über mich nachdenkst. Alles okay. Ich bin traurig und enttäuscht von uns beiden, aber es ist okay.«

»Lasst ihr euch scheiden?«

Finola nickte. »Wir haben schon mit unseren Anwälten gesprochen. Das Haus wird verkauft. Ich bleibe bei Mom, bis sie ihrs auf den Markt bringt, dann suche ich mir etwas zur Miete in Studionähe.«

Ali umarmte sie. »Es tut mir leid. Ich bin so wütend auf ihn.«

»Danke, aber das musst du nicht sein. Die Affäre war falsch von ihm, doch ich habe auch Mist gebaut, nur nicht so öffentlich.«

Ali war verblüfft. Diese Finola war neu. Weniger dreist, nachdenklicher. Tragödien hatten eine Art, die Oberfläche einer Person wegzuschmelzen, sodass das, was darunterlag, zum Vorschein kam. Im Fall ihrer Schwester war es etwas Gutes.

»Sag Bescheid, wenn ich helfen kann«, sagte sie.

»Danke, es wird schon. Wie gesagt, ich bin traurig, aber es geht mir gut. Und jetzt genug von mir. Reden wir darüber, wie großartig du aussiehst und wie sehr Daniels Eltern dich anbeten werden.«

Ali biss sich auf die Unterlippe. »Tja, na ja, sie kennen mich ja längst. Als Glens Verlobte.«

»Stimmt, das hatte ich vergessen. Hast du eine Ahnung, wie es wird?«

»Außer komisch? Eigentlich nicht.«

Neunzig Minuten später ging sie mit Daniel auf das wunderschöne Haus von Daniels Eltern in Calabasas zu und dachte immer noch dasselbe.

»Das ist eine schlechte Idee«, sagte sie, als er klopfte.

Er drückte ihre Hand. »Zu spät, es sei denn, du willst wegrennen.«

Ehe sie diese Option in Betracht ziehen konnte, schwang die Tür auf.

Marie Demiter stand in der Tür. Sie und ihr Mann Steve waren ein sehr nettes Paar. Steve war Architekt, und Marie besaß eine kleine Nagelstudio-Kette im West Valley. Sie hatten zwei Jungen großgezogen, waren aktiv in der Gemeinde engagiert, und bis zu diesem Abend hatte Ali geglaubt, dass die beiden sie mochten.

Als sie nun ihre ehemalige Beinahe-Schwiegermutter sah, wurde ihr bewusst, dass sie es nicht konnte. Sie konnte nicht Daniels Freundin sein, nachdem sie mit Glen verlobt gewesen war. Es war lachhaft. Und sie war blöd gewesen zu denken, dass es jemals funktionieren könnte.

»Hi«, sagte Marie gekünstelt munter. »Kommt rein.«

Sie traten in die riesige zweigeschossige Diele. Marie rief: »Steve, sie sind da.«

»Schön.« Steve, der so groß und dunkelhaarig war wie Daniel, kam zu ihnen. Alle schüttelten sich die Hände. Marie umarmte ihren Sohn und erkundigte sich nach ihrem gebrochenen Arm.

»Ich bin von einem Bike gestürzt«, sagte Ali. »Es war nur Pech, und mir geht es gut.«

»Sie war sehr tapfer.« Daniel legte einen Arm um sie. »Allerdings habe ich mich zu Tode erschrocken.«

Marie und Steve blickten zum eingegipsten Arm und sahen dann einander an. Ali wurde flau. Dies hier lief nicht gut.

Marie führte alle ins Wohnzimmer, wo eine Platte mit Appetithäppchen bereitstand. Steve machte ihnen Drinks, und sie setzten sich auf die beiden großen Sofas in dem riesigen und perfekt eingerichteten Zimmer.

Ali sah von ihrem Weißweinglas zu Marie und Steve und sagte sich, dass sie schon Schlimmeres durchgestanden hatte. Zwar erinnerte sie sich nicht, was, doch es musste etwas gegeben haben.

»Wir sollten darüber reden«, sagte sie leise. »Sonst erdrückt uns der Elefant im Raum noch alle und der Abend wird schrecklich.«

Marie wirkte erleichtert. »Das ist eine hervorragende Idee, denn die Situation ist schon ungewöhnlich.«

»Wie wäre es, wenn ich ...«, begann Daniel, aber Ali legte eine Hand auf seine.

»Ich mache das«, sagte sie. »Es ist mein Ding.«

»Das bin ich also?«, scherzte er. »Ein Ding?«

Sie brachte ein kleines Lächeln zustande, sagte sich, dass sie stark sein musste, und sah seine Eltern an.

»Ich hatte keine Ahnung, dass Glen unglücklich war«, erklärte sie. »Er hat nie etwas gesagt. Mein erster Hinweis war, als er die Hochzeit absagte.«

Marie und Steve wechselten einen Blick. Ali wusste, dass sie weiterreden musste, sonst würde sie unter dem Druck zerbröseln.

»Natürlich war ich verzweifelt. Es waren keine zwei Monate mehr bis zur Hochzeit, und ich hatte schon die Einladungen verschickt. Anfangs begriff ich gar nicht, was geschah.«

Sie erwähnte ihren Zusammenbruch nicht, ebenso wenig wie das Trinken, das zerschmetterte Handy und andere Details, die sie nicht gerade ins beste Licht stellten.

»Die Hochzeit abzublasen, war eine Menge Arbeit. Daniel ist eingesprungen und hat mir dabei geholfen. Dann musste ich mir eine neue Wohnung suchen, weil ich meine schon gekündigt hatte, und die Verwaltung hatte sie bereits vermittelt. Jedenfalls haben Daniel und ich viel Zeit zusammen verbracht und sind Freunde geworden.«

Mehr als Freunde. Sie war indes ziemlich sicher, dass seine Eltern zwischen den Zeilen lesen konnten.

»Ich verstehe nicht, warum Daniel da war, als Glen die Verlobung gelöst hat«, sagte Steve.

»Oh, ich dachte, das wüsstet ihr.«

»Ich habe es ihnen nicht erzählt«, gestand Daniel. »Entschuldigt. Das habe ich vergessen.«

»Was vergessen?«, fragte Marie. »Was wissen wir nicht?«

»Mom, Glen hat nicht selbst mit Ali Schluss gemacht. Er ist zu mir gekommen und hat mir erzählt, dass er sie nicht heiraten will. Er wollte es ihr nicht sagen, also hatte ich die Wahl. Entweder tat ich nichts, sodass sie am Altar versetzt würde, oder ich sagte es ihr. Ich entschied mich dafür, es ihr zu sagen.«

Marie sah Ali mit großen Augen an. »Glen hat es dir nicht selbst gesagt?«

»Nein. Als ich ihm eine Textnachricht schrieb, hat er mir bestätigt, dass er fertig mit mir sei, das war alles.« Sie überlegte, den Scheck über fünfhundert Dollar zu erwähnen, doch sie schätzte, dass seine Eltern bereits genug zu verdauen hatten.

»Ich habe ihn vor ein paar Wochen gesehen, und wir haben die letzten Details geklärt.« Was ihre Beschreibung dafür war, wie sie ihn gezwungen hatte, seinen Anteil zu bezahlen. »Oh, bis auf das hier.«

Sie öffnete ihre kleine Handtasche und zog eine Ringschachtel hervor. »Könnt ihr den bitte Glen zukommen lassen? Ich hatte ihn nicht dabei, als ich ihn getroffen habe.« Was rein technisch die Wahrheit war, aber kein Grund, ihm zu sagen, dass er den Ring nicht zurückbekäme. Dennoch – auch das mussten seine Eltern nicht erfahren.

»Wie gesagt«, fuhr Ali fort, »ich weiß, dass das hier richtig seltsam ist. Ihr werdet einige Zeit brauchen, um alles zu verarbeiten. Ich bin nicht darauf aus, einen Keil zwischen euch zu treiben. Daniel ist für mich da gewesen, als mein Leben in Trümmern lag. Er ist mir ein guter, hilfsbereiter Freund gewesen. Was seitdem geschehen ist, ist aus dieser Freundschaft entstanden.« Sie lächelte. »Er ist wirklich ein großartiger Mann, aber die Situation ist bizarr und wie aus dem Reality-TV.«

Marie lächelte ebenfalls. »Ein bisschen so kommt es uns auch vor. Ich kann nicht glauben, dass Glen es dir nicht persönlich gesagt hat. Noch weniger möchte ich glauben, dass er gar nichts gesagt hätte, aber das weiß ich schlicht nicht.« Sie sah Daniel an. »Er hat dich in eine unmögliche Lage gebracht.«

»Ich musste ihr erzählen, was Glen vorhatte. Niemandem darf so übel mitgespielt werden.«

»Er hat dich gezwungen, ihr das Herz zu brechen.«

Ihre kurze Unterhaltung sagte Ali, dass seine Mutter von seinen Gefühlen für sie gewusst hatte. Die ganze Situation war kompliziert und verrückt, und sie hatte keine Ahnung, was die beiden von ihr dachten.

»Es tut mir leid«, begann Ali.

»Nein«, unterbrach Steve sie. »Es gibt nichts, was dir leidtun muss, obwohl es sich anhört, als müssten wir mal mit unserem anderen Sohn sprechen.« Er sah seine Frau an. »Marie?«

Sie lächelte wieder. »Jetzt, da wir alle wissen, was passiert ist, können wir die Sache hinter uns lassen. Ich habe dich immer gemocht, Ali, und tue es noch. Es wird ein bisschen dauern, bis wir uns umgewöhnt haben, aber ich denke, dem sind wir gewachsen. Wie wäre es, wenn du mir in der Küche hilfst, dann können die Männer über Sport reden?«

Ali war unendlich dankbar, dass sie alles so ruhig akzeptierten. »Danke, das würde ich sehr gern.«

Am Donnerstag und Freitag verbrachte Finola die Nachmittage und Abende damit, die Gegenstände für die Haushaltsauflösung mit Preisen zu versehen. Sie hatte gedacht, dass sie traurig wäre, wenn sie Teile ihres Lebens zum Verkauf anbot, aber sie war seltsam froh, dass bald alles weg wäre. Sie ließ die Vergangenheit los und sah nach vorn. Zwar wusste sie nicht recht, auf was sie sich zubewegte, doch sie kam voran.

Nigel und sie gingen immer noch freundlich miteinander um. Alle Papiere für den Hausverkauf waren unterschrieben, und in einer Woche würde das »Zu verkaufen«-Schild aufgestellt. Sie teilten die Konten auf und begannen den Prozess des »bewussten Entpaarens«, wie es heutzutage hieß.

Finola trug Kartons in die Garage. Für die kleineren Sachen hatte ihre Mutter sich Klapptische von einem Freund geliehen. Kleiderständer standen bereit, um in die Einfahrt gerollt zu werden, Bücher und Spiele waren aufgestapelt, zusammen mit Kisten voller alter Spielsachen. Finola hatte eine Liste der Möbel gemacht, die zum Verkauf angeboten wurden, damit die Leute wussten, was käuflich war, bevor sie durchs Haus wanderten. Sobald etwas verkauft war, würden sie es von der Liste streichen.

Ali hatte sich um die Werbung für die Haushaltsauflösung gekümmert. Sie hatte sie sowohl auf den Social-Media-Seiten als auch auf der Internetseite der *Los Angeles Times* angekündigt, wo sie angegeben hatte, was zum Verkauf stünde. Da dies Hollywood war, würde das Interesse an den Parker-Crane-Andenken besonders groß sein, deshalb hatte Ali sie hervorgehoben.

Zennie und Ali wollten um halb sieben kommen, und der Verkauf begann um acht. Finola hoffte, dass sie alles am Samstag loswurden, sodass sie sich den zweiten Tag sparen konnten. Mit ein wenig Glück müssten ihre Schwestern und sie nur noch das, was nicht verkauft wurde, zu einer Spendenstelle bringen. Und wenn sie fertig waren, würde ihre Mutter die Teppichböden reinigen lassen und das Haus zum Verkauf anbieten.

Mit einer weiteren Kartonladung kehrte Finola ins Haus zurück. Ihr Handy bimmelte. Sie sah aufs Display und erkannte die Nummer ihrer Agentin.

»Arbeitest du an einem Freitag länger?«

»Tue ich und nur für dich«, antwortete Wilma theatralisch. »Weil du mein Liebling bist.«

»Das sagst du zu all deinen Klienten. Wir haben darüber geredet, und keiner von uns glaubt dir mehr.«

Wilma lachte. »Kein Problem für mich. Also, ich habe Neuigkeiten.«

»Deinem Tonfall nach nehme ich an, dass es gute sind.« Die ich auch wirklich langsam verdient habe, dachte sie lächelnd.

»Sind es. Es sind sogar fantastiriesige, und so etwas sage ich nicht leichthin.«

»Raus damit.«

»Der Sender will, dass du als Co-Moderatorin bei der einstündigen landesweiten Show um zehn Uhr morgens einspringst. Für eine Woche.«

Finola ging zum Sofa und setzte sich. Ihr Herz wummerte, in ihren Ohren ertönte ein Klingeln.

»Ist das dein Ernst? Sie wollen mich?«

»Ja. Ich habe Gerüchte gehört, dass einer der Moderatoren geht, also steigen alle eine Sprosse höher auf der Leiter, womit Platz für jemand Neuen ist. Und ich will, dass du das bist. Dies ist ein Vorsprechen, Finola. Du musst in der Woche Vollgas geben.«

Ein Sprung von *AM SoCal* zur landesweiten Show war riesig. Größer als riesig.

»Mache ich. Klar mache ich das. Wann soll es losgehen?«

»In drei Wochen. Bist du dann bereit?«

»Ja. Ich muss meine Produzenten anrufen und es ihnen sagen.«

Sie wären nicht froh, aber eine Bitte des Senders konnten sie auch nicht ablehnen.

»Da ist noch mehr«, sagte Wilma. »Sie lassen dich eine Reportagereihe über die Woche produzieren, wenn du willst. Ein Segment pro Sendung und Tag. Du suchst das Thema aus. Es wird ein Haufen Arbeit, aber du kannst ihnen zeigen, was du draufhast.«

»Das mache ich«, antwortete sie, ohne überhaupt eine andere Option in Erwägung zu ziehen, denn sie musste nicht überlegen. »Ich habe schon ein Thema: Warum scheitern Ehen?«

Wilma rang nach Luft. »Das ist Wahnsinn. Darüber kannst du nicht reden.«

»Wieso nicht? Es ist ein aktuelles Thema. Jeder kennt jemanden, der geschieden ist. Und an meine Ehe werden die Leute sowieso denken. Wieso nicht gleich damit rausrücken?«

»Sehr kühn, Finola. Das wird eine Menge Kraft erfordern.«

»Ich kann es«, sagte sie. Ja, es wäre schmerzlich, und, ja, sie würde sich bloßgestellt fühlen, aber sie war auch sicher, dass ihr hinterher erheblich leichter und freier zumute sein würde.

»Die Einzelheiten schicke ich dir per E-Mail«, sagte Wilma. »Lass dir das Wochenende Zeit, über das Thema nachzudenken, und melde dich wieder bei mir.«

»Ich werde es mir nicht anders überlegen.«

»Nimm dir das Wochenende.«

Finola grinste. »Ja, Ma'am. Wir sprechen uns am Montag.«

Sie legten auf. Finola schwirrte der Kopf vor Möglichkeiten. Sie begann, Rochelles Nummer zu wählen, da fiel ihr wieder ein, dass ihre Assistentin zu neuen Ufern aufgebrochen war. Dies war eine fantastische Chance. Und in New York zu sein, wäre eine Ablenkung. Es war besser für Rochelle, Aufnahmeleiterin zu werden, als ihre Assistentin in New York zu sein, sofern die Probewoche zu einem Angebot wurde.

»Ich schaffe das allein«, sagte sie laut, um die Worte zu hören. Sie hatte reichlich Freizeit. In der würde sie einen Entwurf für die Segmente erstellen und anschließend mit dem Disponenten besprechen, welche Gäste gebucht werden müssten. Es ging ihr um eine ernste, informative Reihe, die den Zuschauern half. Und sollte sie dabei für sich selbst einen Abschluss finden, wäre es ein zusätzlicher Bonus.

28. KAPITEL

»Geh zurück ins Bett«, sagte Zennie lachend, als sie um kurz nach sechs am Morgen durch die stillen Straßen von Burbank fuhr. Sie drehte die Lautstärke ihres Audiosystems höher, um den Bluetooth-Anruf besser hören zu können. »Clark, es ist Samstag. Warum bist du überhaupt schon wach?«

»Du bist schwanger, und Ali hat einen gebrochenen Arm. Das wird eure Arbeitskraft schmälern.«

»Es ist eine Haushaltsauflösung, wir müssen keinen Graben ausheben. Und dass ich schwanger bin, ändert nichts. Ich bin bei der Arbeit den ganzen Tag auf den Beinen, also daran gewöhnt.«

»Eben. Du bist bei der Arbeit den ganzen Tag auf den Beinen, da solltest du am Wochenende die Füße hochlegen. Ich möchte kommen und helfen.«

»Das haben wir doch beim Abendessen besprochen.«

»Ja, haben wir, und du hast abgelehnt. Jetzt versuche ich es noch mal.«

Seit er sich wieder bei ihr gemeldet und ihr seine Freundschaft angeboten hatte, war Clark sehr viel häufiger da, als sie erwartet hatte. Noch überraschender war, dass es ihr gefiel. Er war verlässlich und ruhig, was genau die Eigenschaften waren, die sie in ihrer gegenwärtigen emotionalen Verfassung brauchte. Er hielt Wort und setzte sie nicht unter Druck. Sie verbrachten Zeit miteinander, mehr nicht.

»Na gut«, sagte sie. »Komm gegen zehn, dann darfst du die Kasse übernehmen, solange ich eine halbe Stunde Pause mache. Aber danach musst du verschwinden.«

»Prima. Wir sehen uns um zehn. Soll ich Donuts mitbringen?«

Sie dachte an die sehr spärlich mit Nussbutter bestrichene Vollkornwaffel und die Bio-Beeren, die sie zum Frühstück gehabt hatte, und an den ekligen Protein-Shake auf ihrem Beifahrersitz.

»Ich könnte morden für einen Ahornriegel«, flüsterte sie. »Aber das darfst du nicht verraten.«

»Deine Geheimnisse sind bei mir sicher. Bis nachher.«

Zennie lächelte noch, als sie in die Straße ihrer Mutter einbog. Sie parkte mehrere Häuser entfernt, um die besten Parkplätze den Kaufinteressenten zu überlassen, nahm sich ihren Smoothie und eine Bisphenol-A-freie Halbliter-Wasserflasche, die Bernie ihr gegeben hatte, und ging zum Haus ihrer Mutter.

Drinnen brannte Licht, und das Garagentor war geöffnet. Zennie sah Ali, die den Inhalt von Kartons auf Tische sortierte, während Finola einen Kleiderständer nach draußen schob. Beide Schwestern lächelten ihr zu.

»Seit wann bist du hier?«, fragte Zennie, umarmte Ali und musterte ihren Gips.

»Seit sechs.« Ali grinste selbstzufrieden. »Ich bin besser als du.«

»Scheint so. Ich packe schnell meinen Kram in den Kühlschrank, dann mache ich mit.«

»Du kannst mir helfen, die Tische zu tragen«, sagte Finola und rümpfte gleich darauf die Nase. »Darfst du Tische tragen?«

Zennie sah zu den aufgestapelten Klapptischen in der Garage. »Die wiegen doch höchstens zehn Pfund. Ja, die kann ich tragen.«

Sie ging ins Haus und verstaute ihre Sachen. Als sie zurück in die Garage wollte, kam ihre Mutter in die Küche.

»Gut«, sagte Mary Jo. »Du bist da. Ich möchte dir etwas geben, bevor der Verkauf losgeht.«

»Klar.« Zennie gab sich betont munter, obwohl sie sich alte Poster vorstellte, die eigentlich gespendet werden sollten, oder eine Mitgliedschaft bei Match.com. Stattdessen reichte ihre Mutter ihr einen Karton.

Zennie öffnete ihn und sah, dass er voller Babykleidung war. Da waren Strampler und Kleider mit passenden Rüschenhauben, winzige Schuhe und eine wunderschöne Häkeldecke in verschiedenen Rosatönen.

Ihre Mutter beobachtete sie. »Das waren deine Sachen. Ich habe sie vor dem Verkauf gerettet, weil … nun, weil ich dachte, dass du sie vielleicht haben willst. Für das Baby.«

Zennie wusste nicht, was sie sagen sollte. »Mom, ich …«

»Du behältst das Baby nicht. Ja, ich habe mich damit abgefunden, dass ich nie Enkelkinder haben werde. Finola lässt sich scheiden, und du bekommst ein Baby für eine andere Frau. Ali ist jetzt mit Daniel zusammen, also vielleicht werden die mal aktiv, doch bei meinem Glück wäre ich mir da nicht so sicher.« Sie sah Zennie ärgerlich an. »Ihr Mädchen seid nicht einfach. Erst trennen sich Ali und Glen, dann Finola und Nigel. Du weigerst dich, dir einen Mann zu suchen. Gott bewahre, dass du dich verliebst. Aber ein Kind für eine Freundin bekommen? Sicher, warum nicht?«

Spontan umarmte Zennie ihre Mutter. »Ich liebe dich, Mom. Es tut mir leid, dass ich es dir schwer mache. Das war nie meine Absicht.«

Mary Jo hielt sie eine Sekunde lang fest. »Ja, nun ja, das ist ein Jammer, nicht?«

Zennie berührte die Babysachen. »Danke für die hier. Bernie wird garantiert begeistert sein.«

»Das ist mir egal. Ich tue es für dich. Um dir zu sagen, dass ich es zwar nicht verstehe, aber ich bin deine Mutter, und ich liebe dich.«

»Schön. Jetzt sollten wir wohl mal nachsehen, was los ist.«

Sie und Mary Jo gingen in die Garage. Die nächsten anderthalb Stunden bauten sie alles für den Verkauf auf, und die ersten Kaufinteressenten trafen um kurz vor acht ein.

Zwei mürrische alte Männer wollten sich den Schmuck ansehen. Sobald sie herausfanden, dass alles Modeschmuck war, gingen sie wieder.

»Als würde ich meine guten Stücke so verkaufen«, schäumte Mary Jo. »Wie lächerlich. Letzte Woche habe ich allen kostbaren Schmuck zur Bank gebracht und in mein Schließfach gelegt. Ich bin doch nicht blöd.«

»Vielleicht solltest du reingehen, Mom«, sagte Finola. »Dann kannst du aufpassen, dass die Leute nicht irgendwo rumlaufen, wo sie nichts zu suchen haben, oder etwas so mitnehmen.«

Die großen Möbel waren im Haus, genauso wie die Hollywood-Memorabilien.

»Gute Idee. Die Leute sind Geier, alle, wie sie da sind.«

Als sie weg war, grinste Ali. »Sie will ihren Kram verkaufen, hasst aber jeden, der ihn kaufen will?«

»Versuch gar nicht erst, nach einer Logik zu suchen«, sagte Zennie. »Sie meint es gut.«

»Tut sie.«

Es war die letzte Chance, die sie beide für eine ganze Weile zum Reden bekamen. Mehr Interessenten trafen ein und begannen, die Sachen durchzusehen. Die Möbel waren schnell weg. Bis Clark mit den Donuts kam, waren der Esstisch und die Anrichte schon hinten auf einen kleinen Truck geladen und zwei Frauen stritten sich um die Wohnzimmermöbel.

Zennie war merkwürdig froh, den Mann mit dem Lockenschopf und der Brille zu sehen, und als sie sich sagte, dass es eher an den Donuts als an ihm lag, wusste sie, dass sie sich belog. Dieser Clark, der nicht viel verlangte und nur ein Freund war, gefiel ihr wesentlich besser als der, der eine Paarbeziehung mit ihr gewollt hatte. Und wenn sie ehrlich sein sollte, hätte sie nichts gegen einen gelegentlichen Kuss oder zwei, was sehr seltsam war, bedachte man, wie wenig es sie traf, als sie sich getrennt hatten.

Doch es blieb keine Zeit, darüber nachzudenken. Sie konnte ihren Schwestern kaum erklären, dass Clark und sie nicht wieder zusammen, sondern nur befreundet waren, und ihre Donuts essen, da kamen noch mehr Leute, die alles ansehen wollten.

Die Kleidung war schnell weg, genauso wie das Spielzeug. Auch die Kunst verkaufte sich gut, nur bei den Küchenutensilien tat sich nichts. Clark blieb und half den Käufern, Sachen zu ihren Autos zu schleppen. Gegen elf fuhr ein eleganter Mercedes vor, und ein gutaussehender älterer Mann stieg aus.

»Ich habe im Internet gesehen, dass Sie Hollywood-Memorabilien anbieten«, wandte er sich an sie. »Könnten Sie mir sagen, wo ich die finde?«

Zennie blickte den Mann an und versuchte, ihn zuzuordnen. »Die sind drinnen.« Sie zeigte zur offenen Haustür. »Meine Mutter ist dort und kann sie Ihnen zeigen.«

Finola kam zu ihnen. »Sie sind Parker Crane.«

Er ist es, dachte Zennie. In jüngeren Jahren hatte er in vielen Filmen mitgespielt und heute hatte er eine erfolgreiche Detektiv-Serie.

»Bin ich.« Parker lächelte. »Ich achte immer auf solche Verkäufe und bin neugierig, was Fans sammeln. Manchmal haben sie Sachen, die ich nicht habe.«

Finola öffnete den Mund und schloss ihn wieder. »Meine Mutter ist kein Fan. Was ich meine, ist, sie hat Sie gekannt. Nachdem mein Vater gestorben war.« Sie schüttelte den Kopf. »Entschuldigen Sie, ich weiß nicht, warum es mir so schwerfällt, es zu sagen. Meine Mutter ist Mary Jo Schmitt, aber Sie dürften sie als Mary Jo Corrado gekannt haben.«

Parkers Blick ging sofort zum Haus. »Selbstverständlich erinnere ich mich an sie. Sie und ich … Nein, das wollen Sie gewiss nicht hören. Ich habe immer bedauert, wie es ausging. Ist sie, ähm, verheiratet?«

Finola grinste. »Geschieden. Warum gehen Sie nicht rein und reden mit ihr?«

Parker nickte und näherte sich langsam dem Haus. Zennie zog Finola in die Garage und winkte Ali zu ihnen.

»Mom hatte eine Affäre mit Parker Crane?«, fragte Zennie. »Wann? Und woher weißt du das?«

»Was?«, quiekte Ali. »Ist das dein Ernst?«

»Es war, bevor sie Dad geheiratet hat«, antwortete Finola. »Ich habe es erst vor wenigen Wochen erfahren, als wir Kartons durchgesehen haben. Sie hat einen Haufen Sachen, die er ihr geschenkt hat. Anscheinend war es ganz schön heiß zwischen ihnen, und dann hat er sie einfach verlassen.«

»Also ist er ein Schwein«, konstatierte Ali.

»Das ist ewig her.« Finola schaute zum Haus. »Er sagt, dass er es bereut, und es war vor langer Zeit. Das könnte spannend werden.«

»Demnach hassen wir ihn nicht?«, fragte Ali. »Scheint es nicht so, als müssten wir ihn hassen?«

Zennie umarmte ihre kleine Schwester. »Die Zeiten ändern sich. Und wir werden uns mit ihnen ändern.«

Am Montagmorgen rang Ali mit der Tatsache, dass ihre Mutter mitten in der Verkaufsveranstaltung mit Parker zum Mittagessen verschwunden und nicht zurückgekommen war. Gegen drei hatte sie ihnen eine Nachricht geschickt, sie sollten um vier Schluss machen und das Haus abschließen. Alles, was nicht verkauft wurde, sollte gespendet werden.

Sie drei hatten getan, wie ihnen geheißen. Daniel war mit seinem Truck gekommen, und er und Clark hatten die restlichen Sachen hinten aufgeladen. Anschließend hatten Daniel und Ali alles zum Spendenzentrum gefahren.

Sonntagmittag hatten sich alle drei Schwestern Texte geschickt und gefragt, ob jemand wisse, wo ihre Mutter sei. Mary Jo hatte endlich auf ihre zunehmend panischen Nachrichten mit einem kurzen »Bin bei Parker. Alles gut. Kümmert euch um euren Kram« geantwortet. Und das war es gewesen.

Ali sagte sich, dass sie ihrer Mutter natürlich wünschte, glücklich zu sein. Es war bloß alles so merkwürdig und ein bisschen befremdlich, sich vorzustellen, dass ihre Mutter sich mit einem Mann vergnügte, den sie Jahrzehnte nicht gesehen hatte. Als sie es Daniel erzählte, wies er sie darauf hin, dass sie nun zumindest etwas Munition für das nächste Mal hatte, wenn Mary Jo ihr wegen ihres Lebenswandels Vorhaltungen machte.

Den Montagvormittag verbrachte Ali in Pauls Büro. Der Firmeninhaber hatte sie mit neuen Möbeln und einem neuen Teppichboden überrascht, und beides war erstaunlich hübsch. Paul sollte noch einen Monat als Berater bleiben, um einen reibungslosen Übergang zu gewährleisten. Mit den neuen Aufgaben ging eine nette Gehaltserhöhung einher. Ali rechnete es durch und kam zu dem Schluss, dass sie in einem halben Jahr schuldenfrei sein würde. Danach konnte sie anfangen zu sparen und sich überlegen, wie es mit ihrer Wohnsituation weitergehen sollte.

Und da kam Daniel ins Spiel. Auch wenn er das *L*-Wort nicht wieder ausgesprochen hatte, dachte Ali viel daran. Sie wollte es erwidern, vorher musste sie sich jedoch sicher sein. Nach der Geschichte mit Glen wollte sie sogar superextremsicher sein. Ihre Gefühle für Daniel waren vollkommen andere als für Glen, und sie verstanden sich viel besser, doch war das …

»Hallo, Ali.«

Sie blickte auf und sah Glen an der Tür ihres Büros stehen, als hätten ihre Gedanken ihn heraufbeschworen.

»Was machst du hier?«

»Ich wollte mit dir reden.«

Tja, ich will nicht mit dir reden. Bockige und unreife Worte, schalt sie sich.

Sie bedeutete ihm, sich zu setzen, und schloss die Tür, ehe sie zu ihrem Stuhl zurückkehrte. »Was gibt es?«

Er blickte sich um. »Das hier ist neu.«

»Die Beförderung? Ist sie, aber sie ist gut. Ich freue mich über diese Chance.«

Er sah wie immer aus. Komisch, dass sie ihn nun als eine minderwertige Version von Daniel sah. Helleres Haar, hellerer Teint, rundlicher um die Mitte. Aussehen war ihr nie wichtig gewesen, doch nachdem sie Zeit mit Daniel verbracht hatte … Tja, es war schwierig, sich gedanklich zurückzubewegen.

Er schob seine Brille nach oben. »Ich war am Wochenende

bei deinem Apartment. Du wohnst da nicht mehr.« Sein Ton war ein wenig vorwurfsvoll, als hätte sie einen Fehler gemacht.

»Selbstverständlich wohne ich da nicht mehr. Ich hatte gekündigt, weil ich zu dir ziehen sollte, schon vergessen? Ich hatte die Hälfte meiner Möbel verkauft, als du mir den Laufpass gegeben hast. Und ich konnte den Mietvertrag nicht verlängern, weil sie die Miete so erhöht haben, dass ich sie mir nicht mehr hätte leisten können, *und* sie hatten bereits Nachmieter. Deshalb hatte ich auf einmal keine Wohnung mehr.«

Sie brach ab, um Luft zu holen und sich ein wenig einzukriegen. Im Grunde war sie nicht wütend auf Glen. Es war eher so, dass er schlicht nicht zu begreifen schien, was er ihr angetan hatte.

»Du hast die Verlobung ohne Vorwarnung platzen lassen«, sagte sie ruhiger. »Du hattest nicht mal den Anstand, es mir selbst zu sagen oder mir auch nur eine Erklärung zu geben. Bis heute weiß ich nicht, warum du Schluss gemacht hast. Du hast mir gar nichts gesagt. Stattdessen hast du alles mir überlassen. Ich musste alles regeln, Glen. Ich musste die Anrufe übernehmen, unsere Freunde verständigen und ein Hochzeitskleid verschenken, das ich nicht zurückgeben konnte. Ich habe alles gemacht, weil du verschwunden bist.«

Er rückte auf seinem Stuhl hin und her. »Bei dir hört es sich furchtbar an.«

Sie wollte ihn anschreien, sagte sich jedoch, dass es nicht mehr wichtig war. Wütend zu werden, kostete zu viel Kraft, und es war ihr ehrlich egal – inzwischen.

»Es war furchtbar. Alles davon, aber deshalb bist du nicht hier. Verrate mir, was du willst.« *Damit ich dich bitten kann zu gehen.*

»Hast du eine neue Wohnung?«

Die Frage passte so wenig zu dem, was sie dachte, dass sie einen Moment brauchte, um sie zu verstehen. »Was? Nein. Ich wohne bei Daniel.«

Eine Sekunde zu spät wurde ihr klar, dass sie es lieber anders hätte formulieren sollen … und wenn schon.

»Was? Bei Daniel?« Er wurde rot. »Wusste ich's doch! Er ist von Anfang an scharf auf dich gewesen. Er hat es nicht zugegeben, aber ich habe es gemerkt. Hätte ich mir denken können, dass er das macht. Immerzu ist er so verflucht scheinheilig, dabei hatte er vor, dich mir zu stehlen. Dieser Mistkerl.«

»Hey«, sagte sie frostig. »Hör auf. Nichts wurde gestohlen, denn ich bin keine Vase auf irgendeinem Regal. Und Tatsache ist, dass du die Verlobung gelöst hast und nicht die Eier hattest, es mir ins Gesicht zu sagen. Daniel ist mir ein guter Freund gewesen. Er hat geholfen, alles zu stornieren – wovor du dich ja gedrückt hast.«

»Ja, das wette ich.«

Sie hatte längst kapiert, dass Glen ein Blödmann war, aber erst in dieser Minute wurde ihr klar, was für einer. Sie hatte Glück, dass er Schluss mit ihr gemacht hatte und sie noch rechtzeitig da rausgekommen war.

Während Glen immer schlimmer wurde, je mehr sie über ihn erfuhr, war es bei Daniel das exakte Gegenteil. Er war freundlich, aufmerksam, sexy, witzig und klug. Bei ihm fühlte sie sich gut damit, wer sie war. Sie beide kitzelten das Beste im jeweils anderen hervor. Er war … Er war …

Ali stand halb auf und setzte sich wieder. Heiliger Kuhmist, sie liebte ihn. Sie war total verliebt in Daniel.

»Was?«, fragte Glen.

Sie lächelte. »Nichts.« Auf keinen Fall würde sie es dem Idioten Glen erzählen, bevor sie es Daniel sagte. »Du hast mir bisher nicht verraten, warum du hier bist. Um den Ring kann es nicht gehen. Den habe ich deiner Mutter gegeben.«

»Ja, hat sie mir erzählt. Es geht nicht um den Ring.« Er neigte sich vor. »Ich dachte, wir könnten es noch mal versuchen.«

Das verschlug ihr die Sprache. Sie starrte ihn an und brachte keinen Laut heraus, was er offenbar als gutes Zeichen wertete.

»Ali, ich weiß, dass es hart für dich war, und mich trifft teils die Schuld daran. Ich habe mich gefangen gefühlt, und ich war nicht sicher, ob wir richtig füreinander waren. Du warst immer so kleinlaut und hast alles getan, was ich wollte.«

»Wie entsetzlich, damit leben zu müssen«, sagte sie, als ihre Stimme zurück war.

Er ignorierte ihren Sarkasmus. »Aber dieses neue Auftreten von dir ist so anders. Du hast mich angebrüllt, und du weißt, was du willst. Mir gefällt, wer du jetzt bist. Du fehlst mir. Wir fehlen mir. Wir waren gut zusammen, das könnten wir wieder sein.«

Sie sollte wirklich eine Vase in ihrem Büro haben. Eine große, an der ihr nichts lag und mit der sie direkt auf Glens Kopf zielen könnte.

»Nein«, sagte sie und war stolz darauf, wie ruhig sie klang. »Nein. Ich bin nicht mehr in dich verliebt. Leider muss ich gestehen, dass ich es vielleicht nie gewesen bin. Wir waren nicht gut zusammen. Keiner von uns war glücklich. Ich will nicht mit dir zusammen sein. Ich bin mit Daniel zusammen, und das will ich bleiben. Es war falsch von dir, es so zu beenden, wie du es getan hast, aber es war richtig, Schluss zu machen. Es ist vorbei, Glen. Wir sind fertig miteinander.«

Seine Schultern sackten ein. »Das meinst du nicht ernst.«

»Doch, tue ich. Du interessierst mich nicht mehr. Und du bist einfach nur wütend auf Daniel.«

Er stand auf. »Du machst einen Fehler. Er wird dich nie so lieben wie ich.«

Sie wollte erwidern, dass sie die Art Liebe nicht brauchte, ihr fiel jedoch ein, dass Glen ihr Schwager werden würde, wenn alles gut ginge, also blieb sie lieber zivilisiert.

»Leb wohl, Glen.«

Er wollte etwas sagen, schüttelte aber den Kopf und verließ ihr Büro. Ali saß da und vergewisserte sich, dass es ihr gut ging. Dann verdrängte sie alle Gedanken an Glen und widmete sich wieder ihrer Arbeit.

29. KAPITEL

Finola überprüfte ihr Aussehen abermals im gut beleuchteten Spiegel ihrer vorübergehenden Garderobe. Das Haar saß, das Make-up war dezent, das ärmellose Kleid war perfekt auf sie zugeschnitten. Sie berührte den Blumenstrauß, den Zennie und Ali ihr geschickt hatten, und lächelte über die Luftballons von Rochelle und ihrem Team in L.A. Es geschah wirklich. In nicht einmal dreißig Minuten wäre sie live im nationalen Fernsehen.

Sie saß auf ihrem Stuhl, schloss die Augen und atmete auf vier ein. Dann hielt sie den Atem an, zählte bis acht und atmete langsam wieder aus.

Als sie mit ihrer Atemübung durch war, verließ sie ihre Garderobe und fand den Tontechniker, der ihr half, das Mikro vorn in ihrem Kleid zu befestigen und das Kabel unter ihrer Achsel hindurch nach hinten zu führen, wo er das Übertragungsteil an ihren Gürtel hängte. Einer der Produzenten, ein junger, dünner Typ in den frühen Dreißigern, kam zu ihr gelaufen.

»Bereit?«, fragte er nervös.

»Es wird gut gehen.«

»Wenn Sie es sagen. Ich hätte dieses Thema in einer Million Jahre nicht gewählt, aber jetzt ist es eh zu spät.«

Sie lächelte. »Keine Sorge. Ich habe das im Griff.«

Finola ging aufs Set und drehte sich zu den Kameras. Es gab drei, und alle waren ferngesteuert, sodass es aussah, als wären sie lebendig und würden sich bewegen, wie sie wollten. Sie ermahnte sich, sich nicht ablenken zu lassen, sagte sich, dass sie großartig sein würde. Als angezählt wurde, lächelte sie.

»Fünf, vier, drei …«

Zwei und eins wurden nur stumm angezeigt, ehe das rote Licht anging.

»Guten Morgen. Ich bin Finola Corrado, die diese Woche

einspringt, und begrüße Sie herzlich zu unserer Zehn-Uhr-Sendung.« Sie konzentrierte sich darauf, entspannt zu bleiben und vom Teleprompter abzulesen.

»Wie einige von Ihnen wissen dürften, war mein Privatleben in den letzten Monaten in den Nachrichten. Mein Mann hatte eine Affäre mit einer berühmten Sängerin, und ich wurde Teil einer Story, anstatt eine zu berichten. Das war mal eine neue und keine lustige Erfahrung für mich.«

Sie lächelte bedauernd. »Ich hatte Angst, war wütend und verletzt. Anfangs habe ich sehr viel Zeit damit verbracht, mir selbst leidzutun und wohl ein bisschen zu viel Wein getrunken. Aber dann, als die Wunden nicht mehr allzu sehr bluteten, begann ich nachzudenken – über meine Ehe und andere Beziehungen in meinem Leben. Ich habe darüber nachgedacht, was es braucht, einen anderen Menschen glücklich zu machen und zugleich sich selbst treu zu bleiben.«

Wieder machte sie eine kurze Pause. »Falls Sie auf saftige Details aus meinem Privatleben gehofft haben, werde ich Sie leider enttäuschen müssen. Ich möchte lieber darüber sprechen, was eine gute Ehe ausmacht und wie Ehen schiefgehen können. Sofern kein Missbrauch im Spiel ist, scheitert keine Ehe nur an einem der Partner. Nicht mal meine. Ich bin zwar nicht fremdgegangen, aber ich war nicht die Ehefrau, die ich hätte sein können. Ich hoffe, die Gäste, die ich eingeladen habe, werden informativ und interessant sein, sodass wir alle etwas lernen können. Fangen wir an.«

Sie wandte sich zum Sofa und den Sesseln um, als ihr erster Gast erschien.

Die Stunde verging wie im Flug. Finola hielt sich weitestgehend an ihre Notizen, doch einige Male kam jemand vom Thema ab. Sie ließ sich darauf ein und lenkte alle wieder zum Eigentlichen zurück. Ohne Publikumsfeedback konnte sie nicht einschätzen, wie die Show ankam, sagte sich aber, dass sie wusste, was sie tat, und verließ sich auf ihr Gefühl. Als die

Kameralichter vier Minuten vor elf ausgingen, kam es ihr vor, als wäre sie fünf Marathons gelaufen.

Der hagere Produzent kam zurück und starrte sie ungläubig an.

»Das war sagenhaft. Ehrlich und ungekünstelt, ohne rührselig zu sein. Die Psychologin war perfekt. Sonst mag ich eigentlich keine Seelenklempner, doch die versteht was von ihrem Fach. Wenn die anderen Folgen genauso gut sind, haben Sie hier eine Gewinnerreihe, Finola.«

»Danke.«

Sie kehrte in ihre vorläufige Garderobe zurück. Leute gratulierten ihr, aber da sie nicht wusste, wer sie waren, war ihr Lob für sie eher bedeutungslos. Ihr fehlte ihre übliche Crew; da las sie jedem an der Nasenspitze ab, was er dachte.

Als sie ihr Handy aufnahm, sah sie Dutzende von Textnachrichten. Sie scrollte sie durch, bis sie eine von Rochelle fand.

Du warst der Knaller, Lady! Ich bin unglaublich stolz auf dich, und dabei hatte ich nichts damit zu tun. LOL. Du fehlst mir.

Es waren herzliche Glückwünsche von ihren Schwestern eingegangen und eine unerwartete Textnachricht von Nigel.

Danke, dass du mich nicht zum Arschloch gemacht hast.

Finola wechselte in eine Jeans und ein T-Shirt. Sie hatte vor, ein paar Stunden durch die Stadt zu schlendern, ehe sie in ihr Hotelzimmer zurückging und ein letztes Mal das Konzept für die morgige Sendung durchsah. Die Gäste waren bestätigt, also musste sie nur noch ihre Notizen überprüfen.

Sie setzte sich eine Sonnenbrille auf und begab sich nach draußen. Keiner hatte eine Ahnung, wer sie war, und falls doch, war es ihnen gleich. Sie mischte sich unter die Passanten und ging nach Norden in Richtung Peninsula Hotel.

Die Mittagsluft heizte sich rasch auf. Bis fünf Uhr nachmittags sollten siebenundzwanzig Grad erreicht werden. Der Himmel war blau und das Gewühle war eigenartig wohltuend.

Sie war weit gekommen, stellte sie fest. Sie war zu einem emotionalen Trümmerhaufen reduziert gewesen und hatte sich selbst wiederaufgebaut, diesmal stärker. Darüber hatte sie ihre Ehe und ihre Unschuld verloren, aber sie hatte eine Menge gelernt, und sie bildete sich gern ein, dass sie als besserer Mensch aus allem hervorgegangen war. Hätte es doch nur einen einfacheren Weg gegeben. Hätte sie doch einfach ein Selbsthilfebuch lesen können. So lief das Leben jedoch nicht. Die meisten Menschen mieden das Schwierige und Schmerzhafte, bis es ihnen aufgezwungen wurde. Sie lernten, indem sie den Prozess durchliefen, nicht, indem sie darüber lasen. Und der Preis wurde ihnen erst klar, wenn es zu spät war.

Zennie sagte sich, dass sie keinen Grund hatte, nervös zu sein. Freunde waren beim sonntäglichen Lauf erlaubt, und sie hatte einen Freund eingeladen. Obwohl sie also rein theoretisch nicht gegen die Regeln verstieß, hatte sie dennoch ein schlechtes Gewissen.

Cassie kam direkt hinter ihr auf dem Parkplatz vom Woodley Park/Lake Balboa an.

»Hey«, rief Cassie, als sie aus dem Wagen stieg. »Bin ich froh, dass wir uns so früh treffen. Es soll heute richtig heiß werden, und du weißt ja, wie ich Schwitzen hasse. Wie geht es dir?«

»Gut.« Zennie umarmte sie. »Die Schwangerschaft scheint leichter zu werden.«

»Freut mich zu hören. Und was ist los?«

»Was meinst du?«

Cassie verdrehte die Augen. »Du verbirgst offensichtlich etwas. Es wird wohl kaum sein, dass du schwanger bist, also was ist es?«

»Ich habe Clark eingeladen, mit uns zu laufen.«

In diesem Moment kam DeeDee an und schenkte ihr dreißig Sekunden Galgenfrist, bis Cassie brüllte: »Zennie hat einen Mann eingeladen!«

»Und das in deinen anderen Umständen«, antwortete DeeDee lachend. »Ist das ein neuer oder ein alter?«

»Was für eine merkwürdige Frage.«

»Ein alter.« Cassie grinste. »Cla-ark!« Sie dehnte den Namen zu einem Singsang.

»Der Zoo-Typ? Hat er nicht vor ein paar Monaten mit dir Schluss gemacht?«

»Unbedingt merken«, murmelte Zennie vor sich hin. »Erzähl den beiden weniger. Ja, wir haben Schluss gemacht, und dann hat er sich bei mir gemeldet und vorgeschlagen, dass wir befreundet bleiben. Das sind wir. Ich bin auch mit C. J. befreundet, und dazu habt ihr nichts gesagt.«

»Dass du mit einer Frau abhängst, ist uninteressant«, entgegnete DeeDee. »Also, ist es ernst?«

»Wir sind nur befreundet.«

Cassie und DeeDee wechselten einen Blick. »Wenn du es sagst«, lautete Cassies Antwort, als Clark kam.

»Seid nett«, bat Zennie ihre Freundinnen. »Bitte, ich flehe euch an. Sagt nichts …«

»Peinliches?«, fragte Cassie. »Oder sollen wir nicht erwähnen, dass du und deine Schwestern alle am selben Wochenende abserviert wurdet, du aber die Einzige bist, die wieder mit dem Typen zusammen ist?«

Zennie stöhnte. »Ja, das zu sagen, wäre ein Problem.«

Cassie und DeeDee klatschten sich ab.

Zennie wusste, egal, wie sehr die beiden sie aufzogen, sie würden sie nicht in Verlegenheit bringen. Sie mochten sie und waren für sie da. Anders als Gina, die aus ihrem Leben verschwunden war. Und obwohl Zennie ungern viel darüber nachdachte, hatte ihre Mutter zwar die Kurve bekommen, ihr Vater hingegen nicht. Ja, er hatte die richtigen Dinge gesagt, aber zwischen ihnen hatte sich alles verändert.

Die Zurückweisung tat weh, nur konnte sie nichts daran ändern. Sie hatte ihn zur Rede gestellt und ihm gesagt, was sie dachte. Was er damit anfing, war seine Sache. Schon merkwürdig, dass ihre Schwangerschaft ihr zeigte, auf wen sie vertrauen konnte und auf wen nicht.

Clark kam zu ihnen. In Shorts und dem T-Shirt sah er besonders süß aus. Zennie stellte ihn vor, und alle begrüßten sich per Handschlag.

»Nur damit das klar ist«, sagte er munter. »Ich erwarte, dass ihr mich in einer Staubwolke hinter euch lasst, und das ist okay für mich. Starke Frauen machen mir keine Angst.«

»Uuuuh, gut gesprochen«, antwortete Cassie. »Aber wir laufen dieser Tage eigentlich nicht so schnell. Wir haben ja jemanden in zarter Konstitution dabei, und da machen wir Zugeständnisse, weil wir sie lieben.«

Zennie wusste, dass ihre Freundin wie immer war, doch irgendwie trafen sie diese Worte unerwartet und rührten sie. Sie kämpfte gegen Tränen an und beschloss, dass diese blöden Hormone nicht ihr Leben kontrollieren würden.

»Bringen wir es hinter uns«, sagte DeeDee. »Denn wenn wir hier fertig sind, will ich zur Cheesecake Factory. Die haben einen Sonntagsbrunch, und ich will die größte Waffel, die sie haben. Und dazu Sekt mit O-Saft.«

»Wenn schon, denn schon«, bemerkte Cassie.

»Tja, ich kann nicht anders. So bin ich nun mal.«

»Wollen wir?«

Zennie joggte voraus und gab das langsame Aufwärmtempo vor. Bald gruppierten sie sich zu zwei Paaren und Clark landete neben ihr.

»Das macht Spaß«, sagte er. »Danke, dass du mich eingeladen hast.«

»Gerne.«

»Wir sollten tunlichst alles Reden jetzt erledigen, denn in ungefähr einer Viertelstunde werde ich nur noch keuchen können.«

Sie lächelte. »Du machst das schon gut.«

Er sah sie grinsend an. »Ich tue mein Bestes, Zennie.«

Tut er, dachte sie glücklich. Und bisher war es richtig gut.

Ali liebte Daniels Küche. Sie war groß, hatte jede Menge Arbeitsfläche, und obwohl sie nie zuvor Gefühle für einen Herd gehabt hatte, war sie ziemlich sicher, dass sie volle drei Minuten einen Vortrag darüber halten könnte, wieso ein Viking-Herd fantastisch war.

Vergnügt packte sie alles aus, was sie auf dem Heimweg von der Arbeit eingekauft hatte. Heute Abend würde sie wagemutig sein und versuchen, »Chicken Marsala« zuzubereiten. Das Rezept, das sie online gefunden hatte, sah recht leicht aus. Sie würde es mit Kartoffelbrei und den frischen grünen Bohnen servieren, die sie gekauft hatte.

Seit Daniel und sie die Dinge auf die nächste Ebene gehoben hatten, wollte sie mehr kochen. Nestbau, vermutete sie. Sie steckte ihren Hoheitsbereich ab, indem sie in der Küche aktiv wurde. Es war altmodisch und traditionsbehaftet und außerdem konnte sie nicht anders. Zudem machte es sie glücklich, ein Abendessen zuzubereiten.

Sie hatte eine schöne Flasche Weißwein ausgesucht, sogar einige Eiscremekekse zum Dessert gekauft. Heute Abend wird etwas Besonderes, dachte sie lächelnd. Heute Abend würde sie Daniel bei Chicken Marsala und Kartoffelbrei sagen, dass sie ihn liebte.

Es war an der Zeit, vielleicht schon länger. Seit einer ganzen Weile hatte sie geahnt, wie sie empfand, nur hatte sie sich selbst nicht getraut. Die Konfrontation mit Glen hatte für Klarheit gesorgt. Daniel war der Richtige. Sie liebte ihn, und er sollte es wissen.

Nachdem sie alles zusammenhatte, was sie brauchte, klopfte sie die Hähnchenbrüste flach und machte sich daran, die Kartoffeln zu schälen. Ihr eingegipster Arm behinderte sie so gut wie gar nicht. Sie war gerade fertig, als Daniel nach Hause kam.

Beim Geräusch des Garagentors musste sie lachen, weil sofort ein Flattern in ihrem Bauch einsetzte. Was dieser Mann mit ihr machte! Sie wusch sich die Hände und eilte ihm entgegen, blieb jedoch abrupt stehen, als sie seine ernste Miene sah.

»Was?«, fragte sie im Küchenflur. »Was ist passiert?«

Da er nicht gleich antwortete, wusste sie, dass etwas nicht stimmte. Und sie erkannte es daran, wie verspannt seine Züge und seine Schultern waren.

»Daniel, du machst mir Angst.«

»Ich denke, wir sollten uns nicht mehr sehen.«

Die harschen Worte trafen sie wie ein Kantholz, raubten ihr den Atem und zwangen sie beinahe in die Knie. Sie musste sich mit einer Hand an der Wand abstützen.

»Was?«

Er wandte den Blick ab. »Glen war heute Nachmittag bei mir. Er hat gesagt, dass es ein Fehler von ihm war, das zwischen euch zu beenden. Er hat gesagt, dass es ihm leidtut und er eine zweite Chance mit dir will.« Nun sah er sie gequält an. »Er liebt dich noch.«

»Tut er nicht.«

»Ali, ich habe ihn gesehen! Ich habe mit ihm geredet. Er ist gebrochen. Ihr beide wart lange zusammen. Ihr wolltet heiraten. Du hast eine gemeinsame Geschichte mit ihm und …«

Unglaube und Wut brodelten in ihr. »Nein«, sagte sie laut. »Nein, hör auf zu reden. Hör einfach auf!«

Sie holte tief Luft und versuchte, alles zu verstehen. Sie hatte Glen gerade erst gesehen. Ja, er hatte davon geredet, dass sie wieder zusammen sein könnten, aber es war ihm nicht ernst gewesen. Ihm gefiel bloß nicht, dass sie mit seinem Bruder zusammen war.

Ruckartig blickte sie zu Daniel auf. »Es ist nicht so, wie du denkst. Glen spielt mit uns beiden. Er ist auch bei mir gewesen, und ich habe ihm sehr deutlich gesagt, dass es zwischen ihm und mir vorbei ist. Er war ein Fehler, und obwohl ich um deinetwillen freundlich bleiben will, würde ich ihn in einer idealen Welt nie wiedersehen.«

Sie ging auf ihn zu und blieb zwei Schritte vor ihm stehen.

»Daniel, ich schwöre, dass ich mich nicht entscheiden kann, ob du der netteste Typ auf dem Planeten bist oder ein kompletter Idiot. Du weißt doch, dass mir nichts an ihm liegt. Du warst fantastisch zu mir, für mich da, ein Freund und ein Liebhaber, und du hast gesagt, dass du mich liebst. War irgendwas davon echt?«

»Natürlich war es echt«, knurrte er. »Ich habe dir alles gegeben, was ich habe.«

»Und warum solltest du mich dann aufgeben?«

»Weil ich will, dass du glücklich bist.«

»Aber ich bin bei dir glücklich. Wir sind zusammen glücklich. Ich koche dir Chicken Marsala, um dir …« Jetzt wurde es ihr klar. Er wusste es nicht. Sie hatte es nie ausgesprochen, und er wusste es nicht. Während er auf das Beste hoffte, könnte er durchaus gedacht haben, dass er nur der Tröster war.

»Oh, Daniel, es tut mir leid.« Nun ging sie auf ihn zu und ergriff seine Hände. »Ich habe uns ein Essen gekocht, weil ich wollte, dass es ein besonderer Abend wird, an dem ich dir sage, dass ich dich liebe.«

Sie blickte in seine dunklen Augen. »Ich liebe dich. Ich habe damit gewartet, es zu sagen, weil ich mir sicher sein wollte. Weil Glen solch ein Fehler war. Ich liebe dich, Daniel. Ich finde, wir sind großartig zusammen, aber nicht, wenn du nicht bereit bist, um mich zu kämpfen. Nicht, wenn du bereit bist, einfach wegzugehen.«

»Ich würde nur weggehen, wenn du es willst.«

Er zog sie an sich und hielt sie so fest, dass ihre Rippen schmerzten.

»Ich dachte, dass du unsicher bist«, sagte er mit zittriger Stimme. »Ich liebe dich seit fast zwei Jahren, aber das ist völlig neu für mich. Ich wollte dir Zeit und Raum geben. Für mich war es okay, dass du nichts gesagt hast, als ich dir meine Liebe gestanden habe, bis Glen auftauchte. Bei ihm hat es sich angehört, als würdest du wieder mit ihm zusammenkommen wollen.«

Sie reckte sich auf die Zehenspitzen und küsste ihn. »Niemals. Nie, nie, nie. Das schwöre ich. Ich liebe dich, Daniel.«

Er erwiderte ihren Kuss und raubte ihr auf die bestmögliche Art den Atem.

»Ich liebe dich«, wiederholte sie zwischen den Küssen.

»Und ich liebe dich.«

Nach einigen Minuten lösten sie sich voneinander, um zu Atem zu kommen. Er strich ihr das Haar aus dem Gesicht.

»Du kochst?«

»Ja, und ich habe Wein und ein Dessert und alles eingekauft. Es sollte sehr romantisch werden.«

»Kann es immer noch.«

Sie lächelte. »Ich hatte gehofft, dass du das sagst.«

Sie gingen in die Küche, wo Daniel alles bewunderte, was sie besorgt hatte, ehe er sich entschuldigte, um sich frisch zu machen. Als sie allein war, nahm Ali sich eine Sekunde, um sich daran zu erinnern, dass Ehrlichkeit immer die beste Taktik war. Künftig würde sie aussprechen, was sie dachte. Daniel konnte es verkraften.

Sie hatte gerade das Hähnchen in die Pfanne gelegt, als er zurückkehrte.

»Soll ich den Tisch decken?«, fragte er.

»Das wäre nett.«

Er holte Teller und Besteck, dann öffnete er den Wein. Als es so weit war, stampfte er die Kartoffeln, während sie alles andere in Schüsseln füllte. Sie brachten alles ins Esszimmer, und erst jetzt sah Ali die kleine blaue Ringschachtel von Tiffany neben ihrem Gedeck.

Die Platte mit dem Chicken Marsala drohte ihr aus den Händen zu gleiten.

»Oh, Vorsicht.« Daniel nahm ihr die Platte ab und stellte sie auf den Tisch.

Ali blickte von der Schachtel zu ihm und wieder zurück. »Hast du, ähm, mir eine Halskette gekauft?«

Er führte sie zu ihrem Stuhl. Sobald sie saß, kniete er sich vor sie und ergriff ihre Hände.

»Ali, ich liebe dich. Ich bin sehr traditionell und wünsche mir eine Frau, Kinder, einen Hund und ein Haus.« Er lächelte. »Und ein kleines Kätzchen.«

Ihr Herz pochte so schnell, dass es sich wie Kolibriflügel anfühlte. »Du hast schon ein Haus.«

»Habe ich, und ein schönes. Ich hoffe, es gefällt dir.«

»Ja, sehr.«

Er sah ihr in die Augen. »Ich möchte den Rest meines Lebens damit verbringen, dich glücklich zu machen. Ich möchte, dass wir zusammen alt werden. Ali, willst du mich heiraten?«

Ja. Ja! Nur … »Was ist mit deinen Eltern? Das wird merkwürdig. Du musst zugeben, dass es merkwürdig wird.«

»Sie wissen Bescheid, und es ist vollkommen in Ordnung. Sie haben dich vorher schon gemocht und freuen sich, dich in der Familie zu haben. Apropos Eltern, ich habe mit deiner Mutter gesprochen, und sie hat mir ihren Segen gegeben.«

»Sie schläft mit Parker Crane.«

»Dem aus dem Fernsehen?«

»Genau der. Ich kann es nicht erklären, aber so ist es. Anscheinend ist es eine recht stürmische Affäre, worüber ich allerdings nicht näher nachdenken möchte.«

»Gut. Sonst noch Bedenken?«

»Glen wird blöde Bemerkungen machen.«

Daniel grinste spöttisch. »Soll er ruhig. Ich habe die Frau. Heirate mich, Ali. Ich werde dich bis ans Ende meiner Tage lieben.«

Sie schlang die Arme um ihn. »Ja, Daniel, mit Freuden. Für immer.« Weil es diesmal richtig war.

Er öffnete die Ringschachtel und zeigte ihr einen Diamanten so groß wie ein Bus. Ali fiel beinahe vom Stuhl.

»Nein«, flüsterte sie, während sie schon den Ring aufsteckte. »Oh wow. Einfach wow. Der ist umwerfend.«

»So wie du.«

Dann küsste er sie, und der Kuss führte zu weiteren Dingen, sodass es eine ganze Weile dauerte, bis sie zum Essen kamen.

30. KAPITEL

Das Haus in Encino verkaufte sich schnell. Finola und Nigel verlangten keinen Mondpreis, und die Immobilie war in einem ausgezeichneten Zustand. Bei den Käufern handelte es sich um eine junge Familie – sie war Autorin beim Fernsehen, er kümmerte sich um Haushalt und Kind. Sie kauften einen Großteil der Möbel, und was sie nicht wollten, nahm Nigel.

Finola verließ das Büro, in dem alle Verträge unterzeichnet worden waren, und fuhr zum Haus, um sich ein letztes Mal dort umzuschauen. Nachdem sie auf ihrem Platz in der Garage geparkt hatte, ging sie hinein.

Es fühlte sich bizarr an, die vertrauten Sofas und die Esszimmermöbel zu sehen und zu wissen, dass sie nicht mehr ihr gehören würden. Alle persönlichen Gegenstände waren verschwunden. Nigel und sie hatten die Kunst untereinander aufgeteilt. Finola hatte ihre Bilder und einige Andenken verpackt und sie in einer kleinen Lagereinheit in Burbank untergebracht.

Sie hatte ihre Kleidung sortiert und sie auf einen Grundstock reduziert. Wenn sie sich in New York eingerichtet hatte, würde sie sich eine neue Garderobe zulegen. Die restliche Kleidung, Schuhe und Accessoires hatte sie einer Notunterkunft für Frauen gespendet.

Sie betrat ihr ehemaliges Arbeitszimmer und blickte sich um. Der Schreibtisch war noch da, alles andere war weg. Sie betrachtete die leeren Wände, die Aussicht auf den Pool und die kleinen Risse vom letzten Erdbeben.

Sie legte eine Hand an die Wand, als könnte sie die Risse fühlen oder sie irgendwie flicken. Kleine waren okay, aber wenn sie größer wurden, sich ausdehnten, gab es Probleme. Das ist bei Nigel und mir passiert, dachte sie traurig. Kleine Risse hatten zu viel Schlimmerem geführt. Sie war so mit ihrem Leben beschäftigt gewesen, dass sie nichts bemerkt hatte, und nun war alles fort – das Haus, die Ehe, alles, worüber sie sich definierte.

Der Job in New York war fest. Sie hatte sich ein kleines Apartment zu einem absurden Preis gemietet, aber es verfügte über eine riesige Ankleide und einen kombinierten Waschtrockner. Beides war in Manhattan eine Rarität. Sie hatte ausgehandelt, einige von ihren Leuten in L. A. mit nach New York zu nehmen, und Rochelle von ihrer »Late Night« weggelockt. Die Aufnahmeleitung bei einer landesweiten Sendung war eine große Sache, und Finola wusste, dass sie ein gutes Team waren.

Sie ging nach oben ins Schlafzimmer. Das Bett war fort, aber die Kommode und die Nachttische standen noch da. Finola schloss die Augen und erinnerte sich, wie es mit Nigel gewesen war. Wie sie in diesem Zimmer gelacht, geredet und Liebe gemacht hatten. Sie dachte daran, dass sie angenommen hatte, zum jetzigen Zeitpunkt schon im fünften oder sechsten Monat schwanger zu sein. Sie hatte erwartet, dass sich ihr Leben veränderte, was es auch tat, nur nicht so, wie sie gehofft hatte. Sie hatte ihren Mann und ihre Ehe verloren. Vielleicht waren beide nie für immer gewesen, und sie hatte es bloß nicht gewusst.

Sie gab den Tränen nach und weinte um das, was gewesen war. Wie anders nun alles war. Sie freute sich auf die Chance in New York und war traurig, weit weg von ihrer Familie zu wohnen. Natürlich würden sie in Kontakt bleiben, zumal sie bei allem, was sie durchgemacht hatte, ihren Schwestern näher denn je war. Was Mary Jo betraf – nun, sie wollte nicht mehr in einen Bungalow am Strand ziehen. Stattdessen lebte sie auf Parkers Anwesen in Beverly Hills ihren Traum. Sie waren wahnsinnig verliebt, und das Haus in Burbank war praktisch verlassen. Ali und Zennie hatten vor, es in den nächsten paar Wochen zum Verkauf anzubieten.

Leben ist stete Veränderung, dachte Finola wehmütig. Ob wir wollen oder nicht, Dinge geschehen. Sie wischte sich die Tränen ab. Sie war gezwungen gewesen, als Mensch zu wachsen. Der Prozess war zum Kotzen gewesen, doch sie hoffte, dass sie nun besser war als vorher. Weniger egoistisch, aufmerksamer gegenüber den Leuten, die sie liebte. Vielleicht machten diese Lektionen sie zu einer besseren Journalistin, und selbst wenn nicht, wollte sie weiterhin daran arbeiten, ein besserer Mensch zu sein.

Sie ging nach unten in die Garage und fuhr nach Burbank. Ihren Wagen würde sie der Mädchengruppe spenden, die sie bis auf gelegentliche Besuche schnöde vernachlässigt hatte. Ihnen den Wagen zu geben, war das Mindeste, was sie tun konnte. Die Nacht würde sie bei Ali und Daniel schlafen, und morgen früh brächten die beiden sie zum Flughafen, von wo aus sie in ihr neues Leben in New York aufbrach.

Ein besseres Leben, schwor sie sich. Das musste es werden.

Zennie hatte beschlossen, sich in dieser Schwangerschaft als Gefäß zu betrachten. Was auch geschah, ihrem Gefäß-Ich ginge es gut. Am Ende würde sie wieder zu dem Gefäß, das sie vorher gewesen war, und bis dahin musste sie eben widerliches gesundes Essen zu sich nehmen, Dinge aufgeben, die sie liebte. Aus ihrer Mitte würde ein Basketball wachsen. Alles zu, nun ja, einem edleren Zweck.

Die Tatsache, dass ihre Hormone sich wie versprochen beruhigt hatten, half sehr. Ihre Brüste taten weniger weh, und sie begann, sich viel normaler zu fühlen. Vielleicht wird das zweite Drittel besser als das erste, dachte sie, als sie Dr. McQueens Wartezimmer betrat.

Heute war ihre Routine-Untersuchung. Bernie und Hayes wollten hinzukommen, um zum ersten Mal den Herzschlag des Babys zu hören und den Ultraschall zu sehen. Es war noch zu früh, um das Geschlecht zu erkennen, aber zumindest würden sie wissen, dass alles gut war.

Zennie sagte der Sprechstundenhilfe Bescheid, dass sie da war, und blickte wieder auf ihr Handy. Die einzige Wolke am Horizont, wenn man so wollte, war, dass sie den ganzen Morgen nichts von Bernie gehört hatte. Gestern Abend hatten sie sich geschrieben, und Bernie war wahnsinnig aufgeregt gewesen, doch heute Morgen herrschte auf einmal vollkommene Stille.

Sie schrieb ihr, dass sie bereits in der Praxis war und auf ihren Termin wartete. Keine Antwort. Die Schwester rief sie hinein. Zennie erklärte ihr die Situation und fragte, ob sie noch ein wenig warten könnten.

»Sicher«, sagte die Frau. »Aber wenn Sie Ihren Termin aufgeben, müssen wir Sie später einschieben, und das wird ein bisschen dauern.«

Es war Freitag und Zennie hatte frei. »Ich kann warten, und ich möchte die beiden wirklich dabeihaben.«

Zwanzig qualvolle Minuten vergingen. Zennie schrieb abermals an Bernie und versuchte, Hayes zu erreichen. Nichts. Allmählich wurde sie panisch. Was wäre, wenn es einen Unfall oder ein Feuer gegeben hatte? Was, wenn sie sich das mit dem Baby anders überlegt hatten und nicht wussten, wie sie es ihr sagen sollten?

Sie ermahnte sich, ruhig zu bleiben, doch kaum hatte die Panik eingesetzt, ließ sie sich nicht mehr abstellen. Sie fühlte, wie sie zu hyperventilieren begann. Wie konnte das passieren?

Sie ging hinaus auf den Flur, damit sie auf und ab wandern konnte, ohne andere Patientinnen zu stören. Cassie und DeeDee waren nicht zu erreichen, weil beide Dienst hatten und keine Privatgespräche annehmen durften. Schließlich schrieb sie Clark.

Ich habe meine Ultraschalluntersuchung. Es ist die erste und ziemlich wichtig, aber Bernie ist nicht hier. Sie antwortet auch nicht auf meine Textnachrichten, und ich kann Hayes nicht erreichen.

Es dauerte nur Sekunden, bis die kleinen Punkte auf dem Display erschienen.

Willst du trotzdem den Termin halten?

Ja. Auch wenn sie nicht kommen, muss ich wissen, dass mit dem Baby alles okay ist.

Dann bin ich in einer halben Stunde da. Sollten sie inzwischen auftauchen, sag mir Bescheid, und ich fahre zurück zur Arbeit. Falls nicht, bin ich bei dir. Äh, da ist nichts Gruseliges zu sehen, oder?

Trotz allem musste sie schmunzeln.

Nichts Gruseliges, versprochen. Nur ein Herzschlag und ein Ultraschall.

Cool. Bin bald da.

Sie lief wieder auf und ab und versuchte, sich nicht das Schlimmste auszumalen, obwohl sie an diesem Punkt nicht mehr sicher war, was schlimmer wäre – dass Bernie und Hayes einen Autounfall hatten oder dass sie das Baby nicht mehr wollten.

Als sie bereits glaubte, sie müsse allein zur Untersuchung hineingehen, öffnete sich die Fahrstuhltür und Clark kam heraus. Zennie lief ihm mit ausgestreckten Armen entgegen.

»Sie sind immer noch nicht da. Ich weiß nicht, was los ist, aber es muss schlimm sein. Was mache ich dann? Meine beste Freundin ist tot, und ich bin schwanger. Ich weiß, dass es schrecklich klingt, doch ich will kein Baby. Ich kann das nicht. Das kann ich nicht. Ich weiß, dass mich alle für stark halten, aber das bin ich nicht.«

Clark hielt sie in den Armen, bis sie fertig war. Dann legte er die Hände auf ihre Schultern und sah sie an.

»Es wird eine vollkommen logische Erklärung geben. Ich weiß nicht, welche, doch es gibt sie. Wir finden sie heraus und sehen dann weiter. Du bekommst das Baby nicht allein. Alle rechtlichen Probleme sind schriftlich geklärt.«

»Das kann man nicht wissen«, erwiderte sie panisch. »Vielleicht will ich eines Tages Kinder, aber ich bin mir nicht sicher, und wenn, dann definitiv nicht so. Nicht jetzt. Nicht von Hayes.«

»Zennie, beruhige dich. Atme. Alles wird gut.«

»Das kann man nicht wissen«, wiederholte sie.

»Doch, ich weiß es. Was auch geschieht, wir stehen das durch. Es war mir ernst mit dem, was ich gesagt habe. Wir sind Freunde, und du kannst auf mich zählen. Wie lange wartest du schon?«

»Fast eine Stunde.«

»Gehen wir rein und fangen an. Danach schaffen wir den Rest, okay?«

Sie nickte, bekam aber immer noch keine Luft. »Ich verstehe das nicht.«

»Weiß ich. Ist okay. Was auch passiert, du hast jede Menge Unterstützung. Falls es schlimm ist, werden DeeDee und Cassie bei dir sein, sowie ihr Dienst endet. Und du hast deine Schwestern und deine Mutter.«

»Danke«, sagte sie. »Tut mir leid, dass ich so hinüber bin.«

»Alles ist gut. Jetzt gehen wir rein und foltern mich mit was auch immer.«

Sie brachte ein Grinsen zustande und ging voraus in den Wartebereich.

Es dauerte fünfundvierzig Minuten, bis sie aufgerufen wurde. Clark wartete draußen, während sie sich das Nachthemd und einen Morgenmantel anzog, dann legte sie sich auf die Liege für den Ultraschall. Als die Technikerin Clark hereinließ, stürmte mit ihm Bernie ins Zimmer und an ihre Seite.

»Es tut mir leid«, rief ihre Freundin, deren rechte Gesichtshälfte angeschwollen war. »Es tut mir so leid. Ich bin heute Morgen mit scheußlichen Schmerzen aufgewacht und in die Notaufnahme gefahren. Die haben mich zum Zahnarzt geschickt, und der hat eine Wurzelbehandlung gemacht. Die dauerte ewig, und sie haben mich mit irgendwas betäubt. Ich habe vorher nicht geschrieben, weil ich nicht damit gerechnet hatte, dass es *Stunden* dauert.« Bernie nahm ihre Hand. »Und Hayes ist bei Gericht, deshalb konnte er dir nichts sagen, aber er ist unterwegs. Oh, Zennie, es tut mir so leid. Ich hoffe, wir haben dir keine Angst gemacht.«

Zennie war ungemein erleichtert. Sie drückte Bernies Hand. »Alles okay«, sagte sie. »Ich habe mir Sorgen gemacht, dass etwas passiert ist.« Sie sah über Bernies Schulter hinweg zu Clark, der sie mit einem »Siehst du?«-Lächeln bedachte. Sie erwiderte es.

Hayes kam herein.

»Alles okay?«, fragte er. »Entschuldigt, ich wurde bei Gericht aufgehalten. Bernie, du siehst furchtbar aus.«

»So fühle ich mich auch. Die haben mir irgendwelche Drogen gegeben. Ich musste ein Uber nehmen, das heißt, wir müssen nachher mein Auto abholen, aber das spielt keine Rolle.« Wieder drückte sie Zennies Hand. »Sehen wir unser Baby an.«

»Als Erstes horchen wir nach den Herztönen«, erklärte die Technikerin und nahm einen Gel-Behälter aus einem Wärmefach.

Zennie streckte Clark ihre freie Hand hin, damit er zu ihnen kam. Bernie blickte sie beide abwechselnd an, sagte aber nichts. Später würde Zennie ihr von ihrem Zusammenbruch erzählen und sie würden darüber lachen. Jetzt jedoch war sie dankbar für seine Unterstützung.

»Los geht's«, sagte die Technikerin.

Eine ewig lange Zeit geschah nichts. Zennie wusste, dass es in diesem Stadium nicht leicht war, die Herztöne zu finden. Es hing ganz von der Lage des Babys im Körper ab und …

Das Geräusch winziger galoppierender Pferde erfüllte den Raum. Bernie schrie auf und umklammerte Hayes. Clark drückte Zennies Hand.

»Ich hole Dr. McQueen«, sagte die Technikerin lächelnd. »Sie wird die Schläge zählen wollen.«

Wie Zennie bekannt war, galten hundertzwanzig bis hundertsechzig Schläge pro Minute als normal. Die Herztöne waren stark und regelmäßig. Ja, da wuchs tatsächlich eine Person in ihr heran.

»Danke«, sagte Bernie mit zittrigem Lächeln. »Oh, Zennie, ich danke dir für alles.«

»Natürlich. Du bist meine Freundin.«

»Und du bist ein Wunder.«

»Hui, ich war noch nie ein Wunder«, gestand Zennie, die sich sagte, dass sie sich diesen Moment in Erinnerung rufen würde, wenn es schwierig wurde. Weil er all das lohnenswert machte.

31. KAPITEL

Sechs Monate später …

Ali studierte die Broschüre des Four Seasons auf den Bahamas. Es war eine wunderschöne Hotelanlage mit allen erdenklichen Annehmlichkeiten. Den Preis wollte sie sich gar nicht ausmalen, doch es war verlockend.

»Bist du sicher?«

Daniel blickte von seinem Schreibtisch auf. Es war Samstagmorgen und sie saßen in seinem Arbeitszimmer zu Hause, wo sie besprachen, was sie nach Mary Jos und Parkers Hochzeit am Valentinstag unternehmen wollten. Das glückliche Paar flog alle Gäste zur Trauung nach Jamaika ein, die in einer dieser All-inclusive-Hotelanlagen stattfinden sollte. Das Timing war günstig – Zennie hätte sich bis dahin von der Geburt erholt, und Finola konnte aus New York einfliegen.

»Ali, ich möchte, was du willst, das weißt du. Ich liebe dich, und ich möchte heiraten, aber wie, ist ganz dir überlassen. Es ist bloß ein Vorschlag. Wenn er dir nicht gefällt, können wir eine große Hochzeit irgendwo hier feiern. Am Strand oder in einem Hotel. Das Ritz Carlton in Marina Del Rey ist schön.«

War es und, ja, sie könnten eine große Hochzeit feiern. Nur hatte sie irgendwie das Gefühl, dass sie die schon gehabt hatte. Und Daniels erste Ehe hatte mit einer pompösen Hochzeit begonnen. Diesmal wollte sie etwas Kleineres. Etwas, das sich nach ihnen anfühlte.

Der Valentinstag fiel auf einen Freitag, und Parker und ihre Mutter brachten alle bis zum Sonntag unter. Daniels Idee war, dass sie von Jamaika auf die Bahamas flogen und dort heirateten. Nur sie beide.

Ali hatte die Hochzeitsplanerin des Hotels kontaktiert, der Ablauf war recht simpel. Man konnte eine Hochzeitslizenz beantragen, wenn man vierundzwanzig Stunden auf der Insel war, und schon am nächsten Tag heiraten. Falls Daniel und sie am Sonntagmorgen dort eintrafen, könnten sie den Antrag am Montagnachmittag stellen und am Dienstag heiraten. Die Hochzeitsplanerin hatte ihnen gesagt, dass eine Trauung unter der Woche problemlos sei. Und es war eine der bezaubernden Suiten direkt am Strand für die Woche frei. Die Hochzeitsplanerin würde sich um die Einzelheiten kümmern, einschließlich der zwei erforderlichen Trauzeugen. Alles ganz einfach.

Durchzubrennen hat eine Menge Vorteile, dachte Ali. Es ersparte allen die Hochzeitspeinlichkeiten. Zwar hatte Glen sich wieder eingekriegt und sogar eine neue Freundin, dennoch behagte Ali die Vorstellung nicht, zum Altar zu schreiten und ihn neben Daniel zu sehen. Seinen Bruder nicht als Trauzeugen zu wählen, wäre eine Option, aber auch eine schwierige Entscheidung. Da schien eine Trauung auf den Bahamas die perfekte Lösung.

»Machen wir es«, sagte sie.

Er grinste. »Bist du sicher?«

»Bin ich.«

»Na gut. Buchen wir. Ich werde heiraten!«

Seine Freude war wohltuend. Jeden Tag zeigte Daniel ihr, wie sehr er sie liebte. Sie waren glücklich und freuten sich auf ihre gemeinsame Zukunft. Ali überlegte, ihm vorzuschlagen, dass sie nicht mehr verhütete, sodass sie in ihren Flitterwochen mit dem Versuch starten könnten, schwanger zu werden. Wäre das nicht spaßig?

Ihr Handy summte. Sie las die Textnachricht und sprang auf.

»Bei Zennie haben die Wehen eingesetzt.« Sie schnappte sich ihr Telefon. »Sie kommen schon die ganze Nacht, und sie sind auf dem Weg ins Krankenhaus. Wir sollten auch hinfahren.«

»Mit ›sie‹ meinst du Zennie und Clark?«

»Ja, wen sonst?«

»Aber sie sind kein Paar.«

»Sie sind Freunde.«

»Er wohnt quasi bei ihr. Sie sind immerzu zusammen.«

Ali verstand nicht, wieso Daniel es nicht begriff. »Aber als Freunde.«

»Also kein Sex.«

Sie lächelte. »Nicht jeder will es so oft wie du.«

»Oder du.«

»Oder ich«, bestätigte sie und ging zur Garage. »Manche Leute machen es überhaupt nicht.«

»Soweit ich höre, tun es Parker und deine Mutter immerzu, und die sind alt.«

»Reden wir nicht über meine Mutter. Zennie und Clark haben eine andere Art von Beziehung.«

»Der arme Kerl muss fünfmal täglich kalt duschen.«

Ali stieg auf der Beifahrerseite in den Truck, beugte sich rüber und küsste Daniel. »Was du nie musst.«

»Oh nein. Ich habe unverschämtes Glück.«

Sie war die Glückliche, befand sie, als er aus der Einfahrt und in Richtung Klinik fuhr. Daniel zu finden, war das Beste, was ihr je passiert war. Sie sah zu ihm und lächelte. Okay, eigentlich war es das Zweitbeste. Das Beste war gewesen, sich selbst zu finden.

»Ich. Kann. Das. Nicht!«

Zennie starrte hinauf an die Decke und wollte jemanden umbringen. Ganz gleich, wen. Einen Wildfremden, ein Familienmitglied, egal. Sie wollte zuschlagen, vorzugsweise mit einem Baseball …

»Neiiiiin!«, schrie sie, als der Schmerz sie zerriss. »Verdammt, tu doch jemand was!«

Die Schwester schüttelte den Kopf. »Sie haben zu lange gewartet, Schätzchen. Das Baby ist auf dem Weg, jetzt bleibt keine Zeit mehr.«

Zennie packte die Seitenkanten des Bettes, als sich ihr Körper zusammenzuziehen schien und jene verfluchten Muskeln, auf die sie mal so stolz gewesen war, sie mit einer Wucht verrieten, die einen Planeten zerstören könnte.

»Ich hasse das«, schrie sie.

»Wir haben hier auch nicht unbedingt Spaß«, sagte die Schwester ruhig. »Aber wir beklagen uns nicht.«

Zennie sah, dass Clarks Mundwinkel zuckten. »Wag ja nicht zu grinsen, du. Das ist alles deine Schuld.«

Ihre Vorwürfe prallten an ihm ab. »Du hast dich geweigert, ins Krankenhaus zu fahren. Du hast gesagt, dass du keine von diesen jammernden Frauen sein willst, die sechs Tage zu früh kommen und sich über die Schmerzen beschweren. Du hast gesagt, dass du es am besten weißt.«

Was alles stimmte, nur musste er es ja nicht zwingend aussprechen. »Ich hasse dich für immer«, knurrte sie.

»Große Worte, Zennie. Fürwahr große Worte.«

Sie war froh, dass er nicht beleidigt war. Woher ihre Wut kam, konnte sie nicht sagen. Vielleicht war es ihre Art, mit dem Schmerz fertigzuwerden. Heiliger Kuhmist, wie überlebten Frauen das? Es war wie der schlimmste Menstruationskrampf aller Zeiten multipliziert mit einer Million. Es war so übel, dass sie sich übergeben hatte, doch ihr blieb keine andere Wahl, als diese fiese Tortur durchzustehen.

Bernie und Hayes kamen hereingestürmt. »Oh, Zennie, ist es wirklich so weit?«

Zennie wollte die beiden anbrüllen, es sei alles ihre Schuld, da bemerkte sie Clarks Blick. Er schüttelte den Kopf, womit er sie wohl daran erinnern wollte, dass Bernie ihre Freundin war, für die sie dies hier tat. Aber, verflucht, warum musste es so höllisch wehtun?

Noch eine Wehe durchfuhr sie. Sie schrie. Ihr war klar, dass sie allen Angst machte, konnte jedoch nicht anders. Sie hatte eine relativ leichte Schwangerschaft gehabt, jetzt bezahlte sie dafür.

»Ich kann nicht«, keuchte sie, als Bernie ihre Hand drückte. »Ich kann das nicht.«

»Scheint mir ein alberner Zeitpunkt zum Aufgeben«, sagte Clark ruhig.

Sie funkelte ihn böse an. »Dafür wirst du büßen.«

»Nur zu.«

Das brachte sie fast zum Lachen, aber der Schmerz kehrte zurück, sogar noch stärker. Dr. McQueen kam herein. Sie war schon in ihrem Kittel.

»Jemand hat mir gesagt, Sie bekommen ein Baby«, sagte sie munter. »Bereit, Zennie?«

»Holen Sie das aus mir raus. Holen Sie es jetzt sofort raus!«

Zennie lag in ihrem Krankenhausbett und genoss das leichte Sedativum, auf das sie nach der Entbindung bestanden hatte. Sie hatte immer noch Schmerzen, denn, hey, sie hatte gerade etwas vom Gewicht und der Größe eines Findlings durch ihre Vagina gepresst. Doch es war geschafft. Sie hatte einen siebeneinhalb Pfund schweren gesunden Jungen zur Welt gebracht.

»Du hast etwas Gutes getan«, sagte ihre Mutter lächelnd. »Ich bin stolz auf dich.«

»Und enttäuscht?«, fragte Zennie.

»Nein. Bernie wird eine wunderbare Mutter sein, und sie hat gesagt, dass ich ihn jederzeit besuchen darf. Wenn sie sich mit mir wohler fühlt, werde ich sogar babysitten, denn rein technisch ist er ja mein Enkel, nicht?«

»Darauf bin ich gar nicht gekommen«, gestand Zennie.

»Parker hat es mir erklärt. Also habe ich doch ein Enkelkind.«

Ihre Mutter strahlte – nicht bloß wegen der Nachricht von ihrem Enkel, sondern auch wegen ihrer Beziehung mit Parker. Sie waren wirklich verliebt, und obwohl es irgendwie merkwürdig anmutete, war es nett.

Anscheinend stand die Hochzeit an. Mary Jo hatte etwas von Valentinstag und Jamaika erwähnt. Das war in fünf Wochen. Zennie nahm an, dass sie bis dahin wieder fast normal wäre.

Ihre Mutter ging, damit sie sich ausruhen konnte, aber Zennie war zu aufgedreht. Das Krankenzimmer quoll über vor Blumen. Finola hatte einen Strauß geschickt und versprach, in ein paar Wochen zu kommen. Bernie und Hayes hatten ihr ein riesiges Bouquet liefern lassen. Auch Dr. Chen hatte ein Gesteck mit einer Karte geschickt, auf der stand, dass er die Tage zählte, bis sie wieder zur Arbeit kam.

Zennie lächelte, als Clark ins Zimmer kam. Er hatte eine Papiertüte in einer Hand und schloss die Tür vorsichtig mit der anderen.

»Hast du ihn?«, fragte Zennie und fuhr das Kopfteil ihres Bettes hoch.

»Für dich alles.«

Sie riss die Tüte auf und wickelte den Cheeseburger von In-N-Out Burger aus. Der Duft war himmlisch, ebenso wie der erste Bissen. Sie unterdrückte ein Stöhnen.

Clark stellte einen Milchshake auf ihr Tablett. »Schokolade, wie du bestellt hast.«

Ein Schwall von Gefühlen überkam sie, und sie wusste, dass die blöden Hormone wieder zuschlugen. Nach dem, was sie gelesen hatte, würden die sie noch eine Weile heimsuchen, ehe sie abklangen.

»Du bist so nett zu mir«, sagte sie, als er sich einen Stuhl heranzog.

»Ja, ich bin so was wie ein Heiliger, hmm?«, fragte er im Scherz.

Sie dachte daran, was für ein Freund er ihr die letzten sieben Monate gewesen war, wie er ihre Füße massierte, sie verwöhnte, wenn sie Heißhungerattacken hatte, und sich ihr Gejammer anhörte, als sich ihr Körper veränderte. Sie dachte daran, wie sie ihm im Zoo Gesellschaft geleistet hatte, als er sich sorgte, dass einer seiner Orang-Utans krank war, und an all die Filme, in denen sie waren. Er hatte ihr zugehört, als sie sich annähernd achtundvierzig Stunden lang nicht entscheiden konnte, welche von zwei Wohnungen sie kaufen sollte, und hatte ihr beim Umzug geholfen. Eigentlich hatte er das Packen, Schleppen und Auspacken übernommen. Und das Allerbeste war, dass er die ganze Nacht bei ihr geblieben war, als sie in den Wehen lag, und Ruhe bewahrte, als sie ihn im Kreißsaal anbrüllte.

Zennie hatte sich nie einen Mann in ihrem Leben gewünscht. Ihr war diese ganze Paargeschichte immer fremd gewesen und so überflüssig erschienen. Sie hatte ihre Familie, ihre Freunde und ihre Arbeit, die ihr Leben ausfüllten. Da war kein Mann nötig. Nur … nur schien das so nicht zu stimmen. Nicht ohne Clark.

Irgendwie war er zu einem Teil ihres Lebens geworden, ohne dass sie es recht bemerkt hatte. Zu einem Teil von *ihr*. Er war immer da und es gefiel ihr. Sie verließ sich auf ihn und hoffte, dass er sich umgekehrt auch auf sie verließ.

Und während sie über all das nachdachte und ihren Burger aß, wurde ihr bewusst, dass er kein einziges Mal versucht hatte, sie zu verführen. Nie. Nicht ein einziger Kuss, keine Zudringlichkeit, nichts.

»Triffst du dich mit einer Frau?«, fragte sie.

Er starrte sie an. »Was? Du meinst, ob ich mit jemandem zusammen bin?« Er lachte. »Zennie, ich bin so ziemlich jede Sekunde, die ich nicht arbeite, bei dir. Woher sollte ich die Zeit nehmen?«

Das war eine gute Nachricht. »Was ist mit Sex?«

»Manchmal dusche ich sehr lange. Und was ist bei dir mit Sex?«

»Ich bin schwanger gewesen. Glaub mir, an den denke ich schon seit einer ganzen Weile nicht.«

»Und vorher?«

»Da war ich nie sonderlich interessiert.«

»Ja, ich erinnere mich, dass du es erwähntest.«

Sie nahm an, dass sie zu jenen Menschen gehörte, die einfach keinen ausgeprägten Sexualtrieb hatten. Obwohl sie nun, da sie es recht bedachte, doch den Reiz dieser Art von Intimität erkannte. Nicht jetzt – ihr tat alles weh –, aber vielleicht später, wenn sie wieder richtig verheilt war.

»Ich habe immer gedacht, dass ich allein sein will«, gab sie zu. »Dass ein Leben als Paar für andere bestimmt war, nicht für mich.«

Sein Lächeln schwand. »Weiß ich. Du hast es mir sehr deutlich gesagt.«

Schwang da Enttäuschung in seiner Stimme mit? Wollte er mehr? Wollte sie?

Sie wischte sich die Hände ab und trank von ihrem Milchshake. Die Kombination von Eiscreme und Schokolade war magisch.

»Kannst du nachher noch Wein reinschmuggeln?«, fragte sie.

»Ich dachte, wir warten, bis du entlassen bist, und ich bringe dann ein schönes Essen und eine Flasche Wein mit.«

»Ich werde mich betrinken. Und Kaffee trinken. Und in einen Whirlpool gehen.« Zwar war sie ziemlich sicher, dass sie Letzteres erst dürfte, wenn ihre Wundnaht verheilt war, doch direkt danach ginge es los.

Sie sah Clarks vertrautes Gesicht an und dachte daran, wie sehr sie ihn mochte und wie ungern sie ihn verlieren wollte. Sie spielte mit dem Gedanken, ihn zu küssen, ihn zu berühren, und fragte sich, ob das Problem nicht mangelndes Interesse gewesen war, sondern ob sie nur den richtigen Menschen brauchte.

Zennie stellte ihren Milchshake ab. »Clark, würdest du mit mir ausgehen? Auf ein Date?«

Anstatt zu antworten, stand er auf und kam näher ans Bett. Ihr wurde klar, dass er sie küssen wollte.

»Ich habe eben rohe Zwiebeln gegessen«, murmelte sie verlegener, als sie erwartet hätte.

»Das ist mir egal.«

Er presste seinen Mund auf ihren. Sie wartete, fragte sich, ob sie etwas fühlen würde. Und dann geschah es. Ein leises Flattern tief unten in ihrem Bauch. Der Wunsch, die Arme um ihn zu schlingen und sich an ihn zu klammern. Verlangen flackerte auf und nahm zu, und ehe sie begriff, was los war, hatte er ihr Tablett zur Seite geschoben und war bei ihr im Bett. Sie küssten sich, hielten einander, und, wow, sie wollte ihn nie wieder loslassen.

Als sie Atem schöpfen musste, lächelte sie.

»Ist das ein Ja zum Date?«

»Ja.«

»Ich darf sechs Wochen lang keinen Sex haben.«

Clark lachte und legte sich so hin, dass sie ihren Kopf auf seine Schulter lehnen konnte. »Du darfst sechs Wochen keinen Geschlechtsverkehr haben, Zennie. Das ist etwas anderes.«

»Stimmt. Interessanter Gedanke.«

»Ich hatte gehofft, dass du das sagst. Also, zu Italien. Ich finde, wir sollten zusammen hinreisen.«

»Fände ich gut.«

»Ich auch.«

Gefüllte Scones à la Sonnenschwestern

Verwöhnt euren Buchclub mit diesen superköstlichen Scones, wenn ihr euch gemütlich zusammensetzt, um über den Roman zu reden. Am besten serviert man sie zu Tee oder Kaffee. Oder, wenn euch danach ist, reicht sie mit frischen Erdbeeren und gebratenem Bacon zu einem dekadenten Frühstück.
Die vielen Mandeln und Rosinen verraten natürlich schon, dass diese Scones von meinem großartigen Heimatstaat Kalifornien inspiriert wurden.

Füllung:
100 g Frischkäse, zimmerwarm
2 Tl Zucker
¼ Tl Vanille

Scones:
2 Tassen Mehl
3 El Zucker
1 Tl Backpulver
½ El Salz
4 El eiskalte Butter, in sechzehn kleine Würfel gehackt
¾ Tasse Schlagsahne
1 aufgeschlagenes Ei
1 Tl Mandelextrakt
50 g gehobelte Mandeln
½ Tasse Rosinen

Die Zutaten für die Füllung gut verrühren. Beiseitestellen.
Den Ofen auf 200° (Umluft 180°) vorheizen. In einer Rührschüssel Mehl, Zucker, Backpulver und Salz vermengen. Die Butterstücke unterrühren, bis die Masse losen Brotkrumen ähnelt. Das geht am besten mit den Knethaken des Mixers. Man

kann aber auch einen Teigmischer oder zwei Messer nehmen. Die Finger empfehle ich nicht, weil sie die Butter zu sehr aufwärmen.
Die Sahne, das Ei und den Mandelextrakt hinzugeben und von Hand oder vorsichtig mit dem Rührgerät vermengen, bis sich ein Teig gebildet hat. Dann behutsam die Mandelhobel und die Rosinen untermischen. Den Teig auf einer bemehlten Oberfläche leicht kneten, bis er glatt ist.
In zwei Kugeln teilen und eine Hälfte zu einem Kreis von etwa 30 cm Durchmesser ausrollen und die Ränder glatt streichen. Die Hälfte der Füllung auf die Teigplatte geben und verstreichen, dabei ca. 3 cm Rand lassen. Anschließend den Teig zusammenklappen und die Ränder festdrücken, ihn in 6 Spalten schneiden und die Stücke auf ein mit Backpapier ausgelegtes Blech geben. Mit der anderen Teighälfte genauso verfahren.
Ca. 12–14 Minuten backen, bis die Scones goldbraun sind.